夜のみだらな鳥

フィクションのエル・ドラード

夜のみだらな鳥

ホセ・ドノソ
鼓直訳

Colección Eldorado
水声社

本書は、寺尾隆吉の編集による
〈フィクションのエル・ドラード〉の
一冊として刊行された。

夜のみだらな鳥 ★ 目次

夜のみだらな鳥 009
解説 **寺尾隆吉** 569

夜のみだらな鳥

父と母に捧げる

分別のつく十代に達した者ならば誰でも疑い始めるものだ。人生は道化芝居ではないし、お上品な喜劇でもない。それどころか人生は、それを生きる者が根を下ろしている本質的な空虚という、いと深い悲劇の地の底で花を開き、実を結ぶのではないかと。精神生活の可能なすべての人間が生まれながらに受け継いでいるのは、狼が吠え、夜のみだらな鳥が啼く、騒然たる森なのだ。

その子息ヘンリーとウィリアムに宛てた父ヘンリー・ジェイムズの書簡より。

1

シスター・ベニータからの電話で、もといた女中のブリヒダが昨夜死んだと知らされて、ラケル・ルイス夫人はさめざめと泣いた。が、それで少しは気持ちが落ち着いたのだろう、やがて、もっと詳しい話を聞かせてくれ、と言った。

「覚えていらっしゃいますか？　小間使いのようにブリヒダの世話をしていた、あの年寄りですわ。片方の目が悪くて、名前はアマリア……」

「ええ、ええ、よく覚えていますよ、アマリアなら……」

「さようですか！　実は、そのアマリアから聞いた話ですわ。夜の楽しみにしていた濃い紅茶を入れてもらうと、ブリヒダはふだんのように、すぐに、静かな寝息をたて始めたそうです。横になる前は、なんでも、クリーム色の繻子《しゆす》のきれいなナイトガウンを纏っていたとか……」

「あら、よかった！　取り乱して忘れるところでした。それを何かに包んで、リータに言って、玄関のホールまで出しておいてくださいな。お話したから覚えていらっしゃるはずだわ。ついこないだ結婚した、孫のマルーのナイトガウンですよ。ハネムーンの最中にスーツケースのジッパーに引っかけて、破いてしまって……わたし、こういうちょっとした仕事を、よくブリヒダに頼んでいました。少しは気がまぎれるでしょうし、何よりも、まだこの家の者だという、安心みたいなものが持てるだろうと、そう思いましてね。こんな細かい仕事をさせると、ブリヒダにかなう者はいませんでした。それはもう、本当にいい腕をしていて……」

ラケル夫人が葬式の面倒をいっさいみた。通夜は、ブリヒダが晩年を過ごしたラ・チンバのエンカルナシオン修道院の礼拝堂でいとなまれ、そこに収容されている四十人の老婆、五人の孤児、三人の修道尼、さらにラケル夫人の子息や嫁や孫までがミサに列席した。そして修道院が大司教によって教会の財産からはずされ、取りこわされる前に、この礼拝堂で行われる最後のミサになるだろうというので、アソカル神父が進んでそれを主祭した。そのあとの、ルイス家代々の墓所への埋葬。これこそ、平素からブリヒダが願っていたことだった。あの大理石の下に眠らせてやるという約束を、ラケル夫人はかならず果たしてくださるにちがいない、そう信じていればこそ、あの気の毒な年寄りも心静かな老いの日々を送ることができたのだ。そしてその死もまた、小さな火が消えるようなという、ありきたりだが感動的なことばで、シスター・ベニータが語ったとおりのものでありえたのだ。あいにく墓所にはほとんど空きがなかった。にもかかわらずブリヒダの遺骨を納めるだけの場所が都合できたのは、ラケル夫人があちらこちらに電話をしたおかげである。ただ、近い将来、墓所に埋葬されている何体かの遺骨をひとまとめにすることが必要になることは間違いない。ジフテリアの治療もままならなかったころに死んだ、大勢の幼い子どもたち。この異郷の地で亡くなったフランス人の家政婦。身許《みもと》が徐々にはっきりしなくなって行く、独身を通した伯父叔母。こういう雑多な人間の遺骨を、あまり場所をとらない小さな棺に納めるのだ。

万事がラケル夫人の采配どおりに運ばれた。老婆たちは午後いっぱい、礼拝堂に黒い幕を張るおれの手伝いをした。もっとも、とくに死者と親しかった者は別で、遺体を拭き清め、髪をくしけずり、入れ歯をはめ、持ち物のなかでいちばん小ぎれいな下着をきせる仕事にかかりきった。死出の旅にふさわしい装束をえらぶ相談をしているあいだも、死者を悲しむ嗚咽の声は絶えなかったが、それでもどうにか、濃いグレーのジャージーの服にピンクのショール、ということに話がまとまった。実はこのショールは、ブリヒダが大事に薄葉紙に包んでしまい、日曜日にだけ出してはおっていたものだった。おれたちは、ルイス家から届けられた花環をお棺のまわりにあしらい、蠟燭をともした……ラケル奥様のような方がご主人だと、ほんとにお仕え甲斐があるわ！　ほんとに思いやりがあって！　ブリヒダみたいに運のいい人間が、このなかに何人いるかしら？　いいえ、ひとりもいないわ。一週間前のメルセデス・バローソのお葬式、あれはどう？　福祉事務所の、黒ならまだ我慢もできるけど、ただのトラックが来て、メンチェ〔メルセデスの愛称〕を運んでいったわ。世間のひとが聞いたら嘘だと思うわよ。わたしたちがこの手で、ホールのわきの中庭の赤いゼラニウムを摘んできて、それでお棺を飾ったんですものね。そう言えば、ご主人たちは電話で、いろいろと結構な約束をメンチェにしていたわよ……ネ、待って。もう少し待ってちょうだい。辛抱して、ネ。そうだわ、この夏がいいわ。いいえ、わたしたちが避暑から帰ってからのほうが、よさそうね。だって、あなたは海岸がきらいでしょ。潮風に当たると肌がひどいことになるはずよ。ともかく帰ってきてからの話ね。帰ってきたら、かならず、広い庭のある新しい別荘へ連れてってあげるわ。きっと気に入るわよ。ガレージの上に、ちょうどいい部屋があって……ところが、どう？　メンチェが死んだとき、ご主人たちは顔を見せなかったわ。メンチェも気の毒ねえ！　ひどい仕打ちだわ！　だけどあれね、メンチェはほんとに話が上手だったわね。ちょっと下品だけど、面白い話をたくさん知っていたわ。どこで覚えたのかしら……それに比べると、ブリヒダの葬式は大変なものだ。花環はほんもの。葬式には絶対にこれでなければならないが、花の色は白だし、ちゃんと名札も添えられている。お棺が運ばれてきたときのことだ。リータはまっさきにお棺の下に手をやって、昔の特製の棺桶と同じように、そこまで入念に磨かれているかどうかをたしかめた。おれは、彼女がしかつめらしく口許をゆがめ、うなずくのを見た。ブリヒダのお棺の出来は申し分のないものらしい。この棺桶のことでも、ラケル夫人はきちんと約束を守ったわけだ。まったく、文句のつけようがない。ケープや羽毛飾りをつけた四頭の黒い馬に引かれる霊柩車もそうだし、葬列の出発を待ちながら通路に沿って停まっている、ピカピカに磨き立てられたルイス家の自動車にしてもそのとおりだ。

しかし、葬列はまだ出発するわけにはいかない。いざという段になって、部屋に自転車が一台残っていることを、ラケル夫人が思い出したのだ。それは少々傷んでいたが、しかし修理をすれば、聖ペトロか聖パウロの日に、庭師に贈るプレゼントには十分なりそうな品物だった……ねえ、《ムディート》〔小さな啞の意〕。すまないけど、ちょっと車を牽いていって、自転車をここまで運んでちょうだい。運転手に言って、トラックの後ろにでも積ませるわ。そうすれば、またここへ来る手間がはぶけて……。

「とおっしゃると、ラケル夫人、きょうかぎり、ここへはもうお出でに……」

「とんでもない！　いやでもまた来なければなりませんよ。ローマからアスコイティア家のイネス夫人が戻ったら、そのときは……」

「何かお便りが？」

「いいえ、全然。あのひと、大変な筆不精なのよ。それに、噂になっている列福式はだめ、ヘロニモがまた、アスコイティア家代々の礼拝堂を大司教にゆずることに同意して、サインまでしてしまったでしょう。気落ちして、手紙を書くどころではないのよ。これ以上ローマでぐずぐずしていると、あのひと、この修道院の無事な姿も拝めないわ」

「アソカル神父から《少年の町》のプランを見せていただいてますけど、ほんとに素晴らしいですわね、大きな窓があって！　設計図を拝見して、これならと少し安心いたしました……きっと、これがこの礼拝堂の最後のミサになるのでしょうね」

「アソカル神父お得意のはったりですよ、シスター・ベニータ！　だまされてはいけません。何しろ、ひとすじ縄ではいかないお坊さんですからね。ヘロニモ・デ・アスコイティアが大司教にゆずったこの建物は、それはもう、大変な金目のものなんですよ。《少年の町》だなんて、とんでもない！　取りこわしがすんだら、きっとここを切り売りして、お金は勝手に使うつもりじゃないかしら……それにしても、《ムディート》は遅いわね！　ブリヒダがいらいらしながら埋葬を待っているのに！　いったい何をしているのかしら？　ええ、それはもう広い修道院のことですから、通路や廊下を渡って、道具を置かせてもらっている部屋まで行くだけでも、時間がかかることは分かってますけど。《ムディート》はからだが悪くて、瘦せているし……でも、ほんとに疲れましたわ。早くここから出て、ブリヒダを埋葬してやらないと……こんどのことは、本当にこたえました。わたしももう長くはない、と思ったりして。ブリヒダはわたしより、ふたつ年上なだけですもの。ええ、例の約束を果たすために、墓所のわたしの納骨堂をゆずってやりました。わたしの代わりに朽ちていくからだで、きっと、納骨室を暖めていてくれるでしょう。これで、そのお骨をどかしてわたしが入っていっても、寒さで震えることはないし、怖い思いをしないですみます。あんな約束はしましたが、ただそれまでのあいだ、わたしの納骨堂を使わせてやるのが精いっぱいで……何しろ、長年口をきいたこともない親戚の者までが、あの墓所に納まる権利がある、なんて言いだす始末ですからね。でも、もう場所を取られる心配はありませんわ。ブリヒダがいて、ちゃんと取っていてくれるし、暖めておいてくれるんですもの。冬だというのに用事で駆けずりまわって、疲れて帰って早寝でもしようというとき、ベッドの用意をして、気持ちのいい湯タンポを入れておいてくれた、昔のとおりですわ。でも結局、わたしが死んだら、ブリヒダは納骨室を出ることになります。これだけはどうにも……そうだわ、ブリヒダ！　弁護士を使って、親戚の者から権利を取りあげましょう！　でも、勝ち目があるかどうか。どのみち、あなたはあそこを出なきゃだめのようね。わたしが悪いわけじゃないのよ。いいこと、ブリヒダ。わたしの責任じゃないのよ。だって、わたしが死んだあと、みんなが何をするか、これだけは分かりませんからね。わたしの仕打ちが悪かったなんて、絶対に言わないで。あなたの言うとおりにしたんだから。でも、やっぱり心配ね、外に出したお骨をみんながどうするか。だって、そのころには、あなたのお骨を気にかける者は、ひとりもいないでしょうからね……わたしもこの先、何年生きていられますか。幸いからだのほうは、いたって丈夫ですけれど。この冬も一日だって寝込みませんでした。風邪ひとつひきませんでしたよ、シスター・ベニータ。孫があらかた感冒にかかって、娘たちから電話で、ぜひ手伝いに来てほしい、女中まで寝こんでしまった、と頼まれたくらいで……」

「それはようございました。ここのお年寄りは、ほとんどがやられました。修道院のなかは寒いし、石炭の値段が高いものですから……」

「とんでもないことだわ！《少年の町》にばかり気を取られて、みんなを放ったらかしにしておくなんて、いくらなんでもひどすぎますわ。こんど農場へ行ったら、少し送らせます。ことしの収穫がまだ残っているかどうか、その点がちょっと心配ですが、いくらかでも送らせることにします。それで、可哀そうなブリヒダを思い出していただけたら……ヘナーロ、自転車は入りましたか？」

運転手がラケル夫人の横にすわる。これでいつでも出発できるわけだ。御者が霊柩車の台にあがり、夫人の嫁はドライブ用の手袋をはめる。黒い馬たちがさかんにあがく。口許を隠し、震えたり咳をしたりしながら、葬列を見送るために通路へ出てきた老婆たちの目に、涙がにじむ。ラケル夫人が出発の合図をするその直前に、おれは窓に近づいて、小さな包みを渡す。

「なあに、これ？」

おれはただ待つ。

「あら、マルーのナイトガウンね！……可哀そうなこの男が心に留めていてくれなかったら、忘れるところでしたよ。忘れたら、また彼に、ここへ車を牽いてこさせることになったでしょうね……ありがとう、《ムディート》。ア、ちょっと待ってシスター、《ムディート》を引き止めておいてくださいな……さあ、お取り。お前の楽しみの、タバコ代ですよ。遠慮しないでお取り……さあ、すんだ。ヘナーロ、クラクションを鳴らして出発させてちょうだい……それじゃ、シスター・ベニータ……」

「ご機嫌よろしゅう、ラケル夫人……」

「さようなら、ブリヒダ……」

「さようなら……」

最後の車が角を曲がって消えるのを見とどけてから、シスター・ベニータ、おれ、そして老婆たちの順序で、みんなはなかへ入った。何やら小声でささやきながら、老婆たちはめいめいの中庭へ散っていく。おれは大扉にかんぬきと錠をおろし、リータはガラスのガタガタ鳴る内扉を閉める。ひとり取り残されていた老婆が、ホールのタイルの上から白いバラの花を拾いあげる。興奮しすぎて疲れたのか、あくびをしながら髪にそれを挿し、やがて仲間を、薄いスープを、ショールを、暖かいベッドを求めて廊下の向こうへ姿を消す。


おれが二枚の板切れをぶっちがいに打ちつけてふさいだ廊下の角のドアの前で、彼女たちは立ち止まった。実は、たやすく板をはがして上の階にあがれるように、釘はゆるめてある。孤児たちはその釘を抜き、板をはがしてから、上にあがろうとするイリス・マテルーナに手を貸した……早く上にあがってよ、おデブ。怖いわ！　階段に手すりがないのよ。踏み板だって、ところどころ抜けてるし……このおデブちゃんのせいね。下から上までギシギシいってるわよ……みんなはゆっくりと昇っていく。階段がくずれ落ちないように、ひと足、ひと足、慎重に昇っていく。足場をたしかめながら、上の階へとイリスを押しあげていく。もう十年も前のことになる。修道院のなかにこんな場所があることを忘れるために、ドアを釘付けにするように、シスター・ベニータから命令された……これからは、あそこの掃除や整理はしなくていいのよ。わたしたちにはもうその力はないわ、《ムディート》。あのまま傷んでしまっても、少しも気にしなくて……ところが、用もないのに修道院のなかをうろうろし、ぼちぼちそれにも飽きかけていた五人の小娘たちが、そのドアが開くこと、中庭を取りかこんでいる上の階の廊下に通じていることを、とうとう嗅ぎつけてしまった……さあ昇ろう。怖がることなんてないわ。まっ昼間よ……怖がるはずないでしょ。それより早く見たいわ。上には何があるのかしら?……何もあるわけないじゃない。修道院のなかはどこも同じよ。がらくたばっかしよ。でも、スリルがあるわね。ここへあがるのは、ほんとは止められてるのよ。くずれると危ないからって……下にいる者に見つからないようにしろ、とエリアナが注意する。もっとも、きょうは危険は小さい。ブリヒダを見送るために、みんなが玄関のホールに集まっているからだ。しかし、わざわざ危険をおかすこともないだろう。シスター・ベニータは機嫌が悪いようだし……さあ、ぼんやりしていないで。役に立たないひとたちね。それを拾いなさい。ここに、山のようにスプーンとお皿があるわ。洗うのを手伝ってちょうだい。きれいにしておかなきゃ。競売にするのよ、これも。ナプキンはたたんで、ちゃんと数をかぞえてね。そこらを掃いてちょうだい。さあさあ、こんどは洗濯ですよ。せめて下着ぐらいは自分で洗ったら。汚いこと。まるで豚じゃない。みんな、遊んでばかりいてはだめよ……シィーー! みんな静かに。シィーーー!……気をつけて。あとで叱られるわ……。

彼女たちはひとつの中庭と、さらにもうひとつの中庭のすみを伝ってドアにたどり着く。エリアナがドアを押すと、錆びついた鉄のベッドが二十も並んでいる部屋が現われる。こわれているもの。脚がびっこのもの。キャスターが欠けているもの。スプリングが針金で修理されているもの。それらが寄宿学校のベッドのように、壁に寄せて二列に並べられている。同じ形のふたつの窓。高くてほっそりした窓。広い水切り。ガラスは頭の高さまで茶色のペンキで塗りつぶされている。金網と鉄格子のベールをかぶった黒い雲はともかく、外のものをいっさい覗かせないためだ。おれはこの手で、ふたつの窓を締め切るために使われた釘もゆるめておいた。孤児たちはすでに、そこが開くことを知っている。窓を開けた彼女たちは、いい具合に、ブリヒダを乗せた霊柩車を見送ることができた。先導する羽毛飾り付きの四頭の馬。あとにしたがう九台の車。エリアナは八台だと言い、ミレーリャは九台だと言う……いいえ、八台よ……ちがうわ、九台よ……葬列が消えるのを待っていたように、近所の男の子たちがボールを追って、ふたたび通りになだれこむ……ナイスパス、リカルド! キックだ、ミート!

追え、しっかり追うんだ。ルーチョ、パスしろ。こんどはキックだ。それ、ゴールだ！　ゴォーール！……ボーイフレンドたちのゴォーーールを見てはしゃぐ、ミレーリャの黄色い声。彼女は手をたたく。彼らに向かってさかんに手を振る。

　イリスは、窓から離れた寝室の奥のスプリングマットに、眠そうな顔をしてすわっている。あくびを連発し、雑誌をパラパラめくる。ほかの孤児たちは、通行人に向かっておどけた顔をしてみせたり、男の子たちと大声で話したりしている。水切りに腰かけて、下を通りかかった女をからかい、大きなあくびをする。光がかげり始めたのを見て、イリスがエリアナの名前を呼ぶ。

「なあに？」

「約束したじゃない、犬のプルートとポパイ・ザ・セイラーマンの本、読んでくれるって」

「だめ！　読んだ分のお金、ふたつ貸しになってるのよ」

「今夜、《ヒガンテ》〔巨人の意味〕と逢引して、アレするの。あしたなら払えるわ」

「だったら、あした読んであげる」

　エリアナはふたたび鉄格子にしがみつく。街灯がともり始める。正面の家の女がバルコニーを開ける。表を眺めながら濃い栗色の長い髪をすき、ラジオのスイッチをひねる……ラッ、タッ、タッ、タタタッ、タッ、タタッ……調子はずれなエレキのけたたましい音や、鼻にかかった歌声が寝室に流れこむ。孤児たちはスプリングマットからイリスを起きあがらせ、ババルー、ババルー、アイエー……という声を聞きながら、二列のベッドのあいだの通路に立たせる……踊ってみせて、ジーナ……孤児たちはけしかける……早く踊ってよ……イリスは、牝馬《めうま》の身のこなしでウェーブのかかった長い髪をふり立て、お尻をモクモクさせながらベッドを縫って進む……やっとしゃんとしたわ。もうあくびも出ないわ。ジーナ・ロロブリジーダって女優、知ってる？　あのジーナみたいに、あたいも外に出て、踊りたいなあ。エリアナに読んでもらったけど、コリン・テリャード〔スペインで人気随一の読物作家〕のお話よ。ジーナもいじわるな尼さんのいる修道院で暮らしてたんだって……イリスは踊るのをやめて、ポケットをあちこち探る。むらさき色の口紅を取りだして、唇に塗りたくる。いやらしい黒っぽいルージュが口のまわりを彩ると、いかにも少女らしいイリスの柔らかい肉が、なまのパンの塊めいたものに変わる……ジーナ、早く踊ってよオ！……彼女は二列に並んだベッドのあいだを踊りながら進む……もっとお尻を振って！　そうそう、いいわ。もっと、もっとよ！……水切りではエリアナが、ブリヒダの安置されていた礼拝堂から盗んできた二本の蠟燭に火をつけようとしている。彼女にできるのは、舞台の準備だけである。まだ若すぎるのだ。表の男の子たちが大声で呼んでいるのは、彼女ではない。イリスである。ひとに見せるような乳房も、自慢できる太腿《ふともも》も、彼女にはまだないのだ。彼女はほかの孤児を向こうの窓に追いやって、水切りに這いあがろうとするイリスに手を貸す。

「見て、ジーナ。《ヒガンテ》が来たわよ！」

「お婆ちゃんたちが寝たら行くって、大きな声でそう言ってよ」

「あの子たち、踊ってみせろだって」

明るい窓にジーナだけが残される。彼女は腰をひねる。胸をそらし、セーターの皺を伸ばすように、上から下へゆっくりと愛撫する。最後にスカートをまくりあげて、ブルンブルン震えるたくましい太腿をむき出しにし、もう一方の手で後ろの髪を掻きあげながら、情熱的なキスをするように口をすぼめる。通りの街灯の下に集まった連中が手をたたく。正面の窓で髪をとかしていた女は、音楽のボリュームをあげ、手すりに肘を突いて見物する。イリスがからだをくねらせ始める。非常に緩慢な動きで、初めは太腿と太腿をこすり合わせているだけだが、そのうちに激しいババルーのリズムにのって全身を震わせ、ターンをする。髪をふり乱し、腕を差しのべる。何かを、誰かを求めるように腕を広げる。二度、三度とターンを繰り返す。背を曲げ、背を伸ばす。のけぞったかと思うと、髪ごと頭をガクンと前に落とす。ロックやフルーグのリズムに合わせてターンする。どうなってもいいのだ、ターンを繰り返しながら踊って踊って、太腿や、不潔なパンティーや、ブラブラ揺れる乳房や、やはり何かを求めている熱い舌を連中に見せつけるためなら。水切りの上で踊るのは、ただ、通りに集まった連中からやんやの喝采を受け、こう言ってもらうためなのだ……いいぞオ、ジーナ！　たっぷり踊ってくれよ、ジーナ！　オッパイをもっと揺するんだ！　ジーナ、ケツを拝ませろ！　修道院なんか糞くらえ！　畜生、たまらねえ！

……ボール紙の大きな頭をのせた《ヒガンテ》が通りのまん中に飛びだし、イリスを抱いているような格好で踊りだす。イリスは胸を揺すり、腰をくねらせる。ターンをし、全身を激しく震わせる。建物の外に吊るされ、蠟燭の灯りで照らされた檻のなかに閉じ込められながら、高いところで黄色い叫びをあげる。壁龕《へきがん》の奥で狂った聖母のように、彼女は踊る。《ヒガンテ》が前の歩道に立って声をかける……ジーナ、降りてこいよ、ここへ。ジーナ、アレをやろう……おい。大きな声で彼女に言ってくれ。この、くせえボール紙の頭がじゃましてて、あいつには聞こえねえらしい。

「降りてこいだって、ジーナ！」

「エリアナ、《ヒガンテ》に訊いてみてよ、きょうは、何をプレゼントに持ってきたかって。プレゼントがなかったら、行かないわ」

「……お金じゃないんだって。コリン・テリャードの雑誌五冊と、金のケースに入った、新しくないけど上等の口紅を持ってきたらしいわ」

「どうせメッキよ。ほんものの金だと、高いわ」

「ほかのものはもらわないで、イリス。損よ。読んであげた分の貸しがあるんだから、ちゃんとお金をもらってよ」

「あんたがだめなら、ミレーリャが読んでくれるわ。だからいいの」

「でも、ほんとはあたいに読んでもらいたいんでしょう？　読むだけじゃなくて、説明もするんだもの。説明がないと、あんたはだめなのよ。そうでしょ、イリス・マテルーナ？　あんたはあたいがいないと、困っちゃうのよ。コリン・テリャードの読物も、ドナルド・ダックのお話も、あたいが読んで説明してやらなかったら、このいやな修道院で、あんたは退屈して……」

イリスは鉄格子にしがみついて男を見る……あれよ。二枚のお皿みたいにまん丸い目をしてるでしょ。いつもニコニコ笑ってるのよ。絶対に怒らないの。ほんとにいいひとよ。アレもとっても上手。あたいをジーナって呼びながら眉を釣りあげるの。だけど、おでこの皺のおかげで、あのちっちゃな変てこな帽子も落っこちないのよ……彼、結婚したいんだって。あたいのアレの仕方が気に入ったのよ。映画を観に連れてってくれるらしいわ。女優さんたちがひとりで動いて、喋るんだって。だから、うるさいエリアナなんかに読んでもらわなくてもいいのよ。ほら、あっちの下町のほうに高いビルが見えるでしょ。《ヒガンテ》はあたいをあそこへ連れてって、コンクールで踊らせるつもりなの。賞品が出るのよ。優勝した子にはメーキャップだって。それからたくさんの雑誌に写真がのるの。エリアナのおばかさんも、リータおばさんも、《ムディート》も、シスター・ベニータも、あんたたちも、お婆ちゃんたちも、みんな、雑誌にのったあたいの写真が見られるのよ。

「今晩《ヒガンテ》がお金をくれなかったら、なんで払ってくれるの？」

イリスは肩をすくめる。

「だって、結婚するんだったら、その前に、払うものはちゃんと払っていかなくちゃ。いやだなんて言ったら、いい、あんたのパパを連れてったポリ公に、あんたも引き渡してやるわよ。お金を払わなきゃ、ブタ箱に入れられるんだから。そうね、今晩《ヒガンテ》からもらう雑誌二冊と、口紅で手を打ってもいいわ」

「ばかにしないで。雑誌を一冊やって、口紅を二回使わしてあげるわ。それで……」

「いいわ。でも口紅を使っちゃったら、ケースはあたいにちょうだい」

「あげる」

ホールに入ったシスター・ベニータは、一瞬、両手を合わせ目をつぶって、じっと立っていた。彼女が目を開けて動きだすのを待った。目を開けて動きだすと同時に、シスター・ベニータはおれに、あとについて来いという合図をした。白痴の子供がおもちゃを引きずって歩くように、背中の曲がった細いからだで車を牽いてあとを追わねばならないことを、おれは心得ている。あとからついて来いという、その目的もちゃんと心得ている。これまで何回となく繰り返してきたことなのだ。死者が遺していったものの後始末なのだ。ラケル夫人は、ブリヒダのものは仲間のみんなで、いや、仲良しのみなさんで分けてくれ、と言った。女学校ではあるまいし……ブリヒダの部屋を覗いてみるつもりはありませんわ、シスター。いいえ結構。調べるどころか、覗くこともないと思います。値打ちのあるものなんて……ですから、ええ、見る気なんてありません。まだ残っているものがあれば、どうぞお好きなように……そうだわ、シスター・ベニータ。あのひとたちに分けてあげてください。貧しいお年寄りばかりだから、何かブリヒダの思い出になるものがもらえれば、きっと喜ぶでしょうよ。ここのみなさんには、それは可愛がっていただいたことだし……。

おれは、四個の車輪がついた台を引きずって、シスターのあとを追う。ほうきや、バケツや、雑巾や、はたきを、つぎつぎに台の上にのせる。老婆たちが台所の中庭でシスター・アンセルマを囲みながら、ジャガイモの皮を剝いて鍋に放りこんでいる……ブリヒダのお葬式、ほんとに立派だったわ……ラケル夫人が着てたのはプリンセスラインのコートよ。またあれがはやりなのね……御者が口髭を生やしてたけど、どういうんだろ。一等の霊柩車の御者が口髭なんか生やしていて、それでいいのかしら。なんだか、死んだひとに失礼みたい……これから何カ月も、こうした会話が繰り返されるのだ。別のグループの老婆たちは、葬式のこと、ブリヒダのことなどもう忘れて、砂糖の箱を台がわりにトランプに興じている。シスター、その石段に気をつけて。影じゃない、それは石段だ。おれたちは別の中庭へ入っていく。だが、ここもブリヒダの住んでいた中庭ではない。まだ廊下を渡らねばならないのだ。空部屋。その向こうにも空部屋。ずらり並んだ空部屋。きりもなく続く、開いたり閉まったりしているドア。開いていようと閉まっていようと、どのみち同じことだが。さらに越えていかねばならない多くの部屋。割れた、埃だらけの窓ガラス。めんどりが日干し煉瓦《れんが》をコツコツやって餌の穀物をほじくっている。乾ききった壁に張りついた影。別の中庭。現在は使われていない洗濯のための中庭。いまでは三人きり、誰もそこで暮らしてはいない尼僧たちの中庭。椰子の中庭。菩提樹の中庭。この名前のない中庭。エルネスティナ・ゴメスの中庭。老婆たちが台所で食事をしたがるために、いまは使われていない食堂の中庭。果てしなく続く通路でつながれた無数の中庭と廊下。おれたちも二度と掃除などするつもりのない部屋、部屋、部屋。もっともシスター、ごく最近まで、あなたはよく言っていた……ねえ、《ムディート》。ほうきやはたき、雑巾やバケツ、それからシャボンを掻き集めて二、三日のうちに、そうね、手があきしだい大掃除をしましょう。このまま放っておいたら大変なことになるわ……気をつけて、シスター。手を貸しましょう。このがらくたはこうよけてと。こっちの廊下を行ったほうがよくはないかな。廊下は、すでにその目的は忘れられているが、高さがわざわざ変えられてある別の中庭で終わり、蜘蛛の巣が反響をやわらげる部屋や、消息の絶えたひとの往き来する物音のこだまが張りついている通廊などに向かって開かれている。いや、そのこだまは、まだ取りこわされていないこのくずれた塀のなかで、追いかけっこをしている鼠や猫、めんどりや鳩の鳴き声のそれなのかもしれない。

おれはシスター・ベニータの先に立って進む。そして、老婆たちがひどく昔風のやり方でゲームを楽しむのに使っているが、すり切れたトランプの札で建てられたような灰色の薄汚い一群の小屋、ブリキと板切れとボール紙造りの小屋のそばで立ち止まる。あなたは、これまでにも何度か、部屋で眠るように老婆たちにすすめた……上等で広い空き部屋が何百もあるのよ、ここには。さあ、好きな中庭の、好きな部屋をえらびなさい。住みごこちがいいように、わたしと《ムディート》が手を入れてあげるわ……いいえ。結構でございます、シスター。本当は怖いんですよ。だいいち広すぎます。天井はばか高いし、壁も厚すぎて。この部屋やあの部屋で、きっと大勢の人間が死んだり、お祈りをしたにちがいありませんわ。それが恐ろしくて。ひどい湿気ですから、リューマチには悪いと思います。だだっ広くて、おまけに暗いでしょう。こんなに広い場所はいりません。ご主人様の屋敷の裏手の、がらくただらけの小部屋で暮らすのに慣れた女中ですもの。とてもこんな大きな部屋には馴染めそうに……いいえ、シスター・ベニータ。せっかくですけど、通廊の下のこの貧相な小屋のほうが、ほんとによろしいんですよ。お互いなるたけ身を寄せあっていたい。これが本心です。隣の小屋のひとの息づかいや、古くなった紅茶の葉の匂いや、板仕切りの向こうでやっぱり寝つかれなくてもぞもぞやっている、自分とそっくりな他人のからだの動きや、咳や、おならや、お腹のグウグウ鳴る音や、夢でうなされる声などを感じたり聞いたりすることができますもの。いっしょに居さえすれば、ガタピシした板と板の隙間から忍びこんでくるこの寒さも、いっこうに気になりません。それはもちろん、お互いねたみもします。欲もございます。歯の抜けた口許が引きつったり、やにだらけの目が釣りあがったりするような、怖い思いをすることだってあります。でも、いっしょに居さえすれば、日暮れに連れ立って、礼拝堂へ行くこともできます。めいめい連れのぼろ着の裾をしっかりつかんで、回廊や、どこまでも続いているトンネルのような廊下を渡っていけます。蛾が顔にさわったりして、暗闇でわけの分からないものにさわられるくらい怖いことはありませんから。思わず悲鳴をあげてしまうような、明かりひとつない歩廊も渡っていけます。いっしょだと、梁からぶら下がっていて、暗くなりかけると目の前にぬうっと伸びてくる、黒い影を払いのけることだってできますし……眉墨を使っている口のうるさい老婆が、こちらへやって来る。それからアマリアが来る……お早よう、アマリア。さあ元気を出しなさい。ちょっとここで待っていてちょうだいね。お話があるの、ブリヒダの小屋を片付けてから。いいえ、いいのよ。《ムディート》がいつものように手伝ってくれるから。ほら、もうブリヒダの小屋の錠を開けているわ……ローサ・ペレスもやって来る。いつも噂話で中庭に活気を添えている老婆だ……今日は、カルメーラ……そうよ、そのうち、きっと迎えに来てくれるわよ。それまで待つのね。でもあれね、もう十年も待っているのに、まだ誰も来てくれないのね。これは噂だけど、ラファエリート坊っちゃまは家を一軒借りていて、ひとつ部屋が空いてるそうよ……ここに大事にしまってある髪の毛を、シスター・ベニータ、よく見てくださいな。子どものころの、わたしが育てていたころの、ラファエリート坊っちゃまのものなんですよ。トウモロコシの毛そっくりの亜麻色で、カモミールの煎じ汁みたいなほかの子のものとは、まるっきりちがってました。以前はそんなだったのに、だんだん暗い色になって、いまではお気の毒に、すっかり禿《は》げあがったって話ですわ。このあいだお電話をしたら、新しくもらった奥様が出て、あとで掛けなおしてくれって、そうおっしゃって……カルメーラ、しばらく待ってちょうだい、その話は……カルメーラは、みんなと同じようにスカートの膝に組んだ両手をのせ、やにで霞んだ目を凝らしながら待ちつづける。静かに忍び寄って、しだいに勢いを増し、初めはほんの少々かげらせるだけだが、やがてすべての光を、すべての、すべての光を、そう、すべての、すべての光を奪ってしまうものの訪れを待ちつづける。ふいに襲う暗黒のなかでは、悲鳴をあげることもままならない。暗がりだと助けを求める声さえ、ちょっとやそっとでは見つからないからだ。こうして、ひとは唐突な闇の底に沈んでゆき、おとついの夜のブリヒダのように、ある日、姿を消す。老婆たちはその日を待ちながら、生まれてからこのかたそうして来たように、そこらをちょこちょこ掃き、つくろい物をし、洗濯をし、ジャガイモの皮を剝く。体力はもうないから、大して力のいらない仕事でなければだめだが。老婆たちは、きのうと少しも変わらぬ日中も、前日のそれの繰り返しでしかない朝方も、いつものそれをなぞったような昼下がりも、回廊の水吐きに腰かけて日向ぼっこをしたり、よだれや吹出物にたかる蠅を手で追ったりして待つ。これまでのように膝に肘を突き、両手で顔を蔽って、彼女たちの誰ひとりとして待っていることを意識していない、あの瞬間を待つ。別の中庭で、別の角柱のかげで、別の窓ガラスの背後で、さもなければ、彼女たちは暇つぶしに赤いゼラニウムの花を摘む。メルセデス・バローソの棺を飾ったあれだ。ゼラニウムは埃で汚れていたが、おかげで気の毒なメンチェも花なしで行かずにすんだ……ほんとに面白かったわ。イリス・マテルーナにおそわって、あのロックやフルーグを踊ったことがあるでしょ。ほかの四人の女の子が、いいえ、わたしたちも手拍子を打って、ふたりに、イリスとメンチェに踊ってもらったことが……可哀そうなメンチェ……メルセデス・バローソは太りすぎが原因で、いま訪れようとしている夜と寸分たがわぬある夜、亡くなったのだった。

おれは少し身を引いて、あなたをなかへ通す。鏡付きの化粧台と真鍮のベッド。これだけでこの部屋はいっぱいだろう。シーツの乱れもほとんど目立たない。四十八時間前にひとりの女がその上で死と闘っていたとは、誰も疑わないだろう。ブリヒダはまだ、ここに生きているのだ。この部屋はなおここにあって、彼女の肉体はすでに蛆《うじ》がむさぼり始めているというのに、別のブリヒダを生き永らえさせている。いかにも彼女らしいこの整頓ぶり。彼女がその好みや癖にしたがって使い古してきた道具。小ぎれいに見せかけようとした苦心の跡。シスター・ベニータ、受胎告知の版画の片すみに添えられた枝の日曜日〔復活祭前の四旬節の、最後の日曜日〕の椰子の葉を、クリスマスプレゼントの包紙をかぶせて花瓶がわりに使っていたコカコーラの瓶を、ようく見てやってほしい。ルイス家の写真。聖像。彼女のこまめな手は式服の縫取りを上手に修理する腕を持っていた。ところがアソカル神父は、この式服は十八世紀ごろのものだ、修道院に残しておいて失ったりしてはもったいない、と言って、よそへ運んでしまった……シスター・ベニータ、ここにあるもので値打ちのあるのは、これだけです。あとは全部、がらくただ。この国を支配している上流階級が、こんながらくたしかこの修道院に集められなかったなんて、とても信じられん……あなたは位置がずれないように気をくばりながら、指先で化粧台の上のものに触れる。整然と並んでいる指抜き、針入れ、やすり、小鋏《こばさみ》、ピンセット、爪磨き用のブラシ。すべてが、真新しくて糊のよくきいた、白い敷物の上にきちんと置かれている。シスター・ベニータ、あなたとおれは、まだ生きているこのブリヒダを切り分けて、みんなにくばるために、焼いて残った灰を風にまかせるために、その持ち物の整然とした秩序のなかで生き永らえたいと願ったブリヒダの息の根を止めるために、ここへ来ているのだ。彼女の残していった跡をきれいに消して、あすかあさって、別の老婆を迎える。そしてこの老婆は、ほとんど違わない。だがまぎれもなく彼女のものである、独自の死にざまの痕跡をこの場所に刻み始める。つまり、彼女はブリヒダのあとを埋めるのだ。ちょうどブリヒダが……いまのおれは、ブリヒダが来る前にこの小屋に住んでいたが、肉のたるみで手が醜くゆがんだ、あの物静かな老婆の名前を思い出すことすらできない……。

シスター・ベニータがブリヒダの小屋の掃除を始めたというニュースは、たちまち院内に広まった。ほかの中庭の老婆たちが覗きにやって来る。シスター・ベニータは、うるさくせがむ者を優先させるようなことは決してしない。だから最初のうち、彼女たちはあまりそばには近づかない。黙って、あるいは小声で話しながら、まわりをうろうろしている。入口の前を何度も通りすぎる。そして徐々に近寄ってくる。ひとりが思い切って一瞬、立ち止まる。あなたに無邪気に笑いかけ、おれにウインクする。おれもそれに応じて、《ムディート》の目でウインクする。入口の前を通りすぎる彼女たちの足がだんだん遅くなり、最後にほとんど動かなくなる。一滴の蜜にたかる蝿のように、まっ黒に見えるほど入口に集まって、ささやき合ったり、よろけたり、わめいたり……しまいにあなたは、彼女たちを追い払ってくれ、とおれに頼む……向こうへ行かせてちょうだい、《ムディート》。さあ、あなたたち向こうへ行って。仕事のじゃまをしないでちょうだい。お願いよ。あとで呼びますから……彼女たちは少しばかり遠ざかる。廊下の端に、角柱の下にすわりこむ。スカートの上の手が落ち着かない……ほら、ブリヒダの水色の繻子のベッドカバーだわ。羽根入りよ。誰に当たるかしら。でも、ああいう上等な品物はみんな、ラケル奥様がお家《うち》へ持っていかれるわ。ラジオよ、スニルダ。あれは競売か何かにするのね、きっと。ラジオは高いのよ。わたしもブリヒダみたいにラジオを持ってみたいわ。だって日曜は、あのひとベッドに寝ながら大聖堂のミサを聞いてたのよ。寒い日曜日に、わたしもベッドでミサを聞いてみたい、一度でいいから。あの黒いショールを見て、クレメンシア。いつか話した黒いショールよ。分かる？　誕生日にマルー お嬢様からいただいたらしいわ。でも、一度も使ったことがないのよ。ブリヒダは黒がきらいだったから……それじゃ、まださらみたいな……。

見た者は誰もいないが、断末魔の苦悶のなかで死者が残した汚れや臭気といっしょに、あなたはシーツを丸める、洗濯するためだ。おれは二枚のマットレスを持ちあげて廊下へかつぎ出し、風に当てる。あなたは雲斎織を剝ぎとる。それがマットレスを守ろうとしていたのは、錆びたスプリングからである。針金づくりの檻。その内部にうずくまっている。大きな、平べったい、長い、ふわふわの、四角い、形のくずれた獣の群れ。何十、何百という数の包み。裂いた布で縛ったボール箱。玉になった紐や毛糸。こわれたシャボン入れ。片ちんばの靴。瓶。へこんだランプの笠。木苺色の水泳帽。すべてが柔らかな埃の下でじっと動かず、ビロードめいた同質のもののような印象を与える。埃はその細く軽やかな毛ですべてを蔽っている。たとえば、まばたきや呼吸のような、わずかな動きがあっても部屋じゅうに広がり、おれたちを窒息させ、失明させかねない。そうなれば、ぼろ布の包みや、古雑誌の束や、パラソルの骨や、箱や、箱の蓋や、そのまた切れっぱしなどの、穏やかな仮の姿で休息していた獣は、おれたちにどっと襲いかかって来るにちがいない。ベッドの下から、なおも続々と包みが現われる。見てくれ、シスター・ベニータ！　化粧台の下にも、化粧台と仕切り壁のあいだにも、それから、すみのカーテンの後ろにもある。すべてが下のほうに、視線のとどかないところに身を潜めている。そんな風に、ぼんやり突っ立っていてはだめだ、シスター。埃や用のなくなったものをうまく手なずけたこのブリヒダを、あなたはこれまで知らなかったのか？　このブリヒダを見て、いまさらのように呆《あき》れているのか？　ああ、シスター、あなたはまったく知らなかったのだ。実はあの老婆は、この修道院よりもっと複雑な生きものだった。針入れ、小鋏、爪磨きのブラシ、白糸。そう、それらの品物はどれもこれも、誰に見られてもいいように、白いテーブル掛けの上に整然と並んでいる。たしかに胸うたれる。ところがいま、あなたは突然、この非公認の、別のブリヒダに対面しなければならない。糊のきいたテーブル掛けの上に身をさらしていない彼女。ここに収容されている老婆たちの女王であり、女王にふさわしい葬られ方をした彼女。縫取りされた清潔なシーツの上から、美しい手と愛想のよい目でさりげなく考えを述べ、呻きや吐息で命令し、指一本の動きで他人の生き方を変えてしまう彼女。あなたは全然、彼女を知ってはいなかったのだ。いや、知ろうとしても、おそらく知ることはできなかっただろう。シスター・ベニータの視線もベッドの下や、秘密の場所までは及ばないのだ。同情し奉仕するだけで、飽くまでこちら側に留まっている。そのほうが、おそらくいいのだ。しかしそれだって、あなたが長年、この呪われた修道院の老いさらばえた女たちに立ちまじってそうして来たように、骨身を削るような労苦を意味する。あなたを取り巻いている痴呆や病人たち。貧しい者や身寄りのない人間たち。刑吏も犠牲者ももはや見分けがつかないが、いずれにしても、飢えを訴えているのは向こうであり、あなたは必死に彼女たちを救おうとする。けれども、あらゆる特権を許された老年の乱脈は、あなたをただ狂奔させるだけだ……哀れな老婆たち。たしかに、何かをしてやらねばならない。あなたはそのために骨身を削ってきたが、それでも結局、ブリヒダの隠された裏の一面を知ることはできなかったのだ。

あなたは溜息をつきながら腰をかがめ、マニラ紙で包装して細紐でくくった四角い包みを、スプリングの下から取りだす。おれがぼろ布でそれをはたいたのはいいが、そのために部屋じゅうが綿毛でいっぱいになり、ふたりは顔をしかめる。あなたは早速、包みを開き始める。以前は、花環模様がまわりに浮きでていて、片すみに写真師の金文字の署名などもあるスタジオフォトを貼るのに使われた、一枚の厚紙が現われる。しかし写真はそこにない。おれは包装紙や厚紙を中庭のまん中まで運び、あとで焚火にされるがらくたの山をきずく最初の材料にする。老婆たちが寄ってくる。そこらを掻きまわして、なんでもいいから見つけたものを自分のものにするつもりなのだ。しかし、ほとんど何もありはしない。まったくない、と言ってもいい。もちろん、いま始まったばかりで、これからが楽しみなのだ。何しろ、ブリヒダは裕福だった。百万長者だった、そんな噂さえある。もうしばらくの辛抱なのだ。老婆たちは、廊下の好きな場所に腰をおろしたり、ぶらぶしたりしながら、おれたちふたりの様子を窺っている。

あなたの目の前に現われるものはすべて、紐でくくられ、包みにされている。何かに、別のものに、くるまれている。開けたとたんにバラバラになるこわれ物。磁器のコーヒーカップの把《と》っ手。最初の聖体拝領に使われた飾り帯の金モール。いずれもただ、何かをとっておきたい、何かを包みにしておきたい、紐でくってちゃんと保存しておきたい、という欲望から大事に、大事にしまい込まれていた品物なのだ。シスター・ベニータ。この、じっと動かない、似たりよったりな物の集まりは、決してあなたにその秘密を教えようとはしないだろう。それはあまりにも残酷なことだからだ。あなたは到底、あなた自身やおれ、まだ生きている老婆や死んだ老婆たちのすべてが、要するに、これらの包みのなかの存在でしかない、という考えに耐えられないにちがいない。あなたは包みにたいして、何事かを意味することを求める。あなたは人間を大事に考えるひとだからだ……気の毒なブリヒダ。ずいぶんたくさん包みをこしらえたのね……そう考えながらシスター・ベニータはほろりとなる……きっと旗を振っていたのよ。命を守りとおしたい、救いたい、残しておきたい、生き永らえさせたい、そう叫んでいるつもりだったんだわ……しかしシスター、断言してもいいが、ブリヒダはもっと手のこんだやり口で、確実に生き延びようとはかったのだ……包み？　包みだったら、老婆たちみんながこしらえている。ベッドの下に隠している。

包みを開けてみましょう、《ムディート》。大したものはないと思うけど。でも何か……言いかけてあなたは口をつぐむ。その言葉で、脈絡を欠いたある考えを縛ってしまうことを恐れたのだ。その代わりにあなたは、結び目をほどき、ぼろを広げ、封筒や箱を開ける。そうやっているうちに、ひょっとして救いだす値打ちのある品物に出くわすかもしれないと考える、一種のゲームに熱中する……だめね。みんなごみの山に持ってってちょうだい……ぼろ切れ、いくらでも現われるぼろ切れ。古い傷の血が付着した褐色の綿。包み、また包み。これで分かっただろう、シスター・ベニータ。包みにするってことが問題なんで、中身はどうでもいいのだ。おれはがらくたを中庭に積みあげていく。蜂の群れのように唸りをあげて老婆たちが押し寄せ、山を掻きまわす。コルク。青銅のノブ。紅茶の箱に大事にしまい込まれたボタン。靴の敷皮。ペンのキャップ。それらを奪いあう。ときおり、亡くなったばかりの老婆の小屋を片付けていて、その持ち物のなかに、たしかに見覚えのあるものを見つけることがある。たとえば、このカーテンを吊るすのに使う黒い木製のリングがそうだ。これは先週、メルセデス・バローソが死んだときに、がらくたの山のなかに放りこんだやつだが、実は、彼女もそれを、別にあてもないのに、ただなんとなく、ほかの死人の遺品のなかから拾いあげたのだ。そのほかの死人だって、別の人間から、別の老婆から、別の死人からそれを……。

おれにウインクした例の歯抜けの老婆が、木苺色の水泳帽をためしにかぶり、ほかの老婆の手拍子にのって、腰を振ってみせる。ドーラだけが、虫にさんざん喰い荒らされたセーターをほぐし、ちぢれた毛糸を玉に巻き取っている。糸の切れっぱしに切れっぱしを足して、水をいったんくぐらせてから、やがて生まれてくる赤児のための、ちっちゃな胴着を編む気なのだ……この包み、きっとこれだ……あなたは緊張し、いらだちの表情を見せる。ブリヒダの言いたかったこと、それを知るための鍵を隠しているのが、この包みにちがいないのだ。シスター、開けてみますか？……そうね、《ムディート》。気をつけて開けてちょうだい。だって、ブリヒダはわざわざ包みにしたのよ。どうしてもわたしに知ってもらいたいことが……とんでもない、シスター・ベニータ。それはとんでもない思い違いだ。ブリヒダがこの包みや、ほかの包みをこしらえたのは、ただ恐ろしかったからだ。彼女はいわば女王だった。刑吏であり、独裁者であり、審問官だったが、しかしみんなと同じように、実にさまざまな品物を紐でくくり、奥にしまいこんでいたのだ。しかし、あなたの気持ちは分かる。この包みの中身ががらくた以上のものであることを、あなたは祈っているのだ。あなたは茶色の紙をひき破り、わきに放る。もっと薄い、しわくちゃの別の紙が現われ、あなたはそれも破いて床に捨てる。なぜきりもなく包みを開き、破りつづけるのだろう？　たとえば新聞紙――船上のルーズヴェルトとファーラ、微笑を浮べたスターリン――の包みの下から現われた、薄いグリーンの琥珀織のこれだ。何も出てこないことは分かっているのに。このグレーの綿の肩当のせいで、包みはふっくらと、大きく感じられただけなのだ。あなたはもどかしげに指で肩当を探り、引き裂く。綿が落ちる。残った固い袋をあなたは人差し指と親指でつまんで放さない。リンネルの表面を蔽ったかびを払い、少しばかり力を入れて上から押してみる……あら、なかに何かあるわ、固くて、ちゃんと形のあるものが。たしかに手ごたえがあるわ。ああ、じれったい！……リンネルの袋を開こうとするあなたの指が震えている。銀紙の玉だ！　あなたはそれを裂く。それを破る。震えるあなたの開いた手のひらの上で、銀紙はうろこ状のものに変わる。そしておれが吹き飛ばしてやろうと身構えた瞬間に、あなたは手のひらを閉じて、おれの呼気のその鼻っ先から、それをさらってしまう。あなたの指は、あっという間に銀紙の玉を再現させる。みじめな手つきで懸命に固く丸める。あなたは玉をじっと見つめる。また、おれの顔を覗きこみながら、完全に元通りになったかどうか、おれに確認するように迫る。あなたはドアのところまで行く。老婆たちが足を止め、ぴたりと口を閉ざす。彼女たちの視線はまずあなたの腕の動きを、ついで、きらめきながら落ちていく小さな玉の弧を追う。空を切って飛んだ銀色のものを求めて、がらくたの山に駆け寄っていく。おれたちはあの小さな玉を、ふたたび別の死者の遺品のなかに見出すことになるだろう。

シスター、なぜ顔を手で蔽ったりするのだ？　あなたは逃げるように、通路を、廊下を、中庭を、回廊を走りぬける。老婆たちはあとを追いながら哀願する。骨ばった顔。すがるような、やにだらけの目。本人が思い込んでいるだけの寒さや伝染病から口許を守るスカーフのためにくぐもった声。タバコの吸いすぎで、また冷えたからだを暖めるためだが熱い紅茶の飲みすぎで、しゃがれ気味な別の声。シスターの服に触れようとして、シスターを引き止めようとして、そのデニムのエプロンか袖口をつかもうとして伸ばす手……シスター、行かないでくださいまし。真鍮のベッドをお願いいたします……わたしにぜひ、あのひとの眼鏡を。ときどき借りていたんですよ、肝心の眼鏡がないもので。古くてもなんでも、新聞を読むのが好きなものですから……毛布をいただけませんか。夜が寒くて寒くて。真夏でもそうなんですよ。わたしとは仲が良くて。このひとよりわたしのほうがお気に入りでした。右隣がわたしの小屋で……わたしは、左隣です。よく爪を切ってあげました。足の爪まで。そうそう、まめもです。若いころマニキュアの仕事をしてましたでしょ。アマリアなんか比べものにならないくらい、可愛がってくれました。何しろアマリアは、高い洗濯代を取っていたんですから……木製の洗濯ばさみのような指がわたしの腕を押さえる。その小さな鋏はわたしのものです……ラファエリート坊っちゃまのこの髪を見てくださいな、シスター・ベニータ。子どものころはふさふさしていたのに、可哀そうに、いまでは禿げあがって。噂ではわたしは哀れな後家です。皺にかこまれた口が、わたしには見当もつかない品物をよこせと叫ぶ……わたしお腹も出てきたと……このあいだ貸した縫針ですよ、これ……わたしは鉤針を……いいえ。わたしだってボタンを貸した覚えが……。枯れきっているみたいだけど、手だってわたしより力がある。指だって小枝みたい。でも、それが伸びて、わたしをつかむ。哀れっぽい声やくだくだしい繰りごと。わたしはがんじがらめだ……お願いです。わたしに、どうぞわたしにお願いします、シスター・ベニータ……ほしいんですよ。どうしてもそれが入り用なんです……なぜブリヒダの残した紅茶をくださらないんでしょう、こんな貧乏なわたしに……いいえ、このひとにやることはありません。ぜひわたしに、わたしにくださいまし。このひとは手癖が悪いって評判なんですから。油断してると、そこらのものをやられますよ……わたしにくださいまし。このわたしに……欲が深いというか意地汚いというか、片すみで舞い立っている綿毛のように柔らかい声。割れた爪。いまにもずり落ちそうな不潔な着物。年寄り特有の臭いのするからだ。老婆たちによってガラスの破れた内扉に追い詰められる。鍵だわ！……おれは内扉を開き、外へ出てからそれを閉める。そして外側から鍵をまわす。抜いた鍵をエプロンのポケットに戻す。やっと出られた！　老婆たちは扉の向こうに閉じ込められ、ごみの山をあさる。割れたガラスの穴から覗いている老婆たちの腕。形相の変った顔……哀願するその声がしだいに小さくなっていく。

2

老婆たちがふたりずつ、あるいは三々五々、調理場を去っていく。まるでベッドではなく闇に戻っていくようだ。長椅子。食べ残しの脂で汚れた大理石のテーブル。詰まった流しに煤《すす》と脂の記念碑よろしく山になっている鍋。それらのものであふれた調理場のなかから、過ぎていくとは思えない分秒が、時間がそれでも過ぎていくにつれて、人声は煥火のように徐々に消える。

毎度のことだが最後にその場を離れるのは、調理場の火にいちばん近いテーブルの、ブリヒダの横に席を占めていた六人の老婆たちだ。おれは、この仲良しグループがイリス・マテルーナにまとわりついて、キャンデーや雑誌を与えたり、まるで人形のように妙ちきりんな形に髪をゆってやったりして楽しんでいるのを、しょっちゅう見ていた。おれはいつも、同じテーブルの少し離れたところにすわった。だらだらした彼女たちのお喋りを聞いているうちに、おれは眠気がさして、紅茶を飲み終わるころには、組んだ腕に顔を埋めるようにテーブルに突っ伏してしまうのだった。いろんな話をする彼女たちの声が耳に入った。そのうちのひとりが小石につまずいて、足に怪我をしたという話。ラケル夫人がローマのイネス夫人から葉書をもらったというブリヒダの報告。百遍も繰り返されたなぞなぞ。ショールの端でくるむようにしてリータの膝の上にすわらされたイリスを喜ばせるお話。

その夜、誰であったか記憶はないが、老婆たちのひとりがおおよそ次のような物語をした。

むかしむかし、そのむかし、非常に裕福で心も非常にやさしい地主がいた。北部の山、南部の森、海岸の畑、という具合で国じゅうに広い土地を持っていたが、なかでも、北をマウレ河でかぎられた地域にある、灌漑《かんがい》の設備のゆきとどいた肥えた畑が自慢で、サン・ハビエル、カウケネス、ビリャ・アレグレの町々に近いその土地では、長《おさ》として衆望をあつめていた。したがって、猛暑、旱魃《かんばつ》、不作、家畜の毒あたり、死産、六本指の赤児の誕生などがうち続く災厄の年に見舞われると、農民たちの目は、そうした不幸の理由の説明を求めて、おのずと長に向けられるのだった。

この地主には、畑の手助けをよくする九人の息子と、目に入れても痛くないほど可愛がっている末の娘がいた。娘は熟れた小麦のような金髪で、気性も明るく、その家事の巧みさが近在で評判になるほどの働き者だった。縫物や刺繍の腕もたしかで、農園からえられる獣脂で蠟燭を作り、羊毛で毛布を織った。夏場、口いやしいカナブンが小うるさい羽音を立てて熟しすぎた果実のまわりを飛ぶころには、木立のあたりの空気は、召使いたちが銅鍋の下に焚きつけた火で青くけむり、つんと鼻を刺したが、娘はその銅鍋のなかで黒苺や西瓜《すいか》、マルメロやスモモをよく掻きまわしながら煮て、わが家の男たちを喜ばせる菓子を作った。娘が昔から伝わるこうした女の仕事を習いおぼえたのは、その母が産褥《さんじょく》で亡くなったときから養育に当たってきた女、皺のために手が醜くくずれたひとりの老婆のおかげだった。疲れた父や兄たちが泥靴ですわる食卓で主人役を務める一日の最後の食事が終わると、彼女はやさしく、ひとりひとりにキスをしてから、前をゆく乳母の手の燭台の火で照らされた廊下の奥へ下がり、ふたりに宛てられた一室で眠った。

娘との親しい関係から乳母にはさまざまな特権が許されていたこと。重なる災厄の納得のいく説明が見出せないので、その責めを何者かに帰する必要があったこと。悪い時節にはよこしまな考えがはびこりがちなこと。おそらく、そのいずれかが理由だと思われるが、ある噂が流れ始めた。馬丁頭がチーズ職人に耳打ちしたのか、それともチーズ職人が馬丁頭に、小作の農夫に、鍛冶屋の女房に、姪に耳打ちしたのか。ともかく夜になると、豚小屋の裏の焚火のまわりにうずくまった日雇たちのあいだでも、その噂がささやかれるようになった。ただ、何者かが近づく気配がすると、彼らはぴたりと口を閉ざした。徐々にではあるが噂は広まってゆき、ついに畑の作男や、農園から遠く離れた山の羊飼いまでがそれを知った。噂によれば、噂のまた噂によれば、つまり誰かがそこらで小耳にはさんだ噂によれば、月夜になると、恐ろしい首が小麦色の長いながい髭をなびかせながら空を飛ぶ。その顔は主人の娘の美しい顔にそっくりで……不吉な鳥チョンチョンの身の毛もよだつトゥエ、トゥエ、トゥエという声をまねて歌うのだという。魔法だ。呪術に間違いない。だからこそ百姓たちに塗炭の苦しみをなめさせる災厄が、こうしてきりもなく続くのだ。渇きのためにふくれ上がった家畜が虫の息でころがっている、乾ききった野原の上を、主人の娘の首は、コウモリの翼そっくりの筋ばった耳をばたつかせながら、乳母のように皺の深い、痩せた一匹の黄色い牝犬のあとを追う。仲間である星の光が指し示している山の彼方のある場所まで、牝犬はチョンチョンを案内しているのだ。すべての罪はふたりにある。娘も魔女、乳母も魔女なのだ。菓子を作り家事をとりしきるといった、およそ害のない仕事と同じくらい大昔から女のものとされているこの術を娘に仕こんだのは、ほかでもない、乳母である。なんでも、この噂が立ちはじめたのは地主のところの小作人のあいだだという。やがて近くの農場の小作人がそれを聞いて臨時雇のよそ者たちに話し、ブドウの収穫や麦こきの終ったあと、あちこちに散っていったこの連中によって地方一帯に広められ、ついに、長の娘と乳母がその土地全体に呪いをかけていることを疑う者は、ひとりもいなくなった。

ある晩、一軒の小屋のなかでのことだった。いちばん上の兄が情を通じている女のベッドから早ばやと起きて、しかるべき時間までにわが家へ帰ろうとした。すると、彼のからだのぬくもりが残る乱れた毛布の下から、女が叫んだ。「あんたの妹は、まだ戻ってないわ！　いちばん鶏が鳴いて、空が明るくならないうちは、魔女たちは帰らないって……」

彼は口から血が流れるくらい激しく女をなぐった。知っていることを洗いざらい吐かせ、話を聞いたあと、さらに女を打ちすえた。農園の屋敷に駆け戻って、すぐ下の弟にそれを伝え、そのあとつぎの弟に、さらにつぎの弟に……九人の兄弟は、内密に話し合ったり各自で思案してみたりしたが、到底、その噂がみんなを辱《はずか》しめる忌むべき虚言以上のものであると、信じることはできなかった。貧しい連中がたむろする野外から、純真で明るい娘としか思えない妹がとりしきる屋敷の奥にまで、恐怖は入りこんだ。噂を信じてはならない。彼らがそれを認めなければいいのだ。彼らはその話をするのをやめた。ところが、そのときから彼らは、市で家畜を売ったり、にわか雨の降る前に作物をとりこんだりすることを忘れ、首うなだれて仕事から帰ってくることが多くなった。以前のように自由に、陽気に酒を飲むこともなくなった。酔って口が軽くなり、父親の前で口をすべらせることを恐れたのだ。父親には絶対に、何も知られてはならなかった。

しかし夜になると、兄弟は、ときにはみんなそろって、ときにはめいめい勝手に——話し合いの結果、噂はでたらめだときめつけてからは、少しでもそれを信じていると思われたくないために互いを避けて——娘の部屋のドアの前に立った。聞こえる物音はいつも同じだった。なかでは、妹は老婆を相手に笑いころげ、なぞなぞに興じたり、歌をうたったりしていた。そしてそのあと、聖母賛歌やロザリオの祈りの声が聞こえ、蠟燭を消して眠る気配がした。ほかの物音を耳にすることはなかった。ただ、同じ物音の繰り返されるのが聞かれるだけだった。別になんでもないのだ。男くさい家のなかの、そこはいわば女護ヶ島にすぎない。男どもを寄せつけないが、危険ではないのだ。それならば、いつそこを抜け出して、世間の者が非難する遠歩きをするのだろう？　しばらく見張りを続け、やがて噂はまっ赤な嘘だと確信するようになった兄弟は、怪しからぬ中傷を広めた者たちをその手で罰してもらうために、すべてを父親に打ち明けた。怒りと悲しみで半狂乱、父親はきびしく問い詰めたが、娘の無垢な心は何を責められているのかさえ理解できなかった。娘はただ首を横に振るだけである。その澄んだ目を見ているうちに父親も気がしずまり、やがて膝の上に愛娘をすわらせて、なんでもいいから歌って聞かせてくれ、と言った。ほっとした笑顔を取り戻したすぐ上の兄が、居間のすみからギターを持ちだして伴奏した。

薔薇を拾うためなら海へ入ってもいいわ
でも本当は怖いの　あの水が恐ろしいの
教会の鐘も家畜の鈴も鳴っておくれ
わたしの切ない想いを伝えておくれ

隣室に集まった兄たちは相談して、もう二、三日様子を見ることに決めた。しかし、あの乳母を始末しなければならないことだけはたしかだった。罪を負うべき者がいるとすれば、それは乳母だ。うさん臭いあれがそばに付いているために、妹の潔白が疑われたのだから。それに、名前を知る者もろくにいない老婆ひとりを殺《や》ったところで、どうということはあるまい。それできっぱり片が付くのなら。眠れぬ夜が続いていた兄たちは、やっと、落ち着いた気持ちでベッドにもぐりこむことができた。ところが一時ごろ、ひとりの作男が父親の寝室のドアを激しくたたいた。

「旦那、旦那！　例の黄色い犬と化け物が、そのへんをうろついてますぜ！」

その旦那が寝巻の上にポンチョを引っかけ、愛用の鞭を鳴らして寝室の入口に現われたときには、すでに作男は闇に消えてしまっていた。息子たちばかりか世間の者がすべて起きてしまいそうな大きな声で、父親は叫んだ……服を着ろ！　ぐずぐずするな！　馬に鞍をつけて、早く追うんだ！……十人の男たちは夜目にもあざやかな砂塵を蹴立てて、野原を突っきった。人家の戸をたたき、そこらじゅうを捜し、聞き耳を立てた……化け物と黄色い犬を逃すな！　事をはっきりさせるまたとない機会だ！……遠吠えに誘われて一行は森のほうへ馬首を向けた。鳥の鳴き声や、斜面をころがり落ちる石の音を聞きつけて深い山の奥まで入った。魔女のたむろする場所の入口ではないかと思われる洞窟を探った。黄色い犬のそれに似た吠え声に導かれて、川原までおりてみた。しかし、黄色い犬の姿はどこにもなかった。そうこうするうちに、いちばん鶏が鳴いて東の空が白み始め、魔女の跳梁する時間は過ぎてしまった。十人の男たちは仕方なく、疲れきったからだで農園へと引き返した。ところがその近くまで来たとき、彼らは畑のブドウの葉がかさこそと音を立てているのに気づいた。

「あそこだ。捕まえろ！　黄色い犬が屋敷に戻ろうとしているぞ！　化け物もきっとこの近くだ」

十人の男たちは犬に襲いかかった。家畜を駆り集めるようにまわりから追いつめた。逃げ道をふさぎ、しっかり押さえて棒でなぐり、その場で殺してしまおうとした。棒立ちの馬。唸りをあげる端綱《はずな》。蹄《ひずめ》に蹴立てられて舞いあがり、黄色い犬をつつむ濛々たる砂塵。だが犬はまんまと逃げおおせ、ぼんやりとした夜明けの光のなかに姿を消す。彼らは作男たちに命令した……なんとしてでも、犬を見つけてこい！　あれは間違いなく乳母だ。乳母は魔女だ！　黄色い犬を見つけないうちは帰ってくるなよ！　殺したってかまわん。殺して皮を剝いでこい！

父親は息子たちをしたがえて、娘の部屋の戸をこじ開けたが、そこへ入ると同時に叫び声をあげ、腕を広げた。わが目に映ったものを、とっさに、大きなポンチョの袖でほかの者の目からさえぎった。彼は娘を隣の部屋に閉じこめ、それからやっと、ほかの者が部屋へ入るのを許した。老婆が身動きもせずにベッドに横たわっていた。全身に塗りたくった魔法の油。半眼に開いた目。眠っているような、魂が抜けでてしまったような息づかい。外で犬が激しく吠え、窓に爪を立て始めた。

「そこにいるぞ！　殺ってこい！　さもないと、お前たちの命が……」

犬の吠え声がやんだ。父親に放りこまれた部屋で、娘は泣いていた。

「わたしの乳母よ。殺さないで、お父さん！　殺させないで、お願い！　自分のからだに戻らせてやって！　殺さなければ、何もかも……」

「黙りなさい！　お前は何も話すことはない！」

みんなは中庭へ出て、血まみれの皮をあらためた。捕まえるのに苦労はしなかった、疲れきっていたらしく、お嬢さんの部屋の窓の下でぶるぶる震えていて、という作男たちの話を聞きながら、主人一家の十人は黄色い犬を丹念に調べた。残された仕事は、この魔女のからだを始末することだけだ。それは、生きてもいないが死んでもいない。これからも危害を加える恐れが十分にある。魔女を埋めると、まわり一帯の地味の肥えた畑が毒で汚されるという話だ、だから、別の始末のつけ方を考えなければならない、と地主は言った。彼は、そのたちの悪い犬を木に縛りつけて、目を覚ますまで鞭でなぐり、犯した罪をみんなの前で白状させろ、と命令した。傷口は血を吹いたが、魔女の目も口も開かなかった。半死半生の状態で、息だけしていた。こうなってはほかに手はないというので、斧で木を伐《き》り倒すことになった。やがて九人の兄弟は、わが家の小作人や近所の農園で働いている連中の手を借りて、魔女のからだをマウレ河の岸まで運び、沈まないように丸太に縛りつけたまま水に放りこんだ。

地主は農園に残っていたが、騒がしい人声が聞こえなくなってから一時間後に、娘を伴って首府へ発った。彼女をある修道院に押しこめ、世捨て人の日々を送っている尼僧たちの手にゆだねた。それ以後、彼女の姿を見た者はいない。あれほど可愛がっていた九人の兄も例外ではなかった。

一方、マウレ河の岸に並んだ騎馬の一隊は、川下へと漂っていく魔女のからだを追った。それが岸へ寄ってきそうになると、棒で押しだした。また、流れがそれを中流へ運んでいきそうになると、鉤竿《かぎざお》で引き寄せた。夜は、その鉤竿で魔女のからだを川岸にしっかり固定したあと、一行は馬の背から鞍をはずし、焚火をかこんで簡単な食事をすませた。そして眠る前に、羊革の尻当《しりあて》やポンチョの上に横になって、魔女や幽霊、不運の打ちつづく時節には恐怖がその貌《かお》の形をとるのだという、さまざまな妖怪の話をした。魔女について知っていること、昔から語りつがれて来たことが話題になった。彼らの先祖のひとりは、あるとき、魔女のサバトに仲間入りさせてもらうためには、仔山羊《こやぎ》の股座《またぐら》を舐めなければならぬ、と教えられたという。みんなは、現在の、過去の、そして永遠の恐怖すべきものについて語った。話がとだえて闇にもののけの気配を感じると、それを追い払うように、幸いこのたびは、魔女たちと主人の美しい娘をさらうことができなかったことを、くちぐちに喜びあった。魔女たちの狙いは、娘をさらって、そのからだの九つの穴を縫いふさぎ、インブンチェ〔アラウコ族の俗信で、生後半年の赤児をさらい、洞窟のなかで怪物に変えるという妖怪〕という化け物にしてしまうことだった。そのために、魔女たちは哀れな罪のない人間をさらい、地面の下の隠れ家に押しこめておくのだ。縫いふさがれる目。縫いつけられる陰部。縫いくくられる尻の穴。鼻も耳もすべて縫いふさぐ。伸びる髪や手足の爪はそのまま放っておく。そして白痴の状態になるのを待つ。獣よりも惨めな、不潔な、虱《しらみ》だらけの人間たちは、仔山羊と酒に酔い痴れた魔女どもから踊ってみろと言われても、ひょこひょこ跳ぶのがやっとで……。ある者の父親が、やはり昔、インブンチェを見たとたん、恐怖でからだの半分がしびれてしまった男と、話をしたことがあるという。犬の遠吠え。怯えた声のあとに、ふたたび沈黙が訪れた。焚火の焔《ほのお》が麦わら帽子の影を追いやるときだけ、なかば眠っている作男たちの目がきらめいた。

　夜が明けると早々に彼らは馬に鞍をつけた。丸太をつなぎ止めていたロープをほどき、一日じゅう強い陽射しに照りつけられながら、岸に沿った裸の丘をいくつも越えて、川下へと流されていく魔女のからだを追った。とうとう魔女が捕まった。この土地にかけられた呪いも解けるにちがいない。これからは、母親の胎内から生まれる子も五体満足だろう。洪水に悩まされることももうあるまい。そんな噂が部落から部落へと伝わった。騎馬の一行が進むにつれて、大勢の地主や小作人たちがそれに加わった。そして太陽が沈みかけるころ、彼らは海の近いことを知った。川幅が広がり、流れも穏やかになっていた。小さな島が現われ、岸はなだらかな砂浜となった。水が青から灰色に変わり、はるか彼方には浅瀬の黒い岩や、白く砕ける波頭が見えた。

　鉤竿やロープを用意して小舟に乗りこんだ九人の兄弟は、魔女を浅瀬まで引っぱっていった。流れで少しずつ剝ぎとられた服の切れはしが髪の毛にからまっていた。魔女の肉を食べた魚が、死んで小舟のまわりに浮びあがっていた。徒歩だったり馬に乗ったりしている小作人。農家の主人。犬を連れた子ども。近くの町の連中。ただのやじ馬。大勢の人間が、海にのぞむ小高い丘の上に集まった。長い時間がたってから、彼らのポンチョをあおる風に乗って、九人の兄弟のあげる喜びの声が聞こえた。やっとのことで、魔女の死体が逆巻く波頭を越え、沖に呑まれていくのを見とどけることができたのだ。けし粒のように見えていた死体は、やがて、金色に染まった西の海に消えた。騎馬の一行は帰路につき、その途中で徐々に散っていった。この地方を襲った災悪の日々もようやく終ろうとしていることに安堵し、恐怖を忘れて、めいめいその町へ、あるいは農園へ帰っていったのだ。

おれは、その夜の台所で、老婆のひとり――それが誰であったか記憶にないが、これは問題ではない――が、おおよそつぎのような物語をした、と言った。何度も聞かされたのだが、喰いちがう点が多すぎて、どこがどうなっているのかよく分からないからだ。ある話によると、兄弟の数は九人ではなくて、七人、いや三人だったという。また、あのメルセデス・バローソの話では、地主のすさまじい形相に怯えた作男たちは、そこらにいた犬を殺して、その死体を彼の前に持っていった、だから、ほんものの黄色い犬は生き延びたはずだという。ただ、物語の肝心かなめの点だけは変わらない。つまり、父親の幅広なポンチョが戸口をふさいで、身分の高い登場人物である娘を隠し、作男たちの注意と報復を老婆のほうへそらすべく物語の中心から遠ざけているということである。すべての年寄りがそうだが取るにたらぬ登場人物であるあの老婆は、なにがしか魔女であり、遣り手婆《ばばあ》であり、産婆であり、泣き女であり、呪い師である。ひとりの人間としての心理もこれといった特徴も欠いたその召使いが、主家の娘に代わって物語の中心人物となり、人間には禁じられた力と接触を持つという恐ろしい罪の償いを、一身に背負っているのだ。国じゅうに知られたこの物語は、もともと、アスコイティア家が植民地時代から領地を所有している、マウレ河の南の土地で生まれたものだ。もちろんイネスも、母のそのまた母の血筋をたどればアスコイティアの一族だから、多少の喰いちがいはあってもこの物語を知っているはずだ。彼女がまだ幼いころに、乳母のペータ・ポンセが話して聞かせたにちがいない。ただ、イネスは怯えた意識のなかで、うら若い魔女にまつわる物語をもう一方の側面と切り離してしまった、というより、確実にそれを忘れてしまったのだ。アスコイティア一族が誇らしげに語りついできていることだが、前世紀の初めにこの修道院に幽閉されて、有徳の誉れに包まれながら世を去ったうら若い福者の、あの伝説。これが物語の別の側面である。彼女の列福のための運動は惨めな失敗に終わり、ラジオや新聞の解説者からさえ嘲笑を浴びせられている有様だが、しかし物語そのものは、村々の老婆の声のなかに生きつづけている。冬ごもりの季節の訪れるごとに、老婆たちは火のそばで背を丸くしている孫に、怖いとはどういうことか、それを教えるために、多少の変化を加えながらだが飽くことなく、あの物語をして聞かせているのだ。

修道院のこの台所でもそれは何度となく語られた。イリスなどは退屈して、リータの膝の上で親指をしゃぶりながら眠ってしまったほどだ……いい年をしてあんなことをしてる。ねえリータ、あの悪い癖をやめさせなきゃだめよ。唐辛子を指につければ治るって話だけど。それからうんち、犬のうんちがいいって……放っときなさい、可哀そうだわ。そのうちに治るわよ。よく知ってるでしょう。妊娠して間もなくがいちばん辛いのよ。疲れるし、眠いし、お腹が張るわ。のぼせるし、血管が浮くでしょう。イリスのあの脚を見て。もともと太いほうだけど、靴下のゴムがくるぶしに喰いこんで、いまにも切れそうだわ。

おれは眠っていなかった。だが、イリスが赤ん坊を産むという話が聞こえても、テーブルの上で組んだ腕から顔をあげなかった。ジャガイモの湿布がタバコの湿布よりも頭痛に効くと言われても、あるいはクレメンシアがあんなにけちでなくて、花模様の洗面器を貸すと言ってくれたとしても、おれは顔をあげなかっただろうが。玉に巻き取られていく糸のようにか細い老婆たちのささやき。玉はそれ以上大きくはならない。それは沈黙の別の形なのだ……突然の吐き気。イリスが嘔吐を始める。胃のなかのものが楽にもどせるように、老婆たちは額を支えてやる。イリスがしゃくりあげる……《ムディート》！　ここへ来て、もどしたものを掃除してちょうだい。早くしてよ。シスター・ベニータに見つかって、うるさく訊かれると困るわ。

おれは言われたとおりにしなかった。

おれは六人の老婆の顔をまじまじと見つめた。そして身振りで、イリスの妊娠を知っていることをほのめかした……そうだ、分かっているんだ。ごまかそうったってそうはいかんぞ。こんなことがあるからお前たち、この間抜けなイリスのまわりにこそこそ集まって、甘い顔して、なんでも言うことを聞いていたんだ。だからイリスの乳が大きくなったんだ。妙だなあ、とおれは思っていた。これからシスター・ベニータを呼んで来る。どうすればいいか、それはシスターが教えてくれるだろう。おれは面倒に巻きこまれるのはごめんだ。あとで、おれの責任だと言われたら……。

「あんたの責任？　ムディート、それどういう意味？」

「なによ、半人前の男のくせに！」

「あんたに責任をなすりつけるって、誰がそんなこと言った？……」

《ムディート》がなおも続ける脅迫を無視して、老婆たちは涙が出るほど笑いころげた。涙で目が見えなくなるほどのばか笑いで、曲げた人差し指で彼を差すという侮辱的な動作で、脅迫を無意味なものにしようという魂胆なのだ。結局、脅迫は老婆たちの嘲笑の前に消しとんでしまった……《ムディート》、あんたなかなかの男前ね。わたしたちのこと告げ口するのはやめてちょうだい。意地の悪いことは言わないで、ネ。あんたにはみんな惚《ほ》れてるのよ。いい男ですもんね。わたしたちといっしょに、ここにいるのよ。そのほうがいいわ。やさしく可愛がってあげる。きっと気に入るわよ。あんただって男、ちゃんとした一人前の男だもの。でも、外に出る元気はないんでしょ。男が泣くわよ。いいこと、このろくでなしの唖《おし》！　黙ってないと表へ放りだすわよ。鍵を取りあげて、二度とここへは入れないから。そうなってごらん。あんたは暗い横穴みたいな街で迷って、ドン・ヘロニモ・デ・アスコイティアや、医者や、犬を連れたポリ公たちに追いまわされるのよ。そうよ、あいつらはとっくに犬を連れだしに行ってるわ。あんた知らないの？　警察の連中は、お腹が空いてもっともっと狂暴になるように、何日も犬に餌をやらないでおくのよ……そのとおりだ。警官が指を鳴らすだけで、犬たちは恐ろしい声で吠えながら暗闇のなかに躍りこんで来るだろう。吠えたけりながら雨の降りしきる街のなかのおれを追うだろう。公園からあふれるほどの数の犬が吠えながら、並木道の奥へ、橋の上へ、息絶えだえのおれを追いつめる。おれは難を避けて、水面に足がとどきそうなくらい低く、橋桁《はしげた》にぶら下がる。それでも犬たちは吠え狂いながら、足のすべる小石の川原まで、この腐ったごみの山の上までおれを追って来る。おれは棒につまずいて倒れる。縁の鋭い空缶で怪我をする。黴菌《ばいきん》が入ったらどうしよう？　敗血症、それに破傷風にでもなったら……このとおり、手が血だらけだ。おれは手や膝小僧から血を流しながら立ちあがり、橋をいくつもかいくぐって逃げる。風に声を消されて、おれはもう唖だ。岩の崖に張りついたわずかな草の茂みのなかを、おれは逃げまわる。もうだめだ。助けてくれ！　お願いだ。助けてくれ！　絶対に、告げ口なんかしない……誰が信じるもんですか。密告したけりゃすればいいわ。意気地なし。《ムディート》のろくでなし。あんたは豚よ。人間のクズよ。役立たずのクズよ……追いつかれないために、おれはもう夢中で走る。後ろに迫った足音や、臭い息や、熱い鼻面を感じながら走る。とうとう犬の爪がおれを引き倒す。起きあがろうともがく。だが奴らの牙によって、都会のごみを押し流していく川の岸に押さえこまれ、どうしてもそれができない……奴らはおれを裂く。鼻の先が濡れて光る獣たちは、おれを八つ裂きにする。鋭い牙、熱い舌、闇をえぐる爛々《らんらん》たる目。犬たちはおれをずたずたにする。奴らは唸りながら、アスーラ博士が自分のものにしたがっているおれの熱い臓物を奪おうとする。おれの血を浴びながら、腸や軟骨、耳や内分泌腺、髪、爪、膝蓋骨《しつがいこつ》を奪いあう。この肉体のどの部分ももはやおれのものではない。いや、おれ自身がもはやおれではない。この血にまみれた肉片でしかない。

「どうかしたの？」

顔を蔽っていた手をおろし、おれは老婆たちを見る。ひとりひとりたしかめる。ドーラ、ブリヒダ、マリア・ベニテス、アマリア、ローサ・ペレス。イリスを寝かせつけに行ったリータを除いて、みんながそろっている。

「わたしたちのこと、まだ密告するつもり?」

おれは、密告しないと約束する。床に這いつくばって、あの刑務所にいる男の娘の吐いたものを掃除する。男はある朝、ベッドの妻の咽喉首《のどくび》をかき切って殺害し、娘は母親の血のなかで目を覚ましたという話だ。そんなイリスの吐いたものを掃除しているおれを、ようく見て、覚えていてくれ! おや、なぜ出ていく? 機嫌をなおしてもらおうと思って、これこのとおり、言われたようにやってるじゃあないか。行かないでくれ! 頼む、おれを置き去りにしないでくれ! 話を聞いてくれ! お前たちに手を貸せると思うんだ。そうとも、おれならできる。要るときがいつか来るだろう。お前たちが要るかもしれない。そう思って、この修道院の鍵を全部、大事にとっておいたんだ。要らないなんて言わないでくれ。大したことはできないが、しかし役に立ちたいんだ。断ったりしないでくれ、頼む……お前たちは分かっていないらしい。いまはたった六人だが、お前たちの数はどうしても七人でなければならない。七は運のいい数だ。六はちがう。おれを、その七人目の魔女にしてほしいんだ。行かないでくれ。ぜひ手を貸したい。おれならできると……。

老婆たちは出ていくのをやめ、おれの助けを受けることにする。おれはそのことを感謝した。

「この男は修道院のことに詳しいわ」とブリヒダが言った。「早速、部屋を捜させましょう。人目につかない屋根裏、誰もそんな場所があるとは思っていない部屋を見つけさせるの。そこで、イリスのお腹から生まれる奇跡の子を育てるの……《ムディート》、分かったわね。わたしたちのために、かならず捜すのよ……そうよ。誰も知らない……誰の耳にも物音が聞こえない……誰の目もとどかない場所を見つけてくるのよ……」

その目的にぴったりした場所を、地下室を見つけたと報告したとき初めて、おれは仲間として迎えられ、七人目の魔女となることを許された。

3

イネスがその列福のためにローマで奔走した、修道尼の父親が建てた礼拝堂のおかげで、この修道院は百五十年もアスコイティア家と密接なつながりを保ってきた。当初のそれは、父親の地主が首府の北のラ・チンバに所有する豊かな土地に建てられた、ごく慎ましやかな尼僧院にすぎなかった。少なくとも生きているうちは娘のわび住まいの場所でなければならなかったが、その死後そこをどうするかは、大司教の裁量ひとつにまかされていた。しかし現実にはともかく法律的には、家名を継ぐ嫡男がその売却、譲渡、分割、取りこわし、あるいは折を見ての寄進など、いっさいの権利をにぎっていた。もっとも、アスコイティア家のうちの誰ひとりとして、この権利を行使しはしなかった。つまりそういう形で、一族の教会に対する篤い帰依を代々示してきたのだ。十八世紀の末に建てられた礼拝堂という、得にも損にもならないものへの無関心がその底にあったことは否めないが。ただし、遺書をしたためるときや臨終の床に身を横たえたさいに、莫大な財産とともに、この修道院を相続人に遺贈する旨の文言を残さなかったアスコイティア家の人間もまた、ひとりもいなかった。つまり彼らは、実際に一度として忘れられたことのない事柄を、最後にかならず思い起こしたのである。信心深い伯母や貧しい従姉妹《いとこ》たちが心に掛けるだけで、文書の山に埋もれかかっていたこの礼拝堂こそ、長い年月にわたってアスコイティア一族と神とを結ぶ強い絆だったのだ。また一族の者は、その特権が保護されることを交換条件にして、修道院を神におまかせして来たのだ……ともかく、永遠に解きがたい謎とやらがこの身に迫ってこないうちは、尼さんや、ご利益や、おせっかいな坊主や、貧乏たらしいいかず後家や、礼拝堂の話はせんでくれ。うるさくてかなわん。だいいち、そんなものは、いまのこの忙しい世の中では糞の役にも立たん。だいぶ有名になったようだが、あの修道院、あれは大司教が好きにすればいい。幸い、それを売って手に入る金をあてにするほどおちぶれてはいない。首を突っこんでいるこの国の政治、その場しのぎのいい加減な政策、大向こうをねらった格好のいいやっさもっさで、とてもそんな、なんの役にも立たないことにかまけてる暇はない。なに、大司教が言っている、礼拝堂の建立者の娘はこれこれしかじかの奇跡を行った、列福の名誉を受けてしかるべきだと？　結構じゃあないか。そういう考えなら、その点についてはすべておまかせしよう。宗教的なこと、精神的なことはあの男の勤め、賤《いや》しい政治や現世の物質的なことは、われわれの領分なんだから。いくら相手が大司教でも、修道院に関係したくだらない相談ごとを持ちこまれるのはご免だ！　ご本尊もよく心得ておられるとおり、大司教は、好きなように中庭をふやすこと、必要なだけ離れを造り建物を上へのばすこと、回廊を広げ歩廊を長くつなげること、またその気になれば塀を引き倒すことだって許されているのだ。ただし条件がある、工事に必要な金を出せ、なんてことは、口が曲がっても言わんでもらいたい。

　そのときどきの気ままな要求に応じているうちに、この建物はとてつもなく、無計画に大きくなっていった。当初に建てられた部分や、建立者の娘を閉じこめておくための中庭が、果たしてどこにあったか、それを知っている者は、現在ではひとりもいない始末である。だいいち、そんなことに関心を持つ者がいない。仮にいるとすれば、それは哀れなイネスひとりだ。町は河を越えて北に広がり、そこにも大勢の人間が住むようになった。惨めたらしい路地も整然ととのえられて、町の住民にトマトやメロンを供給していた畑をしだいに遠くへ押しやった。広げられていくうちに、ついにラ・チンバの路地は、労働者の権利獲得に尽くした者の名前を付けられた立派な並木道となった。エンカルナシオン修道院をよけて先へ先へと延びてゆき、ほぼ中心部に近い地区にそれを閉じこめてしまった。まるで盲か唖のように。

礼拝堂建立のころは、苗字と同時にその権利を引き継ぐべき人間が絶えることがあるかもしれないと考えた者は、実はひとりとしていなかった。イネスがローマへ持参する書類《ドシエ》のなかに、おれが忘れずに加えておいた当時の記録にも明らかなように、建立者の子息の数は九人であり、いずれはみな結婚して、人並みに大勢の子や孫、曾孫を持つようになると、当然のことながら予想されたからである。しかし、アスコイティア家の者は昔から、たいそう血の気の多くて馬の達者な人間ばかりだった。あの独立戦争が始まるや否や、彼らは、敵軍であるスペイン兵にとってマウレ河以南はいわゆる難攻不落の地と化したほど勇猛果敢な、騎馬の叛徒を糾合して戦った。アスコイティア家の名誉はあがり、すべての愛国の士がその名を口にしたが、しかし一族の数はために大いに減る結果となった。

さらに、独立戦争後の百年というもの、まるで呪いでもかかっているように、アスコイティア家には女子しか生まれなかった。美貌と財産と淑徳のそなわった彼女たちはいずれも早ばやと良縁を得て他家に嫁し、閨事を介してアスコイティア家を広く当代の上流社会と結びつけた。炉辺の団欒から生じる力を思いどおりに振るった。男たちをからめる細いが丈夫な糸として、噂話、耳打ち、子どもたちへのお休みのキス、世間の評判を打ち消したり逆に裏付けたりする見送りの微笑などを好んで用いた。縫物、女中、病気、訪問、九日間の勤行。そんなことで明け暮れる世界の住人で、いたって口数少なく慎ましい女性たちは、目を伏せて刺繡枠の上の色とりどりの絹糸を見つめ、大きな声で議論に熱中している男たちの話を聞き流していた……ああいう小むつかしい話は、わたしたち女には分からないわ。いいえ、分からないほうがいいのよ。わたしたちに分かることといったら、せいぜい、襟飾りの縁につける透し編のレースのこととか、キッドの手袋をわざわざフランスへ注文するかどうかとか、サント・ドミンゴ教会の司祭のお説教はうまいかまずいかとか、どっちにしても大したことじゃないわ……

血のつながった何代もの女のおかげで一族の勢力は増していった。しかし彼女たちでは、家名を伝えることも一族の絆を保つこともできるはずがなく、アスコイティア家の男の血統はしだいに弱まっていった。ドン・ヘロニモの父と、その弟である僧侶のドン・クレメンテ・デ・アスコイティアの場合は例外で、女の子は大勢でも男の子は一代にひとりしか生まれなかった。家名はつねに絶える危険にさらされ、同時に聖職禄、権利、地所、勢力、名誉職、信用なども失われる恐れがあった。これらのものが他の苗字を名のる従兄弟《いとこ》たちに分け与えられてしまえば、一代にひとりは必要なアスコイティア家の男子の権勢をそぐことになるのは明らかだ。

イネスとヘロニモのあいだには子がなかった。彼らが死ねば家名は絶えてしまうだろう。ふたりはそのことをよく心得ていた。財産は遺贈や慈善のための寄付という形で、彼らに敬意を払おうともしない縁者や、関心のない施設などに分配されてしまうだろう。《少年の町》の計画を持つ大司教は、かねてから修道院を狙っている。ヘロニモがその気にさえなればゆずり受けられたわけだ。しかしこの男は、不毛な妻の子宮から子どもが生まれるという常識はずれな希望がまだ残されているかのように、たとえどんなつまらぬものでも、いっさい手放そうとしなかった。したがって、イネスがまだローマにいるあいだに、しかも本人がまだ存命だというのに、彼が突然、この修道院を大司教に贈与するという書類にサインしたと聞いても、世間はそれを信じようとしなかった。あの計画に夢中になっているにもかかわらず、シスター・ベニータもいまだに信じかねている。ある不安を抱いているおれもそうだ。しかし、アソカル神父はすでに、このがらくたを競売にするためだ、修道院のなかを整理しておくように、修道院ががらがらになりしだい取りこわしが始まる予定だ、とこう通告してきた。

あちらこちら傷跡のように漆喰《しっくい》が剝げているが、この建物の外壁はくすんだ煉瓦《れんが》色をしている。何百という窓から光の洩れることはほとんどない。それらは埃で、あるいはおれがしっかり打ちつけた板で、ふさがれてしまっている。さらに、危険ではないかと考えて積んだ煉瓦で閉め切られているものもある。この騒々しい一画に夕暮れが迫ると、まわりの粗末な造りの家々や、同じように瓦と煉瓦でできてはいるが、ピンクや青、薄いむらさきやクリーム色に塗られている家々に、明かりがともるのが見られる。床屋とパン屋のラジオ、客であふれた酒場のテレビの大きな音が聞こえる。そこで、オートバイの修理屋で、古本や古雑誌を扱っている店で、角の食料品店で、おれたちだけが除け者の、町の人びとの暮らしが繰り広げられる。

おれがふさいで来たのは、表に面したすべての窓だけではない。修道院のなかでも危険な場所はすべて閉め切ってしまった。たとえば、上の階である。あれは、アスンシオン・モラレスがもたれた手すりといっしょに、スイカズラのからんだ手すりといっしょに、落ちるという事件のあった直後だった。いまでは昔ほどの広さは要らない。だから、どんどん狭くしていかねばならない。以前とはちがうのだ。あのころは大司教からたっぷりご下賜金があった。毎年のようにここを静養の場所にえらび、高慢ちきな僧侶、僧会議員、秘書、助祭、副助祭、友人、縁者、そしてさる非常に信心深い大臣まで引きつれてやって来た。身分の高い紳士たちの集まりや講社、純潔な娘たちの通う女学校や全国でも指折りの団体などが、この修道院に籠ってあらためて神に接する目的で、何カ月も前から予約の申し込みをした。弁舌さわやかな僧たちは説教壇や告解室で苦行と犠牲、慈善と悔悟をすすめた。その光が歴史をあかあかと照らしている例も二、三に留まらないが、霊的生活への志を呼びさました。U字形にオレンジの中庭を囲んでいる百室の僧房で、夜遅くまで泣き声や呻きが聞こえている夜もあった。夜の鞭打ちの苦行によって罪をつぐなおうとする者たちの、それは苦痛の声だった。肉体は傷だらけでも魂は洗い清められた彼らは、翌朝の熱烈な聖体拝領をすませると、花咲く果樹畑の片すみで修道僧のみが許された快い眠りに魂をゆだね、そのあときまって、豪勢な寄進の申し出をした。

もちろん、きょうこの頃は、ラ・チンバのエンカルナシオン修道院を修養のために訪れる者はいない。電灯が明るく、冷暖房の設備があり、大窓から美しい雪山を一望することもできる施設がよそにあって、苦行者たちを待っているのだ。それなのにどうして、こわれた水道管のゴボゴボという音や、屋根裏を走りまわる鼠のために眠りをさまたげられるような、いやな思いをしなければならないのだ？　罪を思い起こしてそのために、というのなら話は別だけれど。現在はそんなことはないが、しばらく前までは、どこかの小さな学校の女生徒たちや、同じように小さな団体の連中が、よくこの修道院に籠ったものだ。そして主と話をしたり、退屈な説教——良き昔のように神の慈悲、怒り、愛などを説くのではなく、あの社会的不正とやらを攻撃するしろもの——を聞いたものだった。

しかし、これも仕方のないことだ。何もかもが昔とちがってしまった、みんながそう言っている。もっとも、この修道院そのものは変っていない、無用なものを抱えこんだまま。現在いる尼僧の数は三名である。以前は、苦行者たちの魂が肉体的なさまたげに拘束されずに、いとも清らかな法悦境に遊ぶことができるように、修道会の全体が気を遣ったものだが。尼僧はたった三名、しかし老婆たちがいる。つぎつぎに死んでいき、似たような別の老婆たちが代わりに入ってくるが、この連中もまた、ぜひにと願う別の老婆たちにゆずるため、その場所を明け渡すときが来れば死んでいく。それから、そうだ、孤児たちがいる。一年ほど前、ここへ送られてきた連中だ……二週間ばかりぜひお願いしたいんです、シスター・ベニータ。二週間くらい置いてやる場所は十分おありでしょう。孤児院の新館の仕上げ工事が終るまでで結構です。ご存知のように仕上げが遅れていましてね。きょう日の人夫は飲んだくれてばかりいて、仕事のほうはさっぱりですもの。このまるで迷路みたいなところで、五人の子どもはうろうろしていますよ。空きっ腹をかかえて退屈してますけど、ちゃんとその面倒をみてやれる者がいませんの。なにしろ、アソカル神父はお約束ばかりで……もう一週間お願いできませんか、シスター・ベニータ？……もう二週間ほど……いまでは彼女たちのことを思い出す者もいない。おれは鍵をあずかり、戸の開け閉めをまかされている。大司教やイネスから紹介された婦人たちがここの部屋を借りて、がらくた置き場に使っているのだ……大したものじゃありません。でも、どうしても捨てる気になれなくて。いま住んでいる家は狭すぎて、とても入れておく場所なんてないんですよ……彼女たちは探しもののために、あるいは溜まっている借り賃を払うために、ときどきここへ現われる。おれたちはこの金が必要なのだ。おれたちはそこまで、つまり、急場をしのぐために部屋を貸すところまで、おちぶれてしまっているのだ。それもこれも、大司教が金を少ししかよこさないためだ。彼がよく送ってよこすのは、トラックに積んだがらくたである。たとえば傷んだ聖像だが、信仰の道具だけにごみ溜めへ追いやるわけにはいかず、大事に扱わなければならない。また山のような古雑誌や新聞だが、これらは意味を失って鼠の餌になり下がったニュースで、つぎつぎに部屋を埋めていく。あるいは、そろっていない百科事典や、ちゃんと革表紙で製本したシグ＝サグ、ライフ、ラ・エスフェラといった雑誌や、いまでは読む者のないジップ〔フランスの小説家。一八五〇～一九三二〕、コンチャ・エスピナ〔スペインの小説家。一八七九～一九五　〕、オヨス・イ・ビネン〔スペインの小説家。一八八五～一九四〇？〕、カレレ〔スペインの詩人。一八八〇～一九四七〕、ビリャエスペサ〔スペインの詩人。一八七七～一九三六〕などの本からなる、おれの蔵書のなかに加えられていく。動かない時計、誰が何を詰めるつもりなのか分からない袋、すり切れた絨緞の切れっぱし、壁掛け、尻の抜けた椅子その他の、どうでもいいようなもの。寄せ集めてトラックに積まれたがらくたが、いっこうに一杯にならないのが不思議なくらいだが、あとからあとから部屋へ投げこまれていく。

　ヘロニモは一度もこの修道院を訪れたことがない。それに引きかえて、ローマに旅立つ前のイネスは、ひんぱんにここへ足を運んだ。週に二回、いや、ときには三回もやって来て、この修道院の主として自分専用ときめた四つの大きな部屋に積まれた、スーツケースや道具のなかを掻きまわした。足のまめに悩まされている気の毒なリータが駆けつけて開けるまでは指を放そうとしない横柄なベルの押し方を見ただけでも、彼女に許された特権的な立場が分かるだろう。ときたまラケル・ルイス夫人を同伴することがあったが、別に、いい加減にしたら、と止めるでもなく辛抱づよく話を聞き、一部始終を見ているその目の前で、イネスは、あふれんばかりの引き出しを掻きまわすのだった。いつかは役に立つときがあると思っていたらしい書類や肖像、図面や遺品を取りだし、おれに向かって、やれ衣裳だんすの上にのっている丸い籠をおろせ、やれ革の帽子入れが取りたいから、ぐるぐる巻きにした廊下敷きの絨緞を動かせ、と命令するのだった。そのなかに包みがあり、さらにそのなかに封筒があり、そこに、もう遠い昔のことだが、ある大事な証明書だか写真だかをしまっておいたはずだ、とこう言うのだ。おれは言われるままに、籠をおろし、帽子入れを渡した。もちろん、おれはそこに証明書など入っていないことを知っていた。何しろおれは、その部屋の引き出しや籠、スーツケースやトランク、衣裳だんすなどの中身を、彼女よりもよく覚えているのだから……。それはともかく、彼女は掻き集められるだけのものを掻き集めて、いかにも品のよい地味な服装でローマへ発っていった。持参した書類は、おれが安っぽいプラスチックのハンドバッグに詰めてやったものだ。請願のために差しだされたそれを見た紫の衣の枢機卿、威厳にみちあふれた豪奢な姿の枢機卿たちは、ただ首を横に振るだけだったという。せっかく持参してもらったが、いずれも無効である、国へ戻って静かに暮らし、その身分にふさわしい慈善に精出すほうがよかろう。そう言いたかったのだ、おそらく彼らは。

この修道院に対するアスコイティア家の者たちの無関心ぶりは、いまに始まったことではない。それは、自分にもあからさまに言えない恐怖を抱いているような印象すら与えた。事実、彼らはあらゆる意味で――所有者の権利を飽くまで保有するという点だけは別にして――修道院と縁を切りたいと思っているのだ。おれの知るかぎり、彼らがその権利を行使したのは、死期の迫ったドン・クレメンテをここへ送りこんだときだけである。そのときも彼らは、修道院には部屋があまっているはずだ、と言った。いや、それだけではなかった。なんと言ったってアスコイティア家のひとりだから、ここへ入れてもらう権利がある、とこう付け加えたのだった。

ここへ連れてこられたときのドン・クレメンテは、ひどく物静かで、いかにも陰気な老人でしかなかった。まるで赤子の面倒をみるように、シスター・ベニータがスプーンで食事をさせた。また、彼女とおれのふたりがかりで、服を脱がせ、ベッドに寝かせつけた。下の世話はおれの仕事だった。教えることをしないので、しょっちゅう見張っていなければならなかった。そうしないと、日に何度も下着を汚されてしまうのだ。ドン・クレメンテはステッキを抱いて窓のそばの安楽椅子にすわり、ひとことも口をきかず、悲しげに微笑していた。しかしその微笑も、ひどく緩慢にカーテンを引くように徐々に消えて、いかにもアスコイティア一門の者らしいその顔には、ただ深く刻まれた悲哀だけが残された。やがておれたちは、彼の青い目にたたえられていた悲しみが涙に変わっていくのに気づいた。そしてある日、それを引き留めておくだけの力がもはや目にもなくなったかのように、涙は彼の頬《ほほ》を伝い始めた。彼は何週間もビロードの安楽椅子に腰かけて過ごした。静かに中庭のオレンジの木を眺めるだけで、食べ物をほしがることも、清拭《せいしき》を求めることもしなかった。子どものよだれが前掛けをぐしょぐしょにしてしまうように、涙はおとなしくしている彼の顔を伝って落ち、僧服を濡らした。そのうちに彼は、最初のうちは小さな声だったが、獣のように、どこかからだでも痛むように、呻き声を洩らし始めた。何かを訴えようとしているのを見て犬の頭を撫でてやり、よしよし、どうした、どこか具合が悪いのか、と訊く。しかし、哀れな畜生の身では答えられないこと、こちらには理解できない何かを訴えていることは、はなから分かっている。苦痛を和らげてやり、その狂ったような訴えの声をしずめようにも、何をどうすればいいのか見当がつかず、ただ気を揉むだけ。そんな按配の毎日があって、やがて、ドン・クレメンテの呻き声はますます大きくなり、以前のように、安楽椅子に腰かけて、中庭のオレンジの木を静かに眺めているということもなくなった。部屋のなかで暴れ、ドアや窓ガラスを拳でたたき始めた。呻きは唸り声に変った。ガラスを割り、あやうくドアをぶち破りそうになったので、やむなくおれたちは彼を閉じこめることにした。そうでもしないと、この回廊をうろうろ歩きまわり、部屋まで連れ戻すのがひと苦労だったからだ。何しろ、足をばたばたさせるし、ふたたび取り戻したらしいわずかな声をしぼって、恐怖と夜、牢獄と闇、そして困惑の音の籠ったことばを、ことばにならぬわめき声をあげるのだった。夜、ひとりで寝かそうとすると、きまってわめいた。行かせまいとして、おれたちの服をつかんだ。起きあがって、あとを追おうとさえした。ベッドに入れるために寝巻を着せようとしても、それを許さなかった。服を脱がせられるのもシーツの下に入れられるのもいやがって、おれたちにつかみかかった。そのくせ、彼はおとなしく服を着ていようとはせず、さかんにそれを裂いた。老婆たちがせっかく繕ってやってもまた破き、着ようとしなかった。部屋のなかを裸に近い姿で、そしてドアに鍵が掛けられるようになってからは一糸もまとわず、歩きまわった。裸で窓の外へ乗りだし、助けを求める始末だった……誰でもいい、ここへ来てくれ！　この恐ろしい病院からわしを連れだしてくれ！　わしは、ひどい虐待を受けているんだ！……シスター・ベニータも老婆たちも、裸のドン・クレメンテの部屋へ近づこうとしなかった。そこへ入っていくのはおれだけだったが、そのおれも、たちまち追いだされた……このろくでなし、とっとと出ていけ！　わしにさわるんじゃない！　指一本でも触れてみろ。このステッキでぶち殺してやる！……彼は裸でガラスの割れた窓から外を覗くことをやめなかった。老婆やシスターたちはオレンジの中庭を横切ることさえ恐れた。おれたちは相談して、彼の部屋の窓のシャッターを釘で打ち付けてしまうことにした。しかし、彼はそれもぶち破った。結局、おれはある晩、ドン・クレメンテが眠っているのを見すまして、煉瓦とセメントで窓をふさいだ。修道院の窓をふさいだのは、それが最初だったと思う。そしてそのあと——おれの発案で——壁と同じ色のペンキをその上に塗った。いまでは、そこに窓があったと思う者はいないはずだ。

ところがある日の午後、ドン・クレメンテが部屋のドアをぶち破るという事件が起こった。そこを出て、ステッキを突きながら裸で廊下を歩きまわり、ちょうどロザリオの祈りの時間で老婆たちが集まっていた内陣へ、神がこの世に送りだし給うたままの姿を現わしたのだ。そして手あたりしだいに、そこらのものをステッキでたたきこわし始めた。老婆たちは、礼拝堂を穢《けが》し、老齢と貧窮と辛苦で清められたはずの目を穢す、素裸のドン・クレメンテの姿に胆を潰して、泣きわめきながらその場を逃げだした。ステッキを振りまわしていた老人が拍子で床に倒れ、頭を強く打った。おれは走り寄って、からだをシーツで蔽い、部屋へ運んだ。老人はふたたび唖に戻り、苦痛のあまり涙を流しながら二日後に亡くなった。

修道院暮らしも長い、ドン・クレメンテが素裸で礼拝堂に乱入してきたあの恐ろしい午後を記憶しているくらいだ、と自慢げに言う老婆たちがいる。おれは彼女たちを信用しない。よく人違いされることを知っているので、そんなことを言うのだと思う。それはともかく、彼女たちの恐怖の最大の原因のひとつ——夜が近づくとひとりでは廊下も歩けなくなる理由——は、裸のドン・クレメンテの亡霊が現われて追いまわすという噂である。彼女たちは年で、とても走ることなんかできないのだ。噂によるとドン・クレメンテは、ときには帽子と靴下留めを身につけているという。靴下と靴、あるいは、へそがまる見えのシャツのときもあるが、それ以外のものは何も身につけていないらしい。ドン・クレメンテの亡霊がまたもや現われたという話が伝わると、熱っぽい戦慄が修道院じゅうを走る。老婆たちがめいめいの小屋に籠って、ロザリオを繰りながらアベ・マリアやパテル・ノステル、サルベなどの祈りを唱えるのだ。わたしは、分別を失った老婆たちがロザリオの祈りを狂ったように繰り返す声を、これまでに何度も聞いた。彼女たちの話では、ロザリオの祈りによって、哀れなドン・クレメンテの霊に僧服を着せてやることができるはずだという……神様が、修道院のなかを裸でうろうろする罰をお与えになったのは、恥ずかしい下をさらして、わたしたちをびっくりさせたせいよ。これだけ大勢の年寄りがそろって、百万遍もロザリオの祈りを唱えてあげれば、神様もきっと、あの御坊をお赦《ゆる》しになるはずよ。慈悲深い神様ですもの、少しずつ服を返してくださるわ。そうすれば、いつかは、ちゃんと僧服を着て天国に昇れるんじゃないかしら。それまでは、この修道院のなかをうろついて、わたしたち年寄りに、お祈りをすること、それで初めて神様が靴や僧服やパンツを返してくださることを、思い出させるのね。そうそう、すぐにでもほしいわ、パンツだけは。だいぶ前からドン・クレメンテも、靴下とシャツは身につけて現われるらしいもの。それだけでもね。このつぎは、神様はきっとパンツをお与えくださるわ……老婆たちは祈る……たっぷり長くて、冬向きのフランネルのものを、どうぞお願いいたします……日暮れにロザリオの祈りを唱える老婆たちの呟きが、そのパンツの布を織る糸をつむぐのに忙しい虫の声とともに、修道院をつつむ。ところが、裸のドン・クレメンテは不意に襲うのだ、そんな下心が彼にあるとは思ってもいない暗がりのなかの老婆を。

4

リータは一度も、イリスのパンティーが血で汚れているのを見たことがなかった……自分で洗ってるのね。可哀そうに、母親がいないものだから。寒いときには、しもやけで手がまっ赤にふくれてるのよ。でも、血は見たことがないわ……。

リータはイリスを一室に連れこんで、尋ねた……まだ生理《メンス》ないの？……いやんなっちゃう。みんなあたいを、まだ子どもだと思ってるのね。あたいはもう一人前よ。毎月ちゃんとあるわ。どくどく出るわよ。ちゃんとあるのはあたいだけなの。ほかの女の子はまだ子どもよ。だから退屈しちゃうの、いっしょにいても……生理のときは、自分で洗うことにしてるわ。だって、リータおばさんはあたいにとっても親切なんだもの。迷惑なんかかけたくないわ。

リータはその話を少しも信じなかった。どういう娘か、知りすぎるくらいよく知っているのだ。イリスはきれい好きでもないし、他人を思いやるような娘でもない。リータは、男と女のあいだで起こることを、それとなくほのめかそうとした。しかし、どんな風に言えばいいのだろう、彼女自身が男を知らないのに？　彼女は、まったく何も知らなかった。これだけは考えるわけにもいかない。修道院は男禁制なのだ。イリスもまた、ここへ連れてこられたときから表を覗いたことがない。気の毒な身の上の小娘は、男と付き合えばどうなるか、これっぽちも知らないらしい。話に退屈してあくびばかりしている。無邪気なイリスの好奇心をかえって目覚めさせることになっては、と用心しながらリータが尋ねることに、神経を集中させることもできない。話も聞かずに、親指をしゃぶっている……やめるのよ、汚らしい！　鼻の穴に指を突っこんだり、洟《はな》をすすったりするのはやめなさい！……リータが精いっぱい遠回しな言い方で尋ねているのに、イリスは指で髪をカールなどしている……間違いないわ。イリスはまだ生娘なんだわ……それでも、やはりリータは、生理のときには自分でパンティーを洗っているという、その話を信じかねていた。いつも見張っているのだ。今月もなかった。来月も怪しい。洗っているなんて嘘っぱちだ。けれども妙なことに、イリスは近ごろ、どんどん肥ってゆき、ますますだらしなくなり、居眠りばかりしている。

　リータは不安な秘密をひとりでかかえこんでいることに耐えられなくなり、ブリヒダのところへ行った。どんなことでも心得ている女である。こういうこともよく知っているはずだった。子供をふたりも産んでいる。どういうわけか、いずれも死産だった。おそらく神のおぼし召しだろう。夫にも、それから間もなく先立たれている。リータの話すことを、ブリヒダはベッドの上でいかにも興味ありげに聞いていたが、ほとんど考えることもしないで即座に、それは奇跡だ、と言った……女が男にいやらしいこともされないのに、赤ん坊が生まれるとしたら、これは奇跡よ……天使が降りてこられたのよ。奇跡に間違いないわ。まずしなけりゃならないことがあるわね。イリスがほんとに妊娠してるかどうか、たしかめるのよ。マリア・ベニテスなら詳しいわ。でも、この奇跡のこと、どう話したらいいのかしら？　だってお祈りの時間までには、ここのみんなの耳に入るわ。そうなったら、イリスと赤ん坊を奪《と》られてしまうか、イリスが連れていかれて、ひどい罰を受けるか、どちらかよ。だって近ごろの人間は、それはもう罰当たりで、奇跡なんて信じようとしないんだもの。みんなの話だと、聖母マリア様を信仰しない連中だっているらしいから……ブリヒダは執拗に、あの呪い師の女を呼ぶように主張した……気を付けて診てちょうだい。何かを入れたりしないでね。イリスは処女なんだから。何をやってるか、あの娘に気づかせてはだめよ……マリア・ベニテスは言った……間違いないわ。妊娠よ。ほんとにいやになっちゃう。きょう日の娘は、男のズボンの匂いを嗅いだだけでお腹が大きくなるんだから。

彼女の口をふさぎ、それ以上、罰当たりな汚いことばを吐かせないために、これは実は奇跡なのだ、とブリヒダは教えた。彼女は呆気《あつけ》に取られた様子だった……ほかの者に喋っちゃだめよ。ここの年寄りはみんなねたみ深いわ。きっと赤ん坊を奪《と》ろうとするわよ。このままだったら、わたしたちだけで、こっそり面倒をみることができるけど……三人はブリヒダの部屋で紅茶を飲んだが、給仕をするアマリアに黙っているわけにいかず、彼女にも奇跡のことを話した……それじゃ、この四人だけよ……いや、ほんとは五人なのだ、とリータが白状した。最初にこれはおかしいと思ったとき、そのことをドーラに耳打ちしていたのだ。ドーラは、やはり字が書けるというので、よく彼女に代わって門番部屋に詰め、アソカル神父はもちろん、老婆たちの身寄りの者や旧主人からの電話をメモする仕事をしていた。それで結局、五人になってしまった。しかし間もなく、いつもイリスを取り巻いて何を企んでいるのだろう、という好奇心に駆られたローサ・ペレスが、彼女たちの身辺を探り始めた。そのことに気づいたとき、頭の回転の速いブリヒダは考えた。危険を避けたければ、あのお喋りにも奇跡の秘密を教えたほうがよい。さもないと、おせっかい女のおかげでみんなの秘密がばれてしまう。修道院じゅうが、それこそ上を下への大騒ぎになる。あの女、大司教様に電話をして、みんなのことを密告することだってやりかねない。何もかも話すことだ。そうすれば、彼女がいちばん熱心に秘密を守ることだろう。ほかの者、六人以外のほかの者には、イリスが赤ん坊を産むということを知っているという、この特権を絶対に与えてはならないのだ……。そこまで考えてからやっとブリヒダは口を開いた。

「アマリア、その缶のビスケットをみんなに出してあげて。シスター・ベニータは、ここのところうわの空のようね。この修道院を取りこわして《少年の町》を建てる、という話があるもんだから。そうなったら、そこの理事長におさまるらしいわ。アソカル神父が約束したそうよ。それで、何もかも放ったらかし。子どもたちもだわ。初めは、勉強を教えるなんて言ってたくせに。子どもたちがひどい服を着せられていること、あんたたちも知ってるわね。お腹が目立つようになったら、大事にしまってある茶のコートを、イリスにやるわ。ちょっと大きいかもしれないけど。シスター・ベニータが何か言ったら、こう答えてやるわ。でもシスター、可哀そうにこの娘、寒くてガタガタ震えてました。つい見かねて、この革のコートをやりましたんですよ。少々大きいようですけど、でも暇ができたら、ぴったり合うように直してやりますわって。そうこうしているうちに、わたしたち六人以外の誰にも気づかれずに、赤ん坊が生まれるわ。そうそう、赤ん坊を隠しておくために、修道院のどこか奥に部屋を見つけなきゃいけないわ。子どもが生まれたことを、誰にも知られちゃだめなのよ。きっと、子どもはすくすく育っていくわ。汚れた世間から引き離すために隠したその部屋から、一歩も外へは出さないの。大事に大事に育てるのよ。赤ん坊の世話をするのは、それは楽しいものよ……風邪を引かさないように、ショールでくるんでやったり……食事をさせたり……からだを洗ったり……おしめをちゃんと替えたり……服を着せたり……大きくなっても、いいこと、何も教えないことよ。話すことも、歩くことも、教えちゃだめ。そうすればいつまでも、何かするときかならず、わたしたちの手を借りることになるわ。目も見えなきゃ耳も聞こえない。これだといちばんいいんだけど。わたしたちはやさしいママで、どんなしぐさでも、何が言いたいのか、ちゃんと分かる。分かるのはわたしたちだけなのよ。子どもは何もかも、わたしたちに頼らなければいけないの。聖者にしたいと思ったら、これしか育て方はないわ。成長して一人前の男になっても、決して部屋から出さないの。いるってことさえ、世間に気づかせないの。その手になり足になって、いつまでも世話をするのよ。それはたしかに、わたしたちは死んでいくわ。でも、大丈夫。年寄りはいくらでもいるんだから。あんな噂はあるけど、修道院だっていつまでもなくならないわよ。ラケル夫人がくどいほどおっしゃってたわ。取りこわしの話は、アスコイティア家から、人のいいイネス夫人のご主人から、金をせしめるためのアソカル神父の思いつきだって。わたしたちのうちのひとりが死んだら、別の年寄りをえらんで仲間に入れるの。子どもは年寄りの手から手へと渡される。そうしてある日突然、こころを決めて、もう死人はたくさんだ、と言って、わたしたちみんなを天国へ連れてってくれるのよ」

インブンチェ。目、口、尻、陰部、鼻、耳、手、足、すべてが縫いふさがれ、縫いくくられた生き物。お行儀よくしないとインブンチェにしちゃうよ、とインディオの血がなかばまじった祖母が、当時まだ怖がりやの女の子だったブリヒダを嚇《おど》かしたことがあった。古い時代のよその土地で育った、もともと彼女は田舎者である。インブンチェになってみたい、あるいは他人をインブンチェにしてみたいという誘惑は、そこから生まれて意識の底に潜んでいた。それがいま、イリスの子どもの未来の姿として浮びあがったのだ。すべてが縫いふさがれた生き物。からだの穴という穴がふさがり、腕と手は狭窄衣のために動かすことができない。しかし、それでいいのだ。彼女たち年寄りが、やがて生まれてくる子どもの手足や器官や機能を代わって勤めるのだ。子どもの目をえぐり、声を吸いとる。手をもぎとる。この行為を通じて、自分たちのくたびれ切った器官を若返らせる。すでに生きた生の上に、さらに別の生を生きる。子どもからすべてを奪い、この略奪の行為をへることによって若さを回復する。彼女たちは、かならずやるだろう。おれは疑わない。年老いた女たちの力は絶対だ。世間の連中が言っているように、彼女たちは静かな余生を送るためにこの修道院に来たのでは決してない。ここは、無数の独房に仕切られた牢獄である。窓には鉄格子がはめられ、鍵束をにぎった牢番がいる。主人が老婆たちをここへ送りつけるのはほかでもない、負い目が重なりすぎて、いつなんどき、この惨めな年寄りたちによって破滅へ突き落とされるか分からないという、恐怖のためなのだ。召使いは、その惨めな境涯のなかで力をたくわえていく。哀れみ、あざけり、けちな施し物、援助、辱しめ。耐えていくそれらのすべてが、結局は力となる。老婆たちは復讐の武器にこと欠かない。ざらざらした皺だらけのその手のなかに、主人たちの別の半身を、投げ捨てられた無用の半身を、汚く醜いもののすべてを溜めこんでいるからだ。お下がりの着古したペチコートや、身につけることを許されたアイロンで焦げたシャツ。ひとを小ばかにしたそれらを含めて、気を許した涙もろい主人たちから渡された汚く醜いもののすべてを、大事にしまいこんでいるからだ。彼女たちがその主人を思いどおりに操れないはずはない。主人の下着を洗ってやったのだ。主人がその生活のなかから捨てたいと思う不潔なもののすべてが、彼女たちの手をへるのだ。彼女たちは食堂の落ちたパン屑を掃除し、皿や鉢、ナイフやフォークを洗ったのだ、残りものを食べながら。彼女たちはまた、広間の埃や縫物の糸屑、書斎の机にあるくしゃくしゃの反古《ほご》などを掃除した。道ならぬ不義であったか否か、上首尾であったか否か、そこまでは分からないが、他人のからだの残した臭いや汚れから顔をそむけることもしないで、主人たちが愛戯に耽ったベッドの後始末もした。主人たちの服の繕いをした。子供のときには洟《はな》をかんでやった。酔って帰ればベッドに入れ、ゲロや小便の始末をした。靴下をかがり、履物を磨いた。爪を切り、まめを削ってやった。風呂では背中をブラシで洗い、髪をすいてやった。疲れや腹痛や気鬱《きうつ》を治すために灌腸をし、下剤や煎じ薬を飲ませた。こういう仕事をしているうちに老婆たちは、主人のからだの一部を徐々に奪ってわがものにし、彼らの絶対にやりたがらないことを代わって果たすようになるのだ……多くのものを手中におさめるにつれて彼女たちの貪欲さはつのる。より多くの辱めを受けることを願い、お下がりの古靴下をほしがる。すべてを自分のものにしたいと熱望する。ブリヒダがあの陰謀を企んだのもそのためだった。イリスのお腹にいる子どもから目と手と足を奪い、仲間みんなの力としてそれらのいっさいをたくわえておき、ある日、あるとき、ある目的のために利用しようというのだ。おれはふと思うことがある。当然眠っているべき時間に老婆たちは起きていて、めいめいの箱から、ベッドの下から、また小さな包みのなかから、これまでに溜めこんできた主人たちの爪や洟汁、糸屑や吐物、生理の血で汚れた布や綿などを、夢中で取りだしているのだと。闇のなかの彼女たちはそうした不潔な汚れもので、それらを奪い取った主人たちだけではなく世間全体の、いわばネガを再現して楽しんでいるのだと。この廊下や空部屋に大勢集まっている老婆たちの弱々しさ、貧しさ、寄る辺なさは、おれにもよく分かる。そしてここは、この修道院は、彼女たちがその護符を隠しておくために、またその弱さを結集して裏返しの力と言うべきものを作りあげるために、やって来た場所なのだ。ここまで押しかけて、それを取りあげようとする者がいるわけはない。ヘロニモ・アスコイティアはつねに恐れてきた。恐れるものがあると告白することは、その自尊心が許さなかったが、無価値で醜悪なものを恐れてきた。だからこそ、生まれてこの方、ここへ足を踏み入れたことがないのだ。手放したそのときまでは、修道院は間違いなく彼のものであったのに。彼はそれを手放すべきではなかった。あれは完全な誤りだ。物にはしがみついていなければならない。そうすれば望みも残る。あの件は、いまからでもいい、なんとか手を打つべきだろう。あんた自身は知らないけれども、あんたの血筋は残り、あんたの子どもはこの修道院の主人であり続けるのだから。老婆たちは、おれが性を奪われて仲間に加わったいまでは七人だが、おれたち年寄りは、イリスの子宮の奥にいるあんたの子どもの世話をしているのだ。おれはその子どもを、いずれドン・ヘロニモの手に戻してやる気でいる。署名の終わった書類があろうとなかろうと、この修道院を継がせるのだ。取りこわしを中止させるのだ。そうすれば、おれは末長くここに身を潜めていることができる。削ってもらった手足のまめや洗面所の排水管を詰まらせた髪の毛など、老婆たちが布や紙に包んで大事にしまっているものが怖いから、ドン・ヘロニモは決して、ここまでおれを捜しにはこないだろう。ドン・ヘロニモよ、彼女たちを見くびってはいけない。見かけほど愚かではない。いや、彼女たちの愚鈍さはむしろ一種の知恵なのだ。だからこそ、あの魔除けを大事にして、あんたを近づけまいとしている。絶対に、ここに近づいてはいけない！　ドン・ヘロニモよ、おれは昔、あんたの忠実な召使いだった。当然、いまではそうありたくないと思っているのだが、この願いはかなえられそうもない。まるで羊のように、おれの耳にはあんたの焼印が押されているのだ。おれはこれからも、あんたに仕えつづける。そして、これらのコバンザメに仕えることによって、召使いたちの召使いであることによって、彼女たちにからかわれながら命令にしたがうことによって、おれは彼女たち以上の力を持つことになる。おれは、がらくたのそのまたがらくたを、辱められた者からの辱めを、さげすまれた者からのさげすみを、徐々にたくわえていくのだから。おれは七番目の老婆だ。おれは、やがて生まれるアスコイティア家の子の面倒をみることになるだろう。イリスの吐いたものは、おれにとって聖油であった。台所の床のタイルの上から拭きとったそれを雑巾ごと、おれは本や原稿といっしょにベッドの下にしまっている。老婆たちのすべてが物をしまう場所と決めているベッドの下に。

おれがまず心掛けねばならなかったのは、彼女たちの賞讃を得ることだった。なんらかの方法で彼女たちを驚嘆させなければ、いかに従順なところを見せたところで、名目的に受け入れられたにすぎない。すべての準備がととのうまでの数日間、おれは、彼女たちがろくすっぽ口をきかず、なにやら胡散《うさん》臭げな目でこちらを見ることに耐えた。そしてある日の午後、おれは彼女たちに、イリスが誰にも気づかれずに子どもを産むのにぴったりな場所、おれたち秘密の七人組が誰にもじゃまされずに、いつまでも赤ん坊を育てることのできそうな場所が見つかったように思う、と告げた。

聖像の墓所にもなっているが、修道院の奥のおれが住む中庭まで、おれは彼女たちを引っぱっていった。老婆たちは礼拝堂の前で十字を切った。オレンジの木の中庭を越えて、修道院の裏手のややこしい場所、おれだけが知っている入りくんだ中庭と廊下の続く場所へ入っていき、それからやっと、おれの中庭へたどり着いた。

ドアを開け、とたんにあがる彼女たちの嘆声を聞いたとき、おれは、ただこれだけのことで、こわれた聖像の墓所の扉を開いただけで、彼女たちの心を完全に捉えたことを知った。彼女たちは歓声をあげながら、頭部のない聖フランチェスコや、立てた指のない大天使聖ガブリエルや、脚や腕の欠けたパドゥアの聖アントニオや、服が色褪せて特徴のなくなったカルメル山の聖母や、とこしえのみ救いの聖母や、ルルドの聖母や、宝冠も球を捧げた手も欠けたプラーグの幼な児イエスなどのなかを進んでいった。エゾイタチの革の衣裳の見せかけの上品さと、雨風で褪せているが彩色された石膏の宝石のインチキ臭さ。表情も失われた聖像。足下に世界を踏まえた怪物。ブリヒダに言わせると、処女懐胎を表わしているから、いつまでも大事にしまっておくのだそうだ……《ムディート》、そこにちゃんとしまってね。いつか残りが見つかるかもしれないわ。見つかったら、元のとおりに直すのよ……翼のない天使。ばらばらになり、手足がどこかへ行き、誰のものなのかも不明な、あらゆる大きさの聖像。歳月と雨風で小さく縮んでしまい、鳩の糞を浴びつづけ、鼠にかじられ、鳥に目とへそをついばまれた、聖像の片割れ……当たり前ですよ。いくら半端になったからといって、礼拝に使われたものをごみ溜めに捨てるわけにはいかないわ。大事に扱うのよ。残飯や掃除のごみと一緒に掃き溜めに捨てるなんて、とんでもない。ラ・チンバの、このエンカルナシオン修道院へ運ばせればいいのよ。いくらでも場所はあるんだから……シスター・ベニータに車を持ってこいと言われて、おれはそれらの片割れを車に積み、おれの中庭まで牽いていく。それらが歳月と雨風でだめになっていくあいだに、元おかれていた祭壇の場所は、職人に頼んで造らせた、ほとんど寸分たがわぬ代わりの聖像で占められてしまうのだ。この聖ベルナルダの眇《すがめ》は、少しはなんとかなっているだろう。幼な児イエスの髪は、同じ黄でも多少ちがっているのではないか。聖セバスティアンのポーズもこれほど煽情的ではあるまい。シスター・ベニータはおれの中庭を知らない。ここへ入ることは厳重に禁じられているのだ……《ムディート》の中庭なのよ、あそこは。自分でえらんだの。なぜ気に入ったのか、それは彼しか知らないわ。せめてあそこだけは彼の場所にして、好きなことをさせてやりなさい。自分の生活といったって、あの男にはあそこがあるだけなのよ。そっとしておいてやりましょう。長いあいだこの修道院で、わたしたちのために骨折ってくれているんですものね。

　老婆たちは歓声をあげながら中庭じゅうに散っていった。しゃがんだと思うと立ちあがり、手、胴体、宝冠、衣裳などの石膏のかけらをかざす。そこらを掻きまわして、聖アガタや聖クリストフォロス、生まれず《ノ・ナート》の聖ラモンなど、彼女たちだけが見分けられる位階の低い聖者の像を拾いあげる……だめよ、ドーラ。その衣裳はサールの聖ドミニコじゃなくて聖フランチェスコのものよ。茶色の頭巾があるでしょ……ねえ、聖セバスティアンのお像はあまり数がないそうよ……アマリア、すまないけど、聖母様の片割れをもうひとつ見つけてくれない？……難しいわ、ここに星を飾った頭があるの。これだと思うけど、わたし、自信ないわ。この聖ガブリエルの立てた指を捜しだして、元どおりにしてあげなくちゃ。どれかひとつ、聖母様をいただくことにするわ。誰も気がつかないわよ。それから、衣裳だんすの上に受胎告知の絵を飾ろうと。

「み告げの祭りは三月二十五日よ……」

「この修道院でお祝いをしないのは残念ね」

「でも、大天使の聖ガブリエルが現われてから九カ月目の、幼な児イエス様誕生はちゃんと……」

「ご降誕と受胎告知をいっしょにしちゃあ……」

「そうかしら？　シスター・ベニータに訊いてみましょう」

「ちょっと待ってね。大天使の指を捜してみるわ」

まるで学校の休み時間の最中のように、おれは手をたたいて彼女たちの注意を引き、現実へと呼び戻した。これからすることがあるのだ。さあ、こっちだ。つまずかないように。おれはここに住んでいるんだ。これがおれの部屋。おれのベッド。この奥のドア以外には、ここにはなんにもない。奥のドアは地下室に通じている。そこだよ。その地下室をあんたたちのために用意しておいたのさ。おれはここに立って、ひとの出入りを見張るつもりだ。おれは、乾燥しきった床板をワックスで磨いたり、壁を古新聞で貼ったりしただけじゃない。奥様方のひとりひとりがどの部屋に、どのスーツケースに、どの引き出しに、何を隠しているか、また、どの部屋の奥様が修道院に近づかないか、おれはようく知っている。それでおれは、何年も前から閉め切られたままの何本かの衣裳だんすの中身を、ごっそり拝借してきた。絨緞や額縁、ベッドやナイトテーブル、毛布やカバー、球飾りと天蓋付きのブロンズのゆりかごなども運びこんだ。どれもこれも少々傷んではいる。これだけはどうしようもない。ただ、地下室の暗がりのなかだ、老婆たちの目にはすべてがピカピカの新品に見えただろう。

実は、イネスがいちばんよく足を運ぶ二番目の部屋の、特製のトランクにしまい込まれている《ボーイ》の服も、できれば取ってきたかったのだ。しかし、おれはその勇気がなかった。イネスは、しまっている場所はもちろん、自分が何を持っているか、正確に記憶しているからである。彼女は偏執的で、きれい好きで、細かいのだ。《ボーイ》のベビー服が入ったトランク。彼女の子宮がかたくなに産むことを拒んでいるアスコイティア家の子のために用意されたものだが、みごとな品々であふれた、ブロンズの飾り鋲《びょう》付きのあの黒いトランク。それは何年も開けられたことがなかった。しかし、別の女が産むこの《ボーイ》のための品物を捜しまわっていたとき、おれはこらえ切れずにトランクを開けて、ふたたび中身を見てしまった。ペータ・ポンセが刺繍したよだれ掛けか、空色の毛糸の靴。なんでもいいから盗んでいきたいという誘惑を斥けるのに、おれは苦労した。おれは結局、盗まなかった。列福というばかなことを試みて失敗したイネスは、すごすごとローマから帰ってくるだろう。暇つぶしに格好の仕事も、生きる希望もなくなったのだ。彼女は以前よりひんぱんに修道院を訪れ、このがらくたの冥府に住みつくことになりかねない。がらくたを整理し、掃除し、また整理しなおすという暮らしを始めるのだ。留守のあいだに彼女の部屋のものに手を触れたのは誰だ、と訊かれたら、それはおれだ、大掃除をして、虫に喰われないように服のあいだにナフタリンを入れたのだ、と答えることにしよう。彼女はそれを聞いて納得し、おれに心付けをくれるにちがいない。これまで溜めこんできたかずかずの屈辱にさらにひとつを加えるために、おれはその心付けを喜んで受けるだろう。

二カ月前から、おれたち七人の老婆の毎日は、赤ん坊を迎える万全の準備をととのえることを軸にして過ぎていった。可愛い服を縫い、ブリヒダが使うようにと言った麻のシーツで、上等なおむつをこしらえた……このショールはほどいて、よく洗うといいわ。極上の毛糸なの。電気がビリッと来るような近ごろのものとはちがうわ。洗ったら、もう一度ショールに編むの。そうね、ドーラに編ませましょう。ドーラの編物の腕はそれは大したものよ。あちこち継ぎが当たってるけど、このチュールの布でブロンズのゆりかごを飾りましょう。仕方がないわ。

わたしたちは貧乏なんだもの。でも赤ん坊は、王子様のものみたいに暗闇でもはっきり見える、ゆりかごのなかに入れるのよ。ブリヒダは気の毒ね、死んでしまって、赤ん坊の顔が見れないんだもの。いちばん熱心だったのにね。もちろん、赤ん坊はブリヒダも墓から引きだして、わたしたちといっしょに天国へ連れてってくれるはずよ。それで初めて浮かばれるんだわ。これからが大変ね。イリスの具合がよくないわ。頭痛で苦しいらしいの。お腹が大きくなりすぎるみたい。マリア、あんた呪い師でしょ。この娘が病気かどうか、あんたなら分かるはずよ。

　おれたちはイリスをベッドに寝かせなければならなかった……また具合が悪いの？　これがあんたのベッド、そしてこれが、わたしたちがあんたといっしょにお母さんごっこをする、ゆりかごなのよ。やってみましょう。ここに横になって。あんたママになるの……でも、お母さんごっこするのに、どうしてお人形を持ってこないの、リータおばさん？　小さいときお人形遊びに使ったやつよ。布で作ったあれでもいいんだけどな。お人形がなきゃつまんない。目が動いて、ママって喋る、ほんものの赤ちゃんそっくりの大きなお人形をもらう約束だったのに、とうとうもらえなかったわ……いい加減にして、イリス、もう休みなさい。お人形はそのうちあげるわ。静かにして眠るのよ……赤ん坊が生まれるってことは、あんたは知らないほうがいいわね。奇跡の子が生まれるなんて知ったら、あんたは怖がって、わたしたちみんなのせいにしかねないもの。それに、せっかくの赤ん坊を奪《と》られてしまうかも……。

《ムディート》が壁に紙を張るのに使った糊を乾かすために昼も夜も燃している火で、部屋のなかは暑い。アマリアがおむつにアイロンを当てている。マリア・ベニテスは、赤ん坊が生まれるまでに間に合うように、万端の準備をととのえておくつもりでいる。いい匂いのする薬草をまぜた水を火にかけて、それを掻きまわす。沸騰するのをじっと待つ。部屋のなかの臭いが変わるが、別の薬草を投げ入れる。水を少々加える。漉《こ》して冷ます。色の着いた汁を何本ものフラスコに詰める……これ、血を止めるのにいいのよ。初産のときはひどいんだから。これは消毒用ね。それからこれは、頭痛がやまないときに湿布に使うの。大きな声を出さないで、静かに眠らせておくのよ……ほら、寝顔を見なさい！　みんなこっちへ来て、見なさいよ。ほんとにきれいな顔！　シスター・ベニータが事務所に置いてる、あの極彩色の聖母像にそっくり。まるで聖女みたいな顔をしてるわ。若いのね。すべすべした肌をして。妊娠すると肌がきれいになるって話じゃない？……そうとはかぎらないわ。汚くなる女もいるわよ。でもこの娘はちがうわね……新しく加わったダミアナが、手の甲でそっとイネスの頬を撫でる……まるで絹だわ。この暖かくていい匂いのする地下室で、赤ちゃんを抱いてお乳を飲ませているこの娘の姿は、きっと惚れ惚れするくらいきれいよ！……まさにそのために存在する内臓、肉、皮膚などに護られているが、その子宮の奥に隠された神秘を恐れ、未来の母親を起こさないために、おれたちみんなは足音を忍ばせて歩く。

イリスが親指をくわえて眠っているあいだに、おれたちは、赤ん坊が生まれる部屋の準備という、大昔から女の仕事とされていることに精を出す。つい先日ブリヒダも落ちていった虚ろな穴のそばで眠っている本能を目覚めさせるこの儀式が、わたしたちには楽しくて仕方がないのだ。もっともあのときも、同じように厳粛なあのときも、死の儀式の荘厳さに打たれておれたちの本能は甦った。おれたちは泣き悲しんだ。そもそもこの世の初めから、泣き女のそれは年老いた女の仕事のひとつになっている。葬式で泣き悲しむのも、赤ん坊の誕生を喜ぶのと同じように善いことだ。おれたちの年寄りくさい声。毛糸の玉のようにきりもなく長いお喋りが断ち切られる……シーッ、大きな声はだめよ。あの娘が起きるわ……あらためて始まる熱心な、恥じらいの籠ったささやき。まるでおれたちの声が、男どもの加わる余地のない祭儀である誕生に先立つ儀式によって、甦ったかのようだ。

間違いないわ。イリスの妊娠は奇跡よ。そうと決まってから話をむし返す者は、ひとりもいなかったわ。その妊娠に男が関係していないってことも、わたしたちはすんなり受け入れたわ。わたしたちは大喜びで、子どもを妊娠させるあのことを忘れたわ。処女のお腹のなかで起こった神秘の託身という奇跡であれを置き換えてしまった。男を追っ払ってしまったのよ！　あれは男のせいだなんて考えは捨てなきゃ。父親だという男がやって来て、子どもをよこせと言いはしないか、そんな不安はなくしてしまうのよ。なぜ子どもを男と分けあわなきゃならないのかしら？　苦しむのは女。男なんて育て方も知らないわ。女は自分を犠牲にする。ところが男は、女をはらませるときいい気持ちになるだけ。不潔な、ほんのいっときの気持ちよさよ。わたしたちだって感じたことがないわけじゃないけど、それはとっくに、母親の喜びのかげに置き去りにしてしまっている。もっともこれは、子どもを持つという仕合わせに恵まれた女の場合だけど。イリスは純潔よ。あの娘のお腹にいる子に権利のある男なんていないわ。誰にも教えちゃだめ。誰にもあの娘を見せちゃだめ。《ムディート》――ほんとにいい人間だわ、《ムディート》は。彼がいなかったら、どうにもならなかったわよ――が用意してくれたこの地下室で、わたしたちは精を出すのよ。赤ん坊のためのおむつにアイロンを当て、きちんとたたむ。ショールを編む。寒い日にそこらのぼろで赤ん坊をくるんだりすることのないように、ショールはたくさん用意しなきゃ。小さい子どもが風邪を引くと大変よ。もっともいまじゃ、二日目には洟《はな》も出なくなる坐薬があるって話だけど。この薬を少し買っておくことね。ブロンズの球飾りのついた天蓋から垂れている布に、結び飾りのある絹のレースを張りましょうよ……ゴム引きの布がここにあるわ。マットがおしっこで腐らないように使うのよ。腐ったマットは臭くて。この地下室は風通しが悪いからなおさらよ。このきれいな、上等な絹は、よだれ掛けにしましょう。男の子に決まっているから、空色はぴったりよ……だめ、それはだめよ。絹のよだれ掛けなんて役に立たないわ。だって、分からないの？　手洗いができないのよ。赤ちゃんが汚すたびに、洗濯屋に出すわけにはいかないじゃない。赤ちゃんはよだれ掛けをよく汚すのよ。一日に何枚って……そんなことあるもんですか、アマリア。絹だって洗えるわよ。そんなことも知らないの。ばかね。絹は、ほんものの上等の絹は、ようく水に浸けて、少し風に当てるの。それからあまり熱くないアイロンで……。

5

おれが夜中に起きて、このだだっ広い修道院のなかを歩きまわるのは、足音や人声が聞こえたとか、廊下でおれを見張っている気配がしたとかいったことが理由ではない。しかし、最初はなんとなくそんな気がしただけだが、やがてはっきり分かったことがある。どうやらおれと同じように、何者かが中庭や空部屋や通路などをうろつき始めたのだ。それは、早くから小屋に引っこんでしまう老婆ではなかった。また、疲れきって、老婆たちがめいめいの中庭に下がったそのあとすぐに、お祈りをする力さえなくて寝てしまう尼僧でもなかった。

お前だ、あれは。はなから分かっていた。お前の姿を見、お前の声を聞いたというわけではない。だが、おれを取り巻いている同じ空間を、お前が、稚《おさな》いがみだらで不潔なお前のからだが、おれと分けあっているという確信がおれを捉えたのだ。この時間には、お前はほかの女の子のように眠っていなければいけないのに、歩いているかと思えば、ときどき、おれ自身が歩いている場所から大して離れていないところで立ち止まる。起きていて、そんな風にうろうろしてはいけないはずだ。なぜ夜中に廊下をうろつくのだ？　暗闇、蜘蛛の巣、お化け、インブンチェ、くずれ落ちた危険なもの、暴漢、ドン・クレメンテ、性悪な野良犬、足を取られそうな穴、子どもをさらうジプシー、黒い影、幽霊、妖径……老婆たちが怖がるものをお前も怖がっていたが、あれは嘘だったいや、お前はおれを追い詰める気でいたのか？　それとも、おれを追い詰めようとしていたのではない。ただ、そこに影としてあったのだ。しかし、間違いなくお前であるその影は、夜のおれの虚ろな心——思い出や欲望を含めて、いっさいのものが近づかない場所。いかなる影もわたしの傷つきやすい弱味に触れない場所——の平静さのなかに侵入をはかった。おそらく、お前はほかの孤児の女の子に気づかれないようにベッドを抜けだして、たしかめたのにちがいない、おれが毎晩のように遅くまで、ときには一晩じゅう——わたしは眠らないのだ——修道院のなかを歩きまわっていることを。最初は姿を見せずに、おれの前に立っていただけだった。おれの領分である夜の闇の一部を占めている自分をこちらに感じ取らせ、犬が臭いをつけるように、見えないお前のあとを追えと、おれに要求するだけだった。

昼間、おれは中庭を横切って、回廊を水浸しにしてしまいそうな、こわれたパイプの穴をふさぎに行き、菩提樹のかげで仲間の女の子と石蹴りをしているお前を見かけた……通りすがりにしばらく足を止めて、おれは歩廊のかげのなかからお前の姿を眺めた。思い当たることが、あるいは合図のようなものが、あるかもしれないと考えたからだ。ところが、お前はこちらを見ようともしなかった。見るともなく見るすべを心得ているお前なのに。心得ていると自分では意識せずに、心得ているべきことは心得ているお前なのに。そのお前に、おれが恋しているというわけではない。お前はおれに、同年配の男が若い生命をかたわらに意識したときに感じるという、あの倒錯的な感情を目覚めさせることは決してない。イリス・マテルーナよ、お前はつまらない人間だ。そこを除いたものは余分な殻でしかないほどお前の中心的なものだが、その豊饒な子宮を取り巻いた原始的な生命の片割れにすぎないのだ、お前は。しかし、この修道院のなかのお前の存在は、絶えずおれの注意を引いた。そのために、おれは昼間の偶然の出会いを漫然と待つのをやめて、お前とすれちがう機会を求め、合図を期待するようになったのだ。お前はこちらに視線を向けない。おれが目に入らないらしい。もっとも、おれは慣れている。これといって注意を引くところがなく、他人の視線がおれの上を素通りしていくことに慣れている。それなのにお前は、なぜあとをつけるのだ？　眼差しをこちらに向けて、おれの存在を認めることさえしないくせに。

おれはある午後、お前がひとりで廊下にすわりこんで、大きな新聞紙で三角の帽子をこしらえて遊んでいるのを見かけた。お前はその帽子をかぶった。そして欠けた門歯をむき出しにする、いつものうつけた笑顔をおれに向けた。三角帽子をかぶるのが、楽しくてたまらないというように。おれは、あの午後のことはお前の顔しか記憶にない。しかし実を言うと、新聞紙の帽子の上のもはや取り返しのつかない過去のなかで怒号する、髭面《ひげづら》の革命指導者の高だかと振りあげた拳と恐ろしげな表情に、ぞっとしたことを忘れるわけにはいかない。

それは、恐怖の時の始まりを告げる合図だった。髭面の革命指導者は、制服が悪臭をはなつ執念深い武装警官の一隊を引きつれて、血なまぐさい残虐な脅迫のことばを吐きちらしながら、夜の回廊のおれを追いまわした。おれが何をしたというのだ？　なぜ、こんな脅迫を加えられなければならないのだ？　おれを何者だと思っているのだ？　おれは何者でもない、つまらない人間だ。おれは、およそくだらん人間なのだ……シスター・ベニータ。新聞や雑誌や本のたぐいは、いくら古くても、何かの用には立つものでな……大司教が紛失を恐れてトラックで修道院に送ってよこす古い新聞の山。そのニュース欄以外のどこかで、彼を見かけたことがあるだろうか？修道院ほどの大きな影を持ったあの恐ろしい男は、何をおれに要求しているのだ？　夜の訪れとともに、彼は執拗に回廊のおれを付けまわし、口汚くののしる……この卑怯者め！　おべんちゃら野郎め！　腰抜けめ！　裏切り者め！……世界の悲劇的状況についてくどくどと話しながら、おれの廊下を巡回する部下の革命軍兵士の先頭に立って、おれの孤独の奥深く侵入し、おれを孤立無援の状態に追いこむ。おれの世界を粉砕する意図をもって多数の暴徒を糾合し、乱入する。

新聞を折って紙の帽子をこしらえていたお前は、あの顔、あの脅迫をおれの目の前に突きつけるという、その目的を果たした。どういう狙いで何をやるか、お前はよく心得ていたはずだ。まさか、それを否定はしないだろう。

だが幸いなことに、この修道院は非常に広い。護符にこめられた願いでもってこの空虚を満たしているが、老婆たちの静穏な日々がたくわえた力は、すべてを消してしまう。無数の暴徒もこの広大な世界のなかに迷いこんで沈黙し、結局、手を高だかと上げた指導者だけが残った。しかしそれも、帽子やニュースに戻るまでの、古紙に返るまでの、数日の命でしかなかった。代わりに残されたのがお前、椰子の中庭と表の通りをへだてる塀のそばで手を高く伸ばしている。まぎれもないお前だ。外を走りすぎた一台の車のライトが、そこを乗りこえて修道院に忍びこんだり、あるいは抜けだしたりするのを防ぐ塀の上の鋭いガラスの破片に反射して、緑色に光った。とてもだめだわ、と呟いて腕をおろしたお前は、不安など少しもない自信たっぷりな様子で闇のなかを歩きつづけ、それに釣られておれはあとを追った。お前はそれを、おれがあとを追うことを望んでいたのだ。お前のするとおりのことをするのを、立ち止まって、ひどく遅い時間にわが家へ帰っていく男の口笛を聞くことを、望んでいたのだ。お前に見えないように、おれがスクリーンの背後に潜んでいるのを、お前は知っていた。おれを捕まえることもできたのに、お前はそれをしなかった。おれを見なくてよかったのだ。見ればいやでも、おれだということを、掃除したり車でがらくたを運んだりしている《ムディート》だということを、確認しなければならなかっただろう。これがもしシスター・ベニータなら、きっと大騒ぎをしたにちがいない……まあ、どうでしょう、この娘ったら！　こんな時間に寝もしないで、何をやってるの！　物音がするものだから、てっきり泥棒だと思って起きてみたら、この娘よ。お仕置きをしなくちゃ。よく見張っていて……やはり、お前はおれを見なくてよかったのだ。

お前は毎晩のように修道院のなかをうろつき、おれを引っぱりまわした。屋根瓦に映える街灯の光を眺め、警笛の音を追った。むし暑い夏の夜、路地で遊んでいる子どもたちの声に聞き入った……なあにがほしい、マンダンディルン・ディルン・ダン、子どもがほしい、マンダンディルン・ディルン・ダン、名前はなあに、マンダンディルン・ディルン・ダン……おれは、どこへでもお前を追っていく。お前が迷うといけないから。秘密の部屋に永久に閉じこめられることになると困るから。いつもいっしょだが顔を見ることのない、この夜の散歩の謎を解くことができなくなるのを恐れるから……。お前は、上の階へ通じている閉め切られたドアを開けようとする。だが、お前がいくら押しても、ドアは開かない……ねえ、このドアを開けてよ。開けてちょうだい、意地悪しないで。ドアを開けるくらいなんでもないでしょ。上に何があるか見たいのよ。そこから何が見えるか、それも知りたいのよ。だって一度も覗いたことないんだもの……お前は問題のドアの前まで行き、しばらく立っていてから引き返す。そんなことが数日続いたある晩、またまたドアをこじ開けようとしたお前は、釘がゆるんでおり、板が容易にはがれることに気づいた。実はそれは、おれがお前の命令したいことをいち早く察して、そのとおりにしておいたのだ。おれは、お前が上の階の回廊を自由に歩きまわれるように、閉め切られたドアを開くようにしておいた。ベッドが二十並んだ寝室も開けておいた。窓の板をはがして、お前が町を眺められるようにしておいた。おれの従順さにお前のいらだちも収まったらしい。例の紙の帽子が中庭のぬかるみに投げ捨てられているのを見つけて、おれはそれを焼いた。焦げる髭の臭いは、たちまち風に乗って消えた。

お前は毎晩のように上の階へあがって、窓から通りを眺めるようになった。近所の少年たちと仲良くなった。大声でお喋りをし、いつも顔ぶれは変わるがお前に拍手するために集まってくる人間を前に、水切りの上で踊った。修道院のなかを当てもなくうろつくことは、もはやしなくなった。そして、お前が高いところで、こちらに背を向けて窓から乗りだしているおかげで、回廊や歩廊の静けさはふたたびおれのものとなった。

一度要求に屈すれば、それでこちらの負け、おとなしくしているのはほんのいっときで、貪欲な怪物はふたたび爪を剝いて、より以上のことをきりもなく要求してくる。イリス・マテルーナが窓に近づかなくなるのは目に見えている。物足りなくなった彼女は別のことを、あるいは同じことを、いくらでも要求しつづけるだろう。それはおれも心得ていた。イリスよ、お前は夜の回廊の追跡をふたたび開始し、こちらには応じる気のない要求を無理に呑ませるために、おれの姿を捜し求めるにちがいない。イリス・マテルーナよ、お前は動く肉の塊にすぎない。お前は父親のことを忘れている。父親は、親子三人が眠っていたベッドの上で、お前の母親の首を掻いたというではないか。よくまあ、それを忘れて、つぎからつぎとくだらんことを要求するものだ。最初が、塀の上をかすめるライト。そのつぎが、表に面した窓。そしてこんどは……それをお前に与えるわけにはいかなかった。おれはお前の要求を避けて、修道院の奥へ隠れた。しかし、逃げおおせることはできず、つねにお前に発見され、そのあとを追うように仕向けられた。自分だけはこの迷路のなかでも迷うことはないと信じていた廊下に誘いこまれ、方角が分からなくなった。この修道院はわが家も同然、知り尽くしているはずなのに、永久に閉じこめるつもりの一角までお前を連れこんだと思ったら、なんとそこは門番小屋の中庭だった。どういうことだ、これは？

おれは、ルルドの洞窟を模して築かれた岩の上のゼラニウムの茂みに身を隠した。お前が大扉のかんぬきをはずすのを見、続いて、静かに掛け金をいじくる音を聞いた……カチャ、カチャ、カチャ……そんなことをしても、お前もとっくに知っていることを、毎晩そこには鍵が掛けられることを、あらためて知るだけなのに。いや、そうではない。それは、おれに新しい要求を突きつけることが狙いなのだ。イリス、それだけは勘弁してくれ！　度が過ぎる！　おれは上っ張りのポケットの鍵束を押さえた。お前の言いなりになる理由はなかった。考えてみれば、お前は一度もおれの姿を見てはいない。お前はただ気配を感じただけだ。言うことを聞かないおれへの怨《うら》みをあからさまにぶつけて来ても、おれは素知らぬふりをよそおっていればよかったのだ。しかし、お前はじっと待っていた。お前のために門をあける時間をおれに与えるつもりだろう、石蹴りに夢中になっているふりをよそおった。だが、おれは門をあけなかった。お前の意志にしたがわなかった。仕方なくお前は、片足とびで小石を蹴りながら、回廊の向こうへ消えていった。お前のせいで、表の大扉のかんぬきははずれっ放しだ。お前の姿がなくなったのを見すまして、おれは大急ぎでかんぬきをおろす。おれの大事な仕事だ、これは。何年も、何年も毎晩やって来たことだ。夜はかならず表の大扉にかんぬきを掛けないと、気が休まらない。

お前は幾晩も同じことを繰り返した。かんぬきをはずし、ちゃんと鍵が掛かっていることを知りながら、掛け金をカチャカチャさせ——何が言いたいのか、そこが肝心なのだが——、やがて自分の中庭へと帰っていった。大扉のかんぬきははずされっ放し。お前がいなくなるとすぐ、おれは元どおりにかんぬきをおろした。ある晩、いつものようにお前は中庭へ戻っていった。ところが、それはおれを瞞《だま》すための策略で、お前は近くのものかげに、すっと隠れただけのことだったらしい。おれがかんぬきを掛けなおし、その場から離れたとたん、寸秒の間もおかずにお前はかんぬきのおりた扉まで引き返してきた。こんどは掛け金をカチャカチャ言わせることはしない。その必要はないだろう。おれを見てしまっているのだ。

「《ムディート》……」

なんだね、イリス、とおれは答えたが、その返事はお前には聞こえなかった。おれの声を耳で聞ける者はいないのだ。おれは穴ぐらの外へは出なかった。しかし、お前は悪知恵を働かせて、おれを無理やり共犯者に仕立てあげた。翌晩、修道院が寝静まったのを見すまして、お前は扉のところまで来た。かんぬきがおりていない。鍵も掛かっていない。おれはお前のすることをじっと窺った。お前はよけいな動作は何もしなかった。いや、驚いているそぶりさえ見せなかった。お前は扉を開けて、通りへ出ていった。

おれは白っぽいセメントの岩のあいだに身を潜めて、お前の帰りを待つことにした。扉を閉める。鍵を掛けて、内からかんぬきをおろす。それから急いで、お前の失踪をみんなに納得させる、もっともらしい説明をあれこれ考える。ジプシーにさらわれた。お化けに喰われた。人殺しの父親のところへ逃げた。修道院の闇に呑まれてしまった。井戸に落ちた。中二階で迷子になった。トランクをひっ掻きまわしているうちに閉じこめられた。どう説明しても、みんなは信じてくれるだろう。お前を外に出したのがおれだということを知っているのは、おれ自身だけである。お前は警官に捕まり、医者の手に引き渡されるにちがいない。その医者はお前を切りきざむ。お前の肉体は若々しい。お前の器官を手に入れたがっている連中が大勢いる。アスーラ博士はしょっちゅう、分泌腺や子宮を捜し歩いている。目、とくに目だ。博士は目を捜しているが、いっこうに見つからないのだ。どうでも見つけろと迫っている人間は、ほかでもない、ドン・ヘロニモである。いずれにせよ、お前は小さく切りきざまれ、他人の肉体にひとつひとつ移値される。他人に分け与えられて、お前の存在は消えるのだ。

しかし、おれがお前を刑吏の手に渡すその前に、扉が開いて、十分ほど外に出ていたお前が戻ってきた。鼻歌を歌っているのはいい。だが、声が大きい。いや、大きすぎる。共犯者のおれにお前をかばう責任がある、秘密がばれようとばれまいとお前にはなんの関係もない、いかにもそう思っているような感じだ……可愛い女、可愛いお前、お尻をずらしてこちらへ寄れよ……ルルドの聖母像の前で十字は切ったが、お前は鼻歌をやめもしなければ、足をゆるめることもしなかった。悪いことをしたという苦い笑いさえ、お前の顔には窺えなかった。まったくの無表情。お前はただ歌っていた。あくびを連発し、やがて消えた。

おれは扉にかんぬきをおろし、鍵を掛けた。お前は閉める手間さえ惜しんでいた。それは開き放しになっており、外には恐ろしい闇が徘徊していた。

ときおり、おれは表の扉を開け放しにして、彼女を外に出した。そして、人工岩の洞窟に隠れて帰りを待った。ときには何時間も待った。夜明けまでそうしていたこともある。しかし、おれは修道院に残っていたというのでもなかった。意地汚い犬、怪しい男が待ち伏せしているかもしれない軒の高い民家やビル、橋、並木道、自動車、騒音……ごたごたした外の町のなかを行くイリスは、実は、ドン・ヘロニモに引き渡す魂胆で、おれを引きずって歩いていたのだ。

おれは引きずりまわされていた、犬のように。首に鎖をつけられて、彼女の言うなりに黙々とそのあとを追っていた。鎖を引っぱられて、車道に降りることもできなかった。車に轢《ひ》かれる心配はなかったけれど。犬を訓練するのに使われているが内側に突起のある首輪をはめられており、おとなしくしたがうよりほかない。逆らうと首輪が喰いこむのだ。気まぐれで鎖を引っぱられたりすると、こちらが少しでも逆らう気配をみせると、突起のせいで首から血が流れる。ごく軽い抵抗でも、それが重なれば首は傷だらけになる。もはや抵抗を続けることはできず、言いなりになるほかない。服従するのをやめ、自分の意志と欲望を持とうとすれば、耐えがたい苦痛を味わうことになるからだ。彼女が気まぐれに首輪の鎖を引っぱったとき、突起が喰いこんで首に激痛がはしり、血が吹きでることのないように、おれは結局、遠い遠い昔のことだが、かつては意志らしいものを持っていたことさえ忘れる。あるいは、反抗とはいかなるものかをまだ心得ていたころ、それを試みたことがあるという事実を忘れる。おれは、もはや彼女に反抗しようとはしない。イリスは残酷な娘で、おれが苦しむのを見たくて、ときたま故意に、鎖を引っぱって突起をわたしの首に喰いこませるのだ。おれは、距離をおいて彼女のあとを追う。見失ってはならないが、こちらの姿を見られても困るのだ。彼女は顔見知りと話しこむ……コカコーラを買ってもらう……町の若い連中が集まって、コリントゲームをして遊んだり、月遅れの雑誌を売ったり交換したりする店へ入っていく……新しいダンスや、いまはやっている歌をおそわる……けん玉やビー玉で遊んでいる連中のひとりに、小説を読んでもらう……大男の《ヒガンテ》のあとについて、色刷りのビラ――《漁師マルティンの店》《月賦》《マットレス》《ベッド》《毛布》《家具店》《びっくり大廉売、目をまわさないで》――をくばる手伝いをする。《ヒガンテ》のスケのジーナ、町の連中はそう呼んでいる。無邪気というか幼稚というか……。

イリスがおれを引きずって表をうろついていると、ドン・ヘロニモが知ったら？　おそらく、イリスの犬になり下がったおれには気づくまい。アスーラ博士も剔出《てきしゅつ》しえなかった目の、いまも衰えていない視覚を除くと、かつてのウンベルトのすべてを失っているのだ、おれは。だが、彼の手下がそれを、おれの目を、イリスの犬の顔に見つけたら？　おれはその場で、連中に捕まってしまうだろう……もう待てんのだ、ウンベルト。わたしも年だ。メスをとるアスーラ博士。マスクと白衣の助手。準備はととのっている。みんなまだ、わたしのところにいて、お前が見つかるのを待っているんだ。お前の持っているそいつを、わたしの目を、こんどこそ返してくれるだろうな?……家々の戸口に変装した男たちが立っている。彼の手下だ。ある角を曲がったところで、あやうくひとりの男にぶつかりそうになる。男は口髭を撫でるが、それはふりだけだ。あれは見破られるとまずいのでつけている付け髭で、撫でているのではない。落ちないように押さえているのだ。見破られるはずがないのに。おれは誰の顔も、エンペラトリスの顔でさえ記憶していない。彼女も通りすぎる車の窓から、おれを見張っているにちがいない。唾で濡れた糸切り歯をむきし出しにし、いかにも侏儒《しゅじゅ》らしい額に皺を寄せながら、おれを捜しているにちがいない……みんな、よく見張らなくちゃだめよ……だが、おれにとってもっとも危険な女、冷酷な女、恐ろしい女、それはペータ・ポンセだ。そこらの老婆と混同する懸念があるから、彼女はまた、おれにとってもっとも見分けにくい人間でもある。彼女の足音は聞こえない。彼女は巧みに身を隠すすべを心得ているのだ。ああ、老いさらばえた好色な女め! お前はおれを狙っているようだが、おれはへっちゃらだ。お前とそっくりな年老いた女たちに仕えて暮らしているけれども、彼女たちは、おれがお前に会ったときと同じ状況のなかで、おれを知ったわけではない。だから、この修道院で静かに暮らさせてくれているのだ。ドン・ヘロニモよ、おれは老婆たちのひとりだ。そしてイリスの犬だ。おれをそっとしておいてほしい。追うのはやめてくれ。おれはすでに、あんたには十分に仕えた。証人であるということは召使いでもあることだ。あんたも知っているとおり、召使いたちは主人の一部を自分のものにする。いや、あんたが知らないはずはない。あんたの幸福をこの目で見る証人として雇われていたあのとき、おれがあんたのもっとも大切なものを盗んだことを。申し分のない幸福なカップルの生活は、はるかに遠いところで繰り広げられていた。それは高く手の届かない山々が連なるパノラマに似ており、おれの目は、羨望と欲情によってそこに釘付けにされていた。しかし、そのふたつの感情は、ヘロニモとイネスが同時に抱き、必要としていたものだった。彼らの幸福を生みだすおれの羨望にみちた視線がなければ、彼らは生きることすらできなかっただろう。彼らを眺めるおれの目の苦痛こそ、彼らの浪費する幸福の供給源だったのだ。ドン・ヘロニモが長年雇っていたのは、おれではなく——おれなどはどうでもよかった——このおれの羨望だった。しかし、おれは力にあふれた視線を自分のものにすることができた。これだけはおれのものだ。いまさら渡したくはない。奪われるのはごめんだ。そのためにこうして、修道院にそれを隠しているのだ。ドン・ヘロニモよ、あんたにはこの視線は奪えない。それもまた、二度とあんたの幸福に近づくことはしないだろう。だからこそ、たとえ犬に化けられても、おれは二度とふたたび、イリスといっしょに外には出ないつもりでいるのだ。言うことを聞くように蹴られたり鞭で打たれたりしても、外には出ないつもりだ。この積みあげた岩のあいだの聖像のようにひっそりと、いまいるここに、いつまでも残っているつもりだ。

《ヒガンテ》とイリスは幸福なカップルだった。おれの目は喰い入るように彼らを眺め、イリスが《ヒガンテ》に夢中であるために他人を寄せつけない、ふたりの関係の一部始終を想像した……彼、あたいと結婚したいんだって……彼女は仲間の孤児たちに、よくそう言った……ミッキー・マウスのこの雑誌に絵が出てるわ。こっちへ来て、見て。犬のプルートを追っかけてるでしょ。これが彼よ。《ヒガンテ》よ。彼はお昼過ぎ、週に何度もこのへんを通るの。あたいは上のバルコニーで待ってて、大きな声でデートの約束をするの……じゃ、あとでね、《ヒガンテ》。お婆ちゃんたちが寝たら行くわ。もう少し待って。表を歩いてるひとがみんな小さく見えるくらい大きいのね、その顔。行くわ。かならず行くわよ。

彼らは歩道のふちに腰をおろして話をした。どんな話か、それは分からない。イリス・マテルーナのような人間を相手にした場合、何を話題にすればいいのか、おれには見当もつかない。彼女は自分の肉体のことしか念頭にない。ほかのこと──生まれた町、死んだ母親、刑務所に入っている父親──は、その肉体とはなんの縁もない別の肉体のなかに置き去りにしてきたのだ。現にある肉体とは、イリスという名前ではなく、ジーナと呼ばれている《ヒガンテ》のガールフレンドのそれだ……ジーナ、このほうがモダンでいいや。ジーナ、うんとおっぱいを揺すって、踊ってみてくれよ。もちろんここでさ。この角でさ。いいぞ、ジーナ。思いつきり揺すって、そうそう……。

本当のことを言うべきだろう。たちの悪い若者ではなかったから、ロムアルドは最初のうち、実の兄のようにイリスにやさしかった。彼女を哀れんでいるかのようだった。いろんな話をして聞かせていた。たとえば、《漁師マルティンの店》の主人のトルコ人たちはいいひとで、《ヒガンテ》にビラをもらったからと言って、大きな買物をしに来る客がある、というような話だ……トルコ人の旦那たちは、おれにチップをくれるんだぜ。いいひとたちさ。店で寝さしてくれるしね。入口にマットを敷いて、鍵も預けてくれるんだ。おれを信用してるってことだな。おれは、ただ《ヒガンテ》っていうだけじゃない。夜警もやってる。ときどきこの町へ来て、ほかの日はよそへ回るんだ。でも、ここへ来るのがいちばん楽しいな。この町に住めたらなあと思うよ、ほんと。もっと稼げるようになったら、この近くの下宿に部屋を見つけて住むつもりさ。でも、いつのことになるか。そりゃあもちろん、ちょくちょくサボるさ。あの通りをずっと下ったところにいい場所があって、そこに隠れて、昼寝をするんだ。誰も気がつきゃしない。車のポンコツが一台ころがっていてさ。タイヤもエンジンもない、ほんとの車体だけだけど、おれはその車に潜りこんで、昼寝をするんだ。

おれは、その空地まで彼をつけてみた。前の運転席にいっぱいの、大きなボール紙の頭。彼は胎児のように身を縮めて、後ろの座席で眠っていた。おれは、ガラスのない窓から手を入れて、ペンキで描かれた《ヒガンテ》の目に、そっとさわった。するとロムアルドが目を覚まし、おれに向かって怒鳴った。

「やめろ!」

おれはさわるのをやめた。

「何か用かい?」

「いや別に……」

「じゃ、とっとと消えな!」

おれは肝を潰して、片手で口をふさぎ、もう一方の手で咽喉《のど》を押さえながら空地の外へ走りでた。駆け抜ける通りはおれの悲鳴のために裂け、あのさまざまな人間の顔であふれた深い淵となった。ドン・ヘロニモ、アスーラ博士、エンペラトリス、ペータ……この残酷な連中は、おれのことをシスター・ベニータに密告するにちがいない。おれの生活のすべては嘘で塗りかためられていると、アソカル神父に話すにちがいない……《ムディート》は口がきけるんですよ。欲望も人並みにあるし、魔法の目を持ってます。いろんなことを心得ているようです。耳だって、ちゃんと聞こえるんですから。あれはとんでもない悪党、危険な男です……そうなれば、おれは鍵を取りあげられるだろう。これがあればこそ、おれは誰にも見つからないように、追われないように、ここに閉じこもっていられるのに。そうだ、彼らはきっと、大司教に電話をするにちがいない。そして、大司教はドン・ヘロニモと連絡をとり、おれをここから連れださせるだろう。最近のおれは、イリスの鎖に引っぱられてというのではなく、ひとりで、自分勝手に、外を出歩いているのだから。おれは、忘れているようで忘れてはいない。アスーラ博士に捕まったら、彼は間違いなくおれの目を剔出して、まだ生きている、まだ見ることのできるそれを、特別あつらえのフラスコのなかに入れて、ドン・ヘロニモに渡すにちがいないのだ。もっとも、そうなって初めて彼はおれを忘れ、本来おれがそこにいなければならない、がらくたの山のなかへ戻ることを許してくれるに相違ない。彼にとって大事なのは、おれの目だけなのだから。それ以外のものはすべて、悲哀とノスタルジーと羨望にあふれたこの目以外のものはすべて、彼は無視した。おれの肉体のその他の個所は彼にとって、まったく、全然、意味のないものだったのだ。内心の怨みを思わず口にしたことがかつてあったが、それは長いあいだ、おれの咽喉に焼けるような痛みを与えたものだ。

自分の中庭にこもり、自分のベッドに潜りこんだおれが見つかる心配は、もはやなかった。高い熱と全身の震え。老婆たちはおれを、まるで赤ん坊のようにぼろでくるんだ。腫れた咽喉のせいで、おれは口をきこうにもきけなかった。この痛みでは、ものを呑みこむこともできないだろう。まっ赤になった舌、血のにじんだ上顎、荒れた喉頭。だめだ。これじゃあだめだ。おい、婆さんたち。おれのからだをしっかり包んでくれ。熱で震えないように、ようく包んでくれ。腕も手も、脚もその先も、動かせないようにしてくれ。急ぐんだ。からだじゅうを縫ってくれ。熱い口だけじゃない。目もだ。とくに目を頼む。その力を眼瞼の奥深くに閉じこめてくれ、もう見えないように。あの男に二度と見つからないように。おれの目が闇のなかで、暗い空虚のなかで、その力を失ってしまうように。そうだ。おれの眼瞼を縫いふさいでくれ。そうすれば、おれはドン・ヘロニモを、永久にインポテンツの状態に置くことができるのだ。

　老婆たちはおれの病気を治すために、さまざまな薬をこしらえた。マリア・ベニテスはメチルアルコールで溶いた藍《あい》を塗ってくれた。おかげで、なかが暗い洞穴のようになり、おれは人前で口を開ける気になれなかった。老婆たちまでがおれのむらさき色の唇をひやかし、灰色の舌を笑いものにした。マリア、もう一回塗ってくれないか。その必要はない？　かまわん。こんな青い口をしていては、とても外へ出る勇気は湧かないだろう。気狂いだと思われて、精神病院に放りこまれるのが落ちだ……いいこと、《ムディート》。あんたの薬ばかり作ってるわけにはいかないのよ。もう熱も下がったわ。起きたきゃ起きてもいいわ。ずいぶん良くなったようね。見なさい。お日さまが出てるわ。秋のお日さまの光って、ほんとにすてき……。

　おれは《ヒガンテ》の生活をよく知っていた。だいいち、彼は怠け者である。たんまりチップがあるなどと言っているが、実は安い給金と仕事が不満なのだ。妙なお面をかぶって街々をゆき、広告のビラをくばる仕事は、格好が悪いだけではない。疲れもひどい。ビラに興味を示すのも子どもにかぎられている。それを折って小舟を作り、冬場、溝を流れる水に浮べて遊ぶのだ。《ヒガンテ》はなるたけ働かないように努めた。お面のなかの夏の暑さには窒息の苦しみを味わわされた。また寒さのきびしいときには、木綿の服の下でガタガタ震えた。彼は、空地に捨てられたフォードの内部に、マイホームと呼べば呼べるものをしつらえていた。紅茶を入れるために使うまっ黒な缶。手垢で汚れた雑誌。ひとり占いのためのトランプ。フロントグラスにべったり貼った長髪のサウンド・グループの写真。胴体と切り離されて運転席にころがっている《ヒガンテ》の頭。おれはそれが見たくて、近くをうろついていたのだ。眠っているロムアルドを眺めていたのだ。しかし、彼が眠っているのが気に入らなくなり、おれはふたたび彼の目にさわった。

「またか。何がほしいんだ？」

もちろん、《ヒガンテ》の頭さ。そいつがほしいんだ。いいか、ロムアルド、そいつをお前から借りてかぶるんだ。そいつをすっぽりかぶって、お前たち幸福なカップルの仲間入りをするのさ。どうする気だ、と訊きかけて、うまい具合にお前は思い止まり、こう言った……よかろう。いくら出す？……千ペソ……黒い口髭の下でゆっくりと広がる笑みで、お前の濡れた白い歯がむき出しになる……なるほど。でも、やっぱりだめだな。《ヒガンテ》のこのお面はおれの仕事道具なんだ。持ち主はトルコ人の旦那たちだし。見てくれよ。特製のやつだぜ。薄いボール紙でできていて、おまけに車の塗料を吹き付けてあるんだ。見ろ。ピカピカ光ってるだろう。トルコ人の旦那たちはいつも、おれを見張ってる。あちこち走りまわってビラをくばる仕事を、サボらせないためさ。もちろん分かるだろ。おれのやってるのは宣伝の仕事さ……《ヒガンテ》のお面は、そういうわけで奴らのものなのさ。おれんじゃない。おれのだったら、喜んで貸すよ。ところが残念なことに、おれのものじゃないんだな……。

「千五百だ！」

「時間はどのくらい？」

「そうだな。一時間、いや二時間くらいかな……」

「決まった！」

何に使うのか、という言葉が口から出かかったが、辛うじて彼は思い止まった……他人が何をしようとおれの知ったことか。妙な野郎だな。どうだい、こいつの声。おまけに動物園の北極熊みたいにむらさき色の口をしてやがる……千五百ペソってのは悪くないな。《ヒガンテ》が通りを歩いていても誰も見向きもしないのに、《ヒガンテ》がおれでなくたって、誰も気づきゃしないだろう。それに、おれがやっているとおりにビラはちゃんとくばると、奴は約束したんだ。

「よし、決まった！」

お前はフォードの運転席から《ヒガンテ》の頭を取りだす。まっ赤で、そばかすだらけで、道化か操り人形、悪魔か子どもの人形めいた、とてつもなく大きなお面。飛びでたギョロ目と、兎のような上下の歯をむき出した、動かないニコニコ顔。

「着るのを手伝おう」

「頼むよ」

「その前に、千五百よこしな」

おれは金を渡す。代わりにロムアルドは、花模様の木綿のズボンをよこす。おれはそれをはく。

「つぎは上着かね？」

「いや、先にお面をかぶって、それから上着だ。落ちないようにお面をしっかり縛る、その紐を隠すためさ」

お前はおれの頭にお面をかぶせる。勿体ぶったその態度は、国王に宝冠を授ける司教にそっくりだが、ともかく、この叙任の儀式をへることによって、おれはこれまでの生活のすべてを、いっさいを捨てるわけだ。ドン・ヘロニモの秘書だった《ムディート》。イリスの犬。無心な春が藤の花となって庭に咲きこぼれていたが、遠い昔に消えてしまった世界の憂愁と芸術的な香気にあふれた情景を、この慎ましやかな本のなかで甦らせる繊細な文章家、ウンベルト・ペニャローサ。七人目の老婆。それらのすべてが仮面のなかの闇に消えるのだ。何も見えない。いまでは、おれは声を持たないだけではない。視覚も失ってしまった。いや、《ヒガンテ》の首のここに穴がある。おれはやはり、そこから外を覗きつづけなければならないのだろう。しかし、ボール紙でできたこの人形の咽喉の奥におれの目を捜そうとする者は、おそらく、ひとりもいないはずだ。

「そりゃあ楽じゃないさ。窮屈じゃないなんて、おれは言わないよ。あんたはどう見ても、丈夫じゃなさそうだしな。でも、初めに思ったほど重くはないだろ？　上等の特製なんだ、これは。使ってる紙が一等品の薄いやつでね。穴から外を覗くのに慣れなくちゃ。こいつが肝心なんだ。そこらにぶつけて、凹《へこ》まさないでくれよ。金がかかっているし、だいいち、持ち主の旦那がうるさいんだ……これでよしと。つぎは上着だ」

叙任式の司会者は腰をかがめ、恭しく引き下がっていく。上着も花柄である。だが、色褪せた木綿の布の切れっぱしで仕立てられたようで、おれの盛装はぱっとしない。おれは頭の上のものを両手で押さえながら、一歩、二歩、勿体ぶった足取りで歩きだす。しかし、すぐにおれは気づく。それを支えるのはしごく簡単だということに。それは、おれの頭そのものなのだ。頰を撫でるそよ風を、そこに触れるおれ自身の手を、おれはちゃんと感じる。あばよ、ロムアルド。おれは、大きな声ではっきりとそう叫ぶ。それから、おれを取り巻いている町を眺める。この仮装のかげに隠れたおれを見抜く者はいないはずだ。だから、修道院と同じように安全な町を、おれは眺める。ドン・ヘロニモの立っているところよりはるかに高い、恐ろしいほどの高みから、おれはすべてを眺める。ボール紙に描かれた千里眼的な目で、おれの縄張りのあちこちに聳え立ったガラスの塔を、はるかな高みから眺めわたす。そして当てどもなく、近くの通りに足を踏み入れる。迷わずに戻れるように、通りの名前を見て覚えることもしない。迷うはずはないのだ。《ヒガンテ》がその縄張りで迷うわけはない。

いまは一日のなかでももっとも暗い時刻だ。何事か奇跡めいたものが起こってそこらの物を助けあげなければ、いっさいがおれの巨大な影に気圧されて消えてしまうにちがいない。規則正しい間をおいて戸口が連なる、一枚の壁のような長い家並み。アオイ、リラ、バラ、レモン——家毎の目じるしのように戸口を飾るとりどりの色。植木。ベンチ。水のしたたる蛇口。パンの捏《こ》ね箱。小枝のほうき。主婦が買ったプロパンのレンジ。凹んだコーヒー沸しに植えられたベゴニア。それぞれ異なった世界を覗かせるドア。葉の落ちた胡桃の木が立ち並んだ小道。ジーナが仲良く《ヒガンテ》の腕を取り、笑いながらやって来る。コカコーラをせがみ、買ってもらう。この時刻のぼんやりとした光のなかでは見分けられないが、色刷りのビラをまき、雨のように降ってくる紙切れの下でくるくる回る。たくさんの色を使った紙切れの舞うなかで踊りまわりたくて、自分がまいたビラに手を伸ばす。ひとりの小柄な女が歩道に火鉢を持ちだす。炭をたちまちまっ赤な熾《おき》に変えてしまうにちがいない青い火が、溝を流れる水に映えて美しい。ジーナはその女にもビラを渡す。

「サーカスのビラ?」

「ちがうわ。映画のよ」

「あんた、だあれ?」

「あたい? ブロードウェイの牝豹、ジーナちゃんよ」

角で私語している顔を隠した影や、小さな声や、低い物音などが、そこらに散って、まぎれもない現実のものとなり得る魔法の合図を待っている。イリスがおれを先導しているのではない。おれが彼女を導いているのだ。通りが暗くても、おれはすべてを見定めることができるのだから。もっと向こうで、ひとりの老婆が水吐きの怪獣のように小さくうずくまって、やはり火鉢の炭を吹いている……火花が尾を引いて飛ぶ。この善良な魔女の口から洩れる荒い息づかい。そのおかげで街灯に灯がともり、おれたちの足許を明るく照らす。けたたましい電気の魔法でそこらの物の様子が一変する。空色はスミレに、バラ色はむらさきに、レモンはオレンジになる。そして、陰謀家のように街角に潜んでいた人影は……おれは、彼らが何者であるかを知る。電気は、このおれではなく彼らの正体を暴露する。おれはどこまでも、この町のすべての人間を知っている《ヒガンテ》だ。あの角でタバコを吸っている四人組《クアトロ・アセス》は、とても陰謀など企めるような連中ではない。彼らの名前はアニセート、アンセルモ、アンドレス、アントニオだ……たいていにしろよ、イルマ。いくら好きな男だからって、いい加減に放してやれ。恥知らずもいいとこだぞ。見ろ、こんなに明るいんだ!……おれたちは歩道を進んでいく。さらにたくさんの女が現われて、火鉢に火をおこす。風を送りながら小声でささやく……ちょっと見て。修道院の娘よ、踊りの上手な。みんなはジーナって呼んでるけど、本当の名前じゃないわ。本当はイリスっていうの。《ヒガンテ》のガールフレンドよ……向こうへ渡らないか？……おれたちは手をつなぐ。車の急ブレーキ。明るいライトに照らしだされて、ほんの一瞬だがおれたちは、芝居がかった、そしてふだんよりは大きく美しい姿態をさらす。ふだんのそれは時間によって徐々に損なわれていくが、急ブレーキの瞬間のライトはおれたちを孤立させ、そのままの状態を保持させる。怒った運転手の、がなり立てる声もおれたちの耳には入らない。彼は仕方なく車を走らせ、別の街角で息づいている現実のなかに姿を消す。おれは空地にイリスを連れこむ。そして、フォードの奥に隠れる。

「ねえ、やって……」

おれはためらわない。火のように熱い手も、いきり立ったセックスもためらわない。彼女は、おれのボール紙の頬を愛撫する。おれの重みにしっかりと押さえこまれながら、彼女は目をつぶって、さかんに腰を振る……あんた好きよ。あたいと結婚して。だって、あんたいい男だもん。だって、とっても上手なんだもん。ああ、いいわァ！　あたいを捨てないでね。もっと、もっとォー……彼女が飽き飽きするくらいやれるんだ。おれは執拗に愛撫を続ける……やがて、別れなければならない時間が来た……そろそろ帰らなくちゃ。《ヒガンテ》、約束するわ。いつかいっしょに出て、一晩じゅう楽しく、踊ったり笑ったりしましょう……いいとも、ジーナ。きれいなものを、いろいろ買ってやるよ……いつ？　《ヒガンテ》、お願い。いつ買ってくれるか教えて……そいつは分からん。はっきりした約束はできねえんだ。いつまたここへ来られるか。トルコ人の旦那たちに見つかってみろ。たちまちクビだ。分からないのか。おれは《漁師マルティンの店》の近くの町を、みんな回らなきゃならないんだぜ。いつも同じところを回ってたんじゃだめなんだ。おれの仕事は宣伝で、それで金をもらってるんだから……それじゃ、《ヒガンテ》、こんどはいつ？……分からん。いつになるか分からん……いいわ、だったらあたい、毎日、上の窓のところで待ってる。あんたが来るのを見張ってて、来たら出るわ。合図をしてね。あたいすぐに下に降りて……さいなら、《ヒガンテ》。ほんとによかったわ……あばよ、ジーナ……おれは洞窟の岩のあいだに身を潜めて、お前の帰りを待っている。

6

おれがイリスの子の父親だ。

あれは奇跡でもなんでもない。ドン・ヘロニモがその絶大な権力にもかかわらず持ちえなかったもの、女をはらませるという、この単純で動物的な能力が、おれにはあるのだ。

おれはロムアルドが来るのを、物陰に隠れて待った。例の小細工をしてイリスを外に出し、しばらくして、そのあとを追った。この頭を《ヒガンテ》のそれと取り換えて、交わった。ロムアルドはすでに月賦で腕時計を買い、《ヒガンテ》の頭の借り賃としておれが与える金で支払っていた。マリア・ベニテスはイリスのからだを調べて、間違いないわ、妊娠よ、ほんとにいやになっちゃう、きょう日の娘は、男のズボンの匂いを嗅いだだけで、お腹が大きくなるんだから、と言ったが、それを聞いた日の午後、おれはロムアルドに申し渡した、《ヒガンテ》の頭だが、おれはもう使う必要がなくなったよ、と。

「待ってくれ！　おれの時計はどうなる？」

おれは肩をすくめた。

「どうやって払えばいいんだ？」

おれは答えなかった。そんなことまでおれの責任にされては困る。なんとか自分で方法を考えればいいのだ。

「しょうがねえな。ほかの若い奴らにでも貸すか……」

そうだ、それがいい。うまい考えだ。ロムアルド。大したポン引きだよ、お前は。イリスはすでに、おれの子を宿している。子どもによって占められたあの子宮を取り巻いている、彼女のからだの不要な部分は、消してしまわねばならないだろう。おれはロムアルドの顔を窺った。彼の思いつきは、少しばかり早まってはいないだろうか。おれは、彼自身が《ヒガンテ》の頭をかぶってジーナとやったら、と言ってみた。

「冗談じゃねえ。あの、ちょっとばかしイカれた小娘をやるのに、お面なんざいらねえよ、おれは」

実際に相手にしたことがあるのかどうか、おれは訊いた。

「ないね」

おれはその返事を信じなかった。イリスのお腹の子がたしかに自分のものであるという保証が、おれには必要だった。おれはロムアルドに、賭けをしないか、と持ちかけた。彼が《ヒガンテ》の頭をかぶらずにジーナを誘惑できたら、月賦の時計の残額が払えるだけの金をやろう、というのがそれだった。

「よし、決まった！」

フォードの後ろの座席の窓から、おれは一部始終を眺めることができた。ロムアルドがお面を取ったとたんに、イリスはわめき始めた……チョンチョン、チョンチョンだわ！　飛ばさせないわよ、畜生！　魔法使い！　悪党！……お面が床に落ちた。ロムアルドはイリスを車のトランクに押しつけて、からだの自由を奪おうとしたが、彼女はその彼の顔を掻きむしり、大声で泣き叫んだ。脚をすぼめて、乳房をつかもうとするロムアルドの手に歯を立てた。ロムアルドは揉みあっているうちに、また自分の血の流れるのを見て、ますますいきり立ち……彼らが揉みあっているのを見ながら、おれはお面をつけた。木綿の服を着てからその場に駆けつけて、彼女を悪漢の手から救った。抱きかかえるようにして通りを歩きながら慰めた。とんでもない男だ！　しかしあれだ。《ヒガンテ》とちがう男と付き合ったお前が悪い。おれだけだぞ、ひとがいいのは。ジーナ、ビラを取ってくばってくれ。ああ、そうだ。プレゼントの雑誌を持ってきたんだっけ。カリーニョのここに出てる、このおセンチな話を読んでもらいたいんだろ。頭に飾るといいと思って、空色のビロードのリボンも持ってきた。それから、ほら、靴下にコカコーラ、三色のアイスクリームだ。

ロムアルドは、いや参った、あんたの勝ちだ、と言った。そして、正直に付け加えた……時計のことは心配ないよ。お面を借りたいっていう客がふたりついた。若僧たち、千五百はだめでも、千は出すらしい。《ヒガンテ》の頭を借りてどうする気だか。でもおれは知らんね。他人さまのすることにゃ口をはさまない主義だから。

おれがひんぱんに外へ出してやったために、イリスはたちまち、大勢のお得意を町に持つようになった。おれは例のフォードのなかに隠れて、イリスがこのおれ《いい》と交わるのを眺めた。彼女はおれの喰い入るような視線のなかで、快楽におめき、白目を剝き、嬌声《きょうせい》をあげた。おれの頰を愛撫し、ころげ回った。イリスの評判はまたたく間に市全体に広まった。彼女と寝るために、遠い町から男たちがやって来た。初めは職人や学生だったが、やがて車に乗ったキザな遊び人たちが押しかけた。そしてさらに日がたつと、制服の運転手付きの自家用車にでんとおさまった紳士たちを見かけるようになった。モーニング姿の外交官。肩章を光らせた将官。胸を勲章や金モールで飾り立てたアカデミー会員。丸い脂肪の塊のように腹が突きでた禿頭《はげあたま》の僧侶。大地主。弁護士。彼女と寝ながら憂うべき国内情勢について一席ぶつ上院議員。娼婦のようにお化粧した映画スター。すべての真相に通じたラジオのニュース解説者……。彼らはその豪勢な服をおれの晴着と、その顔をおれのものと取り換えた。それらを身につけることで精力を取り戻してから、イリスにすり寄って、おれに恋しているその柔らかい肉の奥に手を差し入れた。おれはフォードの後ろの窓から、その肉がおれの力と愛撫に屈するさまを眺めた。そしてある日、おれはドン・ヘロニモがメルセデス・ベンツから降りて、ロムアルドと話をつけ、金を払っておれのお面をかぶるのを見た。おれは不安を感じなかった。イリスの子宮はすでにおれの子どものものだったから。むしろ逆に、おれは彼に哀れみに似た感情を抱いた。すでに遠い昔のことだが、おれがそのそばを去ったときから、彼は、おれがこの目のなかに隠している彼の精力を回復するために、想像もつかないことまで含めて、あらゆることを試みてきた。彼ももはや若くはない。腹心の者たちは彼のために異常な体験の機会を捜し、彼は熱心にそれに耽る。しかし、それはなんの役にも立たない。ドン・ヘロニモよ。おれが認めるまでは、いっさいの努力がむだだということを、あんた自身がよく知っているはずだ。あんたの哀れなあれは、腕の通っていない袖のように力なく垂れた男根は、結合の可能性を奪われて、自分のなかに閉じこもってしまっている。

彼の姿を見ても恐怖を感じないことが分かったおれは、即座に、それだけの価値がある危険をおかすべきだと思った。彼がおれに変装して、イリス・マテルーナと交わるのを許すのだ。彼が性交を行っているあいだ、その姿態を眺める。つまり、束の間その幸福感と勝利の証人になるという、昔の役目をふたたび演じるのだ。

おれのお面は彼を呑みこんだ。やがてイリスが現われ、彼は塀に押し詰めながら彼女ともつれ合ったが、やはりだめだった……どうしたのよオ。あたいが嫌いになったのね。だから立たないのね。ほかに好きな女の子ができたんでしょう！……冗談いうな、ちょっと待ってくれ。疲れてるんだ。しばらく様子を見よう……小さすぎる服の木綿の布地をとおして、彼の切ない焦りの声が、おれの助けを求める絶望の悲鳴が、おれの名前を呼ぶ声が、おれの視線を求める叫びが、おれの耳許まで聞こえた。彼の苦悩が絶頂に達しかけたとき初めて、おれはフォードの窓から顔を突きだして、おれを、ウンベルト・ペニャローサの姿を、彼に拝ませてやった。イネスの妊娠中、お腹の子どもに悪い影響を与えないため、あんたがそのからだに触れるのを慎んでいたころ、あちこちの娼家にお供した男の姿を拝ませてやった……おいウンベルト、いっしょに来ないか……おれの見ている前で安っぽい娼婦を抱きながら、あんたは言った……どうだ、強いもんだろう。ウンベルト、見ろ。こいつよがってる。お前にはわたしのまねはできん。わたしのように、とてつもない精力、腕力、上手な脚の使い方、この手と舌と唇があって初めて、相手をよがらせることができるんだ。見ろ、ウンベルト。ようく見ろ。ヒイヒイわめいてやがる。

お前にも分かったろう、自分がどんなに惨めな男か。わたしのように女を夢中にさせることは、お前にはできっこない。お前は激しい苦痛に鞭打たれ、傷つけられている。いっそ、身内にまだ生き残っているもののすべてを、自分を打ちひしぐ羨望にまかせればいいのだ。正直に悲しめばいいのだ。わたしが現に可能なことが、お前にはできないのだから……いやいや、昔は可能だった、とあんたは言い換えるべきだ、ドン・ヘロニモ。いまはもう、だめだ。おれが車の窓に押しつけてこの顔を見せてやっているからこそ、きょうはやれるのだ。あんたを見つづける、この目の苦痛。この瞳に居着いた苦痛。こいつのおかげだ、あんたがイリス・マテルーナに悦びの声をあげさせられたのも。

おれを見たときのドン・ヘロニモの困惑は想像がつく。イリスをその場に置き去りにして、何年もやったことのない雄としての行為を中断して、おれのあとを追い、ついにおれを取り押さえるか、それともイリスのそばに留まり、その肉を楽しむことによって、おれを、つまりは彼自身を永久に見失ってしまうか。彼がおれを見たのは、ほんの一瞬だった。しかし、幻覚ではなく、たしかにおれだということを、彼は知ったはずだ。おれはあの場から逃げだし、この修道院に身を隠した。二度とここを出ないつもりでいる。もうその必要がないのだ。お膳立てはすべてととのった。おれの策は図に当たった。イリス・マテルーナのお腹にいるおれの子どもがドン・ヘロニモの子ども——イネスの子宮に期待し求めながら拒まれた、最後のアスコイティア家の嫡男——だと、彼に納得させることは容易であるにちがいない。ドン・ヘロニモはその子どもを認知するだろう。苗字と地所を譲るだろう。子どもはこの修道院の所有者となり、そこを取りこわすのを中止させるにちがいない。この壁のくずれた侘しい迷宮はそっくり残され、おれは、永久にそこに留まることができるはずだ。

おれの父、小学教師だった父は、果たしてなんと言うだろうか。彼の孫が、おれの子が、煤煙《ばいえん》で南部のいくつかの町をつなぐ汽車の機関士の曾孫が、アスコイティアという晴れがましい苗字を名のることになると知ったら?……いやいや、ウンベルト、世の中の秩序は大事にしなければ。瞞《だま》したり盗んだりするのはいけない。紳士たる者の条件は、まず誠実であることだ。おれたちは、アスコイティアを名のるわけにはいかない。この一族の者のからだに触れることさえ許されないのだ。おれたちの苗字はペニャローサだ。みっともない、ありふれた苗字だ。げすな名前として、芝居でもよく使われている。救いがたい粗野を象徴するものとしておどけた登場人物に与えられ、俗っぽい苗字といういわば牢獄のなかに、彼を永久に閉じこめてしまう。おれが父から受け継いだのは、そういう苗字なのだ。ドン・ヘロニモよ、あんたは信じないだろうが、おれにも父がいた。誰も否定できないこの事実について、あんたは調査も質問もしたことがなかったが、おれにも父がいた、母がいた、姉がいた。この気の毒な姉は、詩を書き始めたころのおれがノートを、そして彼女自身がクレオ・デ・メローデの絵の入った葉書をよく買った、角の文房具屋の主人といっしょになった。そしてこの恥ずべき、だが逃れようのない結婚の直後に、早ばやと姿を消した。パストーラ・インペリオ・イ・ラ・ベルティィーニは失踪してしまった。おそらく、南部でももっとも雨の多い村に、すでに死んで埋められているにちがいない。ところで、おれの父が記憶していたのは、機関士だった彼自身の父親だけで、その先になると、おれたちと同じ平凡な人間ばかりが蠢《うごめ》く闇だった。一族の歴史などといったものを持たず、身許や事件も民間伝承なるものを生むために消えていく、いわゆる庶民に属する者ばかりだった。父はわが家の歴史を口にしたことがなかった。ただ、ペニャローサを名のる人間、神経をすりへらされてしまう腕白小僧をあずかる、小学教師にすぎなかった。わが家の臭い石油ランプの下で聞いた父の声が、いまだに耳についている。日が暮れて、栄養になるものなどはろくに入っていないが、母の心尽くしのシチューなどを食べたあと、父はきまって、おれの将来を話題にした。歴史や語り伝えも、しきたりや思い出も、何ひとつない哀れな一家の空白を埋めることのできる別の人種に、なんとしてでもなってもらいたい、そういう願いがあってのことだったが。おれをひとかどの人間にという希《ねが》いに満ちたその声が果てしなく続く、物欲しげな夜。だが、室内用の便器が受ける雨漏りは執拗に、父のことばを消していった。父はあらゆることを教えたがった。はっきり口にこそ出さなかったが、ひとかどの者になることをおれに要求した。やさしさと同時に微妙な恥じらいに満ちた手の、激しい動き。脚がちんばなのはともかく、食卓のぱっとしない平凡さを取り繕う役には立っている、姉の刺繍したテーブルクロスの上で、彼の手はおれの手に触れかけては思い止まった……分かったよ、パパ。分かった。ぼくやるよ。約束する、立派な人間になってみせるよ。ペニャローサ家の人間の、表情も何もありゃしない、この惨めったらしい顔なんか捨てて、立派なお面を、大きくて、明るくて、朗らかで、誰でも惚れ惚れするような、目鼻立ちのはっきりした顔を、絶対に自分のものにしてみせるよ……ところが母は、おれの懸命なあがきを哀れんでいるように、顔をあげてちらとこちらを見ただけで、そのあとすぐに、近所の成り上がりの女の下着の繕いものへ目を移した。ひとかどの人間。まず、ひとかどの人間になること。母は初めから、おれがひとかどの者になることはないと、はっきり見抜いていたのだ。信じてもいないおれたち父子の夢を支えるために、多くの犠牲を払ってくれたという事実があるにもかかわらず、おれが母をまったく無視してきたのは、おそらく、それが理由だろう。おれは母との絆を意識したことがない。母はいつも少し離れたところにいて、わたしたちのため何かと気を遣った。しかし、父やおれや姉が夢中になっていることには、決して深入りしようとはしなかった。偉い人間になれ、ウンベルト、立派な紳士になってくれ、父はわたしにそう言った。自分自身にもはやその見込みのないことを、痛いほど知っていたのだ。ひとかどの人間ではないこと、顔さえ持たない人間であること、それを心得ていたのだ。父は顔も授けられずに、また紳士を名のる権利――これがあって初めて、顔を持ち得るのだが――も与えられずにこの世に生まれた。だから、持っていないあの顔への渇望を隠す仮面さえ、父は作ることができなかった。父にそなわっていたのは、いかにも貧しい小学教師らしいばか丁寧な物言いであり、借金だけはきちんと払うという小心さにすぎなかった。あとになって知ったことだが、このふたつは紳士としての不可欠の条件では決してない。父はランプの灯の下で、シチューやいろいろな道具――湿気でぶよぶよになってしまった道具――の臭いのこもった寒い部屋のなかで、同じことをくどくどと繰り返した。もちろん、父は夢想家でもばかでもなかったから、おれが正真正銘の紳士になりようがないことは心得ていた。けさの朝刊にも出ていたが、隣国とのあいだの国境条約に署名したあの紳士。検閲や工業振興や農業助成のための法案の成立をはかる紳士たち。鉱山や農地の売買を仕事にし、この小さな国を思いのままに操っている紳士たち……。小さな国だから、ここではすべての人間がお互いよく知っているはずなのに、父と同僚の小学教師や、隣の町の肉屋や、さらに先の八百屋のおかみたちはともかく、偉いひとの誰ひとりとしてペニャローサ家の者を知らなかった……父は本心から、ああいった連中と同じ紳士になれと望むような、ばかでも夢想家でもなかった。およそ不可能なことだと確信していたからである。ひとはその生まれによって、神の恵みによって、紳士となるのだ。どうころんでも、おれはペニャローサ以外のものにはなりえない。父は黒板のチョークの粉で汚れた服を着た小学教師にすぎず、祖父もまた、煙はさかんに吐くがろくに走らない汽車の機関士でしかない……いやいや、わたしも大それたことを考えているわけじゃない。しかしだ、一生懸命やれば、彼らに近い人間にはなれるんじゃないかな。正直でさえあれば、彼我の間に橋を架けて、連中に迫ることくらいできると思う。そうなって悪いわけはないだろう？　近ごろよく、この国でも中産階級の台頭が話題になるじゃないか。中産階級――父はこの言葉を、紳士というそれに対するのと同じ恭しさで口にした――に属することになれば、連中に近い存在になれるかもしれない。たとえば、弁護士とか公証人とかいった者になる。いや、判事でもいいだろう。それから政界に打ってでる。お前のようにつても、金も、頼れる縁者もなく、容姿にも恵まれない大勢の青年が、またお前のように生まれが賤しい上に、ペニャローサと同じくらい妙ちきりんな苗字――苗字とも言えないようなもの――の青年たちが、政治の世界で成功をおさめた。あらゆる壁を越えて、ひとかどの偉い人間として尊敬されるようになった。顔を持たない者たちが蠢く冥府から逃れることができた、という話をよく聞くじゃないか……だが、父自身はそこから逃れることができなかった。いや、それを試みようとさえしなかった。別種の人間、生得の権利によって何者かである人間、いわゆる著名人の世界は父にとって、不思議な広さを持ち、信じがたい音の響きあうところだった。他の事柄については貧弱で狭い、哀れな父の想像力が、その点に関してだけ、どうしてあのように活発でありえたのだろう？　彼らの食事は？　彼らの住居は？　彼らはどんな事柄を、どんなことばで、またどういう発音で話すのだろう？　日曜その他の日の午後、彼らはどこへ出かけるのだろう？　母がちょっとした縫物で稼いだ金を、父は雑誌や新聞代に使っていたが、間もなく、ラ・エスフェラのように非常に高価な雑誌にも手を出すようになった。笠の縁飾りがボロボロになったランプの下で夕食を待ちながら、よく肥った怠け者の姉は、ビリャエスペーサの詩を読んだり、バルトロッツィ〔イタリアの版画家。一七二八～一八一五〕のきれいな絵を眺めたりして、よく溜息をついていた。また、居間《ブドワール》とかいう神秘的な場所へ友人を呼び入れて恋人の話をする、純心なとも堕落したともつかない、羨むべき娘たちを描いたガルシア・サンチス〔スペインの作家。一八八六～一九六四〕の文章を読んで、吐息を洩らしていた。一方、父は新聞をあちこちめくって記事を読んだ。それを啜《すす》って腹をふくらませた。紙に印刷されているのが見られる以上、まぎれもなく顔を持っている人間たちについて、ぶつぶつ意見めいたものを口にした。もちろん個人的には知らないが、父には、彼らが何者であるか分かっていたのだ。父は彼らについて、いろいろと話をしてくれた。父の夢が徐々におれたちの身内に注ぎこむ毒。父は相も変わらぬその悲嘆を、おれたちにも分かち与えようとした。おれたちに記事を読んで聞かせるときの、眼鏡の奥のあの近眼。執拗な羨望のなかに沈んでいるためにその色の記憶がないあの眼球。それは、いまもおれの記憶にある。

　長い歳月がたち、父ももはやこの世を去ったとき――もちろん、父が事実この世に存在し、以下もおれの勝手な作り話でないとしてだが――おれは初めて知った。父の考えていたことはすべて、単なる空想でしかなかったのだ。ひとかどのお偉方も、ちゃんと顔を持った連中も、おれたちと大して変わらないのだ。彼らもタマネギを食べる。彼らのすわる椅子も、おれたちのものとそう違わないがらくたである。父はすっかり眩惑されていたが、その洗練された上品さも、相当に旅慣れたごく少数の家族のあいだのことだった。有名人の大部分が、無知で欲の深い田舎出の男だった。下品な口をきき、娼家でばか騒ぎを演じ、妻に手をあげ、妻をあざむく。彼らはおれたちにそっくりであり、父の同僚の小学教師や肉屋や八百屋とほとんど変わらない存在だったのだ。しかしあの当時、誰かが父の前でそのことをほのめかしたところで、父はそれを信じなかっただろう。父はそれ以上のことに通じていたのだ。あらゆる新聞に目を通していた。みんなを発奮させるような、素晴らしいことをいろいろと知っていた、父自身とおれは別だったが。当然、父はこのことを悲しんだ。その父の嘆きの深さを察して、おれもまた悲しんだ。だが、ドン・ヘロニモよ、哀れな父は決して、いわゆる出世主義者ではなかった。かりそめにもそんな風に思ってもらっては困る。物質的な安楽を追い求める野心家だったとも言えない。ひとかどの者になるために、たとえば、実業界に身を投じて巨富を積む、というようなことは、一度として考えなかった男である。父は別の人間だった。空想好きで、物に憑かれたような人間だった。そして、彼自身の空想によって疎外され、絶望の淵をさ迷っている人間だった……ひとかどの偉い人間になるという可能性をおれたちから遠ざけている、あの越えがたい障壁を飽かず眺め暮らしている人間だった。思い違いをしないでもらいたい。父は、望みを断たれた除け者、痛ましい悲嘆と懊悩にさいなまれる男だったのだ。夕暮れが迫ると公園に向かって多くの馬車が走り抜けたが、それらを眺めるために街角に立ちながら、父はおれに、自分の顔をちゃんと持っていて、あくせく働く必要のない幸福な車上の男たちを、いちいち指差してみせたものだ……わしは、これから先もずっと、汗水たらして働かなきゃいかんというのに……まだ子どものおれの目には、ピンクや黄色のパラソルの下のおぼろな一瞬の影でしかなかったが、美しいご婦人と並んでゆったりと腰かけた髭の紳士たちの顔を、父はおれに教えてくれた。

ある朝、父はおれの手を引いて、市の中心部まで連れていってくれた。生きることに懐疑的でありながら縫物だけはやめない母が貯めたわずかな金で、おれには初めての経験だったが、黒い服を一着買ってやるというのだった。目的は、小さいときから紳士らしい服装をする習慣をつけることにあった。白いワイシャツに黒い蝶ネクタイ、そしてエナメルの靴一足。いずれ尻や肘がすれてピカピカ光るようになるにちがいないが、昔ながらの正装。おそらく、紳士の仮装を買うその瞬間だけは和らぐはずだが、父のあの激しい羨望の念がとり憑いたせいか、そばのおれもはしゃいでいた。その新しい服がひとつの窓を開いて、すべてが可能な、想像もしていなかった地平をかいま見させてくれるような、そんな感じがしたのだ……ぼく、きっとなってみせるよ、パパ、立派なひとに。たとえば弁護士とか、政治家にさ。学校でいい点とってるでしょう。先生たちも言ってるんだ。歴史や英語、フランス語やラテン語の成績が、グンと上がったって。ぼく勉強する。なんでもパパの言うとおりにするよ。約束していい。パパの夢を実現して安心してもらうんだ。パパが悲しそうにしてると、ぼくたまらないんだよ……おれたちが買う服は上等で、長持ちがし、すぐに小さくならないように、たっぷりしていなければならなかった。一張羅《いっちょうら》だということを見抜かれないためにあまり目立たず、できるだけ安い品物でなければならなかった。おれたちは足を止めて、下町のしゃれた店のショーウインドーの奥を眺めた。父のサインが疑われない店、おれが最初の仮装を手に入れる店はそこではなく、月賦の可能な、同じ町内の見すぼらしい店だということは心得ていたが。しかし季節は春で、女性はみんな軽やかな服を着ていた。豪華な品であふれたウインドーを覗くのは、金のかからない気晴らしだった。

突然、父がおれの手を強く引っぱった。おれは父の視線の向いているほうに目をやった。その朝の路上の陽気な群集を掻きわけるようにして、ひとりの背の高い男が近づいて来つつあった。がっしりしているが身のこなしは優雅で、髪は非常に明るいブロンドだった。取り澄ました冷たさをおれは感じたが、何やらそれに似たものを底にひそめた、生き生きとした目。男がそんなものを身につけるとは考えたこともない服装。真珠か鳩か煙を思わせる、ひどく淡いグレーずくめ。先の尖った靴。スウェードのスパッツ。灰色でも卵の殻の色でも、黄色でも白でもなくて、まるでまだ生きているもののように非常に柔らかい、しみひとつない革の手袋。片方をはめ、もう片方は手ににぎっており、胸にレース用の双眼鏡を吊るしていた。朝の群集にまじったおれの横を通りすぎながら、あんたの手袋は、おれのここに、腕に、ちょうどこの場所に触れたのだった。おれはその感触を、いままでもまざまざと思いだす。あれから長い歳月がたっているはずだが、さらに弾傷をも隠しているこのぼろ着の下に、焼けるような痛みを感じるのだ。

　ドン・ヘロニモよ、あんたを見かけたあのときだ、おれの身内に、埋めるすべのない渇望の穴がポッカリ口を開いたのは。おれはそこを潜り抜けて、おれ自身の病弱なからだから逃れたいと思った。そうだ、おれは、通りすぎていくあの男のそれと一体となり、たとえ影であってもいいから、彼の一部となることを願ったのだった。彼と一体となるか、それとも彼を八つ裂きにするか。彼のからだを切り刻んで、立居振る舞いや肌の色、自信たっぷりな目付きなど、彼のすべてを自分のものにしたいと、おれは思った。何を見てもあの目に不安の色の浮ばない理由、それは、彼がすべてを所有しているだけでなく、彼自身がそのすべてであって、必要とするものが何ひとつないことだった。ところが、このおれは、ゼロに等しい屑のような人間だった。父の執念深い羨望が教えてくれたとおりだ。父は、彼の名前を噛みしめるようにゆっくりと発音した。ヘロニモ・デ・アスコイティア。呟くような父の声のなかから、おれはやっとそれを聞きとった。ふたりは、飢えた犬のような目を彼から離さなかった。銀行の石段。あんたはそこで立ち止まって、友人たちと話をしていた。また、グレーのシルクハットを軽く持ちあげて、通りがかりの何人かに挨拶していた。

　そこに突っ立って、いつまでも彼を見ているわけにはいかないので、おれたちは歩きだした。父もおれも、実はそうしていたかったのだが。父は溜息をついた。あの男がすぐ横を通った。それなのに、おれたちは彼に面識がなく、挨拶もできなかった。せめておれたちの名前をその前で口にしてもらおうにも、彼の知り合いの、その また知り合いの人間さえ知らないのだった。名前を言ってもらうだけでも、おれの出世の道は開けただろう。ドン・ヘロニモが、思いのままに操る多くの歯車装置のひとつに、一個の部品としておれを取り付けてくだされば の話だったが。彼は長いヨーロッパ滞在から帰国、近く結婚の予定ということだったから、なおさら……。しかし、その朝の父が溜息をついたのは、それだけのためではなかったのだ、ドン・ヘロニモよ。父が溜息をついた のは、同時に別の原因、父の目に潜んでいて、ようやくおれにも耐えがたい苦痛となり始めていた、あの消し去るすべのない羨望のためだった。おれの父の口から溜息が洩れたのは、手の届かないもの、空想にすぎない抽象的な観念の与える苦痛のせいだったのだ。到達しがたいものが抱かせる悲哀のせいだった。到底そこには手が及ばないという意識が生みだす屈辱感のせいだったのだ。ドン・ヘロニモよ、あの朝の父が溜息をついたのは、このような悲哀が、このような羨望が原因だったのだ。

7

「どうだ、ティート、首尾よくいったか？」

「とんでもない！」

「どうして？」

「だって、やらせねえんだよ。笑ってばかりいやがってさ。牝犬が一匹、フォードの車のなかに入りこんじゃって、窓からおれたちを見てるんだ。それから、のこのこ出てきて、あいつの脚を舐めたり、おれのズボンを引っぱったりしやがった。見ろよ、ここんとこ裂けてるだろ。そんなこんなで、ジーナのばか、ケラケラ腹をかかえて笑うんだ。ちょっとして犬がいなくなったから、ジーナをしっかり抱きしめたと思ったら、また出てきて、窓から覗くんだ。にやにや笑ってるような顔でさ。ほんとに嬉しそうに鼻の先を舐めたり、首を振りやがるんだ。それを見てたらこっちも吹き出して、しぼんじゃった。ジーナも笑いだしてさ、さっさとパンティーを引っぱりあげちゃった。こっちはやりたくって、うずうずしてるのに……」

「なんだ、だらしねえ！　ま、ツイてなかったんだな。こんどはうまくやるさ。おれがいいタマを見つけてやるよ。だいたい、ジーナが悪いんだ。その黄色い犬がしょっちゅうつきまとっていて、ほかの連中も、やっぱしうまくいかなかったって話だ。これじゃたまらねえよな。おれがロムアルドと話をつけてやる。金を返してもらわなきゃ」

「そうだよ。オッパイも吸ってないんだから、おれ……」

ガブリエルはティートの兄で、古い雑誌や単行本を扱う店をかまえている。ピンボールの機械も二台ほどそろえていて、近所の若い連中の格好の遊び道具になっている。当のロムアルドはうまい手を考えながら、首の後ろをしきりに掻いている。文句を言ったり、大きな声を出したり、指図をしたり、そのせわしない動作で、ほかの若い者たちよりも多量の空気を掻きまわす。年もみんなより少しばかり上である。近く、バイクを買うつもりでいる。若い連中は、彼が強すぎるので、勝負の相手をするのがいやになっている。彼らは陰口している……ロムアルドの奴、自分をなんだと思ってやがるんだろう。時計を買ったときから、すっかり変っちゃったよな……棚のほうに行こう。そのほうがよっぽどいいや、雑誌を抜きだして、パラパラめくって、棚に返して、それから別のやつを取って、カウンターに肘を突いたり、ジーナと長椅子にすわったりしている男に見せてやるんだ。放課後はガブリエルの店でねばるんだよ、おれたち。日が短いころは、とくにさ。小説を買うふりしてね。でも面白いかどうか、まず中身をよく見てみなきゃ。ジーナは本を読んでやると、脚を撫でさしてくれるんだ……ティートはおれの頭と木綿の服をカウンターの背後に隠した。小鳥のように小ぶりな彼の顔はニキビだらけだ。

「おい、ロムアルド。弟に金返してやってくれよ。ジーナの奴、やらせなかったんだってさ」

「いいか、ティートがジーナと何をしようと、おれには関係ねえんだ。おれはろくすっぽ知らないんだからな、ジーナを。借りたい奴に《ヒガンテ》の頭を貸してるだけで、なんに使うのか知らねえんだ。借りてった奴の勝手だ、そいつは。文句を言われたって困るんだな」

「とぼけるのはよせ！」

「お前の弟が一人前だったら、ちゃんとやれたはずだぜ」

「そりゃ弟はまだ若僧さ。でも、だからって悪口いったら、このおれが承知しないぞ」

四人組《クアトロ・アセス》が近くに来て話を聞いていた。

「分かったよ。だけど、あの黄色い犬のことは、おれにはなんの責任もないぜ。ティートが《ヒガンテ》の頭を借りたいって言ったんだ。お前の弟だから、貸し賃も割引きしてやった。だけど、借りてったわけなんか、おれが知るもんか。関係ねえや」

それ喧嘩だ、というので、みんなは雑誌を下に置いた。ピンボールをやめた。四人組はティートを非常に可愛がっている。ティートがまだ子どもだからと言って、ロムアルドのような男がティートをこけにするのを、黙って見てるわけにはいかないのだ。四人組は、もめごとのわけを訊いた……そうか。なんとかしてやろうぜ、おい……いちばんカッカしているのはアニセートである。

「このポン引き野郎！」

ロムアルドが怒って、アニートの目のあたりをガンとやる。残りの三人がおどりかかるが、ロムアルドは彼らを振りきって……おれにいちゃもんつけたって始まらねえ。ジーナはパン助なんだ。ジーナってのも本名じゃねえよ。おれは奴とはなんの関係もないんだ。薄汚ねえ小僧たちに文句いわれる筋合いはないね。お前たちみたいなひよっこを相手にするから、こんな目に遭うんだよな。もうたくさんだ。おれは帰る。頭はどこだ？　頭をもらっていくぞ。こんなところ、もうごめんだ……アンドレスがカウンターの後ろに潜りこむ。頭をかぶって現われ、両手でしっかり押さえながら踊りだす。

「畜生！　おれの頭だ。脱げ！」

「奴のだってさ！　奴の頭だってさ！　ようく見てやれ、こいつが《ヒガンテ》の頭だ……ドン・ロムアルドの頭だぞ……」

ガブリエルがロムアルドにからむ。大騒ぎになりそうだ、面白くなりそうだというので、みんなが口喧嘩の仲間入りをする……たいがいにしろよ、ロムアルド。お前が《ヒガンテ》の頭を使って、ジーナに何やってるか、この町の連中はみんな知ってるんだ。あいつはお脳がちょっとばかし軽いからな……みんなは口をそろえて叫ぶ……とっとと出ていけ！　お前なんかいなくったって、誰もなんとも思わねえよ。金鎖の時計を買ってから、えらく威張っちゃってさ。こんどはバイクだって？　誰も信じねえよ、そんな話。とっとと消えちゃえ、ろくでなしのウンチ野郎！　だけどその前に、ティートに金を返すんだ。

「誰が返すもんか」

アンドレスがおれの頭をとる。

「おい、おれの頭をよこせ。何もなかったことにして、ここを出ていくから……小汚ねえ町だよ、まったく……」

「へェ、そうかい。小汚ねえ町かい、ここは？　おい、ドン・ロムアルドが自分の頭をよこせだと。返すこたあねえよな。いまじゃ偉くなっちゃって、バイクを買おうってんだからさ」

「運転手つきの大きな、黒い自動車を買うって話聞いたけどな」

「おれの聞いたとこじゃ、白のコンバーチブルがほしいらしいぜ」

「いや、赤らしいぞ」

アンドレスがおれの頭を床に投げだしたのを見て、イリスが金切り声をあげるが、誰も相手にしない。ピンボールのカタカタという音がやんだ……ジーナ、静かにしろ！　うるせえアマだ。おい誰か、こいつを押さえてろ。まるで気狂いだ。これじゃドン・ロムアルドと話ができねえ……。

「おい、アンセルモ。この旦那、《ヒガンテ》の頭の持ち主で、近く自動車もお買いになるそうだ。失礼にならねえように、ドンをつけてお呼びしなきゃあな。ところで、そのドン・ロムアルドが、自分の《ヒガンテ》の頭を返してほしいとおっしゃってる。汚されるのがいやらしいんだ」

「おかしいな。奴のものだとは知らなかったよ、おれ。ロムアルドって奴は、行き倒れになりたくてもその場所もねえ、すっかんぴんのポン引きだと思ってたけど」

「この野郎！　よくもそんな口を……」

「気をつけろよ、アントニオ。ドン・ロムアルドの頭に傷をつけたら、それこそ一大事だ。極上の品だからな」

「こっちへよこせ！」

ガブリエルが前へ出る。

「ガタガタ騒ぐなよ、ロムアルド。ジーナ、お前もだ！　いい加減に静かにしろ！　ポリ公が来てみろ、店を閉めなきゃならねえ。許可をもらわずに、モグリでやってるんだから。このくそアマ、静かにしろ！　誰か、こいつを押さえてくれ。みんな話もできねえ」

イリスが床に身を投げだし、おれにしがみつく。目を開けていられないほどの埃が床から舞いあがる。アンドレスがおれを拾いあげ、まるで太鼓か何かのように、おれをたたき始める。四人《クアトロ・アセス》組のほかの三人とティートがその音に合わせて、即興で踊りだす。トントン、トントン、トントン……。手で打たれるこちらの苦痛など考えてもくれない。トントン、トントン……。彼らはイリスを床から立ちあがらせる。トントン、トントン……。泣きやまない彼女を、おれの顔を打つ音に合わせて、いっしょに踊らせる。トントン、トントン、トントン……いいぞ、ジーナ。もう一度、ターンをしろ！……ロムアルドが人垣を掻き分けてアンドレスに襲いかかる。アンドレスはおれの頭をとり落とす。イリスが悲鳴をあげながら、おれを拾おうとするほかの者の手から、おれを守ろうとする。ますます面白い騒ぎになりそうだというので、みんなが《ヒガンテ》の頭をねらい、寄ってたかってロムアルドをその場に引きたおす。四人組に胸の上にのしかかられて、彼は足をバタバタさせ、唾を吐きかける。しかし間もなく、それをやめる。もはや押さえつけておく必要はない。ロムアルドは片手をおれの鉤鼻にかける。ふざけ半分、脅し半分のみんなの恐ろしい顔が上から見下ろすように彼をかこむ。イリスの目は涙でいっぱいだ。ガブリエルがロムアルドに言う。

「変態野郎！」

ロムアルドは焦点の定まらない黒い目を開ける。のろのろした動作だが、片肘ついて少しばかり身を起こす。その胸を踏みつけて、四人組がじゃまをする。ロムアルドはふたたび長ながと横たわる。その手がおれから離れる。つむった目。だらっと力の抜けた筋肉。乱れた髪。ずたずたに破れた服。唇だけが動いて、

「悪いのはおれじゃあねえ。別の奴だ」

ロムアルドは《ムディート》のことを白状するつもりだ。彼が何者であるかを教える気だ。たったいま終ったこの騒ぎの張本人だと言うつもりなのだ。しかし、おれが何者であるか、彼は知ってはいない。決して外に出ないのだから、町の人間がおれを知っているはずがない。《ヒガンテ》の頭というボール紙の壁に護られながら、おれがすべてを見ていることに、みんなは気づいていないのだ。

「別の男って、そいつは誰だ？」

説明のしようがなくて、彼は呟く。

「ジーナはパン助だ……」。

「おい、ジーナ。ドン・ロムアルドがお前の悪口いってるぞ」

「誰って、決まってるわよ。チョンチョンよ……このひと怒ってるの。あたいがやらせなかったもんだから。とってもしつこいのよ。《ヒガンテ》が助けてくれたからよかったけど……」

「こいつ、すかんぴんなんだろ？」

「プレゼントもらったことないわ」

「ジーナ、ちょっとばかし脅してやれ」

喰いしばったむき出しの歯。ざんばらの髪。イリスが恐ろしい形相で、まるで獣のように唸る。

「グルルルル、あたいはブロードウェイの牝豹よ。グルルルルル。取って食べちゃうわよ。グルルルル……」

「そうだ、ジーナ。奴を食っちゃえ！」

「思いきり蹴とばしてやれ！」

「グルルルル。あたいは牝豹よ……」

一部始終を眺めるために集まっていた人垣が、ロムアルドとイリスにいっそう近づく。脚がじゃまになって、おれには彼らの顔が見えない……イリスよ、もう五分ほど前から、お前はおれを見ていない。おれを忘れてしまったのだ。お前はすでにブロードウェイの牝豹になりきっている。お前はいまでは、街角や修道院の窓で踊るあの娘になってしまった。いままでのものに取って代わる、この新しい遊びに夢中になり、横たわったお前のいけにえの周囲で踊り狂っている。おれは床の上から、脚のあいだから、お前が靴を脱ぎすて、スカートをまくり上げて太腿をむき出し、腰をくねくねさせるのを眺める。みんなが興奮して手をたたく、いつものように。お前はロムアルドを蹴とばす。彼が立ちあがる気配を見せると、みんなもその胸に足をのせる。アンドレスがおれを捜し、おれを見つける。

「おい、ロムアルド。こいつを見ろ。いま拾ったんだ。どうだ、可愛いだろ？　こいつがほしいんだろ、お前？　そうだ、キャッチボールをやろう。さあ受け止めろよ、アニセート……」

おれの頭が空を切って飛んでいく。アニセートが受けて、投げる。アントニオが捕え、ふたたび投げる。おれは飛ぶ。宙を飛んでいく。おれの筋ばった耳が、まるで巨大なボールのようなおれをおもちゃにしている少年たちの頭上で、風にハタハタと鳴る……それ、ティート！……行くぞ、ガブリエル……イリスが怯えて悲鳴をあげる……チョンチョン、チョンチョンだわ！　ロムアルドは魔法使いよ、あたいのヒガンテをチョンチョンに変えてしまったわ！……おれは飛びつづける。チョンチョンに変身して軽がると飛ぶ。手から手へと飛ぶ。とうとうひとりが受けそこね、おれは床に落ちる。落ちた拍子に片耳が潰れてしまった。灰色のボール紙のその切れっぱしにさわろうにも、おれには手がない。ペンキの剝げたところが、ひどく痛む。

「大事に扱ってよ、あたいの頭なんだから！」

「いいひとの頭だろ……」

「汚したら承知しないわよ！」

「おい、見ろよ、ロムアルド。この耳のところにひびが入ってるぞ。ひと思いに、こいつを取っちゃったほうがいいんじゃないか」

アンセルモは耳の切れっぱしを力いっぱいもぎ取って、喚声をあげ拍手をするみんなの目の前でひらひらさせる。イリスがそれを奪いとる。しゃがんで、泣きじゃくりながらおれの耳を元通りにしようとする。だめだ、くっつかない。誰かが彼女を蹴とばしてから、おれの耳の切れっぱしを踏んづける。イリスがおれの横にひざまずいて泣きわめく。これから何が起こるか、騒ぎで興奮したみんながおれをどうするか、それが分かっているからだ。身を護ろうにもおれには手がない。逃げようにも脚がない。あるのはただ、ものを見る目と、打たれる痛さを感じる、この薄いペンキの皮膚だけである。

「よくまあ、やってくれたよ。アアア、この耳！　おれ、旦那に殺されちゃうよ。わざとめちゃめちゃにしたんだ、畜生！　修理代は払ってもらうぜ！」

「修理なんかできねえよ、ロムアルド。お前さんもこれでおしまいさ」

おれは、みんなの手から手へと渡る。床に落とされる。宙に放りあげられる。おれを救おうとしてイリスがあとを追う。みんなはいったん渡してから、ふたたび取りあげる……やめて、やめてよォー！　《ヒガンテ》を殺さないで。いいひとなのよ、とっても……みんなは、傷の痛みに必死に耐えているおれを、ふたたび投げる。おれはあちこち剝げて、極彩色のペンキの皮膚の下から灰色のボール紙が覗いている。彼らの手から落ちて、おれの帽子が割れる。幸い、こいつは苦痛を感じさせない。みんなのなかのひとり、アンセルモの足許まで――おれの落ちたところまで——ロムアルドが這いよる。しかし、彼がおれを護るために、そのからだの下におれを隠そうとしたその瞬間に、アンセルモが足の先でおれを押す。その勢いでおれはアニセートの足許までころがる。

「どうだ、ティートに金を返す気になったか？」とそのアニセートが訊くと、

「とんでもねえ！」

それを聞いて、アニセートはおれの鼻面を思いきり蹴る。彼の足がおれの肉に喰いこむ。裂けた肉が、おれをめちゃめちゃにしたその足をくわえて放さない。おれはふたたび顔を失った。おれの表情はすでにくずれ始めている。いずれ消えてしまうだろう。亀裂の入ったこの目では、ろくにものを見ることもできない。おれは盲になるのだ。いや、何も残らないのだから盲にもなれないだろう。アニセートがおれの顔に足を突っこんだまま歩きだす。おれを内側から踏みつける。片足を引きずって歩く。ほかの連中はそれを見て、腹をかかえて笑う……やれ、やれッ！　潰しちまえ！　アニセートはまったく面白い奴だよな。ロムアルドのばかめ、床に四つん這いになって、頭を追いかけてやがる。ボール紙の切れっぱしになっちゃってるのに。あちこち凹《へこ》んで、傷がついて、ペンキも剝げてるじゃないか。あれが元通りにできると思ってるのかな。イリスのばかもロムアルドのあとについて、頭とアニセートを追っかけてるぞ。なんであれがほしいんだ。ごみ溜めに捨てるだけだろ、あんなもの。そいつを必死で、アニセートから取り返そうとしてる。裂け目がだんだん大きくなるもんで、キーキーわめいてるぞ……おい、見ろよ。帽子を取り戻したぞ。ジーナ、そいつをかぶるんだ。少し大きすぎるかな。ジーナ、《ヒガンテ》の帽子をかぶって踊ってみせてくれよ……そうだ、踊ってくれ。ヨウヨウ、いいぞォー！……帽子をこっちへよこせ。おれがかぶってみる……おれにやらせろ……お前はだめだ。おれがかぶる……おれだ……じゃ半分こしよう。おれは耳のほうでいい……やめろ！　やめてくれ！　トルコの旦那たちにこっぴどく怒られるんだ。《ヒガンテ》の頭の弁償なんて、おれにはできねえんだ。おれは文無しなんだ。お払い箱になったら、お前たちの責任だぞ。いいか、弁償はお前たちにしてもらうからな。見ろ、目が片一方ころがってるじゃあないか。

くそったれ！　こうなったらポリ公を呼んで、みんな逮捕してもらうぞ。まっさきにお前、ガブリエルだ。モグリで商売やってんだろ。気をつけたほうがいいぞ……やれるもんならやってみろ、この腰抜け！　いいかロムアルド、ポリ公がここへ来てみろ、おれたちは喋っちまうぞ。お前がこのジーナのばかを喰いものにしてるってな。ジーナは未成年者なんだ。おれたちもみんな未成年者さ。お前は二十一だろ。二十一なのに、兵隊に行かずに逃げまわってるんだ……見ろよ、このばかワンワン泣いてやがる。《ヒガンテ》の鼻なんかぶら下げて。おい、ジーナ。そのチンポコ抱いて踊ったらどうだ……そうだ、踊れよ。いい加減に泣くのはやめろ。言うこと聞いて踊るんだ……そこにも頭の切れっぱしがある。こっちへ放ってくれ、ガブリエル……こっちだ、アントニオ……こんどはこっちだ、ティート……おれにもう片方の耳を頼む……兎みたいなこの歯がよさそうだな。引き裂いちまえよ。一本はお前、一本はおれだ……。ポリ公がここへ来たとしよう。自分のやってることがパン助と同じだってことも分かんなくて、ジーナのばかはバレリーナになった気でいるけど、そのジーナをお前が喰いものにしてるって、おれたちは正直に話すさ。こんな話をポリ公の奴らが喜ぶわけがねえ。ひどい目に遭うのはお前のほうさ。おい、誰かポリ公を呼んでこい。おれたちはどうってこたあない。やられるのはお前だよ。ポン引きだからな。変態だもんな。ジーナ、どこへも行くなよ。ポリ公が来たら、ちゃんと話すんだ。見ろよ、アンドレスがチンポコそっくりの鼻をつけて踊ってるぞ……残っているのはあれだけだ。おれはあれっきりのものになってしまった。おれの大きな鼻がペニスになってしまった。いまのおれは、力なく垂れた、空っぽの、ボール紙のペニスでしかない。おれの全身には血管も神経もなく、だらりと弛緩してしまっている。誰かがおれをつかむ……放せ。おれのチンポコだ……イリスのばか、どこへ行っちまったんだろう。うろうろしてると、いちばん大事なものを取りそこなうぞ……ジーナはポリ公が怖くて逃げだしたんだ……アンセルモ、いい加減に鼻を返してくれ。裂けちまうじゃないか。ほかのところを全部めちゃめちゃにしたんだ。そいつだけは破かないでくれよ。これを見ろ。ばらばらになった切れっぱしが床に散らかってる。みんな《ヒガンテ》の頭のだぞ。あんなにカッコよかったのに。灰色のボール紙が下から出ちゃって、どうだこのざま。やめろ、ぐしゃぐしゃにするのはやめてくれ。もうそれしかないんだ。こっちに返してくれよ……みんなはペニスの取りあいを始める。奪いあっているうちに、おれの見事なペニスはふたつに、みっつに折れてしまった。もうなんにも残っていない……どっかへ行っちまったけど、あのジーナのばか、キスをするとき、映画スターみたいに目をつぶって溜息をつくらしいぞ。いいわ、もっとやって、なんてわめくらしいぞ。それにしても、どこへ行っちまったんだろう、雨が降ってるのに。もう《ヒガンテ》がいなくなっちゃった。ジーナの奴、よく上のバルコニーに出て踊ってたけど、あれも二度と拝めないや。残念だよな。ジーナのばか、ダンスはうまいんだ……お前の言うとおりさ。ばかにはちがいないけどダンスは大したもんだ。グッときちゃう……ロムアルドがドアのほうへ這いよっていく。みんな彼のことを忘れている。彼はあえぎながら立ちあがる。そのときになってやっと、ガブリエルが彼のいることに気づく。

「このままじゃ帰さないぞ！」

「金を返せよ、ロムアルド！」

「泥棒！」

「変態！」

「未成年者を誘惑しやがって、この野郎！」

少年たちが笑いすぎて出た涙を拭くひまを与えず、ロムアルドは暗い表へ逃れた。みんなはドアのところに集まり、《ヒガンテ》の片割れを別れのハンカチのように振りながら、叫んだ……変態！　ろくでなし！　すっかんぴん！　ポン引き！　泥棒！……しかし、誰もあとを追おうとはしない。ひどい雨だし、ロムアルドがあっという間に、街灯のない通りの向こうに消えてしまったからだ。

「ああ面白かった！」

「いいパーティーだったな」

「お前が奪《と》られたお金の分だけ楽しませてもらったよ」

「そりゃ楽しかったろうよ。でも、金を奪られたこっちは……」

ガブリエルが弟に、もう忘れちまえ、千ペソはおれがやる、と言う。四人組《クアトロ・アセス》も肩をたたいて慰める……まあ落ち着け。千ペソくらいなんだ。おれたちがいいタマを見つけてやるよ。素っ裸でいっしょにベッドに寝てくれるようなタマだよ。ボール紙のお面をかぶってさ、おまけに壁の前に突っ立った女とやるなんて、最低だよ。さわるだけなら、それでもいいさ、でも一発やるんだったら、燃えてるタマとベッドでやらなきゃな、ひと晩じゅう……ひと晩じゅう家を空けることなんかできないよ。おふくろや親爺《おやじ》に怒られちゃう。子どものくせにって……大丈夫だよ、ティート。おれがなんとかしてやる。おれがおふくろを、うまくたぶらかして、お前を外に出してやるよ。そうすれば、カッカしてるタマとひと晩じゅうやれるさ。これでなきゃ面白くもなんともない。千ペソはおれがやるから、いい加減にぐちるのはよせ。あとは自分で貯めて、いいタマを買うこった。

そろそろ雨のなかを帰りかける者がいる。アンドレスが突然、もう遅い、と言って店を出ていく。まだ残っている者にガブリエルが、掃除を手伝ってくれ、と頼む……おふくろが許してくれたんだ。表の部屋はひとつきりだけど、お前の好きなようにしていい。雑誌や本の店でもなんでもかまわない。でも、もう年だし、いろいろ仕事があるから、お店を掃いたり店番したりするのは、ごめんだってね。そういうわけだ。店んなかめちゃめちゃにしたのはお前たちだから、掃除を手伝うのは当たり前だよな。

ガブリエルは雑誌を拾って歩き、棚にきちんと並べる。誰かがピンボールに手を出すが、すぐにやめて、気の乗らない顔で、しかも足を使って、山のような《ヒガンテ》の残骸を寄せあつめる。アニセートとアンセルモがピンボールの台に近づく。しかし、その人形に手も触れない。ほんもののサッカー選手を下手にまねて作った、ひどいしろものなのだ。彼らは大あくびをし、店を出ていく。お休みも言わずに、雨のなかを思い思いの方角に駆けていく。アニセートだけが残って、がらくたをバケツに集める兄弟の手伝いをする。拾ったものが大きすぎてバケツに入らないと、さらに小さく割ってなかに押しこむ……ここにも目の片割れがころがってるぞ。白で、星みたいな黒いポツポツがある。ア、これは耳たぶだ。赤いほうの……すっかり片付いたとき、ガブリエルがカウンターの奥にあった、くしゃくしゃの、色の褪《さ》めた《ヒガンテ》の服を見つける。

「なんだ、ここにあったのか。こいつのこと、すっかり忘れてた」

「どうする、それ？」

「なんの役にも立たん。ただの屑だ」

「ジーナにプレゼントするか」

彼らは笑う。

「あいつ気狂いみたいになってたな」

「ほんとに信じてたのかな、こいつが……」

「パン助だよ、あいつは。《ヒガンテ》の話はでたらめさ」

アニセートは入口のところに立って空を見ている。雨がやんでから出ていくつもりなのだ。

「そうかなあ。とにかく変わってるよ。すれっからしのほかの女みたいに本気じゃないんだな。遊びのつもりであれやって、赤ん坊みたいな声でよがるって話だ。ときどき、尼さんたちに話してやろうかと思うけど、怒られると可哀そうだから。おまけに孤児だっていうし……」

「よけいなことはするなよ、アニセート」

「そうだ。やめとけ」

「そっちの言うとおりさ。よけいなことだ」

「アニセート、そろそろ帰ってくれ。店を閉めるから」

「修道院で退屈してるだろうな、あいつ」

「それよりロムアルドだ。あいつの格好、見たろ?」

「あいつは、もう二度とこのへんに顔を出さんだろう。トルコの旦那、トルコの旦那って何遍も言ってたけど、さぞかし大目玉だろうな」

「だろうね。だけどアニセート……」

「いつまでだべってんだ、そこで?」

雨が上がりはじめている。

「さて、帰るか。ところで、きょうの上がりはどうだった?」

「さあね。大したことないと思うな。金庫のなかはあす調べるけど、だいたい雨のときは、上がりは少ないんだ。それよりおれが癪《しゃく》にさわってるのは、お前たちがやらかした騒ぎをこれ幸い、何冊か万引きしてった奴らがいるってことさ。入ったばかりの新本で、予約の客もいるやつなんだ」

「おれ、帰るよ」

兄弟は返事をしない。通りの向いの家々はすでにむらさき色を帯びている。胡桃《くるみ》の枝も街灯の光に照らされて、闇からくっきりと浮きでている。

「あしたは何時に開ける?」

「あしたになってみなきゃ……」

「それじゃ、ともかく寄ってみるよ」

「チャオ、ガブリエル」

「チャオ」

「チャオ、ティート……」

「チャオ」

8

燭台にともされた蠟燭で明るい地下室の内部は、暖かくて、いい匂いがこもっている。おれたち七人の老婆はイリスをベッドに横たえる……可哀そうにこの娘、だいぶ具合が悪いようね……リータとドーラがふたりがかりで、手早く服を脱がせる。髪を拭こうとするが、カールしているので思うようにいかない……ずいぶん髪が多いんだね、イリスは。これじゃ、なかなか乾きそうにないわ。髪が多いのはいいけど、こんなに濡れてちゃ肺炎になるよ……老婆たちはイリスに暖かい服を着せる……フランネルのシャツに靴下。セーターにショール。ええと、それから……そうだ、足のところにお湯を入れた瓶をおきましょう。でも、お湯が熱すぎるようだったら、わらを一本、瓶のなかに入れなきゃだめよ。そうそう、ほうきから引っこ抜けばいいの。煮えくり返ってるお湯を入れても、これなら瓶は割れないわよ……マリア・ベニテスが火鉢を近くに置く。みんなはイリスに何枚ものショールを掛けてやる……いったい何があったのかしら？　わたしたちが見つけたとき、この娘はずぶ濡れになって、門番部屋の中庭の水たまりに倒れてたわ。靴もはいてなかったし、どこへ忘れてきたのかしらね……老婆たちはイリスの額に手を当てる。そしてマリア・ベニテスが言う……熱はないわ。大したことない。暖かくしてやって、レモン入りのシナノキ茶を飲ませればいいわ。また起きて抜けださないように、気をつけなくちゃ。風が強くて、寒くて、こんなにひどい雨なのに、しようのない娘だこと。目を覚ましたときに飲ませるように、レモン入りのシナノキ茶を用意しといて。そうだ、アマリアに仕度させましょう。ゆっくり休ませてやるのよ。眠るのがいちばんだわ。

「みんな大きな音を立てちゃ、だめよ」

ダミアナは床を掃き、ドーラは編物を始める。何もできないローサ・ペレスは、万一にそなえて、出血を押さえるためのガーゼ作りにかかる……初めてのお産のときはどうなのかしら。初産は気をつけろってよく言うわね。あとの二回目、三回目は大したことないらしいのよ。わたしの叔母なんか、十八人も産んだわ……動きまわるおれたちのせいで、柔らかい綿でくるまれたような、小さな物音がどうしても立つ。それには眠りを破る角めいたものはないはずなのに、イリスが身動きし始める。

「リータおばさん……」

リータがそばへ寄る。おれたちもみんな、それにならう。リータはベッドの端に腰をかけ、イリスの額を撫でる。イリスがその手を求め、強くにぎり締める。涙もろくなっているおれたちの目は、その心細げな様子を見て、たちまちうるむ。

「どう、気分は?」

イリスは驚愕の目でおれたちを見る。新しい、恐ろしい世界に、ふいに直面させられているのだ。唇がわなわなと震えている。顔全体が不安で引きつっている。手を引っこめ、初めは静かに、だがしだいに激しく泣き始める……可哀そうに。よっぽどつらいのよ。痛みがきついのね。いいえ、痛いのとはちがうわ。ほかのことよ。きっと誰かが教えたんだわ、計画的な殺人だからって、父親に死刑の判決があったって話。わたしも聞いたわ、銃殺になるだろうって、シスター・ベニータとアソカル神父が話してたのを。

「新聞にも出てたわ」

みんながダミアナの顔を見る。

「よく知ってるわね」

「読んだのよ……そう、二カ月くらい前の新聞かしら。イリスの父親の写真ものってたわ。なかなかの男前でね……いまごろはもう、あの世にいるわ……」

「あんたが教えたのね！　だからこの娘は、こんなになっちゃったんだわ」

「わたしが？　なんでわたしが教えなきゃならないの？」

ダミアナはおれたちにえらばれて、ブリヒダに代わる七番目の席に着いたのだ。誕生と死の儀式をつかさどる七人の老婆の、穴を埋めたのだ。ダミアナは小柄である。手足が短くて、小人みたいだ。赤ん坊のように歯のない、大きな口をしている。顔は皺だらけだが、そのまん中の一対の目は小さいながらも、いつもキラキラと光っている。彼女は床を掃きつづける。おれたちのように、イリスにあまり近づくわけにはいかない。みんなのなかでは最後の、ほんの新参なのだ。しかし、言いつけをよく守ることはたしかだ。召使いだったころ、よく出歩く悪いくせがあって、そのためにどのお屋敷からも追いだされたという。にもかかわらず、スニルダ・トーロの代わりにえらばれて、そのことを徳としている。まるでおれたちの召使いのように、汲々としてよく働いた。

「ダミアナ、この針に糸を通してくれない。目が悪くて……」

「ダミアナ、ポットのお湯が沸いてるよ……」

「ダミアナ、ちょっと。あんたならこの哺乳瓶の乳首に穴をあけられるでしょ。見て、火の上に熱くなった針があるわ。黴菌はもう死んでるから……」

イリス、この温かいレモン入りのシナノキ茶を飲みなさい。からだにいいのよ。もう泣くのはやめて。ねえ、どうしたの？　壁のほうを向くのはやめなさい。そっちのすみへ寄ると、みっともない、髭面で鉄砲を持った男たちが見えちゃうわ……《ムディート》の考えよ、イリスのベッドのそばに、こんないやな男たちの写真を貼ったのは。この娘が怯えるから、と言ったのに。さあ、こちらを向いて。泣かないのよ。そうそう、静かにしてね。なんでもないのよ。もう一度寝なさい……。

イリスは寝ようとしない。天井にじっと目を据えている。服のヨーク、ヨーグルト、グルグル鳴るお腹……おれたちはそんなことに話を持っていこうとする。しかし、ふたつの目からあふれた涙が、イリスの頰を濡らしていることに気づかないわけにはいかない。目の輪郭がいやにはっきりして、その顔全体から、ふっくらとした幼い感じが消えている。彼女だとは分からないくらいだ。おれたちは一瞬うろたえる。やがてイリスが呻き始める。鼠のように小柄なダミアナがおれたちのなかに割りこむ。まわりをキョロキョロ見ていたと思ったら、よだれ掛けをのせたナイトテーブルに近づき、その一枚を取りあげる。そして、それを胸に当てて、空色のレースで飾られた青銅のゆりかごのなかに入る。無邪気な目でパッチリ見開いて、甘えた声を出す。小さなその手を伸ばし、抱けとせがむ。

「ダッコ……」

「ばかばかしい！　やめなさい、ダミアナ……」

「汚い足をして。ゆりかごが泥だらけになっちゃうわ」

イリスは、小さな腕を伸ばして、ママ、ママと言っている、恐ろしく年を取ったその赤ん坊を見つめる。無心な目で笑いながら赤ん坊は、抱いて愛撫してくれとせがむ。母親に抱かれて愛撫を受けるのが赤ん坊は好きなのだ。子どもを抱いて愛撫するのが母親は好きなのだ。ダミアナは、血管が浮いた脚——その先は節くれだっていて、まめだらけだ——をばたばたさせる。皺くちゃの汚い顔で愛撫を求める。きれいなよだれ掛けの上に、年寄りくさいよだれを垂れる。リータがイリスの涙を拭いてやる。イリスはわずかに身を起こして、ナイトテーブルの上から、房のついた白いベビー帽を取りあげる。ダミアナの上にかがみこんで、それを頭にかぶせる。濃い毛の生えた顎の下で紐を結んでもらいながら、ダミアナは甘えた声を出し、泣く。だが、紐がちゃんと結ばれたとたんに、いい顔をする。イリスを含めて、みんなが吹きだす。

「イリス、その帽子を取っちゃいなさい」

「ダミアナは、虱《しらみ》をわかしてるのよ」

「その帽子は、あんたのお人形のでしょ」

「あたいのお人形はこのダミアナよ」

「ひどい顔だね、あんたの人形」

「嘘よ。可愛い顔してるわ。ママって言えるし……」

「ママ。アタチ、シャムイ……」

「ショール取って。この子に掛けてやるわ」

おれたちはショールを渡す。イリスはベッドから降りて、老婆の尻と脚をショールでくるむ……ダッコ、ダッコチテー……おれたちはイリスに手を貸す。房のあるベビー帽をかぶり、刺繍したよだれ掛けをし、ショールでしっかりくるまれたダミアナを抱かせる。赤ん坊がぐずり始める。

「おとなしくさせようと思ったら、歩かなきゃ」

イリスは赤ん坊を抱いて歩きまわる……アア、ヨシヨシ……ヨシヨシ……やがて、ダミアナの泣き声がやむ。

「眠ったわ」

「お腹が空いたら起きるわよ」

ダミアナがパッと目を開ける。

「ママ。オナカ、チュイタ……」

イリスは火鉢のそばの床にすわる。夢中で、周囲の者など眼中にない。ブラウスのボタンをはずし、重たげな片方の乳房を取りだす。

「ママ。オナカ……」

「さあ、飲みなさい」

「歯のないダミアナ。さっさと飲むのよ、もったいつけないで。ほかの者だったら、とてもそんなこと……」

歯のないダミアナの口がイリスの乳首にむしゃぶりつく。おれたちはそれを見て、腹をかかえて笑う……どうだろ、このダミアナ。ふざけちゃって。メンチェも顔負けだわ。いっそサーカスに出したら……それにしてもひどい顔。見なさい、あんたの、このみっともない赤ん坊を。イリス、あんた、よく恥ずかしくないわね。隠しとくのよ。ひとに見られないように、どこかそこらに隠しとくのよ。だって見たら、みんな怖がるわよ。それとも、あんたのことを笑うかしら。だって、黒い毛の生えた赤ん坊なんて、どこにもいないもの……イリスがやり返す

……そんなことないわ。あたいのちっちゃなお人形ちゃん、とっても可愛いわ。お喋りもできるのよ。お乳を吸われるのって、ほんとにいい気持ち。ダミアナちゃん、もっと吸って。あとで、ゆりかごに寝かせて揺すってあげるわ。可愛がってあげるわ。お婆ちゃんたちにお願いして、同じベッドで寝られるようにしてもらうわ。ママは寒いの。あんた温めてね。肥ってるけど、ママはとっても寒がりなのよ……さあ、ダミアナ、もういいでしょ。たっぷり飲んだはずよ。ほんとに卑しくって図々しいんだから、この子は。いい加減にしなさい！……イリスは乳房をしまう。赤ん坊を抱いて、ふたたび地下室のなかを歩きまわる。おくびが出るように、背中を軽くたたいてやる……イリス、もっと強くたたかなきゃ。それじゃだめよ。それにしても、まあ、なんて汚いお婆ちゃんだろ。いいこと、イリス。おくびが出ないと、あとで胃が張って、泣くわよ。修道院じゅうの者が眠れなくなるわよ。だって、ダミアナの泣き声はそれはすごいんだから。みんな覚えてるでしょ。ブリヒダが死んだときの、このひとの泣きっぷり。アルマス広場まで聞こえたんじゃないかしら。イリス、もっと、もっと強くたたきなさい

……やがて、ダミアナの口から地下室がぐらぐらっとするほどのおくびが出、おれたちは笑いころげる。

「たしかに、アルマス広場まで聞こえたわよ」

「ママ、ママ。オシッコ、シチャッタ……」

「いやな子。きっと嘘よ」

「本当じゃない？」

「ショールを汚したら承知しないから。まだ新しいんだもの」

「すぐに替えなきゃ。あそこが痒《かゆ》くなるといけないわ」

「そうね。イリス、赤ちゃんのおしめを替えてやりなさい」

イリスはシーツを汚さないように、タオルの上にダミアナを寝かせる。リータがさらのおむつを渡す。アマリアがパウダーを取ってくる。ローサ・ペレスはスポンジを、マリア・ベニテスは軟膏を持ってくる。ドーラはガラガラを振って赤ん坊をあやす……こうやってれば、おしめを替えてもむずがらないわ、赤ん坊って。いやがることが、ときどきあるのよ……母親は、ぼろぼろのスカートと臭うシュミーズをまくり上げ、ウールの靴下と濡れたパンティーを下におろす……お湯をちょうだい。熱すぎちゃだめよ。赤ちゃんが火傷《やけど》するといけないわ……おやおや、赤ん坊のあつかい方、いったいどこで覚えたのかしら？　まだ小娘のくせに、ずうっと赤ん坊の世話をして来たみたい……見て。やっと気分がよくなったらしいわ。すっかりふさいでいたのにね。ゲラゲラ笑ってるわ。ほんとに楽しそう。あそこを見て笑ってるのね……ご用済みの、生気のない性器。黒ずんで、乾したイチジクよりも皺くちゃの性器。ドーラの表情がおかしくて涙で目が見えないくらい笑いこけながら、イリスは丁寧にその性器を洗ってやる……痛くしないようにね。まだほんとにちっちゃくて、傷がつきやすいんだから。だめよ、イリス。もっと開いてしなくちゃ。おお臭い。まるでウンチが臭うみたい……でもイリス、ちゃんと開くのよ。女の子の場合はしっかり開いて、なかもよく洗わなきゃ。そうしないと、パウダーや軟膏が垢みたいにこびりついて、病気になったりするのよ。そうそう、なかまで洗うの。やさしくね。でも垢が残らないように、よく拭くのよ。そう、それでいいわ。やさしくね。そう、そこんところよ……ここでしょ、あたいの可愛い女の子のここを、やさしく撫でてやればいいんでしょ、口がきけるお人形さんみたい。小さいときのあたい、ぼろを巻いた棒でしか遊べなかったのよ。買ってやる、買ってやるって約束ばっかり。だけど、この人形のほうがよっぽどいいわ。だって動くんだもん。スポンジでここを洗ってあげると、あんたはおとなしくなるのよね。お喋りするのよね。ママ、ママ、ダイチュキって言ってくれるのよね。あたいの可愛い赤ちゃんの手、少しざらざらだけど、でもあたいの頬っぺたを撫でてくれるのよね。柔らかいお尻。ほんとに柔らかいお尻。でも打たなきゃね。ほら、ポンポン。だって洗ってるのに、お尻を動かすんだもの。やっとやめたわね。まあ、おとなしく目をつむって。お腹にキスしたげるわ、皺だらけだけど。

「あたいの赤ちゃん、ほんとに可愛いわ」

ダミアナは眠ってしまったらしい。その黒い恥毛にパウダーをはたきながら、イリスは気軽に歌などうたっている。そんな彼女に、ほかの者たちはおむつの替え方を懸命に教える……それじゃだめよ、イリス。そう、それでいいわ。いくらかましね……いいえ、ドーラ、だめなのよ。そんなやり方じゃ。おしめがきつすぎて、いまに赤ちゃんが泣きだすわ。すれて痛がって……ほんとに大変なのよ、赤ちゃんがただれると……汚い、汚い。ダミアナ、あんたもよく知ってるはずよ、オモラシしてここがただれたら、どんなに痛いか。いいこと、こうやるのが一番なのよ。ヘルトルディス夫人のお子さんのおしめも、こんな風にして替えてあげたけど、一度だって、ただれたりしたことなかったわ。

おれたちはそこを離れて、めいめいの仕事に戻った。イリスはダミアナをショールでくるみ、すみに腰をおろして、揺すりながらあやす。腕に抱いて、やさしく揺する。ざらざらした老婆の顔にぴったり頬を寄せて、聞きとりにくいほどの小さな声で歌う。

聖母様は、洗いもの

聖ヨセフ様は　乾しもの
幼な児のイエス様は
寒くて泣いておられた……

ママ、オナカ、チュイタ。赤ん坊がさらに乳をほしがって、ふたたびむずかり始めたのを見て、イリスは乳房を出す。赤ん坊はそれを吸い始める……この子は眠ってないのよ。だいたい眠る気がないんだわ。ほかの歌のほうがいいのよ。怖がって寝てしまうような……寝てくれないと、いつまでも歌ってなきゃいけないわ。わたしたちも寝られなくなっちゃう。

ネンネンよ　オコロリよ
寝ないと　牛さん
ここへ来て　お尻の
ウンチ食べちゃうよ……

彼女とダミアナはべったりくっついて、離れない。みんなは、ダミアナという名前さえ忘れてしまった。ただ、イリスの赤ちゃん、と呼んでいる。いつも愚痴ばかり言っているカルメーラ。誰かひとりが死んだとき、その目的は知らないくせに代わりにえらばれることを期待して、禿鷹《はげたか》が舞うようにおれたちにつきまとう、スニルダ・トーロ。こういう小うるさい、仲間以外の者の姿が見えないと思うと、すぐにイリスは腕を広げる。醜い赤ん坊はひょいと跳んで、イリスの膝にすわるか、その腕にしがみつく。母親はやさしく愛撫する……いい子ちゃん。パンティーにウンチなんかしないわよね。おお、ヨシヨシ。牛さんが来るの、いやだもんね……赤ん坊が洟《はな》をたらすと、母親は毛の生えたその鼻を拭いてやる。オシッコをすると、イリスはおしめを替えてやる。お乳をほしがると、胸をはだけて重たげな白い乳房を取りだす。赤ん坊はしゃぶりつく。可愛らしいおくびをして、やがて寝てしまう。目が覚めると、たいてい下が濡れている。みんながいくら文句を言っても、この癖だけは治らない……また濡れてるわよ。ほんとにしようのない子だこと。いつになったら教えるようになるのかしら。しょっちゅう、おむつの洗濯じゃたまらないわ。することはいくらでもあるのに……そうそう、すぐに替えなきゃ。そうしてやらないとただれるわ。みんな覚えがあるけど、ただれると大変なんだから。

イリスはダミアナの股《また》を開く。むき出しの性器の醜悪さもおれに嫌悪を感じさせない。むしろその逆だ。たいそう慎み深くて純潔なおれたちが大事に守ってきた肉体の一部を《ムディート》の目にさらして、それを恥ずかしいとも思わない。七人の老婆の仲間入りをしたために、おれの性が消えたことを、その事実は意味しているのだろうか。おれのからだは徐々に小さくなっていく。おれは、おれの性器を隠しておくこともできるのだ、声を隠してきたように。名前だってそのとおりだ。ドン・ヘロニモが彼の書庫に保管しているおれの著書百部のなかで、それは九千三百回も繰り返されているが。手に取る者のいない稀覯本――少しずつ色が褪《さ》めていく木の壁の、その部屋の向かって右側の棚に並べられている――と、音のしないビロード張りの家具とのあいだに、それら百部の本は閉じこめられているのだ。自分では気づいていないが、彼はおれを管理し、保存しているのだ。おれに力を貸し、おれを助けているのだ。それを幸い、おれは彼に、おれの名前を保護させ、その綴りを隠匿させているのだ。もはや、彼以外にそれを記憶している者はいない。おれ自身がしばしば忘れるくらいだ。おれはすでに存在しないのだ。おれには声も性器もない。おれは七番目の老婆なのだ。おれはとっくの昔に知性など捨ててしまった。もっぱらシスター・ベニータを助けて、拭き掃除をしたり、勝ちめのないと分かった戦いに従事してきた……どうしようもないわ。カルメン・モーラが足にまめができて、びっこを引いているけど。エジプト豆しかないのに、みんながインゲン豆がいいって言うのよ。ねえ、《ムディート》。暖房のことだけど、石炭はひとかけらも残っていないんでしょ。仕方がないわ。奥のほうの部屋の床板や、窓枠や、梁《はり》を取ってきてちょうだい。かまわないわよ。どうせ取りこわされるんですもの……そこらを掃いたり、拭いたり、ときには祭壇の蠟燭に灯をともしたり、ミサの手伝いをさせられて胸を打ったり、鈴を鳴らしたり……おれは耳が聞こえない。口がきけない。そんなおれに、それ以上のことを望むのは無理というものだ。厄介なのはおれの性である。しかし、いまやおれは七番目の老婆となった。おれのペニスは、役に立たない一片の肉と皮でしかない。徐々に萎縮して、ダミアナの陰門と大して変わらなくなっている。お天気の日や風のある日には、おれたちはイリスの赤ん坊のおむつを聖像のがらくたの中庭に吊るす。よく乾き、風が当たるからだ。イリスの赤ん坊の清潔な下着が足りないと困るからだ。おむつを取りこむには、例の指を捜してよその中庭まで行っている、アマリアを呼びもどす。

ダミアナはすっかり縮んでしまった。以前よりも丸く、軽くなっている。おれと同じように、ことばを失った。ネムイ、ママ、オッパイ、モット、ブー、ブー、ウンチデル。喋れるのは、せいぜいそんなところだ。イリスの乳首をやさしくもてあそぶ。ざらざらした指でつまんで、おもちゃにする。ぶよぶよした歯ぐきで乳首を嚙み、キャッキャッ笑っているうちに、よだれですっかり汚してしまう。彼女の世界は、あのふたつの快楽の泉に集中しているのだ。ところで、その泉はイリスを捉え、おれたちが望みのものを得られるように織りあげた夢のなかに、彼女を沈める。望みのものとはほかでもない、彼女の子どもだ。避けられるものなら避けたい死をへないでみんなを天国へ導いてくれる、おれたちの奇跡の子だ。おれの子どもであり、おれたちの血筋を受け継いでいく、ドン・ヘロニモの子どもなのだ。おれたちは、生理、ある種のパンがゆ、軟膏、繻子のリボン、ゴム引きのシーツなどの話に熱中する。イリスもまた別人のようになってしまった。どうやっても物がくっつかない、すべすべした素材でその記憶ができているように、以前の自分のことは覚えていない。彼女はもはや、ジーナでも、ブロードウェイの牝豹でも、《ヒガンテ》の恋人でもない。だいいち、《ヒガンテ》を覚えていない。いまでは完全に、ダミアナの母親である。これまでのものに新しく替ったこの遊びに、イリスはすっかり打ちこんでいる。

それにしても、子どもを産むという特別な働きを果たしたあと、子宮を取り巻いたこの無用の容れ物を、イリスの抜け殻を、どうしたものだろう？　つぎつぎに形を変えて、それ以前のものを消していくのを許しておくわけにはいかない。イリスは切りさいなまれ、分けくばられて、やがて消えてしまいかねない。老婆たちの包みのなかに見出される、あるいはおれたちのベッドの下に隠されている、がらくたになってしまいかねない。実はおれも、ベッドの下に役に立たない品物をしまっておくのが好きだ。出版などするつもりのない原稿。若いころは《パンセ》などと呼んでいたものであふれたメモやノート。おれの名前を挙げている批評の切り抜き。ベッドの下に積みあげていくがらくたのなかに、おれは自分の名前まで隠している。欲が深いのだ。おれは捨てられたイリスの殻を、たとえひとかけでも、ほかの老婆に奪《と》られたくない。彼女のすべてを自分のものにしたいと思っている。この小さな家を準備しているのもそのためだ。ブリヒダの遺品のなかから見つけて、シスター・ベニータに見咎められぬうちに隠しておいた。それは、スイスの丸太造りの山小屋の形をしたオルゴールである。二個の蝶番《ちょうつがい》が付いたその屋根を持ちあげると、「ヴェニスの謝肉祭」の曲が流れる。奏でるメロディーはこれひとつだ。ゼンマイをいじくり回して、やっと修理した。ほとんど出来上がりだ。地下室のなかは暖かいが、イリスがあられもなく乳房を出して、満腹することを知らないダミアナに乳を飲ませているその横で、おれは山小屋の正面にペンキを塗っていく。軒先や煙突の、にせものの雪。木でこしらえた小鳥。赤の地に緑のドットが入ったカーテン。左右に寄せたカーテンのまん中あたりに、おれは小さな鏡をいくつも張りつけて、内部の様子を覗けるようにした。その内部には当然、イリスを置かなければならない。出産後のイリスのすべてを独り占めにする決心を、おれは固めているのだ。イリスはこのなかで、人形としての生活を送ることになる。そうだ、ダミアナも入れよう。本当の赤ん坊が生まれたあとのダミアナの運命は、用済みのイリスといつまでもいっしょにいることだ……ますます磨きがかかっていく巧みな愛撫の虜となったふたりは、しっかりと抱きあって、このスイスの山小屋で眠るだろう。もはや必要がないのだから、入口は閉めきってしまおう……彼女たち自身が出たがらないはずだ。遊びに夢中になりながら暮らしていくその狭い場所以外のものには、恐怖を抱くようになるはずだ。イリスよ、お前はダミアナとこの小さな家に住んで、外にいたころよりももっと大きな満足を味わうにちがいない。ときどき、おれはふたりの様子を見るために蓋を開ける。「ヴェニスの謝肉祭」をお前も聞けるのだ。素敵な曲だと思うにちがいない。キンコン、キンコンという小さな音だが、お前が上の階の窓で踊っていたジャークやフルーグよりも、それはもっとお前の気に入るだろうと思う、嘘でなく。甘ったるいメロディーを繰り返しているうちに、スイスの山小屋はほかのことはいっさい、お前の脳裡から消してしまう。お前の内側にあるものをすべて、徹底的に掻きだしてしまう。お前は殼だけになり、飽くことなく「ヴェニスの謝肉祭」が繰り返される、狭くて、風変わりで、退屈な場所に、そんな姿で閉じこめられる。嘘でなく、オルゴールのなかのお前の安全な生活が羨ましい。おれはお前のこの最後の姿を大事にして、お前が逃げだしたり、ほかのものに変わったりすることのないように気をつけよう。包みのなかに入れてベッドの下にしまっておこう、整理し分類した反古《ほご》といっしょに。自分のものだから大事に取っておきたいと思っている、ほかの品物といっしょに……おれは七番目の老婆。お前は毎日のように、あられもない姿態をおれの前にさらしている。

その時間ならお前はひとりだと思ったので、おれは地下室へ降りていこうとした。ほしくなるように、お前にスイスの山小屋を見せてやろうという魂胆だった。窓の鏡を覗くようにすすめ、内部の豪勢さについて嘘八百を並べたてる。お前はそれをダミアナに伝える。ほかの者に悟られないように気を遣いながら、ふたりは、スイスの山小屋にさわらせてくれ、とおれに哀願し始める。スイスの山小屋は徐々にその生活に欠かせないものになり、ついに、ふたりは入口の小さな鏡を通り抜けて小屋のなかへ入っていく。

おれは結局、地下室へ降りていかなかった。薄暗い影のなかに留まって、お前たちの話を聞いた。お前と、お前の恐ろしい赤ん坊を眺めた。いや、それはお前の赤ん坊ではなかった。ネムイ、オシッコ、ウンチとは言わないで、喋りまくっていたのだ。アメリカ軍によるハノイ近郊の爆撃、現代人に奉仕するパナグラ航空、アジェンデ政権の成立、首府の大聖堂でのミニスカート禁止、今年の砂糖キビの刈り入れは知識人も手伝うべきだという、フィデル・カストロの演説などについて……フィ、デル、カス、トロ、カストロ。いいかい、イリス。綴りをよく覚えるのよ。C-A-S-T-R-Oだよ。さあ言ってごらん。カストロのなかのAの文字はニキータ、N-I-K-I-T-Aのどこにある？　そうそう、そこよ。どう、分かったでしょ。あんたはばかじゃないわ。簡単に覚えられるのよ。でもね、ニキータ・フルシチョフって男が失脚した理由まで知りたがることはないわ。だって、字もまだよく読めないいんだから。どうしてそういうことが起こるのか、それを訊くのは、もっと先のことにするのね……あたい読めるわよ、ダミアナ。スラスラってわけにはいかないけど、間違えることなんてほとんどないわ。ほら、ここよ……一万本のミモザ売れる……まあ、一万本のミモザをどうするのかしら。あまり持たないのよ、ミモザの花は……パニマビダ温泉で保養を予定している家族は、以下のとおり。クリスティ・ラモス、パルマ・クリスティ、クリスティ・クリスティ、ピエール・ド・ボードワン・クリスティ……ああ、めんどくさい。これみんな親類なのね……ベル＝エポックの名ごり……どういう意味なの、ダミアナ？　ちんぷんかんぷんよ。これ外国語ね。その続き、《ムディート》が重ねて新聞を貼っていなければ……それじゃ、イリス。これをよく見て。可愛いでしょ。月へ送られた犬のライカの写真よ。L-A-I-K-Aよ、Aの文字はどこ？　そうそう、そこよ。大文字で書いてあるけど、ちゃんと分かったわ。ドナルド・ダックやコリン・テリャードのくだらない話よりは、よっぽどこっちが面白いでしょ。あれはみんな作りごとなのよ、イリス。あんなでたらめ信じちゃだめ。これを読んだほうが面白いわ。だって、絵に描いた猿じゃなくて、ほんとの人間に起こってる、ほんとの出来事が書いてあるのよ。新聞だけは読まなきゃ。新聞にはなんでも書いてあるわ。新聞を読んで知ったのよ、あんたのお父さんのことだって。そうね、思いきり泣きなさい。いまになってやっと、お父さんが銃殺されたことが悲しくなったのね。そういうものなのよ。でも、どうしようもないわ。それは前世からの……いいこと、勉強して新聞が読めるようになるのよ。なんにも分からないようじゃ困るわよ。ここの年寄りたちには逆らわずに、わたしがあんたの子どもだと信じているように思わせておきなさい。本当はそうじゃない。わたしはダミアナだけど、みんなはこれからも、あんたが産むのは奇跡の子だ、あんたは処女だって、信じこませようとするはずよ。処女だなんておかしくって。だって、ロムアルドと寝たから妊娠したんでしょ。その子どもの父親は、《ヒガンテ》の頭の持ち主のあの男よ。彼を捜さなきゃ。彼をここへ呼んで、結婚してもらわなきゃ。働いてあんたを養ってくれる男が要るわ。ここの年寄りたちじゃなくて、あんたが自分で子どもの面倒をみるのよ。何もかもひとりでやれるようにならないと。そのためには字が読めるようにならなきゃね。さあ、ここになんて書いてあるか言ってごらん。いい加減に泣くのはやめなさい。さあ、この行になんて書いてある？　ヒッピー革命……ヒッピーって、なあに？　知るわけないでしょ、こんな年寄りが。でもあんたなら、ヒッピーってどんな連中か分かるわよ。見て。ここに写真が出てる。こんな長い髪をして、まるっきりオカマだね。でもオカマでもなさそうね。女の子を抱いて歩いてるもの。あら、ここにはこんなことが……おれが壁に張った新聞紙の上に開いた窓から射す光線で照らしだされた、大きなダミアナの影。イリスを抱いて、いまにもその窓から身を躍らせそうなかまえで、外を窺っている鋭い目。灯で照らされた活字や文章、見出しなどを正確に指さす老婆の人差し指。ダミアナはベッドの上のイリスの横に立って、ニュース性のとっくに消えたそれらの文字の上に蠟燭の光を這わせる。右から左へ、下から上へ、天井にまで光を這わせながら、さらにニュースを、さらに文字を追い求める。大きな影をあの窓から乗りだすようにして……。

こうなっては、彼女たちをふたりきりにしておくわけにはいかない。一秒も目を離さずに見張っている必要がある。おれたちは、まんまと瞞《だま》されていたのだ。ダミアナはおれたちから子どもをさらって、どこかそこらの不潔な小屋へ身を隠すつもりでいるのだ。乞食のような身なりをさせられた子どもを、ドン・ヘロニモ・アスコイティアのものだと思う者は、おそらくいないだろうから。彼女たちふたりがいっしょに過ごす一秒一秒が危険なのだ。何か策をめぐらして、ダミアナを遠ざけなければならない。しかし、ふたりを見張ることはおれには不可能だ。ふたりはいっしょに寝るが、おれがその仲間入りをするわけにはいかない。老婆たちが地下室に集まるとき、イリスはきまってダミアナを抱く。頬をすり寄せ、子守り唄を歌っているように見せかけながら、話をする。そう、ふたりは話しあっているのだ。実際には父親ではないが、父親になってもらわねばならないロムアルドを捜すために、ここを抜けだす計画を練っているのだ。きょうじゅうにドン・ヘロニモにこのことを知らせよう。ダミアナによって沈められようとしている泥沼から子どもを救うために、ぜひ、ここへ来てもらおう……小声で歌っているのでも、やさしく愛撫しあっているのでもない。ふたりは陰謀を企んでいるのだ。ドーラが編物をし、マリア・ベニテスが火にかけた煎じ薬を掻きまわし、ローサ・ペレスがアイロンをかけ、リータが繻子のリボンを結び、アマリアが片方だけの目を小さな青いカップで洗っている隙に、ふたりは策を練っているのだ。ふたたび小さいからだに戻ったダミアナは、イリスの膝の上でうとうとしながら、その時を、その機会を待っている。むくんだイリスは鼻をほじくったり、大きなあくびをしたりしている。そして、七番目の老婆のおれは片すみに陣取ってふたりを見張りながら、オルゴールにエーデルワイスの花を描いていく。

「生まれるのは、いつごろ？」

「奇跡の子のときは、そんなこと分からないのよ」

「訊けなくて残念だわ、いつからなのか」

「いつからって、なんのこと？」

「いったい、いつから数えて十カ月なのか……」

「奇跡のときは十カ月なんて意味ないって言ってるでしょ、アマリア。しつこいわね、あんたも。赤ん坊は生まれるときが来たら生まれるの。それだけのこと……じっと待ってればいいのよ」

「それじゃ、聖母様の場合はどうなの?」

「どうって?」

「ほら、指さしながら大天使の聖ガブリエル様が現われたのを見てマリア様が、御心の行われんことを、とおっしゃったという御託身の日が三月二十五日。そして、イエス・キリスト様のお誕生が十二月の二十五日。ちょうど十カ月だわ」

「イリスは聖母マリア様じゃないわ。これは普通の奇跡の誕生なの。奇跡の誕生は多いんだから。あんまりうるさく詮索しないほうがいいわよ、アマリア……」

「そうかしら。だけど、子どもが生まれても、まだイリスは生娘ってことになるわけ? 子どもが生まれてくるところは、だって、あそこしか……」

「知らないわよ、そんなこと! いずれ分かるんだから……」

「だいいち、イリスはほんとに生娘なのかしら?」

「当たり前じゃないの、アマリア。ブリヒダがそう言ったし、マリア・ベニテスが調べたのよ……そうだわね、マリア?」

　マリアは返事をしない。

「そうだわね、マリア?」

　マリア・ベニテスは、いい匂いのする煎じ薬を掻きまわすのをやめて、

「さあ……言おう言おうと思ってたの……でも、その折がなくて……」

「いったい、なんのこと?」

「ほら、いつか中庭で、あの娘が具合が悪くなったことがあるわ。妙な発作を起こして。男がこの修道院に忍びこんだんじゃないか、そんな気がするのよ」

「どうやって?」

「それは分からないけど、男ってみんないやらしいでしょ。あの娘はとってもきれいだし……わたし怖いのよ……よく言うわ。みごもったあとで男と寝ると、かたわの子が生まれるって。死んだブリヒダの話だけど、それが怖くて、妊娠したら亭主を近寄らせなかったそうよ。でも、かたわの子が生まれる。みんな死産だった。そんなものなのね。神様のおぼし召しだろうけど。はらんだ女が男と寝ると、かたわの子が生まれる。それは、やたらに頭が大きくて、ペンギンの羽根みたいに腕が短い。口はガマみたいで、からだには濃い毛が生えていたり、うろこがあったりする。眼瞼のない子まで生まれることがある。かたわの赤ん坊は寝ることができないで、そんな身の上が悲しいのと、寝たくてもおりる眼瞼がないのが辛くて、夜っぴて泣くらしいわ……」

……らしいわよ……らしいわよ……らしいわよ。老婆たちのすれっからしの口から発せられる全能のことば。そのシラブルには貧しい女たちの知識のすべてが籠っている……なんでも……らしいわよ……ブリヒダは大金持ちらしいわよ。上等な絹は、あまり熱くないアイロンを当てるほうがいいらしいわよ、少し霧を吹いて……この修道院を取りこわすっていう話は嘘らしいわよ……瓶にわらを一本入れておけば、煮えくり返ったお湯でもガラスは割れないらしいわよ……らしいわよ……らしいわよ……おそらく気の遠くなるような昔から、長い歳月繰り返されてきたことば。誰が言ったのか、誰に言ったのか、いつ言ったのか、どんなふうに言ったのか、それは誰にも分からない。しかし、そう言われてきたことはたしかだ。老婆たちもその確実さを信じつつ、はらんだ女が男と寝ると、かたわの子が生まれるらしいわよ、と繰り返しているのだ。地下室の暗がりでもぞもぞ動く、ぼろの山のような老婆たち。マリア・ベニテスが、まっ赤な熾《おき》の上にかかった鍋の中身を掻きまわしている。胃によく効くらしいオカヒジキを煎じたものの、香りのいい湯気が少しずつ濃くなる。そしてそれにつれて、ドン・ヘロニモとイリスのかたわの子——その種は、実は別の男のものだが——の話も、打ち消しがたい真実の趣きを帯びていく。あれは、ようやくイネスが懐妊したときのことだった……当分、そばには寄らないつもりだ。子どもにさわるといけないから。どうでも、五体満足で生まれてもらわなきゃ……と寝ると……らしいんだな……ドン・ヘロニモはどこで、いつ、そんな話を聞いたのだろう。イリスといちゃついた近所の若い連中や下町のだて男、《ヒガンテ》の頭をかぶったお忍びの将軍やアカデミー会員などによって損なわれた彼のこの子どもに、それはぴったり当てはまる話ではないか。ああ、ドン・ヘロニモよ。生まれてくるあんたの子どもは、アスコイティア家の一員たるにふさわしい、すさまじい畸形なのだ。ペニャローサを名のるおれなどでは、畸形の子というような豪勢なものは、到底はらませることはできない。醜くて、虚弱で、栄養の悪い赤ん坊が精いっぱいのところだ。それは、腹を空かせて泣くことはあるだろう。しかし、イリス・マテルーナの多産な子宮から生まれる畸形がいずれ見るにちがいないあの恐るべき悪夢、たしかな現実にうなされて泣くことはない。マリア、続けるがいい。お前は呪い師で、昔からの語り伝えには詳しいはずだ。その鍋を掻きまわす手を休めるな。そこから立ちのぼる湯気ははっきりと、あのくずれた顔を、ぶかっこうな肉体を描きだす。これは、クラブの椅子の快適さからドン・ヘロニモを引きずりださずにはいないだろう。クラブの彼は新聞を読みながら、うつらうつらしている。成すべき事業を忘れ、政治にかかわる仕事をなおざりにしている。かつてのように難事に立ち向かう志を失って、二重顎をますますたるませることに喜びを感じているのだ。尊敬すべきおれの親爺《おやじ》の悲嘆にたいする、これは裏切りというものだろう。ドン・ヘロニモよ、いくらあんたでも、おれの親爺を落胆させる権利はないはずだ。あの畸形のメシアを招きよせる鍋の中身を相変わらず掻きまわしているマリア・ベニテスなら、たとえどんなことがあっても、絶対にない、と口走るところだろう。ところで、アマリアよ。そんな話はお前も同じような話を聞いたと言ってくれ。ドーラ、彼女のじゃまをしてはいかん。お前もだ、リータ。そんな話はイリスには関係ない。イリスは後にも先にも男と寝たことはない。男なんていないのだ。イリスの奇跡の妊娠はブリヒダの作り話。イリスの子どもはブリヒダの勝手な想像。ブリヒダこそ畸形の子の母親で、ブリヒダだけがすべてを知っているのだなどと、いまさら言わないでくれ。マリアは火にかかった鍋を掻きまわし続け、アスコイティア家の背骨のねじれた畸形の子が、湯気のなかからおれに微笑みかける。おれは一瞬、彼をこの腕に抱いて、あやしてやりたいと思う。一方、老婆たちは話に夢中になっている。大きな声で、また小さな声で、あれこれ取り沙汰している。呪い師のマリア・ベニテスの話をうなずきながら聞いている。いろんなことを知っているらしい。ブリヒダほどではないが、マリア・ベニテスもかなり知識の広い女である。

「……これはわたしだけの考えよ。怒らないで、リータ……わたしたちが見つけたあの晩だけど、誰かがここへ忍びこんで、おぼこなあの娘をおもちゃにしたんじゃないかしら。たちの悪い男がいて、いやらしいことをするのに、イリスみたいな子どもを狙うらしいわよ。そんな目に遭うと、怯えるのが当たり前ね。それで、からだじゅうの血が濁るらしいの……これがほんとだと、死産でなきゃ、間違いなくかたわが生まれるわ」

「死んではいないようね」

「きのうお腹に手を当ててみたけど、動いてたわ」

「こなれが悪くて腸が動いてたんじゃないの。遅くなってからバナナを食べてたから……」

「ちがうわよ。たしかに、夜のビールとバナナは食い合わせが悪い、胃にもたれるっていうわ。でも、イリスはビールは飲まなかったはずよ。だいいち、どこからビールを出してくるの？」

「……つまり、かたわが生まれるってことね」

　ことばに詰まって、みんなが顔を見合わせていると、眠っているイリスの膝の上からダミアナが言った。

「かたわが生まれたって、かまわないじゃない？」

　おれたちは返事に窮する。もっと喋ってくれ、ダミアナ。喋ってくれ。

「いっそ、そのほうがいいのよ。かたわだったら、可愛がる者はいないし、誰もこの修道院まで入ってきて、子どもを取っていったりしないわ。世間のひとは、かたわを怖がるでしょ。かたわの子どもは医者が来て、連れていくこともある、病院で調べたり実験に使ったりする。たしかに、そんな話もあるわ。とっても苦しい目に遭わされるのよ。かたわって、ほんとに貴重らしいの。数が少ないっていうか、ほとんどいないのね。わたしの知り合いが昔、かたわの子どもを生んじゃったの。医者に連れていかれてね。赤い水の入った瓶に入れられて、管でミルクを飲まされてたらしいわ。その知り合いのひとは、それっきり子どもに会えなかったし、一文のお金ももらえなかったそうよ」

生まれるイリスの子どもがかたわだと思いこませようとしているお前の魂胆は、おれには分かっている。みんなを安心させておいてから、お前とイリスのふたりで、現実の世界だと信じるところへ逃げだす相談をしようというのだ。気の毒に、お前は《ヒガンテ》が父親だと思いこんでいる。《ヒガンテ》の頭をかぶった人間は、ロムアルドひとりだと信じている。お前の旧弊な頭のなかには、捜してる子どもを引き取らせなければならない父親がいる。お前には裏が分からないのだ。おれが企んだことだが、《ヒガンテ》のお面の背後には何十人もの父親が隠れている。お前がそのつまらない現実的な物語を思いついたのは、おれよりあとなのだ。家族、母親、父親、子ども、家、扶養、食事、苦労……いいだろう、ダミアナ。そういうものを、信じたければ信じ続けるがいい。ありふれた幸福の、日々の悲しみの物語を練りつづけるがいい。一方おれは、集まって固体と化していく湯気で、無秩序な自由から生まれるあるものを形づくる。おれがそのひとりである老婆たちの意識は、そうした自在な働きをするのだ。

「そうね。でも、わたしたちもばかじゃないわ。医者やほかの者に、シスター・ベニータやアソカル神父に、子どもを渡すつもりなんか、これっぽっちもないわ。かたわだと知ったら、なおさら大事にしなきゃ。生まれたってことを知られたらまずいわ。ここに隠しておくのよ。そうすれば、いつかきっと、わたしたちみんなを天国へ連れてってくれるわ。ブリヒダを運んでいったのと同じ、きれいな車でね。でも、色は白よ。馬も黒じゃなくて白。羽根があって空へ舞いあがっていくの。雨のように花が降って、美しい音楽が……」

「ブリヒダも生きていればよかった！」

「お互い死なないようにしましょう！」

「ブリヒダのお葬式、立派だったわ」

「ほんと」

「この修道院で何度も見たけど、いちばん立派なお葬式ね」

毎日、食事がすんで寝る時間が来るまで、ダミアナとイリスを見張る。おれたちが眠るために小屋の奥に消え、あたりが静かになると、それを待っていたようにイリスとダミアナは起きる。見張っていて、そのあとをつける。なぜ、こんなに心配するのだろう？　鍵はおれが持っているではないか。しかし、毛深くて声の大きなダミアナは油断のならない女だ。まずこの修道院に、やがておれたちのグループに潜りこんできた彼女の狙いは、すべてをご破算にすることなのだ。彼女は夜が更けるのを待って、イリスといっしょにこっそり上の階へあがり、明るい市の灯を眺める。空港でまたたく赤い光。送信塔のライト。下町のガラスの建物のネオンサイン。ふたりを捜すように闇のなかで回転する灯台。イリス、その光線をつかめ。こちらへ来るぞ。今だ、つかめ。まあいい、また来るから待て。こんどつかんだら、そいつを伝って上へ登るんだ。イリスは腕を伸ばす。つかんだ瞬間に、光線はその手をすり抜けて去り、連なる峰のあたりまで広がっている都会の、別の一画を照らしだす。おれが開けておいた窓から、ダミアナがイリスに市全体の様子を教える。河、広場、下町、大通り……いいこと、迷っちゃだめよ……たどって逃げる道順を教えているのだが、通りのことならダミアナは明るい。女中をしていたころは、よく出歩くので評判だったのだから。通りの名前を一語一語、正確に発音して、忘れないように、迷わないように、イリスの堅い頭のなかにたたきこむ。仮におれがこの修道院から通りへ出たら、迷うことは間違いない。ダミアナは詳しいが、おれはさっぱりなのだ。

窓辺のふたりは、さらにそれ以上のことをやるだろうと、おれは思っていた。鉄格子をやすりで切って、結んだシーツを垂らし、それを伝って逃げるにちがいないと予想していた。ところが、ふたりはさっさと窓を閉めてしまった。やさしく頬にキスをして別れ、それぞれの部屋に戻って寝た。おれは上っ張りのポケットの鍵をにぎり締めながら、回廊を歩きまわった。おれは眠らないぞ。今晩だけじゃない、これからずっとだ。ふたりは夜中におれの部屋に入りこんで、枕の下から鍵を盗んでいくかもしれない、こっちの気づかないあいだに。原稿やオルゴールといっしょにベッドの下に隠したところで、修道院を抜けだすさいに、全部さらっていくにちがいない。あすかあさって、彼女たちは逃げだすだろう。それだったら、いますぐドン・ヘロニモに、無名と貧困のなかにその子どもが失われようとしていることを知らせなければ。今晩にでもここを出て、彼に知らせることにしよう。畸形の子の父であるという事実に直面することによって、ふたたび偉大と高潔さを回復する、残された唯一の機会を彼から奪う。これこそ彼女たちふたりの企みなのだから。そうだ、ぐずぐずしてはいられない。山小屋や鍵や原稿をぼろの包みのなかにしまわなければ。もちろん、包みごと盗んで逃げだすことが考えられる。紐、ぼろ切れ、山小屋の一部、メロディーを奏でる機械、おれの文字と名前で埋まった原稿。それらは通りにちらばって、見知らぬ他人に拾われてしまうだろう。おそらくペータ・ポンセの手にも渡って、おれの居場所が分かってしまうだろう。父のようにもともと顔のない人間たちや、アスーラ博士の犠牲となって顔を奪われた人間たちの手に、原稿が、この原稿が渡ってしまうのだ。彼らも、彼らからそれをもらった者も、読むことはしないだろう。なんの役にも立たないのだから。それは地面にまた捨てられて、自動車のタイヤに踏まれ、泥だらけになってしまう。色刷りのチラシのように、子どもたちが小舟や三角帽子をこしらえる材料にされてしまう。やがて、その一枚がペータ・ポンセの手に入る。彼女はここへ駆けつけて、ふたたび情交を迫るにちがいない。不潔な老婆め。飽くことを知らぬ淫乱な老婆め。ここを出るのはやめた。絶対にここを出ないぞ、おれは……。

《ムディート》。《ムディート》……彼女の声が物陰から姿を現わせと迫る。廊下を足音を忍ばせて歩き、彼女が暗闇で足を早めれば、おれも小走りになる。しかし、彼女はおれが物陰に潜んでいることを知っていた……ある夜また、《ムディート》、《ムディート》という声が……イリス、危ない！ 階段だ。ころぶなよ。お腹の子どもが死んだらどうする。いや、お前はそれを望んでいるのだろう。復讐のつもりなのだ。マリア・ベニテスの鍋から立ちのぼる湯気の、人間の形を消してしまうつもりなのだ。魔女だと言われているが、マリアは魔女ではない。呪い師だ。療法師だ。おれたちのなかには、ひとりも魔女はいない。ただの年寄りだ。年寄りの特権を許された年寄りなのだ……《ムディート》。ねえ、《ムデート》。ダミアナはとっくに逃げちゃったわよ。知らないんでしょ。あんたにじゃまされないで、ダミアナはうまく逃げちゃったのよ。ダミアナは抜けだすの上手なんだから。あんたの鍵なんか要らないわ。この修道院の、あんたの知らない穴まで知ってるのよ。あんたに気づかれないで、みんなそこから出入りしてるのよ……ダミアナは消えた。おれたち年寄りの数は、いまでは六人になった……《ムディート》、鍵をちょうだい。あたいダミアナのところへ……待て。彼女から電話があるまで待て。《ヒガンテ》になりすましていたロムアルドの居所を突き止めたら、おれのところへ電話をよこすはずだ。彼こそおれの子の実の父親なんだ……走るのよ、《ムディート》。音を立てないようにして、廊下を走るのよ……お願いだ、イリス。そんな大きな声で、《ムディート》、《ムディート》、《ムディート》と呼ぶのはやめてくれ。聞かれたらどうする。わめいてるみたいだ。ちゃんとここにいて、一秒も目を離さずについているじゃあないか。静かに、静かにしろ。聞こえるぞ。しかし、ダミアナは？　まさか、あの髭のある、大きな逞しいからだで銃をかまえて、廊下の角で待伏せしていて、おれを殺すつもりではないだろうな……《ムディート》……《ムディート》……大小の鼠が足音に驚いて逃げる。おれたちは蜘蛛が回廊に張りめぐらした巣を払いのけて進む。金色の実が鈴なりのオレンジの茂みのあいだに、おれはお前を見つける。そこに隠れて、おれをやり過ごすつもりなのだ。わたしは先に門番部屋まで行って、錠前が二重に掛かっているかどうか、たしかめなければならない。この廊下は奥行が浅い。おれかもしれないが、誰かがふさいだ窓の上に広い遠景を描いている。おそらく、ダミアナはこの見せかけの風景の奥に迷いこんだのだ……ダミアナを捜してきて……いや、お前は思い違いをしている。偽の壁に描かれた線でしかないことは、お前も気づいているじゃないか。お前は立ち止まり、おれの姿を求めて別の回廊のほうへ向きを変える。お前に追われて息を切らし、ひと息入れるために、おれは片すみに隠れる。お前は若いが、おれはからだの弱い年寄りだ。もうお前の足音も聞こえない。門番部屋でひと休みして、そのあとドン・ヘロニモに連絡しよう。その子宮に籠った湯気の畸形の子どもごと、お前を連れだしてもらうのだ。さもないと、別の者が先にお前をさらってしまう。回廊を追いまわされたおれの首筋には、屠殺される前の家畜のものに似た、お前の熱い息づかいの感触が残っている。ともかく休むことだ。光のまったく届かないこの片すみに潜んで、息を殺していることだ。

お前の手がわたしの肩に触れる。

「《ムディート》」

おれはスイス風の山小屋を小脇にかかえている。上っ張りのポケットのなかでにぎり締めた鍵。お前は、いままで聞いたことのない、ひどく小さな、ひどく落ち着いた声で話しかける。

「外に出たいのよ」

イリス、それは分かっている。

お前のからだの垢や、ぼろ着や、おれたちが塗ってやった軟膏の臭いが鼻をつく……この塗り薬は気管支炎にいいのよ。アマリア、あんたのほうが力があるわ。この娘の背中によくすりこんでやってちょうだい。これ、ただの水みたいだけど、それはよく効くのよ。膨れてるくるぶしを、これでマッサージしてやって……おれは首を横に振る。お前はおれの手首をつかむ。上っ張りのポケットのなかの鍵が手から放れる。お前はおれの手を取って、自分の胸の上におく。その乳をいずれ畸形の子どもが吸うことになるだろうが、しかし子どもはロムアルドのものではない。お前とダミアナがそう信じているだけだ。それは、おれの子どもでもない。おれは七番目の老婆で、性器など持たないのだから。ペータよ、誓ってもいい。おれにはもはや性器はないのだ。だから、この修道院に忍びこむのはやめてくれ。それは、おれの羨望のまなざしに元気づけられたドン・ヘロニモ・デ・アスコイティアが、犯罪者の娘にはらませた子どもなのだ。

「いじって」

おれは触れる。

「いい気持ちじゃない？」

おれは答えない。

「ばかね。もっと力を入れるのよ。あたいとアレしたがってること、知らないと思ってるの？　ねえ、もっといじっていいわよ。でもそのあとで、外へ出してね」

おれはお前の胸から手を引く。おれは小さな灯をともして、お前にオルゴールを見せ、蓋を開ける。「ヴェニスの謝肉祭」を聞いて、お前の目は光る。おれはお前に、入口と窓の小さな鏡を覗かせる。その入口をおれは指さす。なかに入ってもらいたいのだ。いま、この場で、お前をそこへ追いこみたいのだ。

「よしてよ。こんなおもちゃなんか出して、あたいをばかにする気？」

おれはことばに詰まる。

「あたいの言ったとおり、ここを開けて」

おれは聞こえないのだ。イリス、お前も知っているだろう。おれは口も耳もだめなのだ。耳が聞こえないと分かっていて、なぜ、そんなに話しかけるのだ？　何を言ってるのか、おれにはさっぱり分からない。だから、仮にお前の頼みがおれにできることであっても、また、おれにそれをかなえてやりたい気があっても、お前にしたがうことはできないのだ。

「嘘よ、まっ赤な嘘っぱちよ。あんたは唖じゃないわ。唖じゃないってこと、初めから知ってるわ。ただ、唖のふりしてるだけよ。だから回廊を歩きながら、あんたを呼んでたのよ。あたいの話を聞いて、外へ出してくれると思って。あたいは口も耳も悪くないわ。あんたは上っ張りのポケットの鍵をガチャガチャさせて、歌の拍子を取ってるわ。〈われらは神を愛する。法においても、学校においても、家庭においても、われらは神を愛するゥーーー〉って。ほんとの唖は拍子なんか取れないわ。だって耳も悪いんだもん。だから、あたいをごまかそうとしたってだめ。修道院を抜けだす前に、ダミアナが言ったわ。あんたを大司教様に訴えてやるって。気をつけたほうがいいわ。近いうちに、きっと来られるから。シスター・ベニータに言いつけられるのがいやなら、あたいを外へ出すことね」

まったくそのとおりだ、イリス。恐れ入った。お前の推理はおれを追い詰め、おれを裸にし、すべてのものの前におれをさらす。ベッドの下から、おれはあらゆるものを取りださなければならないだろう。おれの声、おれの聴覚、忘れていたおれの名前、萎えたおれの性器、未完成のおれの原稿。おれはすべてのものを出して、それを使わなければならない。おれの慎み深さは、どう始末すればいいのだろう？　おれは深ぶかと頭を下げて言う。かしこまりました、お嬢様。どうぞこの車をお使いくださ い。いかにも、おれは老婆ではない。おれはウンベルト・ペニャローサ、お前の子どもの父親だ。奇跡の子なんて、あれは年寄りたちの作り話だ。その仲間のひとりであることを、お前はおれに許さないというわけだ。この静かな隠れ家からおれを引きずりだして、お前のために門を開かせようというのだから。ダミアナがお前の本当の運命だと信じこませたものに、乗りだしていきたいというのだから。しかし、あの女を信じてはいけない。イリス、人間の運命は実にさまざまだが、その波に呑まれてしまうことだってある。ダミアナがお前の運命だと言っているものは、面白くもなんともない、けちな、惨めなものにすぎない。

「出たいわ」

「たったひとりでか？」

「そうよ」

「ダミアナのところへ行くのか？」

「誰が、あんないやらしい……」

「それはまた、どういうことだ？」

お前はしばらく黙っていたが、

「あたいは妊娠してるわ。ダミアナは、ロムアルドを捜すって言って出ていったけど、あれは嘘。あたいを独り占めにしたいんだもん、捜すわけないわ。レズみたいな、あんなダミアナと暮らすのなんて、まっぴら。ある女のひとの家で暮らすって言ってたわ。ダミアナがよく知っているひとで、ロムアルドが見つかるまで、あたいもそこに居ていいらしいの。ほかにも女の子がいるそうよ。でも、あたいはいや。あたいはお腹の子どものパパを捜しにいきたいの。見つけて、いっしょに暮らしたいの」

「なるほど。しかし、ロムアルドはちがう」

「じゃ、誰なの？」

「分からん」

「決まってるじゃない。《ヒガンテ》よ」

「そうじゃない。《ヒガンテ》のなかに隠れていた男だ」

「だからロムアルドなのよ」

「いや、別の男、ある紳士だ」

「ゴチャゴチャ言わないで。何でもいいから、ここから出してよ」

お前の現実的な夢は容易に破れない。お前が絶対に捨てたがらない、まさにお前のものである夢。それは、ほとんど夢以上のものだ。もちろん、お前とロムアルドは似合いのカップルだ。お前もそのことをよく知っている。おれがその夢を破って別のものを与えようとしても、それを許さない。ロムアルドにまつわる夢はお前も完全に理解しているが、おれが与えようとするものになると、そうはいかない。お前には大きすぎるらしい。しかし、お前に合わせて、それを小さくすることもできるのだ。お前を徐々にそのなかに押しこむことができるのだ。お前は気がせいている。耐えきれない状態にある。外へ出ること、いますぐここを出ること、それがお前の望みなのだ。外へ出たいというその気持ちを、お前はもはや抑えかねている。

「迷ってしまうぞ」

「かまわないわ」

「寝るところも食べるものもなくなるんだ」

外の世界へのおれの不安をあざわらうように、お前は肩をすくめる。せめていまは、今晩だけは、その不安を共にしてもらいたいと思うので、お前の態度はおれには心外だ。おれが喋り、お前はおとなしく聞く。おれはお前に、《ヒガンテ》の話はすべてお芝居である、真実の父親はロムアルドのなかに身を隠していた、ロムアルドは、彼女もこわされるのを見た《ヒガンテ》のお面と同じように、仮面でしかなかった、と説明する。いまこそ、ロムアルドのボール紙のお面を打ちこわして、なかにいる別の男を、お前の子どもの父親を見つけなければならないのだ。彼は鉄とガラスの館に住んでいて、お前の窓からでも、その姿を見ることができる。お前が伝って登るために懸命につかもうとする、太い光線が出ている館のなかのひとつだが、しかし、お前自身がそんなまねをすることはない。イリスよ、おれがロムアルドの仮面を割って、本当の父親を連れてきてやるから、ここでおとなしく待っていろ。表の通りは恐ろしいぞ。髭面の男たちや、非常に鋭いメスで苦しい臓器剔出手術をやる医者たちが待ち伏せている。医者たちの犬が、夜の通りをうろうろし、身許も住所もはっきりしない人間たちを追いまわす。外の闇はこの修道院のなかの闇とはちがうのだ、イリス。外の闇は、言ってみれば、死んでも浮かばれない連中の闇なのだ。なぜ死んでも浮かばれないかというと、それはすべてを呑む闇の虚空だからだ。人間は泣き叫びながらそこへ落ちる。何しろ底なしの闇なので、どこまでも、どこまでも、泣き叫びながら落ちていく。声が聞こえなくなっても、まだまだ落ちつづける。目がくらむほど果てしなく延びるその通りに名前があっても、お前はまったく知らない。そこにあふれている人間はお前を笑うことはしても、その住む家にお前を入れてはくれない。連中のすることは、とてもお前には理解できないだろうし……イリス、そんなにさわらないでくれ。ああ、ウンベルト、イリスがそれ以上さわるのを許してはいかん。お前の仮面が砕かれてしまうぞ。そこから逃げないと、お前はただのお前に戻らなければならなくなる。すでにお前は、自分がいま、どこにいるのか、何者であるのか、それを忘れてしまっている。イリス、お前はその厚い唇でおれの口に迫り、その太腿を、震えているおれの痩せた脚のあいだに割りこませる。いかん、いかん、ウンベルト。イリスがお前を、耐えがたい羨望の重荷を負ったウンベルト・ペニャローサに変身させるのを許してはいかん。あの柔らかい手のひらににぎられて、お前のセックスが目覚めることのないように、逃げだすのだ。お前の口と舌を求める彼女の舌に応えてはいけない。彼女の乳房と腰に押し詰められても、その片すみにじっとして動かないか……ウンベルトは存在しないのだ。《ムディート》は存在しないのだ。ただ七番目の老婆が存在するだけだ。お前の手には何も触れはしない。

「イリス……」

「なあに?」

「わたしがここを出て、父親を捜してこよう」

「どこで?」

「住んでいる場所を知っているんだ」

「それ、どこなの?」

「公園の前の、何階もある高い屋敷だ」

「行きましょう」

「いや、待つんだ」

「どうして?」

「いまいるかどうか、それが分からん」

「いなくたってかまわないわ」

「恐ろしい黒い犬を四匹飼っていて、留守のとき入りこもうとする人間は、食われてしまうそうだ。お前の顔は知らないから……」

「じゃ、あんたは?」

「おれの顔は知っている」

「あんたは食べられないってわけ?」

「何もしないだろう、おれには」

お前は考えこむ。

「立派なお屋敷?」

「そうだ」

「で、その男のひともセクシー?」

おれはうなずく。ドン・ヘロニモ・デ・アスコイティアは実にセクシーな男だ、と答える。

「でも、犬がいたんじゃあ……」

だから、おれが行って連れてこよう、運転手付きの車でここへ来てもらおうというのだ……いや、いやよ。運転手は要らないわ。赤のコンバーチブルがいいな……分かった、イリス。好きなようにしよう。赤のコンバーチブルで迎えにきてくれ、この修道院や、シスター・ベニータや、ダミアナや、おれなどから遠く離れたところへ、お前を連れていってくれ、と頼んでみよう。実は、おれはもうお前を見たくないのだ。おれのスイス風の山小屋の大きさに、お前を縮めたいと思っている。しかし、どうやって入口を開けて、まっ白な山小屋のなかにお前を入れたものか。ともかく、おれの言うとおりにしてくれ。お前の子どもの父親を連れて帰るおれを待つあいだ、ここへ入っていてくれ。しばらくこれで遊んでいてくれ。彼を呼んできて、おれたちの子どもを連れだしてもらおう。イリス、おれたちの子どもは、この木の山小屋の持ち主になるのではない。この街の一画の主人になるのだ。そこでは、決してくずれ落ちない日干し煉瓦の壁にかこまれて、流れず澱《よど》むだけの時間が湧いているのだ。

「イリス、ここで待ってろ」

「いいわ。でも、言いつけられて捕まるのがいやだったら、急ぐのよ。ぐずぐずしてたら、シスター・ベニータを起こして、何もかも話しちゃうから」

「何もかもって、どんなことだ？」

彼女は答えなかった。

「おれが父親だってことか？」

「そうよ」

「ほんとにそう思ってるのか？」

もちろん思っていない、と答えながら、彼女は笑った。

「イリス、明かりを消してくれ」

「いいわよ。この門番部屋で待ってるわね」

「すぐに戻る」

おれは、かんぬきをはずす。門を開いて外に出る。門を閉める。ところがその直後に、なかで元通りにかんぬきをおろす音がした……開けてもらうために、門をたたく、必死でたたく。おれは病気だ。外は雨が降っている。ずぶ濡れだ。熱がある。シスター・ベニータ、開けてくれ。修道院を抜けだしたりして、悪かった。開けて、ここを開けてくれ。門にかんぬきをおろしたのは誰だ。ああ、目が見えない、もう叫ぶ声も出ない。警官にこづかれ、犬には噛みつかれ……ひどい熱だ。おれだということは誰にも気づかれなかった。ただ辱められ、どしゃ降りの公園に放りだされたのだ。おれは走った。走った。もう叫ぶ力も、門をたたく力もない。シスター・ベニータ、助けてくれ！　せめてペータ・ポンセには見つかりたくない。入れてくれ！　おれにはもはや、拳《こぶし》もない。声もない。おれは、雨の夜の修道院の門口に棄てられた、このぐんにゃりした袖でしかない。それでも開けては……。

9

水だ。もっと水をくれ……額の湿布が冷たい。しかしお願いだ、シスター・ベニータ。このまま手をにぎっていてくれ。みんなが行ってしまうまででいい。いつも黙ってそうしてくれたように、いまもおれをかばっていると知ったら、みんなはここから出ていくだろう。いや、出ていくように言ってほしい。追いだしてほしい。警察の連中は鬼みたいな奴らばかりで、襟巻《えりまき》ひとつ、パンひとつを盗んだ罪を白状させるのに、おれたちを地獄の責苦に合わせるという話だ。しかし、このおれに何を白状しろと言うのだ？　盗みを働いたわけでもないのに。あの警官の固くにぎりしめた拳。見てくれ、激しい怒りのせいか血の気のない、筋の浮いたあの手を。おれを打ちのめすつもりだ、シスター・ベニータ。なんとかやめさせてくれ。殴られても痛くないように、この手をしっかりにぎっていて……そんなこんなで、警官に追われたとき、おれたちは走って、走ってただもう走って、それでも捕まりそうになると、先手を打って自分で腹を裂く——見てくれ、シスター・ベニータ、この傷を見てくれ——おれたちは鋭いナイフで二度、三度、腹を裂く、ほんとに皮だけだが、警官は自分で流した血の池に倒れているおれたちを見て、ゲラゲラ笑いながら……どうせおれは病院に運ばれるのだろう。貪欲なひねくれ者のアスーラ博士がいて、皮膚や分泌腺の一部を奪われるようなことのない、ちゃんとした病院だといいが。ほかの誰も、警官たちも、負傷している者を拷問にかけはしないだろうから。ともかくアスーラ博士の知らない病院に運んでほしい。傷ついた人間は侵すべからざる神聖な存在なのだ。おれは傷ついている。だから、おれはもはや安全だ。いまでは、奴らが恐れなければならない。おれは恐れることはないのだ。奴らに告白する必要もない。ただ、シスター・ベニータ、あなたには真実を打ち明けよう。おれはドン・ヘロニモの屋敷から、ちょっとしたものを盗みだしてきた。見てくれ。この緑色の背皮の小さな本がそれだ。たった一冊の本。実は百部ほど持ってきたかったのだが、無理だった。彼の書斎に忍びこんだおれは、褪めることのない灰色のビロードを張った肘掛け椅子、仄暗い明かり、暖炉で赤あかと燃える薪などに囲まれて、ただ茫然と立ちつくしていた。踏んでいる絨緞の色はあまりにも深くて、おれは、そのなかに溺れてしまいそうな不安に襲われた。その豪奢さに呑まれてしまいそうな……せめて救えるものだけでもと、おれは自分の本のほうへ手を伸ばした。悪い冗談のように稀覯本にはさまれていたが、新本同様の百部が昔から置かれているほうへ手を伸ばした。これら百部の本は、ひとりの貧乏学生のささやかな著書の出版を援助するために、ドン・ヘロニモが気前よく予約購入したものだった。そのどのページにも、彼の名前とイネスの名前とが繰り返し繰り返し出てくる。あのとき、ラリーケ産の壺に挿してある青い花のかげから、イネスはやさしい視線を送ってよこした。ドン・ヘロニモは、リンコナーダへ行くために旅行用のスーツを着て、階段を降りてきた。イネスとペータは椰子の鉢のわきでお喋りをしながら、時を忘れて《ボーイ》のための産着を熱心に編んでいた……上のすみに、すべての左ページのテキストの上に印刷されたおれの名前、ウンベルト・ペニャローサ、ウンベルト・ペニャローサ、ウンベルト・ペニャローサ。おれの名前のこの執拗な反復は、そのみっともなさを消し、父を慰め、母をあざけるためだった。うんざりするほど印刷されたおれの名前を見れば、いくらなんでも、おれの存在を疑う者はいないだろうということを、自分に納得させるためだった。いったい何度、それは繰り返されているのだろう？　シスター・ベニータ、数えるのを助けてほしい。熱でかえって舌がよく動くのだが、精神を集中して単純な計算をすることはできない。百八十ページの本だから、一部ごとにウンベルト・ペニャローサが九十回、それに表紙の一回、中扉の一回、背中の一回を加えると……合計してみよう。ドン・ヘロニモ・デ・アスコイティアの書斎では結局、おれの名前は九千三百回も繰り返されているのだ。記号の波のきらめくあの絨緞に呑まれることを、どうして恐れずにいられたろう。待てよ。あそこを逃げだす前に一部を盗んだから、おれの名前は九千二百七回しか繰り返されていない。もしも元気で、熱のために手が震えたり、目が霞んだりしていなければ、一節か二節、読んであげるところだ。あなただから。やさしく手をにぎって、話をじっと聞いていてくれるあなただから。きわめて芸術的な文体と鋭い感受性に恵まれた大作家。華やかな修辞の抒情詩人。さなぎからかえって、有望な前途から吹く風の芳《かぐわ》しさにすでに酔っているが、いずれはその国の文学の誇りとなる才能ゆたかな新進作家。そうした者たちの気取りと素朴さの入りまじった文章だ。当時のおれは女を知らなかった。女を想像するとき、それはつねにオリエントの香気に包まれていた。当時のおれにとって、香気はつねにオリエントのものだった。チュニックはつねに刺繍入りだった。物憂げな姿態と、微笑のかげに残酷さを秘めた媚態とは、心を掻きみだした。夜空にはつねに満月があった。失われた別の世界の背後の、失われた別の世界のさらに背後の、失われた世界。意味のなくなった完成に替わる完成。ボール紙の大きな頭のなかの、ボール紙の大きな頭……ともかくあのころ女を描いた文章の一節を読んだあとは、忘却がすべてを埋めてしまった。いや、おれが自分から進んで、その口に飛びこんだのだ。その咽喉まで這いよって、その奥に身を投じたのだ。そこに姿を消そうとして、事実、姿を消したのだ。シスター・ベニータ、あなたはおれの手をにぎり、やさしいことばで慰めてくれるが、おれはもはや、おれではないのだ。おそらく最善の道は、健康を回復したあと、スイスの山小屋や原稿をしまっているベッドの下のぼろ包みのなかに、おれも入ってしまうことだ。そうすれば、連中も固めた拳でおれを殴ることはしないだろう。無理におれに喋らせようという気があっても。おれは喋れないのだ。なぜ、ドン・ヘロニモ・デ・アスコイティアの屋敷から走りでたか、その理由を話すつもりはない。警官はおれを蹴とばそうとして、失敗した。にわか雨に襲われて背を丸くしている車が道にあふれていたが、おれはその流れのなかへ飛びこんでいった……泥棒！　泥棒だ！……ほかの警官を呼ぶ笛の音。車に乗っている連中は、ジャンヌ・モローの新しい映画を見た帰りで、ビフテキとマッシュポテトを食べにいくところだった。ワイパーが掃いた扇形のなかにおれの姿が映る。急ブレーキ。畜生！　あやうく轢《ひ》かれるところだった。雨で見通しがきかない。いまいましい！　それにしても、今年はよく雨が降る。雨で掻きむしられたライトの光のなか、おれと車のあいだは一メートルの距離しかない。ワイパーが雨で溶けたおれに、失われた堅固な形をしつこく取り戻させようとする、みんなの目に見えるように。目のくらんだ小男。濡れた髪。ブレーキが踏まれたときには、もうずぶ濡れだった。追い詰めるように迫る車のあいだを盲めっぽうに逃げていく。面目まるつぶれの格好の警官たちが、歩道で懸命に呼子笛を吹く。追われる操り人形が赤いライトのなかで踊っている。赤いライトに嚙みつかれたふくらはぎ。人形は、すべるように走るシトロエンや、ぶつかり合うフォードのあいだを縫って逃げる。警笛がうるさい……いまいましい野郎だ。雨はやみそうもないし……ブレーキ踏んで！　気をつけてよ、エルナン。轢いたらどうするの？……かまうもんか。新しいこのルノーを、もう少しでぶつけるところだったんだぞ、奴のおかげで……しかし、人影はとっくに、向こうの公園で雨に打たれているモリスの背後に消えていた。河っぷちに隠れる気だろう。シスター・ベニータ、おれは泥棒なんかじゃない。誓ってもいい。自分の名前を盗む者がいるだろうか。自分の名前を好きなように始末する権利があっていい。早く暗くなる冬が来たら、すべて紙のたぐいは、百万遍も繰り返されているおれの名前は、焼き捨ててしまおう、跡形もなく。この黒い鉄の橋の上から河原へ投げ捨てよう。そこまで降りて、一枚か二枚の紙、いやノート一冊を燃やし、手でも暖めよう。おそらく、寒さはきびしいだろうから。チロチロ燃える、そんな小さな火では十分ではないかもしれない。震えあがるような戸外の寒さと闘うためには、もっと熱が必要だ。例の《パンセ》、カット入りの本、一週間で終わった日記、図書館から盗みだした誰も読まない本、熱っぽい震え気味な字で埋まったメモなど、さらにほかの紙が必要だ。シスター・ベニータ、おれの足許の赤っぽい輪がだんだん大きくなっていくのを、よく見てくれ。彼らの声を聞いてくれ。彼らだ。顔のない連中だ。彼らがつぎつぎにおれの火に寄ってくる。あの茂みで何かが動く気配がする。やがて一匹の犬が出てきて、おれの火のそばに寝そべる。残飯をあさってまるまる肥えた鼠がチョロチョロする水際に、ひとつの影が現われる。それはしだいに形をなし、こちらへ進んでくる。花崗岩《かこうがん》の壁の一部が揺れ、下に落ちる。大丈夫、シスター。怖がることはない。下水道の入口から少年が跳びおりただけだ。火にもっと本を、紙をくべろ。本や紙のなかでおれの名前が燃える。おかげで豊かな輪が広がる。顔を消す外科手術をすでに受けた連中が輪のなかに加わり、暖をとる。いや、暖をとるだけではない。おれの名前が燃え尽きてしまったら、おれを自分たちの仲間として認め、受け入れるつもりだ。彼らこそ恵まれた連中、不安も恥も知らない連中なのだ。威圧も嘲笑も、彼らから何かを奪うことはできない。おれの書付けの炎が呼び寄せるあの影は、何も持ってはいないのだから。闇の潮が徐々に引いていき、むさくるしい藻をまとった岩のように、彼らの姿がむき出しになる。しかし、おれはその仮装の下に隠れた彼らを、はっきりと見分けることができる。オリエントの王様——ターバン、黒い髭、マント、長い爪——は、さまざまな道具やぼろ布やボール紙など、いずれにしてもくだらないものが詰まっているらしい黄色い麻の袋にもたれて、心地よさげに、おれの焚火のそばに寝そべる。地面にひと塊になった子どもや蚤だらけの犬たちが、ただ一匹の怪獣のように見える。裸足、こびりついた泥、爛々と光る目、まだらの毛、できもの、尻尾、上を向いた鼻面、透けて見える耳、濡れている鼻の先。束の間の仮面を着けた者たちがぞろぞろやって来る。実際、何かで仮装しなければ、おれたちの存在は無に等しい。おれの炎のなかで揺らめくマントの影で隠れがちだが、やつれた表情の修道士たち。見ろ、あの老婆を。ペータ・ポンセにそっくりな皺だらけの手が光のほうへ引き寄せられる。その手の皮膚は透きとおるように白い。あなたとおれにも、肉の下の細い骨を見ることができるほどだ。その肉はぼろ着の下でくずれていく。ぼろ着もまた、おれの焚火の熱で形を失っていく。乾いていく濡れた服の匂い。少しでも柔らかくなるように、おれの燃える書付けのそばに置かれた古いパン屑の匂い。おれの火を借りてつけたタバコの臭い。それを感じないか？　ドン・ヘロニモを片付けてしまったら、《ボーイ》はおれの本をすべて返してくれるにちがいない。残っているのは九十九部だが、それで大きな焚火をするのだ。寄ってくる、寄ってくる。シスター・ベニータ、連中をよく見ろ。いったいどこから湧いてくるのだ？　彼らの黄土色の貧しさ。セピア色の垢。灰色の豪勢なぼろ着。ますますふえる黒い影。顔。手。キラリと光る目。きれいなプリーツ。鎖帷子と言いたいところだが実はぼろぼろの、すれて光る地がよく見えるチョッキのスリット。フリンジのような裾のほつれ。胴着のような古パジャマ。勲章のような当て布。前立てのような蓬髪《ほうはつ》。とうとう最後の紙、最後の本まで燃やしきって、徐々に火が消えていく。そこにくべるものは、もう何も残っていない。待ってくれ、シスター・ベニータ。まだ行かないでくれ。いますぐという仕事があるわけではなし、おしまいまで話を聞いてくれてもいいだろう。小人や黒人、奴隷や歩兵、寵臣《ちょうしん》や女衒《ぜげん》、聴罪師や少年や皮膚病にかかった牝犬、槍持ちや小姓などの供奉《ぐぶ》をしたがえた王様たちが、しずしずと去っていくのを眺めるくらいいいだろう。彼らはただ見かけどおりの仮装をしているだけだ。あなたは信じている。その仮装を剥ぎとってみるといい。顔もなければ表情もない。おれと同じ人間が残るだけだ。これまで彼らは、ごみ溜めをあさり、屋根裏に忘れられたトランクを掻きまわし、通りで他人の捨てたものを拾って歩かなければならなかった。それでやっと、ある日ひとつ、別の日にひとつ、という具合に仮面をこしらえて、束の間ではあるけれども、自分を確認することができたのだ。仮面の数はごくかぎられている。だからこそ、《ヒガンテ》の頭がこわされてしまったことが口惜しいのだ。シスター・ベニータ、こんなにわずかな仮面しか作らなかったけちくさい神を、あなたが信じつづけていられるのが不思議だ。おれたち大勢の人間か、あちこちから屑ものを拾ってきて仮装し、それでやっと、自分も何者かであるという自信をえているのに……ひとかどの者になることだ。有名人になることだ。新聞に写真が出、その下に名前がのるような人間になることだ。この街の者はみんな、お互いよく知っている。実際、みんな親戚だと言っていいくらいだ。いいか、ウンベルト。ともかく、ひとかどの人間になることだ……ランプの光がまたたき、頬杖ついている姉の肘の下で、びっこのテーブルががたつく。ベルティーニ〔イタリアの女優。一八九二～一九八五〕を描いた最近の切手の絵を見るようだ。姉も仮面をかぶっていた。ベルティーニ風の仮面をかぶっていた。自分の顔だけでは足りなかったからだ。間に合わせの仮面の重宝さを、人間は徐々に知っていく。取り替えが楽で、新しいものをかぶれば古いものは簡単に隠せるのだ。チェックのスカーフを頭に結ぶ。ジャガイモの湿布を額に当てる。口髭を剃り落とす。肌の色を変えるためにひと月ほどからだを洗わない。そんなことで十分なのだ。それですっかり変わり、自由な生活に入ることができる。決して同じ人間のままではいないという自由。身に着けるぼろは決まっていない。すべてが一時の間に合わせで、つねに変わる。きょうのおれは、たしかにおれだが、あすになれば誰も、いや、おれ自身がおれに会うことができない。人間は、仮面があるあいだ、人間であるにすぎないからだ。シスター・ベニータ。おれはときどき、ひとつの顔とひとつの名前、ひとつの機能とひとつの範疇にこだわる、あなたのような人間が哀れに思われることがある。あなたはその執拗な顔から絶対に逃れられない。統一性という観念が、つねに同一の人間であるという牢獄のなかに、あなたを閉じこめてしまっている。おれの火で暖をとるために集まったこの連中は、逆に、炎や影のように絶えず変化する。彼らはおれを、その数のなかにやさしく迎えてくれる。おれが名前を焼き捨ててしまったからだ。おれの声もとっくの昔に失われている。もはや性器もない。それで、この修道院に住む大勢の老婆のひとりになっていられるのだ。永久に変わらない仮面を与えられることを願って書きなぐった、このとりとめのない原稿を、おれは焼いている。しかし全部ではない。これで全部というわけではない。灰色の肘掛け椅子の置かれたあの書斎に、まだまだたくさんの本が残っている。誰も知らないだけだ。おれが片すみや表の通りで見つけたがらくたで仮装することを覚えたというので、みんなは、おれも彼らと同じだと信じている……いつかは、おれも彼らの仲間のひとりになり切れるだろう……跡を残さずに去っていく……地面に跡をつけない……輪郭のはっきりした影を身につけない……これで初めて、おれはドン・ヘロニモから解放されるだろう。彼がおれを捜しているのは、おれを必要としているからだ。おれが隠していて、いまはまだ手放すわけにはいかないものを必要としているからだ。決して死ぬことのないペータ・ポンセの声が、昔の悪夢のなかで生まれたこだまのように、ここまで聞こえてくる。つぎつぎに仮面を変えてみたが、彼女の目をあざむくことはできなかった。少なくとも、それらの仮面とひとつにはなり切れなかった。影、袋をかついだ背中、顎髭、歯の抜け落ちた歯茎、口にくわえたタバコ。静かに消えていく供奉《ぐぶ》のなかに加わりたいとは思うのだが……曖昧なアイデンティティしか持ちあわせず、震えおののいている犠牲者。他人が羨んだり望んだりするようなものを持たず、だから何かを失う恐れもなく、だからまた連中と同様、弱々しいが近寄りがたい刑吏となる者。それがおれ……みんなが去っていく……シスター・ベニータ。おれたちも行こう。彼らのあとを追おう。この河原は寒い。上手で警官たちが見張りを続けている。自分の著書を盗んだ容疑で、おれを捜索中なのだ。いやいや、もう時間も遅いというので、警官たちまで去っていく。シスター・ベニータ、ついて来てくれ。放っていく影のなかにまぎれ込もう。おれはいま、彼らのひとりになる要領をまなんでいるところだ。もうひと息で……その気さえあれば、あなたにも可能だ。おれがその要領を教えてやろう。おれたちの仲間であることを示すいくつかの印が、すでに表に現われている。たとえば、あなたの色褪せたフード、ざらざらした手、悲しげな表情などがそれだ。さあ、シスター・ベニータ。みんなから遅れないように。どこかへ消えたりしてはいけない。寒さと熱で震えているおれを、ここへ置き去りにしないでくれ。あなたの手をにぎらせていてくれ。おれに乱暴を働くこの男たちから護ってくれ……泥棒！　泥棒だ！　よし、警察へ連行しろ……引きずられながら、おれは足をばたばたさせ、大きな声でわめく。だがシスター・ベニータ、あなたは助けてくれない。おれを置き去りにする。おれの手を放す。いやだ、置き去りにしないでくれ！　置き去りはいやだ！　殴らないでくれ！　おれは、何もやっちゃいない……。

　お前はおれの前に腰かけている。外で雨の音が聞こえ、内では、採光窓の割れたガラスの真下に置かれた洗面器に落ちる、あの耳に馴染んだ雨だれの音がしきりにしている。なんて顔だ！　それでも整形をしたのか！　正常な眼瞼をまねたものや、せせこましくない額を作り、あるべきところに耳をくっつけ、自然が与えてくれなかった顎をこしらえるという、アスーラ博士の努力はすべて徒労だったわけだ。イリスが男となにしたら、とマリア・ベニテスが予言したあの恐ろしい姿よりも、お前の畸形ぶりははるかに深刻だ。お前は知らないだろうが、お前の母親は近所の若い連中や、この市の紳士やおえら方のすべてと寝た。それでお前が、こんな姿で生まれる結果になったのだ。汚れたチェスターフィールド型の長椅子。引き出しのいっぱいある机。その貧相な顔らしいものが映っている、ひびの入った鏡。警官たちがお前に会わせるためにおれを連れこんだ、この小さな部屋にあるのはそれだけだ。白鳥の頸をかたどった暗いライトに灯が入っていて、アスーラ博士が苦心して作ったお前の顔の細部を照らしている。アスコイティア一族のひとりでありながら、お前は顔というものを持たずに生まれた。バシリオが考案したマッサージや運動も、信じがたいほど悲惨な、お前のねじれた肉体を矯正することはできなかった。お前の姿を見て、おれが驚いていると思ってはいけない。ドン・ヘロニモの死後、おれは何度もお前を見、しつこくあとを追ったことがあるのだ。お前にはおれが分かるまい。考えてみれば、おれがリンコナーダでお前の世話をしたのは、お前が四歳になったころまでだった。お前がその肉体の醜悪さを少しでも隠すために服を作らせている洋服屋の入口で、おれは何時間もお前を待っていたことがある。ある日、街頭の人ごみにまぎれて、わざとお前にぶつかったこともある。お前がまだ赤ん坊だったころ、ミス・ドーリーから、しばらくあやしていてくれと言って、おくるみに包んだお前を抱かされたことがあるが、あのときと同じように、おれはこの腕にお前を感じた。だが、お前はおれに目もくれなかった。そして、そのまま通りすぎていった。仮にあのとき、おれのほうに目を向け、この顔を見ていても、おれが何者であるか、いまのお前には分かるまい。たまたま当直だった、ここの分署の警部が丁重な態度で——畸形ではあるが、お前が元上院議員の息子で、敬意を払わなければならないことを心得ているのだ——、百八十ページの本一冊を盗みだす目的で、乞食が屋敷に押し入った、と言ったとき、お前は大変驚いたのではないか。問題の本は、いまお前がめくっているそれだ。見覚えがあるだろう。結局、百部の本はお前のものなのだ。お前は、メルチョールとエンペラトリスとおれ、要するにすべての者がお前に失わせた歳月を取り返すために、ほとんどの時間を書斎で過ごしている。おれは公園のアカンサスの茂みに身を潜めながら、夏場なら、開け放された窓のそばで読書に耽っているお前を眺めたものだ。冬場であれば、くもった窓ガラスの下まで行って、お前がはしごに昇って父親の蔵書を引っくり返しているのを見たものだ。位置が変わらないように気を遣いながら本を調べているお前の様子は、まるで捜しものでもしているようだった。そうすることで、その場の快い調和を少しでも残しておこうとしている感じだったが、調和はあくまでドン・ヘロニモのものであり、お前の存在はそれと矛盾している。だいいち、お前は歩き方がおかしい。無器用で、そこらの物をよく引っくり返す。お前の呼吸は耳ざわりである。お前の背骨はねじれていて、脚は内股である。お前は、廊下が長ながと続き、忘れられた片すみが到るところにある、陰気くさい迷宮めいたリンコナーダの一部なのだ。あの白い壁には、時間のカリエスによって残されたお前の姿さえある。とくに好奇心に駆られたわけでもなく、お前は漫然とおれの本をめくって見ている。お前は早くここを出て、公園の前の黄色い屋敷へ帰らねばならないのだ。それに、お前はおれに興味を感じていない。むしろお前は、こんな時刻に、およそくだらないことで警察署まで呼びだされたことに腹を立てている。お前は帰ろうとする。おれに関心を示そうとはしない。お前はおれの本を下に置く。おれが何者か、現在のお前と現在のお前でないもののいっさいが誰のおかげなのか、それも知らずに、永久に去っていこうとしている。ああ、《ボーイ》よ。帰らないでくれ。ほんの一瞬でいい、わたしの顔を見てくれ。お前が生きていられたことへのお返しとして、せめて、手許にあっても関心のない、九十九部のおれの著書を渡してくれ。そいつを焼き捨てて、このさいきっぱりと、名前も顔も忘れた者たちの世界に入ってゆきたいのだ。このままおれを見捨てないでほしい。これが最後の機会だ。お前が永久に目の前から消えるのが恐ろしい。おれはお前の好奇心をそそるために、一枚の紙に書く。あなたが見ている本は、わたしが書いたものです。おれの期待したとおりに、お前はふたたび腰をおろす。こんどは、もっと慎重にページをめくる。これを、あんたが？　なぜ屋敷に忍びこんで、この本を盗もうとしたんです？　ぼくの名前や父の名前、それに母の名前を、どうして使ったんです、小説中の人物の名前のように？　あんたのような人間が、なぜぼくたちを知っているのです？……おれにはお前の声は聞こえない。よく知っているとおりだ。お前は当直室で教えられただろう。凶悪な犯罪の自白でもさせるように、彼らが拷問にかけて名前を言わそうとしたとき、おれが口と耳を指さした――分かりません、なんのことか。わたしは聞こえない。口と耳が悪いんです！――ということを。おれは弱味を盾にして彼らに勝ち、あの乱暴な連中のげんこつで殴られるのをまぬかれた。口も耳も悪いということは、腹を掻き切るのと同じ意味を持っているからだ。平手打ちを喰わせようとしていた警官の恐ろしい手は、的を失っておろされ、おれは殴られずにすんだ……ま、しょうがない。こいつを待合室へ連れてって、屋敷の主人が来るのを待て。盗まれたものがあるかどうか、言ってもらうんだ。おそらく、ないと思うが、この男があの屋敷に入りこんだのは、雨宿りのためじゃないのか。夕方からの雨はひどかったからな。そうだ。こいつは口がきけないし、耳もだめなんだ……そのとおり。おれは口も耳もだめ。警部からそのことは聞いたはずだ。

父親を思い出させる傲慢な態度で、お前はおれに訊く……どういう関係だね？……どんな接触がありえたのかね？……おれには聞こえない。おれは質問を繰り返させる。魚めいた唇が不明確に発することばがおれにも読み取れるように、お前は慎重に繰り返す。気づいていないのか、お前の口はゆがんでいて、とても唇を読めたものではないことに？……ぼくや、ぼくの父や、ぼくの母について述べているこの本の作者があんただってことを、どうやって証明できるのか？……お前は本をめくり続ける。そして突然、怪獣面そっくりな顔を上げる。人間のものを模造したその眼瞼の下に、おれは、お前の父親にそっくりなアークライトの青を感じた。その青い目が証拠を要求している。バスク系の男は、証拠のないものを信じてはならないのだ。寒気がした。手が震えた。シスター・ベニータ、おれの言っていることが本当だということを、あなたにも確認してもらうために、こうして緑色がかった背革の本を渡している手が震えるのと同じ熱のためだった。まだ水を含んで重たいので、服が肌に張りついていた。紙の上におれは返事を書く。わたしの話が真実であることを証明するために、その本のどの章でも、そらで書くことができます。

お前は承諾する。お前は自分で机の上に紙を置いて、ライトの具合を見、お前の金のパーカーをおれに渡す。好奇心のほうが家恋しさより強いというわけだ。警察署のこの待合室で現に起こっているのは、どうでもいいようなことではない。この雨の晩に外に出るほど大事なことだったのだ。いずれ序文を書くことにしよう。シスター・ベニータ、本を開いてみてくれ。雨で少し濡れている。警官たちから逃れようとして結局、河っぷちで捕まったとき、雨からそれを守ることができなかったのだ。ともかく読んでほしい。あなたにも信じてもらいたいから。お前は、おれの真正面の壁の鏡の下にすわる。おれにはお前は見えない。しかし、お前は一瞬もおれから目を放さない。

やっと許しが出てゆりかごのカーテンを細目に開け、待ち望んでいた子どもを見たとき、彼はいっそ、その場で殺してしまおうとさえ思った。瘤《こぶ》の上でブドウ蔓《づる》のようにねじれた、醜悪きわまりない胴体。深い溝が走っている顔。白い骨と赤い線の入り乱れた組織とがみだらにむき出しになった唇や、口蓋や、鼻……それは混乱もしくは無秩序そのものであり、死がとった別の形、それも最悪の形だった。その苗字を名のっている最後の人間が彼だが、それまで、アスコイティア家の緑ゆたかな系譜樹は、よりぬきの、みごとな実しか結んでこなかった。廉直な政治家、司教や大司教、深い慈悲心にあふれた福者、海外駐在の大公使、輝くような美貌に恵まれた女性、死を恐れぬ軍人。大陸の全域にその名の聞こえた歴史家さえそこにはいた。ヘロニモがアスコイティア家最後の人間とならないこと。名誉ある家名が子や孫という、いわば種子のなかに生き永らえること。この世の時の終わりまで、家系がますますみごとな実を生じつづけること。それが期待されても当然であった。

しかし、ヘロニモは息子を殺さなかった。このいわばカオスの変形の父親となったという恐怖が、最初の衝動と行動とのあいだに茫然自失の数秒を挿しはさみ、ヘロニモ・デ・アスコイティアは殺すことを思い止まったのだった。殺せばそれは、敗北を認め、カオスのなかに堕ち、そのいけにえとなることを意味しただろう。彼は赤児の部屋に何週間も閉じこもった。いっしょに暮らして食事も自分の手でさせた。そして、ただひとりその部屋に近づくことを許していた腹心の秘書と話しあって、やっと心を決めた。やむをえないことだった。この残酷な侮蔑は、つまり、この地上の事物のあいだの秩序を護持するという義務の履行と引き換えに、彼とその先祖が多大の恩恵を受けてきた伝統的な力が、いまや彼を見棄てつつあることを意味していた。彼はまた別の力からも、もっとも暗黒な力からも見放された。彼に世継ぎを、という強い願望に駆られたイネスが彼を説いて、それに訴えたのだが。いまや、光の力も闇の力も、ともに彼の敵となったのだった。彼は狐独だった。しかし、彼はその敵の力を借りる必要はなかった。彼は強者であり、その証左を見せなければならない。別の次元が、別の規範が存在し、善と悪、快楽と苦痛、醜と美の、別の評価の仕方があることを証明するのだ。お腹を空かせて、ゆりかごのなかで足をばたばたさせている畸形の子は、彼がますます力を誇示する格好の手段であるだけではない。彼が、ドン・ヘロニモ・デ・アスコイティアが、すべての時代のすべてのアスコイティア一族のなかで、もっとも偉大かつ剛胆不敵な人間であることを証明する手段となるはずだった。飽きることなくその秘書の繰り返すとおり。

ヘロニモは殺さなかった。以前とほとんど——と言ってもよいだろう——変わらぬ生活を送った。彼はこの国で、他人にもっとも羨望される者のひとりとなった。妻の喪が終わったあと、《ボーイ》の存在を思い出す者はほとんどなかった。息子はリンコナーダに住んでいたが、ヘロニモはこの屋敷を、決して訪れようとはしなかった。ただ、息子が必要とすると思われる、いや必要とすべき、あらゆる便宜を与えることは忘れなかった。《ボーイ》の記憶が人びとの脳裡から消えてしまったことは、別に不思議でもなんでもなかった。もちろん、時間が重要な要素ではあったが、しかしそれが、唯一の決定的なものというのではなかった。忘れたほうが好ましいから、世間は《ボーイ》のことを忘れたのだ。彼の存在を想起することは、言ってみれば、エリート中のエリートであるヘロニモのように調和のとれた人間にも、畸形的なものの胚珠《はいしゅ》は潜んでいる、したがって、この上院議員との親しい付き合いは、不安なだけでなく恐ろしいものだということを認めるようなものだった。結局のところ、秘書以外には《ボーイ》を見た者はいなかった。彼の存在の証拠をにぎっている者が、果たしているだろうか？　この模範的な紳士に畸形の子が生まれたという話を矛盾だと考えることのほうが、より容易だった。さらに、羨望が著名人の周囲にいまわしい噂をでっちあげることは、これまた自然なことだから、《ボーイ》のそれも間違いなく、そうした黒い伝説のひとつだと考えることのほうがより容易だった。

世間のほうが、どうやら正しかった。ヘロニモ自身が沈黙を守ることによって、彼にとって大きな悲劇であるはずのものの影をいっさい、消してしまうことに協力したのである。勢力を誇る大地主。成り上がりの手から自分の階級の権利を護るべき上院議員。サロンや競馬場、法廷やクラブ、街頭などで人目を惹きつける大立者。そうした役割を十二分に果たすためには、世人の同情を得ることが不可欠だった。ある女性たちは、政治への関心を口実に議会に出入して、やもめ男の演説に聞き惚れた。堂々とした体軀《たいく》と古典的な頸《くび》を高い傍聴席から眺めて陶然となった。その挙措や話術という豪壮な建物の壁の背後にあると信じられる、空所を埋めたいと願う婦人たちの名前は、秘密でもなんでもなかった。しかし、実際にその壁の奥まで入りこめた者は、ひとりもなかった。敵は彼を倣慢だとそしった。見栄っぱりだとさえ言った。おそらく彼自身も、そのスマートさを強く意識していたようだ。しかしそれは、自分のものであれ他人のものであれ、あらゆる洗練された趣味に意識的であるということでしかなかった。他人が気にしたのは、おそらく、その型にはまった服装であり、いささか時代がかった気取りだった。長いヨーロッパ滞在の名ごりだと思われるが、噂によれば、その地での彼は当代一流のダンディたちを引き連れて、湯水のごとく金を使う奔放な青春を送ったという。ありていに言えば、ヘロニモという存在は調和の美の模範だったが、この野蛮な土地で彼と競うことはおよそ不可能なことだったので、不快を感じさせたのである。彼は、郷里に退いて私人としての生活に入るに先立って、上院で最後の演説を行った。そのときも、彼はたしかに少々疲れは見えるものの相変わらず男性的で説得力のある、あの見慣れた彫像のようなポーズで喋った。

上院議員の引退演説は万雷の拍手を受けた。それは実に明快な演説で、翌日の新聞はすべてその第一面で、大統領候補としてドン・ヘロニモ・デ・アスコイティアの名を挙げたほどだった。しかし、祝意を述べるために駆けつけた同志を前にして彼は、その意志はまったくなく、長い休暇を予定している、旅行に出るか出ないか、その点はまだはっきりしないが、ともかく無期限の休息を楽しみたいと思っている、と語った。

そのときから、ヘロニモの姿は首府から消えた。誰にもなんの説明もなかった。友人との付き合いをふっつりと絶ち、約束も破棄した。果たすべき義務や手続きも一切、信頼のおける管理人に委任していった。数カ月たってからの世間の取り沙汰だが、彼は何もかも心得た上でそうしたのだ。よそ目にも老いが目立ち始め、その保守党の内部ですでに、新しい方向を求める若い声が澎湃《ほうはい》として起こりつつあった。さらに言うならば、昔は決してそんなことはなかったはずだが、最近の彼――人びとは束の間思い起こしただけで、すぐに忘れてしまったが――は、いささか異常ではなかっただろうか？　客観的に分析する余裕ができたから思うのだが、ひとが変ったような、妙な節が見られなかっただろうか？　親しい者たちでさえ否定しなかったあの傲慢さが、結局、彼ひとりが支配する壁の向こうの世界に、彼自身を閉じこめることになったのではないだろうか？　彼だけが知っている絶対的な真実を、誰にも打ち明けさせなかったのではあるまいか？

ともあれ、それから数年後に伝えられた彼の死は深い哀悼の意をもって迎えられた。それを聞いて、全国の人びとがこの傑出した公人の生前の功績を思い起こし、その死に最大級の敬意を払った。彼の遺骸は三色の国旗で蔽われた砲架にのせて、墓地まで運ばれた。これは行き過ぎである、ヘロニモ・デ・アスコイティアの果たした役割は歴史的というより政治的なもので、彼の名前は特殊な書物のなかにのみ生き永らえるであろう。このような意見を述べる者も多くいた。だが、与えられるべき栄誉についての甲論《こうろん》乙駁《おつばく》にもかかわらず――と言うよりはむしろ、それが理由で――多くの人びとが彼の葬儀に参列した。アスコイティア家の先祖のものに劣らぬ大理石に名前や誕生と死の日付が刻まれた壁龕《へきがん》に、彼の遺体は安置された。そして、この霊廟のかたわらに立って、人びとは弔辞のなかでその功績について述べた。また、ひとつの階級の死を意味するこの模範的な生の残した教訓を思い起こした。現代社会のさまざまな変化にもかかわらず、国家が彼に多大のものを負っていることは明らかである、と語った。数時間もすれば花も朽ちていくにちがいない霊廟の格子を、重い鉄の鎖が閉ざした。黒い喪服の紳士たちは霊廟に背を向けて、糸杉のあいだをゆっくりと去っていった。高貴の血筋の絶えたことを深く嘆きながら。

分かったかな？　こうして一語、一語、書いていくわけだ。序文を書くあいだ、おれは一度もお前を見なかった。ところが、お前はおれから目を放さなかった。おれは、その間ずっと、おれを探るお前の視線のアークライトの光を感じた。二時間の上も、深い静寂がおれたちを包んでいた。おれは最後のピリオドを打った。しかし、序文の原稿から目をあげはしなかった。コンマを打ったり、アクセントを添えたり、二本の平行する線で別の段落を示したり、要するに、どうでもいいことを続ける。お前が鏡の下の肘掛け椅子から立ちあがりかけているのを感じながら、書き終えたばかりのものから気をそらすことができないのだ。やっと眼をあげたとき、くもった鏡のなかで四角ばっているお前が見えた。おれの仮面が溺れかけている濁った水のなかの、苦痛にゆがんだおれの顔。これからも決しておれを見棄てることのない映像。お前が立ち去ったため、おれの顔でおれを眺め、笑う、あの化け物が見えた。《ボーイ》よ、何者であるかを悟らせるために書いた、お前の誕生を予告するおれの序文を、お前は読もうともしなかった。こんどは飢えた犬を引き連れてはいないだろうが、奴らはここへ戻ってきて、言うにちがいない……よし、もう帰っていい。さあ行くんだ。とっととここを出ていけ。骨を折らせやがって。二度とこのへんに顔を見せるなよ。釈放だ。まったく運がいい奴さ。例のお偉方はとうとう来なかった。電話で言ってたぞ。残念だがだめだ。そんなくだらないこと、およそつまらんことのために、屋敷から警察署まで、二丁場も歩いていくわけにはいかん、ましてこの雨では、とね。いっこうに雨脚が衰えそうもないな。こんなどしゃ降りは見たことがない。いまにも空が抜け落ちそうな感じだ。ところで、この紙はなんだ？　持っていけ。貴様のだろ。ポケットに入れてったらどうだ。こんな薄汚いものを残されちゃ困る。持ってってくれ。出ていけ、と言ったろう。貴様みたいな乞食が濡れようと濡れまいと、おれたちの知ったことか。濡れるのは慣れっこだろう。そこらの公園のあずまやか、広場の銅像の馬の腹の下ででも雨宿りするこった。この調子じゃ、いつになるか分からんが、雨が止むまでな。それとも河っぷちへ戻るか。貴様のような連中が橋の下にうようよしてるぞ。お偉いさんの屋敷に忍びこむようなことは、二度とするなよ。たとえ盗む気がなくてもな。いいか、こんどやったら、きょうみたいに無事にはすまんぞ・シスター・ベニータ、おれは逃げた。犬にこそ追われていなかったが、公園のなかを、雨のなかを、おれは逃げた。あちこちの通りで迷い、方角の見当がつかなくて途方に暮れた。雨で何もかもが消えている。修道院は？　修道院はどこだ？　修道院へはどう行けばいいのだ？　このどしゃ降りでは、泥の建物は溶けてしまうだろう。日干し煉瓦はくずれるにちがいない。雨の浸みこんだ迷宮もくずれ落ちるはずだ。いやいや、そうはならないだろう。やさしくて、まめまめしい老婆たちが、シスター・ベニータが、ちゃんと待っていて、おれのために門を開いてくれるだろう。おれを内へ入れ、そこに閉じこめて、守ってくれるだろう。意識を失って門のわきに倒れているおれを見つけたら、絶対に助けてくれるにちがいない。絶対に、門を開けて、内へ入れてもらうのだ。

10

門が開けられた。彼女はにこやかな笑顔で彼を迎えた。そして、素知らぬふりで石畳をこつこつやっている鳩の中庭を越えて、回廊の反対側まで彼を案内した。彼は肘掛け椅子の背によりかかるように、深ぶかと腰をおろした。柱を呑んでしまいそうなスイカズラの影のなかの籐のきしむ音には、しみじみとしたものが感じられた。女中が言うには、叔父はまだだが、間もなく来るだろう、ということだった。ヘロニモはブランデーをひと口飲んでから、礼を言った。鳩の動作を中断させるために指を鳴らしてみたが、真上から照りつける陽射しの下の群れはすっかり夢中になっていて、いっこうにやめなかった。群れのあいだを縫うようにして女中が下がっていったが、それでも、彼らの小うるさい単調なお喋りは絶えなかった。

ヨーロッパから帰国した彼を落胆させなかったものは、ただひとつ、叔父のドン・クレメンテ・デ・アスコイティアの食卓で金曜日ごとに供される、匂いのいいアナゴ料理だった。もちろんアナゴ料理と、それに添えられたすべてのものだった。彼が経験したものに比べると、ほとんど辺境の生活と呼んでいいが、粗末な日干し煉瓦の建物の中庭に澱んだ静寂。僧侶というよりは政治家にふさわしく、宗教的というよりは世俗的な叔父のお喋り。そのなかにちりばめられた、家族のなかの、すべての者が属している大家族のなかの、きわどいゴシップ。ヘロニモが帰国を思い立ったのも、その家族のある部分に潜りこむことによって、最後にはその一員となりおおせるか否か、それを知るためだった。二カ月たったいま、叔父の助力や、アナゴ料理とスイカズラの与える悦びにもかかわらず、彼はこんどの旅の出発点へ戻ることを考えていた。ヨーロッパ全体を蔽っている戦火のなかへ身を投ずる、愚行でしかないことは分かっていたが。彼は腰をかがめて、グラスをテーブルに置いた。こんどは、ただそれだけのわずかな動きで、中庭の気まぐれな鳩はパッと飛び立って、屋根の上でお喋りを続けた。

　ドン・クレメンテが遅れるのは、平生あまりないことだった。いつも回廊のこの場所に腰かけて、金曜日の昼食の相手を待った。丹念に朝刊を読んでいて、最近の党の活動にたいする批判を、腰をおろすかおろさぬかに、客に向かって始めた。彼は、大司教によって聖職者としての勤めをすべて免除されていた。栄誉に包まれたいまこそ隠栖《いんせい》して、新大陸生まれの紳士としての恵まれた余生を送り、彼自身やヘロニモが生を享けたこの屋敷で静かに死を迎えるようにという、はからいであった。しかし、寄る年波も病気も、この僧侶の社交好きをあらためさせることはなかった。金曜日ごとに、魚貝類中心の料理を盛った食堂のテーブルの周囲に、男性ばかりの有名人たちを呼び集めた。相場の動きを政変と結びつけて判断することに熟達した者。門閥に詳しく、家畜や地所の値踏みに長けている者。すぐれた助言を与えてくれる外国高官の接待係。実質はともかく彼らのまねをしたがっている連中に、気前よく地位を与える者……世間の噂によれば、この国の政治を牛耳っているのは、ドン・クレメンテに長く仕える料理女、マリア・ベニテスだということだった。少数者支配のシンボルとして、この国の名前の入った鍋を大きなしゃもじで掻きまわしている彼女の漫画が、露骨な落書によく出ていたものである。ドン・クレメンテは噂を一笑に付して、

「内輪の者が集まって、昼飯を食べるだけだ！」

　それもまた真実だった。アスコイティア家の縁者や知人は、権力のあらゆる分野に喰いこんでいたからである。ドン・クレメンテが用意した極上の葉巻の紫煙がたちこめる昼食会に、ヘロニモが初めて出席したときのことだ

った。チョッキのボタンをひとつ、ふたつはずしている紳士たちは、彼に愛想よく挨拶をし、父や祖父の名前を口にした。五年の不在の後に、ふたたび彼らのところへ戻ってきたことを喜んだ。地主らしくソンブレロを愛用しているため額から下は日焼けしているが髪の生えぎわは白い、たいこ腹のある大臣はこう言った。

「君のいる場所はここだよ。神を信じない堕落した連中のいるヨーロッパに、何も住むことはないだろう。ここなら君もひとかどの人間だ。もちろん、向こうの女は……」

大臣の評判の女好きを知っている同席の客たちは、そのことばを聞いてどっと笑った。みんなの目を意識しながら、大臣はグラスの赤を飲み干し、火をつけたハバナをひと口ふかした。そして、ヘロニモの年齢の計算を始めた。

「そう、君のご両親が結婚したのは、たしか、北部諸州を奪回したあの戦争の末期だった。よく覚えているよ。講和が結ばれたあとも、前線に残っている必要があって、残念ながら結婚式に列席できなかったんでね。その後、君のお父上は革命騒ぎのなかで命を落とされた。そのときすでにわたしは大臣だったから、お父上の葬儀では弔辞を読んだ。君のあのときの姿が目に浮ぶよ。アスコイティア家の者はみなそうだが、ブロンドの髪の君は大まじめな顔で、行列の先頭を歩いていた。八歳だったかな。みんなは、くちぐちに、君の男らしい態度を褒めたものだ。若死にしたためにお父上が果たせなかった志を、君はすでにあのとき、受け継ぐように運命づけられていたのだ。君がヨーロッパに出かけたのは、ええと、あれはいくつのとき……そうだ、二十六のときだ。国境問題がやかましいころで、わたしは君を引き止めるために、秘書になってくれるように頼んだはずだ。すると君は、もう三十には……」

「三十一に……」

個人的な経歴と母国の歴史とを直接結びつける、具合の悪い会話の流れを変えるために、ヘロニモは、今回の帰国の理由はただひとつ、大戦のためである、と説明した。紳士たちは椅子を近づけ、グラスを下に置いた。彼のまわりに集まって、ヴェルダンの戦いについてあれこれ質問した。しかし、この種の話題への関心はたちまち衰えた。最近輸入されたブドウの苗木。フランスの窮状によってこの国に開かれることが期待される、輸出市場の問題。そのことを通じて強化されるにちがいない、間近に選挙をひかえた党の勢力。そんなことに話題は移っていった。とくに、選挙は重大な問題だった。鍵になると思われるある州で、大衆の心をつかみ得る候補、場合によっては買収もいとわない資産家、実力者が不足していた。ヘロニモの知らない人物の名前が俎上にあがり、その政治的および家族的な関係が議論された。ドン・クレメンテの熱っぽく甲高い声がひときわ大きく響いていたが、ある判事は、何度となく繰り返されたこの議論に加わるのを差しひかえて、パン屑だらけのナプキンを腹の上に広げたまま、すみで舟を漕いでいた。党を二分して仇敵のごとくいがみ合っている派閥のメンバーが、食べ残された料理ごしに乱暴な言葉を投げあった。ある代議士などは憤然と席を立って、別れの挨拶もしないで帰っていった。やがて、睡魔に襲われた会食者たちが食後の午睡のために去っていくのを見て、大臣はヘロニモの肩に手をかけ、その右手を強くにぎり締めながら言った。

「君のいるべき場所は、わたしたちのそばだよ」

なぜ、鳩たちはよその屋根へ移って、そこでお喋りをしないのだろう？　ほかの人間の耳許でそれを繰り返さないのだろう？　ヘロニモは立ちあがって、陽の射さない場所をえらびながら回廊を散歩したが、その柱までが、彼のいるべき場所はまさにここであることを、彼に教えようとしているかのように思われた。しかし、どう努めてみても、彼はその場所に関心が持てなかった。ともかく刺激が乏しいのだ。かの地で送った五年のあいだに、彼は、えらび抜かれた人間や美的なもののなかで生きる権利が本来自分にはある、と悟ったのだった。それらのものに馴染んだあとでは、いわば身を落として、僧侶である叔父の屋敷に集まる連中と、がさつな楽しみをともにすることは耐えがたいことだった。噂だけど、《ボーイ》はどこか外国の大地主だそうよ。名前は忘れちゃったけど。《オン・ディ・ク・ボーイ・エ・ル・プロプリエテール・ダン・ペイ・エキゾティク・ケルク・パール・ジュ・ヌ・ム・ラペル・プリュ・ル・ノン》きっとでたらめね《ジュ・ヌ・クロワ・キル・ランヴァンテ》……パリの女友だちはそう言っていた。そして、それは、ある程度までは真実だった。彼は戦争のためにパリを去った。事実である。しかし最大の理由は、滞在も終わり近いころ、自尊心を深く傷つけられたことだった。その生活の調和が、彼自身の要求するところに耐え得るためには、それは別様のものでなければならなかった。その意志よりも強く、逃れるすべのない、彼自身の根から生まれるものでなければならなかった。自由の欠如だけが義務を決定する。三十代に入ってヘロニモも、結局のところ、義務こそ人間的な尊厳を与える唯一のものだということを、しだいに確信するようになっていた。大戦が勃発したとき、彼は、その戦火のなかに身をおくべき場所のないことを悟った。仮に参加したとしても、それはおそらく、優雅なスポーツとしての性格しか持ちえなかっただろう。優雅な行為というものは所詮、逃避でしかないと思い知らされる機会が重なり、そのことにようやく厭気がさした。そこでヘロニモは、自由に尊厳を与えてくれる義務を求めて、原始的で粗野なアメリカ大陸へ戻ってきたのだった。

しかし、いとも崇高な真理がアナゴの酢漬けを通して決定されるような世界に、どう決心して入っていけばいいのか。マリア・ベニテスの料理する魚の臭いが、彼のいるそこまで流れてきて、スイカズラの芳香とまざり合った。近づく足音を聞きながら、ヘロニモはもう一杯ブランデーをあおった。グラスの底を透かして、杖にすがった僧侶の姿が目に映った。ヘロニモに立ちあがる余裕を与えず、老人は言訳をいった。

「遅れてすまん。お前のことで、ちょっと話があったもんで」

「ぼくのこと？」

「そう、お前のことだ。どうだね、そのブランデーの味は？」

ドン・クレメンテは酒を嗅いだあと、甥の助けを借りて、籐椅子のあちこち糸のほつれた――老人の痩せた尻のあとが型になっているクッション代わりのショールに腰をおろした。年老いた僧侶の顔に浮いた汗が、桃色だが節制がすぎて早くも色褪せかけた、バラの蕾《つぼみ》に結んだ露の玉のように見えた。割れた顎、背格好、淡すぎる感じの睫毛でかこまれた青く冷たい目。瓜ふたつとは言えないまでも、ヘロニモによく似ていた。

「ご加減いかがですか？」

「まあまあってところだな。ともかく忙しくて。しかし、こんな老人のことなどどうでもいい。お前こそからだを大事にしてもらわなきゃ。ひとつ話があるんだが……」

ドン・クレメンテは甥の手にしたグラスのブランデーの香りを、懐かしげに嗅いだ。肉体の衰えもあるが、もっぱら節制を心がけているので、客に供する美酒佳肴《かこう》も本人は、そのような、みみっちい形でしか楽しむことができなかったのである。やがてドン・クレメンテは話をついで、

「ちょうど党本部から帰ってきたところだ。で、会議の一致した結論だが、お前にぜひ代議士に立候補してもらいたい。問題の州は……」

ヘロニモは思わず吹きだした。これが、祖国から与えられると期待していた好餌《こうじ》だったのか。彼は、最近の洪水で流出した橋の復旧を熱心に嘆願する、田舎の薬剤師や教師と話し合っている自分の姿を想像した。このアメリカの地に留まるために彼の心が必要としているのは、そんなものではなくて、もっと微妙な何かだということを、どんな風に叔父に説明したものか。叔父の持ちかけた話はあまりにも素朴すぎた。素朴すぎて思わず笑ってしまった。しかしドン・クレメンテは、極上のブドウ酒の栓を抜くよう指図するのに夢中で、その笑いのために落胆することもなかった。

「きょうはお祝いだ」

「なんのお祝いです？」

「お前の立候補のさ」

「政治に興味はありませんね」

「お前を説得するのが容易でないことは分かっていた。お父さんの亡くなったあと、お母さんはお前を甘やかしてばかりいたからな。旅行もいい加減なもんだ。若い連中のことだから変にかぶれて、あげく、外国の女といっ

しょになったりする。いいか、《ボーイ》！　フランスの娼婦にホモ呼ばわりされたことを、絶対に知られちゃいかんぞ。そんなことが知れてみろ、落選まちがいなしだ」

「しかし、ぼくは……」

「昼食会の常連には、わたしはきょうは気分が悪いから、誰にも会いたくない、と言っておいた。お前は甘やかされた子どもだ。ばかなことでも言いだして、お前に大きな期待を寄せている連中の前で恥をかかされるのは、わたしもかなわんからな。祖国の政治に興味はない、だと！　何をばかな！　さてと、食堂へ行くか」

ヘロニモは黙ってドン・クレメンテのあとに従った。通り抜けていく部屋のすみに置かれた道具の影に、さまざまな漠とした思い出が潜んでいた。しかしそれらの思い出も、この醜い家具や、奥の中庭《パティオ》の汚さを人目から隠している重いカーテンの所有者にとって、有用なもの、身近なものだけが意味を持っているという事実を忘れさせるのに十分ではなかった。だが、それでも……それでもやはり……ここにあるすべてのものを斥ける論理が内面でますます強固になる一方で、彼自身の一部が、マホガニーのサイドテーブルやビロード張りの肘掛け椅子に引っかかり、吸い寄せられていくのだった。これ以上、明晰な意識を保つことが困難だと思い始めたころ、日がかげりだした。と言うより、たとえば食堂の日干し煉瓦の壁の冷やりとした薄闇が、切って銀のお盆に盛った西瓜はともかく、すべてのものを理性の脅迫からかばい始めた。

「叔父さん」

「なんだね」

「ここへ伺ったのは、実は、ヨーロッパに戻ることをお知らせするつもりだったので……」

「冗談じゃない、ヘロニモ！　ま、わたしの話を聞きなさい。分別を失っては困る。残っているのは、もうお前だけだ……こんなことを言っちゃ神様に申し訳ないが、わたしは気まぐれで、坊さんになってしまった。アスコイティアの家名を伝えることができるのは、お前ひとりだ。アスコイティア家の人間がもう一度、この国の政界で名を挙げる、これがわたしの長年の夢だった！　お前が帰ってくるのを、それこそ一日千秋の思いで待っていたんだ！　本来お前のやるべきことを代わって果たしながらな。おかげで、お前はパリで遊び呆けていられたわけだが、それはともかく、やっと戻ってきたお前を、またあそこへやることはできん、それにしてもひどいな、このホウレン草のスープは。きょうのマリアはどうかしてるぞ。お前の魚には、何がついてる？」

「フウチョウボクの酢漬け。うまいですよ」

「なかなかいい匂いだ！」

「叔父さん、さっきの政治の話ですけど、ぼくはその方面のことはさっぱりですよ」

「自分の国の政治に関心がないなんて言わさんぞ。それこそ神にたいする冒瀆だ。神がお造りになり、われわれに権威の与えられたこの社会だ。それが、野心たっぷりな成り上がりや、あらゆる種類の無信仰で過激な連中によって、根底から覆されようとしている。神は正しいと信じられるところに従って、富を分配された。貧乏人にはささやかな喜びを与え、われわれには、地上における神の代理人としての義務を授けられた。神の十戒は、その神聖な秩序を破ることを禁じているが、あの名もない下賤な連中がやろうとしているのは、まさにそれだ。お前も、信者だろう？」

「叔父さんですよ、洗礼を授けてくださったのは」

「それはこのさい関係ない。五年もヨーロッパにいたんだ。何があってもおかしくないだろう。無神論がいまははやりだしな。しかし、この聖戦の時代のさなかでは無神論の運命も微妙だ。われわれはみずからを護り、神を護らねばならん。神の秩序と、神の権威が脅されているのだから。政治を通してお前の財産を護ることが、すなわち神を護ることだ。お前は、自分の地所を見てまわる気もないんだろう。あそこには行ったかね？」

「リンコナーダでしたら……」

「いや、ちがう。ラ・チンバの修道院のことだ、わたしが言うのは……」

「すみません、間違えちゃって。どれもこれも同じような感じで……」

「間違えたなんて、よくそんなことが言えるな。わが家の先祖のひとり、イネス・デ・アスコイティアの列福の見通しについても、なんの返事もよこさなかった。これじゃ、お前が信者だということを疑わずにはおれん」

「あのときはローマへ行かなかったんですよ。そのあと忘れちゃって……」

「気ままにあちこち旅行してたんだ。この用事のためだけでもローマへ行くべきだった。あらゆる新聞にのるだろうし、列福は格好の武器になったはずだ。神から授かったわれわれの権力の象徴としてそれを使えたら、こんどの選挙で勝つのに苦労はしないだろう」

「ぼくを候補にえらんだのは、いったい誰です？」

「わたしだ」

「ぼくは党に所属していませんよ」

「わたしがきょう、入党の手続きをしておいた。お前はただ、サインをすればいいんだ。簡単だろう。ついでのときに……」

ヘロニモは立ちあがって、ナプキンを投げるように食卓に置いた。ドン・クレメンテは驚いて、野菜の裏漉《ご》しを咽喉に詰まらせた。咳こんで涙のたまった目で甥の顔を見ながら、老人は苦しそうな声で訊いた。

「どこへ行く？」

ヘロニモが用意していた返事はこうだった……船が見つかりしだい、それに乗って、あなた方やこの世界から遠く離れたところへ行きますよ。叔父さんたちの話だと、ぼくは畸形、小人か、せむしか、怪獣面でしかない。この手入れの悪い、古びた、醜い土塀《どべい》の傷んだ個所にぼんやり浮きでた怪獣面でしかない。ところが、ぼくはちがうんだ。ぼくはもっと明るい世界の人間です。自分の意志だけで結びついている主義のために命を捨てるというう、いわばスポーツ的な、ばかげた行為のほうが、まだましですよ、反復だけが許されている非情な中庭にこうして閉じこめられるよりは。また、クレメンテ叔父さんがぼくを押しこめて、忌わしい目的のために利用しようとしているこの牢獄にいるよりは。叔父さんはぼくをこま切れにするつもり、ぼくの四肢を奪うつもりなんだ。ぼくの姿を変えて、叔父さんの計画を従順に果たす人形にしてしまうつもりなんだ。どうしました、叔父さん？咳が止まりませんね。ナプキンがホウレン草だらけだ。このまま咳が止まらないと、お陀仏になってしまう……ヘロニモはその場を去るのをやめて、叔父に近づいた。ゆっくりとコップの水を飲ませ、まるで子どものように、背中を軽くたたいてやった……そうそう、大丈夫ですよ。死にはしませんよ。叔父さんは誰よりも長生きします。すぐにマリア・ベニテスが来て、面倒みてくれるでしょう。咳を我慢しなくちゃ。大丈夫。まずい野菜が咽喉に詰まって、わが家の食堂で死ぬなんてことは、絶対にありませんよ。

11

議員候補としての実力を選挙民に強く印象づける旅行に忙殺されて、ヘロニモ・デ・アスコイティアはそれ以外のことには手がまわらなかった。しかし、その旅行と旅行のあいだの暇を盗んで、パーティーにだけはよく出席した。親戚の大勢の女性たちが、一族の誇りとして披露するために彼を招待したのである。やがて、当然起こると予想される事態、有力者たちの集まる儀式がそうなることを期待していた事態が生じた。そのころあちこちのサロンで踊る姿がよく見かけられた若い娘に、ヘロニモが恋をしたのである。あどけなさのまだ残る美しい娘は、何代か前のある女性と血のつながった、アスコイティア家の遠縁の者だった。

ヘロニモと同様に、莫大な地所財産の相続人であるイネス・サンティリャーナは、とりわけ、小鳥のように軽やかな身のこなしと美貌、蜜で洗ったような肌の色の持ち主だった。彼女のそばに立つと、ヘロニモはまるで巨人だった。イネスの目は黄色だったが、ときによって茶色にも緑色にも見えた。正装して畏《かしこ》まっているが吹出物などのできた青年たちが蜂のように群がって、ダンスを申しこみ、彼女が相手の品定めをした上で、笑顔で申し入れを受けたり断ったりする夜は、とくに緑色に輝いた。ヘロニモの出現はたちまち大勢の求愛者を追い散らしてしまった。新大陸生まれの無器用な若者では、いわば男のなかの男と張りあうのは所詮、無理だった。ヘロニモは、そこから舞い戻ったばかりだが、文化のはるかに高いヨーロッパ仕込みの凝った服装をしていた。金にも美貌にも恵まれていた。

イネスは、熱烈な求愛者の攻めに抵抗しなかった。だいいち、その理由がなかった。彼女のほうもひと目惚れの状態だったからである。また、ふたりの付き合いは、誰もが祝福する神聖な結婚を前提として始まったからである。サンティリャーナ家の別荘での静かな夜のつどいで、ヘロニモは、未来の義理の兄弟のうちでもっとも年長の者には俗っぽい忠告を与え、幼い者たちには面白い話をして聞かせながら、しきたり通りに毛糸のかせを手に掛けて、イネスの母に巻き取らせていた。また、若い男女が明るい夜の灯の下で夢のような輪舞を繰り広げる広間のすみでは、すでに喜びも悲しみも他人にゆだねてしまった年配のご婦人たちが、この恵まれたカップルを見ながら満足の吐息をついた。そして、とっくにその年齢に達しているヘロニモが、これを機会に腰を落ち着けることを心から願った。

挙式の予定された日から一週間前の日曜日、両家の者が集まって、新しいカップルの仕合わせ多い未来を祝う田舎風の昼食会が催された。やがてそれが終ると、女たちはイネスのまわりに腰かけて、嫁入り道具のことを細ごまと尋ねた。そして少し離れたところでは、暑さと酒で顔を赤くした男たちが、カンカン帽で風を入れながら、ヘロニモの選挙戦の細部について打ち合わせを始めた。彼がハネムーンから帰ってきたころ、選挙は終盤戦を迎えるはずだった。イネスは、ブドウ棚の下に即席にしつらえられたテーブルの反対側からヘロニモを眺めた。挙式前の何カ月かは婚約者同士はあまり親しくしてはいけないというのが、遠い昔からのしきたりだった。イネス自身も、訪問や招待、縫い子や贈り物えらびなどの用事を巧みにさばくことに忙しかった。だから、家族の者がひそかに目配せして姿を消した回廊の淡い夕闇のなかで、ヘロニモと唇を合わせるのがせいぜいのところだった。

イネスはブドウ棚の下で、近ごろ甥に生まれ変ったように生気を取り戻したドン・クレメンテの相手を勤めるヘロニモが、オポルトのグラスを飲み干すのを待った。そして、相変わらず彼女を子供扱いする年配者の小言もどこ吹く風、婚約者を誘って、別装の小暗い桃畑の散策をふたりきりで楽しんだ。

イネスは、ヘロニモが面倒な手続きをむしろ楽しんでいる節があるのを理解できなかった。紋章の文様のようにがっちりと型にはまった儀礼、さまざまな習慣や形式が、婚約者としての彼らの関係をどこまでも束縛していた。それらは、実が鈴なりの木の下で抱きあったヘロニモとイネスの姿を、右の円形浮彫りに刻もうとしていた。ただし、この円形浮彫りも、多数の同じもので飾られる無限の小壁の一部でしかなかった。婚約者である彼らは、細ごました個人的な心の動きをはるかに超えた偉大な意図を、一時的に具現する存在にすぎなかった。無垢なイネスの肉体と魂は、彼にうながされてこの最初の円形浮彫りから抜けだし、つぎのそれの豪著な文様のうちに刻まれることを待ち望んでいた。

そうした世界に入っていく心を固めるためには、ヘロニモは多くのことを忘れなければならなかった。彼はイネスへの情熱に動かされて、この習慣や段階や形式の複雑な組み合わせのなかに身を置いた。しかし、ヘロニモ自身がその気になっていたら、より洗練された別の生き方のなかに身を置きえたにちがいない。この確信のせいで、彼は同時に、あの組み合わせのすべてに多少距離をおいた、皮肉な態度を保った。似合いのカップルという、めでたい役割を婚約者と演じることだけに彼は心を遣った。人間の偉さは、進んで犠牲にするものの大きさで決まる。その力は、自分のうちに秘め隠しているものによって決まる。だが、イネスにそんな話をしても無意味だった。

「いいかしら？　あなたをお連れするって、約束してしまったの。回廊でふたりきりでいるとき、あなたを見たんですって。いまだってそこらの木のかげに隠れて、わたしたちがキスするのを見てるわ。王子様みたいだ、とってもハンサムな方だって……」

イネスを黙らせるためにヘロニモはキスした。彼にぴったりと押しつけられて震えているその腹部は、いつか開いて、彼に不滅の命を授けてくれるにちがいない。円形浮彫りで飾られた小壁は、彼の息子や孫たちによって無限に延び広がっていくだろう。ヘロニモは、若い娘の透けるように白い肌や声に、当人が思ってもみない強い性的な魅力を感じた。間もなくそれを独占することになるのだ。ヘロニモはささやいた。

「もうすぐだね……」

「ええ、もうすぐだわ……」

ヘロニモはからだを離し、腕を取って散策を続けた。

「わたしは、あの方と同じ名前になるのね。おかしな気持ちだわ。聖女様と同じ名前になるなんて」

「いったい、なんの話だね？」

「あなたの、そしてわたしの先祖に当たる、イネス・デ・アスコイティアというお方のことよ……あの修道院の……聖女だという評判だわ」

「聞いたことがないね、そんな話」

「あなたがまだほんとに小さいころ、お母様が亡くなられたからだわ。あなたは男だし、こんな話をするのは、たいてい女ですものね」

「君のお母さんの口からも、一度もそういう話は聞かなかった……」

「聖女で、いろいろと奇跡を行った方らしいのよ」

「なぜ知ってるの、君が？」

「ペータが話してくれたのよ。九人兄弟がいたんですって。木の枝を革の紐でくくった十字架を乳母からもらって、大事にしていたらしいわ。修道院が地震から救われたのは、その十字架のおかげだったという評判よ。あなたもペータの話を聞いたら？」

「ペータって？」

「あら、ペータよ、ペータ・ポンセよ。さっきからずっと、彼女の話をしてるのに、あなた聞いていなかったのね。どうせわたしなんて、なんにも知らない、ばかなことしか言えない小娘だと思ってるのよ、あなたは。結婚したら分かるわ……あなたに贈り物をしたいんですって……」

「誰が？」

「いやだわ、ヘロニモ！　ペータ・ポンセがよ、決まってるじゃない。わたしが病気になったとき、ほんとに親身になって看病してくれたこと、何度も話したはずだわ。ママの婚礼用のシーツを縫わせるために、わたしの祖父のフェルミンが農場から連れてきたの。そして、仕事がすんだあとも、裁縫の手伝いをするということで、ここに残されたのよ。あなたにぴったりの贈り物を用意してるらしいの。行ってみましょう」

「いいね。行ってみよう」

彼らはペータの住んでいる場所を捜して、鶏舎や納屋のさらに向こうまで足を運んだ。屋敷もそのあたりになると、実用だけで美観もへったくれもない、小さな建物が雑然と並んでいた。表とはまったく逆だった。イネスがひとつの入口の前で立ち止まった。身内で何かが起こったのにちがいない。その重いドアが突然、特別な意味を持つものになったかのようだった。イネスはふいに振り向いた。

「絶対に、彼女を連れていくわ。ママがゆずってくれたのよ。ここに置いても役に立たないから、そうしたければ、連れていきなさい、そう言ってくれたのよ」

「別に反対した覚えはないけど」

「ときどき、あなたが妙な素振りを見せるからだわ」

「だいいち、彼女がウンと言うかな？」

「ペータ・ポンセはわたしの言いなりよ。あなた、ほんとにかまわないのね？　迷惑はかけないわ、絶対に」

イネスはドアを押した。なかへ入ると同時に、倉のような部屋の猛烈な臭気がヘロニモを襲った。インゲン豆やジャガイモ、エジプト豆やレンズ豆の袋の臭い。ムラサキウマゴヤシや麦わらやクローバーの俵の臭い。タマネギやトウガラシやコショウの臭い。束にして梁からぶら下げたニンニクの臭い……暑い昼間の豊かな外光に慣れた目では、方角の見当をつけることも、円天井の広さを測ることも困難だった。ヘロニモは小さな声でイネスの名前を呼んだ。こだまのように遠くから返事がかえってくると思ったら、すぐそばにいて彼の手を取り、ささやくのが聞こえた。

「ここよ」

ヘロニモはイネスに助けられながら、箱や袋や俵をよけて進んだ。梁から鞍や手綱のぶら下がった高い天井が、闇のなかから徐々に浮びあがってきた。しかし、壁のように立ちはだかった俵に近づくにつれて、天然のものが発散する心地よい匂いは、ある強烈な臭気にとって代わられた。それは、ぼろ着や火鉢の臭い、煮つまった料理の匂い、そして広々とした倉には似つかわしくない、黒く煤けたさまざまな品物の臭いが入りまじったものだった。ひと筋の光線が逆毛だった細い麦わらの山の上を走った。俵の壁のかげになった片すみの道具がいくつか、揺れる蠟燭の灯に照らしだされた。ベッドの鉄の枠の影が、力なく、なよなよと壁の上で踊っている。古いカレンダーや一本だけ残った時計の針の上で息絶えた時間が、同じ壁に並んだ色褪せた聖像画の祝福を受けている。床にべったりすわっていた人間が、コーヒー沸しを火鉢の火に戻した。

「ペータ、わたしよ」

「まあ、よく来てくださいました！」

ぼろの山が寄り集まって、人語でイネスの声に答えた。老婆と若い娘のあいだで、ヘロニモにはとうてい耐えられない会話が始まった。その情景は、とこしえの石の円形浮彫りのどれにもぴったりしないものだった。仮にぴったりする円形浮彫りがあるとすれば、それは別の一連のもののなかだろう。彼の銘刻とはおよそ矛盾するもの、全能の父なる神の左手でもだえる、呪われた不浄の人間たちのもののなかだろう。この場から、すぐにイネスを連れださなければいけない。彼女が隷従と忘却と死に結びついたこの別の一連の円形浮彫りのひとつとなるのを、なんとしてでもはばむことだ。イネスはまだ若い。どうにでも感化されるだろう。

「……ヘロニモがいっしょよ、ペータ」

老婆はヘロニモのそばに寄って、じろじろ見た。

「……わたしたちと暮らすようにって、おっしゃってるの」

「ご迷惑ではありませんか？」

ヘロニモに返事をする余裕を与えず、イネスが、

「大丈夫よ。新しい屋敷は広いわ」

「お嬢様がそうおっしゃるのなら……」

「ヘロニモにプレゼントがあるんじゃない？」

老婆はベッドの下に隠していた荷物を掻きまわし、白い小さな包みをヘロニモの手の上にのせた。

「開けてみてください」

ヘロニモはその言葉にしたがった。ただし、それは時間を稼ぐためだった。光を見ることなく闇に消える宿命を持った物からなる、地下の、左手の、裏の世界とイネスとの関係を絶つにはどうすればいいか、それを考えるためだった。包みのなかから三枚の極上の麻の白いハンカチが現われた。見事に刺繍された縁飾りとイニシャルを見て、彼は身震いした。あのベッドの下から、よくまあ、こんなものが出て来たものだ。これがこの老婆の皺だらけの手から生まれたものだろうか？　これほど美しく立派な三枚のハンカチを見るのは初めてだった……いつか夢でハンカチを見たことがある、こいつがそれだ。この軽さと大きさ。そしてこの品の良さ。そうだ。夢で見たのはこの三枚のハンカチ、現に手にしているこのハンカチなのだ……この老婆は彼の夢のなかに忍び入って、ハンカチを盗んだのにちがいない。そうでないとしたら、いったい彼女は、ある力が隠されているらしいその惨めな世界のどこから、この三枚の見事な品物を生みだす趣味や、腕の良さを引きだしたのだろう？　棒で殴られ

たような驚きとともに、ペータ・ポンセのうちに手ごわい敵を見て、彼はその世界が揺らぐのを感じた。

「いや、ありがとう……イネス、そろそろ戻ったほうがいいんじゃないかな」

「あら、ヘロニモ……あなた、ペータからあの聖女の話、聞くつもりじゃなかったの？　修道院のことなんかも。こんな年寄りでしょう、誰も覚えていないことを、いろいろ知ってるのよ」

「別に聞きたくないね。さあ、行こう」

彼はイネスの腕を取った。

「それじゃ……」

イネスをそこから連れだす前に、ヘロニモは老婆の手に金をにぎらせた。それは皺だらけで醜くくずれた、震える手だった。黄色い爪はささくれていた。だがその手には、なんでもできる、美しいものを創る力さえ秘められていたのだ。これは許されるべきことではない。なぜなら、彼女はそれを創ることによって、彼をいちだん低いところに貶《おとし》めることになるからだ。この三枚のハンカチという、ささやかな美の単なる鑑賞者に引き下げてしまうからだ。外に出たとき、イネスは彼の顔を見つめながら言った。

「なぜ、あんなことをしたの？」

イネスはヘロニモに引きずられながら泣いた。一族のナプキンをしたがえ、二本ならべて張った針金から垂れている白いテーブルクロスの、ひどく長い間道。洗濯場のなかを歩きながら、やっとヘロニモはイネスのからだから手を放した。

「あんなことって、なんだね？」

「あれよ。お金をやったことよ」

「あの女とかかり合うのは、もうやめてほしいんだな」

「だって、ペータはわたしの命の恩人なのよ」

洗濯場は寒かった。桶の青い水や、洗濯ものから雫の垂れた石畳に映える外光には縁のない寒さ。足許の悪さ。イネスが泣こうがわめこうが、ヘロニモはここから出ていくつもりになっていた。ところが、婚約者のまだ幼い手は彼を捕えて放さなかった。

「わたしがとっても小さいころの話よ。フェルミンが生まれるとき、ママの具合がひどく悪くなったの。じゃまだからでしょ、わたしはラ・チンバの修道院へやられたわ。ペータがいっしょだったわ。ところがその修道院で、急にお腹が痛くなったの。そう、このへんよ。それはもう、痛くて痛くて、お腹が裂けるんじゃないかと思ったくらい。いまでもときどき、また痛くなるような気がして、恐ろしくなるの。修道院へ医者が何人も駆けつけたわ。パパもよ。みんなが毎日、来たわ。あんな寂しいところへ、わたしをやらなければ良かった、と思ったのね。でも、もうそこから連れだすわけにはいかなかったわ、重態で。なんの病気か、医者も見当がつかなかったらしいの。ただ、首を振るだけなの。まだとっても小さかったけれど、わたしは、ここで死ぬ運命なんだなって、そう思ったわ。わたしは死にかけてたのよ、ヘロニモ。誰にも原因が分からないし、治せない病気で、死にかけてたのよ。針で刺すような痛みに襲われるたびに、これが最期だと思ったわ。ある晩のことよ。我慢できないくらいひどく痛くなったとき、寝ていたペータが起きあがったの。いまでもよく覚えているけど、暗闇のなかで顔を寄せて、力づけてくれたわ。痛いのをこらえて、わたしは呻くのをやめたわ。すると、怖いくらいしんとしちゃって……修道院ではときどき、そういうことがあるの。わたしは言われるとおり、裸になったわ。そしたら、ペータはわたしのお腹のここに、いいことヘロニモ、痛みのいちばん激しいここに口を当てて、吸い始めたの。何べんも何べんも……ペータが吸うのをやめたとき、わたしのお腹の痛みはすっかり消えていたの。まるで、このへんが空っぽになったみたいだったわ。ペータに言われて、誰にもそのことは話さないって、わたし約束したわ。あなたが初めてよ。ママだって知らないわ。そしてね、そのときとっても不思議なことが起こったのよ。可哀そうに、わたしと同じ腹痛で苦しむようになったの、ペータ・ポンセが。ペータはあれからずっと、あの、わたしと同じ痛みに苦しんできたのよ」

「魔女だよ、彼女は。あの呪われた修道院から、君たちは、君たちふたりは出てはいけなかったんだ。君の心は彼女のために穢《けが》されてしまった。それを浄《きよ》めるのが、どうやらぼくの仕事らしい。手初めに君のママに話をして、これっきりペータ・ポンセに会わせないようにしてもらおう。あの修道院は、すぐに取りこわすように……」

「そんなことさせないわ!」

イネスはヘロニモに一歩近づき、その顔に爪を立てた。ヘロニモは五本の指の思わぬ攻撃にたじろいだ。後ろに下がった拍子にテーブルクロスの一枚にからだがからまり、針金を切ってしまった。濡れてべたつく布が上から落ちかかり、その重みで彼を床へ引きたおした。まつわりつく経帷子からやっと逃れたときには、すでにイネスの影はなかった。頬へやった手が血でまっ赤になった。あの爪の狙ったとおり、深い傷を負ってしまった。痛みがひどかった。彼はペータに贈られたハンカチを出して、血を押さえた。ひとに見られぬように用心しながら、こっそり屋敷を出た。いまさら話を持ちだしたところで、仕方がない。もう手遅れだった。式は一週間後に迫っていた。

婚礼の朝、ヘロニモは左の頬のあざやかな赤い傷跡を隠そうともせず、堂々とメルセ教会の門を潜った。白い花と笑顔の並ぶなかを進んでいったが、その尊大な落ち着いた態度に気圧されてか、会衆のなかの誰ひとりとして、花婿の頬の傷に不審を抱かなかった。

刺繍がふんだんすぎて甲冑のように堅くごわごわした、ウエディングドレスの着付けのさいには、さすがにイネスも興奮した。おかげで一時間ほどのあいだ、ドン・クレメンテの信頼にみちた目の前で、本心を偽って夫への服従を誓うことへの恐怖を忘れていることができた。偶像めいて見えるほどの金色の礼服をまとい、立ちのぼる香煙に包まれたドン・クレメンテは、席に連なるもっとも有力な縁者である神の前で、よこしまな心を起こさぬよう求めたのだった。金箔の祭壇の前に立ち、讃美歌と古くから伝わる神聖なことばの聞こえるなかで、イネスはいつわりの誓いを立てた。自分がこれからすることを、十二分に承知していながらである。先週のことだった。母親は結婚のための心の準備をさせるため、イネスを連れてドン・クレメンテを訪れた。僧侶はイネスに向かって、夫にからだを拒むことは犯してはならぬ大罪である、と教えた。それと気づかずに、イネスの手に格好な得物をゆだねたのだ。

イネスは、ヘロニモがどれほど彼女の肉体を求めているかを、よく心得ていた。そこで初夜の晩に、醒めた冷静な心で、それを夫にたいして拒むという大罪を犯したのだった。彼女自身もまた、夫の肉体を激しく求めていたのだが。東の空の白みかけるころ、そばに横たわった一糸まとわぬ肉体が、ついに夫ヘロニモの正気を失わせた。そうでなかったら、彼女は死ぬまで拒みつづけたかもしれない。イネスは勝ったのだった。ヘロニモはあらゆることを約束した。彼女の望むことは、要求することは、なんでもかなえてやると言った。色よい返事をえたいばっかりに、とうとう何を約束しているのか、自分でも分からないような状態にまで陥った。イネスはそれと察した瞬間に、たとえどんなことがあっても、絶対に、ペータ・ポンセを引き離すようなことはしないと、ヘロニモに約束させたのだった。その夜から、ベッドの上のヘロニモとイネスは、彼らふたりきりというわけにはいかなくなった。ある影、このおれの影、《ボーイ》の影、福者イネスの影が、いつも彼らにつきまとった。あの初夜の晩、彼らを励ましながら勝ちを争っていたのも、実はドン・クレメンテとペータ・ポンセだった。ボール紙細工のでくを操る人形師のような、ふたりだったのだ。

12

彼の四頭の飼犬が鈍い唸り声を上げながら、まだ生きているような、温かい肉片を奪いあっている。それを裂く。地面に置かれたそれに吠えかかり、引っくり返す。よだれで濡れた赤い口。ぶつぶつのある上顎。鋭い牙。細い顔に光っている目。肉片を貪り食った彼らは、愛撫を求めてふたたび彼にまとわりつく……この四頭の犬、狼の影みたいに黒い毛並みをしている。凶暴そのものだ。いかにも純血種らしい、重そうな、恐ろしい脚だな。こいつらの食べる肉と、こいつらが番をしている庭の主人である、おれくらいのものだろう、こいつらがおとなしく言うことを聞くのは。

「もうひと切れやってくれ」

小作人が臓物を投げる。奴らが飛びあがる。くわえそこなう。唸りながら喧嘩などしているからだ……さあ食え。油断するな。喧嘩するんじゃない。あの黄色い牝犬が臓物を狙っているのが分からんのか。噛みついてやれ。殺《や》ってしまえ……痩せた牝犬は、おれの堂々とした飼犬の食べ物のまわりをうろうろしていたが、脚や鼻先が入り乱れた一瞬の混乱を利用して、まんまと肉を奪った。あそこだ。精いっぱいの速さで走っていく。からだを小さくし、震えながら。尻尾《しっぽ》は股のあいだだ。臓物を引きずって空地を越え、礼拝堂の裏手へ消えていく。黒い飼犬たちがこの侮辱を意識する前に、小作人がもうひと切れ、肉片を投げる。飼犬たちの気をそらせ、あの逃げていく性悪な牝犬を守るために、あんなことをしたのだろうか？　あすの選挙では、奴は間違いなく票を売るだろう。おれの肉を食べ、おれの酒を飲みながら、そのあと、おれの敵に投票することは間違いない。奴はおれを憎んでいるんだ。

「あの黄色い牝犬は、お前のか？」

「とんでもねえ、旦那。誰もあいつを飼っちゃあいませんよ」

「誰も飼っていない？　それじゃ……」

「ああして、ときどき入ってきて、台所の中庭の残飯をあさるんでさあ。旦那が黒い犬たちを連れて、馬でお出かけのときにゃあ、庭のほうにも入りこんでる様子ですぜ」

「どうして追いださないんだ？」

「どうしてって、奥様がお許しにならないもんで……」

飼犬たちは満腹して、用水路に沿って生えている冷たい草の上に寝そべる。選挙戦の勝利を祝うために仔牛を屠殺している柵囲いを、彼らは朝のうちずっと離れなかった。そこへあの黄色い牝犬がまた現われた。柵に干されている血の付着した毛皮を舐める。おかげで口がまっ赤だ。暑さにぐったりしたような蠅たちが、べたべたになりながら、やはりその血を舐めている。豚小屋が近くにある。空地の向こう側に見えるあそこでは、豚たちが杭にこすりつけて背中を掻いているにちがいない。黄色い牝犬は文字どおり骨と皮だ。貪欲で、がつがつしていて、満足することを知らない。口に入れるものならなんでも、胸の悪くなるようなものでも、食うだろう。その骨にむしゃぶりつきたいほどの飢えで縮んだ小さなからだで、杭につながれた馬たちの脚のあいだをうろついている。さらに大きな楽しみのえられることを期待しながら、差しあたり、池になった馬の小便を嗅いだり、湯気の立った馬糞の山に鼻の先を突っこんだりすることで満足している。この黄色い牝犬のことで、一度、イネスと話をする必要がありそうだ。このまま放っておくわけにはいかん。イネスだって、こんな薄汚い犬は我慢できないだろう。ベール付きの帽子をかぶらずには外に出ないし、手袋をはめずには小枝にだって触れない女だ。

夜遅く、おれは回廊のイネスのそばに横になった。その脚にビクーニャの毛で織られたポンチョを掛けてやり、別の一枚を取って自分の脚にかぶせた。リンコナーダの庭園の樹木から垂れた影のあいだに、奇妙な記号めいた星が現われた。蛙の合唱がふたりだけの世界を取り巻いて、いっさいの闖入者を寄せつけなかった。

「何を考えてる?」

イネスは軽く背を伸ばした。

「わたし? 別に……」

何も考えていないって、それはいったい、どういうことだ? 何か考えているはずだ。それをおれに言うべきだ。どんなにくだらないことでもいい。たとえば、ラウラの服のこと、カルロスとブランキータ夫妻の仲がうまくいっていないのが気にかかる、というようなことだ。ひょっとすると、君がなんにも考えていないというのは、本当かもしれない。しかし、もっとも親密に打ちとけなければならないときに、何も考えないというのは、自分を守るための構えだ。いいかい、イネス。それは逃げというものだ。君自身の不在によって厳重に封じこめられた意識は、おかげで白紙の状態に保たれる。不安も疑問もそこを汚すことはない……なんでもいいから考えてくれ。ともかく考えて、その頭のなかで考えていることを教えてくれ。そう、あの黄色い犬のことを考えたっていいんだ。くだらないことだが、もし覚えていたら、君にあの犬の話をしよう。もっともそれは、こうしていっしょにいることとは別の場所に、君がいないときでなければならない。その別の場所で君は、恐ろしいほどはっきりした、あることを考えているにちがいないのだ。実は、おれもそのことが頭から離れない。君にたいするこの嘘いつわりのない情熱が、君の思考力を、いや、ぼくの思考力を、すべての思考力を押し流してしまいそうな瞬間でさえそうなのだ。しかし、不在や空白までが押し流されるはずはない。君がいまおれに見せているのは、そういう状態だ。実はおれ自身が君に、それを要求している。真実ではないのだから、君はそれ以外の状態を、このおれに見せてはならないのだ。おれは、君を嫌うようになるかもしれない。憎むようになるかもしれない。そして、君の執念深い経血がこの五年の結婚生活のあいだ拒みつづけて来たものを、別の女のうちに求めるようになるかもしれない。いや、これは有りえないことだ。欠けるところのない幸福以外のものはすべて、激しい恐怖を呼び醒ますはずだ。

青いダイヤモンドが庭園の茂みで光る。消えたと思うと、もっと遠くでまた光る。震えながら近づいて、そこでふたたび消える。やがて暗い植え込みにもっと多数の光が生まれ、しばらく君とおれを見つめているが、それも消える。宝石のものとも、星のものとも、人間の目のものとも思える光。木の葉に隠れていたらしいそれが、ふたたび現われる。数を増していく。ぼんやりと薄れる。暗い灌木の茂みの奥を動きまわる。何かを待ち伏せているわけではない。おれたちふたりを窺っているのだ。いま、ゆっくりと、用心深く、赤やピンクに輝きながらアジサイの茂みをさ迷っているのは、あれはおれの飼犬の目だ。あっちで消えたと思った冷たいふたつの目が、こんどは、もっと近くで、君とおれが横になっている回廊の真下の茂みで、燃えるように光る。君の完璧な横顔を想像させる葉ずれの音のように、か細い一線にじっと並んで、明るくきらめく火花。おれは偶然を装いながら、手を下げて君に触れる。君はその顔を隠す。別の次元へと溶けて消えながら、君はおれを見つづけていたからだ。それらの別の次元は、君の顔のもうひとつの形とも言えるものを、おれに示す。それは何も考えていない。ここにはいないのだから。しかし金色の目は、冷たい目は、黒っぽい茂みで光っている緑や青の火花は、やはりイネスはここにいることを証明している。穏やかな光に戻った目が移動する。強烈に輝いたと思うと、パッと消える。一瞬の閃光のなかにふたりを定着させ、消える。あたりは完全な闇だ。あの目もこれでは見ることができない。いまこそ、おれはやらなければならない。ふたりの幸福への確信以外のすべてを、彼女の内部から消さねばならない。何も、別に何も考えていないわ、とさりげなく呟かれた、あのことばに宿る不安を消し去らねばならない。幸いその余裕はある。木の葉の上で夜露が震えている。その一滴のなかにある瞳か、明るい瞳が、おれたちふたりを眺めてはいないか。遠のいたり近づいたりする、はっきりとした、あるいはぼんやりとした火花。ふたりの幸福を要求する証人たちの目。闇がその幸福にひび入らせるのを恐れるように、おれたちを見守っている目。ふたりの申し分のない愛の成就を見たがっている証人たちを、失望させるわけにはいかない。おれはふたたび君の手に触れる。イネスが身震いしたのを、どうだ、見たろう。たしかに震えたぞ。お前たちはその身震いを、ただ眺めるだけだ。肌で感じることはできない。ここでこうして、おれたちの仕合わせを見せつけられているが、お前たちは所詮、飢えた目でしかない。いやいや、証人であるお前たちこそ主人なのだ。ふたりの快楽の能力をその前で証明しろという要求にこの場でしたがわなければ、お前たちはさっさと消えてしまうだろう。ふたりを眺める目が存在しなくなれば、いっさいが消滅する。おれたちは、黒い飼犬たちに餌として与えているあの肉の一片に成り下がってしまう。飼犬たちは主人の血を嗅ぎ分けることもできなくなるだろう。ふたりの幸福が完璧なものであることを、この場で証明して見せなければ、犬たちはこのわたしを貪り食うにちがいない。おれはイネスの手をにぎる。美しい、冷たい手。それが、堅くにぎり締めたおれの手に応《こた》える。おれは力を入れる。その手を引っぱってアジサイの茂みまで行き、若い連中のようにそこに身を隠す。

「ヘロニモ……やめて……」

「大丈夫だよ」

「家があるのよ。ひと晩じゅうでも……」

「いや、ここがいい」

「心配だわ」

「何が？」

「ひとに見られるわよ」

「ひとって、誰に？」

「それは分からないけど……」

「つまらない心配はよせ」

　ギラギラ光る視線の輪が、おれたちの周囲の茂みに迫る。イネス、心配することはない、あれは証人たちだ。あの青味がかった目、きれいじゃないか。みんなおれのものだ。ギラギラ光る奴らの目の前で、頼む、君を裸にさせてくれ。この木の葉のベッドに横になるんだ。そのための目だろう。裸の彼女をよく見ろ。それからこのおれを！　おれもこのとおり、裸になるぞ。おれを見るのを忘れるな。逞《たくま》しく勃起したこいつに拍手をしろ。そのためにお前たちを飼っているのだ。せいぜい羨め。見ていろ。肌を刺すように冷たい落葉の上のイネスの横に、おれも寝そべる。暗い縁がかった彼女の目を無理やり開けて、ギラギラ光るあの別の目を眺めさせる。おれたちを窺っているその目が宿した苦悩は、おれたちの背丈をいっそう大きくする。この手がお前を愛撫する。この唇がみずみずしいお前の肌を這う。それは温まり、熱くなり、燃える。おれのセックスはお前に溜息をつかせる。お前を呻かせる。何も考えていないことを、忘れさせる。幸福な五年の歳月のあいだ拒みつづけ、いまも拒んでいる空虚を、おれは独り占めする。みんな、彼女の声を、呻きを聞くがいい。イネスは慎みを忘れる。後ろに倒れ、いっそう肌を露わにし、おれにしがみつく。おれの素晴らしい名前を、呟くような声で呼ぶ。おれが押し入るにつれて激しく呻く。ついには、他人の目や耳を忘れて大きな声をあげる。ようやく彼女のなかでかちどきをあげ、おれは無数の目の前に長ながと倒れる黄や緑の目。鋭く氷のように冷たい目。濡れたように光る目は震える。いったん隠れ、ふたたび現われる。もう一度覗きたがっているのだ。茂みのあいだに視線が鬼火のように光るのを見るたびそうだが、おれの力は甦《よみがえ》る……シスター・ベニータ、実はこのおれも、そこに潜んでいたのだ。彼らを覗き見していたのだ。リンコナーダの庭園の闇のなかで燃えていたあの目のうちのふたつ。快楽を高めるために必要だったコーラスのあの瞳のうちのふたつ。たしかに、あの目のうちのふたつ。もっとも貪欲で、苦しげで、激しく傷ついていた目。それは、このおれの目だった。シスター・ベニータ、この目だったのだ。静かに休めるように、しきりにその手で眼瞼《まぶた》をおろしてくれている、熱でうるんだこの目だったのだ……さあ寝るのよ、《ムディート》。寝なさい。ゆっくり寝なさい。目をつむって……あなたは繰り返す……するだけのことをした目は、もう消灯よ。目をつむって休みなさい……しかし、おれは目を閉じることができない。おれの眼窩《がんか》の奥でまだ熱く燃えているからだ。それは、落葉の上で快楽にのたうつ彼らを見ている。耳はとぎれとぎれのことばや、からだの触れあう音に、鼻は愛の香気に夢中になっている。そして手は、あなたがにぎっているこの手は、取り乱したふたりに気づかれずに、二度も三度も愉悦にひたるあの肉体に触れた。やがて茂みのなかの目の光が薄れ始める。ドン・ヘロニモは慌ててそれを捜し求める、光の薄れていく目のなかで力を甦らせるつもりなのだ……どこだ？　どこへ行った？　消えてしまったぞ、イネス。ふたりとも暗闇のなかに取り残されてしまった。おれたちを見ている目など、初めからなかったのかもしれない。ずっとまっ暗だったのだ。いや、ちがう。あそこに黄色い目が光っている。さあ、元のおれに戻ったぞ。君は疲れている。おれも疲れている。しかし、それだからこそいっそう、おれは君がほしいのだ。あの、やにだらけの黄色い目に見せつけてやるのだ。おれは君の奥に入っていく。君は生気をとり戻す。やにだらけの目がすぐそこまで近づく。もっと近づく。もっと、もっと……イネスはついに絶頂に達して叫び声をあげた。シスター・ベニータ、あれは快楽の叫びというだけではなかった。恐怖の叫びでもあった。ヘロニモの顔の周囲に星のように集まった証人たちの、ギラギラ光る視線を見ようとして目を開いたとき、黄色い牝犬の姿が映ったからだった。牝犬はふたりに近づいて体臭を嗅いだ。彼らが落葉の上に残した体液を舐めた。よだれを垂らし、息をあえがせている黄色い牝犬。吹出物や皺だらけの牝犬。目に飢えを宿した牝犬。彼女こそ、あの絶叫を引きだす力の持ち主だったのだ。

山間部のある町、急進党の連中が鉱夫たちに正当な社会的権利を約束していた地区で、何者かが選挙中に投票箱を奪い去るという事件が起こった。その報《しら》せを受けて、ドン・ヘロニモ・デ・アスコイティアの許に集まっていた保守党の有力者たちは、クラブの窓や扉を閉めきることを提案した。党としては、鉱山地区までその勢力下に置くことは考えていなかったのだ。問題の地区が急進党の手中に落ちることは間違いない、と考えられていた。ところが、名前も分からないばか者、おそらく前後不覚になった酔っぱらいか何かが、折から鉱夫たちが投票中の学校へ馬で乱入し、投票箱をさらっていくという、とんでもないことをしでかしたのだ。英雄的な行為とひとり決めしたこの働きによって、ドン・ヘロニモの歓心を買おうとしたのだろう。重大な事態が生じた。クラブの前の広場に大勢の群集が集まったのだ。無知な彼らは、労せずしてえた絶好の機会をとことん利用しようとする急進党の者に、そそのかされたのにちがいない。あらゆる点から判断して、とくに政治的な観点から見て、どんな間抜けにも不測の事件だと分かることを、《カシーケ》すなわち政治ボスである彼らの責任だとして非難し始めたのだ。

この状態では、どんな些細なことでも引き金になって、村々から州の中心の町へ集まった晴着姿の労務者が暴力をふるい、血さえ流すことになりかねない。しかし、酒に酔った群集はまだ広場をぶらぶらしている。タバコを吸い、あちこちに固まって小声で話をしている。差しあたり、彼らが興奮して騒ぎだす動機はない。ドン・ヘロニモ・デ・アスコイティアはその日の午後、クラブから一歩も出なかった。群集が去るのを待ちながら、同志を相手に赤ブドウ酒を何本もあけた。しかし、群集はいっこうに散る気配を見せなかった。やがて、あたりが暗くなり始めた。小声でささやく灰色の塊が、広場の四面に並んだ二列の椰子《やし》の木蔭に集まりだした。しかし、街灯はつかなかった。

ドン・ヘロニモはそこを出て、自家用車に乗り、何事もなかったようにリンコナーダへ帰りたいと思った。事実、彼自身に関するかぎり、何事もなかったのだ。しかし、窓の隙間から外を覗いていた同志たちは、懸命に彼を引き止めにかかった。国のために、党のために、そこに留まって時期を待つべきだ、いまそこから出ていくのは相手を挑発するようなもので、間違いなく大騒ぎになるだろう、と彼らは言った。それにたいして彼は、民衆がまだとまどっているこの最後のチャンスを利用して、いますぐクラブから堂々と出ていくべきだ、と主張した。彼だけではない、みんなもてんでにそこを出て、思い思いの方角へ散っていくべきだ。口を酸っぱくして言っているように、何も悪いことをしたわけではないのだ。さりげなく振る舞わなければいけない。むしろ、投票箱の盗難事件にはまったく関知しないことを群集の心に印象づけるほうが、このさい良い……労務者たちの物の考え方をよく知っている他の有力者たちの意見は、しかし、いまクラブの正面から出ていくよりは、執拗な煽動者が民衆を焚きつけないうちに、こっそり逃げだすべきだ、ということだった。ヘロニモの言うとおりに、ひともなげな態度で外へ出ていくのは、ばかげている。屋根に登って隣へ逃れ、裏の通りへ出たほうがよくはないか。誰にも見咎《みとが》められずにすむだろう。みんなの注意は広場とクラブの入口に向けられているからだ。これなら、横暴な少数独裁の本拠であるクラブを彼らが襲う気になったころには、そこはすでに蛻抜《もぬ》けの殻だ……。

しかしドン・ヘロニモは、その遣り口は無実の罪をみずから認めるようなもので、まんまと敵の術策にのってしまう、せっかくの選挙の結果も台なしになる、と頑強に主張した。大衆は無知で、愚かで、卑しくて、油断がならん。とても信頼できるような相手じゃない。いったいどこの馬の骨が後ろで糸を引いているんだろう？　ドン・ヘロニモといっしょにバーで酒を飲んだり、回廊の蘭の鉢のあいだをぶらぶらしていた、マントに拍車姿の有力者たちは納得しなかった……もう一本、赤をくれ。お前が大事にしまっているあの上等のやつだ。パンチョ、一本も残っていなかったら、並のやつで結構だ。ただし、酸っぱいのは困るぞ。それからポーク・サンドイッチを頼む……旦那、なあんにも残っちゃいませんぜ。パンまで心細くなっちまった。警察が連中を追っぱらってくれなきゃ、間違いなく今晩は、ここで夜明しですよ……警察の奴ら、何をぐずぐずしてやがるんだろう。貧乏人はわたしたちを憎んでいるんだ。見ろ。あそこでこそこそ話しこんでいる。命令する者がいなければ、何かおっぱじめるってことはないだろうが。奴らはわたしたちをねたんでいる。わたしたちからすべてを奪うつもりだ。正当な権利とか要求とか言っているが、要するに強盗団、犯罪者の集まりだろう。のさばらしておいてはいかん。見ろ、楽しそうにしてるじゃないか。もちろん、理屈としても法律の問題としても、今回のことでは奴らに分があるが……ドン・ヘロニモは立ちあがった。

「さあ行くぞ、ウンベルト」

「はい、いつでも」

「この町の電灯は、いったいどうなっているんだ?」

「これもあなたのせいにしかねませんね、連中」

ひと塊の群集は広場を取り巻く椰子の並木道を進んで、クラブの真正面の街路に集まった。何人かの有力者たちは顔をたしかめるために、外を覗いた。誰がそこにいたか覚えておいて、あとで報復をする気なのだ。椰子の茂みの上の空には、わずかながら光が残っていた。同じ広場のクラブの真向かいにある教会の搭が針のように空を貫いているが、車はその下でドン・ヘロニモを待っているのだった。しかし、そこまで行くには、何百人、いや何千人もの人間を掻きわけて進まなければならなかった。彼らは黙りこくって、近づくことを許されないクラブの入口をじっと見ていた……なかはどうなってるんだ? 噂じゃ、酒も食い物も豪勢なもんらしいぜ。トランプの賭けで地所をごっそり取られた、取ったって話もある。ロス・ペドレガレスの役場の旦那は、賭けに負けて自殺したってことだ。そこへいくとおれたちの勝負は、けちなもんさ。賭けたって二、三ペソ。せいぜい、みんなに酒をおごるだけだからな。その酒だって払う金がなきゃ、ドロンだ……。いまは静かにしているが、広場に集まったあの何百人の男は、わたしたちを憎んでいる。きっと、何かやらかすぞ。ポケットに手を突っこんでぶらぶらしながら、小声で話したりしながら、その時が来るのを待っているんだ。彼らの声はここまで届かないが、いずれ聞こえるようになる……やがて、ひとりの男が広場のベンチの上に立って、演説をぶち始めた。虐待、不正、買収、裏切り、といった文句がその口からポンポン飛びだす……先ごろ、わが党の上院議員が亡くなった。今回の補欠選挙は、その穴を埋めるためのものだ。しかし、その経過を見ていると、間近に迫った大統領選挙でも、われわれに弾圧が加えられることは間違いない！　その選挙がどんなものになるか、残念ながら明らかだ。あのアスコイティアのようなにやけた男が……。

「ウンベルト、ピストルはあるか？」

「ええ、あります」

「大きいやつをよこせ」

「どうするつもりですか？」

「ま、ついて来い」

「いったい、何をやるんです？」

「君は、わたしのやるとおりにやればいい」

「気が狂ったんじゃないのか、ふたりとも。何をやるつもりだ？」

「扉のかんぬきをはずしてくれないか」

「奴ら、頭がどうかしちまったんだ」

「ヘロニモ、頼むから……」

「どうした。さっさとかんぬきをはずしてくれ」

ヘロニモ、殺されるぞ。リンチにかけられるぞ。分からないのか。あの群集はわたしたちを憎んでいる。とくに君だ。外に出ちゃいかん。もう少し様子を見るんだ……誰も言うことをきかないので、ヘロニモは自分でかんぬきをはずした。この時代物の鉄のかんぬきは非常に重くて、毎日、雇人がふたりで持ちあげるほどだった。それを彼ひとりでやってのけた。短いジャケットの白い布地の下で腕が盛りあがった。ほんの一瞬だが顔がまっ赤になり、青い目から火花が散った。気づいた者がいるらしく、外の叫び声が小さくなった。

「扉を開けてるぞ！」

「見ろ……」

扉が開いて、ヘロニモが現われた。雨を心配しているように空を仰いでから帽子をかぶった。葉巻を投げ捨てた。石段の上に立って、しばらく群集を眺めた。彼らのあいだでざわめきが起こった。押し合いへし合いしている群集の向こうでも、男たちが声をかけ合っていた……おい、来てみろ。あいつが出てきたぞ。こっちへ来る。見のがしちゃ損だぞ……男たちがあわてて集まってくる。広場の四方から駆けつける。バーは空っぽ、家々の戸は開けっぱなし、町じゅうの人間がドン・ヘロニモ・デ・アスコイティアの顔をひと目見ようと、広場へ押し寄せる。みんなは夢中だ。ポケットに手を突っこんだままお喋りに熱中して、タバコの火が消えたことにも気づかない。いまはともかく彼を見ることだ。広場の中央にある噴水のニンフの像の水口から、水だけが無表情に落ちつづけていた。ひとりの男が迫った。

「さあ、話せ！」

「そうだ、事情を説明しろ！」

「別に説明することはない」

彼は石段を降りた。

「さあ、通してくれ。農場へ帰るんだ。このままここにいても、何もすることはない……」

人前を意識した声ではなかった。打ちとけた穏やかな声だった。これまで何度もあったが、もう時刻も遅い、イネスが心配するといけないから、リンコナーダへ帰ろう、そう言っているのとちっとも変わらない声だった。彼は立ち止まり、ゆっくり時間をかけて新しい葉巻に火をつけた。彼が歩きだすと、群集は後ろに退《すさ》って道を開いた。おれの予想とはちがって、彼は広場の中央で戯れているニンフの噴水のほうへは行かなかった。そうしたほうが車に乗れる場所まで早くたどり着けるのに。彼は何事もないような平然とした足取りで、広場のまわりの椰子の並木道に沿って歩いた。麦わら帽子のかげの暗い顔。酒臭いからだ。怨《うら》めしそうな目付き。まだ振りあげられてはいないが、力の入った拳《こぶし》。彼は群集を分けて進んだ。黒山の人だかりから離れたところにも、ベンチに立ったり電柱に登ったりしている連中がいた。見るだけでなく大きな声で叫んでいるうちに、彼らはしだいに興奮し始めた……奴をぶん殴っちまえ。殺《や》っちまえ。にやけた野郎だ。キンタマを引っこ抜いて……。

「どうして街灯がつかないんだ?」

「もうその時間ですね。町長の責任でしょう」

「いいか、ウンベルト。わたしのするようにやるんだぞ」

「分かりました」

ドン・ヘロニモが教会に近づくにつれて、外側にいる男たちの荒々しい興奮は、しだいに内側の群集に移っていった。帽子が宙で舞った。彼を悪党呼ばわりするドスのように鋭い声、下品な叫び、呪詛。民衆の憎悪のすべてが、ドン・ヘロニモの周囲に集まった群集の中心に向かって投げつけられた。葉巻を吸いながら歩いていく彼は、どれもこれも同じような顔の輪のなかにいたが、それが縮まった。

「通してくれ」

無精髭の大男が訊いた。

「どこへ行く?」

「車だ」

大男は前をどこうとしなかった。

「通してくれないか」

輪がさらに縮まった。いまにも血が流れそうな気配だった。ドン・ヘロニモにもそれが分かった。教会の扉まであとじさりし、それに身を寄せながらピストルをかまえた。

「どういうつもりだ、これは？」

群集は口を閉ざした。

「どうした。言ってみろ。どういうつもりだ？」

ピストルに驚いて、半円の輪の最前列にいる者たちは後ろに退いた。すると彼は、ものに憑かれたように、自分の大胆な行為の効きめにふいに酔ったように、ピストルで半円の人垣を脅迫しながら叫び始めた。

「どうした、すかんぴんのろくでなし！　言ってみろ、わたしが何をした？　なぜ、そんなにいきり立ってる？どういうつもりなんだ？　お前たち頭が悪すぎて、どういうつもりなのか、なぜ怒ってるのか、それもはっきり言えないんだろう。薄汚い貧乏人め、胆っ玉の小さい……」

ナイフの光るのが見えた。マントの下のピストルを探る手。いまにも飛んできそうな鞭、棍棒。にぎりしめた拳。腰をかがめて拾う小石。ドン・ヘロニモを教会の扉に釘付けにする憤怒の眼差し。ところが、その扉がぱっと開いて、落し穴の底に呑まれるように彼の姿が消えた。

なかへ入ったおれは、司祭に手を貸して扉にかんぬきをおろした。怒り狂った獣のような連中の拳が、雨のように教会の扉に振りおろされ、群集の叫び声があがった。

「こちらへどうぞ、ドン・ヘロニモ。はしごを用意してありますから、屋根へあがって、裏の家へ逃げてください。そこで車が待ってます。いや、あなたのじゃありませんよ。気づかれるといけませんからね」

追求する相手が忽然《こつぜん》と消えて、群集は狐につままれたように唖然とした。怒りをぶつける者がいなくなって、すっかり気落ちしてしまった。それでも、しばらくは大声で叫んでいたが、徐々に散り始めた。目標がなくなったのだ。何をすればいいのか、それが分からなくなったのだ。まさか教会の扉をぶち破るわけにはいかなかった。どんなに過激な人間にとっても、教会はやはり教会だった。司祭に助けられて、おれたちは屋根に登った。見おろすと、群集は依然として教会のまわりを取り巻いていた。突然、ひとりの男が叫んだ。

「あそこだ！……あそこにいるぞ！……」

シスター・ベニータ、おれはいまでも、高くあげたあの腕を覚えている。最初に屋根のほうを指差した男の表情を覚えている。屋根を振りあおいだあの視線の、ひとつひとつを覚えている。

「どこに？」

「あそこさ」

群集はふたたび目標を見出した……あそこにいるぞ！　司祭館の屋根の上だ。見ろ、奴だ。ヘロニモ・デ・アスコイティア様が尻尾を巻いて逃げていくぞ……あの気取り屋がそんなまねをするもんか……まあ見てろ……何千もの証人の目が、屋根の上にすっくと立った、巨大な、勇ましいドン・ヘロニモを見た。それは、空に残ったわずかな光を背に、くっきりと浮びあがっていた。

「殺っちまえ！」

一発の銃声が響いた。

見ている数千の目の前で、ドン・ヘロニモ・デ・アスコイティアの勇姿は苦痛で縮みあがった。バランスを失って、司祭館の中庭へ落ちていった。追われている男が転落した屋根は、彼を群集の手に渡して八つ裂きにさせるのを妨げ、みんなの目の見えないところへやってしまったのだ。

連中がすべてそうだと言ってよかったが、思慮のたりないある人間がしでかしたことの重大さに気づいた広場の群集は、その男を突きとめにかかった……誰だ？　誰がやった？　どこのばかがやった？　犯人は誰だ？　お前だろう、ルーチョ……とんでもない。やったのはアナクレートだ……嘘つけ。おれはピストルなんか持ってねえよ。奴だよ……いや、お前だ……ピストルなら、グレーの帽子をかぶったあの男が持ってる……いや、怪しいのはあいつだ。しおたれた口髭を生やしたあの男だ。顔に見覚えがない。奴が逃げだしたぞ……ちがう、別に逃げだしたわけじゃない。奴ならおれが知ってる。蠅一匹殺せない男さ。誰も逃げだすもんか。奴を殺った間抜けな野郎を知ってる者なんていないんだ。突きとめたってしょうがない。どうせ最後は奴らの勝ちなんだから。それにしても、あのドン・ヘロニモは大した男だぜ。きざだかなんだか知らないが、いい度胸だ……あいつ、おれたちを侮辱したんだぞ。おれたちを軽蔑してるんだ。おれたちを抑えつけて、搾取してやがるんだ。大統領選挙のときだって、おれたちを上手に丸めこもうとするさ。奴のほうの候補者に投票するように、おれたちを買収するだろう。奴の酒倉にある酒で、おれたちを酔いつぶしにかかるぞ、きっと。おれたちを牛や馬みたいに荷車で運んで、奴が用意した候補者に投票させるのさ……そうだ、奴をぶっ殺せ……騎馬の警官が犯人を逮捕しに駆けつけたが、誰が犯人なのか、逮捕の理由はなんなのか、見当もついていない様子だった……ようし、誰でもいい、何があったか話してみろ……ともかく、こいつらを退去させなきゃ。千人もの人間を逮捕するわけにはいかんだろう。ところで、上院議員はどこだ？　当選したことは間違いない。ひょっとすると死んでるかもしれんがな……さあ、みんな家へ帰れ。行った、行った、行った！　騒ぎを起こすんじゃないぞ……捜査はあとまわしだ。誰でもいいから、ひとり取っつかまえとけ。かまわん。かまわん。真相なんて絶対に分かりっこないんだ。さあ、みんな散った、散った……やがて、広場はひとっ子ひとりいなくなった。警部は教会の扉をたたいた。だいぶ時間がたってから、司祭が現われた。

「どうぞ、警部。そろそろ来られると思ってましたよ」

これが歴史の本に記録されている事実だ、シスター・ベニータ。新聞にもそんな風に出ていたし、あなたが読んでいるその書物のなかでは、おれもそう書いた。しかし、負傷したのはドン・ヘロニモではなかった。シスター・ベニータ、このわたしだったのだ、実は。

すかんぴんのろくでなし、よかろう、言ってみるがいい、これはどういうつもりなんだ、わたしが何をした、なぜそんなに怒っている、と彼は叫んだ。まだ街灯がついていない広場で、自分に向けられた千の目を見返しながら、そう叫んだ。ところが、おれは彼のポンチョの背後に隠れるように立っていた。おれの姿は誰の目にも入らなかった。彼ひとりが、その気配を見せながら襲っては来ない群集に立ち向かっていた。しかし、シスター・ベニータ、あなたには告白してもいいだろう。おれは熱のある病人だ。病人は何をしても許されるのだから。おれは彼のそばにいたが、実はおれも彼の敵であり、連中の味方だった。彼に怨みを抱いており、憎んでもいた。おれの声は到底、すかんぴんのろくでなし、なんのつもりだ、さあ、面倒がいやだったら、とっとと消え失せろ、などと叫ぶだけの力は持てそうにないからだ。おれは連中の仲間になりたかった。彼のポンチョに護られていたが、おれも彼から侮辱のことばを浴びせられていたからだ。もう一度、名もない大衆のひとりとなること。彼を憎んでいるあの何百人の男のなかで、おれ自身の憎悪を深めること。彼をリンチにかけようとしている連中のなかにまぎれこむこと。刑吏に変わりつつある犠牲者たちの側に立つこと。これがおれの願いだった。だが、シスター・ベニータ、あなたには真実を告白してもいいだろう。あの瞬間、実はおれは、ドン・ヘロニモであること、すかんぴんのろくでなし、と叫んでもおかしくない声を持つことをも願っていた。胸が張り裂けるほど切なく、おれは喜んで彼を連中のなかへ放りこみたいと思った。みんなで彼を八つ裂きにし、その臓物を分けあい、彼の呻きや破滅や幸運の終わりをついばみ、血を啜《すす》りたいと思った。シスター、やろうと思えばできたのだ、おれは――。世間のものはおれが彼の腹心であることを知っていた。なんでもやる、とくに彼が自分では手を下したがらないことをやる、腹心だということ。たとえば、こう叫ぶことだった……この男が張本人だ！　秘書のわたし、ウンベルト・ペニャローサが言うんだ。嘘じゃない。すべてこの男の企んだことだ……もしそう叫んでいたら、彼らは一も二もなく、棍棒やナイフを振りまわして襲いかかったにちがいない。おれたちの足許を、ドン・ヘロニモの血が流れるのを見ることができたろう。

しかしそのあと、おれはどうなっただろう？　おれの顔がようやく自分のものにしようとしていた、まだあやふやな表情は、どうなっただろう？　ドン・ヘロニモ・デ・アスコイティアの存在の一部となろうとしても、その可能性はすべて、あの行動によって消滅させられてしまったのではないか？　少なくともあの時点では、おれは彼の一部だった。彼のそばに立てば目につかないほどの、取るに足らない一部だが、しかし一部であることは間違いなかった。だからこそおれは、連中が恐ろしいが無力な目で彼をにらみ続けているのを傍観していたのだ。そうすることによって、彼の権力の絶大さを反映したあの憎悪のなにがしかが、このおれのものになることは間違いなかったから。

司祭が扉を開けた。おれたちは、なかからかんぬきをおろした。彼は手回しよく中庭にはしごを用意していた。それを使って屋根に登り、そこから車の待っている裏の民家へ移って、人びとの注意が教会に集中しているあいだに逃げだす、という手はずだった。身軽なおれがまず、苔の生えた瓦の具合をたしかめながら登った。しごく簡単だった。司祭館の中庭から屋根の斜面を這いのぼり、反対側の斜面を下ると、そこに裏の民家の中庭に降りるためのはしごが用意されている、というのである。向こうですべての準備ができているかどうか、念のためたしかめるつもりで、おれはドン・ヘロニモに、しばらく待つように言った。しかし、屋根に上がったとたんに、おれは自分を抑えることができなくなった。教会の扉の前にむらがった群集の叫びを聞いているうちに、シスター・ベニータ、おれは自制心を失ってしまったのだ。広場を見おろす棟《むね》の上に、おれは仁王立ちになった。

「ウンベルト……」

ドン・ヘロニモの呼ぶ声が聞こえた。

「気でも狂ったのか？　何をするつもりだ？」

それに答えている余裕はなかった。広場を見おろす屋根の上で一秒、二秒、じっと立っていたおれは叫んだ。

「殺したければ殺せ、すかんぴん！　わたしはここだ……」

おれの叫びは記録にはない。おれの声は聞こえないのだから。おれのことばは歴史に書きとどめられなかった。

しかし、ひとりの男がおれを指差したのだ。屋根の上にすっくと立ったドン・ヘロニモ・デ・アスコイティアを、千もの目がはっきりと見たのだった。銃声が響いた。千の証人たちが苦痛に身をよじるおれを見た。弾丸は腕のここを、数年前にドン・ヘロニモの高価な手袋が触れた場所をかすめたのだ、シスター・ベニータ。傷痕は瘤《こぶ》のように固くなり、紅斑《こうはん》のようにあざやかな血の色をしている。跡が残って当然ではないだろうか？　それは思い出させてくれるのだ、この目と同じように無名の千の目が、おれがヘロニモ・デ・アスコイティアであることを、たしかに見たという事実を。おれが彼の素姓を盗んだわけではない。千の目がそれをおれに与えたのだ。歴史はあの瞬間を、少数者支配の権力が絶頂に登りつめた瞬間として記録した。あれ以後、その力は傾き始めるのだ。歴史をひもとく世間一般の人間は、しかし、保守党に好意的か否かにかかわりなく、ドン・ヘロニモ・デ・アスコイティアがあの日の夕方、民衆の集まる広場で示した大胆不敵さに喝采を送らずにはいないだろう。民衆は、ウンベルト・ペニャローサこそ彼らの尊敬の真の対象であることを、夕映えを背にして彼らを罵倒し、朱に染まった、勇敢な人物であるということを、知らないままで終るだろう。

「ウンベルト、大丈夫か……」

「殺られたんでしょうか？」

いや、おれは殺られはしなかった。激痛に身をよじるとたんに平衡を失って、おれは中庭へところがった。瓦をつかみ、雨樋《あまどい》で辛うじて身を支えた。司祭がはしごを持って駆けつけ、ドン・ヘロニモがそれを登って、おれを抱きおろした。意識を失ったおれは、ベゴニアの鉢と、ヒバリやベニスズメが飛びまわっている美しい鳥籠で埋まった、司祭館の回廊に寝かされた。

シスター・ベニータ、いまだに口惜しくて仕方がない、いわば生涯の最良の時を、その他大勢ではなくて主役だった唯一の機会——ドン・ヘロニモと司祭がおれの袖《そで》を裂き、手当をしてくれた、あの短い時間——を、無意識の状態でやり過ごしてしまったことが。それから間もなく、おれが意識を回復したときには、すでにドン・ヘロニモは自分の腕をまくって、そこに血を、おれの血を、ウンベルト・ペニャローサの血を、なすりつけていた。そして、おれが激痛を感じているちょうどその個所に、繃帯《ほうたい》を巻いていたのだ、シスター・ベニータ、繃帯を巻き終わると、その腕をこちらに近づけて、しぼれるだけの血をしぼろうとするように、おれの傷口を強く押した。勇ましげだがインチキなあの繃帯を、派手に血で染めようという魂胆だったのだ……手早くことを運ばなきゃだめだ、と彼は言った。さもないと、負傷したのはわたしではなくて、お前だということを、感づかれてしまう。なんとしても、この千載一遇の好機をうまく利用しなければいかん。わたしの命を狙ったこの暗殺事件――たしかに、それは彼の命を狙った襲撃だった。どう考えてもおれは、彼の勇敢さをたまたま体現するはめになっただけだった――は、格好の武器を与えてくれた。わたしの違反を責める連中に、これで立ち向かうのだ。警察の者や、わたしの不法行為を責めるにちがいない新聞記者に、血に染まったこの腕を突きつけてやる。どうやら連中が扉をたたき始めたぞ。なかへ入れろというんだろう……たった五分で、おれはその場から片付けられた。はしごを使って屋根の上に運びあげられたのだ……痛くても我慢しろ、ウンベルト。どっちみち大したことはないんだ。お前が負傷したことを悟られるとまずい。あとは自分で這っていって、向こう側に降りてくれ。そして姿を消すんだ。誰もお前のことを訊いたりはしないだろう。そのまままっすぐ、リンコナーダへ帰ってくれ……シスター・ベニータ、それでおれは、農場へ帰ったのだ。あの場から消えたのだ。

ウンベルト・ペニャローサの血で扮装《ふんそう》したドン・ヘロニモ・デ・アスコイティアは、教会の入口へ出てその筋の者を迎え、血に染まった腕を見せながら抗議した。こんな酷い話があるだろうか。すべてを犠牲にして国のために尽くそうとする者がいるのに、その身の安全さえ保障されない。権威というものがすでに存在しないのだ。ごく基本的な法を守ろうとする者さえいないのだ。にもかかわらず、秩序を代表する彼のような人間が犯すはずのない、不法行為があったと言って、世間は彼を糾弾しようとしている。いや、暗殺犯人の捜査はやめたほうがいい。発砲した男は、どうせ大した人間でない。この傷もそうだが。それよりも問題なのは、無知な労働者を利用した反対党の遣り口だ。犯人はただ、身が危うくなると巧みに姿を消す煽動家にそそのかされたにすぎない。連中の目的はもちろん、このヘロニモ・デ・アスコイティアを消すことだった。公正な戦いを進めて、みごと当選した彼を……気前よく声明文を与えられた記者たちは、その場でそれを首府の新聞に送った。朝を待たずに、ドン・ヘロニモと、ベニスズメにかこまれた司祭と、広場の群集の写真、それに暗殺未遂事件を報じるセンセーショナルで長い記事をのせた号外が出た。イネスはその部屋のスーツケースのなかに、すっかり黄ばんだ号外を何部か、いまだに大事にしまっているはずだ。

ドン・ヘロニモは得意満面、騎馬の警官隊を従えて、繃帯した腕を、つまりはおれの血をひけらかしながら、ふたたび広場を渡った。いまはすっかりおとなしくなった証人たちの見ている前で。上院議員、ドン・ヘロニモ・デ・アスコイティア。笑顔を作ってはいたが、その目の縁ややつれ気味な表情には、傷の痛みが読み取れた。もっとも彼自身は頑固に、大したことはない、と言いつづけていた……傷のことなら心配しなくていい。もっと大事なことがあるはずだ……広場や居酒屋ではいち早く、まだ弾丸が抜き終わっていない、骨に喰いこんでいるらしい、あの腕はもう使いものにならんだろう、おそらく切断しなくてはなるまい、いや、そこまでする必要はないだろうが、しかし……といった噂が流れ始めていた……大した男だ、まったく。顔をしかめてもいなかったぞ。ふだんとちっとも変わらなかった。いい度胸だ……世間でいうほど高慢ちきにも見えん。いまに上院でも大立者になるんじゃないか……。

13

ヘロニモが不在で暇ができると、イネスはよくペータ・ポンセのところへ行って、そこで午後を過ごした。ふたりいっしょになると、幼いころの話に花が咲いた。記憶のなかで消えていた人物、遊びとも言えないような遊び、お化け、お祈り、無くてもいいようなものを大事にしまっておくという楽しい仕事……それらのすべてが、老婆の部屋でふたたび甦った。いちばん奥の回廊と中庭の、そのまた突き当たりにある部屋で、ペータ・ポンセはじっと待っていたのだ、シスター・ベニータ。その白壁は漆喰《しつくい》が剝げて日干し煉瓦がむき出しになり、滲《にじ》んだ水気で妖怪めいた顔が描かれていた。あそこで、ここで、起こりえたこと、起こり得ることを教えるように描かれていた。

ふたりの女はリンコナーダの建物の迷宮の奥にひそみ、老婆の隠れ家に閉じこもって、愚にもつかない話に耽った。一方、ドン・ヘロニモは外へ出て、晴れがましい男の仕事に没頭していた。さらに百エーカーの肥沃な畑を灌漑《かんがい》する水路を開くためだったが、人夫たちの先頭に立って駆けずりまわった。採り入れのブドウで全身まっ赤に染まった日雇たちを監督した。新しい酒倉やサイロをいくつも建てた。屠殺場に送られる家畜に焼印を押した。彼はペータの名前を決して口にしなかった。その沈黙の力によって彼女の存在を消してしまっていた。しかし、夫妻が田舎から町へ、あるいは町から田舎へ移るときには、かならずペータ・ポンセがお伴をした。絶望がまだ幸福をひび割れさせていなかった新婚当初は、イネスは乳母を相手に、いずれ生まれる《ボーイ》のための服を編んだり、下着を縫ったり、極上の服にイニシャルやあでやかな花を刺繍したりして、時を過ごした。しかし、世嗣《よつ》ぎの誕生がのびのびになるにつれて徐々に、寄進をしたり、九日間の祈りを繰り返したりしながら、ただ待つよりほかなくなった。また、以前ほどの期待はそこにこめられていないが、編物や縫物を続けるよりほかなくなった。ドン・ヘロニモを相手に、そこに欠けているあるものを口にするわけにはいかなかった。彼らが現に所有する円形浮彫りの完璧な形をゆがめるような話題を、彼が受け付けるはずがないからだ。

その種の話をする格好の相手がペータ・ポンセだった。彼女は、イネスが黙って耐えねばならない悲しみを受け入れてくれたのだ。ふたりはお喋りに熱中した。不妊の日々が長びくにつれて深まる嘆きを共にした。イネスが乳母を相手に過ごす時間は、夫が相手では、とうてい持ちえない性質のものだった。この場合の彼女は、美しくて、上品で、やさしくて、情熱的で、世間の人びとから羨まれるような存在でなければならなかった。しかしその彼女が、午後になると見すぼらしい乳母の部屋へ出かけていって、きりもなくお喋りをし、たしなみを忘れ、どんな願いごとでもかなうというカシアの聖女リータに祈り、めそめそ泣いたりする。それを知ったら、誰も彼女を羨むことはしなくなるだろう。おそらくふたりの女は、自分たちがしていることの意味に気づいていなかった。もっとも、シスター・ベニータ、希望がどれだけ生き、永らえるか、その時間を測るという黙契めいたものがあった、彼女たちはすべてを心得ていた、ということであっても、おれは別に驚きはしない。いずれにせよ、口には出さぬが夫妻の不満はつのり、《ボーイ》が生まれる可能性は廊下の奥に遠のいていった。わたし考えていないわ、何も、何も、何も……ということばだけが、そこでこだましているようになった。そしてそれと平行して、ふたりの女が赤ん坊のために縫う服が小さくなっていった。五年がたつうちに小さく小さくなって、とうとう、ほんとにちっぽけな人形にしか着せられないような服を、縫ったり編んだりし始めた。それだけではない。

彼女たちは慰みに、マッチの厚紙や細い軸を使って、ベッド、テーブル、椅子、たんす、戸棚をこしらえた。パンの屑に色を塗って、ちっぽけな花瓶も作った。なんでも願いごとのかなうカシアの聖女リータや、その他あらゆる力がふたりを見捨てるにつれて、何もかもが小さくなった。最後には、シスター・ベニータ、その道具も服もあまり小さくなりすぎて、ピンセットでつまんで虫眼鏡で覗かなければ、気狂いじみた細部の凝りようも分からないほどになった。イネスがローマから戻ったのではまずいから、この二、三日のうちに、彼女の部屋へあなたを連れてゆき、《ボーイ》の品物を見せることにしよう。嘘ではない。本当のことだ。あなたさえよければ、これから行ってもいい。行けば、おれの話が本当だということが分かるだろう。実はおれは、あの大型トランクの引き出しを残らず掻きまわしてみたのだ。品物をいくつか盗みだして、《ボーイ》が生まれたあと、イリス・マテルーナが住むことになる山小屋の飾りにしたいと思って。麻のシーツ、繻子《しゅす》のベッドカバー、編んだり刺繍したりしたベビー服……すべて、屋敷の奥の一室でイネスとペータ・ポンセがこしらえたものだ。もちろん、カシアの聖女リータや例の福者が、願いをかなえてくれるという望みを捨てていなかったころのことだが。トランクの下のほうの引き出しでは、すべてが、絶望の暦の日付にしたがってきちんと整理されていた。ほかにもいろいろな品物があり、引き出しから引き出しへと移るにつれて、その形が小さくなった……聖女リータ様も、わたしたちのお願いを聞いてはくださいませんね。だったら、イネス・デ・アスコイティア様にお祈りしましょう……あら、ペータ、イネス・デ・アスコイティアは聖女なんかじゃないわ……いいんですよ、聖女や福者でなくたって。聖者ではないけど奇跡の行える霊もあるんですよ。祭壇に飾られてる聖者様よりもっと大層なこと、奇跡が行えるんですよ。聖者になってないこの霊は、いつまでもこの世にいて、消えることなんてありません。わたしたちのそばにいて、いろんなことを教えることもできるそうです。さあ、イネス・デ・アスコイティア様にお祈りしましょう。ご先祖様のあの方にお願いしましょう。どうすればいいか、きっと教えてくださいますよ。だって、このままでは……彼女たちはさらに小さなものを編んだ。福者もまた助けてはくれなかった。助言を与えてはくれなかった。空しい月日が過ぎていくにつれて、小さな品物がふえていった。トランクの最後の引き出しのなかの箱に入れられている服や家具は、さわるのが怖いくらい小さい。こわれてしまいそうなのだ。おれは午後の長い時間を、ここのイネスの部屋で過ごしたものだ。箱が変わるごとに、年や月や週が移るごとに、彼女たちの希望が薄れていく様子が分かった。ちょうど、イネスがペータ・ポンセの部屋でおれに会う約束をしたころだが、ミニチュアを作るようになる、その成りゆきがよく分かった。しかし、いつまでもそれが続くというわけにはいかなかった。そんなに細い糸や薄い板があるはずはなく、それ以上ちっぽけなものを工作したり編んだりするのは不可能だった。ヘロニモが彼自身と妻の周囲にめぐらした完璧な輪を破ることが不可能なように。もうひとりのイネスも過去から声をかけて、途方に暮れているふたりの女の祈りに応えようとしなかったのだ。万事休す。希望はついに消えた。いかなる力も彼女たちを助けてはくれなかった。

しかし、果たしてそうだったのだろうか? アスコイティア家に話が伝わる若い福者。マウレ河一帯の噂のたねになるところを、父親の大きなポンチョの背後に隠れて、忌わしい光輪から逃れることのできた若い魔女。結局は同じひとつのものであるこの存在が、ついに、注意深いペータにある計画を耳打ちしたのだと、おれは信じている。そのふたりに促されて、イネスは選挙の日の夜、この乳母の部屋でおれに会う約束をしたのだ。

ウンベルト・ペニャローサに扮装したドン・ヘロニモが町の広場で得意の絶頂にあったころ、その彼の傷の痛みに苦しむおれを乗せた車は、当時リンコナーダへ通じていたぬかるみの道を、トコトコ走っていた。シスター・ベニータ、彼はおれから傷を奪った。しかし、断言してもいい、傷を奪った者が報いを受けないということはないのだ。一時それを貸せと言われたのなら、おれも喜んで応じただろう、ドン・ヘロニモを尊敬していたのだから。ところが、彼はおれが失神しているあいだに盗んだ。ひとことの話もせずに奪った。おれのものは全部そうらしいが、傷もまた自分の所有物であると信じていたのだ。だが、それを奪い去ることによって、彼はおれを無傷な、五体の満足な状態にしてくれた。つまり、シスター・ベニータ、おれをヘロニモ・デ・アスコイティアに変身させてくれたのは、実は彼自身だった。彼と、広場の目撃者たちの千の目だった。彼と、おれの大胆さを証明する記者たちだったのだ。

イネスは雇人たちの手で揺れているカンテラの光に導かれて、庭園の入口に着いた車のそばへ来た。実はドン・ヘロニモのお伴のとき以外は乗ったことがないのだが、それはともかく、おれは疲労も苦痛も感じていないような身軽さで車から降り……あなた大丈夫？　気分はどう？　ヘロニモは元気なのね。お帰りはいつ？……庭園に面した回廊を歩きながら、黒い犬たちのギラギラ光る目に共に監視されながら、おれは事件の真相を伝えた。ふたたび失神するのではないかと思われるほど、おれは膝ががくがくした。イネスは、そんなおれのもう片方の腕を取った……さ、このヘロニモの長椅子に横になりなさい。脚にショールを掛けてあげるわね。気分がよくなかったら、しばらく付いてますよ。ひどくならなければいいのにね……もし彼女の手がわたしの手に触れたら、何が起こったか。わたしは賞讃の目を意識した。おれという新しい人間への気遣いは、おれの心を燃えたたせた。彼女は熱心にあれこれ訊いた。矢継ぎばやに質問を放った。おれの腕をかすめた弾丸が、いっそ夫の心臓を貫いていればよかった、そう願っているのではないかとさえ思われた、このおれと同じように。シスター・ベニータ、イネスがそんな風に感じたとしても、少しも不思議ではなかったのだ。結局、彼女もおれと同じで、ドン・ヘロニモの召使いでしかなかった。父親を救う息子を産むことがその仕事である、ひとりの召使いだった。

しかし、シスター・ベニータ、あなたとこうして話をしていると、有りえないことだという気がする、イネスがおれと同じように、ヘロニモの死を願ったなどということは。彼女はヘロニモを愛していたのだ。あの晩、庭園を眺めながら、おれは彼女の愛をたしかめることができた。おれはヘロニモだったから、イネスの愛をこの肌で感じたのだ。おれは身震いした。寒いのか、と彼女は訊いた……ええ、少し……実は、夜になってから気温は上がっていた。彼女は熱心に、横になるようにすすめた。おれの寝室のドアまで送ってくれた。完全な入れ替わりが行われるかに見えた。彼女はおれの部屋に入って、夫に身をまかせるのではないかと思われた。しかし、彼

女は外に残って、

「お休み、ウンベルト」

「お休みなさい……」

「あら、忘れるところだったわ。気分が悪くなったり、腕が痛んだら、ペータ・ポンセのところへいらっしゃい。彼女はわたしの秘密を全部知っていて、ちゃんと守ってるの。だから、傷をしたのがヘロニモでなくて、あなただってことを知られても、かまわないわ。あまり寝ないのよ、彼女。いろんなことを知ってて、つまり呪い師ね……」


呪い師、遣り手、魔女、産婆、泣き女、聞き役。老婆たちにふさわしい仕事ばかりだ。彼女たちは縫取りをし、布を織り、話をして聞かせ、口伝や迷信などを伝え、主人の捨てた役に立たないがらくたをベッドの下に大事にしまう。他の人間たちが耐えられない病気、暗闇、恐怖、悲嘆、秘密、孤独、恥などを独り占めにする。おれはそのペータ・ポンセの部屋をよく訪れて、暇をつぶしたものだ。並んで火鉢のそばに腰をおろした。マテ茶を入れるお湯が沸いていた。火の上で角砂糖があぶられ、甘ったるい煙が暗い部屋のなかを漂った。ポットが鳴っていた。ペータはお湯をヒョウタンのなかにそそいだ。マテ茶の葉だけでなく、茴香《ういきょう》の小枝があらかじめ入れてあったが、彼女はしばらく待ち、管で掻きまわしてから、味を見るためにひと口すすった……いい味ですよ、ドン・ウンベルト。お先にどうぞ……おれが飲み終ると、彼女はふたたびマテ茶を入れて自分が飲み、そのあとた葉を加えた。おれはもう一杯熱いマテ茶をすすったが、管が彼女のゆがんだ口からおれの口へじかに移ることに、少しも嫌悪を覚えなかった。マテ茶を介したその接触によって、ヘロニモとイネスの横に並んだおれたちの立場が対称的なものであるという意識が、ますます強められたからだ。おれたちはほとんど口をきかなかった。大学出の作家であるおれがペータ・ポンセのような女を相手に話すことが、果たしてあるだろうか？　誰が病気で、その病名はこれこれで、治療はこの方法しかない、霜が降りだしたが、首府に帰るのはいつごろになる、といったことに話題はかぎられた。イネスやヘロニモのことになると、ふたりの話はとかく別の方向にそれようとし、ある空虚があいだに生まれた。しかしその空虚も、つまらないが意味にまぎれのない会話によって、ただちに埋められた。きのうは曇りだったが、きょうはとてもいい日和である。なぜディオニシオはクビになったのか、ロサルバが休暇から戻るのはいつごろだろうか、この秋は雨がよく降ったので風邪の病人が多かった……そんなつまらぬ話ばかりだったが、それはともかく、ペータ・ポンセの立てるマテ茶は天下一品、思わず手が出てしまうしろものだった。一度そのマテ茶を飲んだら、よそのものはまずくて口がつけられなかった。おれはペータの部屋へ入りびたった。しかし、口にしてはならないあのことについては、いっさい話をしなかった。主人夫妻でさえ触れない話題であり、おれたちは所詮、その召使いでしかなかったからだ。おれはペータのところへ行くと、好んで火鉢のそばの足台に腰かけた。そこは、イネスがやはり腰をおろして、老婆に心の悩みを訴える場所だった。イネスは悩みを吐きだし、それから解放されることによって初めて、満ちたりた結婚の幸福を象徴するあの円形浮彫りの枠のなかの生活を、ヘロニモのそばで続けることができたのだ。おれがペータの許に通ったのは、マテ茶を飲むためだった。あの火鉢の横に腰をすえるためだった。しかし同時に、老婆を介して、イネス・デ・アスコイティア以上に完璧なイネスというものに触れるためでもあった。単なる暗示の形で、さりげないペータのことばを通じて、イネスが救いを求めていることを、ときおりおれは意識させられた。

「きょうは、お嬢様はなんとなく沈んでおいでで……」

「なぜだろう?」

「きょうの午後は、ひどくお加減が悪いような……」

彼女のからだの状態は申し分なかった。

にもかかわらず、様子がおかしいことに、ペータもおれも気づいていた。だが、おれは何も訊かなかった。そのままで押し通すべきだった。おれはこの沈黙の背後に、ある運命がおれのために用意されていると直感したのだ。沈黙を破れば、それは消えてしまうはずだった。時がたつにつれて、老婆がイネスについて繰り返す、ひどい、ひどい、ひどくお加減が悪いようなということばは、執拗な叫びに近いものになった。それは、おれの助けを乞うというよりは、要求した。おれは一介の召使いであり、その給料を支払う者を夫に持っている彼女には、イネスには、おれの奉仕を受ける当然の権利があった……お加減が悪いようだわ。ひどくお悪いようだわ。沈んでいらっして。ひどくおやつれになったようよ。あのまま放っておいたら、どうかなるんじゃないかしら。心配だわ。イネスお嬢様のご様子はただごとじゃ……ところがその直前に、おれはよく、焦茶《こげちゃ》のマクラメのドレスを着たあでやかなイネスが、広間で誕生パーティーの客――もちろん、おれはそのなかにいなかった――の応対をしているのを見ていた。あるいは、見事な馬にまたがった主人夫妻が、どこまでも続く秋のポプラ並木の下を駆けていくのを見ていた。

それ以上に小さな家具を作ったり、シャツを縫ったりすることが、その手に余るようになったころのことである。ペータは心に秘めていたことを、はっきり口に出して言った……ここへお連れしろ、ご先祖の魔女の、これがお告げです。わたしの口をとおして、あの方をお連れするように、命じておられるんですよ。イネスお嬢様、ドン・ヘロニモをここへお連れしてくださいまし。わたしがまだ生きていることをお伝えして、わたしに会いにここへいらっしゃるように、口説いてみてくださいまし。ベッドのシーツは年寄りのからだで汚れて、臭います。マットの下には妙な包みがたくさんあります。暗くてがらくたの臭いがするし、静かといえるかどうか、籠のなかでツグミがひょいひょい跳ねまわったりしていて。でも魔女のお告げなんですよ。あの方がひと晩、このわたしの部屋でいっしょにお過ごしになれば、イネスお嬢様、あなたは間違いなく、みごもることができるんでございますよ。

そのとおりだ。しかし、どうやってヘロニモをこの部屋へ呼ぶのだ？　どういう手で彼をここへ、ペータの部屋へ連れて来るというのだ？　彼の嫌悪によって抹消され、ペータは存在すらしていないではないか。ところが召使いのおれは、ここへ来ることができる。彼はおれの傷を奪ったのだ。そしてイネスは、おれの寝室の入口で別れるさいに、口には出さずに心のうちで言ったはずである、あなたは彼よ、と。

その夜が更けて、ねじり上げられるような腕の痛みで目が覚めたおれは、それは現実の苦痛ではなく、ペータ・ポンセのせいだと確信した。イネスが約束した逢引の場であるその隠れ家へ来るように、また、召使いとしての義務を果たすように、おれに迫っているのだと悟った……そのためにお給金をいただいてるんですよ、ドン・ウンベルト。雇われてるのは、そのためですよ。それくらい、分かっているんでしょ？　さあ、起きなさい。眠ることはできない、いいえ、眠ってはいけないんですよ、ドン・ウンベルト。イネスお嬢様がご用なんですから。わたしの部屋でお待ちです。かならず来てください。もし来なければ、もっともっと腕を痛くしますから。一生使いものにならないようにしてもいいんですよ。来てください、ここへ。待ってますから、いますぐ来てください。来て……いますぐ……。

おれは苦労して服を着た。傷の痛みで腕が自由に動かせないためだった。つぎつぎに現われる中庭、廊下、日干し煉瓦の迷宮、空部屋、使えそうもない部屋、なんの目的なのか何百年も前に造られた無秩序な配置の建物。それらを越えていかなければならなかった。ひどく傷んで白い粉を吹いている土の回廊では、迷うのが当然のように思われたが、しかしおれは迷わなかった。それは、シスター・ベニータ、進むにつれて腕の痛みが薄れて、こちらへ行け、あちらへ行けと、教えてくれるからだった。実はペータがここまで連れてきてくれたのだ。この廊下と土の中庭の奥まで運んで、引きずってきてくれたのだ。腕の痛みが急に消えて、おれは、そこがめざすドアだと知った。おれはドアを開けた。隠れ家は暗かった。火の上で焦げている砂糖の塊から立ちのぼる煙が漂い、籠のツグミのひょいひょい跳ねまわる音であふれていた。屋敷の外回りも畑も、しめし合わせたように静まり返っていた。おれの背中でドアが開き、やがて閉められた。

「ヘロニモ……」

そのとおりだ、おれはヘロニモ・デ・アスコイティアだ。なんなら血の流れる傷口を見せてもいい。おれは彼女を抱きしめた。ペータのベッドへ運んでいった。ウンベルトを跡かたもなく消してしまうためのように、イネスは泣きながら、ヘロニモ、ヘロニモと繰り返した。そして、その名前が繰り返されるにつれて、ヘロニモは大きくなっていった……たしかに、君はウンベルトを消してしまった。しかし、ウンベルトがおとなしく消えたのは、君のからだに触れられるという、これがあったからだ。わたしがヘロニモだ。わたしに触れてみればいい。君はわたしのからだをよく知っているはずだ。何も怖がることはない。わたしはヘロニモなのだ。君さえ許せば、永久にヘロニモでいてもいいのだ……おれはキスしようとした。ところが、彼女は唇をそらした。シスター・ベニータ、まるで汚いものか何かのように、彼女はおれの唇をその顔から遠ざけたのだ。結局、おれはヘロニモでは有りえなかった。おれの巨《おお》きなペニスだけが、ヘロニモだったのだ。彼女もそれを悟った。悟ったからこそ、おれが裾《すそ》をまくるのを許し、股を開いて、その性器をわたしに差しだしたのだ。ヘロニモであるペニス以外のものが彼女に触れるのを避けるため、おれの手が彼女の美を享受するのを許さないため、また彼女に仕える召使いとしてのおれの羨望の念を飽くまで生かしておくため、おれの顔と肉体を自分から遠ざけながらだったが。彼女の口は、ヘロニモ、ヘロニモ、と呼びつづけ、ヘロニモはウンベルトを外に置き去りにして、彼女の奥深くに侵入していった。シスター・ベニータ、おれがおれであることを認めてくれ、と要求する声を、彼女が聞こうとしなかったあの瞬間から、実は、おれは唖《おし》となったのだ……なんとかしてくれ、ペータ！　せめて彼女の手にさわれるようにしてくれ。その力があるのはお前だけだ……しかし、イネスはそれさえ許さなかった。その手で、おれの性器以外のあらゆる部分を遠ざけることに夢中になっていた。ウンベルト・ペニャローサというこのおれは単なる抜け殻にすぎず、彼女にとっては、なんの役にも立たぬ存在だった。だからこそおれは、垢《あか》じみたもの、老いさらばえたもの、がらくた、不潔で下賤なものなどであふれた、この修道院にやって来たのだ。抜け殻を埋めるために……。

回廊の明かりのすべてがともされた。ドン・ヘロニモは四頭の黒い犬がそばで跳ねまわり、吠えるのを横目で見ながら、朝の七時に迎えにこい、その時間には首府へ戻らなければならないから、と言いつけて、車を返す……さあ、ぐっすり眠るか……犬たちは彼の注意と愛撫を求めて、しきりに彼の脚を舐めている。

「あっちへ行ってくれ。くたくたなんだ」

イネスは彼を寝室へ導く。彼は、返事をするのも、自分から口をきくのも億劫《おっくう》な状態で、ひたすら眠ることだけを考えている。時間もだいぶ遅い……疲れた。いやもうくたくただよ。忙しいのなんのって、どうしてこう、しなきゃならんことが多いんだろう。眠るったって、大して時間はないな。どうも気持ちが悪い。この繃帯をほどいてくれないか。イネス、頼むよ。そうだ、全部とってくれ。何を言ってるんだ。腕が痛いわけがないじゃないか。ウンベルトから聞いたはずだ。負傷したのはわたしじゃなくて、彼だよ。ぬるま湯でウンベルトの血を洗ってくれ。ごわごわに乾いた血くらい気持ちの悪いものはない。他人の血だとなおさらだ。スポンジとシャボンで頼む。ここに付いてるこの汚い血をすっかり拭きとってくれ。ま、ほかの人間のものじゃないが。ぼくはそれを買ったんだ、イネス。これぐらいの役には立つと思って、金を払ってウンベルトを雇ってるわけだが、いい男だ、ウンベルトは。よく働いてくれるよ。彼ならなんでもまかせられるだろう。そうだ、何かプレゼントでもしよう。彼がほしがりそうなもの、見当がつくかね？　マントとつばの広い帽子がいいかもしれないな。酒場の友だちのあいだじゃ、作家を気取っているらしいから。頭はたしかにいい。海外へ出たことはないが、それにしちゃ教養もある。感受性もなかなか鋭いようだ。君も知ってるだろ、わたしたちふたりがよく、君には理解できないことを話しあってるのを？　さあ、早くこの腕の血を洗い流してくれ。もう用事はない。人前でさんざんひけらかして来た。役目は終ったんだ。いまではもう、なんの役にも立たんかさぶたさ。ぬるま湯と香水入りのシャボンで洗ってもらって、あす、家を出る前にまた、きれいな繃帯を巻いてもらおう。当分はこのいかさまを続けなきゃいかんからな。お休み、イネス。ぐっすり眠らなきゃ。勝つには勝ったが、あすからが忙しいんだ。

彼らはめいめいのベッドに横になる。明かりを消す。何分かが、いや長い時間が過ぎる。どれくらいの時間なのか、ヘロニモには見当がつかない。夜は伸びちぢみするからだ。目をつぶったり開けたり、その間に眠ったのかどうか、それも分からない。沼をめざして飛んでいくケルテウエ鳥の群れの鋭い声で目が覚めたのにちがいないが、夜中の何時ごろなのか見当がつかない。じっと耳を澄ます。広大な土地が闇から浮かびあがる。彼の財産である雑多なものを、月がひとつひとつ数えあげている。ケルテウエ鳥が戻ってくる。同じ群れだろう。いや、別の群れかもしれない。一頭の馬が見知らぬ男を乗せて、いずこへともなく駆けていく。近くで、あるいは遠くで聞こえる犬の吠え声が、夜の田園のとてつもない広さを暗示する。あの声は家畜囲いのあたりだろう。別の声がもっと西のほうで聞こえる。監督の飼っている犬にちがいない。さらに別の声が近くで、すぐそこで、ツタの這う窓の真下で聞こえる。ガサガサという葉っぱの音が耳につく。この寝室のなかで吠えているみたいだ。まるでイネスが吠えているみたいだ。おや、吠えるのを止めたぞ。鳴くだけになった。窓の下でいつまでも鳴いている。と思ったら、また、闇を裂くような鋭い声で吠える。静かなすすり泣きめいた声がしだいに高まり、けたたましく吠える。とても眠れたものではない。また吠える。その声が月まで達する狼のように、長く尾を引いて吠える。なぜだ？　ゆっくり休養しなければならない今夜にかぎって、なぜ、うるさく吠えるのだ？　なぜだ？外に出された犬がかならず月に向かって吠えるのは、いったいなぜだ？　わけが分からない。なぜ今夜にかぎって、あの犬は月に向かって吠えるのだ、それもこの部屋の窓の下で？　ヘロニモは起きあがる。犬を追いはらうために窓のほうへ行こうとする。

「そっとしておいたら……」

この数時間、イネスが口をきいたのはこれが初めてだ。知っているのだろうか、なぜあの犬が闇のなかで吠えたてるのか、何を月に訴えようとしているのか、何を告げようとしているのか、しろがねの外の闇が何を隠しているのか？　そこでは彼の力の及ばぬさまざまなものが育ち、数を増し、蠢《うごめ》いているはずだが。あの犬がまた吠えるのを、黙って見ているわけにはいかない。ともかく眠らなければならないのだ。あすは首府で、声明を発表するという重要な仕事が待っている。犬がふたたび吠えた。

「あいつのおかげで眠れやしない」

イネスは黙っている。

「どうして、あの黄色い牝犬は、ここの庭から離れないんだろう？」

彼は起きあがり、イネスの返事を待つ。

「……外へ出て、追っぱらって来る……」

「やめてちょうだい」

ヘロニモはふたたびベッドに横になる。黄色い牝犬は誰にも咎められることなく、庭の茂みのなかを走りまわっている。月と語り、鳴いている。向こうへ行ったかと思うとふたたび近づき、彼の窓の下に立って、我慢のならない声で吠える。やがて静かになるが、それも実は静寂ではない。蜘蛛や白蟻や甲虫などが、やはり彼の財産であるあの茂みや木立の下で、生をいとなんでいるからだ。彼らは木の葉の一片を引きずり、巨大な障壁のような落ちた枯枝を乗り越える。穴を掘り、それを白っぽい唾液で蔽う。またたく間に何代もの子孫を産む。木の幹にトンネルをうがつ。あるいは悪臭を放つ、錆色がかったしみを葉裏に広げる。静かだが、すべてが聞こえる。すべてが知覚できる。おや、あの黄色い牝犬が、泥棒犬が、痩せ犬が、また窓の下に戻ってきた。また月に向かって吠えだした。ヘロニモはスリッパに足をのせる。イネスがふたたび言う。

「やめてちょうだい、あなた」

「いや、何がなんでも追っぱらって来る」

ガウンの紐《ひも》を結んでいるあいだに、やらねばならないことをはっきりと悟る。

「殺してしまおう」

「とんでもないわ！」

「君のかね、あの黄色い犬は？」

「いいえ」

「じゃ、なぜ反対するんだ？」

イネスは彼にしがみつき、寝室から出るのを止めようとする。しかし、ヘロニモは彼女を突き放して出ていく。回廊で立ち止まり、口笛を吹いて四頭の黒い犬を呼ぶ……そうだ、黄色い牝犬が無事だったのは、この四頭の見事な犬が、中庭のオレンジの木の下で眠りこけていたからだ。犬たちは駆けつけて、彼の周囲を跳ねまわる。

「静かにしろ！……静かに……さあ行くぞ……」

黒い犬たちはおとなしく命令に従う。足音を忍ばせ、牙を隠して、影のように彼のあとを追う。ゼニアオイの植込み。その向こうの芝生。壁のような月桂樹の木立と、その奥の砂利を敷いた空地。窓の下のそこで、牝犬は月に向かって吠えつづけている。彼がもはやその寝室にはいないことを、罰を下すべく月桂樹の木立に身を潜めていることを知らないのだ。

牝犬は痩せた顔をのけぞらせて中天を仰ぎ、吠えるのをやめる。その声は、みるみる大きくなり、ガサガサ音を立て、そこらを這いまわり、とめどなく数がふえていく生き物の自律的な世界の一部なのだ。名もない虫けらのお喋りは耳についてうるさい。やがて、四頭の黒い飼犬がめざす敵がふたたび吠えはじめる。低く泣いているような声だ。初めのうちだからこの調子だが、彼がその根を断たなければ、いずれ、謎めいた訴えのことばに変わるにちがいない。ヘロニモは牝犬のほうを差して、指を鳴らす。飼犬たちは突進する。たちまち、よだれと脚と血と泥の大混乱が生じる。狼にそっくりな四頭の黒い飼犬は、あっという間に牝犬の息の根を止めてしまった。共犯者である月と牝犬の対話を断ってしまった。

ドン・ヘロニモとおれは翌日、首府へ発った。動かぬ証拠である死体を求めて庭内を歩いてみる、その暇さえなかった。ありていに言うと、その気もなかった。当初のおれは、あの出来事が事実あったことを、露ほども疑わなかったのだ。

それから数カ月後、イネス・デ・アスコイティアのめでたい懐妊を知らされ、おれたちは休息のためにリンコナーダへ戻った。おれはそのとき初めて、月桂樹にかこまれ、砂利の敷きつめられた空地を掃除したと思われる庭師たちに、あのことを訊いてみたいという誘惑に駆られた。だが、誰ひとり、死体のことも、血なまぐさい格闘のことも覚えていなかった。貧しい庭師の手伝いも、いぼだらけで物欲しげなのら犬の死体のことなど、記憶していなかった……さあ、そんなことあったかもしれねえけど、思い出せないね。訊かれたって困るんだな。黄色い犬だったかどうか、ずたずたにされて死んでたかどうか、だいいち、犬の死骸を見たかどうかだって、あやふやなんだから。もう三カ月も前のことでしょう、旦那。そんなことはすぐに忘れちまいまさあ。こんなに広いお庭だもの。汚いごみがそれこそ山のようにあって……。

果たして牝犬は死んだのだろうか？　牝犬はおとりだったとして、イネスは逢引の場に行かなかったというのが事実ではないのか？　あの晩、ヘロニモが寝室からいなくなったのをこれ幸い、イネスがそこを忍び出て――乳母がその身を犠牲にしてえた血まみれのアリバイを利用しながら――、おれに会いに来たという証拠はどこにもないのだ。メルセデス・パローソの語ったとおり、牝犬は死ななかったのではないだろうか。生き延びて、そこらをうろついているのではあるまいか。ここまでおれを追いつめて、外へ出るのを許さないのは、あの牝犬ではないのか。おれ同様に、ひとりの老婆になりすまして、払い清めるべき罪を払い清め、隠すべきものを隠そうとしているのではないか。あなたは知っているはずだ、シスター・ベニータ。あの晩もいつものように、イネスとヘロニモは彼らの寝室で愛の交わりを行った。別のところで大事なことが起こっているというのに、そういう形で一日の労を互いにねぎらったのだ。

ペータ・ポンセのような老婆たちには、時間を重ね合わせたり混乱させたりする力がそなわっている。彼女たちは時間を掛けたり割ったりする。あらゆる出来事はその皺だらけの手の上で、華やかなプリズムに当たったように屈折し、拡散する。彼女たちはものごとの連続的な流れを断ち、その一片一片を平行に並べたり、折り曲げたり、輪にしたりして、自分たちのもくろみに役立ちそうな仕組みを作りあげる。ともかく、イネスにヘロニモの子を産んでもらうことだ。いっさいが崩壊するのを防ぐためには、急がなければならなかった。時間が尽きていまにも破局が訪れようとしている、それは恐ろしい危機だった。ただちに行動に出ること以外には、破局は避けようがなかった。たとえば、手段をえらばず誰かを犠牲にすることだ。ともかく、そのままではだめだった——もっと細い糸を、どこから捜してくればいいのだ？　もっと薄い板や紙があるわけはなかった——そう、たとえば他人を侮辱し、傷つけることでもよかった。他人と入れ替わり、その何かを盗むことでもよかった。愛や幸福とないまぜになった復讐、満足や怨恨や快楽といっしょくたになった報復でもよかったのだ。それにしても、あの夜の出来事を仕組んだのはペータ・ポンセだったと、そして彼女はこれこれの手段を用い、こういうことをもくろんだと、果たして断定できるだろうか？　おそらく、黄色い牝犬は死ななかったのだ。おそらく、おれの肉の一部ですらイネスのそれに触れはしなかったのだ。しかし……。

……シスター・ベニータ、およそ信じられないことが、あのとき実現しようとしていたのだ。おれと父のあの羨望がようやく、なだめられようとしていたのだ。おれの欲望がペニャローサ一族を満足させる唯一の対象を手に入れ、全員が美の単なる傍観者であることをやめて、その分け前にあずかろうとしていたからだ。彼女は闇のなかでにじり寄った。おれは彼女を捕えてベッドへ運び、すでに言ったように、彼女を犯した。ふたりを取り巻いている静寂のはるか彼方で、犠牲になったものの吠える声と、それを噛み裂く黒犬たちの興奮した声が聞こえたように思うが、しかし部屋のなかは静まり返っていた。共寝をしている女のあえぎ以外のものが耳に入ったとは思えない。いや、おれは牝犬の鳴く声など聞かなかったのだ。イネスとヘロニモは彼らの寝室で、おれたちのものとは異なる別の静寂にかこまれながら、愛の交わりに耽っていたのだから。それにしても、シスター・ベニータ、このおれたちというのは、いったい誰だろう？　何者だろう？　あの闇のなかでおれが愛撫した女がイネスであるはずはない。それは別の女、ペータだったのだ。おれにふさわしい相手だというのでイネスと入れ替わった、ペータ・ポンセだったのだ。ガタのきた不潔なからだにぼろ着をまとった、年老いたペータだったのだ。その彼女のなかにおれの太い逸物は押し入って、腐肉を楽しんだ。皺だらけの手や目やにでかすんだ目をそこに見ながら、おれは快楽の呻きをあげ、深く割れた唇を求めた。あの夜の闇のなかにいたツグミの目だけが見たのだ、間近に迫った死によって蝕まれた老婆の割れ目が、おれの生き生きとした逸物を呑み、あの腐肉がおれを受け入れるのを。

達したその瞬間に彼女は叫んだ。

「ああ、ヘロニモ！」

おれも叫びをあげた。

「イネス！」

ペータとおれから快楽は離れていった。光のカップルが宿しえなかった子を、彼女とおれ、つまり闇のカップルがはらんだのだ。すべては老婆の仕組んだことだった。腕の負傷、庭でおれたちを見ていた目、牝犬の吠え声、月の共謀、この部屋や別の部屋の闇の深さ、そしておれの部屋の侘しささえも、彼女の仕組んだことだった。ペータはおれの夢まで操ってくれているのではないか、という希望めいたものを、ときおりおれは抱く。すべてが、ペータの手で仕組まれることによって現実としての力を持つ夢でしかない、そんな風に考えたくなる。イネスの懐妊が事実となるためには、ただそれを夢見ればよかったのだ。彼らと同じ時刻に、ペータとおれが、こんな不潔なシーツの上で、この虫に喰われたマットレスの上で、老婆たちがよくえらぶ隠し場所だが、わけの分からぬ小さな包みをかかえてきしるベッドの上で、交わるまでもなかったのだ。庭師たちが牝犬の死体を発見しえなかったせいで、悪夢の恐怖は、目覚めているおれの意識のなかにまで入りこんだ。犠牲になったはずの犬がおれの周囲をうろつき続けた。ヘロニモでないおれがイネスとカップルを組むことは、到底ありえないことだった。おれの宿命はペータと同じように、愛をたしかめ合うことではなかった。その機械的な行為はともかくとして。イネスがヘロニモの疲れた腕に身を投げかけたとき、彼らは、おれたちのおかげで力を回復したのだった。なぜなら、醜悪なカップルが占める部屋の奥の悲哀をたたえた視線は、羨望にゆがんだ已れの顔に彼らふたりの顔を求めて、たしかにそれを見、この不潔なシーツの上で、使命を果たしたからだ。

シスター・ベニータ、恐怖ほど簡単に忘れられるものはない。理由はいろいろ考えられるが、ことさら言わなくても分かっているだろう。人間は恐怖のないところでは生きていけない存在である。だからこそシスターも、パテル・ノステルや、サルベや、アベ・マリアなどの祈りを捧げるのだ。不安から逃れるために、シスターはその生活を犠牲にし、このご用済みの修道院に身を埋めたはずである。イネスの懐妊が確実なものになったとき、おれも一時、恐怖を忘れることができた。ドン・ヘロニモがおれの男性的能力を奪ったとすれば、おれは彼の権力を奪ったのだ、と考えて、おれは目まいに似たものを感じた。彼の快楽の器官が力尽きたかに見え、恥ずべき突起でしかなくなったのにたいして、おれのペニスは火のように赤く、大きくなった。同じようなことがペータにも起こったにちがいない。犠牲にされた牝犬の死骸が庭から捨てられ、庭師の手伝いたちの記憶のなかの痕跡も消えたとき、ペータ・ポンセは甦ったのだ。ついに女主人が懐妊したことを知った悦びが新しい活力の源となったと、みんなは考えて疑わなかった。しかし、それは事実ではない。おれは、そのへばりつくような目付きや、ひくひく動く唇などを見ているうちに、このいやらしい老婆はおれを求めているのだと、日ましに強く感じた。おれのペニスが、あの夜の部屋の闇のなかで、彼女の枯れた肉体に性を甦らせたのだ。彼女はあの瞬間に、イネスの肉体からそれを奪い、その代償に、ヘロニモの子をみごもるという悦びを与えたのだ。この満足はイネスのなかの欲望を消し去ったが、老婆のそれを掻き立てることになったのだ。彼女はいまでも、執拗におれを追っている。取り戻した欲情を抑えきれずに、あの夜の行為を繰り返すように迫っている。だが、シスター・ベニータ、おれにはその気はない。おれはそれを拒んだ。拒みつづけて来た。おれが望んでいるのは、美しいイネスの肉体なのだ。ぬめらかな肌、ふくよかな胸、この手が夢見つづけるからだの線、ゆたかな髪、腋《わき》のくぼみ、うなじ、心をそそる前のもの、なのだ……いい加減にしろ、ペータ！　付けまわすのはやめてくれ。美しいものにだけ気を起こすこいつが腐りだしたのも、蛆《うじ》の湧いたお前のあそこに触れたせいだ。おれを探しまわるのはやめて、とっととくたばれ！　なるほど、寄るべのない貧しい男だが、お前と似合いだと思われては、迷惑だ。お前に追われるのがいやで、それでおれは、ここに身を隠していたんだ。おれは、シスター・ベニータ、ペータの男ではない。たしかに、色よい返事をしたほうが、彼女の男だと言ってしまったほうが、いいのかもしれない。そうすれば彼女は、おれをそっとしておいてくれるだろう、少なくとも《ボーイ》が生まれるまでは。ペータ、イネスはお前に、赤ん坊を取りあげさせてやると約束した。しかしそれは、多分だめだろう。ドン・ヘロニモがこう言ったんだ……ウンベルト、勝手に思わせておけばいい。ここで逆らうことはない。無知な呪い師ふぜいにイネスのお産に立ち会わせたり、《ボーイ》を取りあげさせたりするわけがないだろう。しかし当分は、そっとしておこう。約束を守ると、ふたりに思わせておこう。そのあいだに、ちゃんとした専門の医者を探すんだ。すべてが終ってから、彼女を追いだそう。あれは、イネスの気をまぎらすためのおもちゃ、縫いぐるみの人形みたいなもんだ。勝手に縫ったり、刺したり、編んだりさせておけばいい。あとでごみ箱へ捨てればすむ。ふたりには何も言わないでくれ、ウンベルト。こういう話ができるのは、何もかも打ち明けられるのは、君だけだ。実は、最近のわたしはイネスとセックスするのが怖いんだ。何しろ子どもがお腹にいるだろう。おかげで、しょっちゅういらいらさ。わたしは、あれは強いほうだ。いつまでも我慢しているわけにはいかん。どうだ、ウンベルト。いっしょに来ないか。イネスを抱くわけにはいかんのだ。あれもいやがるし、ほかの女を相手にするより手がない。すまんが、君が女を見つけてくれ。そうだ、女郎家へ行こう。ちゃんとした女性じゃなくて、飽くまで顔のない女がいい。人目につかない女郎家を見つけて来てくれ。君はこの町は、すみからすみまで知っているんだろう。おかみが吹っかけるだけ金を出して、若い娘を用意させてくれ。君とわたし以外の客は入れさせないようにするんだ。いつものようにうまく手はずをつけて……さあ、ドニャ・クローラの店へ行こう。若い娘が待って……この娘はローサっていう名前だ。そこで見ていてくれ。服を脱がせて、スリップをおろして、ほうら裸だ。このほうが感じるからな。こいつはオルテンシアだ、どうだ、大きなおっぱいだろう。いいおもちゃさ。おいおい、ウンベルト、出ていっちゃいかん。自分の皮膚を剝ぐみたいな感じだが、わたしも裸になるから見ていてくれ。この部屋にいて、わたしもやれるんだということを、ちゃんと見とどけてくれ。君をびっくりさせてやる。君の精力はわたしには及ばんよ。女を悦ばせる手だってそうだ。羨ましいだろうが、その目でよく見ていてくれ。感じないふりをしてるこのビオレータを、メタメタにしてみせるから。君がねたましく思えば思うだけ、こちらは力があふれてくる。こうやって抱きあって、キス攻めだ。何を喋ってるか、そっちで考えてくれよ。それにしても強烈だな、この臭いは。そうだ、手でさわって、その肌で苦痛を味わってくれ。いまのわたしは最高なんだ。ただ、君もよく知っているように、イネスが相手だとうまくいかない。いや、ウンベルト、実はわたしにも分かっているんだ。お腹にいる子どもに悪い影響があってはいけないと思うんだが、これは、年寄りのただの迷信にすぎん。分かっていて、わたしは、《ボーイ》が宿ったあの晩から始まった不能を隠すまたとない口実として、それを利用しているんだ。ウンベルト、わたしの精力を思いのままにできるのは君なんだ。わたしが君の腕の傷を奪ったように、君はわたしの力を奪ってしまった。わたしのそばを決して離れないでくれ。ねたましさであふれた君の視線が、わたしにはどうしても必要なんだ。それでやっと、わたしは男でいることができる。それが欠けると、股のあいだの、しなびた、冷えたこいつじゃないが、からっきしだめなんだ。見てくれ、このざまを……そう言われて、シスター・ベニータ、おれは辛抱づよく彼のすることを眺めた、羨望ばかりでなく軽蔑のこもった眼差しで。つまり、こういうことなのだ、シスター・ベニータ。彼がビオレータやローサ、オルテンシアやリラを相手に、ぼくの視線の黙認のもとに戯れていたとき、ぼくは彼を元気づけていただけではない。また、彼をとおして、彼が抱いている女を抱いていていただけではない。おれの力は彼のなかに深く押し入っていたのだ。逞しい男のなかに侵入し、ホモの相手をさせていたのだ。彼はそうは信じていなかったが、おれはこの視線の抱擁によって、彼によがり声をあげさせたのだ。屈辱的な立場に置くことによって、おれは主人を罰したのだ。おれの軽蔑はますますつのり、彼を醜悪な姿に変えた。ドン・ヘロニモは、彼を這いつくばらせるおれの視線の、ホモの相手を勤めることから逃れることができず、ついにはおれの侵入によってしか満足をえられなくなった……わたしを好きなようにしてくれ、ウンベルト。ただ、わたしを見捨てるのだけはやめてくれ……目撃者にすぎない人間の眠るベッドは侘しい。夜ごとの孤独なベッドのなかのおれは、ペータ・ポンセが部屋の外をうろつき、咳をしたり、痰《たん》を切ったりする物音に気づいた。彼女の足運びは、この修道院の老婆たちと同じように、おぼつかないものだった。おれは、木のかげやドアの背後、細目に開いた窓の向こうで、彼女がおれの様子を窺っているのを見た。こちらが根負けするのを待っていたのだ。とんでもない、根負けなどするものか。あの晩のことをもう一度、繰り返す気はさらさらない。あの場面は実際にはなかったのだ。あれは、妖怪変化の跳梁《ちょうりょう》する悪夢だった。ペータ・ポンセがこの修道院の近くをうろついているせいで、いまもそうだ。おれがここにいることが、どうして分かったのだろう？　おそらく、ダミアナが喋ったのだろう。しかし、彼女がダミアナと知り合いなのかどうか。ダミアナはおれのことを、何も知らないはずだし……。そうだ、ダミアナは派出好きなことで評判の女だった。表ではいろんな噂を仕入れることができるらしい、パンや野菜の袋をかかえた女中たちの、街角や、順番を待つ店のなかでの立ち話から。噂は角から角へと伝わっていく。しかし、いくらペータ・ポンセでも、いまのわたしは分からないだろう。アスーラ博士の手術で顔がすっかり変ってしまっている、この目は別だが。これだけは博士も変えられなかった。悲しみをたたえたこの目だけは奪えなかった。これは、いまもおれのものだ。

ドン・ヘロニモがいくらアスーラ博士に迫っても、これをおれから取りあげることはできなかった。これはおれのものだ。おれに残された唯一のものだ。

しかし、それはどうでもよいことだった。《ボーイ》が生まれようとしていたのだ。お膳立てはすべてととのった。ヘロニモはやっと、満ちたりた結婚の幸福を象徴するあの動かぬ円形浮彫りのなかから、イネスを連れだすことができたのだった。彼はやさしく手を取って、つぎの円形浮彫りのなかへイネスを導いてゆき、前々から定められているポーズを取る。それぞれ父の、母のポーズを取るのだ。一方、架空の生き物、醜悪な妖怪変化であるペータとおれは、見事な紋章のなかの一対の動物のように、その新しい円形浮彫りを両脇から支えるという役割りを果たす。

だが、待ちのぞんでいた嗣子《しし》の顔を見るため、ゆりかごのカーテンを細目に開けたヘロニモは、いっそこの場で殺したほうが、と思った。瘤《こぶ》の上でブドウ蔓《づる》のようにねじれた、醜悪きわまりない胴体。深い構が走っている顔。白い骨と赤い線の入り乱れた組織とがみだりがわしくむき出しになった唇、口蓋、鼻……それは渾沌《こんとん》あるいは無秩序そのものであり、死がとった別の形、最悪の形だった。

14

ドン・ヘロニモ・デ・アスコイティアはリンコナーダの屋敷から、外の世界を暗示する家具、壁掛け、書物、絵などのすべてを運びだすように命令した。決して知ることのない世界を息子にあこがれさせるものが、たとえひとつでも、そこにあってはならなかった。彼はまた、外部と通じるドアや窓をすべて閉め切らせた。いや、一個所だけドアを残させたが、その鍵は誰にも渡さなかった。宏壮《こうそう》な屋敷は、無数の空部屋や回廊や通路だけからなる、虚ろな殻のようなものになってしまった。壁をめぐらしたこの冥府も内側は開けた中庭だったが、ドン・ヘロニモはその中庭からも、金色の実をつけるオレンジの古木、ブーゲンビリア、青いアジサイ、何列にもなったユリの株などを引き抜かせた。そして替りに、自然な繁茂が目につかない、厳密な幾何学的な形に剪定した灌木を植えるように命令した。さらに彼は、屋敷の中心となる場所をかこんで雑然とむらがっている、多くの建物を取りこわさせた。廊下や回廊、中庭や倉庫などが続く日干し煉瓦の汚らしい迷宮を、廃墟にしてしまった。その泥の組織や靭帯のもつれを一度、ほぐすことが必要だったのだ。息子のために用意した四つの中庭の整然とした配置をかこんで、それを辱しめているようなものだが、月日とともに複雑になった絡みを解くことが必要だった。《ボーイ》の召使いを住まわせるためには、子どもの目に絶対に触れない庭園のあちこちに別棟を建てさせた。屋敷の内部から梢《こずえ》が見えそうな木をすべて切り倒させた。それだけではない。いちばん奥の中庭、池のある中庭に高い塀をめぐらすように命令した。そしてこの長方形の池のやはり奥に、灰色の石の狩するディアナの彫像を建てた。それは、彼が細かい注文をつけて彫らせたものだった。せむしで、顎がむやみに長くて、脚が曲がっていた。背中の瘤の上のえびら、皺の刻まれた額の三日月などが目を引いた。ドン・ヘロニモは、そこ以外の中庭も異様な石像で飾らせた。裸のアポロ像は、未来の若い《ボーイ》の曲がった背中や顔を想像して造られたものだった。樋嘴《ひはし》の怪獣めいた鼻と下顎。対称的な耳。兎口《みつくち》。ぶざまな腕。ゆりかごを覗いた看護婦たちが思わず嘆声を上げたほどだったが、だらりと垂れた大きなペニス。《ボーイ》は成長するにつれて、このアポロ像のなかに自分のあるべき姿を認めることは間違いなかった。やがて目覚める彼の性本能は、あの狩するディアナか、ツタのからんだ洞窟の奥でみだらに戯れているが、おできの痕だらけの大きな尻をした、あばた面のヴィーナスに出会うことになるだろう。

ドン・ヘロニモは細かいことまで指図した。《ボーイ》を取り巻くものは、醜かったり、賤《いや》しく下品だったりしてはならない。醜悪と怪異とはまったく別のものである。後者の意味するものは美のそれと対立しながら対等である。したがって怪異は、やはり美と対等の特権を与えられなければならない。ドン・ヘロニモ・デ・アスコイティアがその誕生の日から息子に与えたいと願ったのは、ただひとつ、怪異なるものだった。

彼は町や村、奥地や港、鉱山にまで秘書をやって、《ボーイ》の世界にふさわしい住民たちを捜させた。初めは容易に見つからなかった。異形の者たちはその業を恥じて、惨めな隠れ家の奥深く引きこもってしまうからだ。しかし間もなく、ウンベルト・ペニャローサは畸形の目利きとなった。たとえば田舎のある修道院で、仰天するほど大きな瘤を背負った、信仰のほうは怪しいが頭はいい修道士を見つけた。一、二度そこへ足を運んで彼に会い、高い給料を、畸形が例外ではなく常態である世界での好き勝手な生活で誘惑した。ブラザー・マテオは、僧衣で恐怖をごまかしながら長の年月暮らした修道院を飛びだした。娼家や市場、場末のサーカスなどでは、ウンベルトはあらゆる種類の小人を集めた。大きな頭、古くなった人形のように皺くちゃの顔、短い脚、甲高い声。欲ばりな小人、気位の高い小人、利口な小人……彼はまた、ミス・ドーリー、評判の世界一の大女を発見した。このとてつもなく肥満した愚鈍な女は、よちよち歩きが精いっぱいなくせに、キラキラ光る派手なビキニを着て、おがくずを敷いたサーカスのリングで腐っていた。相手は亭主のラリーという道化で、腕と脚はむやみに長いが、はるか高いところにある頭は、肉のこけたうなじの髪に挿したピンの頭のように小さかった。

魔物が巣窟から姿を現わすのもこの時刻だが、夜になるとウンベルト・ペニャローサは町はずれの公園や空地へ出かけて、ある種の畸形を待ち伏せた。そして、知能までが損なわれていなければ、《ボーイ》のために雇い入れた。たとえば、彼はベルタを見つけた。それは下半身がまったく動かず、異常に太くなった腕と手を使って、トカゲの尾のように地面を這って進む女だった。近所の映画館のいちばん安い席に陣取っているのがよく見かけられた。そこの木のベンチに寝そべって、目を輝かせながら、二本立て、三本立ての映画から人生の知恵を貪っていた。彼はまたメルチョールを見つけた。ごみ捨て場の近くの穴のなかで古新聞や雑誌などを読んでいたこの男は、全身が赤黒い色をしていて、とくに顔では、それがぶちになっていた。最後には、ウンベルト・ペニャローサは意地になって、もっともっと異様な姿をした者たちをドン・ヘロニモの前に連れていった。鼻も下顎もゆがみ、黄色い乱ぐい歯がむき出しになった畸形。巨人症の男たち。亡霊のように肌が透きとおっている白子の女たち。ペンギンの手足とコウモリの耳を頂戴した少女たち。彼らの肉体的な欠陥はもはや醜悪の域を超えて、怪異という、あの高貴な範疇にまで達していた。

彼らが完全に隔離された状態で暮らしているにもかかわらず、間もなく外の不具者のあいだで、どういう気まぐれからか、ある紳士が法外な金を出して、自分たちのような者を雇っている、という噂が流れ始めた。さらに日がたつと、もはやウンベルト・ペニャローサは夜の町に出て、異形の者たちをその巣から狩りだす必要がなくなった。呼ばれもしないのに、彼らがドン・ヘロニモの屋敷に駆けつけて、表で騒々しく押し合いへし合いしながら、面会を求めるようになったからだ。連中は、それまで苦の種だったものに高い値をつけた。問題の屋敷の主人が約束している、およそ屈辱とは無縁なその世界で、ある場所を、ある地位を、ある職務を与えられることを哀訴した。ドン・ヘロニモの許には、手紙や電報、情報や詳しい明細、写真などが殺到した。全国から不具が集まった。山から降り、森から出、地下室から這いあがって、集まった。ときには、はるばる遠方から、外国からさえやって来て、ドン・ヘロニモ・デ・アスコイティアが心掛けているその楽園に自分たちも入れてくれ、と頼みこんだ。

　ドン・ヘロニモの書斎のわきの事務室で、ウンベルト・ペニャローサは眼前に繰り広げられる多様さを楽しみながら、彼らの面通しをし、きわ立った者だけを書斎へ送った。そこにはドン・ヘロニモが控えていて、彼らをじっくり眺めたり話をしたりしたあと、契約書にサインさせるか、追い返すかした。実際には、追い返された者の数はごく少なかった。つまり、自分たちの役目をよく心得た不具を《ボーイ》の周囲に配するだけでは、実は十分ではなかったのだ。これらの一級の不具の周囲に、その面倒をみる二級の不具たちを配する必要があった。パン職人、搾乳係、大工、ブリキ職人、菜園係、雑役……要するにあらゆる仕事に従事する者たちで、彼らがいて初めて、正常者の世界は遠くへ押しのけられ、ついには消滅してしまうのだ。

　ところで、《ボーイ》の世話や教育にあたるあのエリート、一級の不具たちを相手に、ヘロニモがしなければならない微妙な仕事があった。それは、異常な畸形であることが他人の侮蔑や同情の対象となるべき劣等な状態ではないことを、彼らに納得させることだった。ドン・ヘロニモは言った、侮蔑や同情は一次的な反応で、その底には、不具である彼らのような異常な存在を見ることによって生じる、羨望や恥ずべき性的興奮によく似た曖昧な感情が潜んでいるのだと。正常な人間が反応できるのは、ただ、美から醜にまでわたる通常の階梯《かいてい》で、これは言ってみれば、同じひとつのものの微妙なニュアンスの差でしかない。ところが畸形はちがう、とドン・ヘロニモは、その信念で彼らを鼓舞するつもりか、熱をこめて主張した。畸形は、素朴なカテゴリーとしての美や醜の観念を排除する独自の権利と規範を持った、特権的な別の種である。怪異とは本質的に、上のふたつの性質が合一させられ、最大限にまで高められたものだからだ。正常な人間どもは異常なものを前にして恐怖におののく。さまざまな施設やサーカスの檻に閉じこめようとする。その力を奪うために、彼らを軽蔑のなかに押しこめてしまおうとする。ところが彼、ドン・ヘロニモ・デ・アスコイティアは、その特権を倍にして、いや百倍にして返してやるつもりでいるのだ。

この目的で――同じ畸形だが、彼らとちがって、そのために無理解な世界のなかで屈辱を味わうことがあってはならない彼の息子、《ボーイ》の世話をする代償として――ドン・ヘロニモはリンコナーダの屋敷を準備しているのだ。まだ幸福だったころ、秋のこの中庭や並木道をよく散歩していたカップルがいた。彼らの愛は、《ボーイ》のような立派な子どもしか産みえないほど完璧なものだった。子どもはこの灰色の、幾何学的な中庭に閉じこめられたまま成長しなければならない。彼こそこの宇宙の始めと終わり、中心である、それは彼のためにのみ造られた。物心つくころから彼にそう教えこむ召使い以外の人間を、子どもは知ってはならないのだ。たとえどんな理由があろうと、子どもはそれ以外のものを知ることはできないし、知ってはならないのだ。その背丈に合わせて造られなかった世界に生まれ、暮らしてきたために拒否された快楽にたいして、召使いたちが抱く激しい羨望などは論外である。

だが、畸形の彼らは疑い始めた。不運にも犠牲者としての生を経験した世界の抹殺という、夢のような目的のためにわが身を捧げろというが、果たしてその価値があるだろうか？　高い給料をもらっても、また、いまだに身につかないが高い地位を保証されても、どうにもならないのではないか？　近づくのを許されるのが、《ボーイ》がこれから暮らしていく中庭や殺風景な部屋という、浮世ばなれした場所だけだというのでは……いやいや、それはちがう……ま、聞いてくれ、とドン・ヘロニモは説得に努めた。高い給料のほかに、彼らはリンコナーダの残った場所を全部、もらうことになるのだ。そこに、自分たちの世界を造ればいい。道徳、政治、経済、習俗、すべて思いのまま。束縛も自由もお望みしだい。喜びも悲しみもその日の風の吹きまわし。彼が息子のためにひとつの秩序を造ったように、彼らだって、自分たちだけの秩序を、あるいは無秩序な社会を造っていく、完全な自由を与えられているのだ。彼の要求はただひとつ、《ボーイ》に苦痛や快楽、幸福や不幸の存在を、つまりは人為的なこの世界の壁の外に潜んでいるものの存在を、意識させてはならない、また、たとえ遠くからにもせよ、音曲のたぐいをその耳に入れてはならない、ということなのだ。

みんながみんな、ドン・ヘロニモの複雑な意図を理解したとは言えなかった。ある者たちは、過大な要求としか思えぬものに恐れをなして、元いた有刺鉄線でかこわれた空地の隠れ家やイバラの茂みの奥の穴、修道院やサーカスへ戻っていった。しかし、ほかの者たちは彼の話を熱心に聞いて、その意図を理解した。なかでもエンペラトリスは、気の利いた質問をいくつもした。彼女は、最初に呼び寄せられた者のひとりだった。ドン・ヘロニモと血のつながりがあり、零落した分家の出ながら、雑誌や本からえたなかなかの教養の持ち主だった。高級なランジェリーの工場をまかされていて、親指小僧ほどの背丈や大きな頭、よだれで濡れた口許やブルドックめいた糸切り歯、くびれた首などをしているにもかかわらず、女工たちに怖れられていた。ドン・ヘロニモと対等の口をきける、たったひとりの畸形だった。遠いとはいえ親戚なので、じかにドン・ヘロニモに会うことができ、書斎のわきの部屋に控えた秘書をとおす必要はなかった。

「あのウンベルトという男は？」

「ウンベルト？　何か気になることでもあるのかね？」

彼女はタバコに火をつけ、脚を組んだ。

「ええ。わたしたちにたいする彼の立場ですけど……」

「そのことなら、前に話したと思う。彼がここの責任者だ。リンコナーダでのわたしの代理人、いや、君たちといっしょに暮らして《ボーイ》の世話をする、このわたし自身だと言ったほうがいい。来週、最後の集会を開くが、それが終ったら、君たちはウンベルトをとおす以外に、わたしと連絡することは許されない。じかに連絡を取ろうとした場合は、早速、ここから追放だ」

「親戚のわたしも？」

「いい加減にしてくれ、エンペラトリス。親戚、親戚と言うが、ただ、祖母のそのまた祖母が同じなだけじゃないか。ウンベルト自身がこのわたしなのだから、彼も連絡は一年に一度すればいいというわけだ」

エンペラトリスはソファーの灰色のビロードのクッションの上で、からだをもぞもぞさせた。香水のぷんぷん匂うエロチックな人形ではないが、彼女の脚はやっとソファーの縁にとどくほど短かった。

「それだけでは答えにならないわ、ヘロニモ」

「……というと？」

「気になるから、ちょっと話してみたのよ。ベルタやメルチョールと……」

「ほう。それで？」

「はっきり言うと、こういうことなの。ウンベルトは畸形じゃないわ。そこらにうじゃうじゃいる、正常な人間よ。気の毒なことに、ちょっぴり醜男《ぶおとこ》で、風采があがらないってことはあるけど。わたしたちのあいだにまじった彼の立場って、かなり微妙なのよ。分かる？」

「さあ。どうしてだろう？」

「つまり、彼の存在そのものが思い出させるの、わたしたちとはちがった人間を。この調子だと、みんな、彼を憎むことになりかねないわ」

「なるほど。しかし、ウンベルトが君たちのそばにいなければならないというそれには、少なくとも、ふたつの理由がある。ひとつは、不具の世界でただひとり正常だということは、つまり、彼こそ異常な人間だということを意味する。彼は畸形のカテゴリーに組み入れられ、君たちのほうがむしろ正常な人間だということになる。彼は《ボーイ》に、畸形がどういうものか、それを教えてくれるだろう」

「面白いわ。で、もうひとつの理由は？」

「ウンベルトはなかなか才能のある作家だ。しかし、創作に打ちこむだけの余裕も時間も持てなかった。そこでわたしは、《ボーイ》の世界を記録する仕事を彼にまかせることにした。自分の息子を通常の世界から完全に遠ざけるという、わたしの、この大胆な実験の結果を記録させることにしたんだ」

エンペラトリスはタバコの煙を吐きながら、

「そう、ウンベルトは作家なの。知らなかったわ。面白いわ。このリンコナーダの暮らしもまんざらではなさそうね……」


ドン・ヘロニモ・デ・アスコイティアから給料の前払いという形でたっぷり渡された金のおかげで、みんなは、それまでの持ち物を洗いざらい捨てることができた。すさまじい畸形を人目から隠すための安物の三つ揃い、僧服や黒衣、垢じみたぼろ、サーカスや芝居小屋や娼家で着せられていた、晴れがましい服……そんなものをいっさいお払い箱にして、パリッとした服装でリンコナーダの門をくぐった。ベルタに至っては、靴を詰めこんだスーツケースを四個も運び入れた。エナメルの靴、トカゲの靴、ワニ皮の靴。夜会用のものはヒールが高くて色はゴールド、スポーツ靴はヒールが低くて艶消しだった。一日目から評判になったが、本物のダイヤの尾錠がついた一足も含まれていた。とてつもない大頭の怪力男、バシリオはスーパーマンやマリリン・モンロー、チェ・ゲバラなどの模様が入ったポロシャツを、得々として着こんでいた。繻子の海水パンツ、スパイク付きのフットボールシューズ、《チャンピオン・バシリオ》の頭文字の入ったタオルやバスローブなどを、みんなに見せびらかした。エンペラトリスも屋敷に着いて三十分後には、濃い赤のターバンやアストラカンの総《ふさ》付きの帽子、ストロー・ハットや藤色のチュールの帽子などを、取っかえ引っかえかぶったりし始めた。一ダースもの帽子箱に入れて持ちこんでいたのだ。来るそうそうスペイン風の発音でみんなから一目おかれるようになったが、アスーラ博士――額のほぼまん中で光っている満足げな隻眼と、いかにも猛禽類めいた手――は、英国製のスーツ十着をマホガニーのハンガーに吊るした。そして初日から、あまり濃くない、と言うよりはかなり薄いブルーの一着をえらんで着換えをし、庭園を散歩した。ドン・ヘロニモ・デ・アスコイティアの子息の世話をするという条件で高給で迎えられた、この新世界の一角の高い峰々を眺めるその口から、嘆声を発しながら。

　やがて部屋えらびの大騒ぎが始まり、それが決まると、《ボーイ》の中庭や部屋をがらんどうにするために放りだされた品物で、めいめい好みのように飾り付けようとした。執政時代《ディレクトワール》スタイルのきゃしゃな椅子。ロザルバ・カリエラ〔イタリアの女流画家。一六七五～一七五七〕のパステル画。クロード・ロラン〔フランスの画家。一六〇〇～八二〕のサインがあるが、装飾的に描かれた廃墟の夕景。ヴェネツィア風の衣裳戸棚。寄せ木細工の小道具《プティ・モブル》。薄い絹やジェノヴァ産のビロード、クレトン更紗《さらさ》などで作られたカーテン……それらがせりに掛けられ、ひときわ声の大きい者か、ひとを押しのけてもという強引な連中の手に渡った。バシリオだけが、ニヤニヤして、このがらくたあさりに加わらなかった。彼はアバークロムビー＝フィッチ社の特製の寝袋を居間の床に広げ、サッカーチームやコーラスグループの兵で壁を飾った。そして隣の寝室には、トレーニング用のパンチングボールを天井からぶら下げた。

　折から季節は夏だった。セミたちが宏壮な庭園のなかで、誰もが知っている炎暑をテーマにした悪の合奏を楽しんでいた。輪番で《ボーイ》のそばに付いている必要のない畸形たちは海水着を着て、プールに飛びこんだ。ベルタは木の根っこのように開いた手で、メルチョールの赤黒いぶちの浮いたからだにオイルを塗ってやった。それが終ると、こんどはメルチョールがベルタの萎えた脚の、スパングルが虹色にきらめくサンダルを突っかけた爪先まで、オイルをすりこんだ。並んで寝そべった彼らは、黒っぽいサングラスのかげの目を閉じて、口もきかずにからだを焼くことに専念した。日蔭から見ていたエンペラトリスが、白子なので強い陽射しにからだをさらせないメリーサを突っついて、言った。

「なるようになったわね。見てなさい。あのふたりは近いうちに結婚するわ。付添いになってくれって、ベルタに言われたことがあるのよ……そうだ、あの羽根飾り《エグレト》の帽子ならぴったりだわ」

泳ぐのを遠慮した連中は色とりどりのパラソルのかげに身を寄せて、カクテルを飲んだり、芝生の上でクロケットやサッカーに興じていた。《ボーイ》をゆりかごに寝かせつけ、仕事の終わったラリーとミス・ドーリーは、回廊に横になった……タデ食う虫も好き好きね、とベルタが小声で言った。わたしは、あんなラリーみたいな男、ごめんだわ。ひょろひょろしてて、気持ち悪い！……マンハッタンのグラスの底のサクランボを犬のような舌で探りながら、エンペラトリスはうなずいて、

「ほんと。よっぽど趣味が悪いのね！　わたしも、ラリーはまっぴらよ」

15

専門家たちは、学問的な見地からみて、《ボーイ》の誕生は想像を超えた異常な出来事だと断言した。ちぢかんだ小さなからだ、鉤《かぎ》のように彎曲《わんきょく》した鼻や下顎、果肉のように顔面が割れて、口蓋にまで達している兎口《みつくち》……信じられん、まったく信じられん、と医者たちは口をそろえて言った。こういう畸形は生きていても二、三日、せいぜい二、三週間だ。こんな兎口は見たことも聞いたこともない。この曲がった背中、この脚。あらゆる肉体的な欠陥がそのからだに集まった、としか言いようがない。ドン・ヘロニモ、覚悟をしていてください。お子さんは育ちませんよ。そのほうが、むしろいいんじゃありませんか。こういうお子さんを待っている運命は、いまから分かってますからね。

「絶対にこの子を死なさない。先生たちはそのことだけを考えてくだされぱいい。息子のこれからの運命は、このわたしが考えます」

彼がヨーロッパに派遣した者たちによって、彼自身ひどい畸形であるクリソフォロ・アスーラ博士という、この種の症例について詳しい名医のひとりがビルバオで発見された。手許に届いた報告書を読んで、博士は興味を引かれた。給料のとてつもない額を聞いて、その興味はますます大きくなった。アメリカ大陸へ旅行し、そこに何年か留まることは、研究を一時中断することを意味したが、しかしそれは大した問題ではなかった。あらゆる点で豊かになって帰国できるのだ。学問的知識についてもそうだ。このアスコイティア家の患者の症例はまったく特異なものだから、研究は金を儲けてから続ければいい……ひょっとすると、専門の病院を建てたいという夢がかなえられるかも……着いたその日からアスーラ博士は仕事にかかった。《ボーイ》に人工の眼瞼《まぶた》を与えた。顔面を縫合し、使いものになるように口をととのえ、赤ん坊の生命を危うくする解剖学上の異常をすべて修正した。ドン・ヘロニモはしきりにせき立てた……あらゆる処置を早くすませてください、博士。この子に記憶が芽生えて、肉体的な苦痛が、カテーテルや血清、注射や輸血の恐怖が頭に刻みこまれたり、麻酔を意識したりするようにならないうちに……アスーラ博士は麻酔をかけ、メスを入れ、縫合して、ぐちゃぐちゃにくずれた組織のなかから、生きるために最小限必要な器官の形をととのえようと努めた。

ドン・ヘロニモはアスーラ博士に注文をつけた……あらゆる手を打って、《ボーイ》を生き延びさせてほしい。ただ、この点だけははっきりさせておきたい。現に正常ではないものを正常に見せかける、つまり、《ボーイ》を畸形でなくするような卑劣なまねは止めること。その種の試みはすべて、文字どおり皮相な、うわべだけのものので、あらゆる力に見捨てられた息子の屈辱的な状態を消し去ることは、到底できない。少しでも見ばえよく、などと思うのは、見方を変えれば美点とも言えるはずのある欠点を隠す、恥ずべき仮面を息子に無理やりかぶせるようなものだ。

ところでウンベルト・ペニャローサだが、彼は、リンコナーダの庭園の塔——ドン・ヘロニモがイネスの妊娠中に、生まれてくる《ボーイ》に住まわせ、窓やテラスから星を眺めさせるために建てた塔——に陣取った。暖炉の上に、荘厳な夕景を描いたクロード・ロランの絵を飾らせた。ドン・ヘロニモが使っているものとそっくりな、グレーのビロードを張った肘掛け椅子を注文し、かねがね買いたいと思っていた本で棚を埋め、明るい色の絨緞を床に敷きつめた。そして、庭園を見下ろす窓の近くに堅いクルミの大きな机を置き、愛用のオリベッティ、うずたかい原稿用紙やコピー用紙、箱入りのカーボン紙、鉛筆、消しゴム、インク、画鋲《がびょう》、クリップを用意して、いつでも仕事にかかれる準備をととのえた。

初めのうちウンベルト・ペニャローサは首府にちょくちょく出かけた。謎に包まれた最近の羽振りのよさを昔の仲間にひけらかし、いかにもしゃれ者のボヘミアンといった感じのマントとつば広の帽子で、みんなの羨望をあつめた。しかし、下町のカフェにつどう作家や画家の集まりでは、飲むのはたいてい並みのブドウ酒である。もっとも、並みのブドウ酒でなくても、彼は飲めなかった。いまに始まったことではないが、いまいましい胃のせいである。熱を入れて仕事にかかろうとするたびに、胃がおかしくなった。まだ学生のころ、小さな本を書いたときと同じように。酒を飲まないために彼は仲間はずれにされた。それにしても、描くべき現実がある、と思いこんでいるこの三文文士たちの、志の低いこと！　競争心と偏狭な愛国心ばかり強いヘボ絵描きどもの、退屈なこと！　まったく趣味が悪い！　えげつない噂話ばかりしていて、いったいどこが面白いんだ！　この種の集まりで昔は音頭取りだったこともある彼が、しだいにわきに退いて、沈黙していることが多くなった。遠慮している理由をわざわざ尋ねる者も何人かいたが、それには、新しい仕事に時間を取られるだけではない、想像力まで も、と返事をした。

事実そのとおりだった。徐々にではあるが、リンコナーダの世界にかかわりのないことは、彼の関心を引かなくなった。首府に滞在している期間がしだいに短くなった。自分の塔に、クロード・ロラン描くところの廃墟の図がのさばっている書斎に、アスーラ博士やエンペラトリスやブラザー・マテオ相手のテラスでのお喋りに、嬉々として戻った。

ブラザー・マテオは中世の独房の僧侶のように、アスーラ博士の指導の下にウンベルトが考えた精巧な人体解剖図を描いた。各器官の細胞やその機能を示している挿画などはすべて、《ボーイ》がいろいろと物を訊くようになったとき、その質問を封じるためのものだった。彼の完璧な肉体を描いたそれらの図にしたがって、答えるためだった。ある午後、ブラザー・マテオが暖炉の火のそばで、古めかしい天体観測儀と、天地といっても中庭にかぎられていたが、完璧な宇宙図を披露した。しかし、みんなはとっくに、その種のものは不必要だという結論に達していた。《ボーイ》は、その目がそそがれたときから物は生まれ、その目がそらされたときに物は死ぬことを信じて、成長していくにちがいないと思われたからだ。それらの物は、彼の目が知覚したうわべのまやかしでしかない。ちがった生まれ方や死に方などなくて、《ボーイ》は知ってはならぬことばのなかでも、とくに大事なのが、始めや終わりを名指すすべてのことばだった。理由、時、内、外、過去、未来、開始、結末、体系、帰納に類することばはいっさい、ご法度。ある時刻に空をよぎる一羽の鳥も、どこかよそへ飛んでいくのではない。よその場所など存在しないのだから。また、ほかの時刻に飛ぶということもない。ほかの時刻など存在しないのだから。《ボーイ》が生きているのは、呪縛された現在である。偶然や特殊な状況の辺土のなかである。物からの孤立のなかである。いずれ《ボーイ》をある規則にしたがわせ、そうすることによって、無視すべき無限の空虚へと彼を投げ入れることになる、鍵も意味も欠いた瞬間のなかである。畸形はすべて例外的な存在だった。ある種類や類型に当てはめられる者は、ひとりもいなかった。あのベルタ——しばしばエンペラトリスの居間《ブドワール》に入りこんで、仕事のつらさを訴えるベルタ——の役目は、《ボーイ》の回廊を下半身を引きずって歩くか、ベンチにもたれているか、石段にうずくまって、途方もなく大きな頭をした猫をはだけた胸に抱いて愛撫することだった。ベルタは、初めから子どもの目の前にいて、説明不可能なもの、異常なもの、不条理なものの例証とならなければならなかった。

　特権的な恵まれた生活にもかかわらず、ウンベルトは年に一度のドン・ヘロニモとの面会を待ち焦れた。結局のところ充実した経験は、同類とでなければ、やはり不具ではなくて、このからくりの外にいる人間とでなければ、分かちあえるものではない。それに、ともに過ごした長い年月や、思い出や、愛着のあるものなどが……どうだね、《ボーイ》のその後は？　捜してきた連中が言ったとおり、アスーラ博士の腕はたしかかね？　仕事熱心かね？　手術はすんだんだろう？　《ボーイ》は、そろそろ歩き始めたんじゃないのかね？　口がきけるようになったんだろう、もう？……いえ、まだそこまでは。普通の子どもよりは多少時間がかかるようです。もっとも何回かテストをやりまして、もちろんアスーラ博士の話ですが、《ボーイ》の知能は、最初は手術のせいで遅れぎみでも、そのうち急速に発達するだろうということです。

「期待していたとおりなんだね？」

「そうです」

ところでウンベルト、君はどうだ？　満足してるかね？……ドン・ヘロニモが彼のことに気を遣ってくれるのを見てウンベルトは、自分の半身にめぐり合ったような気がした。また年に一度のこの機会にだけ、完全な人間であり得るのだという感想を持った。

「葉巻は？」

「いいえ、結構です」

「じゃ、コニャックは？」

「怖くて……」

「残念だな……」

胃酸過多だか、胃痛だか、胃痙攣だか知らないが、そいつを、アスーラ博士に治してもらうわけにはいかなかったのかね？　気の毒だな……辛抱するより手がないか。ところで、例のリンコナーダの記録は書き始めたかね？……いいえ……まだです、まだ書き始めていません。いまおっしゃった胃痙攣や胃酸過多に悩まされどおしでして、頭に浮んだことを原稿用紙の上に書こうとするたびに胃が痛みだし、何日も寝こんでしまう始末です……もちろん、作品の構成、人物、状況、あるユーモラスな描写、挿話といったようなものは、もう……それらが頭のなかで渦巻いていて、ほとんど四六時中、ほかのことは忘れているくらいで……つねづね芸術家を尊敬しているというドン・ヘロニモに、ウンベルトは包み隠さず告白した……どちらが果たして真の現実なのか、分からなくなりました。内面の現実でしょうか？　それとも外部の現実でしょうか？　現実がわたしの脳裡にあるものを造りだしたのでしょうか？　それとも、わたしの脳裡にあるものが、この眼前のものを造りだしたのでしょうか？　密閉された息苦しい世界。言ってみれば袋のなかに生きているような感じです。麻の布を噛みやぶって、出口を作る。空気を入れる。宿命づけられた場所は、外なのか内なのか、あるいはさらに別のところなのか、それをたしかめる。己れの妄執《もうしゅう》によって閉じこめられていない外の新鮮な空気を、少しでもいいから吸おうとする。どこから自分が自分で有り得、他者であることをやめるのか、それを考える……そんなこんなで結局、胃が痛くなるというわけです。外へ出たい、空気をなかへ入れたいという欲望が胃を噛みやぶる、とでも言いますか……。

「気の毒だな、ウンベルト！」

「仕方ありません……」

仕方がないって、どうして君、根本的に治療しないのだね？　たとえば、君が大いに信用している名医アスーラ博士の手術を受けるとか。彼ならその胃の痛むところを切り取ってしまうことぐらい、簡単だろう……いや、ドン・ヘロニモ、そんな大げさな病気じゃありません。たとえば潰瘍《かいよう》みたいな、ひどいものじゃありません。わたしひとりの想像ですが、まったく別の種類のもので、いまみたいに、ひとところに閉じこめられたような……。

「閉じこめられただって？」

「ええ」

「あの、リンコナーダでかね？」

「昔とはすっかり様子が変わってますから……」

「はるかにきれいになったはずだ」

「かもしれません。しかし、いろいろ物足りない点がありまして……たとえば、よく散歩をした昔の中庭とか、いまも懐かしい回廊とか……」

エンペラトリスはウンベルトの許へバシリオをやって、その日の午後、ぜひお茶をごいっしょしたいと伝えさせ、居間《ブドワール》で彼を待った。ある侯爵が娘のために造らせた十八世紀のものだという話だが、寄せ木細工の小さな書物机の向こうにすわっていた彼女は、ウンベルトが現われるとさっと立ちあがって、愛想よく彼に挨拶した。まげに挿した造花の蘭。毛を抜いて細く見せかけた眉《まゆ》。新刊の『ヴォーグ』の表紙のモデルをまねたのだろう、目の上のマスカラにまぜた銀粉がキラキラ光っていた。ウンベルトは、ソファーの前のテーブルに投げだされていた雑誌をわきにどけて、バシリオがいい香りのする紅茶をのせたお盆を置く場所をこしらえた。

「ジャスミン入りのほうがよかったかしら?」

「いやいや、これで結構。こちらのほうが胃にいい」

「トワイニングなの。おいしいわよ」

「なるほど。トワイニングね」

エンペラトリスはウンベルトの正面に腰をおろした。ふたり分の紅茶を注ぎ、寸の詰まった大根足を組んでから、雄ねじのように皺の寄った指にキングサイズのマールボロをはさみ、客が火をつけてくれるのを待った。ウンベルトは前かがみになって火をつけてやった。ふだんより皺の目立ったエンペラトリスの額が、最初の一服で元に戻った。唾液で濡れた糸切り歯を厚ぼったい唇の端から覗かせて、彼女が微笑みかけた。

「どうかしたのかね、エンペラトリス?」

「いいえ、別に。特別な理由がないと、あなたをお茶に誘っちゃいけないの?」

「バシリオは、ぜひ、早ければ早いほどいいって言ってたけど」

「バシリオは、いつもバタバタしているの。若い連中を集めてサッカーをやる時間がほしいのよ」

ウンベルトはなおもしつこく、この暑い日盛りに、いっしょにお茶を飲みたいというだけの理由で、急に彼を呼び出すとは信じられない、嬉しいし、光栄だとは思うが、と言った。バシリオが居間《ブドワール》を出ていってからだった。エンペラトリスはしかつめらしく、ふたたび額に皺を寄せて、本当のことを話し始めた……実は、問題があるのよ。ほかの者には知られたくなかったものだから、それで信用のおけるバシリオをやったの。電話をしてもよかったけど、コウモリみたいに耳の大きなあの交換手は、盗み聞きばかりしてるって噂だし、この問題は……。

「いったい何があったんだね、エンペラトリス?」

「《ボーイ》が下痢をしたのよ、緑色の」

「そりゃ大変だ。エンペラトリス、すぐにアスーラ博士に相談しなくちゃ。誰かに呼びにいかせよう。いや、まずい。彼の番号は?」

「ちょっと待って……」

エンペラトリスの胸は、これから大事を打ち明けるという決意と、ひょっとすると、ただこれだけのことかもしれなかったが、ピンク一色の居間《ブドワール》で彼のそばにいるという喜びで波打った……アスーラ博士を呼ぶのはあとでいいわ。その前に、ふたりだけで話すことがあるの。アスーラ博士はこの一年ほどのあいだに、《ボーイ》に興味を失ったらしいわ。手術、手術で、一日も患者から目が離せなかったけど、その必要がなくなったでしょう。彼の仕事は終わったってことね。なぜビルバオの研究所に戻って、研究を続けないのかしら?　聞いてるほうがうんざりするくらい口に出して、懐かしがってるくせに。実を言うとね、このリンコナーダにうようよしてる百貫デブのひとりと関係したのよ、去年のことだけど。

「そして最近では、誰彼おかまいなしなの。ほんとよ、ウンベルト。あなたもよく知ってるわね。ここから下は全然感じないベルタにまで手を出してるの。ブラザー・マテオの誕生日のお祝いに、賑やかにパーティーをやったでしょう。そこでベルタがベロベロに酔ったときに……」

「ぼくは、そのパーティーには出ていなかったから……」

「そうね。あなたはパーティーには絶対に出ないわね。これからは、わたしもそうするわ。ほかの者がみんな浮かれているときでも、あなたとわたしは冷静でないといけないんですもの」

あなたとわたし。エンペラトリスがついに持ちだした、おぞましい相称性。前々からほのめかしてはいた。彼のそばに来るたびに軽く波打つその胸で。彼の好きそうなものをあれこれ、まめに捜してきてくれた。たとえば、なかなか手に入らない高級な紅茶だ。彼が気に入っているカルテット・レーナー演奏の四重奏曲十五番を、誕生日の祝いに贈ってくれたこともあった。しかし、あなたとわたし、とはっきり言ったのは、こんどが初めてだ。

「その話はともかく、こういう大事なときだ、まずアスーラ博士に……」

「それはだめよ、ウンベルト……」

彼は、エンペラトリスが仲間を除け者にして、何もかもひとりで取りしきるつもりでいることに気づいた。少なくとも当初は、一級の不具のあいだには平等な関係が存在した。集まって宴会や仮面舞踏会を開いた。プールに入ってパチャパチャやったり、全員参加ののどかなピクニックに出かけたりした。ところがその後、エンペラトリスのお茶に呼ばれるか呼ばれないかで一群のエリートが生まれた。その範囲がせばめられ、せばめられていくうちに、ついにベルタとメルチョールもはじき出されてしまった。現在ではふたりは、ろくに口もきいてもらえない。このあいだはブラザー・マテオのことを、どうのこうの言っていた……こんどはアスーラ博士の番か。おつぎは誰だ？　まさか、おれではないだろうな。

「アスーラ博士は追いだすべきよ、ウンベルト。《ボーイ》もそろそろ四つ、やっと喋り始めただけだけど、予想どおり、グングン知恵がついてるわ。日ましにテンポが速くなるみたい。そこへこんどの、この緑色の下痢でしょう。みんな、アスーラ博士の怠慢のせいよ。《ボーイ》の成長に合わせてパンがゆの作り方を変えなきゃならないのに、いい加減に放ったらかしてたのよ、きっと」

食事の楽しさを、いや、食事の味気なさをも感じさせないために、《ボーイ》には生まれたばかりのそのときから、すりつぶして漉《こ》した食べ物を与えていた。たんぱく質、鉄分、カルシウム、各種のビタミン。与えられるべき栄養分を含んだ食べ物は、どれもこれもヴァニラで味付けされて単調そのものだったが、おかげで《ボーイ》は、消化器の病気にかかったことは一度もなかった。それなのに突然、緑色をした便が出たというのには、何か理由が……。

「ミス・ドーリーには訊いてみた？」

「彼女のほうがアスーラ博士より、どうすれば元気になるか、ようく知ってるはずですわ。出産してからとても元気になって、いままでよりもうんと働くようになりました。みんながああだと……」

「で、生まれた子どもは？」

「男の子よ」

「いや。こちらが訊いてるのは、かたわか正常かという……」

「残念だけど、こんども正常。手許に置くわけにはいかなかったわ。ミス・ドーリーの唯一の欠点ね。しょっちゅう妊娠はするけど、生まれる子は彼女にもラリーにも似てなくて、結局、最後は愁嘆場よ。あんな大きなからだでしょ。象みたいに、もっと長く子どもをお腹にかかえていたらどうなのかしら。十カ月ごとにあの騒ぎじゃ、ほんとにやりきれない」

バシリオがお茶を片付けるあいだ、エンペラトリスは話をやめた。逞しい胴、短い脚、オランウータンのような腕、突きでた下顎。巨人症の大男が出ていくのを視線で追った。エンペラトリスの情夫だというが、本当だろうか？　事実であっても、少しもおかしくない。ウンベルトの想像だが、エンペラトリスはからだこそ小さいけれども、実に好色な女なのだ。バシリオがドアを閉めたとたんに、エンペラトリスは意地の悪い微笑を浮べて、

「片付けなければならない別の問題が、あの男よ」

「あの男って、バシリオのこと？　いい男だと思うけどな」

「人が好すぎるのよ。二級や三級の畸形、ひょっとすると四級や五級の畸形のなかからも駆り集めてきたんじゃないかと思うけど、若い連中を引き連れて、庭でトレーニングをやってるわ。陶器の人形みたいな顔をしてる、赤毛の、あのちんちくりんのせむしに、プールでクロールを教えているわ。あなたも見たでしょ？」

「頼む、エンペラトリス。そんな話はやめてくれ！」

「そうなのよ、ウンベルト！　なんとなくいやらしい感じなの。これでもわたしは、ほんとに女らしい女でしょ。よけいよ」

「そんなことより、エンペラトリス、いまのぼくたちには、心配しなきゃならないもっと大事なことがあるんじゃないかな」

「たとえば、緑色のウンチのこと？」

ウンベルトは吹きだした。エンペラトリスは、毛を剃ったばかりの柔らかい腋《わき》の下を見せつけるように、いつも指輪をはめた手を上げて造花の蘭の具合をなおした。

真夏の陽射しは強くて、藤色のチュールの帽子をかぶっているだけのエンペラトリスは、腹や胸、脚や肩に焼けるような暑さを感じていた。最初のうちこそ、ベートーヴェンの四重奏曲についてのハックスの意見とやらを熱心に聞いていたが、しだいに会話に身が入らなくなった。下腹の毛の生えているあたりが猛烈に痒《かゆ》くて、掻きたくて仕方がないのを、爪を嚙んでやっと我慢していた。残念なことに規則で、着衣のまま《ボーイ》の中庭や部屋へ入っていくことは許されていない。服を着れば少しは引き立つが、裸の彼女はなんともぶざまだ。とっても軽くて大きな帽子をかぶるのを許されているだけでも、ありがたいと思わなければならないかもしれないが、ウンベルトと肩を並べて狩するディアナ像の池のまわりを歩きながら、彼女はまるでキノコになったような気持ちだった。下腹を思いきり掻きたい。頭にあるのは、いましたいと思うのはただそのことだけで、会話どころではなかった。しかしウンベルトの見ている前で、それもベートーヴェンの四重奏曲の話をしている最中に、そんなことができるわけがない。

犬を引きつれたディアナ像の裏にまわり、いちばん奥の中庭を取り巻くツタで蔽われた塀のあたりに来て初めて、涼しい風がかすかに吹いているのが感じられた。庭師を監督しなければならないラリーがたまたま手入れを怠っているためだろう、まるで滝を見るように、ツタは茂りほうだいに茂っていた。ここならば、こっそりあそこを掻くことができそうだ。ゆっくり歩きながら、ウンベルトにアダジオの曲を口笛で吹かせる。彼は口笛を吹くときは目を閉じるから、その隙を盗んで掻くのだ。

ウンベルトが急に喋るのをやめた。滝のようなツタの茂みの奥に穴のようなものがあるらしく、何者かがそこに隠れて話をしているのだ。

「パ……パ……」

「マ……ママ……」

「ママ」

子どものかたことキスの音。そして沈黙。ウンベルトとエンペラトリスがツタの茂みを掻き分けてみると、ラリーが、その長い腕を精いっぱい伸ばしてミス・ドーリーの巨体をかかえながら、大きな乳房を手で持ちあげて、《ボーイ》の口にふくませていた。むらさき色の筋はしだいに消えつつあったが、傷跡だらけの畸形の子どもの顔は大女の乳で濡れていた。それを見て、エンペラトリスは金切り声をあげた。

「緑色のウンチは、このせいね！」

「エンペラトリス！」

「ミス・ドーリー、あなたこの子を殺すつもり？」

あとを受けてウンベルトが、

「パパ、ママを教えたのは、いったい誰だね？」

ミス・ドーリーはむき出しの大きな乳房が揺れる胸に子どもを抱きしめて、隠れ家から出た。ラリーもそのあとに続いた。ウンベルトとエンペラトリスに池の端に追いつめられ、口をそろえて、子供をこちらへよこせと言われて、ミス・ドーリーとラリーはべそを掻いた。

ウンベルトはそのふたりに申し渡した。

「君たちはクビだ。とても信じられん、君たちが裏切るなんて。この数年間、われわれは君たちを、とくにミス・ドーリー、君を信頼してきた。それなのに……君たちにはわれわれの計画が、少しも呑みこめていなかったんだ。自分たちと同じかたわの赤ん坊の親になったつもりだろうが、あんなふざけたまねをして。しかも、ドン・ヘロニモ・デ・アスコイティアの子どもが相手だ。二級や三級の連中にも劣るんじゃないか、君たちは。今晩、ここを出てってもらう」

大女は涙を拭き、ウンベルトの目を見ながら言った。

「この子には、いろんなことを教えたわ」

「たとえば？」

ラリーが代わってウンベルトを指差しながら、子どもに訊いた。

「さあ坊や、言ってごらん。ドン・ウンベルトは？」

整形された口が動いた。

「コワイ……コワイ……」

子どもはミス・ドーリーの胸に顔を埋めて、大きな声で泣きだした。その庇護を求めるように、腕をラリーのほうへ伸ばした。ウンベルトは抑えがたい力に駆られて、池の水面に映った己れの姿を眺めた。たしかに醜くて、卑しい。畸形ではないが美しくもなく、しょぼくれている。すべては釣り合い、調和の問題なのだろう。おれは《ボーイ》のために、彼にふさわしい世界を築こうとしているが、当のおれは、そこにはふさわしくない人間なのだ。おれは不具ではない。この場でかたわになれるものなら、命を投げだしたっていい！　コワイ、コワイ……ミス・ドーリーの腕に抱かれながら、《ボーイ》は叫ぶのをやめない……コワイ、コワイ、コワイ、コワイヨウ！……ラリーとエンペラトリスは腹をかかえて笑っている。三人はぐるだ。ウンベルトは乳母の腕のなかから、手荒く子どもを奪った。三人が笑うのをやめる。ウンベルトの腕に抱かれて、子どもはシクシク泣きだす。彼は仕方なくミス・ドーリーに子どもを返しながら、

「泣くのをやめさせろ！」

エンペラトリスはその場の混乱をこれ幸い、思うぞんぶん下腹を掻くことができたが、いい気持ち、というわけにはいかなかった。ミス・ドーリーが癪《しゃく》にさわって癪にさわって、どうにも……ところがそのミス・ドーリーは、ディアナ像の池の縁にべったりすわりこんで、腕のなかの子どもを揺すっていた。洟《はな》やよだれを拭いてやり、キスを繰り返した。やさしく愛撫《あいぶ》して、泣きやまそうとしていた。サギのように突っ立っていたラリーも腰を折って、子どもをあやす手伝いをしていた。ミス・ドーリーが歌いだした。

聖女のアンナ様
子どもはなぜ泣く
泣くのはリンゴが
どこかへ消えたから

それでも泣き声がやまないのを見て、ラリーはミス・ドーリーの肩に手を置きながら、もっともっとやさしい

声で歌った。

聖母様はお洗濯
聖ヨセフ様は
干し物で子どもが
泣くのは寒いから

前の毛を掻くために隠れたディアナ像のかげで、エンペラトリスは帽子で風を入れながら小声で言った……くだらないお芝居はもうたくさん。わたしにまかせてちょうだい。わたしなら怖がらないはずよ。血がつながっているんですもの。怖がるわけがないわ……日焼けした裸に藤色のチュールの帽子をかぶり、子どもを抱いた彼女を先頭に立てて、ウンベルト、ミス・ドーリー、ラリーたちは池をまわり、別の中庭の回廊のあたりまで来た。

「今晩発つ用意をしなさい、あなたたち」

エンペラトリスのそのことばをウンベルトがさえぎって、

「いや、この中庭から出ちゃいかん。出たら、何もかも喋ってしまうだろう。連中は口が軽いから、蜂の巣を突っついたような騒ぎになる。ぼくがメルチョールを呼んで、三十分後に車を用意するように言おう」

「でもウンベルト、裸で出ていかせるわけにはいかないわ。四年間ここで働いたんですもの。お給料で買いそろえた道具がいろいろあるはずよ」

「いや、何も持たせてやることはない。ここへ来たときと同じように、前と後ろに手を当てて出ていけばいい。エンペラトリス、君が行って、ズボン一本とスーツ一枚を取ってきたまえ。それだけでたくさんだろう。駅へ行く時間まで、この中庭から一歩も出しちゃいかん。誰かと口をきいたりさせてもいかん。ぼくはここへ残って、

《ボーイ》の面倒をみる」

　エンペラトリスは薄笑いを浮べて、

「でも起きるかもしれないわ、ウンベルト。この子はとってもあなたを怖がってるのよ。あなたは……わたしたちと違ってるから」

　釣針。血まみれの鉤。それは肉に喰いこみ、彼を釣りあげた。彼は、醜怪な小人の女の格好の獲物になった。正常である卑しい彼を子どもは怖がっていると、彼女は言った。彼の屈辱の証人、目撃者くらい力のある者はない。彼女もほかの不具といっしょに、この池の端で彼をあざわらった。その太く短い腕で子どもを抱いて揺すりながら。ドン・ヘロニモとふたりで考えたゲームの規則にしたがってだが、いかにもおざなりに揺すりながら。そうだ自分で規則をこしらえたゲームのなかで鉤に引っかけられて、それでおれは血を流しているのだ。

16

ミス・ドーリーとその亭主を乗せた車を送りだした直後だった。ウンベルトは、ドン・ヘロニモと自分自身にたいする義務として、この事態をうまく処理しなければならないと思った。早速、一級の畸形を残らず塔のテラスに呼んで会議を開くのだ。ひとりひとりきびしく尋問して、規則違反の有無を突きとめるのだ。実際、外側から看視しているだけなのだから、見逃していることがあっても不思議ではない。

その日の午後、狩するディアナ像の池の近くで発見されたミス・ドーリーとラリーの行動を、犯罪的な――緑色の便は《ボーイ》の生死にかかわるから、まさに犯罪的な――規則違反の例として彼らの前に持ちだそう。

集会にはもうひとつ目的がある。それは、これを機会に、正常な人間であるという事実に基づく彼自身の優越性を強調し、明確にすることだ。服従しなければならないのは一級の畸形の彼らであって、ウンベルトではない。彼こそ牢番である。物蔭に隠れてこそこそやっている連中ではない。彼が連中を創造したのであり、その逆ではないのだ。リンコナーダ、《ボーイ》の中庭、ここの組織、食事法、アスーラ博士、屋敷の配置、迷いやすい付属の建物の取りこわし。すべてが、何もかもが彼のアイデアである。連中とその仕事は彼が造りあげたものなのだ。反抗は許されない。反抗すればどうなるか、すでに分かっているはずだ。ラリーとミス・ドーリーのような目に遭うことになる。上の連中に仕えながら、それに取って替わる日が来るのを虎視眈々《こしたんたん》と狙っている二級、三級、四級、五級の畸形——一級の彼らという中核、エリートをいく重にも取り巻いている階層——に護られた、この安住の地から放逐されるのだ。ウンベルトが受話器を取って、三十分後にみんなをテラスに集めるよう、交換手に頼もうとした瞬間だった。遠くから、畸形たちの住居のある庭園の向こう側から聞こえた、音楽らしいものと、それから……そうだ、あれは間違いなく笑い声だ！　彼は電話から手を離した。

「畜生、あいつら……」

彼はグラスに氷をふたつ放りこみ、まん中あたりまでウイスキーを注いだ。グラスを手にしてテラスの手すりまで行き、耳を澄ませた。間違いなかった。音楽と、それから……まるでお祝いでもやっているような高笑い。彼はウイスキーの匂いを嗅いだ。気分が悪くなった。しかし、実にいやな一日だった。からだのことばかり考えてもいられない！　なんとかして神経をしずめなければ。彼はいっきにグラスをあおった。身震いのあと、胃のあたりに焼けるような熱さを感じた。彼はグラスを手すりの上に置き、両手をそこに突いて、彼をいく重にも取り巻いている日暮れのさやめきに耳を澄ませた。虫や夏場のカエルの声、ニレとクリの木立から洩れる話し声や笑い声……彼はそれらの声のなかから自分の名前を聞き取ろうと懸命になった。それはおそらく、ばか笑いのロープで吊るされて、最後の止めと呼んでもいいことばの上で揺れているはずだった。

メルチョールに車を運転させて、駅までミス・ドーリーやラリーを送らせたのは迂闊《うかつ》だった。道のりは大したことはない。しかし十分あれば、あのふたりがメルチョールに、あの池のそばの出来事の別の側面を伝えられることはたしかだ。街中を歩いていても振り返る者などいない、正常な、普通の人間である彼、ウンベルト・ペニャローサが、あそこで三人の不具によって笑い物にされたのだ。危害を加えるはずのない彼に、やはり畸形である子どもが怯えたのだ。カエルの合唱と同じように、あたりが暗くなるにつれて笑い声は高くなった。蛇の口、爬虫類の皮膚、フクロウの目、犬や昆虫の脚、動物の声、貪欲な牝犬の声。すべてが彼をあざわらっている。彼がミス・ドーリーとラリー、エンペラトリスらに笑い物にされたこと。この三人の嘲笑に狼狽した彼が水面を覗いたこと。その話が、なんらかの形でリンコナーダじゅうに伝わっていることは明らかだ。笑い声が四方八方から聞こえた。笑い声だけではない。ひそひそ話や陰口の声まで聞こえた。噂をかかえてドアからドアへと走る畸形たち。押さえていたのがいっきにはじける高笑い。ふだんよりも忙しい交換台。割りこんで意見を言ったり、間違いを訂正したりする交換手。みんなが電話をかけ合って、階級や付き合いの程度に応じて集まる相談をしているのだ。彼をあざわらい、噂を細かく分析し、それを楽しみ、彼の権威を決定的に打ち砕こうとしているのだ。電話のベルの音にまじって聞こえる高笑いやカエルの声、ウンベルトはそのなかに、何事かをもそもそと報告するメルチョールの声をはっきりと、実にはっきりと聞きつけた……いや、間違いだった。それはメルチョールの声ではなかった。そのメルチョールとメリーサがまだ光のあるうちに勝負をつけようとしている、テニスコートのボールのはね返る音だった。畸形たちは集まって彼の噂などはしていないのだ。ウンベルトは霞んだ目を凝らした。真白なテニス服を着たメリーサはとっくにハンモックに寝て、編物をしていた。そしてベルタがその横に立ち、百万遍も繰り返した悲恋の物語をまたまたやっていた。陶器の人形のような顔をした小柄なせむし、ホセ・マリアが毎日欠かさぬ短距離《スプリント》の練習をしているらしく、その姿が灌木のあいだに見え隠れしていた。ウンベルトの塔の正面にあるエンペラトリスの部屋の灯がともった。とっぴな部屋着《ローブ・ダンテリウール》を引っかけた小人の女が、いつも夕方のこの時間にやるように、腰をおろして帳簿をつけようとしているのだ。現実はその目の前に、誰も彼をあざけってはいないことの証拠を突きつけている。ふだんと変わらぬリンコナーダの生活がそこにある。ミス・ドーリーとラリーが消えたのは事実だが、大したことではない。だいいち、あのラリーは役立たずだ。また、ぽつぽつリンコナーダに集められてくる畸形のなかに、ミス・ドーリーに負けないくらいの巨体をした、別ののろまな大女がいる。こいつは都合のいいことに、子どもを産めないからだで、ここでは比較的新しいということもあって、立身出世《ソーシャル・クライミング》に夢中だ。エンペラトリスは彼女を励まして言った……あなた心配することないのよ。

肥満症なんて畸形のなかじゃ有りふれてるわ……幸い子どもがまだ小さいので、気づかれずに大女を入れ替えることは造作もないことだった。ひとりの百貫デブと別のそれの相違はごくわずか、どれもこれも似たり寄ったり、黒人や中国人を見るようなものだった。

ウンベルトは溜息をついた。ウイスキーをもう一杯やりかけて、やめた。焼けるように熱い胃から、苦くて酸っぱいものが咽喉へこみ上げてきたからだった。飲み残したウイスキーを芝生の上にまいて、書斎へ引っこんだ。苦労を忘れるには仕事がいちばんだ。エンペラトリスの場合も同じらしい。彼への切ない想いを忘れるために、夕方になるとリンコナーダの帳簿の計算に打ちこんでいる。ウンベルトは愛用のタイプライターの前にすわった。照明の具合をなおした。書くべきことは心得ている。構成は細部まで練っている。人物のすべてが肉付けされ、場面や挿話もすべてでき上がっている。書き出しから最後のピリオドを打つところまで決まっていて、頭のなかで歌っている。内部に閉じこめられ、長いあいだそのときが来るのを待っていたあらゆるものが、書き出しを踏み台にして、いっきに滝壺に飛びこもうとしている。

待ちのぞんでいた嗣子《しし》の顔を見るため、ゆりかごのカーテンを細目に開いたドン・ヘロモニ・デ・アスコイティアは、いっそこの場で殺したほうが、と思った。瘤《こぶ》の上でブドウ蔓のようにねじれ醜悪きわまりない胴体。深い溝が走っている顔面。白い骨と赤い線の入り乱れた組織とがみだりがわしくむき出しになった唇、口蓋、鼻……それは渾沌《こんとん》あるいは無秩序そのものであり、死がとった別の形、最悪の形だった。しかし、ドン・ヘロニモは息子の命を絶つことはしなかった。この渾沌の異体の父となったという驚愕は、最初の衝動とつぎの行動のあいだに麻痺状態の数秒の間をおき、彼を思い止まらせたのだった。殺すことはすなわち、渾沌に屈し、巻きこまれ、その犠牲となることだろう。この残酷な運命のいたずらが意味しているのは、彼とその先祖が《地上》の万物を支配する秩序を護る代償として多くの恩恵を受けてきた、伝統的な力が永遠に彼を見捨てようとしているという事実だった……。

いや、《地上》を強調する必要はない、小文字でいい。要するに、すべてがこの頭のなかに入っているのだ。重みのある、厚い、贅沢な原稿用紙。これでないと仕事の意欲がわかない。それに、非常に美しい青色をしたこのカーボン紙。低くささやく女の声にそっくりな、非常に柔らかく快いコピー用紙のすれ合う音……まさしく女の声だ。そして同時に男の声だ。それは、ささやかずに笑う。哄笑《こうしょう》をまきちらす。ばかめ！　テラスのドアが開けっぱなしじゃないか。それで、涼しくて気持ちのよい夕方の風に乗って、リンコナーダの住民たちの声がここまで入りこんだのだ。彼はドアを閉めるために立ちあがった。

彼は気が変わって、ドアを閉めずにテラスへ出た。すっかり暗くなっていた。一字も書けずに何時間、オリベッティの前にすわりこんでいたのだろう？　あのいまいましいウイスキーさえ飲まなかったら、精神を集中することもできたのに。おそらく胃が痛んで、今夜は眠れないだろうし、明朝は一行も書けないだろう。手すりにもたれている彼の目に、エンペラトリスの部屋のカーテンが開かれているのが見えた。白い上着と手袋をしたバシリオが行ったり来たりして、客のあいだに盆を運んでいた……ごちそうは不具たちに与えられても、こちらの口には入らないのだ。あれはアスーラ博士だ、間違いない……それからメリーサ……松葉杖を放さないロサリオ……ベルタに……メルチョール……爽やかな初夏のためのウォッシュ・アンド・ウェアの服を着初めしたブラザー・マテオ。一級の畸形が全部集まって、お喋りをし、噂に耽っていた。彼を俎上にのせてゲラゲラ笑っていた。彼があのパーティーに呼ばれなかった理由は、畸形たちのパーティーには、これまで一度も顔出ししたことがないからだった。リンコナーダでただひとりの正常な人間だというので、みんなに近づこうとしないからだった。

おそらく連中は、いつも彼のことを笑っているのだ。あの笑い声は、しかし、彼を閉じこめる第一の環でしかない。月日がたつにつれて、大男やせむし、大きな頭と水掻きのある手足をした化け物たちの数はどんどん増していくからだ。第一の環のまわりに同心円的に広がる環、第一の環を閉じこめて連続する多数の環、あらゆる環のなかの、あらゆる異形の者たちの、そのあらゆる嘲罵《ちょうば》の声の中心に、彼が、ウンベルトがいる。《ボーイ》ではなく、彼こそ囚われ人。したがって、中心にいるのは彼だ。ドン・ヘロニモがここに幽閉したかったのは《ボーイ》ではなく、彼だったのだ。すべての者が彼をあざわらっている。囚われ人は彼らの嘲笑の声の牢獄のなかで苦しみあえいでいる。ふさがれた窓、外が見えないように目の高さまで茶のペンキを塗った窓ガラス。格子、鉄棒、板を打ちつけたドア、迷路のような廊下、見分けのつかない中庭。山で羊を追っている不具や、小麦を蒔いている巨人症の男や、湖で釣りをし森で狩をしているせむしや、家畜に焼印を押している小人たちの笑い声。彼らは笑いながら待っているのだ。内側の環のなかの畸形が消えるか死ぬかするのを。そうなれば彼らは位が上がり、より卑しい畸形からなる何重もの層の内側にもぐり込めるのだ……ここそ世界だわ。笑いさざめいているわたしたち、このエリート、この選良たちこそ世界なのよ。わたしたちをねたむ連中がまわりにうようよいるけど、そのわたしたちが羨ましいと思うのは、あのひとだけだわ。誰も羨ましいとは思わないドン・ウンベルトだけだわ。あのひと自身は、羨む相手がいなくて困っているらしいけど。みんなとっくに知ってることじゃないかしら。わたしは、あのひとが羨ましくて羨ましくてしょうがないのよ。いまのわたしを造りあげ、この切ない羨望の環のまん中に投げこんだあのひとが……そのエンペラトリスが、どうしてまた、パーティーを開くという思い遣りのないことができたのだろう？　彼女自身と放逐されたふたりの笑い声がまだこだまし、彼の鼓膜を破り、彼を串刺しにしている同じ日の夕方に？　実はエンペラトリスの趣味はパーティーなのだ。毎年、盛大な仮装舞踏会を開く。《中国のパゴダ》、《ヴェルサイユ》、《ネロの時代》……といったテーマで……去年はたしか《奇跡の宮廷》だった。畸形の全員が乞食や廃人、泥棒や尼僧、歯欠けの老婆や魔女の仮装を凝らして集まり、ために、舞踏会にそなえて飾り付けされたエンペラトリスの棟は、回廊は息もつけず、壁はなかばくずれ、中庭は廃墟も同然という、迷宮と化してしまった……みんなはいまでも面白かったと言っているが、ウンベルトはその目でパーティーの準備を見、飾り付けについて二、三の助言さえ与えていた。湿気でできた壁のしみの隠し方や、廊下の壁掛けにちょっぴり絵を描きくわえて、陰気な感じを軽くする方法……。ところであの不具のカップルは、不覚にも彼がふたりを残して中庭から離れ、シャツとズボンを見つけるために戸棚をひっ掻きまわしていたあいだに、何を企んだのだろう？　三十分の時間があれば、エンペラトリスに毒を注ぎこまれることもあり得る……ここではすべてがエンペラトリスの企みどおりに動いていることは間違いない。たとえば、ベルタをアスーラ博士の腕のなかに押しやった、あの巧妙な遣り口だ。アスーラ博士は、誰もが知っている快楽の一夜のあと、彼女を捨てた。いろいろな夢を抱きながら結局、彼女はメルチョールの許に帰らざるをえなかった。幸いメルチョールは喜んで彼女を迎え入れてくれ、イングリッド・バーグマンとレスリー・ハワード主演の『別離』を、ほかの者もまじえて仲良く、ベルタ専用の映写室で観た。所詮メルチョールは一介の運転手にすぎないのにたいして、リンコナーダにおけるベルタの役割りは、華やかな、高尚なものだったからだ。都合のいいことにこの事件以後、メルチョールは心中秘かにエンペラトリスを怨むようになっている。侏儒《しゆじゆ》の女にたいするこの怨みが、放逐されたカップルがあの午後について語った事実をねじ曲げる。不利な状況に置かれたウンベルトに代わって、彼の仇敵《きゆうてき》であるエンペラトリスが妙な立場に陥る。こうなることは考えられないだろうか？　ところが、淡い期待を抱きかけたちょうどその瞬間だった。ウンベルトは明るい窓に映ったメルチョールの影を、シャンパンのグラスを上げてエンペラトリスと乾杯しているその影を見た。メルチョールはやはり、事実をありのままに話したのにちがいない。おそらく、ふたりがかりで池の端の出来事を、ジョークや茶番という形で誇張して話しているのだ。こうしているいまも、その話はリンコナーダのすみずみまで伝わりつつあるのだろう。いや、その声がまざまざと聞こえる。カエルたちはすでに夕暮れどきの合唱をやめてしまった。あれは間違いなく、おれの名前だ。おれの不運が飽きることなく嘲笑の的になっているのだ。みんながグルだ。みんながおれを笑っている。タイプライターの前にすわって先を書きつづけようとしても、あのうるさい声は追っぱらえそうもない。待ってくれ。書きつづけるというのは嘘だ。実はまだ書き始めてもいない。しかし、みんな覚えていてくれ。二、三日のうちには絶対に書き始める。書き始めることで、ドン・ヘロニモに閉じこめられた、息詰まるような嘲笑の声であふれたこの牢獄から抜けだすのだ。差しあたり、この胃の痛みをなんとかしなければ。ここだ、左側だ。まるでナイフを突き立てられたように痛む。いや、ナイフじゃない。鋭い歯が喰いこんだような感じだ。絶えまなくキリキリ痛む。鉤を打ちこまれたみたいだ。残忍な牙がしっかり喰いこんでいるみたいだ。よく見かけて、誰のものかはっきり知っているこの牙は、獲物を絶対に放さないだろう。痛みを気にせずにはいられない、その小さな肉片を食いちぎるまでは。ウイスキーだ、いまいましいウイスキーのせいだ。なぜ飲んでしまったのだろう？別に好きなわけじゃない……もともとブドウ酒の赤のほうが口に合っているのだ……結果は同じかもしれないが。ベッドに横になる。書こうとする作品全体がからだのなかで炸裂する。この解剖体の各部分がそれぞれ独自の、おれとは縁のない生命を獲得する。ウンベルトは存在せず、異形の者たちだけが存在することになる。彼自身を創造させるためにおれをリンコナーダに閉じ込めた暴君、イネスの蜜色の肌、ブリヒダの死、ヒステリックなイリス・マテルーナの妊娠、福者になりそこねた女、競馬クラブへ出かける服装をしたドン・ヘロニモを指差しているウンベルト・ペニャローサの父親。そういったものだけが存在することになる……シスター・ベニータ、そのやさしく親切な手でこの手をにぎって、いつまでも放さないでほしい。啞《おし》のことばに耳傾けながら、ロザリオの祈りを唱えていてほしい。この修道院は、過去の、現在の、未来のリンコナーダだ。逃亡も犯した罪も、すべてがこの頭のなかで蠢《うごめ》いている。ペータ・ポンセというプリズムは、すべてを屈折させ、混同し、互いに矛盾する同時的な平面が生みだされる。すべてが紙の上に移されないままに終ってしまう……それもこれも、おれを取りかこみ、がんじがらめにする話し声や笑い声が耳につくせいだ。エンペラトリスの窓の灯に目を凝らす。バシリオが盆を運んでいる。あの化け物たちはダンスを始める気だ、おそらく。ところがこちらは、小さな獲物を放さない残忍な牙に喰いつかれ、エンペラトリスの鉤を打ちこまれて、苦痛にあえいでいる。アスーラ博士に電話をかけるために起きあがる。どこにいる、博士は？　急用なんだ。交換手の答えは……エンペラトリス様のお部屋ですわ。

「着られないのか？」

「見れば分かるでしょ！」

「リンコナーダで肥っちゃったんだな」

「ちがうわ。洗ったからこのビキニ、小さくなったのよ」

「やっぱし肥ったのさ、ミス・ドーリー。あそこではよく食ったもの！」

「それじゃ、あんたが肥らないのはどういうわけ？……そうね、たしかにあたし肥ったのね。でも、いいわ。このほうが仕事が見つかりやすいわ。歌やダンスを習うつもりよ。もちろん流行のをよ。猫の目みたいに変わるのね。たとえばババルーみたいに、絶対にすたらないものもあるけど。《ボーイ》のことを思い出してメソメソしてる暇があったら、あんたも自分のことを考えなさいよ。でないと、あたしがあんたを養うことになるわ。いいこと、近ごろのサーカスは昔みたいに、世界一のデブ女はほしがらないのよ。肥った女が多くなったでしょ。みんなの話だと、新しい国の政策でたくさん食べられるようになったかららしいわ。別に、あたしはろくに食べていないなんて……」

「贅沢は言わないこと！」

「リンコナーダの毎日が懐かしいわ。でもそんなことより、あたしは怖いのよ。いまに、どこの宿屋でも断られるんじゃないかと思って。払うお金はなし、あたしも落ち目ね」

ベッドの縁に腰かけ、眼鏡をかけて、ミス・ドーリーはブラジャーから取れたスパングルを付けなおしていた。

「あっちこっちからはずして来て、間に合わせることになりかねないわ、この調子じゃ。あたしたちをかばってくれなかったエンペラトリスが悪いのよ。ドン・ウンベルトが着るものを取りにいった隙に、いろいろ言ったわね。ドン・ウンベルトを始末したら早速、呼び戻してやる、しばらくの辛抱だ、ドン・ウンベルトはわたしにぞっこん参ってるから、なんて約束したわ。結婚の申し込みをさせるところまで行けば、リンコナーダは思いのまだから、そうなったら、あたしたちを捜させて……」

「あの子は、どうなるのかな？」

「ドン・ウンベルトとエンペラトリスの結婚がおじゃんになったら、あたしがっかりだわ。用意したウエディングドレスを見せてもらったけど、それはもう豪勢で……」

ふたりは同時にあくびをした。

「寝ようか？」

「起きて待ってなきゃ」

「何時だ？」

「十一時よ」

「そろそろ来てもいい時間だな」

彼らは、壁紙の破れた部屋のなかでごそごそ動きまわったり、隣室の赤ん坊の声に気をとられたりしながら、十一時半まで待った。ドアをたたく音がした。

「彼女だ。開けてやれ」

ミス・ドーリーがキモノ風の部屋着を引っかけてドアを開けると、顔じゅう皺だらけの老婆が入ってきた。がさがさの手、たるんだ口許、乾いた目やにでふさがりそうな目。ラリーはあわてて電灯を下げ、ミス・ドーリーは一脚しかない椅子を老婆にすすめた。そして彼らもベッドに腰をおろし、訊いた。

「で、ドン・ヘロニモの返事は？」

老婆は咳ばらいをして、

「会いには行かなかったよ。思いついたことがあって、こっちのほうがうまくいきそうな気がしたもんでね」

「と言うと？」

「このわたしがリンコナーダへ乗りこむのさ」

「そんなことをして、なんになる？　何百人、何千人のかたわがいるんだ。一度も見てないが、シャム双生児までいるって話だ。それがみんな、仕事にありつけるときが来るのを待ってる。どう見てもただの病人のあんたを、頭かずのなかに入れてくれるとは思えんね……」

「かもしれないけど、あたしはドン・ウンベルトをようく知ってるんだよ。あの男の泣きどころもね。屋敷へ近づくこともないのさ。どこかそこらに隠れていて、噂を流せばそれでいいんだよ……例の、池であったことを……」

「いまさらそんなことをしても始まらん。おれたちがメルチョールに話したから、とっくにみんなの耳に入ってるはずだ」

「リンコナーダにわざわざ忍びこませてる者から聞いて、ちゃあんと知ってるんだよ、あたしは。ドン・ウンベルトがエンペラトリスに惚れてるだけじゃない、エンペラトリスのほうもドン・ウンベルトに首ったけだってことをね。ふたりが結婚するようなことにでもなったら、かたわの連中はふたりの言いなりになるしかないんだよ。とにかく、両方が惚れちゃってるんだから。毎晩いちゃついてるって聞いたね。あの男はそりゃあしつこいんだ。なんとしてもふたりを始末しなきゃ……」

　何を言うんだ、ペータ！　エンペラトリスはおれの敵じゃないか。塔にいるおれの耳に、毎晩のように彼女の笑い声が聞こえる。彼女はおれを憎んでいるんだ。お前までがリンコナーダへやって来て、すでにある憎しみの上に憎しみを積み重ねる必要がどこにある。お前はおれを独り占めしたいのだ。ここへは近づくな。だいいち、お前は畸形じゃない。お前を入れないように、そして、もしも入ってきたら殺すように言っておこう。病気の、宿無しの、身許の分からない年寄りが表で死んでいても、怪しむ者はいないだろう。ここへ入ってくる前に、お前を殺させるぞ、嘘じゃない。ここは、存在しないのだ。しかし、ほんとのことを言おう。ドン・ヘロニモの命令でおれを奴隷にし、何もかも取りあげる気でおれを愚弄するこの畸形のことを考えずにはいられないのだ……シスター・ベニータ、彼らの狙いは実はそれだ。おれは、彼らの企み、はかりごとのなかに封じこめられている。しかし、よくよく考えてみれば、それは、おれが自分で自分の首を絞めるためにめぐらしたようなものだ、その気もないのに。ともかくおれは、ほかのことを考える余裕を与えない、この泥沼に呑まれたくはないのだ。昔を想うと胸が切なくなる。あのころは別のことを考える力があった。窓から外を眺めることもできた。明かり、風の音、他人の顔、落葉、本、会話……すべてが遠い昔のことだ。リンコナーダに来る前のことだ。おれの横にいて、おれの手をやさしく撫でてくれているあなたが、ここへ来る前のことだ、シスター・ベニータ。そう、ヘロニモが現われる前のことだった。あの日の午後、おれは法律のテキストを読むために、少しでも涼しい場所をと思いながら人類学博物館の三階の回廊をぶらぶらしていた。屋外では埃っぽい真夏のマントをすっぽりかぶって、何もかもがぐったりしていた。家では勉強は無理だった。気を遣ってくれるのはいいが父のは度が過ぎていて、台所の母がちょっと鍋の音をさせただけでも猛烈に怒った。机の向こう側にすわってテキストをいじくりまわし、あげく、どこに何があるのか分からなくしたり、頼みもしないのにスタンドを調節したりした。また、本人のおれはいっこうに気にならないのだが、気が散るといけないというので、窓を閉めてまわったりした。おれは逃げだした。あちこちの公園へ行った。しかしほんとのことを言うと、おれは公園が怖いのだ、いまだに。教会は涼しかったが、暗すぎた。人類学博物館は、ウィークデーはほとんど人気がなかった。ひとりの守衛が片すみでしょっちゅう舟を漕いでいた。防腐処置をほどこすまでもない不完全な標本、やがてくずれてごみ捨て場に行くと決まった標本のような印象を与えた。三階の回廊はゆったりした楕円形で、角を気にせず、条文を暗記しながら歩きつづけることができる。テキストから目をそらして下を覗くと、二階の大広間を圧するように、組み立てた怪獣ミロドンの巨大な骨格が展示されている。ウィークデーは訪れる者がいない。日曜だってその数は少ない。実に静かだった。落ち着くことができた。法学部の二年から三年に進級するための試験にそなえて、その楕円に沿って休まず歩きつづける。最初のステップとして学士号、それから博士号。判事か公証人になれば、自分の顔が持てることになる……三階の回廊の楕円に沿って歩いていれば、すべてを手に入れることができるはずだった。回廊の壁面に寄せて戸棚が並べられ、乾いた土器や荒削りの石器、木をくり抜いた椀、骨製の針などが収められている。水槽めいた大きな戸棚にはアタカマ族のミイラが、うずたかく、でたらめに放りこまれている。むき出しのまま風化していくミイラ。胎児のような姿勢を取ったり、足を上に向けたりしているミイラ。カラカラに乾ききったミイラ。それがガラスの奥から微笑みかける。つられて足を止め、ミイラを眺める。おれは彼らをよく知っている。友だち、仲間なのだ。その戸棚のガラスに映ったおれの顔は、いくつかのミイラの顔にそっくりだ。彼らの笑顔は、死を前にして浮かべたおれの笑顔にほかならない。おれは一流の弁護士になるのだから。この表情を永久に保存するのに、昔ながらの砂漠の太陽など必要としないくらい偉くなるのだから。彼らの笑顔はあらゆる危険からおれを護ってくれるはずだった。ところが、彼と顔を合わせてしまったのだ。薄いグレーの服を着た彼はおれの後ろに立って、アタカマ族のミイラを眺めていた。彼の表情はどのミイラの笑顔ともぴったりしなかった。ドン・ヘロニモだということがひと目で分かった。話しかけられて答えた。二階の怪獣ミロドンを楕円のなかに閉じこめた回廊を、肩を並べて歩いた……法律を勉強しています……なるほど。で、目的は？

あのときが運命の分かれ道だったのだ、シスター・ベニータ。下の階へ身を投げ、石の床で頭蓋骨をこなごなにして、自分を救うことができた。逃げだすこともできたし、陳列の人形の黒い服を借りてアラウコ族の扮装をし、その身代わりを勤めることもできた。しかし、おれは逃げださなかった。ドン・ヘロニモになぜあんなことを言ったのか、いまでも分からない。何を言ったかって？　わたしは作家です、と言ってしまったのだ。おれは記憶力のいいほうなので、あまり勉強する必要はなかった。それで、午後雨が降ると国立図書館へ行って、本を読んだ。ニーチェ、ヘルダーリン、シェイクスピア、ゲーテなどを大いに読んだ。インスア〔スペインの作家。一八八五〜一九六三〕やバルガス・ビーラ〔コロンビアの作家。一八六〇～一九三三〕。ガルシア・サンチス、ビリャエスペーサやカレーレなども大いに読んだ。そう、この手のものが多かったが、古典も読んだ。もっとも、おれの文章はゲーテよりもインスアの影響が大きい。すべての作家が閉ざされた息苦しい心の窓を開け放ってくれた。それなのにあの呪われた夏の午後、ドン・ヘロニモに返事をした。作家だと言ったばかりに、またまたこの屋敷に閉じこめられることになってしまったのだ。彼に名前を尋ねられて、おれは顔を赤らめながら答えた。

「ウンベルト・ペニャローサ、です」

「こんど作品が出たら気をつけていて、買ってみよう」

「光栄です」

「君が気に入った……」

「ありがとうございます」

「……なんだか自分を見ているような……」

「……ありがとう、エンペラトリス」

「お礼なんかいいわよ、ウンベルト」

「もらってばかりいて……」

「上等の紅茶が手に入るけど、紅茶はどう?」

彼女は目を伏せた。青いマスカラにまじった銀粉がキラキラ光り、微笑を浮かべたブルドッグのようにたるんだ口許から、唾液に濡れた糸切り歯が覗いた。小人の女のからだは夏の初めほど日焼けしていなかった。すべすべした肌、小さな胸。池のそばの場面があってから使い始めたゲルラン軟膏のせいだが、全身がつややかな褐色をしていた。ふたりは肩を触れあうような距離を保ちながら、さらに少し先までゆっくりと歩いた。向こうに格好な場所が見えた。あそこで彼女を、このぞっとするような侏儒を抱きしめ、欲望にまかせて犯す。自分を抑えることはない。一分たったら、あの物蔭までたどり着いたら、やるのだ。ペニスは彼女に触れたときにすでに勃起している。エンペラトリスの伏せた目がそれを見逃したはずはない。この畸形を、噛みついたら肉片をもぎとるまでは放さない犬のような頭をした、このオタマジャクシを抱くのだ。両腕でしっかり押さえて、ペニスを突きたてる。巨《おお》きなペニスで彼女を刺しつらぬき、おめかせ、狂い死にさせ……。

彼はズボンが濡れているのに気づいた。ペニスは萎えてしまった。机の上のオリベッティの両端に肘を突いて、彼は手で顔を蔽《おお》った。ここを逃げだす手は？　しかし、どこへ？　いっそ自分を消してしまいたい。欲望を感じることも、他人の欲望の対象になるのも、もうごめんだ。タイプライターにはさまれた、白紙のままの紙。エンペラトリスに会いにいくか。会って、進んで身をまかせるように仕向けるか。

「エンペラトリス、変な気を起こしてすまなかった。ぼくは屑みたいな男だ。理想を求めて闇のなかをさ迷う、ただのボヘミアンだ。理想はいつもぼくを避ける。この孤独な手は、決してそれに触れることがないだろう……エンペラトリス……ぼくと結婚してくれないか……」

ウンベルトの頭がタイプライターの上に落ち、その腕で机の上のスタンドが倒された。からだが椅子からずり落ち、がらくたの山のように床にころがった。

足でスリッパを探った。ガウンを引っかけた。ああ、エンペラトリス、エンペラトリス、エンペラトリス！ともかく芝生を渡って、侏儒の女の部屋までたどり着かなければ。ひとりで死ぬのはいやだ。待てよ、いっそそのほうが……いや、やはりごめんだ。ぞっとするような女でも、その腕に抱かれて死ぬほうがまだましだ。欠けるところのない完全な人間のために建てられた静かな塔で、ひとり寂しく死ぬ、なんてのはごめんだ。

ドアが開いた。ありがとう、シスター・ベニータ、あなたはどこにでもいて、必要なときにドアを開けるように仕向けてくださる……エンペラトリスの居間《ブドワール》に集まっていた裸の連中、不具の男たちみんなが出てきて、おれを引き入れる、メルチョールに、バシリオに……すさまじい彼らの畸形ぶりが目につく。恥ずかしさなんてこれっぽっちも感じていないみたいだ。恥ずかしくないふりをするのはよせ。現にお前たちはここに、リンコナーダに隠れているじゃあないか。振り返って笑ったりする人間はここにはいないことを、よく知っているんだ。お前たちはここに避難しているんだ。恐怖の輪のなかに閉じこめられたように、お前たちはリンコナーダを出ようとしない。出たければ出られるのに。それが許されているのに。だがお前たちは出ていかない。出ていけない。おれも実はそうだ。出ていくのを許されていながら出ていかない。おまけに、こちらは正常な人間だ。このとおり正常な人間だ。見れば分かるだろう。エンペラトリスの、ピンクの波形模様の寝椅子《シェーズ・ロング》に寝かされようとしているのだから……畸形のお前たちは外に出るのを恐れている。おれたちはみんな、ここから出るのを怖がっている。人目につくのを恐れている。だからここに身を寄せたんだ。アスーラ博士だって怖がっている。見たとおり全身うろこで蔽われ、猛禽類みたいな手をしているからだ。その博士の手がおれのからだに触れ、いじくり回し、調べているあいだに、エンペラトリスはおれのガウンを脱がせる。パジャマだけにしてから、おれの額に手を当てる。再々これをやられるんじゃないのか。侏儒の手に触れられて我慢ができなくなり、おれは、思いきりきばって腸にたまっていたものを放出する。水っぽくて臭いまっ黒な便が波形模様や毛氈《もうせん》、小道具《プティ・モブル》やベールのようなカーテンなどを汚す。裸の畸形たちはあわてて白いハンカチを顔に持っていく。鼻に当てる。その場から逃げだす。我慢できないのだ。汚らしくて。アスーラ博士が意見を述べる……二、三日は出血が続くだろう。かなり重症だ。手術の必要があるが、これでは無理だろうな。出血がひどくて体力が弱っている……博士は血の気のない眼瞼《まぶた》を持ちあげながら続ける……血液検査をしなきゃいかん。血圧も測っておこう。道具を取ってきてくれ……血圧がどんどん、どんどん下がっていく。畸形たちは、おれの不潔なからだをいやがって鼻を押さえながら、それでも好奇心で近くに立っている。便が出つづけるのでハンカチは顔に当てたままだ。アスーラが叫ぶ……輸血だ！……アスーラ博士なら安心してまかせられるだろう……ドン・ウンベルトのために血液を提供したい者はいるか?……みんながいっせいに畸形の血液の提供を申し出る。まるでそれを全部捨てたがっているみたいだ。裸の上に白い服を引っかけてばか騒ぎをやっているのを一度見かけたが、いつの間にか彼らは白衣をまとっている。エプロンとマスクを着けて看護人の扮装をしている。しかし、そんなことをしてもめいめいの畸形を隠すことはできない。お前はメリーサだろう。黒い眼鏡ですぐ分かる。お前はバシリオだ。ごまかされないぞ。お前はエンペラトリス、お前はアスーラ、お前はマテオだ。コウモリの翼のような耳をした交換手までが持ち場を離れて、やはり白衣をまとい、見逃せないものをちゃんと見にきている。ある秘密の教団の者たちが、白いドミノ服〔仮装用の頭巾と小仮面付きのマント〕を着けた僧侶たちが、奇怪な舞踏会のために集まったのだ。この舞踏会では仮面はかならずしも必要ではない。各自がすでに仮面を持っているからだ。白いドミノ服と異様な仮面を着けた不具たちが、体温計、カテーテル、注射器、灌腸器、レントゲン装置などを自在に扱っている。高いところに吊るされた容器からおれの体内に、血液が徐々に注ぎこまれる。赤い袋がもう一方の腕の血管を不具の血液でみたす。バシリオの濃い血がおれのなかに流れこんで、腕が太くなり、下顎が大きくなっていくのが分かる。おれを化け物に仕立てあげるつもりなのだ。ベルタの血液のせいでもう脚が利かなくなった。これからは、トカゲの尻尾のように申し訳についているこの脚を引きずって、這いまわることしかできないぞ。それぞれ個性のある畸形も白いドミノ服で消されてしまって、誰が誰なのか、もう見分けがつかない。だが、いっこうに困らない。血管のなかに注ぎこまれる血を識別できるからだ。まるでそれぞれ違った味があって、それを感じることができるみたいだ。エンペラトリスの血が背丈を縮める。《ボーイ》の血が背中に瘤を盛りあげる。メルチョールの血が赤い凝塊をあふれさせる。しかしそれは、メリーサが提供してくれた白い血に触れて変質し、大理石めいた粒子になる。おれはすでに、おれ自身の形を失ってしまった。おれにはもはや明確な輪郭なんてない。おれは絶えず流動し、変化する。流れる水に映った姿ではないが形がくずれ、ついに、おれはおれでなくなる。おれはもはや、白い影であふれた、この淡い意識の薄明でしかない。その白い影が近づいていて血管に針を突き立てる……赤血球の数はいくらだ? ないと言っていいくらいです……彼らは注射を打つ……これで痛みを感じないだろう……痛み？　おれは痛みなんか感じていないぞ。お前たちはおれを、病人に仕立てあげようとしているんだ。痛みも感じないのに、どうしてお前たちはおれに、重態だと思いこませようとするのだ？　白い影が近づいて体温を測る。白い影が近づいて血圧を測る。首を振る……いかん。こいつはまずい。出血がひどすぎる。もう一度輸血をしよう。誰の血にするかな……おれは注意を集中して、その血液が含んでいるものを識別しようと努める。いったい、どんな種類の他人の畸形がおれに合体させられるのか？　どのような濃い血がおれの薄いそれに加えられるのか？　おのれの命を救う目的で一滴ずつ体内に入ってくる、この熱い未知の血液は、いったい誰のものなのか？　おれの命を救うというが、目的はなんだ？　異様な仮面だけが覗いているが、十八世紀風の豪奢なドミノ服で扮装したこの不具たちは、果たしてどんな邪悪な計画を胸に秘めているのだろうか？　誰かが、この男、ここから出られそうもないな、と呟く。ここから出してくれ、おれを！　徐々に剝げ落ちていく日干し煉瓦のこの壁のなかで窒息死するのは、おれはごめんだ！　土の壁のしみみたいな奴らめ。おれをここから出せ！　せめて、薄明と暗黒を分ける目に見えない一線を越えさせろ。おそらく、当人はそれを意識しないのだろうが、おれはその縁に立っているのだ。しかし、どのような不安も存在しない暗黒へおれが移ることを、連中がおめおめ許すはずがない。連中はおれをここに、薄明のなかに引き止めておくつもりなのだ。ここでは物も輪郭がなく、ほとんど不動の状態にある。交換手が献血を申し出る。そんな血はごめんだ！　おれは耳を押さえる。大きくならないように圧しつぶす。軟骨を引きちぎる。だが血は出ない。当然だ、血なんておれにはないのだ。どうやっても耳は大きくなってゆき、耳たぶが消える。どんな音でも聞きつける大きなコウモリ傘みたいになる。連中はその血を提供して、おれを救おうとしている。メルチョールの血でからだが燃えるように熱く、メリーサの血の冷たさで凍りつきそうだ。おれをおもちゃにするのは、もうやめてくれ。これではまるで遊びだ。そうじゃないとは言わせないぞ。この一線を越えさせてくれ、頼む。その線の向こうでは、動くものは何ひとつない。見えるものも何ひとつない。静かに死なせてくれ。いい加減に、針を突き立てるのはやめてくれ。アスーラ博士、おれはもう耐えられそうにない、鼻から胃へ通される管に、何リットルもの血を抜く注射器に。それはおれの血だ。まさしくウンベルト・ペニャローサだった、ウンベルト・ペニャローサの血だ。血管に不具の血を流しこまれる前の、おれがいわば変化《へんげ》する畸形ではなくて、まさにおれだったときの血だ。このクリソフォロ・アスーラはおれに憎悪と嫉妬を抱いているのにちがいない。エンペラトリスがおれに惚れていることを知っているのだ。それでおれの血液を抜き取って、代わりに望みもしない不具たちのそれを注入しようとしているのだ。おれはこのベッドに釘付けになっているが、部屋のドアの前には不具たちが集まって、おれの血をよこせ、と叫んでいる。それは古いかもしれない。しかし少なくとも、正常な血液だ。連中はそれを飲むか注射するのだ。おれの血をくれと、連中がわめいている……ウンベルト・ペニャローサの血をよこせ! ウンベルト・ペニャローサの血をよこせ!……ドアの前に黒山のように集まった貪欲な連中の叫びが耳につく。だが、おれは動けない、非常に苦痛なこの管で押さえつけられていて。それに、互いに交換したドミノ服や仮面で扮装した不具たちがしょっちゅう入ってきて、いかにも心配そうな顔で容体を尋ねる。安心しろ、経過は順調だ、大した病気じゃない、と話しかける。いや、実は病状を気遣ってくれる人間なんていないのだ。ここの医師や看護婦たちの話だと、おれは名前さえ分からないらしい。彼らはおれにいろいろと訊く。カードを持ってきて、おれが記憶していることを書きこもうとするがだめらしい。おれは、血便のなかに倒れているところを発見されたのだそうだ。永久に名前は分からんだろう、彼らはそう言っている。おれから身許を取りあげようとしている。それまで奪おうとしているのだ。ウンベルト・ペニャローサ! ウンベルト・ペニャローサ! ウンベルト・ペニャローサ! 大声で名前を教えようとするが、おれの声は彼らには聞こえない……可哀そうだが仕方ない……同情してくれているのか、首を横に振りながら、おれの名前がついに書きこまれなかったカードをしまう。シスター・ベニータ、彼らはおれをからかっているのだ。衰弱しきって名前さえ忘れていること、身許さえ証明できないことを知っているからだ。あなたは信心深くて心もやさしい。おれをぜひ助けてほしい。もっともおれは、自分が何者なのか、それを知りたいとは思っていない。それに、いまのおれは昔のおれではないのだ。昔は何者かであったと仮定しての話だが。シスター・ベニータ、行かないでくれ。手を放さないでくれ。ひとり寂しく息を引き取るようなことはさせないでくれ。それにしても連中は、なぜあなたをここへ入れたんだろう？　いや、とっとと消えろ！　お前はシスター・ベニータじゃない。何者かがシスター・ベニータに化けているだけなのだ。消え失せろ。おれは、ここではよそ者じゃない。好きなときにエンペラトリスが呼べるんだ。彼女はシスター・ベニータのように、おれを好いてくれているだけじゃない。おれを愛し、おれと寝たがっている。おれと結婚したがっている。おれも愛しているからその約束をした。だから彼女を呼ぶのは簡単なんだ。このベッドのそばにすわって、オーデコロンを含ませた脱脂綿で額の汗を拭いたり、手を取ってやさしく愛撫してもらったりできるのだ。彼女は話しかける……心配しないでいいのよ。怖がることないのよ。ちゃんと看ててあげますからね。リンコナーダのかたわはみんな、こんどのことで悲しんでるわ。それで献血もたくさんあったのよ……大女、ノッポ、シャム双生児、巨人、せむし、白子、あらゆる種類の小人。連中の血のすべてが、いまではこの血管を流れているのだ。アスーラ博士は、鼻から挿入した管で古い卑しい血をどんどん抜き取りながら、怖がらなくてもいい、みんな古い血だ、胃の洗浄をやっているだけだ、と言う。しかし、おれには分かっている。洗浄なんかじゃない。これは略奪だ。おれの血液はいいはずだ。固まりかけているから黒いだけなのだ。彼らはともかく当人の知らない名前が書かれたラベルを貼った瓶。彼らはこの瓶のなかに入れて、おれの血液を保存するつもりだ。シスター・ベニータ、おれは、この卑しい血を手に入れるためにそれぞれの畸形をこっちへ渡してよこした、化け物たちの寄せ集めなのだ。

17

おれは口も耳もだめになったのだろうか？　おまけに、目もほとんど見えなくなったのだろうか？　ものの形、白く反射するものがやっと見分けられるだけだ。それらはおそらく、椅子や戸棚、洗面台や人間、カーテンにちがいないのだが、絶えず現われたり消えたりする。位置が変わる。ぼんやりかすみ、ふっと消える。ふらふらと動きまわる。そして、やがて消滅する。掻き消える。移動にともなうはずの音は聞こえない。ことりともしない。すべてが綿とガーゼでできているのだ。綿は輪郭がなく、ふかふかしていて、指で梳《す》くこともできる。医者か看護婦ではないかと思うが、ともかく人間であるその綿の塊は、指で押してみることもできる。淡い光線のように見えるが、壁からぶら下がったこの綿の袋は、腕で抱きしめることもできる。おれもやはり綿だ。手を全身に走らせる。形も堅さも感じられない。綿だからだ。おれの手ももちろん綿なのだ。綿では探ることも、感じることも、確かめることもできない。せいぜい、いつまでもふかふかのままで、まっ白なままでいられるだけだ。ときおり、顔らしいものが心配そうにおれを覗きこむ。仮面が口を開いて、おれには聞こえない何事かを喋るが、まっ白でふかふかした物質が、おれのベッドに近づくその素描めいた人物をふたたび包みこんでしまう。おれはベッドの上にいる。ベッドの裾の四本の白いパイプだけが綿ではなくて、おれの名前の入ったグラフがそこにぶら下げられている。医者はそれを手に取って調べ、白衣の看護婦に向かって話しかける。おれは枕の綿に顔を埋める。

「眠るらしい」

「そのほうがよろしいですわ」

「何も感じないですむからな」

おれが感じてはならないものって、なんだろう？　ほかの看護婦たちが近寄ってくるが、ガーゼのマスクで隠れていて仮面を見ることができない。彼女たちは小声でささやきながら、おれのシーツの皺を伸ばす。遠いところに、白い天井のあたりにある血液の容器を動かし、グラフを覗く。おれの口のなかに体温計を突っこむ。お互い同士で話をし、笑っている。彼女たちはいつも笑っている。理由もないのに。少し笑いすぎじゃないのか。まるでおとなしい子どもを相手にしているように、ひとりがおれの手を軽くたたいて、

「さあ、眠るのよ」

彼女たちはおれに眠ってほしいのだ。誰が眠ってやるものか。管を伝って血管まで流れるあの血のおかげで、おれは黒い、赤いものにしがみつく。しがみついて、おれをすっぽり包もうとする白い眠りに抵抗し、顔を隠した人間たちの私語を、断片的ながら盗み聞きする。それによるとドン・ヘロニモは、手術と看護に全力を尽くすように、費用はいくらかかってもかまわない、と言っているらしい。おれのからだの八十パーセントが切除されて、残ったそれは二十パーセントにすぎないらしい。おれは非常に重態で、危うく命を落とすところだったらしい。

手がベッドの毛布を持ちあげて、おれを横向きにさせ、地の荒いパジャマのズボンを下にさげる。手の感触が急にざらざらしたものになる。ぞっとする針が荒っぽく突き立てられ、臀部に気持ちの悪い液体が残される。つらくて苦しいが、睡眠すれすれの覚醒状態を辛うじて保つ。看護婦はおれのベッドのそばに腰かけて、ものすご

い音をさせながら注射器と針を青く縁取りされた白いエナメルの膿盆《のうぼん》に並べる。ドン・ヘロニモから看護を命令されたのだろう、なぜもっと丁寧に、静かにやれないのだ？　この口でそう言ってやるつもりで看護婦のほうを見たが、相手が何者かということに気づいて、口をつぐむ。あの女だ。白いマスクをし、高い靴をはき、キャップをかぶっているが、まぎれもなく彼女だ。おれを見張っているのだ。彼女は血液の容器を動かし、バルブを開く、初めはちょっぴりだが、だんだん大きく開き、やがていっぱいに開く。おれのからだに火がつく。真赤に燃えあがる。熱さに、火に、あらゆる傷口の痛みに、おれは耐えられなくなる。はっきりどことは言えないが傷口が猛烈に痛む。連中はおれを激痛でなぶり殺しにするつもりだ。あの容器からどっとあふれた血液で全身が赤く、真赤に燃えあがる。恐ろしい爪で八つ裂きにされ、牙で喰いちぎられているような苦痛。手術台の上の腑分《ふわ》け。三分の二を切り取ってしまう刃物。焼けるような熱さ。あふれる血。おれはそれを飲む。おれは百の真紅の炎に分身する。苦痛も真紅の炎となって百倍する。おれは爪と刃物と歯でずたずたに裂かれ……血液の滴下のスピードが速すぎる。もう少し遅くしてくれ。もっと、もっと。やがてからだが冷え始める。冷たくなる。凍りだす。ついにおれは氷の塊になる。雫が落ちる。鼻から落ちる。手から、足から雫が落ちる。おれは氷だ。だんだん溶けて跡形もなくなるのだ。看護婦たちがやって来て毛布をはぎ、ひとの迷惑も考えないでお喋りしながら、おれを裸にする。おれがあまり汚いので嫌悪で顔をゆがめる。時間がたてばたつほど、おれはますます不潔になり、悪臭を放つのだ。こんな仕事には慣れているはずだが、看護婦たちはおれの清拭となると胸が悪くなるのだ。おれはみんなの嫌われ者だ。着せてくれるパジャマは清潔だがごわごわしている。いちばん古い、つぎの当たったやつをえらんで来たのにちがいない。四人がかりでおれを動かして下のシーツを交換しながら、あたりをはばからぬ大声でお喋りをする……ペドロ・ペレスは車を買ったらしいわよ。フェルナンド・フェルナンデスとドライブしたんですって。フェルナンド・フェルナンデスは仕事をクビになったのよ。遅刻ばかりするもんだから。でもゴンサーロ・ゴンサレスに言ってやったそうよ。そんなことでクビにする権利はないって……やがて彼女たちは、ドアの外でゲラゲラ笑っている別の看護婦を大きな声で呼んで、薬局へ行ってもう一瓶、点滴用の血液を取ってくるように頼む。近ごろの彼女たちは黙って仕事をしない。おれを大事にしない。ドン・ヘロニモからあずかった病人として扱ってはくれない。これではまるで囚人扱いだ。彼女たちはおれのことを笑っているにちがいない。八十パーセントも切除されたからだだということを知っているのだ。どう考えても、八十パーセント切除された人間を大事に扱う者がいるわけがない……水、水をくれ！　自分では、水、水をくれ、と言ったつもりだが、首を横に振っているところを見ると、おれは何か、別のことを口走ったのかもしれない。八十パーセント切除された人間だからと言って、コップ一杯の水を拒否していいわけはないだろう。何かはっきりした理由があって、彼女たちはおれに背を向けるようになったのだ。彼女たちはおれを、とことん苦しめる気でいる。そのつもりでここにいるのだ。ベッドの裾の鉄のパイプも、実はベッドの裾の鉄のパイプではなくて、窓の格子の鉄棒なのだ。おれはこの部屋に監禁されているのだ。ここの看護婦や医者は、みんなおれを憎んでいる。その証拠に、誰にも拒否してはならないはずの水と食べ物を、おれには与えようとしない。おれのからだから発する悪臭をいやがって、ガーゼのマスクの下の鼻先に皺を寄せている。たとえ悪臭を放たなくても、おれがおれだという理由だけで、彼らはおれをきらうにちがいない。どうやらおれは、ドン・ヘロニモの術中に陥ってしまった。陰謀が企まれ、実行に移され、疑うことを知らなかったおれは、まんまと罠にはまってしまった。餌に喰いついた。彼が昔企んだことの結果がこれなのだ。おれは鉄格子の個室のベッドに押さえこまれ、麻酔をかけられ、身動きもできない。鼻に挿しこまれたカテーテルとゴム管、意識を失わないために必要な畸形たちの血液に縛りつけられている。おれはこの小さい白い部屋の、この窓のそばに監禁されているのだ。窓から見える通り、家並み、ガソリンスタンド、正面の歩道を歩いていく人間、車のタイヤの空気を調べるためにしゃがんだ青い作業服の修理工、早朝だから一番乗りにちがいない車……交替の看護婦たちが廊下を歩きながらあげる笑い声、それに電話の話し声が耳に入って目が覚める……はい、ドン・ヘロニモ。たったいま、目を覚ましました。もう一本注射を打ちましたから、大丈夫だと思いますわ。ご心配には及びません。わたしたちにおまかせください。長い歳月をかけて、ほんとに熱心に計画してこられたことが、間もなく実現しますわ。いいえ、元はと言えば彼が悪いんですよ。人類学博物館であの日の午後、ひとかどの人間だ、作家だ、と名のった生意気な態度、その報いをいま、受けているのですわ。作家なら書けばいいのに。それがさっぱり。書く、書くと口で言うだけで、おまけにそれが、あなたの伝記だったり、よく聞く福者のそれだったり、哲学的な論文だったり、毎日くるくる変わってばかりいて。でも結局、同じことの繰り返しですよ。ふんぎりがつかなくて、書き始められないんです。オリベッティの前にすわってはみるけれど、用紙はいつまでたってもまっ白。わたしの思い違いでなければこの男は、作家になりたいと言ったわけじゃなくて、これだったら年頃の若い男の言うことですもの、いいなあと思うし理解もできますけど、そうじゃあなくて、自分は作家である、とはっきり言ったんですものね。ドン・ヘロニモ、生まれついての作家っているのでしょうか？……無理もない、お前たちは看護婦だ。そうなるまでには金もかかったろうし、難しい勉強もしなければならなかった。だから理解できるわけがない、作家だと言ったときのおれのことばが嘘ではなかったことを。また、その存在は現実よりもむしろ想像上のものであると悟ったとき、おれは作家になったのだということを。そしておれは、そのことに賭けた。それまで誰にも言った覚えのないことを、はっきり口に出して言ったのだ。

「ぼくは作家です」

おれは、ドン・ヘロニモよ、あんたにたいしても責任を取った。もはや離れればなれになることはできなかったから。おれはリンコナーダに、イネスに、ペータに、あんたに、修道院に、シスター・ベニータに、そして昔、エンペラトリスが《病院》で催した舞踏会の白い影にしがみついたのだった……法学博士をめざしたらどうかね。やり甲斐があるぞ。法学博士になれば、お前はひとかどの人間だ……そんな父の弱々しい要求など、ドン・ヘロニモの圧倒的な支配の前に消えてしまった。おれは夜、家の者に疑われないために蠟燭をともして詩を書いていた。しかしそのことを、父にはひとことも言わなかった。いや、自分自身にさえ隠すようにしていた。家で思い出したが、それはしょっちゅう変わり、しかもいつも似たような狭い家で、姉はそのバルコニーにすわって、マニラ・ショールを掛けたピアノを持つという夢を、飽きもせずに追っていたものだった。日が暮れてから、おれはときどき父に言った。

「ちょっと行ってくる。党の会議があるんだ」

父はわざわざネクタイを結んでくれたが、おれは角まで来ると、それをゆるめた。おれはバー・エルクレスへ行き、すみっこのテーブルに腰かけて、本を書きあげる仕事にかかった。ロシータがサンドイッチと赤のグラスを前に置いた。

「お金がなかったら、あとでいいわよ」

おれは店が閉まるまで待ち、彼女を家まで送った……わたしの名前？　ソイラ・ブランカ・ローサ・ロペス・アリアガーダよ、と彼女は答えたが、きざな名前だと思ったおれに気づいたらしく、頬を染めた。しかし、おれの笑いは長くは続かなかった。いとおしいと思う気持ちに負けたのだ。彼女は打ち明けた。四人も男の子が続いたあとで彼女が生まれたとき、ほんとに可愛くて、色白で、薔薇にそっくりだと思った父親は、洗礼のさいに彼女に、ソイラ・ブランカ・ローサという名前を与えたのだった。おれは彼女の腕の内側を、ピンクの薔薇めいているあたりを愛撫し、マフラーを貸してやった。折から秋で、プラタナスは落葉していた。突然、すべてが重々しさを、感動的な厳粛味を帯び始めた。ソイラ・ブランカ・ローサという名前は、やはり滑稽だと思ったけれども。まったく滑稽でしかも厳粛だった。しかし、そのきざっぽさは同時におれのものでもあった。あれこれ考えるまでもなく、まったくおれのものであることを、おれは悟った。大学の新しい友人や、バー・エルクレスにたむろして、近くの駅の赤帽相手にドミノをやったりしているが、靴は床のおがくずで汚れた、胸を病む詩人たちがそうだった。ある者はアナーキストを自称し、ある者はデカダンを気取っていたが、そろいもそろって文なしの空っけつ。教科書なんか糞くらえで、実はおれも、とっくにそれを売っ払ってタバコ銭にしていた。保守党？ネクタイ？　きざっぽい名前？　みんな犬にでも食われろ！　無精髭の友人たちはほとんど授業に出なかった。ただなんとなく、バー・エルクレスに集まって、教師をこきおろしたり、小荷物の箱をみんなで開けたりしていた。息子思いの母親が、豚を殺したからと言って送ってよこした箱。友だちといっしょに血入りのソーセージや塩漬け、股肉《もも》を食べてくれ、勉強に金が要るのは分かっているが、思うように送れない。トウガラシとコエンドロとニンニクのいい匂いがするこの箱で我慢してくれ、冬の寒さをしのぐ助けにはなるから。眠気がさしたらコーヒーを飲むといい、頭が冴えるから……なるほど、友人たちは、仲間たちは、酒の臭いをぷんぷんさせ、いつも首にマフラーを巻いている。バー・エルクレスも、住んでいる下宿も、雨に濡れながら歩くことの多い通りも、みんな寒いのだ。底がすり切れ、穴にボール紙を当てたぼろ靴。それでも歩く。友だちに赤の一杯を奢りたければ、わずかな電車賃でも節約するしかないのだ。あるいは教科書を売るか、時計を質に入れるかするよりほかに手がないのだ……おい、ウンベルト。物を書いて、いったいどうする気だ？　本にしたくたって一文なしだろう。出版社に出してもらおうと思ったら、コネがあるか、名前が売れてなきゃだめだ。お前は名前が売れてないもの。おれ近ごろ、やる気なくなったよ。ニーチェの話も全然しなくなったしな。ま、あれは一年生や二年生のお坊っちゃんか、カモシカ革のスパッツなんかしたきざな連中が熱をあげることさ……ルイスはよく咳をしたが、やがてそれがひどくなり、どこかへ運ばれて、そのまま消息が聞かれなくなった。

「きっと死んだんだ」

「早いとこ死んだ奴の勝ちさ」

「ロシータ、一杯たのむ。月曜には払うからさ」

「そんなことで、本が出せると思ってるの、ウンベルト？」

もちろん手はある。予約を募るのだ。おれは印刷屋と話をつけた。最初の手付け金だけで十分だった。あとは、売れた冊数の分を払えばいいが、ともかく手付け金は必要だった。それでおれは、人類学博物館での出会いのことを書きつらねた手紙をあんたに出し、本の贈呈を申しでた。書くには書いたが、最初の手付け金がないために陽の目を見ないでいる本の贈呈を申しでた。そして数日後、五百部中の一部ではなく百部もの予約代金の書きこまれた小切手が添えられた、きわめて丁重な内容の手紙が郵便受けに放りこまれた。おれは早速、原稿と金を印刷屋へ持っていった。

初めておれの名前が世間に出た。いまでは覚えてもいないが、それがベッドの足許のグラフに、白いドミノ服を着た人間たちがときどき覗いては首を横に振っているグラフに、書きこまれていることは分かっている。シスター・ベニータ、あなたもおれの名前は知らない、あなたにとっておれは、掃除をし、チップをもらい、水道管を修理し、窓を閉めてまわる。唖《おし》の《ムディート》でしかないのだ。父は嬉し泣きに泣いた。〈たとえてみれば繭からわずかに顔を覗かせた、かけだしの新人にすぎないけれども、将来、芸術性ゆたかな作品を期待できる才能の持ち主である。洗練された感覚はほとんど病的なものがあり、ときに頽廃的なイメージの過剰を楽しんでいる節が見られる。しかし、耳新しいとは言え、その芸術的感覚の繊細さによってすでにこの国の文学に深い刻印を残した、ウンベルト・ペニャローサという名前は忘れられてはならない〉。シスター、これが、ウンベルト・ペニャローサがおれの名前だ。おれは思っていた、自分は永久にこの名前を忘れることはないと、また、誰もそれを奪おうとはしないだろうと。たとえばこの白衣の看護婦たち、この綿でできた人形たちだが、彼女らがこんなみっともない名前をほしがるわけがない。父は思ってもいなかったらしい……おれが文学をやっていることを、父が見抜けるはずがなかった。それにしても、なぜそのことを隠していたのだろう、おれは？　父だって理解してくれたのではないだろうか？　文学の道に精進することによって名を挙げることもできるのだ。一流新聞の日曜版の文芸欄のトップに、大きな活字で印刷されたおれの名前。それは一家に名前を授けるものだった。父は、それを読んでくれと言った。新聞の文芸欄にはっきりと出ているウンベルト・ペニャローサという名前は、同時に父のものだった。父は母に持ってこさせた鋏《はさみ》を乱暴に扱って、新聞から記事を切り抜いた。おれは父に話した。ドン・ヘロニモ、あんたが初版の百部を気前よく予約してくれたこと、そのおかげで、背はみばえのよくない緑がかった色だが、百八十ページの本が陽の目を見ることができたということを。

「ドン・ヘロニモ・デ・アスコイティアだと！　どうしてまた近づきになったんだ？」

「それはちょっと……」

父は茫然とおれの顔を見つめていたが、やがて訊いた。

「お礼を言いに伺ったのか？」

「いや」

「そんなばかな！　すぐに着替えをして……黒っぽいスーツと、いちばんいいネクタイを……そのまま着れないようだったら、母さんにアイロンを当ててもらいなさい。かならず会って来るんだぞ。よくまあ、いままで……礼儀知らずもいいとこだ。このわたしの息子が、このわたしの名前を継いでいる人間が、こんな……」

父が自分の名前のことを口にしたのは、それが初めてだった。

「……こんな恩知らずなことをするなんて……」

おれは思わず大声をあげた、ぼくの成功を横取りするなんて、いくらなんでも酷いじゃないか、鋏を突き立てられたとたんに、ここが、胃が痛くて痛くて……やめさせてよ、ぼくの名前が出てる記事を切り抜いたのを、姉さんがアルバムに張ってるじゃないか。やめろ、ばか！　記事をみんな、こんな花輪や鳩の絵でかこって、飾りのつもりか？　アルバムをよこせよ、焼いてしまうんだから。父さん、ほんとのこと言おうか。ぼくはもう党の人間じゃないんだ。ほとんど毎晩、酒場へ行って、友だちと飲んでるんだよ。みんな心から喜んでくれているんだ、ぼくの成功を。成功と言ったって、ほんとにささやかなもので、友だちもそれはよく知っている。知っていて、それをあるがままに、正当に評価してくれているんだ。ぼくはもう学校には行かないよ。弁護士や公証人になる気はなくなった。ひとかどの人間になろうとは思わない。もうかまわないでほしいんだ。ささやかな、ぼくだけのものを、ぼくから奪わないでほしいんだ。ぼくの本を……だが、父は姉にたいしてくどくどと繰り返していた……持参金を持たしてやることはできんが、お前の夫になる男は、お前からこれをもらったら、きっと喜ぶぞ。ひとかどの人間、ちゃんと名前を持った弟がいることを、この切り抜きは、くどいほど教えてやるだろうからな。

「わたしの名前を汚すようなことはしないでくれよ」

「父さん、いつから名前を持つようになったの?」

大きなドアの音をさせて、おれはわが家を飛び出し、それっきり戻らなかった。ドン・ヘロニモ、あんたがおれに会いにバー・エルクレスまで来たとき、すでにおれは何カ月も前から、一軒の洗濯屋の上の、洗い物の臭いの染みついたみすぼらしい部屋で、ロシータと同棲していた。小柄だがみずみずしく、いつも暖かい彼女のからだは、夜になるとからみついて、おれを放さなかった。父の姿はその要求とともに薄れ、胃の痙攣も起こらなくなった。何を書いているのか、彼女はひとことも訊かなかった。一緒にドミノの勝負を戦わした駅の赤帽たちも同じだった。大学の仲間たちはばらばらに散って、別のバーに出入りするようになったが、おれは例のバーを動かなかった。居心地がよかったのだ。コーヒー・マシーンの奥からロシータは絶えず微笑を送ってよこし……おれは仲間たちをなつかしいとも思わなかった。胸の悪かった詩人はみんな予想どおり、みすぼらしい小屋で死んだし、マノーロは社会保険局に勤めるようになった……ほんとの下っぱだよ。でも仕方がないさ。空き腹かかえてうろうろするのには飽いたし、おふくろの奴にうるさく、これじゃ首をくくるより、なんて言われるのはかなわんからな……ニカノルは雨のよく降る田舎へ帰って、両親が決めたいいなずけと結婚した。畑が隣りあっていて、狭いには狭いが両方をひとつにすれば、なんとかやっていけるだろうと……ニカノルは、このいいなずけのことは隠していて、一度も口にしたことがなかった。そして、おれが静かにドミノの勝負をやっていたときだった。あんたがドアから入ってきた。あんたはカウンターに近づいて、おれがいるかどうか、ロシータに尋ねた。

お前はその悪意のない指で、部屋の奥の、あまり暖かくない石炭ストーブの横を差した。そしてあんたは、黄色っぽい光の下に集まった大勢の客の頭ごしにおれを見た。ロシータ、お前はおれを指差すことによって、手足を縛られたように抵抗も何もできないおれを、ドン・ヘロニモに引き渡したのだ。おれはここに、いまではいく重もの脱脂綿やガーゼや絆創膏《ばんそうこう》で蔽われているこの位置に、痛みを感じた。あんたが客であふれたテーブルを縫って近づくにつれて、痛みはつのった。ますます激しくなった。大理石のテーブルに並べたカードの左右に肘を突いて、おれはつぎの勝負に注意を集中しようと努めたが、鋭い鉄の一撃にも似た激痛に襲われ、一瞬、息が止まりそうになった。あんたが黙って、おれの後ろに立ったのだ……おれの居場所がどうして分かったのだろう？おそらく、おやじのところへ行ったんだ。脚がびっこのテーブル、姉が刺繍したテーブルクロス。あの哀れを誘う小さな広間へ、卑屈で世辞のうまいおやじは彼を案内したにちがいない。おそらく例のアルバムを見せたり、慎ましくて、懐疑的で、表には出さないが皮肉な母を、ドン・ヘロニモに紹介したりしたにちがいない……。

「ダブルの3だ」

ドン・ヘロニモの手がカードを置いた。おれは椅子から立ち、彼のほうに向きなおって言った。

「この野郎、なんでよけいなことをするんだ？」

あんたは吹きだした。いや、初めはただ微笑しただけだった。

「わたしだ。見覚えがないかね？」

ほかのテーブルの話し声が小さくなった。亭主とロシータが吊るしたソーセージと煙を透かして、こちらを見ていた。誰かがそばで呟いた。

「さあ、始まるぞ」

それを聞いて、あんたはこんどこそ本当に吹きだして、言った。

「いやいや、何も始まらんよ」

あんたはくるりと後ろを向き、テーブルのあいだを縫って出ていった。おれのドミノの相手は、おれの背後で起きていることをじっと見ていたが、やがて教えてくれた、紳士が出ていく前にしばらく足を止めて、何やら紙に書き、それをロシータに渡したと。おれは結局、勝負に勝った。

「さて、帰るか」

「今晩はまた、やけに早いじゃないか」

「敵討ちは、あすにしてくれ」

おれは、そのあすが来ないことを知っていた。おれはマフラーを首に巻いた。そしてカウンターに近づき、ロシータに言った。

「帰るよ」

「どっちへ?」

「具合がよくないんだ、胃の……」

おれが店を出ようとしたとき、彼女が声をかけた。

「ちょっと待って」

「なんだい?」

「あのひとが、あした十時に屋敷へ来てくれって、そう言ってたわ」

住所の書かれた名刺。おれはそれを破り捨てた。

「なんだ、こんなもの!」

もちろん、おれは彼の住所など必要としなかった。公園の森と向きあった彼の屋敷の黄色いペンキ塗りの正面を、よく知っていたのだ。したがって名刺を破ったのは、その晩かぎりで彼女と抱きあって寝ることはもうない、と思っているおれの本心をロシータに悟られないために、わざとしたことだった。

18

最初から、バー・エルクレスのときから、いや、それ以前から、人類学博物館でのあの午後から、あるいはもっと前、彼の手袋がおれの腕に触れたそのときから、いっさいが綿密に、着実に、気の遠くなるような辛抱強さで企まれてきたのだ。使用人に加えることによって、彼はおれを信頼の穴の奥に閉じこめた。おれを捕えておくためにその愛戯を目撃させた。イネスは、おれに針を喰いつかせるための餌だったのだ。異形の者たちの世界を支配し、そこでこの卑しい肉体によって彼に代わってその嫡子の父となると。これが最後の誘惑、もっとも鋭い釣針だった。おれはそれに喰いついた。針は深く喰いこんで、おれは逃げようにも逃げられない。熱くなったかと思うと氷のように冷たくなるベッドに縛りつけられたおれ。注射責めで物を考えることもできない。いや、いまさら否定しなくてもいい。注射はおれをこの状態に置くためのものだ。おれから光を奪って、生でも死でもないこの薄暗がりのなかに沈めておくためのものだ。血液の容器がつぎからつぎに運びこまれ、おれは死ぬことを許されないばかりか、わずかに残された意識の断片を掻き集めて考えることもできない。なんのつもりだ、ドン・ヘロニモ？　何を狙っているのだ？　おれを妖怪インブンチェに変えることでは、どうやらなさそうだ。おれをそうしたがっているのは、いっしょに暮らしているあの気のいい老婆たちのほうだ。たしかにインブンチェになってしまえば、アスーラ博士の振るうメスで正確に切り刻まれる代わりに全身を縫いふさがれてしまえば、楽なことは楽だろう。老婆たちの小さな足音が外でしている。いや、彼女たちはおれを切り刻もうなどとは思っていない。ここへ来たのは、おれを縫いあげるためだ。実に心のやさしい連中だ。窓ごしに通りをうろうろしている彼女たちが見える。角のガソリンスタンドでおれを待っているのが見える。正面の窓でこちらを向いて笑っているのは、あれはドーラじゃないか。なぜ老婆たちを入れてやらないのだ？　どこの病院だって面会時間がある。それなのにここにはない。ここは病院ではなくて、白い牢獄なのだ。だから、おれもそのひとりである心のやさしい老婆たちは、四角い窓のそばでおれを待っているのだ。おれを抱き、おれを引き取り、寒くないようにおれを包みに入れてしまうために、袋を用意して来ているのはそのためだ。老婆たちはおれから何も要求しない。彼女たちは辛抱強い。あせらずいつまでも待つ。年寄りの時間には終わりがないからだ。彼女はつぎつぎに入れ替わる……わたしたちは急がないよ。いつまで待っていてもいいんだよ。容器の血が全部、《ムディート》の血管に入りきってしまうまで。

外は寒い。凍てつくような風が吹いている。おれは二度とその冷たさを感じることはないだろう。この口に水のそれを感じることがないように。誰もおれに水をくれない。水はからだに毒だと言うのだろうか……風向きはおれには分からない。旗やのぼり、樹木がないせいだ。通行人の着ているものも見分けがつかない。通行人もいなければ、車も走っていない、そんな感じさえする。この大都会のなかで動いているものは、何ひとつない。ただ真冬の寒さが感じられるだけだ。おれは永久にここに、この暖かすぎる温室に閉じこめられているのだろうか？　おれは目をつぶって、表の通りへの切ない郷愁を遠ざけようとこころみる。確実な運命が文字となって眼瞼の裏に現われる。彼らはお前を生かしておくが、ここからは決して出さない、お前のからだの器官をすべて奪うつもりなのだ、いいか、彼らはお前の八十パーセントを取り去って……そのとおりだ！　彼らは間違いなくそれをやる。いや、現にもうやっている。おれは目を開ける。窓の四角のなかで動いたものは何ひとつない。おれは起きあがろうとしてもがく。だめだ。いったいどれだけの時間、おれはこのベッドに縛りつけられ、この薄暗がりのなかに沈められていたのだろう？　もちろん、彼らはおれの血の交換から始めた。おれはこの目で、アスーラ博士が注射器でおれの胃から血を汲みだすのを見た。おれの良質の血をよこせと叫ぶ大勢の人間に、それを引き渡している現場を見た。連中が血をもらって、ほんのしばらくだが静かになるのを見た。彼らは血液以外のものにも手を伸ばそうとしている。彼らはおそらく、おれの健全な器官をつぎつぎに剔出して、不具たちの欠陥のある器官の代わりにそれらを移植する気なのだ。現に昨夜、おれはこの足を切断しようとしている鋸《のこぎり》の歯を感じた。右の足首に、ついで左の足首に、赤い線が円く描かれていくのを感じた。そして今朝、おれの足はとてつもなく大きなものに変化し、指のあいだには黄色い膜さえ生じていた。水掻きのある足！　手も同じ目に遭ったのにちがいない。そう疑ったが、とてもそれをたしかめる気になれない。連中はおれからおれの手を奪ったのだ。他人の水掻きのついた手と取り換えたのだ。見たくないその手を、おれはシーツの下に隠す。こうすれば、太い蜘蛛の糸のようにからまり合い、不具の肉の詰まった五本の指を結ぶいやらしい膜を見ずにすむ。きっと、配給の順番を決めたリストか何かがあって、エンペラトリスがそれを管理しているのだろう。エンペラトリス、お前はここへ姿を現わさなかった。お前はおそらく、糊のよくきいた白い帽子をかぶって受付けの机にすわり、おれの器官を貪欲にねだる畸形たちを鎮めるのに大わらわなのだ……順番を守ってちょうだい。まず一級のひとたち、それから二級のひとたちよ。あんた、名前は？　で、何がほしいの？　くずれた顔をそっくり取り換える、新しい顔ですって！　それはむつかしいわねえ。だって、注文が多いのよ。みんなが新しい顔をほしがるのよ、数が少ないのに。新しいのができるまで時間がかかるわ。ゆっくり、注意してこしらえなければいけないの。たとえば足なんかとちがって、顔は大事なものですものね。

いずれこの皮膚もやられるのだ。連中はおれの皮を剝いで、そいつをメリーサの白子のからだにかぶせる。何日か昏睡したあと目覚めたおれは、黒い眼鏡をかけた白いお化けに変身していて……おれの鼻、おれの腎臓《じんぞう》、おれの腕、そしておれの胃も……いや、これはすでに剔出されてしまった。少なくとも八十パーセントはやられているのだ。肝臓も肺も、健全なもののすべてが、エンペラトリスの机の前に列を作って、ギャアギャアわめいている不具たちに配られるのだ。優先の順位や必要度をよく心得えている冷酷で細かいエンペラトリスは、十字を書いたり点を打ったりしている。赤であれば、緊急を意味する。受付けの部屋にあふれた、おれの卑しい肉体を渇望する畸形たち。おれの背丈をほしがる巨人症の男たち。おれの血の気のない皮膚を狙う肌の薄汚い連中。少しでも分けてもらえればというので、畸形の子どもを連れてきた正常な母たち……なんでもよろしゅうございます。かたわの可哀そうなこの子が正常になれるのでしたら、そして、その年でも欠陥を消すためにできることがあるかどうか、それをたしかめたくて不具の父親を連れてきた正常な息子たち。彼らはその欠陥のある器官を、すべておれに押しつける。それらは徐々に新しいおれを形づくっていくはずだが、しかし新しいおれは決してできあがらない。いつまでたっても畸形的な欠陥の塊でしかない。だが、おれはそのなかに自分を認めざるをえない。病的なもの、異常なもの、滑稽なもの、奇怪なものが蠢《うごめ》く地獄。これがおれなのだ。畸形だった連中に移植されたおれの健全な器官は彼らを徐々に正常な人間にしていくだろう。畸形的な性質を失った彼らは、やがて、おれに似た、まったく取るにたらない人間に変わってしまう。一方、おれはこのベッドに縛りつけられ、閉めきられた四角い窓を見つめながら、ただひたすら待つのだ。もう一度、麻酔をかけられて、残った腎臓、片耳を奪われるのを待つのだ。この爪を鉤爪と取り換えられるのを待つのだ。そして、リンコナーダの畸形のすべてが健全な姿になる。すべてが正常な、取るにたりない、自由な、ありふれた人間となって、町や田舎でありふれた生活を始める。隣人を持ち、友情を結ぶ。おれだけが彼らの肉体に閉じこめられて、ここに残るのだ、おそらく……。

いや、そんなはずはない。事はもっと違った形を取るはずだ。別の道をたどるはずだ。おれのからだだって結局、限度がある。おれには、ふたつの肺、ひとつの鼻、ふたつの耳、三十二本の歯、二本の手、二本の足があるだけで……おれの部屋の窓にはなんの変化もない。光と影が交替することもない。だから昼間のことだったのか、あるいは夜のことだったのか、それは分からないが、ともかく目を覚ましたおれは、ある非常に奇妙な事態が生じていることに気づいた。おれの手や足の水掻きが消えていたのだ。おれに移植されることによって、畸形の連中の欠陥のある四肢や内臓が正常な形を、ふたたび取り戻していたのだ。移植の手術のために麻酔をかけられる。眠っていながらおれは、はっきりと、アスーラ博士のメスがおれのからだを裂くのを、骨が鋸で切断されるのを感じる。縫いあわされ、切り刻まれ、もぎ取られるのを感じる。おれの肉体のものではなかったが、移植されると同時におれのなかで正常さを回復し始めた肉片が、引きちぎられるのを感じる。おれは眠っていながら、それをちゃんと感じることができる。だからこそ、連中はおれをここに閉じこめているのだ。おれがここを出る日は決して来ないだろう。おれはあらゆる器官の飼育室であり、健全な四肢の製造工場にすぎない。ドン・ヘロニモがおれを生かしておくのも、そのためなのだ。おれだけが働き、おれだけが生産しつづけるこの工場が建てられたのも、そのためなのだ。この虐待をおれに気づかせまいとして、ドン・ヘロニモはおれの意識を薄明の状態に保とうとしている。おれは、わずかな空気、ほんのちょっぴりの空気しか与えられていない。だが、それでも完全に死ぬのをさまたげるのには十分だ。臓器を交換されたおれの時間は無限に延びて、かつてなかったことだが、おれは初めて人間になる。ほかの連中の肉体の一部の養殖場にすぎないかもしれないが、おれは決して死ぬことがない。薄明にも似たこの状態を、おれは永久に保っていくのだ。定期的な昏睡。よけいなものをかねがね他人にゆずりたがっている畸形たちの輸血によって妨害される、やむときのない出血。それ以外のことは何も起こらない。何事も起こらないのだ。いっさいが変わらないのだ。眠りと覚醒状態の相違なんて小さなものだ。ドン・ヘロニモはおれを死なせはしないだろう。おれを世界じゅうの不具の餌にし、彼らが地上から消えたあと、その畸形的な欠陥をいっさいしょいこんだおれを見ようという魂胆なのだ。ドアの外の廊下や中庭で叫び声が聞こえる……耳をください……右足の親指をお願いします。いいえ、左ではなくて右なんです……そう、それだったら少し待つのね。右足の親指は注文が多いのよ……四番めね。さあ、どれくらい日にちがかかるかしら。親指が生えてくるまでにとっても時間がかかることが、ちょくちょくあるのよ……眼瞼、皮膚の断片、生まれつき四本指の畸形の手のための指一本……どうせあとでまた生えてくるのだ。連中は、おれの指を取って別の指をくっ付け、おれの鼻を取って別の鼻をくっ付けるということを繰り返すだろう……おれには無縁な時間が過ぎていく。何も変化しない。おれの窓の限られた通りでも、何ひとつ動かない。昼でもなく夜でもなく、寒くもなく暖かくもない。おれを若返らせ、死への権利を消滅させる、この永遠に続く器官の移植。静止した柔軟な時間。そっくり同じことの繰り返し。水があるでもなく、水がないでもなく、すべてが白、すべてが薄明りのなか。低いひとの声。秒針のない時計。鼓動しない心臓。腹がへる時間にも空腹感がない。いや、四六時中それを感じない。胃がないためだ。胃はすでに奪《と》られてしまっている。八十パーセントも、ときにはそれ以上も、切り取られるのだ。死のオルガスムスを拒否されているこの薄明のなかでは、時間は流れない。

みんなは、おれが眠っていると思っている。ひどく小さな声で話をしている。アスーラ博士がグラフを調べている。おれの体温を見ているのだろうか？　血圧だろうか？　赤血球の増減だろうか？　博士はグラフをドン・ヘロニモにも見せる。それについて意見をかわし、まわりの看護婦たちに細かい質問をする。彼女たちがうなずくのを見て、アスーラ博士はグラフをふたたび吊るす。おれは目を開けないが、蛇の透明な眼瞼を移植されたおかげで、すべてを見ることができる。連中には眠っていると思わせておけ。まるで何事もなかったような態度でドン・ヘロニモに話しかけられたり、やさしく扱われたりするのは、おれはまっぴらだ。みんなが敵なのだ。誰が目を開けてやるものか。

「万事順調です、ドン・ヘロニモ」

「大手術をやっても大丈夫かね？」

「何しろ、同時にふたつの手術をするわけですからね、ドン・ヘロニモ。ふたりを同時に、隣りあったベッドに寝かせて麻酔をかけましょう。あなたを切開して移植にそなえる。そして一方でウンベルトの器官を剔出して、受け入れ準備のととのったあなたのからだに、それを順次に移植していく……」

「なんでもいいから、ともかく、このからだを元のとおりにしてもらいたい。わたしの性器は博士の好きなようにしてもらっていい、ごみ溜めに捨てるなりなんなり……。こいつが役に立たなくなったのは、嫉妬に狂ったこの裏切り者がわたしをたぶらかして、下の腐った、ぞっとするような老婆と……つまり、セックスさせたときからだ。わたしの陰茎は犯され、それっきり物の役には立たなくなった。一方、この男は従順をよそおいながら、イネスの相手をしていた。いやいや、焼き餅で言ってるんじゃない！　イネスも実は知らなかった。いっしょに寝ているのがウンベルトだとは。わたしだとばかり思っていたんだ！　妻のからだに触れたこのげすな男を、わたしは許すことができない。彼のような人間には現に禁じられており、これからも永久にそうでなければならないもの。生まれながらに触れる権利を奪われているもの。それに彼は手を出したのだ、不遜にも。彼は処罰されなければならない。その性器を二度と使えないようにするのだ。博士、彼のものをわたしに移植してほしい。わたしのは、どうせ役に立たないんだ。彼に移植するまでもない。ごみ溜めへ放ってもらって結構」

ふたりが部屋から出ていったとたんに、おれは目を開けた。窓のほうを見、どこまでも続く通りを眺めた。動きのない通りは、興味も美しさも感じさせない、日常的な情景の映っている写真めいて見えた。ただなんとなく撮った写真。ほかのものが実は大事なので、おそらく、ただフィルムを全部撮り終えるためにシャッターを押した写真。まったく変化のない通りを撮った、くだらない風景写真。壁に貼りつけられたこの大きな写真――その正面で、この部屋で、補充品としてのおれの生活が無限に続けられるのだ――を眺めているうちに、おれの心は深い落ち着きをえた。平安と愉悦。これらの感情が生まれても、それは当然ではないだろうか。ドン・ヘロニモがはっきり言ったのだ。おれがあの晩、ペータ・ポンセの部屋で、イネスと愛をかわしたと。おれは、彼女の美しい肉体に触れたのだ。だとすれば、死がおれに禁じられていようといまいと、どうでもいいことだ。水だってそうだ。完全な眠りや、完全な覚醒だってそうだ。おれの未来の生活という単調な遠景のなかに消えていく、この一本の通りを眺めながら、おれが心の静まるのを覚えたとしても、それは当然のことなのだ。生殖のための道具など、おれにはもう用はない！　もぎとって、そこらの犬にでもやってくれ！　おれは壁を乗り込えて、禁じられているもの、イネスに触れた。ドン・ヘロニモもこの最終的な勝利については知らない。彼は信じている、昔おれの傷を自分のものにしたように、この生殖器をおれから奪ってみせると。とんでもない、ドン・ヘロニモ！　おれは喜んで、それをあんたに贈るのだ、もう用はないから。さあ、受け取ってくれ。博士に命令して、こいつを剔出させるといい。おれはとっくに心の平安をえているのだ。見慣れた人影が通りで動き始める。足音が聞こえる。最初のうち彼女たちは人目につかないように歩道に立って、通りの角に立って、ただ笑顔をこちらに向けていた。しかしやがて、彼女たちは合図を送り始めた……降りてらっしゃい、降りて……リータが、自分が扉を開けてやる、と言っている。ドーラが、みんな喜んでおれを迎えるだろう、と言っている。ブリヒダが手招きしている。アンドレシート師の教会の塔の鐘が鳴っている。午後四時だ。陽が照っている。冬だが陽は照っている。外の空気は冷たいにちがいない。待っていてくれ、みんな。もう少し待ってくれるように、おれは合図をする。下へ降りて、彼女たちのところへ行くのは、きょうは無理だ。あしたもおそらくだめ。だが、あさってか、しあさってなら間違いない。そのころには手術もすんでいるだろうから……いらっしゃい。ここへいらっしゃい、《ムディート》。あんたの咽喉を別のやつと取り換えるのを、忘れられちゃったのね。だから唖《おし》になったのね、《ムディート》。あんたの耳もそうだわ。だから聾《つんぼ》になったのよ。いらっしゃい、ここへ。みんな待ってるのよ。迎えに来てるのよ。わたしたちは、何もくれなんて言わないわ。ただ、あんたの面倒がみたいだけ。やさしくしてあげたいだけ。あんたを暖かく包んでやりたいだけよ。この袋を見て。あんたを入れて運ぶために持ってきたのよ。これなら誰にも気づかれないでしょ。あんたにまらがなくても、わたしたちは平気よ。こんな老いぼればかりだもの。まるで女じゃなかったみたい。ほかにいろいろ楽しみがあるし、そのうち教えてあげるわ。

そうね、あんたがいま見ているものの裏っかわで起きてる、もっともっとややこしいことよ。時間やいろんな物の影も、そこではみんな歪んでしまうのよ。どんな楽しみか、あんたにも教えてあげるわ。だって、あんたもわたしたちと同じように、何もかも奪《と》られてしまって、でもおかげで、一文無しの貧乏人、見捨てられた老いぼれの力を持つようになったんだもの。わたしたちと仲良く遊びましょう。そうよ、ほんとに無邪気な遊びよ。でもね、それがわたしたちの手にかかると、とっても面白くなるのよ。いまにあんたにも分かるわ。たとえば、いろんな儀式をこしらえるの。簡単なようで、とてもきびしい儀式よ。わたしたちのじめじめした回廊や、くずれた塀や、荒れた中庭のなかでは、男と女の区別なんてないのよ。だから、あんたもインポテの化け物じゃなくて、わたしたちと同じ人間になるの。さんざんこき使われて、やっと逃げだしてきた、もうひとりの年寄りになるんだわ。ドン・ヘロニモなんて、笑いとばしたら。あんたがいま、その、ここんとこに持ってるものを分けてやることで、あんたは結局、ドン・ヘロニモを奴隷にしたのよ。あしたかあさってになれば、それも失くなって、あんたは自由になれるわ。そしたら、わたしたちのところへ来て、いっしょに暮らしましょう。そこらをちょこちょこっと掃いたり、磨いたり、葬式の用意をしたり、それだけやってればいいのよ。お祈りを唱えたり、メルセデス・バローソのふざけた話を聞いて笑ったり、イリス・マテルーナのいまはやりの踊りを見てはしゃいだり、それでいいのよ。だけど、イリスがよく踊ってたのも、奇跡の子が生まれるのを待つようになる前のことね。近頃は、お腹に子どもができたことにうすうす気づいたらしく、そのせいかしら、あまり踊らないわ。それはともかく、あんたは、マテ茶を飲んだり、咳こんだり、そんなことをしてればいいの。身を粉にして尽くしたのにいままでは知らん顔の、恩知らずな主家をこきおろしたりしてればいいの。ロザリオの祈りだけは念を入れることね。だって、きのうの晩もドン・クレメンテがうろついている声が聞こえたって、誰かが……シーッ、お喋《しゃべ》りもたいがいにしてくれ。大きな声を出しちゃいかん。おれに声をかけるのはやめてくれ。静かに、おとなしくしていてくれ。大きな声を出すと、連中に聞かれてしまう。

「降りてきて、《ムディート》」

「降りるのよ」

「待ってるわ、みんな」

「寂しくて……」

彼女たちは前の歩道にむらがって、おれを呼び立てる。手を振り、ハンカチをひらひらさせる。おとなしくしていろ、落ち着くんだ。近いうちにお前たちのところへ行く。外の空気を吸わせるために、奴らはいずれ、おれをここから出すだろう。それが当たり前だと思うけど、お前たちがおれをさらっても、奴らは黙って見ているだろう。


あなたまでが《ボーイ》のために編み物をやっているのか。誰にそそのかされて、七人の魔女の陰謀に加担したのだ？　きっと、おれが入院して留守だったとき、おれが八十パーセントの剔出手術を受けていたときのことにちがいない。シスター・ベニータ、こんなに落ち着いたあなたを見るのは、これが初めてだ。まるきりおれと同じで、薄明のように淡い永遠の時間のすべてを与えられ、死の平安も、窓のガラスの冷たさも感じないかのようだ。おれはベッドに縛りつけられているのかだって？　シスター・ベニータ、その目で見ればいい。このとおりおれは身動きもできない。いや、おそらくあなたには見えないのだ。ベッドはこんなに広い。その上で、たった二十パーセントまで小さくなったおれを見つけるのは、容易なことではないだろう。しかし、おれが回復に向かっていることだけはたしかだ。そうでなければ、なんとしてでもおれを助けたいと思っているあなたは、忙しく動きまわっているにちがいない。ところが、あなたは静かにじっとしている。おれの横に腰をおろして、《ボーイ》のための白いショール――ここでは、何もかもが白い――と思われるものを編んでいる。あなたもおれと同じようによく心得ているが、いわゆる無窮の宿命を与えられた、この果てしなく続く黄昏《たそがれ》の静けさは、まるで麻痺したような表の通りの薄明によってあなたを魅惑する。おれの窓がかぎるその通りでは、少なくともおれの見るところ、なんの変化も生じない。あなたはおれの手を取る。死ねないことへの恐怖におれが怯えていることを知っているからだ。しかし、シスター・ベニータ、おれもしょっちゅう恐怖を感じているわけじゃない。おれの時間は始めも終わりもなく、この通りをどこまでも延びていくだろうという確信に、まま力づけられることもあるのだ。建物の正面や歩道、街灯や舗石、窓やドア、丸太やアンテナ、電線などのすべてを含めて、通りはもうひとつの天国だ。あなたに護られたここから見るそれは、決して、もうひとつの地獄ではない。地獄は、おれがあのとき耐えねばならなかった、雨風に打たれる惨めな通りだった。いっさいが《ボーイ》を取りかこむためではなく、このおれを駆り立てるために仕組まれていると気づいたとき、おれはリンコナーダから表の通りへと飛びだしたのだった。おれは逃げた、ひとりで、寒さのなかを、顔を失ったからだで。顔があるわけはない、アスーラ博士はわずかに二十パーセントを残してくれただけだったから。この目のために気づかれるのを恐れて、おれは乞食に変装していた。逃れるすべのない寒さと空腹、貧乏と悲惨。奴らはあのころ、通りをうろつくおれに露骨に敵意にみちた顔を突きつけたものだ。そう言えば、下宿のおやじによく表に放り出された。払おうにも金がなかった。おれは、目の前に延びるのっぺらぼうな時間のなかを、ただうろつきまわった。夜も昼もうろつきまわった。夜も昼も変わりはなかったのだ。ほかの日に比べて慈悲深げな日もなくはなかったが、敵意を秘めているという点では、どれもこれも似たりよったりで、おれは結局、あちらこちら夜の公園を渡り歩いた。公園とは言ってもそれは、たとえば、乗馬姿の彫像や四阿《あずまや》や池などのある公園ではなくて、まったく別の種類のものだった。町のはずれにあって、公園とも牧場ともつかないものだった。誰のものというわけではなく、番人もいない。だから夜になると、おれたちみたいな人間がそこにたむろして、手をぬくめたり紅茶をいれるために、あちこちで小さな焚火をする。もっとも、落葉をくべたこの小さな火はすぐに消される。誰かに見咎められると困るからだ。また、互いの顔が分かって殺しあいにでもなると困るからだ。いまではおれは二十パーセントの人間にすぎない。だからペータ・ポンセに見つかる心配などせずに、自由に通りをうろつき、荒れた公園の奥に入っていくことができるのだ。それも身を隠すためではない。彼女が捜している相手はおれではないことを証明するためだ。いい加減に悟ってもらいたいと思う。あの哀れな老婆のやっていることは、まったくむだな努力である。彼女が追うべき相手はおれではなく、彼なのだから。彼がいっさいをにぎっているのだから。ペータ、お前を犯したのは彼だ。お前に快楽の喚《うめ》きをあげさせたのは彼だ。おれたちが生まれた最初の悪夢以来、何百年もの昔から お前の生が求めつづけてきた、ただ一度のオルガスムスのなかでだったが。あの晩、ベッドでお前にのしかかったのは彼で、このおれではない。おれが犯したのはイネスだった。だから彼は、彼女に触れたおれの器官を奪ったのだ。だから、おれを表の通りへ、この窓から見える通りへ放りだしたのだ。そこでは何事も起こりはしない。ガソリンスタンドにも車の影はない。動かない時間のなかで、通りが延びたり縮んだりを繰り返している。ぼろをぶら下げた、弱々しげな不精髭の乞食。気の毒に耳も口も不自由らしい。あちこちの教会の入口で物乞いをしているのをよく見かける。そいつがいま、通りを歩いていると思ったら、風にさらわれたように視界からふっと消える。彼と同じような連中が身をひそめている公園へ行ったのだ。しかし彼は、別に隠れたわけではない。シスター・ベニータ、それだけは誓ってもいい。彼は溝のなかで落葉を掻き集めて火を焚き、闇にまぎれてやって来たペータが、物を盗むふりをしながらズボンの奥を探ることを期待して、眠る。しかしシスター・ベニータ、ペータには何かを盗もうなどという気はない。これまで捜しつづけて来たものを、おれのなかに捜しにやって来たのだ。ペータは何も見付けられないから、おれも起きることはないだろう。おれには聞こえない彼女の怒りの呻きは闇に呑まれてしまう。彼女はおれのズボンの前を閉めてから、どこかよそへおれを捜しにいく……ところでシスター・ベニータ、おれには分からない、はっきりしないのだ。アスーラ博士の交換と移植の手術がどこまで進行しているのか、それがよく分からないのだ。で、ときどき不安になることもある。交換はまだ行われていなくて、その準備の段階だというようにも考えられる。窓から見える通りに乞食の姿も老婆たちの姿もない。去っていったのだ。修道院へ帰ったのだ。ああ、おれも修道院へ戻りたい！　そこへいちいち戻って、闇のなかの廊下を歩きまわりたい。ドーラやリータの顔が見たい。しかし、このベッドから見える窓でかぎられた通りに、彼らの姿はない。冷たいベッド、冷たい窓、冷たい通り。車も修理工もガソリンスタンドも見えない通り、通行人のいない歩道、並木の葉を失った風、洗濯物を失った風。すべてが無限に長い瞬間のなかで静止し、動かない。そして、あなたはおれのそばで、おれを看護し、黙っておれを見守り、おれを見張っている。そうだ、エンペラトリス、お前はおれを看護しているわけではない。おれは見張っているのだ。白い繻子《しゅす》の豪奢なドミノ服を着ていても、おれにはお前だということが分かるのだ。看護婦でとおす気だろうが。お前はこうしておれのベッドの横に立っているが、やがて仮装舞踏会へ戻って、みんなが借りものだと思っているその奇怪な姿で一等賞を取るつもりなのだ。だがお前は立ち去らない。腰をおろす。きっと、何かを見つけたのだろう。お前はおれのそばを離れない。何時間も何時間もへばりついて、おれの看視を続ける。おれをここに引き止めて、逃げださせない。お前と結婚するという約束を果たさせようとする。お前が着ているのは看護婦の制服ではない。十八世紀ふうの豪奢《ごうしゃ》なドミノ服ではない。それは、お前がずっと以前から刺繍したり宝石を縫い付けたりして用意してきた、ぞっとするウエディングドレスなのだ。豪華な裾が床の上に広がっている。お前の顔をぼやけさせている白いベールが、息をするたびに揺れる。お前はいざという時にそなえて、昼も夜もウエディングドレスを脱がない。おれが目を覚ますのを待って、おれに迫るつもりなのだ。束ねたりカールさせたりした髪、プラチナをちりばめたリボン、妖しく光る油断のない目、宝石がきらめく頭飾り、この頭飾りのおかげで最後の儀式の準備ができあがっている、お前の純潔の白いチュール……おれは逃げたりはしないよ。これがお前の最後のチャンスだ。そうやって昼も夜も待っているのも、見張っているのも、おれに逃げられたくないからだ。

しかし、このとおりだとすると……お前は知っておかなければいけない。そのために用意をととのえて待っているのだから。実はおれは手術なんか受けていないのだ。おれは無傷だ。イネスを犯した器官は彼に移植されてはいない。ウンベルト・ペニャローサのそれはごみ溜めに捨てられてはいない。おれはこのとおり無傷だ。だからこそ、お前はこの部屋のなかでおれを待っているのだろう。だからこそ、ペータ・ポンセは外の公園でおれを待っているのだ。この目では見えないがその公園で、おそらく彼女は怪しいマテ茶でおれを眠らせたあと、おれと交わったのだ。何も見つからないことに腹を立てて去っていく代わりに。そのことはむしろ、おれにたいする欲望を掻き立てる結果になった。それでいまも、公園で待っているのだ。おれはまだ手術を受けてはいない。ドン・ヘロニモは国事にかまけていて、その暇が取れないのだ。淡い闇のなかで待つがいい。暗がりのなかでしばらく待つがいい。時間は絶えたりはしない、永遠に続くのだ。窓でも眺めて辛抱するがいい。エンペラトリスに見張らせておけばいい。しかしエンペラトリスには、誰かの召使いだったという過去がない。彼女は真実、自由なのだ。だからこそ、手術を受けていない無傷で危険なおれが目を覚ますのを待っているのだ。頭が狂いそうになるほどの不安に怯えながら、野獣のように廊下をうろうろしているのだ。病院の白い廊下を引きずる、まるで白孔雀の尾のようなウエディングドレスの裾。キラキラ光る頭飾り。額に寄った皺。ドン・ヘロニモにおれを奪われはしないかという不安で震えている頰のたるみ。おれの手をにぎった彼女の手。恐ろしい顔、悲嘆の皺が刻まれた顔を隠していたベールがゆっくりとあげられる。看護婦、来てくれ！　おれのベッドの横に彼女が、しつこい色情狂の小人がいるんだ。看護婦、この顔をなんとかしてくれ！　おれには追い払えない。これ以上痛みを感じないように、もう一本注射を頼む。だんだん痛みが酷くなるみたいだ。看護婦たちは、ほんとにいい人間ばかりだ！　誓うよ、エンペラトリス。お前の力添えでもう一本注射を打ってもらえたら、おれはお前と結婚する。痛くて痛くて息が止まりそうだ。なんとかしてくれ。ほんとに誓ってもいい。この場でお前と式を挙げよう。おれは寝たままだが、お前は刺繡した豪華なウエディングドレスと頭飾りを身につけるのだ。ただし、その恐ろしい顔を消すために、もう一本注射を打つように取りはからってくれ。お前は疑っているな。その目つきで分かる。それでお前はうろうろしているのだ。お前は、おれが男ということに疑念を持っている……もう手術は終わったんじゃないかしら？　ペータに汚されたっていう、力のない、物の役に立たないペニスを、また取り付けられたんじゃないかしら、このひと？……おれのパジャマの前を開いたときにも、お前にはそれがたしかめられなかったのだ。お前は廊下を行ったり来たりしている。向きを変えるたびに、ほうきのように豪華なウエディングドレスの裾を引きずる音が聞こえる。やがてお前はおれのそばに腰かける。おれの手を取る。すべてが純白のベールで蔽われている。ああエンペラトリス、おれはやれるんだ！　信じてくれ。ペータの相手ということになってはいるが、ウンベルト・ペニャローサはお前を悦ばせることができる。おれはお前に、ちゃんとペニスのあるところを見せてやりたいのだ。それで、こうやってシーツを持ちあげている。お前に見せて、大丈夫だということを知ってもらいたいのだ。その恐ろしい顔を消す注射を打ってもらえるように、お前に取りはからってもらいたいのだ。おれはお前を犯すためにウエディングドレスの裾をまくる。それがお前の望みだ。エンペラトリス、何もむきになって否定することはないだろう。抵抗するふりをして、おれが起きあがるのを止めることはないだろう。わざとらしい悲鳴をあげながら、おれの手を振りはらおうとするのはよせ。老いぼれた小人のお前の、しみだらけの、不気味な胸の奥へおれの手はもぐりこんでいく。いつも興奮で濡れているが、いっそうそれを高めるためにおれの指はお前のセックスを探る。行かないでくれ、向こうへ行かないでくれ。おれを置き去りにしないでくれ。おれに犯されそうになったからと言って、金切り声をあげながら逃げていくのはやめてくれ。ウエディングドレスの裾に足を取られながら走るのはやめてくれ。ぐずぐず言うことはないだろう。ここで抱いてくれと、お前のほうから迫ったのだ。それなのにお前は、この出口のない穴倉におれを置き去りにしていった。何やら沸騰している試験管とパイプ。血清や輸血のための管。何がなんだか見当もつかないが、おれをがんじがらめにしているその他たくさんの管。逃げだしたい、ここから。こんなもので首を絞められないうちに、おれは逃げださなければいけない。せめて、閉じこめられたものでない空気を少しでも吸うために、窓を開けるべきだ。しかしこの窓は、これは実は窓ではない。いまになってやっと、思い違いをしていたことに気づいた。これは、ありもしない光と空間があるように見せかける目的で、日干し煉瓦の壁に貼られた大写しの窓だ。おれにそれを開ける気を起こさせるためのものなのだ。ガラスではなくて、泥の土に広げられた薄い紙だから冷たいわけがない、そのガラスに手を当てさせるためのものなのだ。これは写真だ。にせものだ。ここに窓なんかありはしない。ドアもない。出口はないのだ。出てゆく先の当てもないが。存在しない外部もあると見せかけたその写真を、おれは引っ掻く、破る。ずたずたにしてしまう。窓の写真を細かく裂く。ほんものの穴がどこかにあるはずだと思いながら、その切れっぱしをさらに細かく裂く。爪が痛くなる。引っ掻いても裂いてもむだだ。何もないのだ。墓のように狭いこの部屋には光はないのだ。写真をそっくり引きはがすが、そこに何もありはしない。日干し煉瓦の壁、古新聞を貼った泥壁があるだけだ。古新聞には、あまり関係はないが恐ろしいニュースがのっている。揚子江の大洪水、スコピエの地震、ブラジル北東部の飢饉……恐怖のはめ絵。もはやニュースではなくなった何層ものニュースの堆積。おれは窓を引きちぎった。にせものの光線や、空気や、風や、変哲もない通りを引きちぎった。おれはこの通りへ逃げだしていたかもしれないのだ。もちろん、おれの名前を呼ぶ老婆たちが教える道をたどりながらだが。ここには何もありはしない。古ぼけたスクープ、気の抜けたトピック、とっくに解決ずみの討論などの墓場。ここは部屋ですらないのだ。ただの土くれなのだ。もはや紙もない。泥と土と穴があるだけ。いくら掘りつづけても掘りきれない、コチコチに乾いた泥壁の横穴と、土の下におれを幽閉した地下牢があるだけだ。エンペラトリス、エンペラトリス、助けてくれ！　閉じこめられたおれが声をかぎりに叫んでも、どうにもならない。おれの声は聞こえないのだから。アスーラ博士に咽喉を切り取られているのだから。どうせ誰の耳にも届かないのだ。おれは喋る気にも、叫ぶ気にもなれない。おれはひとり土の中にいる。この地下室の、まわりを取りかこんでいる出口のない壁は、おれを押しつぶそうとする。岩、煉瓦、土、骨片……。おれは掘る。外の世界があると思いこませるために吊るされていた、あのにせものの窓の記憶を、爪と歯を使って掘り、噛みくだく。血まみれの手で掘っているうちには、何かに突き当たるだろう。上か下か、そんなことはどうでもいい。外の世界が存在しない以上、方向もへったくれもないからだ。いや、外の世界はあるのかもしれない。こうしてもがいているが、おれのからだがやっと入るこの閉ざされた牢獄のほかにも、ほんのわずかだが記憶していることがあるのだ。どうやら、空気がだんだん希薄になっていく。トンネルや回廊、廊下や通路を地下に掘って、抜けだすことだ。自由に歩きまわれる中庭や部屋を造ることだ。わずかな空間でいい、ともかく、この閉ざされた墓場ではないものを造ることだ。おれはそれに歯を当て、爪を立てて裂こうとするが、すべてが徒労に終わる。おれの空間はますますせばめられていく。息苦しい。そこを透かして眺めるものがなく、したがって窓というものがないからだ。爽やかな風も幻覚、溝を流れる水も単なる想像で、触れることはできない。マフラーが必要なことを教えるようにオレンジの木を揺さぶるいたずら者の風を、この顔に感じることもない。われわれがゆっくりと泳ぎまわる水面下の光線とまぎらわしいが、オレンジの木の茂みから洩れる弱々しい陽射しを感じることもない。それはともかく、この壁のがらくたは掃いて片付けておかねばならない。剝がした古新聞といっしょに……《ムディート》、きれいに掃かなきゃだめ。そこらが散らかっていないように、ちゃんとすみに掃きよせておくのよ……わかったよ、ドーラ、そうせかさないでくれ。少々疲れているんだ。見えないのか？　このとおり、掃いているぞ。そういうお前こそなんだ。リータが何か変なこと言ったんだろう。口許にショールを当てて笑っているじゃあないか。ショールを取ると、歯の抜けた洞穴のような口がまる見えだ。ここには顔を隠している者はひとりもいない。ここには仮面も、目隠しも、半仮面も看護マスクもない。当たり前のことだが、直線的な時間の秩序のなかでくずれていく自分自身の顔を、ここのみんなは持っているのだ。《ムディート》はほうきを使って、はげ落ちた漆喰のかけらと古新聞の切れっぱしで別の山をこしらえる。まったく新聞だらけだ。修道院のなかには新聞で埋まった部屋がいくつもある。大司教が用のなくなったやつを、せっせと送ってよこすのだ。シスター・ベニータとラケル・ルイス夫人がもう何時間も、休みなしに廊下を歩きまわりながら話をしている、いろんなことが話題になっているが、とくにイネス夫人の帰国のことが……そうなのよ。彼女とっても困ってるらしいわ。左翼の新聞はこのごろ、もっぱら彼女の悪口を書き立てて、いい笑い物にしてるの。もちろん、あの福者のことが理由よ。何百万も財産があるのに清貧の誓願を立てるなんて、ちょっとばかげていない？　きっと、腹に据えかねたのよ。だって、パリにいるのをこれ幸い、ヘロニモは彼女に相談もしないで、修道院の譲渡を認める書類にサインしたんですもの。もっともわたしの勘では、ヘロニモは一度だって、何かをイネスに相談したことはないわ。彼女が戻ってくるころには、修道院は競売にだされて、年寄りたちは別の場所に移され、煉瓦の壁は取りこわされているわね……中庭の周囲をぐるぐる歩きまわりながら、彼女たちはそんな話をしていた。一方、《ムディート》はそのへんを片付け、リータとドーラはいかにも楽しそうに赤カブを引き抜いて、新聞紙でこしらえた三角の袋のなかに放りこんでいた。大事にしまっておいて、あとで食べるつもりなのだ……この赤カブ、とっても軟らかそうね……シスター・ベニータから声がかかる……リータ、ここへいらっしゃい。ラケル夫人のお帰りよ。こっちへ来て門を開けてちょうだい。お見送りするわ……すぐ戻ってくるから待ってなさい、《ムディート》、とその目が言っている……すぐ戻るわ。そのまま掃いているのよ。元のとおりにしておきなさい。門のところまでラケル夫人を送ったら、このオレンジの木の中庭まで戻ってきますからね……ここを取りこわすって噂ですけど、シスター・ベニータ、こんなに小さいときから、その話は聞いていますよ――昔はよくここへ籠りに来ました。でもこのとおり、取りこわされずにすんでいます。何も変わっていませんわ。《ムディート》は相変わらずお掃除、ドーラは赤カブの上にかがみこんで、手足の切り口みたいに赤い根っこをじっくり調べていますわ。いずれお年寄りたちの口に入るでしょうけど。

19

シスター・ベニータ、なぜそんな不安そうな顔をしているのだ？　おれは、あなたの声にならない呼び声を聞きつけて、ほうきを下に置いて駆けつける。門番小屋のわきでラケル夫人を見送ったあと、あなたはオレンジの中庭に引き返してきて、助けを求めるように周囲を見まわす。しかし、実際には何もしない。それでいいのだ。あなたがおれを呼んでいることは分かっている。来てちょうだい、《ムディート》、とあなたは言っているのだ。しかし、ついて来てくれと頼むまでもない。礼拝堂はこっちだ、おれについてこの回廊を行けばいいのだ。汚れた頭巾で包まれているその心の悩みは、お祈りでしか払えない……いっしょに来てちょうだい、《ムディート》。ひとりになりたいのよ。あなたならいっしょに行ってもらっても、礼拝堂でひとりになるじゃまにはならないわ。礼拝堂と言えば、ミサは全然やらなくなったわね。あそこは、まるで煉瓦造りの地下室みたい。ベンチや祭壇、石膏のお像や祈禱台、告解室……お祈りのための道具ももうそこにはないわ。でも年寄りたちは、夕方になるとここへ集まるようね。お互いの袖《そで》をつかみながら廊下を渡って、もう礼拝堂とは言えなくなったここへ集まって、ロザリオの祈りを唱えているらしいのね。よかった、きょうは誰もいないわ。お喋りやお祈りの声で黙想のじゃまをされずにすみそう。ああ主よ、あなた様へ祈りを捧げるこの時間を、わたくしがどれほど心待ちにしていたことか……この見捨てられた場所でわたくしは、長いあいだ……二十二年も、いいえ、二十三年も前から、あなた様のみ心に触れようと努めてまいりました。最初は院長様もおっしゃってくださった……いいでしょう。もっと活動的なお仕事を見つけてあげます。あなたのように頭のいい方が、こんな修道院でくすぶってることはありませんものね。来年になれば、あなたを派遣するところが……あれはどこだったかしら？　全然、覚えていないわ……そういうわけですから、もう少し辛抱なさい。これまでどおりの慎ましさで、あなたのお仕事を続けてください、ネ……それでしたら院長様、せめてご援助を。いいえ、お金だけではございません。若くて元気な別の尼僧を派遣していただけたらと思います。いまいるふたり、シスター・アンセルマとシスター・フリアは、こう申してはなんですが、ぼろの塊みたいな、まわりの年寄りたちの仲間入りをしてしまいましたわ。わたくしの手助けをしてくれるはずの同僚を、年寄りたちは呑みこんでしまいました。いまでは同じようにぼろを着て、同じように妙な癖や迷信に取り憑かれております。シスター・フリアもシスター・アンセルマも、ほかの年寄りと見分けがつきません。わたくしには。役に立ってくれるのは、《ムディート》だけでございます……《ムディート》、あなたその暗い告解室にいるんでしょ？　わたしのそばにいるんでしょ？……シスター・ベニータ、あなたはいちばん後ろのベンチにすわって、懸命に祈ろうとするが、どうしても打ちこめない。シスター、そうでしょう？……院長様は、もう少し待てとおっしゃった。それで、わたくしは待ちました。《ムディート》と力を合わせて、この修道院のなかで尊厳や秩序といったものを守るために努めてきました、むだとは知りながら。もしも《ムディート》がいなかったら、あちこちくずれていく修道院を支えていくことは、とてもできませんでした。年ごとに少しずつ、わたくしたちの力は衰えていきます。もうほとんど残っていないくらいです。《ムディート》、きょうは中庭で、何を掃いていたの？……また壁がくずれたんですよ……あらそうなんとかしないといけないわね……ええ、シスター。何か手を打たなきゃ、だめですよ。院長はしょっちゅうシスター・ベニータに、待ちなさい、来年はきっと、あなたを学校の責任者にしてあげます。あなたのように教育があって、しっかりしたひとを修道院に置いておくのは、ほんとにもったいないわ、と言っていた。しかし、その院長自身がローマへやられて、どうやらそこで死んだらしい。新しい院長はシスター・ベニータの苦労など、まったくご存知ない。だから、同じような文句を繰り返すだけだった……まあまあ、そうあわてないで。あなたに何ができるか、それが分かるためには、もっとよくあなたを知らないと……あなたのこれまでの仕事ですけど、書類になったものが全然なくて、さっぱり分からないのですよ。話は聞いています……話は……でも、話だけでは足りません。この目でたしかめないことには……お願いいたします、院長様。この修道院は、もう退屈で退屈で。話し相手もおりませんし、この大勢の年寄りのなかにいまにも呑みこまれそうな気がして、怖くて仕方がないんです。ほかの方たちはほんとうにそうなってしまいました。こんな愚鈍でよぼよぼしたひとたちに取りかこまれていると、気が滅入ってしまいます、いくらわたくしでも。わたくしももう四十八歳、いいえ、五十歳、あら、五十四だったかしら、それとも五十八……もう少し辛抱なさい、ネ。……でもしまいには、それさえ言ってもらえなくなった……もうあきらめなさい。神様のためにあなた自身を犠牲になさい。そうすれば、かならず天国へ行けますよ。この修道院に留まることは大変な犠牲ですものね。あなたがいてくださらないと、修道院はおしまいですわ……わたしはこのとおり、ここにいる。でも、ラケル夫人のお話だと、修道院もいよいよおしまい、近いうちに競売人たちがここへ乗りこんで来るらしい。丸太のベンチや石膏のお像、なんだかべたべたした感じの聖母マリア様と幼な児イエス様の石版画……こんながらくたの目録を作るためだとか。いまでもそう、礼拝堂はないことになっている。大司教様が署名なさった一枚の紙切れで、ここのものではなくなってしまった。ああ、大司教様、あなたのお姿だけは、聖体拝領のための明かりのなかで赤く燃えていますよ！　きっと、競売人のあとからパワーショベルやハンマーやトラック、つるはしをかついだ人夫たちが乗りこんできて……《ムディート》、そうなったらわたしたち、どこへ行けばいいのかしら？……ほんとだ、シスター・ベニータ。おれたちはどうなるのだろう？　どこへ隠れればいいのだろう？　ラケル夫人の計画だって、おれたちを年寄りの奴隷にするための別の陰謀みたいなものだ。

だからあなたも、オレンジの木の中庭の回廊を行ったり来たりしながら、ラケル夫人とやり合っていたのだろう。おれは物蔭から様子をうかがっていたのだ。幸い、どうということはなさそうだった。カルメーラが「みんなで行きましょう」という曲を口ずさみながら通りすぎていった。おれはほうきで掃きつづけ、ドーラとリータは血まみれの手足の切り口めいた赤カブを引っこ抜いていた……ええ、そのとおりです、ラケル夫人。アソカル神父が、《少年の町》の寮母の監督にしてやろうと約束してくださいました。あなたはアソカル神父の名前が出ると、きまってご機嫌が悪く……シスター・ベニータ、いい年をして、あなたって本当にお人好しなのね。信じられないくらいだわ。それにしても、ほんとに嘘の上手ななまぐさ坊主だこと。ここが取りこわされるのは間違いないとしても、《少年の町》はできっこないわ。神父はお金は全部、自分のふところに突っこむ気でいるんですもの。この地所を小分けして売って、それで手に入った金を、自分が支持する候補者の選挙に注ぎこむつもりなんですもの。嘘ではありません、ほんとです。だから、あんなに取りこわしを急いでいるんですよ。選挙ももう間近でしょう。どこの馬の骨だか、ろくでもないアソカル神父の話など、わたしの前ではしないでくださいな。《少年の町》はできっこありません。あなた方は放りだされるだけです。いったいどこへやるつもりなのかしら？　わたしにも見当がつかないわ……もちろんですよ。シスター・ベニータ、別の計画があればこそですよ……もっといい話……すばらしい計画ですよ……聖体拝領のための小さな明かりがまたたき、揺らめいている。内陣をさまよう黒い影がわたしを説得しつづける。いつかはここの年寄りから解放されて、若い者たちといっしょに仕事をすることができるという、わたしの確信を突きくずす。大きな窓を背にして身振りたくさんに喋る様子は、まるでこのわたしに説教をしているようだ。わたしは礼拝堂の後ろのほうのベンチに腰かけて、もっともっと興味を引く話があるという夫人の声に耳を傾ける。

「どういうお話でしょう？」

「もしも、もしもですよ、老人ホームを建てることができるかもしれない、そこの責任者になってもらいたいって言ったら、あなたは引き受ける気がありますか？」

「できっこありませんよ、ラケル夫人。大変なお金がかかるんですから。実は、ここにいる年寄りのリストを作ってみました。みんなの身の上、というか、みんなが覚えていること、たとえ作り話でもみんなが話すことを書きこみましてね。病院に入っていなきゃいけない者が大勢います。何人かは精神病院へ入れる必要があります……覚えていらっしゃるかどうか。たとえば、ブリヒダの面倒をみていた、ほとんど片目の見えない小柄なアマリアという年寄りがいますね。彼女なんか、指がない、指がなくなった、と言って泣いたりわめいたり、それはもう大変なんですよ。どの指なのか、誰にも、本人にも分からないのに、そこらじゅうを捜しまわって。見たこともないから、どんな形だったかも分からない。それなのに、指のことばかり口走ってます……それから、あの厄介な孤児の女の子たちですが……」

「ちょっと待って。ブリヒダのことは？」

「まあ、ラケル夫人！　あなたがそんなことをおっしゃるなんて……一年前ですか、ご自分でお葬式をなさったんですよ。覚えていないはずは……」

「ええ、もちろん覚えています」

「それでしたら、なぜ……」

「わたしいま、ブリヒダの遺産を整理しているところなんですよ」

「分かりませんわ。それとこれとがどんな関係が……ラケル夫人、内陣で大きな声で話しているのは、あなたではないんじゃありません？　お菓子をお孫さんに奪られたときぐらいしか、大きな声を出さない方ですもの。内陣にいるのは、祭壇を掻きまわしているのは、間違いなくブリヒダですわ。いつものように掃除をしてるんでしょう。縫い物や、繕い物もよくやっていたけど……いいえ、やっぱりブリヒダじゃなさそう。黒い服を着ているもの。ブリヒダは黒いものはきらいでした。だから、五十年も女中をして稼いだお金を全部、ブリヒダは貯金していた、と喋っているのは、やはりあなたですわ、ラケル夫人……ブリヒダが何かに金を使うのを見た者は、ひとりもいないんですよ。外出は絶対にしませんでした。身寄りがない上に、わたしの母の家に仕えていた庭師とも早く死に別れてしまいました。わたしは、いろんなものをやりました。シーツ、ベッド、ラジオ、靴、ほしいと言うものはなんでも。背格好が同じなものですから、わたしの服は全部、よく似合いました。お金はマットの穴にしまっていたようですわ。年の暮れが迫ってこれから避暑にというときになると、貯まったお金を小さな包みにして、わたしの夫に渡していました。配当がうんとつく株に投資してもらうためです……《ムディート》、あなた知ってる？　ラケル夫人のご主人は、とてもお金持ちの有名な仲買人だったのよ……ええ、知ってます、ドン・ヘロニモの友人でしたから、ユニオン・クラブでいっしょにトランプなどしたり、申し合わせたように書斎の肘掛け椅子にすわって、新聞で顔を隠して居眠りをしていました……わたしの夫の手に預けられたブリヒダのお金は、一年ごとに、どんどん増えていきました。夫は、ブリヒダを大変可愛がっていましてね。わざわざ召使いたちの別棟まで出かけていって、彼女の投資の現状について報告していました。ずいぶん長いこと話しこんでることもありましたが、帰ってくるときまって、

『実に不思議だ。あの女、この家から出たことはないし、九夜の祈りやロザリオの祈りのことしか知らないはずなのに、わたしより相場のことを心得ている。ブリヒダのひとことで、わたしがどれだけ儲けさせてもらったか、お前に見当がつくまい』……ねえ、《ムディート》、あなたはあんな話、信じられる？　とても考えられないわ……いやいや、おれは信じますよ、シスター・ベニータ。あのブリヒダだったらやりかねない、もっとすごいことだって……昔のことですわ。ブリヒダがひどくいらいらしている日が続きましてね。とうとうある朝、急にわたしの夫の事務所に電話をかけて、いくら止めても聞きはしません、株を全部売って金を買うようにって、指図をしました。ブリヒダは頭がおかしくなった、夫はそう思ったそうですわ。でも、金を買うのは悪いことじゃないし、それで損をするわけでもありませんから、言われたとおりにしました。妙なことに、この話があってから、

夫がすっかりふさぎこんでしまいましてね。わたしの目にもいらいらしているのが分かるほどで……ところがある朝、夫は早く起きて、ほかの株屋はてっきり気が狂ったと思ったそうですが、わたしどもの債券や株を洗いざらい売ってしまいました。そして、ブリヒダのしたとおり、代わりに金を買いました。なぜそんなことをしたのか、本人も説明できませんでしたけどね。いまのわたしには分かっています。二、三日して国際市場で大暴落が起こって、全財産を無くしたり、なかには自殺をしたりするひとが大勢出ました。夫はそのとき、助かったのは株屋の勘の冴えのおかげだ、と申しました。でも、そうではありません。ほんとは……無傷だったわたしどもは、そのあと皆さんが、それは高価な品物をただみたいな値段で売りに出したときに、いろいろといい買物をすることができました」

「ラケル夫人、ブリヒダの財産を寄付なさるのでしたら、当然、《少年の町》に……」

「あなたも相当なお人好しですわね、シスター・ベニータ。ま、話の続きを聞いてください。十五年前になりますが夫が亡くなったとき、ブリヒダは、誰にも自分のお金にさわらせようとしませんでした。株の大暴落のあと安く売りに出された市内の不動産に、夫の手で投資されていたお金ですけどね。管理は事務所のほうでやっていましたが、ブリヒダはわたしの夫以外の人間を信じていませんでした。夫と、このわたし以外の人間は。ですから、夫が亡くなったとき、ブリヒダは有り金全部を夫の事務所から引きだして、それをわたしの名義にしたんです。一戸建ての家やアパートも。ブリヒダはよく言っていました……」

「だってラケル奥様、わたしは読み書きがまるっきりだめ、サインもできません。ですから全部、奥様の名義にしてくださいまし……シスター・ベニータ、あなたにも分かったろう。弱い者がかえって強いということが。はらわたのはみ出した子どもを牢屋へぶちこんで、拷問にかけたりするようなことはない。啞《おし》で聾《つんぼ》の人間が警察の連中に殴られることはない。おれの場合は、アスーラ博士の手術のおかげだ。おれのものをほしがる者は、もうひとりもいない……そうだ、内陣で喋っているあの人間の話を、聖餐式のランプの弱い赤い光に照らされたあの影の声を、しばらく聞こう……そのときから、わたしはブリヒダの財産の管理に打ちこんで来ました。マットレスの穴にどんどん貯まっていく彼女のお金で、わたしは家やアパートを買い足していきました。ほかの女中とはちがって、ブリヒダは出歩くのがきらいなたちでしてね。よく外をうろうろするというので、同輩を軽蔑していましたわ。ですから結局、このわたしが彼女の代わりに、何もかもやらなければなりませんでした。売りに出た家があるとそれを見にいって、帰って話をしました。近所の様子とか建物の出来の報告をしました。すると、ブリヒダはきまって、しばらく考えさせてください、と言いました。そして翌朝、わたしが朝食と新聞をベッドまで運んでいったときに……

「あれ買っておいてください」

「そう言われると、わたしはベッドに寝そべって、新しいモード雑誌を見たり、嫁たちと電話でお喋りしたりというわけにはいきません。それどころか、早起きをして外へ出かけ、取引きをすませて来なければなりませんでした。ブリヒダの代わりに家や地所を買って……彼女はわたしに代理権を与えていました。シスター・ベニータ、他人の代理権なんて、それは大変なお荷物ですよ。ブリヒダはごたごたが大きらいだったんです。よく言ってました……近ごろの人間は口ばかり達者で、図々しいって聞きますけどそれやこれやで結局、わたしは家賃の取り立てまでやらされました。彼女の代わりに領収書にサインをしました。わたし名義の売買契約書のサインもしました。ほんとによく公証人役場へ出入りしました。バスルームの修理を頼むために、腕のいいガス屋を捜しにいきました。すぐに出ていってもらいましたけど、夫婦者でない店子のおかげで、バスルームがひどいことになってましてね。結局、わたしが何もかも引き受けていたんです。あれですね、シスター・ベニータ。わたしは、ブリヒダのためにあれこれやってやるのが、気に入っていたんですね。はっきり申しますと、わたしは面白くて仕方がなかったんですわ。ただ溜まっていくだけで使い道のない、なんの役にも立たない彼女のお金のほうが、相続した財産よりももっともっと自分のもののような気がしていました。あなたもご存知ですわ。わたしのように、もう子どもも大きくなり、なんでもやってくれる管理人がいる女の毎日なんて、それはもう退屈なものです。友だちがブリッジなぞして暇を潰しているように、わたしは、あの無用の、仮定の財産をふやすのに夢中になっていました。それがなんのかかわりもなく、なんの役にも立たず、ただ癌《がん》みたいに大きくなっていく手助けをしました。言ってみればゲームでしょうか。でも、ゲームを楽しんでいたのはわたしではありません。ゲームがわたしを楽しんでいたんです。わたしは、それから抜けることもできなかったのですから。わたしはただもう夢中で、アパートからアパートへ駆けずりまわりました。たった一枚の割れたガラスのことで大声を張りあげました。ブリヒダの貸家の廊下やアパートで風邪をもらいました。友だちとは付き合いがなくなるし、このゲームのほうが面白くて孫の世話もしなくなりました。家賃を払う気がないか、その気があっても払えない店子とやり合って、こちらは声をからしている。ところが彼女は、ブリヒダは、白髪の頭をきれいに結って《ソワニエ》、暖房のよくきいたわたしの家で静かに待っている。わたしが帰ると、ブリヒダは足許にしゃがんで、泥だらけの靴を脱がしてくれました。泥だらけになるのは当たり前。町じゅうを歩きまわって、店子が部屋の又貸しをしてるかどうか、調べなきゃなりませんでしたからね。又貸ししているという噂がある、自分は持家でそんなことをされるのはごめんだ、ブリヒダがそう言うんですよ。夜になるとわたしは、ブリヒダに押しつけられたこのゲームに疲れきって、ベッドにぶっ倒れる始末でした。ところが、彼女は一杯の紅茶と、わたしの好みどおりにほんとに薄く切って焼いたトーストを運んできて、勿体らしく腕組みしてベッドの横に立って、わたしに尋ねました……リケルメのアパートのために買った壁紙は、高すぎはしませんでしたか？　噂では、サン・イシドロに工場があって、とってもきれいで値段もばか安な壁紙があるそうですよ……噂では……噂では……いったいどこから聞いてくるのか分かりませんが、いずれにしても、わたしはその噂とやらに追い立てられて、ブリヒダの無用のお金を賭けたゲームをやるために、外へ出ていかなきゃなりませんでした。あさはかなわたしが、遺書を作っておいたほうがいいだろう、と言ったときは、それは大変でした、わんわん泣いて。わたしだって、ずいぶん長いあいだブリヒダに尽くしてきたんですもの。いつまでもそのお金の面倒をみるのはいやでしたからね……でも、もっとひどい愁嘆場が持ちあがりました。あれは、わたしがこう言ったときでした……もうごめんだ、ほんとのことを言わしてもらう、いつまで女中をしていることはないだろう、お金がうんとあるんだから、自分のアパートの一軒に住んで、若い娘を雇って……そう、たとえばイリス・マテルーナのような娘を雇って、身のまわりの世話をさせればいい、これだけ収入があれば、女王のような暮らしができるだろう……それを聞いて、ブリヒダは泣くやらわめくやら。こんなに年を取ったわたくしを見捨てるつもりか、ごみ屑みたいに外に放りだすつもりか、とこうなんです。ブリヒダはひがみっぽいほうでしたから、自分のアパートに住めと言われたのを忘れないで、イネスに話をして、この修道院で暮らすようになったんですよ。役には立たないし、おそばにいても仕方がない、と捨て台詞めいたことを言いましてね。どうやら、この修道院で暮らすのを喜んでいたようです。勝手な想像ですけど、ブリヒダの商売のことでいろいろ報告することがあって、わたしは一日おきに、町の反対側からここまで足を運ばされましたからね。彼女は結局、遺言をしないで死んでしまいました。財産はみんな、わたしの名義のままです。いま整理をしているところです、それを……でもこんな大金、いったいどうすればいいんでしょうね。わたしは相変わらず、家賃を取り立てています。不動産の取引きも続けています。まるでブリヒダがまだ生きてるみたいに……噂では、マタデーロ区で……噂では、プロパンガスの調理台が……ともかく、わたしはこのまま、ブリヒダのお金に使われているわけにはいきません。噂では、なんてもう聞きあきました。このお金を、なんとか始末したいんです。わたしも疲れました。この背中にしがみついたブリヒダを放りだして、好きなように暮らせたらと思いますわ。残り少ない人生ですもの……いいえ、残り少ないどころか、全然……」

あの内陣のラケル夫人は黒い服を着ている。もう少し明るければ、その顔の表情がもっとはっきり見えるはずだ。動きや身振りをちゃんと見分けることができるはずだ。夫人は最近、ずいぶん肥《ふと》ったらしい……ねえ、《ムディート》。あそこへ行って、蠟燭をつけて来てちょうだい。何をしているのか見たいわ。あの小さな金箔の椅子を動かしてるようよ。手伝ってあげなさい。どうする気かしら?……待って。ちょっと待って、《ムディート》……大柄で、よく肥っていて、黒い服を着ているせいか、ラケル夫人ではなくて、メルセデス・バローソがそこにいるみたいだ……彼女は手を休めて、知っているはずのないことを話し始める。

「ですから、相談に乗ってもらおうと思って、ここへ来たんですよ。近いうちにこの修道院も消えてしまいます。あと何週間かだけですわ、ご存知のとおり。アソカル神父はもう、目録をこしらえるように命令しました。もちろん、がらくたしか残っていませんが、それでもいくらかのお金にはなるんでしょう。あなた方はよそへ移らなきゃなりません。でも、肝心のその移るところが……ずうっと考えていたんですよ、シスター・ベニータ。ブリヒダのお金があれば……専門のお医者さんのいる、ちゃんとした近代的な病院ができる。あなたがその責任者になるのよ。名前は、そうだわ、ブリヒダ病院……ブリヒダ……まさかあなた、わたしがブリヒダの苗字を忘れたなんて……おれは暗い影に隠れて、シスター・ベニータがおとなしく話を聞いているあの女の様子を窺う。その話というのは、白いマスクの看護婦がおれたちみんなの世話をしてくれるらしい、衛生的な病院での暮らしだ。シスター・ベニータ、おれはあなたをよく知っている。あなたは絶対に、首を縦には振らないはずだ。モダンで住み心地がよくて、庭園つきか、場合によっては公園つきの建物を買う予定だから、とラケル夫人は執拗にねばるが、あなたは決して、うんとは言わない。夫人はなおも説得に努める。もはや礼拝堂とは言えないこの礼拝堂のなかの灯明に照らされてぼんやり浮びあがった影。その影に向かって、老婆の数は多い。多すぎてどうにもならない、と繰り返しているあなたの話を聞こうともしない……。

「でも、だんだん減っていくはずですよ。昔のわたしなどとはちがって、いまどきの者は、女中の面倒を一生みてやるようなことはしませんからね。わたしもあなたに、もうこれ以上、年寄りをここへ入れないようにすすめたいと思っていたところでした。いまいる年寄りだけでたくさん。それもだんだん死んで、しまいには、ひとりもいなくなります。あなたなら経験がおありだから、新しい施設、白ペンキ塗りのきれいな施設の監督の仕事も、りっぱにやっていけるでしょうし……ともかく、いま残っている年寄りたちに、ブリヒダのお金で豪勢な暮らしをさせてやりましょうよ。避暑、集中暖房、腕のいい医者、海岸や田舎へ出かけるのに使えるマイクロバス……ブリヒダの余分なお金を全部、使っちゃいましょう。使ってしまわないと、いつまでもわたしの肩にのしかかって……」

「それはもうわたしだって、これ以上、お年寄りはほしくありません……たとえ暖房があっても、みんな、なんのかんの言って火鉢を持ちこむでしょうね。鳥籠でツグミやベニスズメを飼ったり、ベッドの下に小さな包みを隠したり……ほんとに、もうたくさんですわ……」

黒い服を着たあの堂々とした人影が、いつの間にか、金箔の椅子を聖体のお灯明の下まで引きずってきている。そんなところにあがってはだめだ、メンチェ。お前は肥っているし、年寄りだし、ぶきっちょだ。だいいち、その小さな椅子はがらくたの安物で、木と石膏でできている。お前の重みに耐えられるわけがない。あがっちゃいかん……。

「ラケル夫人、あなたのブリヒダは、ご自分で始末をしてくださいまし。こちらにまわされたりしては迷惑ですわ。もう二十年も年寄りにかこまれて暮らしているんですもの。アソカル神父は、あなたのおっしゃるとおりの方かもしれません。でも、ご自分のなさることはよく心得ておいでです」

「……そうだ、お札を燃やしちゃいましょうよ。紙、ただの紙ですもの、小さく破いた新聞紙と同じで、燃やすよりほかありませんわ。燃やしたって、ブリヒダが怒るとは……」

気の毒なメルセデス・バローソ！　聖体のお灯明を取るために、椅子にあがろうとしている。この修道院で値打ちのあるものと言ったら、あれだけだろう、シスター・ベニータ。ほかはみんながらくただ。近くできあがる大司教の祈禱所を飾るのに、どうしてもあれが必要なのだ。とても貴重な植民地時代の細工だから、あそこへ持っていけば、きっと、大変映える。この修道院でくすぶらせておくのはもったいない。黒ならまだしもただのトラックで、メンチェは運ばれていった。花がなくては可哀そうだと言うので、門番部屋の中庭の埃をかぶったゼラニウムを、みんなで少し摘んで、それをのせてやった。話は面白いが、メンチェは全然お金がなくて……ブリヒダのに比べたら、それはもう！　本当のお葬式でしたわ、あれこそ。あなたがお金をお出しになったんですよね、ラケル夫人。おやさしくて、おまけに気前が……とんでもない、シスター・ベニータ！　ブリヒダは、この修道院よりもややこしい、裏の多い人間でした。ブリヒダの葬式代ですが、あれは実は、わたしが出したんじゃありません。遺書を書くという話をしたときは、あれほど死を恐れたくせに、ブリヒダは、仰々しい豪勢な自分のお葬式を考えることは、ちっとも怖がりませんでした。誰の助けも借りずに、自分のお金で立派な葬式をすること。細かい手筈まで全部、自分で決めること。ブリヒダは生きているあいだ、そればっかり考えていました。ここへ入るずっと前からですわ。あっちこっちの葬儀社へ電話をして、値段のこと、棺桶の等級――もちろん、調べに行くのはこのわたしで、あとで詳しい報告をさせられました――、裏張りに使われている金属のこと、ビロードや繻子の善し悪し、馬の頭数、金の総飾りのついた黒幕のこと、ほんものの蠟燭――いまはやりの電気のものじゃなくて――を立てる燭台のことなどを、相談していました。そのくせ、この修道院のお年寄りたちに、自分で自分の葬式の費用を出すことを知られるのだけは絶対にいやだ、なんて言いましてね。自分の財産じゃなくこの立派なお葬式で、女中だったほかのみんなをギャフンと言わせるのが、彼女の一生の夢だったんですよ。いくら言って聞かせても、自分が大金持ちだってことが分からない。細かいことは理解できても、財産全部のことになるとだめでしたからね。みんなをびっくりさせてやりたい、ただもう、それだけを考えていました。非常に可愛がって、お葬式の費用まで出してくれる主人がいるってことでね。彼女がその金でしたいちばんの贅沢が、わたしを愛情の権化に仕立てることだったのです。ほんとのわたしは、とてもそんな人間では……もちろん、ブリヒダの葬式は、どんなことをしてでも出すつもりでした。ブリヒダとわたしはよく気が合っていましたからね。でも、あれですよ。たとえわたしや息子が死んでも、ブリヒダみたいに、あんなばかげた豪勢なお葬式をしようとは思いません。考えられますか？　わたしの家族みんなの名前で花環を買ってほしいと言って、お金を封筒に小分けして、わたしに預けていたんです。そんなことをしなくても、みんな花環くらいは贈ったでしょうに。買ってくれと頼まれたものほど高くはないかもしれませんが……。

《ムディート》、あれを、あれを呼んでちょうだい……あなたは、おれにそう頼む。しかし、闇のなかではおれの声は聞こえないはずだ、シスター……内陣の台の上にいるあの影、あれを呼んでみてちょうだい。いっしょに祈るのよ。そうすれば、霊魂も煉獄へ戻れるはずだわ。メンチェ、早く消えるのよ。内陣で何をやってるの？　さあ祈りましょう、いっしょに。神のみ救いがありますように……この涙の谷から……人影はまるで、聖体のお灯明の小さな炎の揺らぎから生まれたように見える……あれはラケル夫人ではない。間違いなくメンチェだ。すかんぴんの彼女が厨子《ずし》へ近づいていく。何か盗むつもりだろう？　そこを開けちゃいかん、メンチェ！　罰が当たるぞ。主がそのなかにおられるときそこを開けられるのは、僧侶だけなんだ。だが、メンチェは扉を開き、白布の上にぬかずいて祈り始める……わたしは、あの格好はよく見てるのよ、《ムディート》。ああやって厨子の小さな扉を開けて、手を入れて、聖餅《せいへい》を収めた丸い小箱《こばこ》を取りだして、僧服のボタンの隙間からふところに忍ばせるの。だって、あれは僧服よ。あそこにいるのはメンチェじゃないわ。メンチェみたいに肥って大柄だけど、お坊さんよ。ほら、膝を突いて一礼してから立ちあがって……なるほど、そうだ。あの高いところにある赤い小さな炎を見るために振り返った瞬間に、それが何者かということがおれにも分かる。起きぬけに墨で頭に描いたように、きれいに撫でつけられた髪の毛。見えないが、おそらく濃い太い眉毛。繻子のように黒くて大きな目。ちぢれすぎた感じのするまつ毛。垂れ気味の眼瞼……なぜ言われたとおりにしないの、《ムディート》？　声をかけて教えてやってちょうだい、わたしたちがここにいるってことを。いちばん後ろの椅子に腰かけて、影に隠れて見ているってことを、教えるのよ。あんなこと、やめさせなきゃ。とても見ていられないわ。悪い夢でも見ているんじゃないかしら。アソカル神父ともあろうひとが、あんなことをするなんて。ほら、聖体のお灯明を眺めてると思ったら、その下へ行ったわ。手を伸ばしてる。届くもんですか、まるでイリス・マテルーナみたい。指をくわえて、じっと考えこんでるわ。あら、また手を伸ばして、ぴょんと飛びあがったわ。でも、こんどもお灯明には届かなかった。アソカル神父が聖体のお灯明を盗みに来るなんて！　ほんとに恐ろしい夢だわ、聖体拝領の灯明の光を消しにきたのが、修道院の心臓を停めにきたのが、アソカル神父だなんて！　大司教様がここを教会の財産からはずすことをお認めになったのはたしかよ。でもその実施は、まだこれからで……お灯明を消して……そのお灯明や……聖餅を運びだしてまっ黒な毛が生えた、肉付きのいい白い両手をこすり合わせてるわ、こんどは。お灯明をじっと見てる。りっぱな聖職者――大司教様の秘書ですもの、立派な方にちがいないわ――が、身分は高いけどよく肥った聖職者が、息をはずませながらダマスク織の椅子を押して、聖体のお灯明の真下まで持っていこうとしている夢を見るなんて、罪深いことだわ。あれをおろして、ここから持ちだすつもりなのよ。そんなようなことを言ってたけど……でも、これじゃあ泥棒と同じですわ、アソカル神父……《ムディート》、手を貸してあげなさい。そこの告解室の後ろに隠れているんでしょ。お灯明を消すお手伝いをしてあげなさい。お灯明がなくなっても仕方がないわ。あら、待って……見なさい……自分であがるつもりよ。金箔を張った石膏の椅子に乗ろうとしてるわ。あれは、とても脆いのよ……おやめなさい、神父様。あがらないほうがよろしいと思いますよ。神父様は不器用で、おまけに肥っていらっしゃるから。《ムディート》なら身軽ですから、この男にはしごを取ってこさせて、聖体のお灯明を下へおろさせましょう。持っておゆきになるおつもりでしょう。神父様がむちゃなことをなさるのを、黙って見てるわけにはいきません。お願いですから、やめてくださいまし。その椅子は、わたしの模造大理石のテーブルや、大理石に見せかけた木の踏台や、すりへったリノリュームや、丸太のベンチと同じで、がらくたの安物なんですよ。丈夫じゃないから、あなたが上に乗ればこわれてしまいます。とても重いんですもの。わたしの言うとおりになさってください。お願いです。《ムディート》、あなたもそんなところに隠れて、わたしの悪い夢を盗み見してちゃいけないわ。わたしの声が聞こえるのに、あなたは返事もしないのね。さあ、神父様を引き止めて、椅子の上にあがらせないでちょうだい……ほら、服の裾をまくりあげてる。それだけで顔をまっ赤にし、唸《うな》ってるわ。あんなことでは、椅子の上にあがるのは大変だわ。袖をまくって、片方の太い脚を持ちあげてる。ほんの一瞬だけど、それを宙に浮かして、まるでバレリーナみたいに爪先をピンと伸ばす。でも、椅子の上にはやはりあがれなくて、下におろす。もう一方の脚を持ちあげる。息をはずませてる。やがて脚をおろす。どうしてもだめ。途方に暮れてるわ。椅子に腰かける。灯明を眺める。立ちあがって、灯明に手が届くようにピョンピョン飛びあがる。もちろん無理よ。ちょっぴり手の先が触れて、灯明が揺れるだけ。小さな炎が揺らいで、礼拝堂のなかの影が、わたしと神父が、《ムディート》と聖像が、すべてが踊りだす。こんどは神父は、椅子の濃い赤のダマスク織の上に膝をのせ、背もたれをしっかりつかんで、からだをまっすぐに立てようとする……やめてください、アソカル神父！　背もたれ、ぐらぐらなんですよ。その椅子のことはよく知っています……いやらしいわ、あの……これから靴下留めも……ああ、神様！　この修道院がごみ捨て場で、わたくしたちがごみだと思っているアソカル神父に、このわたくしが復讐するのをお許しになりませんように。こんな夢を見ることで神父に復讐するのを、どうぞお許しになりませんように。わたくしは神父を憎んでいます。お年寄りたちから解放してやると約束しながら、いっこうに果たしてくださらないんですから。憎んでいるので、この夢を抑えようと思っても、それができないのです……神父がハアハア言ってるわ。いつの間にか椅子の上にのって、そこで立ちあがろうとしてる。重みで椅子がギシギシ言ってるのに……動いてはだめです。神父！　落ちますよ。静かにじっとして……あなたは言うことを聞かないで、両手を高く伸ばしてお灯明に触れる。椅子がぐらつく……椅子が揺れている。彼も気づいて、綱《つな》の上で踊っているサーカスの芸人のように、バランスを取るために腕を広げる……すべてが揺れている。みんなが揺れている。彼は、めあてのお灯明を下におろすことができない。椅子がぐらつく。いまでは怖がっている。後悔している。下におりようとする。ふたたび裾をまくって、ためしに片脚をおろす。水のなかに入れたのはいいが、冷たいのにびっくりして脚を引っこめる子ども……小さな金箔の椅子の上でゆらゆらしている、ずんぐりしたからだ。広げた両腕……落ちますよ、神父。いま、《ムディート》が行ってお助けします……神父は片方の脚を持ちあげてピンと伸ばし、もう一方の膝を曲げる。荒い息遣いが聞こえる。肥満しているせいだ。怖がっているからだ……手を貸してあげなさい、《ムディート》。こんな恐ろしい夢を見るなんて、わたしは罪深い人間だわ。《ムディート》、わたしをこの悪夢から引きずりだしてちょうだい。これ以上、こんな罪深い夢を見るのはいや。でも、どんどん深みにはまっていくだけで、どうやって夢から抜けだせばいいのか……シスター・ベニータは固めた拳《こぶし》を口に当てて、恐怖のあまり洩らしそうな泣き声を押さえる……きっと、ブリヒダがわたしを助けてくれるわ。彼女がみんなを助けだしてくれる。ラケル夫人がそう約束してくださった……シスターベニータは口を押さえて泣くのをこらえる。アソカル神父がバレリーナよろしく、弱い椅子の上でターンを繰り返しているのが怖いのだ。拳を当てて口をふさぎ、懸命に涙をこらえる……腹の底からこみあげて来るわ。胸が痛いわ。涙が出そう。胸がこんなに波打って、何かがこみあげて来るわ。ああ、主よ、もう押さえることができません！　主よ、お止めください！　わたくしをお見捨てになりませんように！……アソカル神父が片脚を持ちあげて下へおりようとしたとたんに、シスター・ベニータのばかでかい笑い声が、礼拝堂いっぱいに響きわたる……でも、この場所は二度と礼拝堂には戻らないわ。いまのわたしの高笑いが、決定的にこれを教会の財産からはずしてしまったのよ……神父が足を踏みそこねて、どっと落ちる。

「畜生！……」

こみあげる高笑いを押さえようとして、シスター・ベニータが影のなかで立ちあがる。シスターとおれは、ほとんど同時に内陣に駆けつけて、神父を助け起こそうとする。ハアハア言っている神父は、自分ひとりで立ちあがろうとして呻く。

「おう、イタタタ……」

シスター・ベニータと《ボーイ》が手を貸して起きあがらせるが、神父はまたへたりこんでしまう。手を引っぱってやると、神父は息をはずませながら、それでもやっとちゃんと立って、服についたごみを払う。頭に手をやって、黒く染めた髪をきれいに撫でつける。突然、神父の息遣いが変わって、

「シスター・ベニータ。なぜ、ここにいることを教えなかったのかね？」

まさか、居眠りをしていましたので、とも言えない。あなたは返事をしないほうがいい。まかり間違っても喋ってはいけない……ラケル夫人とお話をしておりました。その内容は、じかにお聞きになったら……神父のお口添えがあれば、ラケル夫人がわたくしたちを助けてくださると思います。大司教様でもどなたでも結構なんです。ここはもうおしまいですから、どこか身を寄せるところがございません……それは、わたしには無理だな……黙っていることだ。相手に逆らわないことだ。このおれが、ずっとそうして来たように。

「なぜ《ムディート》に言って、わたしの手助けをさせなかった？」

黙っていること。黙っていること。

「覚えているかどうか。ずいぶん昔のことだが、この灯明を持ちだしたいからその用意をしておくようにと、そうお願いしたはずだ。……取りこわしが始まる前に、競売人がここへ来てリストをこしらえるだろうから、そうならないうちに……」

「はい、そのことでしたら……」

「これを救いだそう、貴重な品だからと……」

「はい、もちろん分かっています、アソカル神父様。たしかに、ほかのものは全部がらくたです。よく分かっています。そのとおりだと思っています。いずれパワーショベルがやって来て、ここをくずしてしまうのでしょう。建てられていた地面の上に、修道院を引き倒してしまうのでしょう。それじゃ、わたしたちは？　わたしや、《ムディート》や、年寄りたちは？　わたしたちも引き倒されてしまうのでしょうか？　あなたの黒繻子の目が、急に石のように堅くなりました。わたしを《少年の町》の監督にはしないと、その目が言っています。大きな声

で笑った罰でしょうか。いいえ、わたしたちみんなは、その前から罰されていたのですわ。あなた方は、アソカル神父様、わたしたちのことはまったくお忘れでした。施し物ひとつお恵みくださらず、これっぽっちの慈悲もおかけくださいませんでした。それもこれも、わたしたちがどうでもいい人間だからです。人間とも言えない屑みたいな者だからです。否定なさってもだめですよ。この修道院のほかのがらくたと同じように、わたしたちを蔑《さげす》んでいらっしゃる。わたしたちがどうなろうと気にならない……よくまあおっしゃれますわ、それは考え違いだと。あなたも大司教様も、長いあいだ、食べる物も着る物もない、病弱なわたしたちを放ったらかしにして……神父様、よくまあ……」

「どうした。落ち着きなさい！」

「落ち着けとおっしゃっても、それだけのことをしてくださらなければ……」

アソカル神父が背筋を伸ばす。大柄で、黒くて、つやがいい。全身が新品の糯子でできているようだ。押しつけがましい態度。自信たっぷりな声。相手を怯やかす白い冷酷な指。脅迫はかならず実行されるだろう。それを実行するのは彼自身なのだから。

「これはひどい風紀違反だ、シスター・ベニータ。いずれ院長に話をしよう。このまま見逃すわけにはいかん」

「半年前から院長様のことは何も聞いておりません。お電話をしても出てくださらないんです。とってもお忙しいとかで……」

「分かった、分かった。もうよろしい……あしたお灯明を取りに寄こすから、リータの門番部屋に出しておくように。きょうは、これだけ持っていこう。お灯明をおろしたら、礼拝堂の扉をすべて釘付けにするように、《ムディート》に命令しなさい。扉を開けるのは、競売人が目録を作りに来たときだけにすること。いいね？」

神父は、もはや礼拝堂とは言えない礼拝堂を出ようとして、祭壇のほうを振り返る。十字を切りかけたが、もはや厨子のなかに聖餅はないことを思い出す。厨子ももはや厨子ではない。彼が、アソカル神父が、偉いお坊さん

て、僧服の下の胸のあたりに、心臓の近くに聖餅を忍ばせてしまったからだ。神父はふたたび尼僧のほうを向いが、

「では、シスター。いずれまた」

「はい、神父様。いずれまた」

「あ、そうだ……」

アソカル神父の表情がやわらぐ。ほんの一瞬だが繻子めいた目の光を取り戻す。尼僧は臆せずその目を見返す。

「なんでしょう。神父様?」

「……誰にもこの話はしないように……」

シスター・ベニータ、こんどは、あなたのほうが優位に立っている。あなたは視線を下げたりはしない。礼拝堂を穢《けが》したのはあなた自身の笑い声ではなく、椅子から落ちた神父の下品な言葉だということを心得ているからだ。

「誰にもこの話はしないようにって、いったいなんのことでしょう?」

あなたは、当然と言えば当然だが、冷たく訊き返す。あなたは知っているのだ。話をしてくれるなというのは、軋む椅子の上で欲に駆られて踊った醜態であり、落ちたときに口にした下品な文句だということを知っているのだ。しかし、あなたはあの僧侶に、あなたを辱しめたあの男に、何がなんでも哀願させたいのだ。それを声にして言うという形で、彼にその恥を懺悔させたいのだ。繻子めいた目と気取った喋り方をする彼が、卑屈な態度で秘密を守ってくれと頼むのを待っているのだ。僧侶の目がふたたび険しくなる。

「いや、シスター・ベニータ……別になんでもない……」

まだあざやかだが傷口のように痛ましい、赤い小さな火ひとつが祭壇の一方の端に取り残される。あとは、あれを消して、あの金細工の品を下におろすだけだ。その中身はもう意味がない。アソカル神父が聖餅を持ち去っ

たのだから。容れ物だけが大事なのだ、シスター。非常に高価で、珍しい品だから。小さな火はまだ燃えているが、ついにここも修道院の空部屋のひとつに成り下がってしまった。ほかの部屋と同じように隙間から風が忍びこんでくる。破れた一枚のガラス。いや、二枚か三枚は破れているだろう。とくにステンドグラスに注意することだ。すみっこで鼠がさかんにガリガリやっている。日干し煉瓦のどこか奥にもぐりこむつもりなのだ。このがらんどうのなかでも、おれはまだ祈ることができる。あの赤い火がおれの祈りだ……この泥の壁がくずれたあと、おれたちはどうなるのだろう？　だが、いまはそのことを考えたくない。シスター・ベニータが目をつぶる。

「わが主イエス・キリストよ、神よ、まことの人よ……」

目を開いたとき、またまた居眠りをしてしまったことに気づく……《ムディート》、また眠ったのかしら？　前の居眠りの続きじゃなかったのかしら？　《ムディート》、《ムディート》、わたしを置き去りにしないで。どこに隠れているの？　ほんとに疲れてしまった……わたしがおどしても、誰も怖がらない。どうやってみても、おしまいまでお祈りが続けられない。すぐに疲れて眠ってしまう……もう寝ましょう。年を取ったせいね。眠っているときと起きているときの区別がつかないのよ……《ムディート》、蠟燭をつけて廊下を明るくしてちょうだい。部屋へ戻ってベッドにもぐり込みたいの。

20

競売人たちは礼拝堂の扉を開いて、そこにあるものを全部、外へ運びだした。小分けして回廊に積みあげ、それぞれに番号札をつけた。虫に喰われた告解室。脚がびっこで、臙脂《えんじ》のダマスク織がすり切れ、裂け、汚れているたくさんの椅子。木製の長椅子、木を大理石に見せかけた踏台。スプリングが傷みビロードがぼろぼろになった祈禱台。競売人たちはシスター・ベニータに言った。

「こいつは、たきぎの値段でしか売れませんよ」

「そういう話はアソカル神父にしてください」

「分かりました。ただ、期待されても困ると思って」

「期待してなんかいないと思いますよ。数は少ないけど、値打ちのありそうなものは全部、とっくに持っていかれましたからね」

競売人たちはまた、礼拝堂の唯一の装飾と言ってもいい豪華な品物を取りはずした。それは、今世紀初葉のものである四枚の大きなステンドグラスだった。この修道院の庇護者であった四組の女性が、黒マント姿でひざまずき、両手を合わせ首うなだれて祈っている場面が描かれていた。彼女らの由緒ある家名が一枚ごとにその下部に刻まれていて、やけに人目を引いた。一番目の組は、指を立てた熾天使聖ガブリエルと慎ましやかな目をした聖マリアを、二番目の組は、そのいとも浄《きよ》らかな足で、地球儀を鋭い爪でかかえこんだ怪物の頭を踏みつけた聖母を、三番目の組は、無原罪の聖マリアをみごもった聖アナを、取りかこんでいた。そして四番目の組は、目に見えぬ洗礼者の聖ヨハネのためにお腹のふくらんだ聖イサベルを尋ねる、聖マリアを取り巻いていた。胎内の聖ヨハネは、おそらく、そのような抱擁のなかで彼もまた原罪を浄められることを喜んでいるのにちがいない。ステンドグラスはカタルーニャの職人の作で、その方面に明るい者たちによると、実に芸術的で、その時代の趣味を典型的に表わした興味深いものだという。窓からはずされたあと、ステンドグラスは回廊の角柱に立てかけられた。競売の日に太陽の光線が当たって、買気をそそるようにという配慮からである——事実、色彩が非常にきれいだった。中国風の感じがする縁の装飾、蓮の花、白サギ、がらくためいたものでさえ美しかった——現われた入札者にステンドグラス分の金も出させようという魂胆だが、それはもはや無用の長物だった。身許が誰の関心も引かなくなった黒い衣裳の美しい婦人たちの存在が、そうでなければ多少の値打ちはあるにちがいない全体を、役に立たないものにしてしまっているのだ。

ぶっちがいに板を打ちつけて扉をふさいだ礼拝堂の壁に、四つの穴が残った。競売がなかなか行われないために、小鳥たちがその穴に巣を作った。蜘蛛たちもまたステンドグラスめいた巣を張ったが、それは、老婆たちがともした蠟燭の火——外から見られるとまずいので、暗い小さな火——を揺らめかせる夜風で、たちまち吹き消されてしまった。もはやただの木の台でしかなくなったが、内陣の中央に置かれた金箔と臙脂のダマスク織の椅子にすわったイリス・マテルーナが、大きなくしゃみをした。ドーラが唱えた。

「聖母マリア様」

イリスの膝の上で、子どもが同じようにくしゃみをした。

「無原罪の聖母様」

「イリス、あんたも子どもも、しっかりくるまりなさい。この季節の風邪はうつりやすいのよ。近所でインフルエンザがはやってるって聞いたわ」

イリスは茶のコートの襟を立てた。コートがだぶついているおかげで、お腹の大きいのが目立たない。妊娠は長くて、だらだら続いていて、気をもませる。もう何カ月も予定を過ぎていて、みんなが不安を抱き始めている。みんな、ばかのひとつ覚えのように繰り返す……奇跡よ。奇跡なのよ。ブリヒダがそう言ったわ。こういうことに詳しいんだから。奇跡のときは、妊娠は短いこともあるし、とっても長いこともあるらしいわ。赤ん坊が自分で考えて、そのときが来たと思うまで続くのよ。生まれたらすぐ、みんなを天国へ連れていくんだわ。でも、早くしてもらわないと。この修道院は取りこわされるのよ。取りこわしが始まったら、わたしたちはどうなるの？どこへやられるの？　心配でしょうがないわ。だって、心配するのが当たり前でしょう……赤ん坊を信じるのよ。そんな心配しないほうがいいわ。赤ん坊がその気になればいいのよ。それまでは、イリスの面倒をみるのね。この娘、近ごろ悪くなったわ。すぐにふくれて。でも、言われるとおりにしなきゃ。讃美歌や蠟燭やお祈りでまわりをかこんで、それこそ拝まなきゃ。子どもがまたくしゃみをした。

「イリス、気をつけて……」

彼女はあくびをして、

「うるさいわね。今晩のパーティーは退屈だったわ。あら、見て！　赤ん坊が洟《はな》たらしてる。あしたのパーティーがもっと面白くなかったら、シスター・ベニータに言いつけてやるから。もうたくさん。赤ん坊を抱いてここにすわっているの、飽きちゃった。奥へ行きましょう。眠くなったのよ。早く寝たいわ。赤ん坊のお尻が濡れてる。だから、くしゃみをするのよ」

「おしっこは冷たくならないわ。いつまでも温かいはずよ」

「でもそれは、赤ん坊がゴムのおむつカバーをしてるときよ、アマリア。その子にはしてやっていないから

「……」

「あら、そう？　知らなかった」

「アマリア、あんたはいつもそうなんだから」

あれから一月《ひとつき》たつが、競売人たちが来て仕分けをしないうちに、大司教は聖像を運びださせた。年寄りたちは、がらんどうの礼拝堂を見て悲しんだ。教会財産からはずされてしまっているので、そこももはや礼拝堂ではないことを心得ていたが。しかし、そんな彼女たちに《ムディート》は、ばかばかしい、何も泣くことはない、自分の中庭へ来てみればいい、と言った。たしかにそこには、石膏の衣裳の破片、マント、エゾイタチの毛皮、宝石、ある殉教者の胸に突き立った短刀、後光、宝冠、色の褪《さ》めた凝視する目、後光のなごりの残った頭部の断片などがあった。丈の高い草を払ってみると、イバラの茂みの下にも、舌のない恐ろしげな蛇、ヘンルーダとテアチナ草がからんだ顔、法悦と苦痛でねじれた腕、石膏の本をめくるか数珠をまさぐっている指などが潜んでいた。《ムディート》は言った。大司教が聖像を奪っていくのだったら、別のものを作ればいい。礼拝堂がバラックになるのを黙って見ていることはない。老婆たちは、自分で見つけたり作ったりしたものを自慢しあった。そのほうに夢中になって、イリスとその子どものことを忘れかけた。苦心して破片を継ぎあわせながら物をこしらえること、気ままに人形を作ることは、いわば遊びだった……さあ、分からないわ。こうやってかけらを張りあわせてれば、本物の聖像ができると思うけど。でも、かまわないのよ。《ムディート》がいるわ。力のいる仕事は無理だけど、彼ならできるわ。顔に表情をつけてくれるわ。考えもしなかったかけらの組みあわせ方を教えてくれるわよ……イリスはヘンルーダの茂みで、ドーラはイバラの茂みで、聖像を組み立てている。洗礼者の聖ヨハネのように見える聖像に、ウイキョウの茂みの根がしっかりからんでいる。それをはずすには穴を掘らなければならない。女の顔のついた翼。火こそ吹いていないが竜の口をしたマグダレーナの長い髪……この首の後ろの筋、絵具でちょっとごまかして。ここへこの頭をくっつけるわ。ほんとは、この胴体のものじゃないんだけど……いいえ、ごまかすことないわ。それは、福者のイネス・デ・アスコイティアのものよ。死ぬまで首に傷が残っていて、それで、いつも頭巾をかぶってたの。だからこの修道院を建ててもらって、身を隠していたのよ。アマリアが言う。

「でも、拝んじゃいけないわ、列福がうまくいかなかったんだから……イネス奥様も気の毒ね」

「そのうち、うまくいくわよ。書類をみんなローマに置いてきて、あとは向こうの弁護士や大使にまかせるそうよ。バチカンの大使は赤で、それで列福がうまくいかなかったって話もあるけど。政府が変わって、いまのよりまだましな大使を送ればいいのよ。そうすれば、成功するわ」

しばらく考えてからアマリアが言う。

「そうかしら。もっとむつかしくなるんじゃない。聖イネス・デ・アスコイティアをこしらえるのはやめましょう。ローマが認める前に聖者を拝んだとお偉方が知ったら、偶像崇拝ということになって、聖者も聖者になれないわ。枢機卿たちは首を横に振って、認められないって言うわよ。列福を成功させようと思ったら、いろいろ大事なことがあるけど、まず、あのひとたちに認めてもらわなければいけないのよ」

「このひと、どこからあんなこと聞いてきたのかしら?」

「気にすることなんかないわ。アマリアは何も分かっていないんだから」

「みんなでたらめよ、アマリア。あんた分からないの?……あら、何も泣くことは……」

「泣いてなんかいないわ。悪いほうの目から涙が出るだけよ。熾天使の聖ガブリエルの指が見つからなかったけど……」

「見て、この小さな聖像。きれいにできたわよ」

「少し変だわ。脚が寸足らずで……」

「頭のほうは大きすぎるわ」

「いいのよ、これで。聖像のかけらでこしらえたんだから、聖像には間違いないわ。ねえ、《ムディート》。なんて名前がいいかしら?」

　老婆たちは、茂みに散らばった石膏の破片のなかのおれを取りかこむ。名前を決めろ、と迫まる。でたらめな空想から生まれたものの台に、おれの筆で聖者の名前を書けと言う。最初のやつは、役に立ちそうもない細い細い指をしているし、いかにも気取っているから、聖ブリヒダ。髭もじゃだから、こいつは聖フィデル・カストロ。ついでに、肩から下げた弾薬帯を描いた。そして、すらりとして格好のいい聖ヘロニモ。青い目を正確に再現するのに午前中いっぱいかかった。陽がよく照っていたが、まわりにしゃがんだ老婆たちのうるさいお喋りには閉口した。チョンチョンに負わされた深い傷が首にあって、とてつもなく大きな耳をした福者イネス・デ・アスコイティアは、大勢の聖女のなかでも最初からいちばん人気があった。そのあとが、目付きのいやらしい聖ペータ・ポンセと、聖ドクトル・アスーラ。これは、悪いほうの目からいくらでも涙の出るアマリアにそっくりだった。

「聖ガブリエルの指が一本足りなくたって、どうってことないんじゃない、アマリア?」

「あるわよ」

「あらかたできあがってるわ。わたしたちにまかせて。《ムディート》の車に乗せて、礼拝堂へ運んでいくのよ。きっと引き立つわ」

「いやよ。指が見つかるまではだめ」

「指、指って、ばかみたい。どうかしてるんじゃないの」

　アマリアは泣きじゃくりながら、四つん這いになってイバラの茂みのなかを捜す。

「放っときなさい。気がおかしくなってるのよ」

「ブリヒダが死んでから、少し頭が変になったのね」

「聖ガブリエルの指なんて、見たことないわ」

「アマリアももう長くはないわよ」

「そうね」

みんなは自分たちの作ったものを《ムディート》の車に積んで運ぶ。がらんどうの礼拝堂に戻し、子どもを抱いて玉座にすわったイリス・マテルーナの周囲に並べるのだ。揺れる蠟燭の光でかすかに照らされたお供の者で彼女をかこむのだ。まわりで燃えている蠟燭は天蓋で守られているが、これが四つの窓の大きな穴から入ってくる風であおられるたびに揺らぐ。

秘密の計画に加わっている者はもはや七人ではない。いつの間にか噂は修道院じゅうに広がった……噂だけど、礼拝堂で……噂だけど、イリス・マテルーナは……噂だけど、蠟燭をともして、まわりに花や小枝を並べてるそうよ……噂だけど、奇跡を行ってるそうよ……噂だけど……噂だけど……せせこましい中庭のすみで、こそこそ耳打ちしている。そっと逃げていく足音が聞こえる。老婆たちはスパイし始めた。台所でこちらを横目で窺った。スペードのジャックにキングが来てはくれなかったが、モンテ遊びで真実を稼いだり、すったりした。これは噂だけど……足音、影、ひそひそ話、壁にくっつけた耳。噂が広まらないわけがない。奇跡が起これば、その噂が世間に広がるのは当然だ。秘密の仲間のなかに、どんどん老婆たちを加えなければならなくなった。断れば危険だからだ。ルルドの聖母にゆかりの青い帯と白い服を着て、洗濯場の中庭に住んでいるあの女は、とくにお喋りだが、ほかのみんなも、ねたみ深くて、おせっかいで、出しゃばりで、金棒引きだ。イリスの妊娠がこんなに長く続いているのでは、手の打ちようがない。ともかく祈ることだ。夜になると、大勢の老婆たちが礼拝堂に集まる。かたときも手放さない人形、しっかりくるんだ子どもを抱いて玉座にすわったイリスを取り巻いて、ロザリオの祈りを、聖母讃歌を唱する。このやっかいな小娘の安産を願っているのだ。本物の子どもが生まれるのを待っているのだ。本当に手のつけられない小娘の気を静めるための、この身代りを使う必要がなくなるのを期待しているのだ。汚らわしい淫楽をへずにみごもった赤子の誕生が、これ以上のびのびにならないことを願っているのだ。死ぬ前に彼女たちもその腕に抱いて、あやしてみたいと思っているのだ。死なないうちに、子どもが天国へ連れていってくれるのなら話は別だが。礼拝堂のすみで狂ったようにつむじを巻く風。咳。くしゃみ。肺炎にならないかという不安。聖母讃歌を唱えているうちに突っ伏してしまう者もいる睡魔。だが、老婆たちは祈りつづける。イリスを拝む。イリスはそれが気に入っている。面白くて仕方がないのだ。匂いのいい香を振りかけてもらえるからだ。そうそう、それでいいのよ、と腕で教えながら、老婆たちを踊らせることさえできる。ポキポキ音のする膝を折って拝ませることもできるのだ……早く生まれてこないかしら。赤ん坊といっしょに天国へ行けるように、荷物はちゃんとまとめてあるわ。ブリヒダが約束してくれたのよ。包みにして持ってくものは、ほんの少しでいいわよ。目覚ましと、ショールと、ブリスカ遊びをするトランプ。だってモンテ遊びは悪魔のする遊びですもの。向こうではやらせてもらえないわ。そう、それから湯沸しね。本当は、こんなものも天国へ持っていく必要がないのかもしれないわ。向こうでなんでももらえるらしいから。それも新品をよ。

コートにくるまったイリスはますます肥《ふと》っていく。目が血走っている。おれが数えたところによると、きょうは八回くしゃみをした。今晩はとくに寒いからだろうが。実はおれも同じ回数だけくしゃみした。しかし、儀式用の椅子にでんとすわり、退屈してうとうとしている彼女は、おれの洟《はな》を拭いてはくれない。おれの車が運ばれてくる。そろそろ時間なのだ。イリスが台の上にすわる。おれはその膝に置かれる。彼女はやさしい母親を気取って、うるさく、赤ん坊用の毛糸の帽子を、玉のついたやつをおれにかぶせるように言う。おれの風邪をこじらせてはいけないから。老婆たちは、おれが礼拝堂をふさぐのに使った板をふたたび釘付けにする。競売人たちが洗いざらい運びだしたあと、誰かが入ったと思われては困るわけだ。新聞紙の三角袋のなかに蠟燭を入れたふたりの老婆に先導されながら、みんなは車をひっぱって、おれと台の上のイリスを運んでいく。後ろにも長い行列が続いている。遺り手婆やぼろをぶら下げた産婆、草薬の匂いが染みついた呪い師や骨接ぎ、泣き女や乳母、そして自分が魔女だということも知らない下級の魔女。彼女たちがお祈りを唱えながら、咳をしながら、話をしながら、洟をすすりながら通路を渡っていく。

アスーラ博士の手術を受けたあと、おれの顔付きは変わり、誰も描きなおそうとはしてくれなかったので、ほとんど表情のない、こんな仮面じみたものになってしまった。しかし、それだけではない。博士はまた、おれをこんなに小さくしてしまった。八十パーセントを奪って二十パーセントしか残してくれなかったので、おれは小さく縮み、病弱な、目だけのような人間になってしまった。老婆たちはおれを地下室へ運び、ベッドのひとつに寝かせた。新しく仲間に加わった老婆は追い払われていた……地下室は広くないわ。あんまりうるさくしないで。こんど入れてあげるわよ、ルーシー。イリスが人形のおしめを替えるところを、みんな見たがってるわ。でも、入りきらないのよ……何か手伝うことがあったら……場所がないわ。じゃまになるだけ。とっても忙しいの。手がいるようだったら呼ぶわ……イリス、手伝ってあげるから服を脱ぎなさい。ナイトガウンを着て、横になるのよ。もう遅いわ。礼拝堂にいたでしょう、お祈りに時間を取られちゃって……イリスは自分で赤ん坊のおむつを替えようとする。しかし、赤ん坊がこんな大きな人形では、とてもひとりでは無理だ。結局、みんなの助けを借りる。おれは、おむつをはずされる。

「この人形、ダミアナみたいに濡らさないわね」

ちぢこまったおれのペニスが老婆たちの目にさらされる。彼女たちは、それが《ムディート》のペニスだと信じている。ところが違うのだ。それは、《ムディート》のおとなしいペニスをよそおっているだけなのだ。子どものおチンチンらしく見えるように、イリスの命令で毛が剃られているが、ドン・ヘロニモよ、これはあんたのだ。彼女に触れたあんたのものだ。おれは、アスーラ博士が交換手術にかかるその前に、まんまと逃げおおせたのだから。老婆たちはペニスをつかみ、スポンジで洗う。いやらしい、こんなものをあれして悦ぶ女が、よくいるわね、などと言いながらパウダーをまぶす。おいしいご馳走か何かで、これからむしゃぶりついて呑みこもうとするように。おれが許さないので何年もイネスに触れていないドン・ヘロニモの汚れた性器が、昔そんな目に遭った。だからこそおれは、この精力絶大なペニスに赤ん坊のおチンチンをよそおわせているのだ……いったいいつになったら、本物の赤ん坊が生まれるのかしら。汚らしい《ムディート》にこんなことするの、もううんざりだわ。ほんとの赤ん坊が相手ならいいけど、この身代りの人形に、これ以上こんなことするのはいやよ。《ムディート》の下を洗うたびに、吐き気がするわ。イリス、あんたが自分で洗ったら。あんたのお人形よ。いやなことはみんな、わたしたちにやらせるんだから。こっちが一生懸命働いてるときに、イリスはのんびり遊んでるでしょう。ばからしいったらありゃしない。いつまで待ったら、あんたの赤ん坊の顔が見られるの？　いいこと。遅れているものだから、嘘じゃないかと思いだした者も何人かいるわ。いい噂ばかりじゃないのよ。怪しいって疑ってるものが大勢いるし、規則を犯してるからって怯えている者だっているわ。このあいだ聞いた話だけど、椰子の木の中庭に住んでる女が、これは大変な罪だ、みんな頭が狂ってる、報告しなきゃ、なんて言ってるそうよ。何かある、ここにいる年寄りのほとんどがそう思ってるのよ。こそこそ話をしてるのが怪しいと思い始めてるの。だいいちわたしたちが、最初の意気込みがなくなりだしたわ。アマリアを見て。明けても暮れても聖ガブリエルの指を捜してるって噂で、ここへは顔も見せないじゃない。ねえ、イリス、急いでちょうだい。赤ん坊が生まれる前に取りこわしが始まったら、わたしたちはどうすればいいの？　外に放りだされて物乞いをするしかないわ。軒下や公園で寝るしかなくなるわ……ばかね。心配することないわ。競売にはなっても、取りこわしはしないはずよ。子どもが生まれたらいろいろ大きな奇跡が起こるけど、これもそのひとつなの。でも、その日が来るまでは、なんでも言いなりになる《ムディート》をおもちゃにして遊んでるのね。可哀そうにこの男、すっかりぼけちゃって、眠ってばかりいるみたい……生きてるのか死んでるのか、見当もつきませんよ、シスター・ベニータ。この男、いったいどうしたんでしょうね？　実は持てあましているのだ、とあなたは答える。なんの手助けもしてくれない、と言う……ときどき姿を消すことがあります。わたしたちより、いいえ、シスター・ベニータよりももっと古くからいて、修道院のことはすみからすみまで心得ているでしょう。だから、どこへ行ったか分からなくなるんです。見つかるまで、回廊や廊下、中庭や屋根裏を手分けして捜さなきゃなりません。そそうしないとイリスが怒って、わたしたちを乱暴に引っ掻いたり、鞭で殴ったり、それはもう大変なんですよ。あたしの人形をすぐに持ってこい、でないと、わざと階段から落っこちてやる、お腹の奇跡を殺してやる、そうなったら奇跡も起こらない、ばかを見るのはお前たちだ、待ちぼうけを喰って、なんてわめいて……ねえ、そうなったらどうするの？　奇跡なんか起こらないわ。起こるもんですか？　年取ってるし、からだが悪いでしょ、みんな死ぬわ。それがいやだったら、あたいの人形を見つけてきて。シスター・ベニータに言いつけて、みんなに罰を受けさせてもいいのよ。アソカル神父に訴えて、追いださせることだってできるのよ。大司教様の直通電話の番号だって、ちゃんと覚えてるんだから。人形を見つけてくれなかったら電話をして、みんな話しちゃうわ。だって、人形が失くなってからもう二日もみんな脚が悪くて、おまけにわたしなんか、こんな具合の悪いものもらいができちゃって、ろくに目が見えないのに、運よく捜しだせるように護符に唇を当ててお祈りまでして、暗くて怖いのを我慢しながら、修道院じゅう捜しまわらなきゃなりません。みんなで手分けしてね。一度も渡ったことのない通路や、ウサギのいる中庭だってあるんですよ……ねえ、ロサリオ。この中庭にはウサギの子どもがいるのよ。一匹捕えましょう。ニンニクをたっぷり使うと、とってもおいしいシチューができるわよ。近ごろ、ろくすっぽ鍋に入れるものがないでしょう。見て！　向こうの奥の中庭にウサギがいたわ！……ウサギなんて、ばかばかしい！　いいこと、カルメラ。あれはテンジクネズミよ。だけど、テンジクネズミもおいしいわ……でも、どうしてテンジクネズミの子どもが、こんなところに入りこんだのかしら？……《ムディート》の影も形もないわ。どう、イリスのあの金切り声。手すりの上にあがって、みんな訴えてやる、人形を早く持ってこないと、身を投げてお腹の子どもを殺してやる、なんて言ってるわ。あら、あれリータの声じゃない……こっちよ！　とうとう見つけたわ。膝をかかえて丸くなって地面に横になってる……《ムディート》はおとなしくて、ちっとも逆らわないわ。すぐに食べる物をやりましょう。ほんのちょっぴりよ。近ごろはろくに食べないんだから……でも、こううまくいかないときもあります。せっかく見つけても、捕えられると気づくと、まるで小さな子どもみたいに駆けだして、廊下の奥へ消えてしまうんです。みんなは、そんなに走れませんからね。危ないことをしたり、大きな声を出したり、鞭でみんなをたたいたり、そんなことをしないように、イリスを閉じこめてしまうときもありますが、ともかく、何日かたってやっと《ムディート》を見つけたと思ったら、そこはたいてい新聞や雑誌が放りこまれてる部屋のひとつなんです。《ムディート》が反故《ほご》の山のなかに作った隠れ家で、あるわあるわ、縛った雑誌や、鼠にかじられた本や、束ねた新聞や、ただ積み重ねたはんぱな百科事典や、表紙が色褪せて赤い斑点が浮いた豪華本なんかが……見つけたとき本を読んでることもあるんですよ。聞いた話では、《ムディート》は修道院の本や雑誌、新聞を全部読んだって言いますからね。それで、あんなに弱いんでしょう。でも、あれですよ、その隠れ家にいるところを、役に立たない字のころがった穴ぐらにいるところを、せっかく捕えたと思っても、また逃げだしちゃうことがあるんです。ときには天井近くまで、新聞の山をよじ登ったりして。だけど、みんなはイリスに脅されるのが怖いもんだから、からだの節々の痛みをこらえて、文句たらたらあとを追うんですよ。製本してあるがぶよぶよになった『シグサグ』や、『ラ・エスフェーラ』や、『ジュ・セ・トゥ』などの山に這いあがったりして……そいつはみんな、暗記するほど読んだ雑誌なのだが、それはともかく、老婆たちは獣のようにおれを取り巻いて、ほかの仲間を大声張りあげて呼び集める。おれを取り抑えるまで……《ムディート》、《ムディート》、ばかなまねはやめて言うとおりにしなさい。どうして逃げるの？ みんなあんたが好きなのよ。いじめたことなんかないでしょう。ただね、子どもが生まれるまで、イリスのお守りをする手伝いをしてくれって、そう頼んでいるのよ。

老婆たちはぼろ切れで作った繃帯《ほうたい》をぐるぐる巻いて、おれを包みにし始める。まず足の先に巻く。そのあと脚に巻いて動けないようにする。性器のところまで来ると、まるで危険な動物か何かのように、きつく縛る。幼児のそれをよそおってはいるが、おれの思いのままになることを見抜いているみたいだ。おれが隠しているものに気づかないことを祈ろう。おれの性器に繃帯を巻き終った老婆たちは、それを太腿に縛りつける。消してしまう。そしてそのあと、腕をからだの両脇にくくりつけて袋のようなものに押しこみ、首だけ外に出してぐるぐる巻きにする。おれはイリスのベッドに、彼女の横に寝かされる。それでやっと怒りがおさまるのだが、イリスがそうしろと命じるのだ。よく縛って、人形になったおれを同じベッドの横に、シーツの下に寝かせろと要求するのだ。赤ん坊といっしょに眠るのが、よほど気に入っているらしい。父親や母親が彼女と同じベッドで寝ていたころのように。彼女が眠っているあいだに、ふたりはよくふざけ合った。そして、ある朝……イリスの記憶はそこまでである。あらゆる努力が、同じベッドの横に寝ているおもちゃの人形という現在へはじき返されるのだ。

「さあ、あんたの赤ん坊よ、イリス」

「そろそろ寝なさい」

「赤ん坊も寝かせるのよ」

「幸いこの子は、あのばかなアマリアと違って寝付きがいいわ。すぐに眠ってしまう。ぐずらないで。でも、変なことさせちゃだめよ、イリス。あんたにさわらないように、おチンチンが立たないように、こんなにきつく縛ったんだからね。本物の人形みたいに眠らせてやるのよ。《ムディート》って本物の人形そっくり。きっと、何もしやしないわね。ほんとにいい人間だわ。聖人かもね。どう、この顔見て。きのうもこの顔で、革表紙の本を読んでたわ。聖書じゃなかったかしら。だって、金箔をたくさん使った革表紙の本は、聖書に決まってるもの。何か書いてるのを見たって言う者もいるわ。《パンセ》、というものらしいの。聖者が書くやつね。だから、同じように無垢なイリスといっしょに寝かせても大丈夫なのよ。でも、遠くて近いは男女の仲って言うわねえ。いくら聖者同士でも……だとすると、やっぱり用心するのに越したことはないわ。男のかすみたいだって言ったって、男はやっぱり男だから。男なんてみんな不潔なものよ。若い娘を見れば、すぐに手を出すわ。《ムディート》をしっかり縛っておくことね。その汚い男の手で、そこらに埋めてしまえばいいがつがつした肉で、イリスに触れないようにね。もし触れたりすると、あの娘だって妙な気を起こすかもしれないでしょう。大変な罪よ。そんなことになればもう、イリスは純潔ってわけにはいかなくなるし、純潔なからだでなくなれば、奇跡も起こらないわ。子どもも生まれないわ。出産を控えてるからだだってことを、はっきり言うべきだったわ。わたしたちをがっかりさせることのないように。だって、いまはもう、ブリヒダが生きてたころとは様子が違うのよ。すっかり変わってしまったのよ。もしも奇跡の子が生まれなかったら、わたしたちはこの涙の谷間に残らなきゃならないわ。夜中に恐ろしい死神がやって来て連れていかれるのを、じっと待ってなきゃならないわ。イネス奥様がお帰りになるらしいけど、どっちみち取りこわされるこの修道院で、そのうち死神の顔を拝むことになるわ。ここが取りこわされたら、わたしたちはどうなるのかしら？　みんな、わたしたちのことを忘れてしまっているでしょう。大司教様だってそうよ。忘れていないのは、わたしたちを救うために生まれてくる子どもだけよ。気の毒なメルセデス・バローソみたいに、福祉事務所のトラックで運びだされて、共同墓地で腐っていくようなことは、その子どもは許さないはずよ。ラケル奥様が金を出したブリヒダのお葬式みたいな、あんな葬式だったら、わたしたちも何も言わないわよ。ほんとに、あんないいご主人はいないわ。あれだったら話は別よ。上等なお棺に入れられて、名前も日付もちゃんと刻まれた、本物の白い大理石の壁龕《へきがん》に収まるんだったら、怖くもなんともないはずよ。ルイス家のみんなが列席して、お祈りをしたんですもの。ブリヒダの死を心から悲しんでることが、あれで分かったわ。でも、ブリヒダみたいに運のいい人間は、なかなかいないんじゃない？　だからイリスを大事にするのよ。黒いお棺を運んでくる悪い人間たちを追い払う、そういう奇跡のできる子どもを生んでもらわなきゃ。その汚れのない指でさわって、わたしたちを天国へ運ぶ車や馬を白に変えさせる。そうなれば、わたしたちも怖がらないですむわ。白い物が不吉ってことはないのよ。そう考えてブリヒダも、マルーお嬢様から誕生日にいただいた、あの黒いショールは使わなかったんだわ。さらのままで……あれは誰が持ってったのかしら？……もう色が褪せて、白くなってるかもしれないわね。だって、奇跡はいつ起こるか分からないんだから。わたしたちもちゃんと用意しておきましょう。持っていく物を包みにしておくのよ。コーヒー沸しや、目覚ましや、風があるかもしれないから暖かい靴下や、どんな色でもいいからショールや……」

彼女たちは明かりを消して去っていく。当番の老婆ひとりが残り、地下室の別のベッドで眠る。シーツの下でもぞもぞやっている音が聞こえる。身動きできないほど強くおれを締めつけている繃帯やぼろを通して、イリスのからだの熱がおれを包むのを感じる。老婆は眠ってしまった。寝言を言っている。寝ながら舌なめずりをしている。並んで横になったお前とおれは、老婆たちの呼吸の乱れがおさまり、眠りの世界に落ちていく瞬間を見きわめることができるようになっている。彼女たちもまた眠りの袋に押しこめられて、身動きができなくなり、見張りをやめてしまう。

お前は、おれに触れない。

お前はまだ話しかけてはこない。当番の老婆が眠りに呑まれる瞬間だけではだめ、おれが苦痛に耐えられなくなって呻きを洩らし、お前に哀願するその瞬間を待たなければならないのだ。おれが完全に身動きできないように縛れ、と命じたのはお前自身だ。この人形怖いわ、とお前は言った。その子宮の奴隷だから、彼女たちはお前の言いなりだ。お前は、身動きできないおれがすぐに疲れてしまうような姿勢で横に寝かせろと、彼女たちに指図する。おれのしびれた背中はたちまち痛みだす。姿勢を変えて少しでも楽に、と思うが、お前は手伝ってくれないし、おれひとりでは動けないから、それもだめだ。おれはお前に哀願する。イリス、イリスと名前を呼ぶ。みんな、お前の企んだことだ。おれはお前の思うままだ……知ってるわ……少しでもいいから動かしてくれ。だんだんしびれていく。もう我慢ができん。永久にこの地下室に閉じこもって、この身動きできない苦痛な姿勢を取っていろと言うのか？　夜が明けて、老婆たちが繃帯をはずしてくれるところには、おれは、歩くどころか指一本も動かせなくなっているだろう。

お前の息の仕方は、老婆たちのそれと違っている。おれはもう限度だ。間もなく痙攣が始まるだろう。おれはお前に迫る。

「イリス！」

お前はおれに哀願させるために、返事をしない。

「少し動かしてくれないか」

「いやよ」

「頼む、イリス」

「シィーーー……」

お前はおれに触れない。

耐えがたい不動の姿勢。身じろぎできないおれのなかで、いつもの場所、足の甲の筋のあたりから痙攣が始まる。それが引きつる。繃帯によって固定されて動かせないくるぶしに激痛が走る。痙攣は虚脱状態の脚を駆けあがり、苦痛から身を守るすべのない全身に広がる。少しでも動ければ身を守れるのだが、お前がわざわざ、それができないようにしてしまったのだ。痙攣は上へ上へと昇り、ますます激しくなる。左の脇腹、腕の付け根から鎖骨のあたりまで広がって、首の筋を動かしたくらいでは防げない。痙攣を追い払うわずかな身動きすらおれは許されていないのだ。お前だ、その権利を奪っておれを人形に変えてしまったのは。こんな具合に縛っておけば強直を起こし、苦痛が首まで昇りつめ、悲鳴をあげることを知っているからだ。だが、おれは悲鳴をあげはしない。ふたたび小声で訴えるだけだ。

「イリス」

お前は返事をしてくれない。

「ほんの少しでいい」

「だめ」

「苦しくて死にそうなんだ」

「当然の報いよ」

「イリス」

「とっても苦しい?」

「苦しい」

「からだを動かしたいの?」

「そうだ……」

「動かしてあげたら、あたいに何してくれる?」

「なんでもだ」

「嘘つき!」

「ほんとだ、イリス……もう我慢できん……」

「嘘つきだからそんな目に遭うのよ。あたいに子どもを作らせた男を呼んできてくれって、何度あんたに頼んだと思う? 全然、言うこと聞いてくれないじゃない。いつも、嘘っぱちな話ばかりだわ……誰かがこう言ってたとか……ことづてだとか。そんなんじゃだめ。本人を連れてこなきゃ。もううんざりしてるのよ。まごまごしてると子どもが生まれちゃう。予定日を過ぎてるわ。何日か、それは覚えてないけど。ここじゃあ、毎日がおんなじだもの。でも、じきに生まれそうな気がするの。だからその男に、ここへ来て、自分の子どもだって認めてもらいたいのよ。てなし子にだけはしたくないの……この修道院で生まれたら、シスター・ベニータがなんて言うかしら? 赤ん坊が生まれる前に彼を連れてきてくれなかったら、あんたのこと全部、訴えてやるから……」

おれは小さな声でささやく。

「聞いてくれ、イリス……」

「ごめんだわ」

「いい考えがあるんだ」

「あんたのいい考えにはうんざりしてるのよ」

「こいつは、ほんとにいい考えなんだ」

「信じられない」

「少しでいいから、わたしを動かしてくれ」

「だめと言ったら……」

「それじゃ、どうやって話をしろと言うんだ？」

イリスはベッドの上のおれの姿勢を変えてくれる。おれが脚を縮めたり伸ばしたりするのを助けてくれる。冷たい水に浸けられて筋の凝りがほぐれ、苦痛がちょっぴり溶けていく感じだ。おれには察しがついている。イリスは、望みのものをおれから引きだすまでこの姿勢を取らせておき、沈黙のなかでふたたび強直が始まったら、またおれに話しかけるつもりなのだ。そうなったらおれは、もう一度からだを動かして新しい苦痛から逃れるために、あるいはそれを和らげるために、さらに約束を並べたてるだろう。当番の老婆を起こさないように気を遣いながら、おれは彼女の耳許でささやく。

「イリス、彼はもうここにいないんだ。わたしが捜してるという噂を小耳にして、お前の子どもの父親は逃げだした。どこへ消えたか、見当がつかん。捜していると聞くたびに引っ越して、行方をくらますんだ。追っていると勘づかれないために、いろんな扮装をしてみるが……彼は、追われていると知って、怖がっている。実際、ひとに追われるくらい怖いものはない。人間がいろんな動機を並べたり、悲劇をでっちあげて、起こりもしない事件の主役を演じたりするのは、結局、その恐怖から逃れるためで……」

「なんのことかよく分からないわ……分かりやすく話して……」

「夜になって、当番の年寄りが寝ている隙に、お前はわたしの繃帯をほどく。無理やり服を着せて、まるで犬のように表へ放りだす。わたしから鍵を奪ったお前が大扉の後ろに隠れて、夜明けまで待つ。そのあいだ、わたしは街を歩きまわる。イリス、街を歩きまわるのは怖いものだ。なぜお前が外へ出たがるのか、わたしには理解できん。ここにいれば、なんの不自由もないのに。いままでは、わたしはバーや娼家、市場やサーカスの連中に顔を知られている。以前はここの礼拝堂にもあったが、あれと同じ木のベンチが並んでいる、町の芝居小屋の連中にも知られているんだ。誓ってもいい。わたしはあらゆる場所を捜した。しかし、話を聞くと、だいぶ前から彼はこの辺には顔を出さないらしい。みせしめのために捜している者がいると聞いて恐れをなし、出入りする店を変えてしまったんだ。もちろん、そのみせしめの手先がわたしだとは、誰も気づいていない。だから連中は気を許して、なんでも喋ってくれるんだ」

作り話だと思っているので、お前はおとなしく聞いている。

「いいかい、イリス……」

「分かってるわ。でも、あたいはいつまでも、このいやらしい修道院にはいないわよ、お婆ちゃんたちやあんたといっしょに」

「好きなときに、わたしが外へ出してやるから……」

「出してもらってもしょうがないわ。ダミアナがその辺をうろついているって言ったのはあんたじゃない？　あのレズのお婆ちゃんとまた会うの、あたいいやよ。ひとりで外へ出たら――ダミアナが言ったの――若い娘を虐待する病院へ連れていかれて、そこでお産をさせられるそうよ。あたいも、夜ときどき、修道院のまわりをうろついているダミアナの足音や、口笛を聞くことがあるわ。バルコニーに出ろって合図よ。でも、あたいは出ないの。ダミアナのところへ行くのは絶対にいや。彼が来るまで待ってるわ。お婆ちゃんたちと奇跡ごっこやってるほうがまだましよ。あんたが彼を見つけてこなくても、ちゃんとお産の手伝いをして、赤ん坊を育ててくれるわ……そうだ、お金、お金よ。彼を見つけたら、お金をもらって来てちょうだい」

「そのことで話がある」

「そのことって？」

「繃帯を少しゆるめてくれないか」

「その手で何度もだまされたわ」

「ゆるめてくれたら話す……」

おれを包みに変えてしまっている細紐《ほそひも》やロープを、イリスはシーツの下でいじりまわす。おかげで動きが自由になる。おれは腕を取りもどす。脚を取りもどす。それらは痙攣の苦痛の及ばぬところで窮屈さや終わりのない強直状態への恐怖に無縁なところへ逃れた。イリス、イリス、もう少しゆるめてくれ。そうすれば、お前をもう一度だますために、ある計画を話して聞かせてやろう。お前に信じさせるために、劇画じみた、ばからしいほら話をしてやろう。あのオルゴールに入れるように、お前をそっくり夢のなかへ投げこんでやろう。もっとゆるめてくれ。噂では、彼はお前だけを愛していると、そこらじゅうの者に言ってたらしい……ロープをもう一本……しかし、一文無しなのでお前に何もしてやれないと……もう一本頼む……自分にはもったいない娘だ……こんどはこのロープを……子どもを満足に学校へもやれないのに、ここへ来てお前に会っても仕方が……おれは、熱心に聞いているお前の耳にいっそう口を近づけて、今晩が初めてだが、と忠告する。これ以上彼を捜してもむだだ。いまにも赤ん坊が生まれそうだし、おまけにロムアルドとかいう男は文無しだ。頭にかぶってお前をだました、あの《ヒガンテ》のお面も彼のものではないらしい。ロムアルドという男はどこかへ消えた。影も形もない。《ヒガンテ》のお面がばらばらにこわされたとき、彼ロムアルドもばらばらにされたのかもしれない。あの間抜けのことは忘れたほうがいい。イリス、しっかりするんだ。おれもこの修道院を出たいと思っている、表が怖くて仕方がないんだが。ほんとのことを言うと、外をうろつくよりは、縛られて身動きできない状態でもいいから、ひと晩じゅうお前の横で寝ていたいと思うことが、ときどきあるくらいだ。しかし、お前がおれのロープをほどいて修道院の外へ出し、内側から鍵をかけて、ロムアルドの消息を聞いてこなかったら入れない、と言ってくれたおかげで、近ごろは毎晩のように、あちこち彼を捜して歩くことができた。たくさんの家を見て、窓の奥を覗くことができた。だから、おれは知っているのだ、どこへ行けば金が手に入るか。それも大金がだ。

「あんた泥棒ね。きらいよ」

「どうして?」

「パン助って言われてへいちゃらよ。でも、泥棒はいや」

「パン助と言ったのは、誰だ?」

「ダミアナよ」

イリス、お前がパン助なんかであるものか。お前が純潔な娘だということは、おれが知っている。おれが保証する。誓ってもいい。地下室の静かで安全な闇のなかで、おれは自分を救うために、これをほどいてもらうために、お前の耳許で嘘八百を並べたてる。ほどいてもらわなければ、おれは苦痛で死んでしまうだろう。それが怖くて、お前の反応を見ながら口から出まかせ、いい加減な話をする。河の向こうにある恐ろしい、それは恐ろしい公園の前に、黄色いペンキ塗りの大きな屋敷があって、とおれはほら話を始める。その黄ペンキの屋敷に大金持ちが住んでいるが、奴らに金と力ができたのは、みんなおれのおかげだ。だから、そいつを頂戴しても泥棒にはならない。イリス、おれが貧乏でからだも弱いのは、奴らに何もかも盗まれたからだ。奴らはおれに払うものを、びた一文も払ってくれない。おれがいなければ、いまの奴らはないはずなのに。おれが奴らにすべてを与えたのだ。美しさや力や誇りをくれてやったのだ。おれがいなければ、彼らも消える。分かるか、奴らの金や宝石、奴らが持ってるものはすべて、おれのものなのだ。地下室の闇のなかでお前の目が燃えるように光る。苦痛で殺されたくなければお前をだまさなければならないので、おれがでっちあげるこの話に夢中なのだ。イリス、そういうわけだ。もしお前が許してくれれば、おれはあの金を取りにいくことができるのだ。いや、これは盗みではない。公園の前の黄色い家にある金は、おれのものなのだ。あの金を取ってくることくらい簡単なことはない。おれのおかげで全財産を手に入れたあの家の連中を、おれはよく知っている。金庫を開ける番号だってそらで覚えている。金庫は書斎にあって、緑色の背をした本の後ろに隠されている。書斎は、そう、二階の入って左側だ。屋敷の主人はときどき金庫を開けて、お金を勘定する。その金のありかを、おれは知っているんだ。イリス、本当だ。これは本当なのだ、イリス。ほどいてくれ、もう少しほどいてくれ。もう少しだ。ぐずぐずしていては手遅れになる。もう一度だけ信じてくれ、おれの話を。お金は、お前の好きなようにしよう。

「でもあたい、あんたと暮らすのはいやよ」

「いいだろう。金は山分けにしよう。勝手に使えばいい」

お前はしばらく考える。

「だめ！　やっぱりだめよ。だって、あたいは未成年者だもん。ここに残ってるほうがいいわ。みんながなんて言うと思う？　あたいひとりで、証明書もないのに、病院で赤ん坊を生んだら？」

それを聞いて、おれは小さな声でささやく。

「わたしと結婚すればいい」

「いやよ！」

「ただ、お前が好きなことができるように、結婚しろと言っているだけだ。わたしがやる十分なお金と結婚証明書があれば、お前は好き放題なことができるし、うるさく事情を訊く人間もいないだろう。もうひとつ都合のいいことに、わたしたちが結婚すれば、お前の赤ん坊はててなし子にならずにすむ。少なくとも苗字が持てて

……」

「苗字って？」

「もちろん、わたしの苗字だ」

「なんていうの?」

いくらお前でも、おれにそれを口にさせることはできない。

「そんなことどうでもいい。いずれ、何もかも話して……」

その夢をひずませるおれの作り話にうっとりと聞き惚れながら、イリスの手は徐々におれのいましめを解き、自由の身にする。裸にされた肉体。恥毛こそ剃り落とされているが、男が女と並んで寝そべるように、彼女のそばで自由なペニス。イリス、おれはお前を犯すこともできるのだ、この場で。この老婆は気づくまい。いや、お前だって気づかないかもしれない。だが、おれはやらない。おれにはペニスはないからだ。ここの老婆のすべてに、おれにはペニスがないことを知ってもらいたいからだ。知れば彼女たちは、その事実をペータ・ポンセに伝えるだろう。ポンセもそれを聞いて安心し、やっと死ぬ気になってくれるにちがいない。おれは、交替でお前を見張り、今晩にも子どもが生まれるのではないかと気を配っている、あの老婆たちのひとりでしかないのだ。お前は言う。

「あたいは、未婚者の証明書も持ってないわよ」

「その点はわたしと同じだ」

「じゃ、どうやって……」

そんなことはどうでもいいのだ、イリス。お前が心配することはない。まずお金を手に入れること。お金さえあれば、なんだってできる。わけ知りの連中がそう言っているんだ。お金を手に入れてから、そのあとで、どうするか考えればいいのだ。ばかなことを言うのはやめろ。これは盗みじゃない。おれは、あの連中を自由にすることができる。例のオルゴールに閉じこめて、頭が変になるくらい「ヴェニスの謝肉祭」を聞かせることもできるんだ。そうだ、小鳥とエーデルワイスの花を描いたこの山小屋に、彼らを閉じこめることにしよう。ベッドの下に隠してあるズボンとワイシャツを、こっちへ寄こしてくれ。シーツと毛布をかぶったお前のそばで、こうして寝たまま服を着させてくれ。この老婆が気づくといけない。これでよしと。さあ、お前も起きて、寝巻の上からコートを引っかけろ。いいか、お前が先に立って歩くんだ。両手を縛られ、腰に抑制を結ばれたおれの先に立って、まるで犬でも引っぱって歩くように、通路を渡って門番部屋まで行くんだ。鍵はお前がしまっておけ。主人はお前、命令するのはお前だ。年のせいでぼけた人のいい老婆などどこにもいない、広い町をうろついて来い、そう言いながら、お前はおれを無理やり表へ押しだす。背中を突いて放りだしたあと、扉に鍵をかける……彼を連れてきて。今晩は、かならずよ。もしロムアルドを連れてこなかったら、あたいに変なことしようとした、そうリータおばさんに言いつけてやるから。そしたら、あしたからもっときつく縛られちゃうわよ。きょうよりもっと、もっときつくよ。指一本だって動かせないわ。痛くてころげまわるわよ。痙攣が起きて、苦しくて、あんた死んじゃうわ、《ムディート》。あたいはそばにいるけど、あんたを動かしたりしないわ。さわりもしないわよ。いくらわめいても、頭を下げてもだめよ。この修道院に隠れるところがあるの、あたいも知ってる。ここは、あんたの修道院だもん。でも、何度もあんたを捜したり追っかけたりしてるうちに、それが遊びみたいになっちゃった。鬼ごっこかなんかやってる感じ。でも、もっとおもしろいかもね。地下室や屋根裏、回廊や中二階のことなら、あたいはあんたと同じぐらい知ってるわよ。だから、あんたを捕まえるのなんて簡単……いいこと、リータおばさん。あしたになったら教えたげるわ。この子はほんとに悪い子なのよ。この人形とってもいやらしいのよ。だって、夜中になるとおチンチンが立つの。立たないように切ったほうが、よかったんじゃない。ねえ、リータおばさん、おチンチンなんて要らないんじゃない。立たないように切り取ったほうがいいわ。気になって眠れないのよ……いいわね、《ムディート》、今晩、約束を果たさなかったら、嘘じゃないわ、このお婆ちゃんたちに言いつけて、おチンチンを切ってもらいますからね。

「分かったよ」

「門番部屋で待ってるわ」

「いいとも」

「たくさんお金持ってきて」

「うん」

お前は扉を開ける。おれは敷居に立つ。そのおれを突きだし、お前は背後で扉を閉める。いつものように。おれは通りにひとり取り残される。雨が降りだし、おれは途方に暮れる。あしたの朝、修道院の扉を三度たたいて開けてもらうときにそなえて、話をこしらえておかなければ。お前がまだ扉を開けているうちに、おれは、いかにも事実らしく聞こえる話でお前をごまかし始めるのだ。そうだ、ガラス玉、数珠玉、色つきのビーズを見つけてこよう。それで十分だ。たとえば、これはある服についていたもので、ある人間が、これをお前に見せてえらばせろと言っている、そう話すのだ。このビーズを種にでっちあげた話をすれば、お前はたちまち引っかかって……その隙になかへもぐり込めばいい。

なかへ入れば自由だ。息切れもしていない。ふたたび日干し煉瓦の壁の奥にいる。おれの作り話に驚いているイリスの隙を見て、その残酷な手から逃れる。行きつくことのない修道院の奥に消える。お前たちは、修道院のすみからすみまで知っていると信じている。だが、それは思い違いだ。目につかない片すみ。誰もさわっていないトランク、凍りついたような闇が、どこかにあるのだ。こいつを知りたければ、手でさわってみるしかない。そこへ入っていけるのは、このおれだけだ。なみの人間はそこから戻ることはできない。お前たちもこんどは、おれを見つけられないだろう。賭けてもいい。やれるものならやってみろ。おれを見つけられるのは、おれがそれを許す気になったときだけだ。カタツムリの角のように、何かがおれのなかで、ふたたび伸び始めたときだ。老婆たちやお前に発見されて、ふたたび縛られ、繃帯をされ、包みにされる必要を強く感じたときだ。こうしておれは、四人の娘というご託身のひとつを喜ばせるのに役立つ、ぼろ切れの人形としての勤めをまたもや果たす……そして、あらためて表通りの奈落へと放りだされる時が来るのを待つのだ。

21

スーツケース、大きな箱、折畳みのはしご、袋……おれが隠れている山のような袋、なぜここにあるのか分からない鋤《すき》、安楽椅子、台石……出ておいで、《ムディート》……大勢の老婆は、ついにこの屋根裏までおれを追い詰めた……さあ、出ておいで。怖がらなくてもいいんだよ。いまは、遊びをやってないんだから。怖いのは、あの遊びだけよ。出ておいで。シスター・ベニータの言いつけよ。話があるからあんたを呼んでこいだって……おれは立ちあがり、ふたたび《ムディート》に、日ごとに減っていく彼の名残りに戻る。どうしたらいいのかしら、この男、顔色が悪いわ、一日ごとに弱って、小さく縮んでいくわ、とシスター・ベニータは言ってるくせに、おれを呼びにお前たちを寄こして、門番部屋まで来いという。スイスから電報が届いたから、おれにも読んでほしいというのだそうだ。おれが行ってみると、シスターはエプロンに力なく手をのせ、横に電報を置いて、電話室のそばのベンチにすわりこんでいた。報《しら》せを聞いて駆けつけて来る老婆たちの喜びの声が高まるなかで、おれは電文を読んだ。セイヒンノ　チカイタテ　バンネンヲ　トウケノ　シユウドウインデ　オクル。モト　フクシヤノイタ　ナカニワ　ツキトメ　ヘヤト　ヨクシツ　ヨウイ　タノム。シヨウサイ　アトフミ。イネス　アスコイテイア。

あなたは、ラケル夫人と電話で長ながと話をする。いままでもそうだったが、ドン・ヘロニモに電話をかける勇気が出ないのだ。あなたやこの修道院、おれたち全部のことを彼は知らない。だから、電話のかけようがないのだ。ラケル夫人が喋っている……それはそうですよ。ドン・ヘロニモには話さないほうがいいわ。イネスのことなら自分よりもよく知っています。あんな贅沢好きなひとが、清貧の誓いだなんて！　いつか言ったはずですよ、シスター・ベニータ。修道院を大司教にゆずったと聞いたら、イネスはドン・ヘロニモに腹を立てて、きっと仕返しをするだろうって……分かったでしょう。これが、あのひとの仕返しなんですよ。イネスは正面からかかっていくようなひとじゃありません。ましてヘロニモが相手ではね。正面からドン・ヘロニモに仕返しするなんてこと、できっこないですよ。絶対に、正面なんて見せないんだから。あの男には正面なんてないか、それとも背が高すぎて、こちらの声が届かないみたい。ともかくそんなわけで、イネスは仕返しに、その修道院に住むつもりなんですよ。そこに腰を据えれば、彼女が生きているあいだは、大司教も手が出せない、いくら礼拝堂その他の財産が譲渡されていても。イネスはそう思っているんです。あの話は、シスター・ベニータ、イネスの全然知らないことですものね。きっと、むしゃくしゃしているんです。列福のことが失敗だったでしょう。もっとも、わたしたちはみんな、成功しないと思ってましたわ。でも、イネスはこちらの話なんか聞こうとしませんでした。世間やヘロニモは、もちろん、彼女のことを笑っていました……イネスがそこへ落ち着きたいという理由は、そうなれば、大司教も瓦一枚にだって手がつけられないからです。もし大司教が何かすれば、すべてを大司教に、といういまの遺言状の内容を変更して、財産をそこらの連中に、動物保護協会か何かにやってしまうでしょう。あの大司教がイネスの莫大な財産を逃がすような、そんなばかなことするわけがありません。この話は、アソカル神父にとってもショックでしょうね。そうそう、ヘロニモには電話で知らせたりしないほうがいいですよ、シスター・ベニータ。驚かしてやりましょうよ。それから、シスター、イネスの部屋には壁紙を張りなさい。彼女は壁紙の張ってない壁はきらいなんです、湿気がひどくてリューマチに悪いからって。よかったら、壁紙をえらぶくらい手伝いますよ。あのひとの好みはよく知ってます。サン・イシドロ街に一軒店があって、そこの壁紙はとてもきれいで、値段もそれほど高くは……身内の者にやらせたほうが簡単だというので、ラケル夫人は孫娘マルーの夫で、おしゃれで髪を長く伸ばし、派手なコーデュロイのズボンをはいた若い建築家に依頼して、その言葉によると、中庭の迷宮のなかのクイズごっこをやってもらった。ひとつひとつの工事の日付を明らかにするのに役立つファイルを、どうして残しておかなかったのか、不思議だ。もっとも、この建物は継ぎたし継ぎたしで、建築学的にはおよそ興味のないしろものだ。統一があるようでもそれはうわべだけ、実にいい加減な造りなのだ。しかし、シスター・ベニータ、ここにも魅力がないわけではない。もちろん、シスター・ベニータは何も分からずに、あんなことを言っているので……政府もひどいわね。くだらないことに使っても、こういうことには金を出さないんだから。もうあまり残っていない、由緒のある建物を救えばいいのに。たしかにここは、由緒があるとは言えません、シスター・ベニータ。ただ古いだけでね。はっきり言えば、あなた方が椰子の木の中庭と呼んでいるこの中庭が、いちばん古いものでしょうね。見てごらんなさい。回廊の柱を支えている石の台にも、飾りが全然ありませんわ。部屋は狭いし、日干し煉瓦は厚いし、通廊は細くて、まるで牢屋みたいな感じでしょう。でも、少なくとも百五十年はたってるこの椰子の木が中心になっているってことは、ほぼ確実な鍵を与えてくれているような……昔は林みたいだったはずなのに、こんなに一本だけになってしまって、ほんとに残念ですわ。アメリカの装飾専門の雑誌を読んでいる婦人たちが、残っていたわずかな木も伐り倒させてしまったんですよ。椰子ははやらないって知りましてね。《少年の町》になっても、このみごとな椰子の大木だけは大事にしてもらいたいわ。屋根に苔が生えて波うっているこの狭い中庭も、これがあるから映えるんですよ。でも、シスター・ベニータ、ここがいちばん古い中庭だという確実な証拠はありません。古いことは古いんでしょうが。ですけど、証拠があってもなくても、ここがおそらく……。

証拠？　こんな曖昧であやふやな事柄に、いったい誰が確実な証拠を要求しているのだ？　たとえば、イネスがその電報のなかで福者という言葉を使っているのは、どういう意味なのか。すでに何カ月も前にバチカンは、件《くだん》の問題にきっぱり決着をつけているではないか。イネスには気の毒だが、はっきりと、けりはついているのだ。あの電文は最高の宗教的権威に楯つくものだ。ささやかとは言え、魔法くさいインゲン豆のシチューめいた異端の行為なのだ……他人にとっては取るにたらぬ異端だが、しかしお前にとってはそうではない。お前の徹底した無能さを暴露するものだからだ。お前は夫に子どもを授けることができなかった。そして、いままた、庶民の鑽仰の的となる福者によって家名を飾ることもできないことを証明した。庶民は福者を通じて、結局、お前の不毛な子宮が断絶させてしまった一族を尊崇することになるはずなのに。バチカンは列福の手続きを開始する許可を与えなかった。分かるか、イネス？ それに手をつけることさえ許さなかった。それなのにお前は、依然として福者という言葉を使っている。入信はしなかったが、十八世紀の末にこの修道院で亡くなったあの女性が、お前といっしょに決定的に死ぬことを避けるために、お前はこれからどうするつもりなのだ。彼女が死ねば、お前も彼女もかつてこの世に存在しなかった、ということになるのではないか。

イネスには問題の列福を成功させる望みはまったくなかった。証拠のすべてが不確実だった。ひとの噂が大部分で、噂を聞いた者の名前ははっきりしていても、その噂を伝えた者の名前は分からなかった……ある人間が別のある人間にあることを語ったという、その部屋も、その家も消えていた。通りも名前や番地が変わっていた。だいいち、その通りだということがはっきりしなかった。同じことを繰り返すイネスの祖母、母、ペータ・ポンセ、こういう噂でしか飢えを満たせない零落した伯母たち。手紙の束はあっても、ほとんど役に立たなかった。出生証明書や死亡証明書、奇跡だと噂された出来事を後につづった記録の類も、やはり同じだった。証明する書類もあってただひとつ動かせない事実は、礼拝堂の建立だった。十八世紀も末のころ、妻には先立たれたが九人の息子とひとりの娘の父親である、バスク系の裕福な地主がいた。彼はマウレ河の南の農園からはるばる旅して、その姉が院長を務めるカプチン派の修道院を訪れ、十六になるひとり娘をそこに軟禁しようとした。理由は記録に残されていないけれども、娘は修道の誓いは立てなかった。そうするのが当然のことと思われたが。おそらく、長ながしい話し合い――その内容は修道院が秘めた謎の奥に消えてしまっている――の結果だろう、聡明な院長は弟を説得して、このさい執るべき最善の処置は、一族と神とを直接に結ぶ礼拝堂を建立すること、そしてそこを護る義務を主に押しつけることだ、と言った。ちょうどと言ってはなんだが、エンカルナシオンの尼僧には自分たちだけの修道院がない。そのことは弟も聞いて知っているはずだ。彼女らのために修道院を建ててやって、そこにイネスを、死ぬまで閉じこめたらどうだろう。要するにそれは、イネスを監視するのが狙いなのだろうから。すすめどおりに事は運ばれた。そして、修道院が完成するや否や、いわば牢番役の尼僧たちがそこに住みついて、イネスを見張り、面倒を見始めた。ラ・チンバでも最も羨むべき土地を与えられた修道院は非常に豊かで、それは、当時の世間の人びとのあいだで大いに話題となった。しかし、やがて独立戦争が始まり、宗教的なことや慈善にたいする関心は影をひそめた。血と砲火、四方から迫る敵のことしか人びとは口にできなくなったからだ。イネス・デ・アスコイティアは二十歳の春、有徳の誉れに包まれながらこの修道院で死んだ。

以上が事実である。しかし、その後に多くの婦人が世間に流布している事柄を採集したり、ヨーロッパからわざわざ訪れたある女性が、好奇心の赴くままに、この国の家々の奥深くで語り伝えられていることを聞いてまわった。彼女たちの残した書物のおかげで、類まれなイネスの篤い信仰ぶりが、かすかながら今日まで伝わっているのである。なかでもつぎの話は、彼女の行った最も驚くべき奇跡と考えることができる――十八世紀の末に相ついで地震が起こったが、とりわけ劇甚《げきじん》で、首府の民家や周辺の村々の大部分が壊滅した地震に襲われたときも、ラ・チンバのエンカルナシオン修道院の建物は無事だった。当時のすべての建物がそうで、ただ日干し煉瓦とタイルで出来ていたにもかかわらず、崩れることがなかった。噂によれば……噂によれば、地震が始まるその前に、イネス・デ・アスコイティア――非常に奇妙な事実だが、エンカルナシオンの僧服をまといながら、そこでも修道の誓いを立てなかったことに注目しなければならない――は、畏怖の念に打たれた回廊の尼僧たちの見守るなかで、中庭の中央にひざまずいた。そして、地鳴りや畑をひび割れさせた震動で修道院の壁がいまにも崩れそうな気配を見てとると、十字架のように両腕を横に広げた、自分を犠牲にしてその壁を支えようという渾身の力をこめて。おかげで修道院は倒れなかった。外出は許されないので逃げるわけにはいかない尼僧たちは、ただ慌てふためくばかり、それでも遠い山波を浮びあがらせた稲妻の光で、修道院を救ったあの両手をかろうじて見ることができた。力が入って枯枝かブドウ蔓に変わったのではないかと思われる両手を。老婆の皺寄ったそれにそっくりな両手を。イネスはいつもひとりで——彼女は決して共同生活の仲間入りをしなかった——自室で食事を取った。彼女がそこを出るのは、礼拝堂に行くときか、回廊をひとりで静かに散歩するときに限られていた。その折の彼女の手は尼僧服のエプロンの下で組まれ、革紐でくくっただけの枯枝の十字架をにぎり締めていた。それは、最初の聖体拝領のさいに年老いた哀れな乳母から贈られたもので、彼女がマウレ河の南の故郷から持参したた、あるいは持参したいと願った——おそらく、他人に隠してのことだろうが——唯一の品物だった。

地震のあと、尼僧たちは注意深く執拗にイネスの奇跡の手を眺めた。やはり、見たとおりだった。礼拝堂で祈る彼女は、灯明に照らされながら法悦にひたっていた。尼僧たちの及ばぬ生の次元に入りこんでいた。そして、尼僧服のひだのかげになったその指は、歳月によって——おそらく乳母の十字架がへた長い年月によって——すりへり、ねじ曲がり、黒ずんだ木の枝とひとつになるかのように思われた。その手全体が枯枝に変わっていた。法悦境のなかでますます高く差しあげられるにつれて——尼僧たちは恐怖と畏敬の念に駆られ、徐々に礼拝堂を去った——木の枝と化したイネスの腕は袖の内側でどんどん伸びていった。そして、灯のともった蠟燭が一、二本しか残らなくなったころには、聖母の足下の新月に目を凝らし、両腕を広げて祈るイネスそのものが、古木の幹めいたものに変わったかのように思われた。その表の皺や瘤《こぶ》が、年寄りじみた苦しげな顔を幹にからめ取るかのように見えた。若い女のつややかな顔は消えた。時がたち、朝日が射し始めてやっと、それは修道院の建立者の娘のものに戻るのだった。

彼女の信心の噂は回廊の壁を越えて、僧院から僧院へと伝わり、やがて首府全体に知れわたった。アスコイティア家の面々は、多くの英雄に加えてひとりの聖女を、あるいは少なくとも福者を持ちえたことを喜んだ。世間に取り沙汰されるその篤信は、家門の誉れとなると思われたからである。

しかし間もなく、信心などにかまけてはいられない戦乱の時代が訪れた。何をおいても勝利を収めなければならなかった。絶えず掻き立てられる憎悪。決して満足させられることのない復讐心。命を賭して乗り切らねばならない危機……そしてやがて、小さな地の果ての国の誕生。法律の制定。階級制度の確立。新たなものを生みだすにすぎない特権の打破……イネス・デ・アスコイティアの死から何十年という歳月をへてやっと、修道院の回廊の奥で生き延びてはいてもその外では消えかけていたあの噂は、大司教のところまで伝わった。列福の手続きを願いでた、院長のサインのある正式な申し入れという形を取って。何よりもまず、遺骸を発掘することが必要だった。イネスの言によれば、何代にもわたってその身内では語り継がれてきたというが、柩《ひつぎ》が開かれたとき、大司教は仰天した。長い月日などなかったように、また遺体がそこに納められたことなどなかったように、柩の繻子が真新しくて、きれいだったからだ。もちろんこの事実――少なくともバチカンの好奇心は呼び醒ましたにちがいないのだが――は、いかなる文書にも記録されていない。若い福者の墓の所在は時間によって消されてしまった、彼女を閉じこめる牢獄として建てられたこの修道院以外の痕跡を残すことなく、掻き消えてしまった、というのが真相である。そして、すでに記憶も薄れてしまったが元そこに囚われていた女の伝説を中心に、修道院だけがどんどん大きくなり、栄えてきたのだ。

若い福者の生涯と奇跡をめぐる話のあらかたは、単なる想像にすぎない。あるいは、噂のなごりにすぎない。しかし、以下のような仮定を信じることが途方もないことだとはおれには思えないのだ。つまり、イネス・デ・アスコイティアが昔はありふれたものだった多くのはやり病いのひとつにかかって死んだとき、カプチン派の賢明な院長——彼女の良心は、弟が深い心の傷手に耐えかねて死ぬ直前に打ち明けた秘密によって汚されていた——はひそかに手を打って、イネスが神聖な土に埋められるのを阻んだ。アスコイティア家の一員であり、身内であるとはいえ、イネスは魔女だったからである。魔女であればこそ、院長はその無垢な娘たちの内にイネスを迎えることに、最初から反対したのだ。魔女であればこそイネスは、カプチン派の尼僧としても、またエンカルナシオンの尼僧としても、修道の誓いを立てることを許されなかったのだ。魔女であればこそ、大司教は、イネスの遺体の納められた柩を先祖代々の墓所で見ることができなかったのだ。柩と遺体のこの所在不明という事実こそ、アスコイティア家の面々とその召使いたちが一世紀半もの歳月をかけて、しみひとつない柩の繻子という美しい伝説に変えていった、正真正銘の真実なのである。

幼いイネスは、火桶のそばで縫い物や刺繍の手ほどきを受けた日脚の遅い午後、ペータ・ポンセがさまざまな形で詳しく語って聞かせる、先祖の福者の伝説に耳傾けたにちがいない。しかし、何事であれペータが口を差しはさむや否や、いっさいが軽やかに漂い始めるのだ。時間が延び広がる。初めも終わりも消える。時間のある部分が現在と想定されるものによって占められる……ペータは若い魔女の物語もイネスにしたにちがいない。この物語は伸縮自在で融通無碍《ゆうずうむげ》、数ある異説のなかのひとつであるが、ペータがイネスに語ったものは伸びに伸びて、若い魔女の物語と若い福者の物語をひとつに合体させ、こうして両者に百パーセントの力を回復させたのである。

なぜならば、以下のことは認めないわけにはいかないからだ。文学的な見地からしても、若い福者の物語は奇妙なくらい不完全なものである。物語の流れは、最初、地主の娘という主役的な人物に注意を集中させる。彼女が美しいからである。家柄も良いからである。しかし、父親が大きなポンチョを広げて、娘の寝室の出来事を人目からさえぎったそのときから、物語の方向はねじ曲げられ、物語はふたつに分岐した。年老いた女や疲れた労働者、子どもたちによって何百年も語り継がれていくはずだが、大衆的な、永遠の生命を誇るその片割れのひとつのなかでは、地主が物語の中心から娘を引き下げて、身許に関心など持つ者のいない皺だらけの老婆を代わりに据えた。老婆は、仮にそれまで主役だった人物が跡形を残さず物語から消えることがなければ、ふたりして償っておかねばならなかったものを、ひとりで償った。別の片割れは、いまにも絶えようという家族の内深くに押しこめられた、敬虔かつ高貴な言い伝えである。清純この上ない少女が法悦境のなかで中庭のいくつか——翌日それらを調べた建築家の言を信じるならば、なんの価値もないそうだが——を救ったのだ。おれは、ドン・ヘロニモが腕を、そしてその腕といっしょに、地主の持ち物にふさわしいビクーニャの毛のポンチョを差しあげるのを見た。その場で何事も起こらなかったこと、そこは禁断の場であることを示すために差しあげられるのを見た。その動作の目的は、ある部分を消し、人目にさらそうとする部分だけを全体から切り離すことだった。たしかに、ドン・ヘロニモはイネスの前にポンチョを広げたが、その意図ははっきりしていた。若い福者にまつわる伝説という、思うままに操れる家族の秘密の一部を、予測しがたい永遠の生命を誇る民衆のあいだの伝承から引き離すことだったのだ。両者を、半端で、不完全で、曖昧な側面があり、全体が持ち得るはずの部分の完璧さを欠いたものにすることだったのだ。ヘロニモはイネスに、若い魔女の伝説を忘れさせることはできた。ただヘロニモが予想しなかったのは、事実を隠蔽しようとするその腕が、死への恐怖の暗い影をイネスの上に投げかけたということである。イネスはそれまで、その種の恐怖を身内に感じたことは一度もなかった。子どもを産めない彼女の無力によって裏切られたヘロニモの愛から発する、外側からのものとして、それを感じたことがあるだけだった。イネスはこの恐怖に駆られてローマを訪れ、彼女が、そして彼女を通じてアスコイティア家の全員が、生き延びる可能性を与えてくれる若い福者を容れる場を歴史のなかに作りだすために、全力を尽くしたのだ。それだからこそ、彼女の混乱した心はやみくもに、慈悲深い忘却のひだに隠されているより大きな真実のこの一部に執着して、その先祖の女性を福者にまつりあげ、後の世の人びとの尊崇の的に仕立ててあげようとするのだ。しかし、その福者は彼女のではなく、ペータ・ポンセの先祖である。きわめて堅固な全体のなかから一部の事実を切り離し、検閲するというヘロニモの意図が、別種の不明確さを生みだしている。

しかし、この不明確さはいまに始まったことではない。昔からのものなのだ。戸口いっぱいにポンチョを広げたとき、地主の腕は、いったい何を隠そうとしたのだろうか？　あの瞬間、妖怪チョンチョンの不吉な頭が、首筋の赤い傷口と決して消えることのないコウモリのような耳によって、若い娘の肉体とひとつになろうとしていたのではないか？　だからこそ、エンカルナシオンの尼僧服の白い頭巾の下にすべてを隠すことが必要だった、どうしても必要だったのではないか？　父親の視線が、瑞々しさを取り戻しつつある娘の手のじゃまをすることが考えられるだろうか？　瘤や筋で奇妙にゆがんだ黒い棒ではないが、ねじれた枯枝めいた形にいつまでも留めておこうとするのだろうか？　どこかの修道会の僧服のエプロンの下に隠してしまうことが必要では、どうしても必要ではなかったのか？　絶えず形を変え、ためらい、揺らぐ煙のようにまぎらわしいふたりの本当の姿を前にして、地主は、その娘が消えていきはしないかと恐れたのではないか？　だからこそ即座に娘を、その部屋に、カプチン派の修道院に、この修道院に――場所はどこでもよかったのだ――閉じこめたのではなかったか？　どんなに曖昧でぼんやりしたものだろうと、寵愛する娘の姿をしっかりと捕えておくための網、それがこの修道院ではなかったのか？

考えられることだ。ペータ・ポンセが介在するとき、いっさいが可能である。そのペータをやっつけたい。だからおれは、いぼだらけの多くの顔を持ち、いくらでも姿を変えることができ、想像し得るかぎりの複雑で余分なもの――なんの用にも立たないが、いずれにしてもくっついている――をそなえたこの怪物を産みだしたのは、いったいどんなありふれた事実なのか、それが絶えず心にかかるのだ。ぜひ突きとめたいのだ。実際に、何があったのだろう？　十八世紀の終わりごろ、九人の息子とひとりの娘を持ったバスク系の非常に裕福な百姓が、マウレ河の南の土地を離れて、ある修道院に娘を幽閉し、アスコイティア家の名と深く結びついた礼拝堂を建てた。これが事実である。しかし、もはや若くはない、やもめの心やさしい父親が、なぜひとり娘を永久に修道院に幽閉する気になったのだろう？　魔女などいるわけはないのに、また怪物のチョンチョンやインブンチェ、妖術師の洞穴があるわけはないのに、なぜ娘を魔女ときめつけ、罰したのだろう？　乳母を罰したのは、民衆にあの恐ろしい仮面を信じつづけさせるためだったのか？　なぜ特別な修道院を建てて、娘をそこへ幽閉したのだろう？　彼女が法悦にひたっていたのであり、有徳を世間に誇ってよい、というよりは誇るべき福者の資格をそなえていたのが事実ならば。

イネス・デ・アスコイティアは魔女でも聖女でもなかった。おれの考えだが、あれはきわめて単純な出来事だったのだ。ろくすっぽ道もない十八世紀の片田舎に、家畜や喧嘩っぱやい男だけが住みついた処女地に押しこめられた、孤独な娘が、おそらく兄たちや父よりもやさしく男前な、あるいはただ清潔なだけの若者に恋をした。わがままな娘のいいなりの乳母がひそかに仲を取り持ち、その手引きで娘は若者と情を通じた。おそらく、その若者は近所の男だったのだろう。下男か馬丁の類にちがいないが、それはどうでもいいことだ。おれが思うのは、現実という、いわば余りにも大きな戸口に広げられた父親のポンチョが隠したもの、それは、娘の出産ではなかったかということである。老婆のほうへ小作人たちの怒りの矛先をねじ曲げたのは、秘密を知っているただひとりの人間だという理由で、彼女を殺させるつもりだったのではないか？　現実から娘をさらったのは、この修道院に閉じこめてありふれた罪の償いをさせ、私生児の代わりに伝説を産み落とさせるためではなかったのか？

ところで、問題の私生児はどうなったのだろう？　そして、その私生児の父親は？

当然、このふたりは始末しなければならなかった。父親のほうは、あえて捜さなければ、無視すればよかった……別に何事もなかった。わしの可愛い娘は身も心も純潔だ。近く修道院に入ることになっとる。この礼拝堂を建てるのも、類まれな美徳をお授けくださったことを主に感謝するためだ。あの娘は汚れてはいない。子どもなんぞいないのだ。そんなものは産んだことがない。これからだってそうだろう。子どもがいないのに、父親がいるわけがない。いもしない父親に復讐はできん……地主は自分の息子たちにさえ秘密を明かさなかった。復讐はしないという、こんな微妙な復讐の仕方を理解できるわけがなかったからだ。地主の完全な沈黙は哀れな父親を消してしまった。この小心な男は、九人の乱暴者に殺されないうちに姿を消したのである。しかし、彼が殺されずにすんだのは、連中があとを追わなかったからだ……そんな男はいない。父親もいなければ子どももいない。わしの娘のイネスは、いずれ修道院に入る。あれは身も心も純潔だ。ここでは別に何事も起こらなかった……。

地主は孫を始末した。首府への旅の途中で通らなければならない自分の農場のひとつの、小作人の家に置き去りにしたのだ。子どもは名前も両親も分からない捨て子として、そこらの者に育てられた。小作人の倅《せがれ》たちと見分けのつかない、栄養の悪い洟《はな》たれ小僧として大きくなった。一人前の男になったとき、おそらく彼も、栄養の悪い洟たれ小僧を大勢産んだにちがいない。彼らは、マウレ河の南の百姓たちの血を混ぜあわせることによって、アスコイティア家の血を地方一帯に広めた。ひとりの紳士がその土地の女たちをはらませたとする。生まれた男の子は主人の庶子であることに誇りを持つ。このひそかな誇りによって、表向きの父や母以外のすべての者が認める父親の特徴が、庶子のなかでいっそう強められるとさえ思われる。ところが、私生児を産んだのが主人の娘である場合、その子どもはたちまち身許のあかしとなるもののすべてを失う。高い身分を示すものがすべて消えてしまうのだ……この場合は、紋章を消し去らずに盾を横切る黒い棒、というのではない。誰にもはっきり分からないように紋章を黒くかげらせ、ぼんやりさせるしみなのだ。子どもなどは生まれなかったのだから。ここでは何事も起こらなかったのだから……。

ペータ・ポンセは、マウレ河の南のアスコイティア家の農場のひとつで生まれた。名もなく卑しい彼女の家族は主家に仕えて、その畑を耕し、その家屋を管理し、そのトウモロコシを収穫し、その羊を飼い、酒を造るためにそのブドウを踏んだ。噂によれば……噂によれば、ペータの母親はとてつもなく大きなお尻をしていて、蚊が出る季節になると、イネスの祖母が眠るベッドの横に素裸で寝かされたという。こうすれば虫は大きな臀部のほうにたかって、身分の高い婦人は肌をやられずにすむだろう。安眠できるだろうというわけだった。

死体を見た人間はいないけれども黄色い牝犬が死んだあの晩、リンコナーダのペータの部屋で、おれがはっきりと、おれの下で悦びの声をあげているのはイネスだと信じたその理由、それは、ペータがもうひとりのイネス・デ・アスコイティアの血を引いており、いわばその子孫であるということだ。もっとも、卑しい何代もの先祖の存在は、混血の呪い師めいた顔の底にあらゆる高貴な一族のしるしを埋めてしまったが……あの晩現われておれの下になり、怪物を産むものをおれから受けたのは、若い聖女自身、若い魔女自身だったのかもしれない。おれはいまも、おれの情事の闇のなかにあの先祖の女性の顔をまざまざと見るのだ。あのあと、おれはペータを探るために、そのくずれた表情を熱心に見つめるようになった。そして時折、何代もの貧しい人間たちの蠢く遠い彼方から聞こえてくるこだまではないが、名家の血を引く者の、ペータのなかに蘇った魔女イネスと福者イネスの、晴れやかな表情のかすかななごりを読み取った。このペータがおれを追うのは、おれを捕えて、自分が名門の出であること、素姓正しい者であることを、ちゃんと父や母、祖父や祖母、高祖父や高祖母——そのうちのひとりは間違いなく、福者であり魔女だった——がいる人間であることを、証明するためなのだ。

彼女はそれを証明して、おれを笑いものにしようとしている。おれが素姓の分からない人間だということを心得ているからだ。いや、真実を知っているからだ。作家のウンベルト・ペニャローサ。名士の秘書のウンベルト・ペニャローサ。マントに帽子のいでたちで、酒場で詩をくちずさむウンベルト・ペニャローサ。小学教師の息子のウンベルト・ペニャローサ。後ろが見えないくらいモクモク煙を吐いて走るおもちゃの汽車の、機関士の孫のウンベルト・ペニャローサ。これらを含む八十パーセントを、アスーラ博士が剔出してしまったことを知っているからだ。そのとおり、アスーラ博士は、あの慎ましい素姓までおれから奪い、この惨めな二十パーセントの存在におれを変えてしまったのだ。この修道院の老婆たちは噂が好きだ。もっとも、競売人が回廊に道具を山積みにしている近ごろは、以前ほどうるさくお喋りをしない。八枚のマットレスを積み重ねたものの上にあがって、まだ歯の生えていない赤ん坊のようにばたばたやって喜んでいる……ねえ、スニルダ。天国もきっとこんな具合よ……しかし、彼女たちがお喋りの時間に困ることは決してない……イネス奥様が来週お帰りらしいわよ……あら、もうお帰りになってるそうよ。ただ、ここへはまだ来てないだけで。ひょっとすると、来ないかもなさったとか……ラケル奥様がご自分の部屋の鍵をお渡しになったら、シスター・ベニータはとってもいやな顔……いいえ、そうじゃないらしいわ。まだお帰りになってないのよ……ファティマに、それからルルドにも巡礼をして、ここにあるものはどうしましょうって、そう言ったらしいわ。ラケル奥様の置いていかれるものがみんなながらくたみたいに。ほんとにいい方なのよ、ラケル奥様は。なのにシスターは……《ムディート》があのとおりです。お部屋から道具を出して片付ける手伝いをしてくれる者がいません。《ムディート》があんなになってしまって、年寄りがひとり増えたようなものですわ、ラケル夫人。まるっきりシスター・アンセルマやシスター・フリアと同じです。いつになったら片がつくんでしょう。《ムディート》までが病気になるなんて。とても立っていられないくらいなんです。ドアに釘を打っていて、はしごから落ちましてね。女の子たちに助けてもらって、それでやっと仕事を片付けました。《ムディート》には気の毒なことをしましたわ。どこの馬の骨か分からないような男でも、やはり……老婆たちは耳打ちする。陰口する。老婆たちは昔から噂三昧、その声はそこらの壁にべったり張りついている。しかし、みんな年寄りだ。そう長生きはできなくて、すぐ死んでしまう。するとまた別の老婆たちがやって来て、いろんな噂を小耳にはさむ。それをゆがめられた形で聞いたより新参の老婆たちも、間もなく先輩のあとを追う。この修道院で拾った山のような暗い秘密や噂を、あとから来た者にゆずり渡したそのあとで……《ムディート》が生まれたのはここ、この修道院だって聞いたわ……そのとおりよ、クレメンシア……《ムディート》は可哀そうね。表へ出たことが一度もないのよ、車の警笛が怖くて……まさか。だってメルセデス――メルセデス・バローソではない。別の女だ。メルセデス・バローソは、いずれおれたちみなを迎えに来る福祉事務所のトラックで、すでに運ばれていった――、《ムディート》は口だけじゃなく耳もだめなのよ。警笛を怖がるわけがないわ……それもそうね。でも、ずっとここにいることはたしかよ。いまとちがって、まだ尼さんもたくさんいたらしいけど、シスター・ベニータが来る前かららしいわ。なんでも、そのころのことだって聞いたわ。ある朝、若い女がこの修道院の入口に倒れていたの。どうなってるのかわけが分からないけど、近ごろのシスター・ベニータみたいに気が短くないし、むやみに威張りもしない、とってもやさしい尼さんたちが、奥へ、中庭へかつぎこんだと思ったら、その場で子どもを産み落としたんですって。ところが、これが月足らずで、そのころ修道院にいた年寄りみんなで面倒をみて、命だけは助かったけど、でも耳と口はどうにもならなかったらしいの。だから、月足らずで生まれたから、《ムディート》はあんなに小さいのよ……そうね。なんだか、だんだん小さくなっていくみたい。頭もおかしくなったって噂があるわ。そりゃあもちろん、口をきかなきゃ、頭が変かどうか、そんなことは分からないけど。近ごろの《ムディート》の歩き方、たしかに変よ。よく見るといいわ。麻痺してるみたいに、ろくに動けないのよ。からだは垢《あか》だらけ、頭には虱《しらみ》がわいていて……ところがおれは、その頭を掻くこともできない、手も腕も弱りきっていて。陽のあるうちは一日じゅう、ゴチック風の儀式用の椅子に腰かけて日向ぼっこだ。ところでこの椅子だが、これは、ある夫人からシスター・ベニータに贈られたものだ。修道院が取りこわされると聞いて、持ちだす道具をえらぶために自分の部屋を訪れたものの、彼女は結局、諦めて言った……大きすぎて置き場所に困りますから……せっかくですけど、こんな大きな道具、どうしようもありませんわ。間もなく競売がありますし……シスター・ベニータがそう答えると、婦人は……わたしもどうしようもないわ。モダンなアパートには不似合いですものね。それに、ゴチック様式ははやらないって、『ハウス・アンド・ガーデン』に書いてありましたわ。すばらしい記事がたくさんのってる雑誌ですけど。でも、それだけじゃないんですよ。友だちの話では、わたしは家のなかの飾り付けがとっても上手なんですって。そう言われたんですよ、ほんとに。ですから、断られる理由が分かりませんし、ちょっぴり腹が立ちますわ。この椅子は使いものにならないとおっしゃいますけど、とんでもない。材料は胡桃《くるみ》で、上等の品物です。元は十八番街の母の屋敷のホールにあったものなんです。それに、聞きましたわ。取りこわすなんて嘘、イネスはここで暮らすらしいって……清貧の誓いを立てたとか……あんなお金持ちが……ローマだったかしら、それともスイスだったかしら、ともかくあちらで会ったひとの話だと、すっかり変わったそうですわ……髪を染めるのもやめたとか……みっともないくらい白髪が目立って……これもひとから聞いた話ですけど、あの、《ムディート》はこの修道院の年寄りや尼僧の手で育てられて、寺男になったんですってね。気立てがいいのは、きっと、そのせいでしょう。でも、めっきり弱りましたね。疲れきって、ろくに目も見えないみたいな……とんでもない！　おれの目は見える、よく見える。羨望をたたえたこの目こそ、まだ生きていて、昔のおれといまのおれとを結ぶ唯一のものなのだ。というのも噂では……噂では、以前、ここの洗濯場の中庭にひとりの夫人が住んでいたという。彼女がずいぶん前に死んだある女から聞き、この女がまた、昔のおれを知っていた別の女から聞いた話だが、おれは非常に愛くるしい赤ん坊であったらしい。病弱な子どもによくある青白い小さな顔と、いまにも泣きだしそうな感じの、つぶらで悲しげな目……そのおれを、田舎の乞食女が戸口で見つけた。裸で雨に打たれていたのだそうだ、あんたを連れてこいと言ってイリスに放りだされた晩と同じように。だがあのとき、おれは建物の正面のガラス窓の前に立って、奥を覗くのが精いっぱいだった。おれは雨のなかから、灰色の肘掛け椅子が置かれた書斎で、おれの名前が背中にある本物の百冊の緑の本ではない、見せかけだけの蔵書の壁を動かしているあんたを眺めた。それは実は、金庫を隠している扉でしかなかった。おれにはその中身への関心はなかった。おれはただ、修道院へ帰ることを考えていた。あの偽の百冊の本のなかにしかおれの名前が存在しないことを知った以上、一パーセントはマイナスになった気分だったが。ひょっとすると、おれの名前そのものが偽物なのかもしれない。いずれにせよ、おれは、イリスがおれをなかへ入れてくれることを期待していた、寒い夜の戸口でおれを拾ったあの乞食女と同じように……村のなかの誰ひとりとして、おれの母親を知らなかった。まして、父親の名前を知る者はいなかった。父親なんて簡単に分かるものではない。ちゃんとした父親のいる人間はほとんどいないのだ。せいぜいいても、黒板のチョークの粉で黒い服を白く汚した、近視の小学教師だろう。しかし、おれの視線はいかにも切なく悲しげで――もっとも、それはあのころだけのことだ。いわば羨望の惨めな形式のひとつで、やがてそれが、おれに大きな力を与えることになる——おれを見つけた乞食はおれの利用価値に気づいたのだろう、おれを手放そうとはしなかった。ひとり口がふえるわけだし、不景気なころだったから、おれを手放すのが当然だったのに……老婆は、寒さで皮膚が青白く見えるように、わずかなぼろ布でおれをくるんで抱いて、通りや、初九日の午後のミサが終わろうとする教会の入口へ物乞いに出かけた。世間は信者たちが教会の建物から出てきそうな気配を感じると、老婆はおれをつねって泣かせた。おれの悲しげな表情や哀れっぽい声に同情して、慈悲深い連中が老婆のまわりに集まった。おれが泣いている姿を見て、彼女の手にたくさんの金をにぎらせた……老婆はおれにあまり食べさせなかったという。肥らせないためだった。空腹で、皮膚が透けるように青白く、いつでも泣きだすような状態におくためだった。おれの姿はいかにも哀れっぽく、たっぷり金を稼ぐことができた……よく聞いてくれ、ルーシー。世間はいろんなことを言う。年寄りがからだを悪くして、おれを抱いて街へ物乞いに出かける元気を失った。空腹に悩まされながらおれも大きくなって、もう軽いとは言えなくなった。外に出るのはやめたが、しかしおれの評判は街で知らぬ者はいなかったから、彼女はおれをほかの老婆たちに貸すことにした。老婆たちは哀れっぽい空腹のおれを腕に抱いて連れ歩いた。街の人間の同情を誘って金をもらうためだ、やはり。おれを借りた老婆たちもまた、おれをつねって泣かせた。しかし、ミサが終わって人が出てくるときは、おれをやさしく愛撫した。とくに、信者たちが同情して施し物をするためにまわりに集まってくると……おお、いい子だ、いい子だ。泣くんじゃないよ……こんなに可愛い顔をして、これこのとおり、泣いてばかし……ええ、そうなんですよ。たったひとりの孫だというのに、胸を悪くしましてね。娘は病院、てて親は行方知れず。このてて親というのがそれは図々しい男で、知らん顔して姿を消してしまいました。ごらんのとおり、からだの不自由な年寄りです。泣かないように、ほんのちょっぴりでもいい、ミルクかパンを買ってこの子に食べさせようと思っても、こんなわたしでは、仕事ができるわけはありませんし……泣かないときは、なおいけないんです。目の色が……バス代を倹約して——ぼろぼろの服のひだの下に隠れたポケットのなかで、ずっしり重いお金がチャランチャラン鳴っているというのに――足を引きずって村へ帰ると、彼女は、おれの母でも祖母でもなく、主人である老婆におれを返した。だが、その老婆も間もなく死に、おれは別の老婆にゆずられた。そしてこの老婆からさらに別の老婆に……ねえ聞いて、メラニア。彼をこの修道院に連れてきたのは、いちばん最初にここに入った年寄りらしいわ。ほんとに口数が少なくて、とってもいい人だったそうよ。名前はペータ・ポンセ、物乞いに連れて歩くには大きくなりすぎた《ムディート》の主人で、だいぶ老いぼれてたのね。ある日、ひとりでこの修道院の廊下の散歩を始めたらしいの。ここの廊下は長くて、とっても早く暗くなるでしょう。それに、やたらと中庭や地下室や回廊があるでしょう。あんたも見たはずよ。競売人があっちの中庭に、クッションや、羽根ぶとんや、枕を山のように積んでるわ。それは見ものよ、メラニア。上等の品物ばっかり。で、さっきの話だけど、あの女ね、ある日廊下をうろうろしているうちに、この修道院のどこかに消えて、それっきり姿を見せなくなったの、まるで淵に呑まれたみたいに。地下室や上のほうも捜したけど、だめ。とうとう見つからなかったそうよ。戸籍の上でもまだ死んだことにはなっていないの。いったいどこへ……。

「とうとう電気も切られちゃったわ」

「ひどい!」

「どうして切ったのかしら?」

「もちろん、取りこわしがあるからよ」

「取りこわしなんかないわ」

「ないって、どうして?」

「イネス奥様が来るのよ。取りこわすわけがないじゃない」

「アマリア。その話、誰から聞いたの?」

「別に誰ってことは……」

「電気が切られたんじゃ、ここへ来ても……」

「電気が止まってるのは、ほんのしばらくだけで……」

「でも、なんのため？」

「イネス奥様の部屋の電線をいじってるのよ」

「廊下をうろつくのはやめましょう。ここで迷ったっていうあの女みたいになると困るわ。ええと、なんという名前だったかしら……いいえ、ペータ・ポンセじゃないわ。ペータ・アルセ、いや、ペータ・ペレス・アルセという名前よ。でも、《ムディート》をここへ連れてきたのは彼女じゃないわ。別の女よ……連れてこられたんじゃなくて、雨の日に《ムディート》ひとりで来たって話も……」

22

ラケル夫人がイネスの部屋のためにえらんだ壁紙は結局、非常に淡くて透けて見えるほどの代赭《たいしゃ》色で、模様は天使たちの奏でる竪琴をまねており、まっ白なものと、少々黒っぽい代赭色のものが入りまじっていた。非常に簡素でしかも品が良く、清貧の誓いを立てた人間の部屋のものとしては当然のことだが、けばけばしいところは全くなかった。しかし、ざらざらした日干し煉瓦の表面からこの天使のように慎ましやかな壁紙を守るために、おれはその下に、壁面と真新しい紙とのあいだに、老婆たちの洞窟にならって新聞紙を下張りした。新鮮さを失ってはいてもやはり衝撃的なニュース……三十年間も牢獄に見捨てられた何千人もの政治犯、揚子江の洪水で失われた多数の生命、絶滅したウァトゥシ族、ブラジル北部の大飢饉、恐ろしげな顔、恐怖に怯えた顔、戦争や地震のために廃墟と化した都市で救いを求める手、すでに生じたか現に生じつつある宿命的な出来事に怯えて慈悲を訴える目、距離と時間で沈黙させられた悲鳴……状況から引き離された恐怖はいっそう凄まじい。新聞紙となった恐怖はいっそう凄まじい。おれはその新聞を使って、すべてを蔽って恐怖をなまのまま生かしておく色紙の下に、恐ろしいクロスワードパズルをでっちあげた。

「きれいだわ」

彼女はベッドの上のスーツケースを開けた。

「でしょう？」

彼女は黒いドレスとコートを取りだし、スリッパと真紅のガウンを身につけた。

「なんて品がいいんでしょう！　近ごろのイタリア物はすばらしいって話は聞いてましたけど……」

「スイス製ですよ。ヨーロッパで買ったのはこれだけで……そうそう、黒いドレスが五、六着ありましたわ。みんな同じものです。死ぬまでもつんじゃないかしら」

シスター・ベニータは、その見ばえのしない黒いドレスを衣裳だんすに吊るす彼女を手伝いながら、列福の手続きが順調に進んでいて、それでヨーロッパ滞在が長くなったのだと思った、と言った。そして、黒い靴と並べて靴型を衣裳だんすの下にしまった。

「いいえ、そうじゃありません。枢機卿たちにだめだと言われたあと、車の事故に遭って、スイスの病院に……」

彼女はそう答えながら、烈しく首を振った。だめだ、イネスは福者ではない、と言ったときの枢機卿たちも、おそらく同じだったにちがいない……お前は、子どもを産むことによって血筋を永らえさせることができなかった。がらくたの詰まったトランクの底から列福を取りだし、輝かしい成果を系譜樹に吊るすこともできなかった……お前は首を振った。鏡を覗いて髪の具合いを直しながら続けた。

「……それに、白い頭で帰ってこられるように、髪が伸びるのを待っていたんですよ。覚えているでしょう、向こうへ行く前、若いころみたいに、よく髪を梳《す》いていたのを？　ここで暮らしている年寄りのように、なんの飾りっ気もない、洗濯女そっくりのこの髪で帰りたかったんです。ところで、シスター・ベニータ、あなたお元気？」

「てんてこ舞いですわ。競売にそなえて目録を作らなきゃならないものですから」

「競売なんてありません」

「お話しになったんですか、大司教と？」

「さっき言ったはずですよ、まだ誰とも会っていないって。飛行機をおりて、まっすぐタクシーでここへ来ました。スーツケースひとつだけを持って、あとは別のタクシーで屋敷へ運ばせましてね。あした競売人たちがここへ来たら、そうだわ、わたしを呼んでください……追い返してやります。ヘロニモのところへ行くように、わたしから言ってやります」

シスター・ベニータはシャッターをおろす。かがみこんで、イネスのスーツケースをベッドの下に入れる。からだを起こすと、イネスが竪琴を眺めているのが目に入る。その喰い入るような目付きはまるで、竪琴の模様を、用のなくなったニュースの下張りを突き抜けて、日干し煉瓦の壁まで達し、その奥にあるもの――シスター・ベニータよ、あなたにも、それがなんであるかは分からない――を、引きずりだそうとするかのようだ。壁にじっと目を据えたまま、シスター・ベニータのほうは見ないで、彼女は訊く。

「門番の女、たしか名前は……」

「リータです」

「やはり元気ですか？」

「ええ、とても元気ですわ」

「わたしにことづてはないでしょうね？」

「聞いておりません」

「そうでしょうね。ヘロニモが電話してくるわけがありませんわ。わたしが着いたことを知らないんですから。わたしの荷物をのせた車が着いたころにはクラブに行ってるはずです。もっと遅くなってからでないと、わたしが帰ったことは分かりませんわ。もし電話があっても、礼拝堂でお祈りをしているからじゃましないようにって、リータに言ってください。ここへ来たのは、神様にお祈りするため、苦行をするためですものね」

「困りましたわ、イネス夫人！」

「何が?」

「あら、ご存知ないんですか?」

「ええ……」

「お聞きになってないんですね。礼拝堂は教会の財産からはずされました。もう何カ月も前になりますが、そのあと、戸をみんな釘付けにして、ステンドグラスなども運びだしてしまったんですよ」

イネスは両手で顔を蔽った。

「ひどい! なぜそんなことをしたのかしら?」

「アソカル神父が競売を急いでいらっしゃるんです。すぐにも取りこわしにかかりたいとかで……でも、延び延びになっていて……いまではミサもありませんし……」

イネスは顔を蔽っていた手をのけた。別の顔が現われ、シスター・ベニータ、あなたはたじろいだ。竪琴の模様の壁紙の背後に潜んでいた顔のひとつが浮きだし、部屋のなかを不安で満たしたかのように思われた。

「ヘロニモは、ミサまでわたしから奪うつもりかしら?」

「まさか……」

「あなたは彼を知らないから……」

「それは……」

「どんな人間か分からないのよ」

「それはそうですけど……」

「この修道院へ来てミサがあげられないなんて、我慢できないわ。屋敷の祭壇をここへ移すように言います。隣の部屋へ置けばいいわ。アソカル神父にちゃんとした常識があればの話ですけど、毎日ミサをあげ、聖体を持ってきてくれる司祭を派遣してもらいましょう……でも、みんなあしたのことですわ……今晩は眠くて……わたし、もう休みます……」

「残念ですわ！　年寄りがみんな台所に集まって、ご挨拶をしたがっていますのに……」

「今夜は勘弁してくださいな……疲れちゃって……お願い、あしたにさせてください。それより、シスター・ベニータ、ヘロニモから電話があってもわたしは出られませんからね。あなたもだけど、リータにも忘れないように言っておいてください……ここへ来ることはないわ……でも、しょっちゅう電話をされたんじゃ、静かに暮らせません。かかって来たら、いま手が放せないって、そう返事をしてください」

「分かりました」

「お願いしますね」

「今晩、ほかに何かご用は、イネス夫人？」

イネスは、指先で竪琴の模様に触れながら部屋のなかを歩きまわる。そして、まるで傷でも負ったようにそれを引っこめる。真紅のガウンのポケットに両手を突っこむ。

「ないと思いますわ、シスター・ベニータ……」

「それじゃ、わたしもこれで……」

「あなた、どこで寝ていらっしゃるの？」

「ずっと向こうの中庭です」

「この修道院は広いんだわ！」

「ほんとに」

「わたしが外国へ行ってるあいだに、ますます大きくなったみたい」

「とてもすみからすみまで知るというわけには……」

「すみからすみまで知ってるのは、《ムディート》だけだって聞きましたよ。ほんとですか？」

「そういう話です。でも、いろんなことを言いますから……そうですね、考えられないことでもありません……この修道院では、どんなことだって……」

「そんなこと言っていいんですか、シスター?」

イネスはベッドに腰かける。

「ご用がありましたら、ここにあるベルを押してわたしを呼んでください」

「ありがとう」

「どういたしまして」

「ねえ、シスター……」

「なんでしょう?」

「大きな声を立てたら聞こえるかしら?」

「声を立てるって、なぜですの?」

「わたし蜘蛛が怖いんですよ」

「ようく掃除をしておきました」

「……実は……」

シスター・ベニータはその手をやさしくお前の肩においた。お前の前に立って、慰めるようにその目を見つめるが、お前は視線をそらす。

「何かあったんですか、イネス夫人?　よかったら、わたしに話して……」

お前は彼女のほうを見ずに、

「シスター、列福の件が失敗してから、わたしひどい不眠症なんです。スイスで治療を受けてもだめで、それで入院までしたんですよ。たまに眠れたと思うと、牢屋にでもいるようにいやな夢ばかり見て、それから逃れることはできない、一生いやな夢のなかで生きなきゃならないような、そんな……夢のなかにいるのか外にいるのか、それも分からないことが、よくありましてね……」

「つまり、眠っているのか起きているのか分からないってことですね……お気の毒に……」

「よくご存知ね」

「わたしも覚えがありますから……」

「でも、わたしほどじゃ……わたしはもう怖くて。この部屋に電話を置いてもらえるとありがたいわ。万一……」

「万一って、それどういうことですか、イネス夫人?」

「……セメントの匂いがするわ」

「気のせいでは……」

「工事をしてたんじゃありません?」

「ここは間もなく取りこわされるんですよ」

「この修道院も、昔はこんなに大きくありませんでしたわ」

「大きくなっただなんて……」

「でも、昔はこうじゃなかった……」

「ばかげてますわ、イネス夫人!」

修道院に入るさいに、お前は無意識のうちに気づいたのだ。おれはセメントと煉瓦で扉をふさいでしまった。そこに迷いこむ者がいないように、部屋や回廊はふさいでしまう。それがおれの仕事だ。おれは、破られないように窓も締めきる。そしてその上に、シスター・ベニータその他の誰にも気づかれないように用心しながら、漆喰を塗っていく。しみを描いて古いものに見せかける、背後に部屋や回廊、中庭や通路があると思わせないために。誰もこの変化に気づいていない。いや、お前だけが知っている、壁でふさいだり締めきられたりするうちに、修道院のスペースは、小さくなるどころか、ますます大きくなっていくことを。何者も、取りこわしの人夫も競売人も、決して締めきられた場所へは入れないのだから。

「あれはバスの音?」

「いいえ。中庭の溝のです」

「耳について眠れそうもないわ」

「あした、なんとかしましょう」

「あしたじゃだめ。今晩お願いします。ゆっくりからだを休ませなければならないんですから」

「それじゃ、ちょっと」

「待って。あとでいいわ」

「何かほかにご用が?」

「いいえ」

「でしたら、これで……」

「ねえ、シスター・ベニータ……」

「はい?」

「あなたは信じているんでしょう?」

「何をですか?」

「福者のことですよ」

「それは、わたしも……」

「……とうとう、わたしもひとりっきりだわ……」

「でも、ご主人が……」

「あなたはあのひとを知らないのよ！」

シスター・ベニータは理解できない。彼女がお前のベッドの横に腰をおろすと同時に、お前は立ちあがって部屋のなかを歩き始める。ついでに衣裳だんすの楕円形の鏡を覗く。自分の部屋のなかを行ったり来たりしながら、おそらく、竪琴の模様の背後から一瞬浮かびあがる顔に目を凝らしているのだ。

「ねえ、シスター・ベニータ。この修道院の存在くらいはっきりと、彼女が福者だったことを証明するものはないんじゃありません？」

「横になられたほうが……」

「伺いたいのよ、信仰の篤いあなたの口から……」

「イネス夫人……」

「ぜひ伺いたいの」

「あの有名な地震のことでしょうか？」

「彼女は間違いなく、この修道院に埋葬されているんですよ。わたしは遺体を捜します、たとえこの爪で土を掘り返してでも……見てくださいな、この爪。覚えていらっしゃるでしょう。昔はきれいに手入れをしていました。自慢でしたわ。それがいまでは、このとおり……」

お前はポケットから手を出し、震えるそれを相手に見せる。割れた、ささくれた爪を見せる。シスター・ベニータはその手を取り、震えないように強くにぎって、お前の真紅のガウンの膝の上にもどす。

「お気の毒に……」

「どうしてこうなったか分かります？」

「お手入れなさらないから……お洒落《しゃれ》などに興味がなくなられたんですわ」

「いいえ、ちがいます。めったにありませんが夜寝ていて、何かそこらのものを掴もうとするらしいんです。シーツやベッドなどを掻きむしるらしいんです……お見せしたかったわ、ローマのグラン・ホテルのベッドの枕元を。全然覚えていませんが、何か夢を見て、そこらのものを摑もうとしたらしいんです。それからというもの、痛まないように昼のうちに爪を嚙み切っておいたのですが、かえって痛みが激しくて……それでスイスの病院に入ったんです。ローマにいたころは、それはひどいものでした」

「ベッドにお入りになりませんか?」

「いいえ、まだ」

「それじゃ、お茶でも」

「……何もかも焼いてしまうために、部屋にしまってあるものを全部焼いてしまうために、わたしは帰ってきました。まずこの仕事から始めるつもりです。でも、シスター・ベニータ、ひとつだけ申しあげておきます。表や裏、それに中身をよく調べてからですわ、焼くのは。手紙や切り抜き、契約書や写真の裏もみんな読みます。引き出し、箱、スーツやドレスやコートのポケットなども全部調べます。それから、《ムディート》がよく気をつけていてくれるらしいけど、やっぱり虫に喰われている仮面も……裏張りや書類カバンのなかも……ひとつひとつ丁寧に調べますけど、そのあとで誰かに贈ったり寄付したりなんてことは、絶対にしません。みんな焼き捨てるつもりです。《ムディート》に手伝ってもらって……」

「何をお捜しなんでしょう?」

「なんでもいいんです、手がかりにさえなれば。何かあるはずですわ。それが見つかれば、眠ったとき、そこらを掻きむしったりせずにすみます。もっとも、眠れればの話で、とても眠れるとは思えませんけど」

「枕だけじゃなんですから、クッションを差しあげましょうか?」

「結構ですわ。苦行のために来たんですもの」

「ガウンをお脱ぎになったんでしょう。ベッドにお入りになったら。そんな裸みたいな格好でいてはいけません。

この部屋は壁紙を張ったばかりで、少々湿気が残っています。あと二、三日もすれば乾くと思いますけど」

「なんの話でした、シスター・ベニータ？」

「捜すものがあるというお話でした」

「ほんとにがっかりだわ」

「何がでしょう？」

「わたしもそうですが、誰ひとり思い出せないんですからね」

「どうぞベッドに入って、ゆっくりお休みください。先は長いんです。お話をする時間はたっぷりありますわ。それに、気落ちなさることはありません。ここにいるみんなで、できるだけの世話はさせていただきます。お好きなだけここへいらっしゃれば……」

お前の乱れた灰色の髪は肩にかぶさり、お前の脚は裸足だ。シスター・ベニータは無理やりスリッパをはかせようとする。水でも飲んで静かに寝るように、お前に頼む。

「好きなだけこの修道院にいろだなんて、よくまあ、そんなことが言えますね。修道院はわたしのもの、誰でもない、このわたしのものなんですよ。なるほど、ヘロニモはたくさんの書類にサインをしたかもしれません。でも、この修道院はわたしのものなんです。ここを手放したくはありません。取りこわしの人夫にはこの壁ひとつだって触れさせません。この修道院は秘密を隠しています。わたしやあなただけでなく、誰にも分からないことですけどね。でも、秘密のあることは知っているのだから、やはりわたしのものです。その秘密を探りだすことはできないし、その秘密のために命を奪われることだってあるかもしれないけど、わたしのものです。たしかに法律的には、財産は男たちのものでしょう。でも、この修道院を守ってきたのは、わたしたち女です。この修道院がアスコイティア家の手を離れなかったのは、誰も記憶していませんが、何代もの信心深い女たちのおかげ、そう思います。めいめい頭を働かせて、弱さを逆用して、歴史の本などにはのっていない秘密の策略を使って、夫がこの修道院を見捨てるのをじゃまして来たんです。その動機は、理窟を越えた、ほんとに主観的なものです。何代ものアスコイティア家の女たちがこの修道院を守るために、いろいろな手を考えだしてきた、企んできたその理由は、とても理解できるものではありません……修道院にいったい何を期待したのかしら……ある日、たとえば菩提樹の中庭に穴を掘っていたら、福者の遺体が見つかった、というようなことになってくれれば……そのときは、わたしはそれを自分のものにして、大事にしまっておきますわ。あなただってそうだけど、誰も福者を信じていないいんですもの。それはわたしだけのものです……大事にちゃんとしまっておきます。たとえがらくたに見えても、物は大事にして、何かに包んで、隠しておかなきゃいけません。女が値打ちのあるものを見つけて来ると、きまって男たちが取りあげてしまいますから。わしのだ、こっちへ渡せ、お前には分からん、縫い物でもしてろ、ブリッジをやったらどうだ、従妹《いとこ》に電話でもかけて、なんて言って……そして、女の見つけたものを自分のものにしてしまう。男だけがそれが隠している意味が分かる、説明できるというわけ。だけど、説明の度が過ぎて結局、意味が失われてしまう……わたしは、意味なんか知りたいとは思いません。わたしがどうしても見つけたいと思うのは、もちろん眠れたらの話ですけど、夜寝ているときに、そこらを掻きむしったりしないためですわ……すみません、シスター・ベニータ。そのショールをベッドの足許に掛けてくださいな……それでいいわ……」

「天井の電気を消して、ナイトテーブルのほうをつけておきましょうか?」

「消さないでください。明かりはみんなつけて休みます。外の廊下の明かりもつけておいてください。それにしても分からないわ。取りこわしがあるというのに、なぜお金を使って、この修道院を建て増ししたんでしょう……今夜はとっても広く感じられるわ……慣れてしまえば気にならないのでしょうけれど……」

「何日かすれば、病院にいらしたころよりも満足なさいますわ。夢だって見なくなるでしょう」

そのとおりだ、シスター・ベニータ、彼女が夢を見るわけがない。おれが彼女の夢を支配するのだから。彼女を案内して、ここの廊下の奥に迷いこませ、おれの好きなときに、おれの望む相手と会わせるのだ。

「残念だわ、あなたのお部屋の隣に、わたしの部屋を用意してくだされぱよかったのに」

「いちばん古い中庭に用意するように、というお電報でしたから……」

「そうでしたわね」

「何も怖がることはありませんわ」

「それはそうね」

「あの方が守ってくださいます」

「実際にいたとしての話だけど……」

「神にお祈りなさることですわ」

「神様はもっと大事なことでお忙しいはずよ」

「この水と、それからベロナールをお飲みください」

「まだ飲みたくありません。今夜はどんな夢を見るのかしら？　この修道院で寝るのは初めてでしょう、きっと夢を見るわ。あとで気がついたら、眠っているうちに誰かがセメントと煉瓦で夢の扉を締めきっていた、それが何者で、どういう目的なのかは分からないが、てなことに……この妙な臭いは何かしら？……」

　お前は周囲を見まわす。

「誰か外を歩いてるわ」

　お前の非常に鋭い耳か、あるいはおれの存在にたいするお前の欲求が、通路を逃げていくおれを敏感に捉えたのだ。お前は、近くに寄るようにシスター・ベニータを手招きし、その耳許でささやく。

「あれを証明する書類ですけど……」

「あれって、なんでしょう？」

「消えてしまいました」

「まさか！」

「ほんとです。ちゃんとこの部屋にしまっておいたのに。間違いありません。福者の件がすべて失敗に終わるように、ヘロニモが消してしまったんですわ」

「でも、イネス夫人……」

「必要なものが全部消えているんです。残っているのは役に立たないものだけ。ヘロニモの命令ではないのかもしれないけど……でも、消えたことはたしかだわ。物って消えるものなんですよ、ただ、男たちがそれが必要になり、それを使うというだけで。男たちは使いすぎて消耗させ、結局、物は消えてしまうんです……わたしたち女は、たしかに無知です。何も分からないし、何も知らない。すごく飽きっぽくて、何か楽しみがないと、めそめそ泣いたりしますわ。でも、男たちが物を使って、あとで捨てたり別の物に手をつけたりしないように、わたしたちがたまに物を片付けて、そこらに隠しておかないと……わたしたちが物をしまう理由は、男たちとはちがいます。それは、電話をかけて、くだらないお喋りをしたり噂話をしたりするためです。カバーにトーストの屑がちらかっているのに、朝っぱらからベッドの上で電話をかけ合う。でも、そのくだらないお喋り、噂話のなかに、つまらないように見えても実は大事な何かを隠している。相手の女、たとえば、一度は尋ねなければと思いながら、わざわざ出かけるのが面倒で、それで電話をした従妹が、それをちゃんとしまう。それを包みにして、大事に保存して、ほかの者に渡す。ところがわたしには、福者の話をする相手がいないんです。そういう女性がいたことさえ誰も信じてくれない。まして福者だったことなんか……気の毒に……ほんとに若くて死んだんです……このわたしが死ねば、福者が若死にしたことを心に止めておく人間なんて、ひとりもいなくなるでしょう……。今晩よく眠れて元気が出たら、この部屋にあるものを全部、焼き捨てる仕事にかかります。《ムディート》に、手を貸してもらうから、そのつもりでいるように言ってください。きっと、以前のような力はないでしょうね。影みたいに軽くなってしまって。でも、わたしの部屋に何があるか、あの男はよく知っています……そうね、夜が明けたら早速、始めることにしましょう。便所のタンクのものだとばかり思ってましたけど、あの溝を流れる水の音で、今晩も一睡もできないのは分かってますから……旅行をして、ぐっすり休まなきゃならないのに、これではね。シスター、ベロナールをくださいさい……寝てしまうのはいいけど、夢のなかで何に出会うか……夢で怖ろしいものを見て、しかもそれが思い出せないことがあって、それはいやなものですよ。シスター、ちょっと待って。洗顔クリームを出しますから、待って……手鏡をくださらない？　赤い袋のなかにありますわ。袋は黒い折りカバン、折りカバンはプラスチックのバッグのなかです。バッグは、ベッドの下にあるスーツケースのなかの、ジッパー付きの物入れにありますわ……すみませんね、シスター・ベニータ」

おれは昼間、ほとんど動かない。たまに椅子を離れて廊下の端まで移動し、両手で顔を蔽ってその場にすわりこむ。そして、そこから廊下の壁を伝って台所まで行くことがあるだけだ。お前は、スニルダ・トーロと話しながら通りかかり、首を振って溜息をつく。おれの健康が良くなることを願って……可哀そうに。《ムディート》が早く元気になるといいわね……そうなのよ、アントニエータ。いつまでもこれじゃ困るわ。彼が元気になったら早速、部屋のなかのがらくたを掻きまわして整理したいと思っているんですもの。ひとりじゃとても無理。彼なら役に立つわ。わたしがすっかり忘れていても、彼は、何がどこにあるか、ちゃんと覚えていますからね。《ムディート》が良くなるまでもう四、五日待って、少し休養してから仕事にかかるほうがいいのかも……しかしイネス、お前は何もしないで、ただぶらぶらしている。お前の信仰は集中すべき対象を見出しかねている。お前の部屋の隣に祭壇をおく許可を、アソカル神父からまだ得られないでいるのだ。床にひざまずいてということになると、敬虔な気持ちで祈ることも容易ではない。老婆たちはお前につきまとう……イネス奥様、とてもお元気そう。でも残念ですわ。近ごろはろくにお洒落をなさらないし……ヨーロッパで流行しているものを着てお帰りになったら、面白かったのに……そんなこと無理よ。清貧の誓いを立てたのに……ここで暮らすために、金にものをいわせて修道院をお買いになったって噂を聞きましたわ。それで、競売がないんだとか。金づくめの祭壇をここへ持ちこんで、そのあと少しずつですけど、お屋敷から家具や身のまわりの品をそっくり運ばせて、この修道院をきれいに飾るおつもりだという話も聞きました。それで近ごろ、あの男たちも姿を見せないんですね。前はよくここへやって来ましたわ。あっちこっち首を突っこんで、競売の準備でしょう、荷物の山に番号をつけてました。わたしたちの小屋まで裸にする気じゃなかったかしら。そんなことをされたら、わたしたちはどこへ住めばいいんでしょう。いまごろになって部屋を変えるなんて、ごめんですわ。間もなく取りこわしがあるっていうのに。そうですわね、イネス奥様？

「取りこわしなんてないわよ」

「ほんとですか、イネス奥様？」

「少なくともわたしが生きているうちはね」

「奥様はお元気ですから……」

「わたしたちとはちがいますわ。わたしたちは咳がひどくて」

「そうね。でもあなたたち、わたしのように不眠症で苦しんではいないわ」

「あら、イネス奥様。不眠症って……」

「夜ろくに眠れないのよ」

「お気の毒！」

お気の毒ですわ。眠れないってのは、ほんとに辛いことですもの。わたしたちは、それはよく寝ます。いつ寝て、いつ起きてるのか、それも分からないくらいです。このあいだお話ししているところを見かけましたけど、あの痩せっぽちのアントニエータなんか、立ったまま居眠りするっていうので有名なんですよ。立って居眠りしながら、ちゃんと話をするんです。わたしたちとちがって奥様は、暇つぶしに掃除をしたり、ジャガイモの皮を剝いたりするってわけにはいきませんわね。縫い物や刺繡もおきらいなのは残念ですわ。クロスステッチなんか、とってもきれいですのに。

「前は好きだったわ」

「でも、いまはおきらいでしょう」

「そんな落ち着いた気分になれないのよ」

「暇つぶしにはもってこいですのに」

「それじゃ、またあとで……」

お前はリータに会うために、よく門番部屋へ足をはこぶ。毎年のことだがドーラが元の主人の屋敷へ出かけて——聖テレジアの祭日の前の二日間と決まっている。女主人の誕生日にそなえてお菓子を作るのだ。パイやケーキにかけては、ドーラは実にいい腕をしている——そこから戻ってきたときも、三人は、表門の内側のすぐ横手にあるリータの部屋に集まった。壁に電話のかかっているその部屋は狭くて、刺繡をするときに使うテーブルと、椅子がふたつと、火桶だけでほとんどいっぱいだ。イネスをすわらせるために、別の椅子が、そこらにやたらところがっている、臙脂《えんじ》のダマスク織を張った金箔の椅子のひとつが持ちこまれた。包みをふたつ持ち帰っていたドーラが、その大きいほうを開ける。ビスケット、切り分けたケーキ、メレンゲ、クリーム・パフ、そしてチョコレート・エクレア……お菓子を作らせると、ドーラはいい腕をしているんですよ、イネス奥様……リータは喋りながら、マテ茶を入れるために火の上からポットをおろす。

「どうぞ……」

お前は菓子をつまむ。

「このクリーム・パフ、おいしいわ！」

「ドーラ、こんなこと言っちゃ悪いけど、こっちのモカ・ケーキは、去年のみたいにおいしくないわ。どうしてかしら?」

「コーヒーを入れすぎたのね」

「お伝えするのを忘れてましたわ、イネス奥様……」

「なあに?」

「アソカル神父からお電話がありました」

「それで?」

「あしたの十一時ちょうどに、ここへお見えになるそうです」

「そう。祭壇に関係のある書類にサインをもらうためよ、きっと」

「でしょうね」

「屋敷から電話は?」

「ヘロニモ様からございました」

「どんな電話?」

「いつお屋敷へお戻りになるのかって……」

お前は吹きだし、老婆たちはびっくりして目を丸くした。十人以上もの召使いをおいて、ふたりきりで大きな屋敷に住んでいるのに、なぜこんなところで暮らす気になったのだろう? おまけに、夫から帰ってくるようにと言われたからといって、吹きだすなんて……そんなことでよろしいんですか、イネス奥様? わたしたちは、自分のことを気にかけてくれる人間がほしくて仕方がないんですよ。ほんとにひとりぼっちですもの。わたしたちを思い出してくれる者なんていません。元気にしているかどうか、どんな暮らしをしているか、誰も心配してはくれません。シスター・ベニータは別ですけど。奥様がこの修道院を出られるのは、わたしたちも困ります。

そうなったら、ここは間違いなく取りこわされてしまうでしょう。わたしたちは表へ放りだされて、乞食でもするしかありません。でも、乞食をしようと思ったら、お金をもらおうと思ったら、どうしても赤ん坊が要ります。赤ん坊を連れていなかったら、お金をくれる人間なんて……でも、その赤ん坊をどこで見つけてくればいいのか……リータが机の下でドーラの足を蹴る。イネス夫人のような人間の前では禁じられていることを喋らせないためだ。彼女は、おそらく怒るだろう。理解できないだろう。おれたちを理解できるのは、おれたちだけだ。理解して、イリスの赤ん坊の存在を信じるためには、おれたちの一員とならなければならないのだ。ところで、イリスの赤ん坊は、彼女といっしょに寝て苦しんでいる。イリスは依然として赤ん坊を虐待しているのだ。つまり、毎晩のようにおれを外へ追いだし、夜が明けるまで、なかへ入れようとしない。その時刻にはおれは疲れきって、廊下に出された儀式用の椅子にへたりこんでいる……これは、十八番街の母の屋敷のホールにあったものですよ……ママ、これもう役に立たないって、ほんと？　役に立たないのなら処分して、お金は《少年の町》に寄付なさいよ。でもそのあとで、またお金を出せなんて言ってこられるのは困るわ。わたしはまだ、イネスの姿も見ていないのよ。噂では、ひどい格好で戻ってきたそうよ。どうしても一度会いたいんだけど、ベルを鳴らしたとたんに、鼠みたいに隠れてしまうの。今週は一度、先週は二度も行ったわ。でも、顔も拝めなかった。イネスはわたしを避けて姿を隠してしまう、まるでレプラ患者みたいだ、嘘じゃないって、友だちに電話で話をしても誰も信じてくれないわ。こんなことを言うのよ。ほんとにレプラに罹《かか》ったんじゃないの、だからヘロニモはイネスを閉じこめたんだわ、清貧の誓いを立てたというのは口実よ、そんな話、誰が信じるもんですか、イネスがひどい格好で帰ってきたことは、わたしたちも知ってますよ、だなんて。イネスが白い髪をただ丸く束ねて、村の司祭の従妹みたいな黒い服を着ているって話は、わたしも聞きました。ヘロニモが見たら、なんて言うかしら？　死ぬほどびっくりするわ、きっと。来週また、修道院に行かなきゃいけないわ、クッションをこしらえるためにハンモックの寸法を測るの。それにしてもイネスは、何もあんな格好をすることはないわ。ちょっと気を遣えばいいのよ。わたしを見て。わたしはイネスより二つか三つ、年上だけど……お前は誰にも見られていない。ベルが鳴ったとたんに、お前は隠れるからだ。ベルを鳴らす者がいないときは、お前はリータといっしょに、電話のそばで午後を過ごす。

「ここにも包みがあるけど、ドーラ、これはなあに？」

「いちばん下の坊っちゃんにもらった、ドッグ・レースのおもちゃです」

「見てもいい？」

「わたしも競馬のやり方は知ってるけど、ドッグ・レースはだめ。でも、やり方は同じなはずよ」

「坊っちゃんがドッグ・レースをくれたのは、犬が三匹失くなったからですわ。残っているのは、この三匹、プラスチックですけど赤いこれと、青いこれと、黄色いこれだけです」

「それは牝犬《めすいぬ》ね」

「何かおっしゃいました、イネス奥様？」

「牝犬だって言ったのよ」

「どうして分かります？」

「牝犬のほうが脚が速いわ」

「おやりになりますか、イネス奥様？」

「いいわ」

「でも、どうやればいいんでしょう。坊っちゃんがこれをくださったのは、さいころも失くなったからですわ。さいころが無くては、ドッグ・レースも競馬もやれません」

「マリア・ベニテスがひとつ持っているそうよ」

「だったら、ドーラ、あなた借りていらっしゃい。わたしの黄色い犬が走るところを見たいわ。どうなるか、ぜひ見たいわ」

ドーラがその場を離れると、お前は股をひろげ、膝に両肘をのせて火の上に手をかざした。それからドーラにさりげなく、屋敷に電話をかけてくれ、自分からだと言わずにヘロニモのことを訊いてくれ、あしたにでもインドすごろくとチェッカーとドミノと……なんでもいいから遊び道具を送るように言ってくれ、と頼んだ。リータがダイヤルをまわす。お前はその横で待っている。

「出ないの？」

「ええ」

「おかしいわ！」

「なぜですか？」

「だって、この時間には家にいるはずよ。ベッドに入って、ラジオのニュースを聞いてるわ。だから、電話は手の届くところにあるはずよ。それに、女中たちが……」

「あ、出ました！……もしもし！」

リータは、まるで電話の向こうのドン・ヘロニモに見られているように、ぺこぺこ頭を下げ、愛想笑いを浮かべて言う……お休みのところを申し訳ございません……いやいや、まだ起きていた……わたくし、修道院の門番のリータでございます……それを聞いてドン・ヘロニモは答える……ああ、よく覚えている。いままでに何度も話をしたことがあるだろう。イネスは元気かね？　こんな時間に電話をかけて来るもんだから、イネスに何かあったのかと思って、びっくりした……とんでもございません、旦那様！　ほんとにお元気でいらっしゃいます。落ち着いて満足していらっしゃいます……イネスが夫の声を聞くためにリータの手から電話をもぎとる。やがてリータにそれを返し、彼女に答えさせる。しばらくふたりに喋らせる。ふたたび電話を取りあげて夫の声を聞き、そのあと別れの挨拶をして電話を切る。ドーラがマリア・ベニテスを連れて戻ってくる。四人の女で小さな門番部屋はほとんどいっぱいだ。リータが顔をしかめる。

「何しに連れてきたの？」

「ひっついて離れないのよ。ここへ連れてこなきゃ、さいころを貸さないって。寝ていたもんだから、着替えするのを待ってたの」

「ほんとにしつこいのね！」

「なんてひどいことを、イネス奥様！」

「そうかしら？」

「その喋り方、リータとそっくり、ほんとにそっくりですわ」

「もう一度お願いします」

「ほんとにしつこいのね！……図々しいわ。呼ばれもしないのに、わたしの部屋へのこのこ入りこんで。何しに来たの？　きっと、パイの匂いを嗅ぎつけて来たのね。これじゃ、どこにいても安心できないわ……」

みんなは感心して、お前の年寄りくさい声と言葉を聞いている。そして吹きだす。お前もだ。お前は彼女たちに、みんなの声のまねができると言う。ドーラの声。リータの声。マリア・ベニテスの声。間もなく死んで一年になるブリヒダの声もだ。当てっこが始まる。リータが部屋から出てゆき、ドアが閉められる。あとのふたりがイネスとなかに残り、イネスがマリア・ベニテスの喋り方をまねる。リータが、マリア・ベニテスだと言い当てる。イネスがドーラの喋り方をまねる。マリアが、ドーラだと言い当てる。実におもしろいゲームだ。まるでサーカスだ。いつか、ほかの老婆たちとやってみるがいい。日曜日あたり、ミサのあとで台所に集まったとき、老婆たちみんなとやってみるがいい。孤児の女の子たちとやるのもいいだろう。この新しいゲームなら、きっと大喜びでやるだろう。ドン・ヘロニモがあした運転手に届けさせると言っているゲームもだ。ドーラが持ちかけた。

「電話をかけてごらんになったら。ヘロニモ様なら、リータでないってことがお分かりですわ」

「分かるもんですか」

「いいえ、お分かりです、ドーラ」

「何を賭けるつもり、ドーラ?」

「ドッグ・レースを賭けましょう」

「いいわ。わたしが勝ったら、それね。わたしは、この黒いドレスを賭けるわ」

「大きすぎます、イネス奥様」

「六着しかお持ちにならないのに」

「あなたは子どもにもらったドッグ・レース。わたしはこのウールのドレスを賭けるわ。スイス製で、上等で、とても暖かいの。きっと、あなたにぴったりよ」

「分かりました」

お前は、わが家の電話番号をまわす。しばらく待たされる。彼が出る……どうした、リータ? こんどは、なんだ? イネスに何かあったんだろう。何も言ってくれないから、こちらは心配で……とんでもございません、ヘロニモ様! ただ、ここは寒いので皮のコートがほしい、ずいぶん長持ちしているというお話ですけど、ミンクのコートと、アストラカンのコートを送ってほしい、そうおっしゃっているだけです。それから、そんなに多くはないし、大したものではないそうですが、宝石の小箱《こばこ》も……信心の深いイネス奥様は、清貧の誓いをお立てになったとき、宝石類をそっくり寄付なさるという申し出をなさいました。清貧の誓いを立てながら宝石を持っているわけにはいかない。奥様はそうおっしゃっておられます。ヘロニモ様、何か奥様にお伝えすることがありましたら……あしたの十二時でございますか?……ヘロニモ様がお出でに?……ゆっくりご休養なさりたいので、奥様はお目にかかれないそうです。日をあらためて、来週かそのつぎの週にでも……とにかくいまはお会いできないそうです。熱心にお祈りして、犯した罪をすべて悔い改めてからでないと……イネス奥様のように信心深いお方が罪とおっしゃるのが、わたくしなどには分かりませんが……はい、お願いいたします。あしたの十二時に、ゲームの道具とコート、それに宝石箱を持って、運転手がこちらへ……はい、お伝えいたします。ヘロニモ様もどうぞお大事に。夜遅く申し訳ございません。イネス奥様がお電話するようにおっしゃいましたので……お前は電話を切る。お前たち四人は吹きだす。みんなといっしょに涙が出るほど笑いころげながら、お前は、ドーラのドッグ・レースを包みにしようとする。

「さいころはマリア・ベニテスのですわ」

「はい、マリア」

「どうも、奥様」

「何に使っているの？」

「ただ、しまっているだけですわ」

「それで賭けをしましょう」

「とおっしゃいますと？」

「ドッグ・レースをやるのよ」

「奥様は何を？」

「あなたのほしいものでいいわ」

「このドレス、わたくしに似合いますでしょうか？」

「あなたはさいころ、わたしはドレスを賭けましょう」

「さあ始めるわよ、マリア。あなたは赤い犬、わたしはこの黄色い犬よ。この犬がプラスチックの安物なのは残念だわ。でも、あのひとのことだから、ヘロニモはあした、中国製のチェスや、象牙と黒檀でできたチェッカーの盤を届けてくれるはずよ。見えっぱりで、金に糸目はつけないほうですもの。これを見て、ドーラ。このドッグ・レースの盤はずいぶん古いわ。ひどい道具ね。この折れるようになっているところが、ちぎれかかってる。ドッグ・レースの盤は、たいてい、ここがちぎれるのよ。あした暇があったら、すっかりちぎれてしまわないように、ここのところを縫っておくわ」

「おお怖い！　その喋り方、まるでブリヒダみたいですわ、奥様」

「そんなこと言って、罰が当たるわよ。ブリヒダは一年前に死んだのよ。それに、いくら年寄りの声をまねても……」

「わたしも年寄りよ」

「ですけど奥様は、マリアでも、ドーラでも、リータでも、ブリヒダでも、ありません。奥様は奥様です」

「ブリヒダにはなれるわ」

「どうやってでしょう？」

「明かりを消すのよ」

「そんなこと！……」

「……ねえ、アマリア。そこのビスケットの缶、こちらにちょうだい。それからシスター・ベニータのところへ行って、お暇なら、ちょっとここへ来てください、ブリヒダがお話ししたいことがあるそうですって、そう言ってちょうだい。でも、ご迷惑ならいい、ただ手が空いていたらって、忘れずに……」

　そこまで喋って、お前はブリヒダそっくりな声で笑う。三人の老婆たちは表情を堅くしてすみに集まり、もごもご動く歯のないお前の口や、小指を立てたところなど、ブリヒダそっくりの動きをするお前の手を見つめている。そして、怖いからもうやめてくれ、とお前に哀願する。お前はそれを聞いて、ふたたび笑い、彼女たちに言う……さあ、椅子をもっと寄せなさい。ゲームをしましょう。いいえ、だめ。相手はひとり、マリアだけよ。大きい数が出たほうが先番ね。わたしは、六。あなたは、四ね。わたしが先だわ……また六よ。ツイてるわ。もう一度わたしね……四。濠《ほり》だから下がるわ。マリア、そんな小枝みたいな手で、さいころを振りまわさないでよ……あなたの番よ。あなたの犬はよく進むわね。走って、駆けて、どんどん進むわ。ほんとにツイてるわね……わたしのは進めない。すっかり遅れてしまったわ。わたしの黄色い犬は老いぼれてしまって、役に立たないのよ。脚はびっこ、からだがちぢこまっていて、走れないのよ。這って進むだけで、マリアの犬がゆうゆうとゴールに入ったのに、濠から出ることもできないわ。

「マリアの勝ち！」

「あんたの勝ちね……」

「牡《おす》だからよ、勝てたのは！」

お前はプラスチックの動物を火桶に投げこむ。それはくすぶり始める。お前は、吹きあげる臭い煙のなかで燃え尽きるのを期待する腹立たしげな目で、じっと見つめる。それは火の上でジリジリ音を立てながら溶けていく。プラスチックの燃える煙で目がヒリヒリする……胸が悪くなるわ。硫黄の臭いみたい。すごい煙だこと……老婆たちがお前を裸にする。マリアのために、お前の黒いウールの上等のドレスを剝ぎとる……脇の下のダーツを少し取らなければだめね……おれは煙を透かしてお前を見た。イネス、お前の裸のからだは小刻みに震えていた。おれは見た、たしかに見た。おれがいま、お前のからだを見たこと、知ってしまったことを、お前は否定することはできないだろう。お前の負けを嘲笑いながら、老婆たちはお前を裸にした。お前は敗北を恥じてからだを小さくし、首うなだれる。一方、三人の老婆は臭い煙を吐きだすドアのところに立って、隙間風に気をつけるように言う……この風を見てください。黄色い犬の煙がどんどん出ていきますわ……ぐっすりお休みください、イネス奥様……。

「寝られるといいんだけど」

「それじゃ、お休みなさい」

「お休み」

23

お前ひとりで焼き捨てるのは待ってくれ。そのときが来たら、おれたちふたりで、何もかも焼き捨てるのだ。そのつもりで、病気のおれは一日じゅう、こうして日向のゴチック風の椅子にすわって、お前の様子を窺っているのだ。お前は、早くおれの病気が治って、お前の手伝いができるようになるのを待っている。台所の廊下にすわりこんで、鍋のなかのジャガイモの皮を剝いている。シスター・アンセルマらしい、ひどい身なりの老婆と、ブリヒダの葬儀の模様を喋っている別のふたりの老婆がいっしょだ。お前は立ちあがる。戻って部屋の掃除をしなければ、と言う……とんでもございません、イネス奥様！　奥様がなさらなくても、このわたしがいたしますす。下着や靴下もお洗いします。白いものは日に干してはいけません。黄色くなってしまいます。裏返して干すのなら、かまいませんけど……いいのよ。白い下着なんて持っていないし、なんでも自分でやりたいの。誰の手も借りたくないのよ。別に決心したってわけじゃないわ。ある日気がついてみたら、しごく当たり前のように部屋の掃除をし、ベッドを作り、下着を洗っていたの。ジャガイモだって剝いてるわ。あの祭壇も、もう届けてもらわなくてもいいのよ。みんなと同じように床に膝をついて、お祈りをするわよ。みんなが秘跡を受けずに毎日を送るのなら、わたしもそれでいいわ。レディーたちが、わたしの友だちや知り合いが、自分の部屋に物を捜しにきて、ついでにシスター・ベニータに訊くと思うの……イネス・アスコイティアはここに住んでいるって噂ですけど、そうじゃないんですか？　ヨーロッパに発つ前から会ってませんわ。元気にしてます？　わたしが会って話したがっているって、どうして伝えてくださらないんですか？……わたしが中庭のこちら側にいることに気がつかないのね。そばを通っても、わたしが分からない。様子を探りにきたのにわたしに会えなくて、それでいらいらしながら、ここを出ていくわけ……イネスは、それはひどい格好をしているそうよ。考えられないわ、あんなお金持ちが。すっかり年を取って、気の毒で見ていられないくらいですって。あんなにお洒落だったのに、信じられないわよね……レディーたち——昔はピーチャ、オルガ、ローサ、テーレだったのに、いまではレディーなのよ——はわたしの横を通っても、わたしだってことが分からなくて、イリス・マテルーナが車にのせて来た、廊下敷きの絨緞で満足しなければならないってわけ。そうよ、車は《ムディート》のものだったやつよ。でも、いまの《ムディート》では、あれは引っぱれないわ。ここのところずっと、からだの具合が悪いんですものね。一日じゅう、木製の怪獣面のついた椅子にすわって……お前は近づいて、その手をやさしくおれの腕にのせ、尋ねる……けさの加減は、どう？

おれはかすかに首を振る。おれのどんよりとした目は変わらない。お前は、繃帯でしびれたおれの腕から、夜歩きで疲れきったおれのからだから手を放し、そのまま行きすぎる。ああ、イネス！　もしもお前が知ったら……知っていながら、おれがお前に教えようとはしないことを、お前が知ったら……だが、教えるわけにはいかない。そいつのせいで、おれのからだはしびれ、疲れきってしまったのだから。そいつのせいで、おれはどんどん小さくなっていく。すでに、年寄りだって腕で抱きあげられるくらい小さくなってしまった。しかし、おれは毎晩のように外へ出て、公園の前の黄色い屋敷まで行く。屋敷の窓からなかを覗いて、ドン・ヘロニモとラケル夫人の話を盗み聞きする。ラケル夫人は、きょう、ここへ来るはずだ。彼女はお前の意志を尊重してきた。ところが、ドン・ヘロニモがうるさく頼むので、彼女も仕方なく承知したというわけだ。ここへやって来たら、彼女は言うだろう……あなたもヘロニモにうんざりしてるのね、イネス。

「どうすればいいのかしら?」

「知らないわ」

「彼と寝ればいいのかしら?」

「よくまあ、そんな不潔なこと考えられるわね」

「やっぱり」

「やっぱりって、何が?」

「不潔なことだってことよ」

「まあそうだわね」

わたしは、ただ、そっとしといてほしいの。とくにヘロニモには。召使いだって年を取ったら引退する権利があるのに、なぜ、わたしにはそれがないのかしら? わたし、六十三なのよ! 子どもがいたら、人並みにお祖母ちゃんだったら、ヘロニモもそっとしておいてくれるはずだわ……とんでもない。彼は絶対に、お前をそっとしてはおかない。これからもだ。そのことは、お前がいちばんよく心得ているはずだ。ほしがっていた子どもを産んでもらえなかった。それで彼は、お前に復讐するつもりなのだ……彼のせいで、わたしはゆっくり休めないのよ。ヘロニモがこのからだに触れると考えただけでも、気が狂いそうになるわ。我慢できないのよ……ラケル夫人、あなたは彼女を抱きしめ、いっしょに泣く。泣かないで、まさか、あの紳士のヘロニモが、信じられないわ、と言う……ラケル、あなたはそう思ってるけど、彼は、外でわたしを待ち伏せしているのよ。彼が待ち伏せしているあいだは、わたしが現われるのを待っているあいだは、心が休まらないわ。わたしはもう怖いだけよ。わたしを守ってくれるのはこの壁だけなのに、彼はそれさえ引き倒す気でいるの。だから、わたしは年寄りたちのあいだにまぎれこんでいなければならないのよ。

「ブリヒダが死んだこと、あなた聞いた？」

「彼女のためにミサをあげさせます」

「ありがとう。あなたが好きだったのよ」

「わたしもブリヒダが好きだったわ」

「不思議ね、イネス……いままであなたを、気難かしくて攻撃的な人間だと思っていたわ。わたしまできらっているんじゃないかとさえ思っていたわ。でも、あなたが心からブリヒダを愛していたと分かったら、わたしまでじーんと来ちゃって……だって、あなたって愛情なんか持たないひとでしょ。イネス？　まるで手術で剔出されたみたい。もちろん、スイスの病院でよ。みんな知ってるわ……」

イネスはスイスの病院にいたそうだわ……なんのためかしら、鉄のように丈夫なひとなのに？……サナトリウムにいたとか……神経がおかしくなって、それで……そう、たしかに神経のためかもしれない。しかし、あなた方の知らない別の理由がある。イネスは、福者のことでヨーロッパへ行ったのではない。あれはアリバイだった。福者のことだったら、二週間もあれば片付いただろう。それなのに、まる一年も向こうにいた。手紙の遣り取りで手続きを進めることもできたはずだ……グレーの肘掛け椅子の置かれた書斎で、ドン・ヘロニモがラケル夫人に話している。記録を見せている。お前がスイスで入院して、ショックから立ち直るのに必要な期間、そこに留まっていることも理解できる、と言っている……福者の話はイネスのばかな思いつきだが、わたしが口を挟むわけにはいかないし……しかしドン・ヘロニモは、まったく別のこともラケル夫人に話をしているようだ。ただ、おれの耳にはそれは聞こえない。通りすぎる車の音がうるさい。金持ちの屋敷を覗いているところを見つかったら、と思うと不安でもある。おそらく、逮捕されるだろう。それが怖くて、誰かが通りかかるたびに、おれは物蔭に隠れる。そしてそのために、内容を理解するのに聞かなければならない、会話の全体を聞き逃してしまう。よく聞こえない。風が強くて、それで耳が聞こえないってこともあるが。あなたたちふたりは、暖炉に火の燃えている、明るい書斎の窓の向こうで話しこんでいる。古い付き合いなのだ。五十年以上も続いている。遠い親戚でもある。こういう親密さは、おれにはまったく経験がない。あなたたちは、腹蔵なく話しあう。秘密を打ち明けあう。ただし、その秘密は耐えがたい騒音のせいで、窓のこちら側にいる者の耳には達しない。おれの耳には、あなたがイネスと話をする前に、いっさいを明らかにしてくれるはずの会話の断片しか入ってこない。

「あなた、巡礼としてファティマやルルドに行ったんじゃない?」

「ええ、行ったわ。でも、わたしのヨーロッパ行きはそれが目的ではなかったのよ、ラケル」

「知ってるわ。列福の件で出かけたんでしょ」

「いいえ。もっとややこしいことのためよ。わたしが出かけたのは、実は、年を取るためだったの。彼にそっとしておいてもらうために考えられる、たったひとつの方法を実行するのが狙いだったの」

「分からないわ、わたしには……」

「スイスの病院は……」

片目を貪欲に光らせているアスーラ博士。うろこを被ったような彼の手が、逃れることのできない爪のような彼の指が、おれも覚えのあるやつとそっくりなベッドの上にお前を横たえた。お前の肉を開いて、お前の臓器をいじりまわした。それを調べては、元の位置に戻した。関心のある臓器だけをいくつかえらんで、剔出した。そして、白いマスクの背後にやはり醜怪な顔を隠した助手たちが、まだお前の傷口を縫合しているあいだに、ゴムの手袋を脱いだ。婦長のキャップをかぶったエンペラトリスが、手術の結果を見るためにやって来た。

「金持ちの気まぐれってやつだ」

「六十三にもなっていて、子宮剔出の手術を受けるなんて、どういうつもりかしら? わたしには分からないわ」

「ラ・チンバの修道院に出かけていくご婦人たちがみんな知りたがっているのが、その秘密さ」

「どういう秘密なの、クリス?」

「子宮を剔出してもらいに来たのも、そのためなんだ」

「たしかに、わたしたちの病院はヨーロッパでは有名よ。だから、イネスがここへ来ても、ちっとも不思議はないけど……」

アスーラ博士は、やさしさと愛情、感謝と満足、充実感などであふれた隻眼で彼女を見つめた。その手をエンペラトリスのむっちりとした手に重ねて、

「君の物心両面の支えがなかったら、どうなっていたか。すべて君のおかげだ」

「それは少し……」

「あの晩、下町の喫茶店からうまく逃げださなかったら、あのまま《ボーイ》の奴隷として、あのリンコナーダで酒びたりの生活を送っていただろう」

エンペラトリスはいらいらしている。年を取るにつれてクリスは感傷的になっていく。昔の思い出に耽ってばかりいる。

「そうかもしれないわね、クリス。ところで、彼女の子宮は保存しておくの?」

「いや、その必要はない」

まったくだ。それはなんの役にも立たないだろう。お前はベッドの端にすわり、両手で顔を蔽っている。一方、ラケル夫人はお前のでたらめな話を、呆気に取られながら聞いている。イネス、お前は昔から話が上手だった。大した年寄りになれる天分の持ち主だ。あとはただ、その天分にまかせて年寄りになりきってしまえばいいのだ。上手だからこそラケル夫人も、身を固くして椅子に腰かけ、両手で膝の上のバッグをしっかり摑んで、お前の話に聞き入っているのだ。彼女もそうだが、誰だって信じないのが本当だろう。お前の年でまだ月のものがあるという話は……小娘みたいに、この年になってまだ、汚れた血が毎月きちんきちんとあるのよ。思い出せな

いけど、昔何か悪いことをしたために、神様が罰をくださったみたい。毎月毎月、欠けることがないの。どんなにわたしが祈ったか、あなたには見当もつかないわ。とくに、まだ年も若くて、ヘロニモの子を産む希望があったころには、ペータ・ポンセといっしょに熱心に祈ったものよ。繰り返し聖母讃歌を唱えたわ。何度も何度も主の祈りを唱えたわ。助けていただけそうな方のお慈悲をお願いするために、わたしたちでお祈りの文句を作ったし、ペータは、どなたのものか分からないけど聖遺物といっしょに、スカプラリオをコルセットに縫いつけてくれたわ。今月は血が汚れていなくて、きれいで、いよいよ《ボーイ》が生まれるってことになるように。それなのに、六十三になってまだ汚い血が止らないなんて……もう泣くな、イネス。すなおにラケル夫人の慰めを聞け。涙がいくらでも出てくるところを見ると、彼女の慰めの言葉も効き目はなさそうだが。お前は毎月のように願った。今月こそはお前も女でなくなって、安らかな気持ちで世間の女並みに年を取っていけるように願った。ところが血は、休まず毎月……化け物よ、ラケル。まるで化け物よ。ところが具合の悪いことに、ヘロニモは昔から化け物が大好きなの。

「そうね。彼が昔使っていた、あの秘書を覚えているかしら？　小人みたいだけど小人じゃなくて、ひどい兎口《みつくち》で、せむしみたいな……ともかく二目と見られない男だったわ」

「ええ」

「名前はなんと言ったかしら？」

「あなたが言ってるのは、きっと、あの男のことだと思うけど……」

「たしか、名前は……もう少し待って……」

「どうしても思い出せないわ」

「おかしな男だったわ」

「でも、わたしほどじゃないわ、ラケル」

イネス、お前は認めているのだ、自分が本物の化け物で、手術を受けたあとも、それは変わっていないことを、なぜなら、出発の直前までヘロニモがお前を放さなかったこと、つまり六十三という年まで、やはり化け物であるお前の夫は毎晩、まるで若い連中のようにお前にセックスを迫ったことを、お前はラケルに話すつもりでいるからだ。それを信じる人間はいないだろう。イネス。ラケルもその日の晩にヘロニモを尋ねて、彼の話を聞こうとするにちがいない……よく聞こえない、おんぼろの電車が走っているせいだ。トラックも走っている。乗用車もだ。火事を知らせるサイレンが唸り、戸口では恋人たちが語りあっている。メルセ教会の鐘が鳴っている。ヘロニモ、ラケル夫人にたいするあんたの説明も、これでは聞こえない。おれは走って修道院に戻り、イネスが涙ながらに語る告白を聞かなければならない。真実はともかく、そのでたらめな作り話の内容を知らなければならない……ヘロニモはいつも非常におだやかに、やさしく始めたわ。それで、わたしもつい愛撫を許してしまうだって仕方がなかったのよ。気は短くなっているし、はっきり言って、そんなことをするよりは、お祈りをするか夕刊を読んでいたいんだけど、彼がやめないの。そして、だんだん大胆にわたしを攻めてくるのよ。あなたにも分かると思うけど、この年になったら、ベッドの上でもそう器用にはいかないわ……いや、イネス、修道院の回廊を歩いているお前も同じだ。お前は怪獣面のついた椅子のそばに立ち止まって、話しかける……《ムディート》、あなた調子はどう？　けさは元気？　気の毒にこの男、一日一日、小さくなっていくみたいね……そう言ってから、お前はそのまま自分の部屋のほうへ歩いていく。そしてそこで、ベッドの端に腰かけてラケル夫人に打ち明ける……何度も言うように、この年でしょう、どうしても恥ずかしいと思っちゃうのよ。どこもかしこもたるんで、がたが来てる。だから、いやだって気持ちになってしまう。ところが、ヘロニモはちがうのね。そんな気持ちは分からないらしいの。年相応のわたしであることを許そうとしないの。この年寄りのからだが冷えたままでいることを認めようとしないの。そして毎晩、この疲れきった老婆の肉体の奥から、昔もいまも覚えのない、ぴちぴちした若い女を徐々に目覚めさせていくのよ。冷静な気持ちで身をまかせることもできたかもしれないわ。ほんとに、それがわたしに残された唯一の希望だったわ。でも、できなかったの。大勢の女がよく使う手らしいけど、そんなごまかしにはヘロニモは乗らないの。いつもわたしの負けだった。恐ろしいことに、ラケル、彼は死人を蘇らせる力を持っていたのよ。おかげでわたしは夢中になり、年甲斐もなく彼にこたえていたわ。まるで、若くて元気なイネスの屍体を蘇らせるために、そのからだを取り戻すために、大汗かいているみたいだったわ。毎晩のように生き返るこの仕事は、それは疲れる……。

「ヘロニモもずいぶんひどいひとね！　どうして、ほかの女のところへ行かなかったのかしら？」

「彼の考えていたこと、分からない？」

「男がみんな考えていることでしょう？」

「ちがうわ」

「あら、そう？」

「毎月あれがあったって、さっき話したはずよ」

そうだ、イネス。彼が興味を持ったのはお前のそこなのだ。ほかのことではない。彼はお前を愛したことなど一度もなかった。お前にもそれが分かっていた。いまでもそう思っている。お前はその復讐のために、アスーラ博士の剔出手術を受けたのだ。ほかの女ではなくお前に彼を結びつけていたのは、あれだった……ヘロニモは、その気になれば、いくらでも女を手に入れることができたはずよ……お前は、すべてが嘘ではないこと、あの夜から夫が不能になったのではないことを納得させようとして、一生懸命に喋っている。しかし、本当のことを友だちに知られたら、お前は死ぬほど恥ずかしい思いをするだろう。実は、あのときからヘロニモは二度とお前に触れようとはしなかった。おれがそれを許さなかったからだ。おれは、お前に触れる力を彼から奪った。そして、それを大事にしまっておくためにこの修道院へ来た。ここでは毎晩のように、老婆たちはおれをぐるぐる巻きにして、おれを無力の存在に仕立てあげる。おれはされるがままになっているが、それは、おれ自身が無力になることによってヘロニモを無力な存在にするためだ。でたらめな話をする代わりに、お前がラケル夫人に言わなければならないのは、このことではないのか。おれの口から彼女に話してやってもいいのだ。おれたちはドニャ・フローラの家へよく通った。オルテンシア、ローサ、アマラといった女たちが、すべての力を回復させるおれの目の前で彼にしなだれかかった。お前は、誰にも知られたくないのだ。リンコナーダのあの晩から彼に見限られてしまったことが、お前は恥ずかしくて、それでラケル夫人に、ヘロニモがほかの女を愛して、自分をそっとしておいてくれるように神に祈っている、などと話している。実際には、彼はお前をかまいつけなかった。毎晩のように蘇ったと話しているが、お前はずっと死人だったのだ。

小雨が降りだしたので窓枠の下に潜んでいるおれの耳に、かすかに話し声が聞こえてくる。ブラインドの向こうなのだが、ヘロニモの目で燃える青いアーク灯で全身が焼けくすぶっているような感じだ。彼はしきりに繰り返している……あれは嘘を言っていた。イネスは嘘ばかりついていた。今月は遅れている、一週間、二週間……それで、わたしはあれに触れなかった。お腹の子にさわるといけないと思ってね。宝石を、ミンクを、いろんなものをプレゼントした……とうとう、わたしは耐えきれなくなったの、ラケル。彼をいつまでも欺《だま》していることができなくなったの。彼の愛を受け入れるのが耐えられなくなったのよ。で、泣きながら彼に打ち明けたわ。ちがったわ、またちがったわ、また生理よって。彼が空しい希望のために苦しむのに耐えられなかったのよ……ラケル、あの女がわたしをどれだけ苦しめたか、君には想像もつかんだろう……しかし、ドン・ヘロニモ、あんたの言っていることも嘘だ。あんたはとっくの昔に、リンコナーダで黄色い犬を殺したときに、苦しむのをやめてしまった。そして、クラブの肘掛け椅子と上院内での雄弁に深ぶかと身を埋めたのだ……そのためだったのよ、ラケル。彼が苦しむのを見るのが辛くて、それで一日も休まず、毎晩、同じことを許してたの。本当よ。こんなに年を取って、ゆっくり休みたい、心の安らぎを得たい、信仰ひとすじに生きたいと願っている肉体のなかに、この冷たい肉体のなかに、夫は、彼にこたえる燃えるように熱い肉体を蘇らせたわ。でも、それはわたしの肉体ではなかったのね、きっと。わたしではなかったからこそ、そうしないですむものならどんな犠牲でも払うつもりでいるのに、彼にこたえてしまったのよ……彼は、化け物にはならないという、わたしの権利の息の根を止めてしまったんだわ。

それは、お前が椅子についた怪獣面と交している会話だ。唖《おし》で、聾《つんぼ》で、おそらく盲目でもある不安の権化、虚無の手先、無に帰する前に身をくねらせて怪物に変身しようとする恐怖……陽のいっぱいに差したこの中庭を見るがいい。老婆たちは暑がって腕まくりをしている。怪獣の腕。乳房が黒く汚れた怪獣の手。回廊の端にすわったひとりが、大きなあくびをしている。おれたちも、中庭も、太陽も、すべてが彼女の口から始まる果てしない廊下の奥に呑まれてしまいそうだ。別の老婆が山のような雑誌を束にしている。シスター・ベニータが通りかかる。みんなが彼女に笑いかけ、挨拶する。何やかやとうるさく頼まれてシスター・ベニータは閉口し、忙しいのを口実にその場を離れ、ドアをばたんと閉める。おれは、台所の食べ物が、また皺という糸でひとまとめにされた顔が発散する、胸の悪くなるような臭気を敏感に感じとる。そしてお前は、ヘロニモの妻として失敗したことが、神と彼とを近づける先祖を彼に与えようと懸命に努力した、その動機だったと打ち明ける。

「年寄りくさい話ね、イネス」

「かもしれないわ。でも年寄りには、若い者にはない力と特権があるのよ。何をやっても自由だし、果たさなきゃならない義務もないわ。果たそうと果たすまいと、これっぽっちも気にする人間はいないんですもの。うるさく迫ることでわたしに若さを保たせながら、ヘロニモはわたしから年寄りの特権を、力を奪い取っていたのよ。わたしがしょっちゅうこの修道院へ来ていたこと、あなた覚えている?」

「がらくたを集める、あなたの妙な趣味のためでしょう。おかしな癖だと思ってたのよ」

「とんでもない思い違いよ。ちっともおかしなことじゃないわ。年寄りはみんな、がらくたを集めたがるものなの。わたしがよくここへ来ていたのも、だから、ごく自然なことだったのよ……ここの年寄りたちはつぎつぎに病気になって、老いぼれていくわね。まわりの誰にも影響はないけど、この世から消える心の準備をするように、だんだん役に立たなくなっていくわね。羨ましいくらい簡単に、死んでいくでしょう……わたしは彼女たちが羨ましくて仕方がなかった。でもあの自由さは、いくら金を積んでも買えなかったわ。わたしは相変わらず、ある秩序の奴隷だった。希望を再生する円い環のなかに閉じこめられていたわ。あげく耐えきれなくなって、列福を口実にヨーロッパへ出かけたのよ」

おれはお前の話に耳を傾ける。しかし、それを信じることはできない。お前は、単なる口実だと言う。それでは、なぜ毎日のように、たくさんある自分の部屋に入りびたって、むやみと引っ掻きまわしたりするのだ？ 捜しものなのか？ それとも単に、老婆たちががらくたを掻きまわすように、そこらを引っ掻きまわしているだけなのか？ アスーラ博士はお前から、女であるという可能性を奪ってしまった……わたしは、ラケル、もうだめなの。彼もだめ。みんなだめなのよ。わたしは自由になったわ。もう感じることもできないはずよ。年取った女の性はそれだと思うけど、いわば複合的な性に、いまのわたしは属しているのよ。

「で、ヘロニモは知ってるの？」

「もちろんよ」

「どうして？」

「手術のあとまっ先に、手紙を書いたわ。帰ってからのほうがいいかもしれないと思ったけど、療養中に気づいたの。彼と顔を合わせる勇気がない、まともにその顔を見て、自分を解放するためにしたことを話すのは、とうてい不可能だろうって……とてもそんなことはできそうにないので、それで会って説明する代わりに、手紙を書く決心をしたの……」

「そのときなのね、彼が修道院を手放したのは？ いつもの癇癪《かんしゃく》をまた起こしたのかなって、みんな思ったのよ。あなたがいっこうに帰って来ないもんで……そのとおりだ、ラケル夫人。外からは分からないが、彼は猛烈な怒りと恐怖、そしていっさいをかなぐり捨てたいという強い欲求を抱いたのだ。もちろん、この修道院を残しておくことはなかった。そこは、いわば彼の期待そのものだったのだから……修道院はまったく無用の長物になっていた。しかし、イネス、ここが何かの用に立ったということは一度もない。お前は理解できなかったが、そこがこの修道院のもっとも恐ろしいところ、もっとも意味のあるところなのだ。それが理由で、おれたちみんなはその奥に閉じこもっている。このおれが部屋や窓、回廊や中庭をつぎつぎにふさいでいるのも、やはりそれが理由だ。誰にも使わせたくない、記憶から消してしまいたいというわけなのだ。お前が気に入っていることをヘロニモも心得ているこの修道院。それを抹殺すること……いまでは、がらくたばかりだ。青鉛筆で書かれた札がついているが、競売人たちによって小分けして山積みにされたがらくた。だが、競売はおじゃんになってしまった。それらの荷物は永久にそこに置き去りにされるだろう。愛用の椅子に腰かけたおれや、二〇一三番の札のついている虫喰いだらけのクッションの山といっしょに。こんなものに金を出す者がいるはずはない。集まるのは古道具屋だけだろう。競売が行われるわけがない。《少年の町》も建てられることはない。ただ、ここにいる年寄りたちの数はどんどんふえてゆく。おれたちは儀式や奇妙な習慣を作りあげ、それらを丹念に練りあげていく。おれたちは互いに憎みあうだろう。ふたりの老婆が壁の向こうで小声で話しあっていることを立ち聞きするだろう……ちょっとでいいの。誰かマテ茶を持っていない？……ルーシーはものもらいができちゃったらしいわ……もののもらいは蝿のお尻でこするのが一番よ。すぐなおるわ……これがお前の住む世界だ。ヘロニモをここへ来させてはならない。彼をこの修道院に入れないために、おれは扉という扉を締めきりつつある。おれも、ここで彼に会うのはごめんだ。彼に会わずにすむものなら、聾唖《ろうあ》というだけではない、盲《めくら》になることだって厭わないだろう。おれは、お前を護ってやるつもりだ。イネス、彼がお前から得たいと望んでいるのは、子どもではない。彼は一度も子どもに関心を抱いたことはないのだ。彼が望んでいるのはお前自身だと知ったら、お前はいっそう怖くなるのではないか。わめき立てるドン・ヘロニモを外に置き去りにして、お前はあの嫡子という神話のなかに逃げこんだが、それでよかったのだ。お前はいまでも、彼がここへやって来てお前に触れることを恐れているくらいだから……ヘロニモは、望みのなくなったいまでも、わたしのからだに触れたがってるのよ。こんないやなこと、ぞっとすることはないわ。わたし、とても我慢できない……イネス、あなたの話、変よ。あなたは昔とはちがったわ。死ぬまで変わらない親友で、従姉だといってもいいくらいの仲だったのに……いや、イネスとラケルはいまでも無二の友だ……なんだか、全然知らない人間みたい。隠してもしょうがないわ。あなたを見てると、ちょっぴりだけど胸が悪くなるわ。怖いって言ったらいいのかしら」

「自分で自分が分からないのに、どうしてあなたにわたしが分かるの？　こうして喋っていることも他人が喋っているようだし、まるで他人ごとみたいなのよ」

そのとおりだ。ラケル夫人はお前をしげしげと見、お前がお前でないと悟る。意識しているかどうか、こんどだけはお前の話も嘘ではない。アスーラ博士がお前のなかから残したものは、ごくごくわずかだ。いまでは白くなりかかっているが、まぎれもなく同じものである頭髪。老婆たちがわが身を救うために、地獄に落ちないために、ここから連れ去られないために、どこかに閉じこめられないために、修道院の闇のなかで掻きむしる悪夢に同じことをして、ささくれた爪。そして言うまでもなく、いまでは手入れを怠って黒く汚れているが、しかしお前のものであることは間違いない皮膚、体表。ただお前は知らない、アスーラ博士とエンペラトリスがお前の皮膚の袋のなかで、いっさいを交換してしまったことを。少しはとお前は信じているが、彼らはまったく何も残さなかったのだ。彼らは子宮だけを持っていったと思いこんでいるようだが、物の役に立たないそれに彼らが関心を持つはずがない。彼らが関心を寄せているのは、もっと大事な、もっと手に入れにくい器官である。彼らふたりは、もっとお金を出す連中にそれを移植して、それでしこたま稼ぐ。スイスの病院ではそうだった。アスーラのたしかな目と、えらび損なうことのない手。エンペラトリスの白いキャップ。計算をし、勤務時間を割り当てるその熱心な仕事ぶり。おれがよく知っている白い部屋の、これもよく知っている白いデスクの向こうの彼女のまわりには、マスクをした白衣の看護婦たちが立っている。彼女たちは、白いゴムのスリッパで静かに動きまわる。音で患者たちを悩ませないためだ。患者は世界各地から集まる、ふたりの怪物に望みのものを剔出し、移植してもらうために。彼らは人間を変える。ひとりの人間を別の人間に、場合によっては数名もの別の人間に変える。大勢の者を変形させる。同一だと信じられているが別個のひとりか、あるいは数名かであるらしい人間を作りあげる。ごちゃまぜにし、引っ掻きまわし、入れ換える。彼らはわれわれから奪った器官を白い冷凍室に保存する。そこでは存在の統一性は尊重されない。白い実験室のなかではいっさいの変換が可能である。それが入れられたガラス瓶には、エンペラトリスの決めた値段を書いた札が貼られている。それはべらぼうな値段で売られるのだ。なんと言っても、ここは世界じゅうに名前の聞こえた病院、実によく繁盛している病院である……わたしたちの病院がこんなに繁盛するなんて、誰も予想しなかったんじゃない、クリス？　もちろん、あなたは予想もしなかったわ。果たしてそれを望んでいたかどうか、それも怪しいくらいよ。リンコナーダでの無気力な生活からあなたを引きずりだすのは、揺さぶり起こしてくどき落とすのは、それは大変だったわ……ねえ、クリス、ここが正念場よ。いま逃げそこなったら、ヘロニモにひどい目に遭わされるわ。ぐずぐずしてることはないのよ。急がなきゃだめ。急がないと万事が手遅れになってしまうわ……そう思って、前の日に、自分のスーツケースだけはちゃんと用意しておいたのよ。何ひとつ忘れないようにね。翌朝早く、バシリオが車のところまで運んでくれたわ。《ボーイ》の目に止まって、いろいろうるさく質問されないように、車は、リンコナーダの建物からかなり離れた、イバラの茂みの奥に隠しておいたの。

こんどは自分を肩にのせて運んでもらうために、大男が戻ってくるのを待っているあいだに、エンペラトリスは入念に朝の化粧をした。きょうは特別な日なので、ふだんよりたっぷり時間をかけた。ダブルベッドでクリスがいびきをかいている。起こさないために、彼女はできるだけ物音を立てないように気を遣った。クリスはよく寝る。四六時中、と言ってもいいくらいだ。朝は遅いし、午睡は長い。昼間はハンモックでうつらうつら、日が暮れるころには、あるいは食事が始まるころには、もう大あくびだった。することがなくて退屈だから、とクリス自身は言っていたが、実は飲みすぎのせいだった。マッチを近づければ火のつきそうな息。光のない、血走った、片方だけのどんぐりまなこ。いつも手近に置かれているウイスキーのグラス。退屈だというのは本当だ。しかし、それもクリス自身が悪いのだ。仕事、ほんとに仕事と言えるようなものは、この数年やっていない。《ボーイ》もいまでは健康だし、大きくなった。普通の少年と変わらない成長ぶりである……ニキビが少しできたり、冬、喉頭炎にかかったり、ふだんから弱い脚のくるぶしが脱臼したり……ま、そんなことがあるくらいのものだ。

　エンペラトリスは一度ならず彼に言った。いい加減に目を覚ましてくれ、いつまでも病院のことを考えていても仕方がない、いつもその専門分野でトップの地位を占めていたいという野心が、たしかに昔はあった、それを取り戻させる刺戟があるか否かという点になると、リンコナーダは砂漠みたいなものだが、ここに身を埋めるようなことになったのを後悔しているからと言って、愚痴ばかりこぼすのは止めてくれ、と。エンペラトリスはよく大声で言ったものだ……たいていにしてよ、クリス。あんたって、ほんとにだらしないひとね。昔の学問的な研究活動が懐かしいなんて言ってるけど、本心では、昼寝や、ウイスキーや、百貫デブの女たちが相手の浮気のほうがいいと思っているのよ……エンペラトリスは浮気に気づくと早速、その相手の女にパンと水だけの食事を強制して、魅力を失わせてしまうのだった。新婚のころの彼女は、ひとかどの者になり得る男と、正真正銘の科学者と結婚できた、と信じこんでいた……それがこのていたらくである。アル中で、いびきをかいて寝てばかりいる。当初は、嘆く夫に同情して、よく繰り返した……分かったわ。だいぶお金が貯まって、ジュネーヴ銀行に預けてあるのよ。あんたさえその気なら、ここを逃げだして、スイスに病院を建てることもできるわ。わたしも一生懸命、手伝うから、そこを世界の学問の中心にしてちょうだい……初めの何年かは生きていたその計画も、時とともに力を失って、ついには立ち消えになってしまった。やはり化け物じみてはいても熟練した彼の手の働きがなければ、おそらく死んだにちがいないあの怪物の生命を救う、クリスの言う英雄的な闘いが果てたとき、彼はこの症例に関する研究を公表したいと考えた。ところが、それはヘロニモによって差し止められてしまった。

「アスーラ博士、わたしが君を雇ったのは、息子の面倒を見てもらうためだ。あれをだしにして名声を得てもらうためじゃない」

これですべてがおじゃんになった。彼はその晩、一杯では足りず三杯もウイスキーをあおった。その日から、すべてが、計画も野心もすべてが、空しくなっていった。クリスは妻に向かって言った。

「ドン・ヘロニモに言われてから、やる気がなくなったよ」

「ばかなこと言わないで。ウンベルト・ペニャローサそっくりじゃないの。彼も、話をするだけでいっこうに手をつけない例の本を書くが、ヘロニモのせいではなくなった、気力を取り戻すにはヘロニモから離れなければだめだ、なんて言ったわよ」

エンペラトリスは我慢できないたちだった……損な結婚をしてしまったわ。ほんとに役に立たないろくでなしね、あんたって……くだらない愚痴をきりもなく並べ立てられて、結婚してまだ間もないころだというのに、夫はエンペラトリスに鞭を振った。最後はダブルベッドの上の放恣《ほうし》な営み、仲直りに終わったが。

ウンベルトの失踪後、ヘロニモは彼らふたりに――夫婦としての彼らに、知的で気心の合ったふたりの人間としての彼らに――リンコナーダでの実験をとことんまで押しすすめる全権を与えた。その結果、エンペラトリスの女の肩に重荷のすべてがかかることになった！　とりわけ辛いのは、年末になるとヘロニモのもとに出頭して、一年間のリンコナーダの出来事を報告するという仕事だった。ヘロニモを満足させても、ここを訪れようという気を起こさせてはならない。嘘八百を並べ立てる仕事だった。たった一度だが、やりすぎてあまりにいい話ばかりしたので、彼がその気になったことがあった……まったく、それは容易な仕事ではなかった。ヘロニモがリンコナーダに姿を見せる日が、いつかは来るだろう。そう考えただけでぞっとして、エンペラトリスは香水瓶の銀製のキャップを化粧台《コワフーズ》の鏡の上に落としてしまった。その音でクリソフォロがあくびをしながら目を覚ました。

「コーヒーを頼む」

「やっと目が覚めたのね」

「頭が痛くてかなわん！」

「当たり前よ。ゆうべはぐでんぐでんに酔っぱらったんですもの。バシリオに助けてもらって、やっと寝かしつけたのよ」

彼はふたたびあくびをした。それから急にまじめな顔になって、

「エンペラトリス……」

「なあに？」

「本当のことを言ってくれ」

「本当のことって？」

「ゆうべのウイスキー、あれは本当にシーバス・リーガルだったのか？」

年で肥ったエンペラトリスは、コルセットを着けている最中だった。彼女が万事を取りしきっているいまでは、幸い、《ボーイ》の召使いはみんな裸でいなければならないという、ウンベルト・ペニャローサが押しつけたばかげた規則は守られなくなっていた。

「ええ、そうよ」

「嘘だろう。最低だった。国産のウイスキーにちがいない。金を巻きあげるために、安物のウイスキーをシーバス・リーガルの古い瓶に詰めたんだろう」

クリスは、イタリア製の縞模様の金襴のガウンをはおり、エンペラトリスはキッドの手袋の皺を伸ばした。彼女は例のあらしの前兆をよく心得ていた。いまでは昔のようなけりのつけ方もできないので、とてもそれに耐えられそうになかった……一刻も早くここを出なきゃ。クリスは機嫌が悪そうだもの。首府に行っている四日

間——ちょうどいい機会だから、ファッションでも見てこようと。こんな亭主といっしょじゃ、ほかに楽しみなんてありゃしない——具合の悪いことが起こらないように、ちゃんと手は打ってあるわ。

「それじゃ、行ってきますよ」

「ドン・ヘロニモによろしく伝えてくれ」

「いいわよ、あなた」

彼は大あくびをしながら言った。

「なんだい、そのドレスは飾りが多すぎるんじゃないのか。お前の年とその頸《くび》では、ピラピラした服《ジャボ》は似合わんよ」

勝手な思い込みかもしれないが、おかげでエンペラトリスがいつも元気で潑剌としていられる理由のひとつが、洗練された服の趣味についての自信だった。運悪くしょいこんだ夫にそれを批判されて、彼女は、黙っていようと思っていたことを洗いざらい口に出して言った……気楽なもんね。シーバス・リーガルがどうのこうの、飾りが多いの少ないのって言ってれば、それでいいんだから。こちらはそうはいかないわ。かよわい女だけど、ここで勇気のあるのはわたしひとりよ。みんなの楽園を守るために毎年、こうして出かけていくんですもの。出かけていって、古い日干し煉瓦の壁みたいにこちこちの嘘で固めた迷路を築いて、そこへヘロニモを誘いこむんだわ。リンコナーダに近づけないために、門を嘘でふさいでいる、と言ってもいいかしら。その門は毎年、新しくふさぎ直さなきゃならないのよ。ここのエリートを守りながら、同時に、言ってみればヘロニモを外へ閉じこめている三級、四級の畸形たちの壁も、くずれないように気をつけなきゃいけないのよ。ねえ、クリス、たとえばあんたや、みんなはどうなると思うの？　もしもわたしがきょうの午後、グレーのビロードを張った低い肘掛け椅子が置かれたあの書斎で、この数年リンコナーダで起こっていることを正直に話したら。もちろん、この楽園はくずれてしまうわ。ここを出る勇気なんて、誰もないんでしょう？　この閉じこめられた世界では耳に入らないだけでなく、みんな忘れてしまっているあの辛い笑い声が、外ではいやでも聞こえるんですからね。わたしは、たったひとことで、この閉鎖を破ることができるのよ。ここの大扉を取りこわさせることができるのよ。すばらしいプールやテニス・コート、色とりどりの日除けのある庭園だって、谷間のほうの部落だって……あそこにはたしか、三級、四級、五級、六級の畸形が住んでたわね。いいことがあると期待して、この十年ほどのあいだにリンコナーダに集まってきた連中よ。彼らはリンコナーダの周囲に住みついて、正常な住民たちを遠くへ追いやってしまったわ。噂につられてそこらじゅうからやって来て、リンコナーダを幾重にも取りかこんでしまったわ。連中の狙いは一級の畸形の仲間入りをすることよ。出世をするためにそのまねをし、快適な世界の住人であるエリートに成りあがる気なのね。この世界ではみんなが顔見知りで、規則もそこで決められてしまうわ。みんなに都合のいい規則なのに、勝手にこんなものをこしらえて、と思っている者も、なかにはいるらしいけど。ともかく連中は、羨望や野心で輝かしいエリートをくるみこんで、とっくに遠いものになった正常な人間たちの現実から、ますます引き離そうとしているのよ……わたしは、あの従兄《いとこ》にひとこと話すだけで、連中を根絶やしにすることができるわ。ところがそれをしないで、現に連中を守ってやるために、犠牲になって地獄へおりていこうとしているの。あんたや連中はそうは思っていないらしいけど、これは地獄よ。毎年出かけていくこの仕事は、それはつらいものなのよ。涙が出るほどつらいことなのよ。だって表では、びっくりしたようなみんなの目にさらされるでしょう。わたしが結婚したってことを信じてくれない、独身の従姉妹たちに笑われるのを我慢しなきゃならないでしょう。従姉妹たちは、自分はできずにいるくせに、相変わらずわたしのことを笑うんですものね。正常でない肉体を隠すことができない悲しさを、毎年、改めて感じさせられるのよ。見ればおかしい、人目を引く、異常なからだだってことを、いやでも思い出させられて……ところが、みんなは……エンペラトリスは泣いていた……ところが、みんなはそんなことは忘れて、ここに隠れて気楽に暮らしているのよ。本当にここで起こっていることを話したら、ヘロニモは、なんて言うかしら?……いいえ、どうするかしら?……いつ頃からこうなったんでしょう。クリス、教えて。いつ頃からなの？……そうね、ウンベルトがいなくなってからだわね。それにしても、《ボーイ》が食べてるものを見たら、ヘロニモがなんて言うか。メレンゲのお城みたいなみごとなパイに、アイスクリームに、色ガラスみたいなフルーツ・キャンデーでしょう。それに、《ボーイ》がよく着たがるけどプラム色のビロードのマントや、パーティーのときはあの派手な服でしょう。このパーティーにはみんな呼ばれるのよね。何重もの塔みたいに果物籠や、枝が何本あるか分からない燭台や、七面鳥や、シャコなどで、テーブルはいつもいっぱい、どろんとした目で口にリンゴをくわえている豚の顔ったらないわ。ともかく、うんと飲んで、たらふく食って、酔っぱらおうというわけだけど、わいわい騒ぐみんなの声も掻き消されてしまうわ。ブラザー・マテオが昔の型をまねて作って、自分で演奏する、ややこしい楽器の音でね。絨緞やクッションの上で抱きあっている連中がいるかと思えば、むき出しになった百貫デブの女の乳房に大勢の小人が這いあがって、二回か三回お乳を吸ったり、アマゾンのような三編みの長い髪を伝って下におりたりするのよ。せむしの男たちはベルタの尻たぶに嚙みつくし、《ボーイ》はわたしを、このエンペラトリスをブドウの一房でぶったたいたり、酔って寝ているメルチョールのからだには砂糖を、メリーサには赤ブドウ酒を振りかけたり、松葉杖をついたロサリオにダンスを踊らせたりするわ。ほんとのことを知ったら、ヘロニモはなんて言うでしょうね？《ボーイ》はこんなに小さいときから、不釣り合いなくらい大きなおチンポを振り立てて、誰かれ見さかいなく、女を追いまわしているんですからね。ベルタも、わたし自身も、メリーサも、コウモリの羽根みたいな耳をしたあの交換手も、みんながわたしの厳重な言いつけを守っているわ。ほんの申し訳に追いかけごっこをして、おきまりの悲鳴をあげてから、茂みの奥で《ボーイ》の好きなようにさせるのよ。これを知ったら、ヘロニモはなんて言うかしら？

「……」

「もちろん、あんたには答えようがないわね」

そうだ。彼だけではなく、誰だって答えようがない。ウンベルトの失踪まで継続されていた当初の計画におおむね沿いながらだが、エンペラトリスは毎年のように、《ボーイ》の虚偽の成長ぶりについての報告をヘロニモにして来た。その秘書の逐電を知ったとき、ヘロニモはすべて清算しようとした。実情を見るために、わざわざリンコナーダを訪れもした。ところが、五歳の《ボーイ》の心を占めている冥府的な状態にいたく感心して、愛する従妹エンペラトリスと、いままでの結果から考えて名医であることは間違いないクリソフォロ・アスーラ博士のふたりの手に、万事をゆだねる決心をしたのだった。しかし、子供が幼年期から少年期へ、少年期から青年期へと成長するにつれて、いつまでも冥府のなかに押しこめておくことは不可能だということが、誰の目にも明らかになった……ねえ、歯はどうして痛くなるの？　どうして痛みを止めてくれないの？　なんにもしてくれないけど、ぼくどうなっちゃったの？……虫歯の痛みが起こるのを、アスピリンでぴたりと痛みを止めてやるのを、避ける手だてが果たしてあるだろうか？　冬の寒さや、春の暖かさを隠すすべがあるだろうか？　《ボーイ》は人の言うなりにはならない性格だから、冥府の虚構もいずれは挫折する。現実に、あらゆる面で抑制は不可能である。ウンベルトはそれに気づき始めて、怖くなって逃げだしたのにちがいない。エンペラトリスは飽きもしないで、そう繰り返した。しかし、抑制が不可能なのは、ウンベルトにとってだけである。はっきり言って、彼女は、エンペラトリスはそれなりの方法でこの十年間、少年を思いどおりに操ってきたのだから。その方法とは、嘘である。毎年のように繰り返すあの嘘である。それからまた、《ボーイ》の脚の弱さを利用することである。この欠陥を治そうとする努力は一度もされたことがなかった。エンペラトリスはあらゆる乗り物を取りのぞかせた。自動車、馬車、幌馬車、騾馬《らば》、馬、驢馬《ろば》、自転車、手押し車……人間の移動を助けるすべてのものを奪って、彼の行動を弱い脚の能力のおよぶ範囲に押しこめてしまった。したがってエンペラトリスは、庭園だろうとどこだろうと、《ボーイ》が好きなところへ出ていっても、彼が知ることのできる世界はその欠陥によって機械的に限定されると、安心していることができた。誰もがエンペラトリスの言葉を信じた。

「わたしは欺《だま》されません。ここを作ったのはヘロニモの考えじゃないわ。間違いなく、あのウンベルトの思いつきよ。ウンベルトは自分だけのサーカスを持って、わたしたちをおもちゃにしたくなったのよ。このイカサマにヘロニモは気づかなかったらしいけど、ウンベルトはそのサーカスの人間のひとりに彼を、ヘロニモをちゃんと入れていたのよ。そう言えばヘロニモは、みんなのなかでもいちばん化け物みたいですものね。でも、あれね。種類のちがった残酷な人間たちの世界が外にあることを《ボーイ》に知らさないという、いちばんの目的はいまも果たされているわ。あとはどうでもいいことよ。みんな、あの大嘘つきのウンベルトが思いついたことよ」

もう何年も昔のことである。エンペラトリスが町へ出かけるとき、それに先立って会議が開かれるきまりだったが、そのひとつに酔って出席したクリソフォロ・アスーラは、一級の畸形たちのいる前で言った。

「ウンベルトは、大嘘つきかね？」

「そうよ」

「お前は彼を恨んでいるんだ」

「わたしが？　なぜ、わたしが彼を恨まなきゃならないの？」

「捨てられたからさ」

「わたしが捨てられたですって？」

畸形たちは沈黙を守っていた。

「そのとおりだ。いずれ彼と結婚する。お前は昔、そう言ったことがある。わたしの話が嘘だとしたら、あのドン・ヘロニモの思いがけない訪問のあと一晩考えて、わたしたちが結婚すると決めたとき、裾に刺繍したウエディングドレスから髪飾りに至るまで、婚礼衣裳が全部そろっていたのは、あれはどういうわけだ？」

「後悔してるわ。あのとき……」

「否定できるものならしてみろ。お前は、彼に惚れていたんだ」

一級の畸形たちの沈黙のなかで恥の掻きっぱなしになることを恐れて、エンペラトリスは逆襲に出た。

「クリスの言ってること、気にかけないほうがいいわ。わたしがウンベルト・ペニャローサにべたべた《フラート》していたことは事実よ。そこまで否定するつもりはないわ。でも、ひとつだけはっきりさせておきたいの。惚れていたかどうかってことだけど、わたしは惚れてなんかいなかったわ。ここを自分の思いどおりにするというのが、わたしの最初からの狙いだったから、それで惚れてるふりをしていただけだわ。そうしているうちに、あのやくざな男がヘロニモを欲していたことが、だんだんと分かってきて……ヘロニモを救わなければ、と思いだしたの。限られた世界と、変わることのない永遠の現在。ヘロニモみたいな人間が、そんなものを考えだせるはずがないわ。彼はそれほど頭が良くはないのよ。誰もが知っている彼のヨーロッパ旅行だって、タンゴに夢中になっていた当時のラテン・アメリカの成り金の例に洩れず、ただ、娼婦《ココット》と遊びまわっただけなの。そのうちのひとりに梅毒をうつされて、それであんな《ボーイ》が生まれることになったのよ。おかげで、わたしたちはこんな恵まれた暮らしができるわけだけど。要するに、わたしがみんなに分かってもらいたいのは、ヘロニモは、国内の政治によく通じていて、顔も広いけど、ごく平凡な紳士だということなの。彼だけなら、《ボーイ》をどこかの病院へ入れることで満足したはずよ。どの家族にだって、気狂いや、不具や、道楽者のひとりくらいはいますからね。すべて、ウンベルト・ペニャローサがヘロニモに復讐するためにでっちあげたことなのよ。ヘロニモの秘書で、遊び仲間で、ほんとに卑しいことまで手を貸していたあの男が、イネスに横恋慕していたこと、主人の目を盗んでものにしようとしていたこと、それを知らない者がいると思って？　ウンベルトの憎悪がつのる一方で、これは危険だと思ったものだから、わたしは、不注意な親戚の男を守るために乗りだしたのよ。本当のことを教えてあげましょうか、クリス。わたしウンベルトとよろしくやっていたのよ」

毎年のようにエンペラトリスは、《ボーイ》や、彼ら畸形や、リンコナーダにたいするヘロニモの関心が薄れつつあるというニュースを持って、首府から戻ってくる始末だった。うまくヘロニモに持ちかけて、彼女を執行人とする、《ボーイ》に有利な遺言状を書かせることができれば、なんにも言うことはないのだが。今年のうちに、いや、いますぐにでも彼女を《ボーイ》の後見人に立て、報酬を増額し、彼女がリンコナーダを維持するのに使える、相当な額の金を銀行に預けてくれれば、それに越したことはない。

鍵。財布。書類入れ。彼女を肩にのせて車まで運ぶために、バシリオが待っていた。《ボーイ》に質問を浴びせられないように物蔭に隠れて……最近の《ボーイ》は、やたらと質問をするのでうるさくて仕方がない。いままでは遊びも、いや、パーティーや女でさえも、また決して負けないようにバシリオが工夫した競技でさえも、《ボーイ》の心をそらすことができない！　近ごろは遊びだけでは足らず、何かというと、なぜ、なんのために、どうやって、いつ、である。面倒でやりきれない……これ、レヴロン社のコーラル・ブラッシュ？　それともドロシー・グレーのフラミンゴ・パッション？……コーラル・ブラッシュよ。これで分かったでしょ。今年は黒っぽいルージュがはやりなのよ。わたしには似合わないから、困っちゃう……アスーラ博士はガウンの紐を結びながら、テーブルのところまでエンペラトリスのあとを追った。テーブルにはコーヒーが用意されていた。

「すごくきれいだ」

「さっきは、ひどい格好だって言ったわ」

「誰に会うつもりかね？」

「もちろん、ヘロニモよ」

「そんなにめかしこんで、彼を誘惑するつもりかね？」

エンペラトリスは目を釣りあげた。

「ずいぶんひどいことを言うわね？」

「あの男に会うつもりなのかどうか、まだ返事を聞いていないからな」

「あの男って？」

「ウンベルトさ」

エンペラトリスは溜息をついた。

「居所を教えてくれない？」

「居所って？」

「ウンベルトの居所よ。会えるものなら、ぜひ会いたいわ。本心を言うと、わたしは彼に会いたくって仕方がないのよ。彼がどこにいるのか、どうなっているのか、手を尽くして調べてみたわ。全国くまなく人をやって、いまでも彼を捜させているわ。でも見つからないの。消えてしまったのよ。大地に呑まれてしまって、跡形もないの。ウンベルトなんて人間は存在しなかったみたい。ときどき考えるわ……わたしたちを虜《とりこ》にしているこの世界を彼が夢見たように、わたしは彼を夢見たのだ、彼はわたしの想像の産物だった、と考えることがあるのよ。彼がここにいたころは、万事がいまとはちがっていたわ」

「そのとおりだ。実に楽しかった」

「わたしがよく開いたティー・パーティーのこと覚えてる？」

「冷たいものを飲みながら彼のテラスで開いた午後の会議はどうだね？　話がはずんで……」

「フランスやアメリカの若い世代の実験的な映画のことでも、よく議論したわね。彼が造らせた映写室へフィルムを運ばせたのは、ベルタよ」

「ウム……何もかもいまとは大違いだな」

「そうなのよ。彼に会えたら、こんな状態からも脱けだせるのに」

「彼と行ってしまうのかね？」

「分からないわ。気になる？」

クリソフォロ・アスーラは、ヘロニモに会いにいく前のエンペラトリスがヒステリックになることには慣れていた。その気持ちはよく分かった。すまないと思っていた。それにしてもあの気力は、あの精力は、どこから引きだしてくるのだろう？　それらを、いったい何に使うつもりなのだろう？　クリスはテーブルの上にナプキンを置き、腰をかがめてエンペラトリスの差しだす頰にキスした。

「何かほしいものある。クリス？」

「本物のシーバスを一本たのむ」

「しょうがない人ね」

「気をつけて」

「じゃあね、クリス。おとなしくしてるのよ」

24

　日曜日の朝早く、イリスは運転手のために扉を開けた。腕にかけられたキャラメル色のミンクのコート。手にのせられた小さな革製の宝石箱。運転手はそれらをイリスに渡した。彼女はおれの手車に何枚も新聞紙を敷いて、汚れないようにしておいてから、運転手の運んできたものをその上に置いた。

「まだだ。待っててくれ」

　運転手は、大小さまざまな包み、ちゃんとくるんだゲーム盤、音を立てるチップが詰まった箱などをかかえて、自動車から戻ってきた……間違いないわ。これはチェッカーのセットよ……イリス・マテルーナの耳許で箱の中身をガタガタさせながら、リータが言った……こっちは何かしら？　ずいぶんいろんなゲームがあるのね！　よくまあ考えたもんだわ。いろいろあって迷ってしまう。これじゃあもう、退屈してる暇なんてないわ。

「イネス奥様はお元気かね？」

　イリスが笑顔で運転手に答えた……ええ、とっても。ここもやっぱり奥様のものだけど、自分のお屋敷にいたころだって、いまみたいに元気だったことはないと思うわ。

「よろしく言ってくれ。それから、お屋敷のみんなが淋しがっているとお伝えしてくれ」

扉が閉められる。リータは早くも、たたまれたミンクの下に赤い手を差しこんでいた……この毛皮、すごく上等ね。なんの毛皮かしら？　ほんとに柔らかい。きっと暖かいのよ。暖かいから、イネス奥様は毛皮を持ってくるようにおっしゃったのよ。お気の毒に、ここには暖房の設備がないわ。わたしたちみたいに慣れてるわけはないし……ねえ、イリス、このコート着てみたら……だめ。ちょっと肩にはおるだけよ……おれは、豪華なコートをお前の手からもぎ取る。お前のものではないのだ。お前は豪華なものの存在を知ってはならないのだ。それに触れることも許されないのだ……いい加減にしろ！　これはすべてイネス夫人のものだ。ふたりとも、シスター・ベニータに言いつけるぞ！　イリス、こいつをみんな奥へ運ぶんだ。

いまではその力のないおれに代わって手車を牽くイリスのあとについて、おれは門番部屋の中庭を渡った。台所の中庭の回廊で、物見高い老婆たちが寄ってきた。おれたちは懸命に追い払わなければならなかった……何を運んでるの？……見て、アントニエータ。毛皮よ！……老婆たちは撫でたり摑んだりした……いい加減にしたら？　奥様のものよ。怒られるわ。その包みにさわっちゃ、だめ！……きれいな小箱ね。金の象眼よ……ずいぶん包みがあるわ。お店の包装みたいにきれいだけど、何が入ってるのかしら？……菩提樹の中庭を過ぎて、礼拝堂の前に差しかかる。そこで椰子の中庭の通廊のほうへ向きを変え、お前のドアの前にたどり着く。ドアをたたく。お前はドアを開ける。イネス、お前の真紅のガウンはしみだらけだ。裾が汚れている。ボタンがひとつとれている。お前はこれから髪をとかそうとしていたのだ。まだ乱れている。おれを見て、お前は白いもののまじる後髪を飾り櫛で留めたが、おれが運んできたものに気づいたとたんに、その眠そうな目はぱっちりと開いた……イリス、ミンクとアストラカンのコートをよこしなさい。小箱は、このシーツの上に置いてちょうだい。あら、シーツがまだくしゃくしゃね……その包み、それは部屋のなかへ入れることはないわ、《ムディート》。ガウンの上にミンクのコートを着たいから、手伝って……さあ、みんなでこの包みを台所へ持っていきましょう。年寄りたちが朝飯を食べているはずだわ……おれたちはゲームの道具を満載した手車を引っぱって、お前のあとを追う。

通路を掃くように引きずる、黒っぽい赤のガウン。乱れた髪にさした飾り櫛。曲がりかけたお前の背中に沿って走る、ミンクの豪華なギャザー。両手で持っているが、金の白百合をちりばめた青い革の小箱。

老婆たちは朝食のために台所に集まっている。パン。コーヒーの沸いている大きな鍋。咳ばらい。私語。黒くすすけたストーブのなかで燃えている薪の煙。ぼんやりと浮かびあがった人影。形だけの横顔。小刻みに、だが絶えず震えている頭と顎。先の手のほうは忘れているが、光がぼろのなかから照らしだしている腕。グレーの琺《ほう》瑯《ろう》のカップ。拭き掃除ですりへった木のテーブルの上にこぼれている、パン屑のわきの肘。ふたたび組みあわさって立ちあがる人間の断片。ここの持ち主が、深紅のガウンの上に皮のコートをはおり、白百合の小箱を持った貴婦人が入ってきた。あとにしたがう道化がプレゼントの包みを配る。震える手がそれを受ける。ささくれた爪が包装紙を破る。わななく指が蓋をとる……見て、インドすごろくよ！　もう何年もしたことないわ。こっちはチェッカー、こっちはパズル。それから、こっちはチェスよ。でも、チェスはむつかしくて。男のやるゲームじゃないかしら、これは……馬や自動車や犬のレース。釘や穴がある白と黒の格子のゲーム盤……わたしの見て、クレメンティーナ。これ、何かしら？　妙なもの……ドミノに似てるけど、マージャンっていうゲームよ。誰もやり方はしらないわ。でも、きれいなチップね……カード、たくさんのカード、何十組ものトランプ……これじゃ退屈してる暇なんかないわね。死ぬまでいろんなゲームを楽しめそうよ。イネス奥様、ありがとうございます。奥様はほんとうに親切なお方ですわ。聖女ですわ……ひとりの老婆がイネスの手にキスする。別の老婆がひざまずいて、ミンクのコートのへりにキスする。ゲーム盤やカードのまわりに、それぞれみんなが集まる。イネスはテーブルのあいだを縫って、賭博場の様子を見てまわる。外では中庭の弱い陽射しのなかで鳩が餌をついばんでいるが、屋内では、くすぶる煙のなかで人影が盤に蔽いかぶさり、薄暗い光のなかで手がカードを切っている……新しいカードでブリスカ遊びをやるのって、すてきね。わたしのすり切れたカードでやるのとは大違いよ。クラブのジャックも欠けてるから、あれはしまっておくわ……スニルダ、あんたが配って……こんどは、あんたの引く番よ……エマの相手をするのはいやだわ。インチキばかりして……イリス、こっちへ来たら。ドミノがしたければ、教えてやるわよ……だめだめ。イリスはこっちで、わたしたちと競馬ゲームをやるのよ。このほうが子ども向きですものね……よかったらエリアナを仲間に入れてやって。ミレーリャでもいいわ……老婆たちは湯気の立っているコーヒーや、パンや、燃える火の大きな目のことを忘れている。食器棚にでんと置かれたブリヒダのラジオで聞くはずの、ミサのことも忘れている。アソカル神父も、ラジオで聞けばいいと言ってる。みんな年寄りで、からだが弱くて、歩くのも大儀なくらいだからだ。しかし、きょうはミサも聞かない。親切な庇護者がいろいろなゲームの道具を持ちこんで、あちこちしながら遊んでいるみんなの様子を見ているからだ。みんなのじくじくした目に浮かんだ嬉しそうな表情を見て、にこにこ笑っているからだ。壺のなかで振られているさいころの音を聞いているからだ——ろくすっぽ分からないゲームのために、萎えたような手が緑や黒のチップの山をこしらえている。ガラスの玉が落ちて床の上をころがっていく。老婆のひとりがしゃがむ。別の老婆がテーブルの下にもぐって、脚のあいだで白っぽい玉を捜す。いまにも破れそうなスリッパ。ふくれた足。汚い靴下で隠された静脈瘤。しかし、腱膜瘤《けんまくりゅう》にかかっている汚れたスカートの老婆たちは、消えた玉を捜すために、仲間のひとりが下にもぐっていることなど気にもしない……わたしの玉、ミルクみたいな色だったわ……クレメンシア、脚をどけてちょうだい……何よ！　玉のひとつくらいなくたって、どうってことないわ……さあ、始めましょう。ブリスカ遊びでも、ブーロ遊びでも、ハートでもいいわ。でも、ポーカーはだめ。モンテ遊びもいやよ……だめ、だめよ！　モンテ遊びはやめましょう。あれは、たちの悪いゲームよ。法律だって禁止してるわ……これ、どんなゲームかしら？　いろんな色のチップがあって、盤もとってもきれいだけど。こっちへとっといて、あとでリータに、この蓋に書いてある遊び方を読んでもらいましょう、読めないから。とんでもないわ！　字を知らないからじゃないのよ。目が悪いのに、字がちっちゃすぎて……ドミノにそんな手はないわ、マリア。あんた、自分に都合のいいルールを勝手にこしらえてるのね……ばかみたいに言わないで……ミサの時間は過ぎたが、気にすることはない。ミサは一日じゅう放送されていて、もう少しすれば、うっとりするような大ミサがあるのだ。しかし、みんなはそのミサのことも忘れている。あかぎれの手は壺を振る。泥でできているような指はダイヤのエースを引き、青い馬を六つすすめ、ローサ・ペレスがインチキをやったというので盤の上のチップを掻きまわす……もうローサ・ペレスとはしないわ！　あっちのテーブルへ行ってよ、あんた……歯の抜けた口が怒気すさまじくわめき立てる。ストーブの火がくすぶり、コーヒーが冷たくなりつつあることも忘れて。イネス夫人は、あっちへ行ったり、こっちへ行ったりしている。その手がほんの一瞬、スニルダの肩に触れ、スニルダは微笑を返す。イネス夫人はぶらぶら歩きまわるだけで、ひとことも口を挟まない。ただ眺め、話をじっと聞いている。キャラメル色のミンクをはおり、深紅のガウンの裾を引きずって、テーブルのあいだを歩きまわっている。テーブルの上では、さいころがころがり、馬が走り、キングとビショップが戦っている。黒いチップがふえ、白いチップは切れてしまう……イネス奥様、あれはインチキですよね。奥様ならこのオート・レースのこと、よくご存知でしょう？　いいえ。オート・レースのことなんて全然よ。ドッグ・レースなら分かるけど。

「ちょっと、そこをどいてちょうだい」

　お前は腰掛けにすわる。白百合模様の青い小箱をゲーム盤のそばに置き、黄色い犬にしたい、と言う。ほかの五人の老婆もめいめい犬をえらんで、スタートに並べる。お前は壺をよく振り、さいころが見えないようにテーブルの上に伏せてから言う。

「ゲームなんて、何か賭けなきゃおもしろくないわ。損も得もしないんだったら、やらないほうがましよ。黄色い犬が勝ったら、みんな、何かわたしにちょうだい。リータ、あなたは何を賭けるの？」

「チェックのショールにします」

「いいわ。アントニエータ、あなたは？」

「この、花模様のエプロン」

「コットンね。それじゃ、ローサ・ペレス、あなたは？」

「何にしましょう……このスリッパでも……」

「見せて」

「さあ、どうぞ」

「ずいぶん傷んでるわね。ルーシー、あなたは何？」

「この本物のべっこうのヘアピンを」

「足りないわ」

「それでしたら、同じものを四本」

ヘアピンを抜かれて、束ねていた髪が灰の降るように肩に落ちる。お前はルーシーのヘアピンを青い小箱の上にのせる。

「あなたは、アウリステーラ？」

「スカプラリオにします」

「ただの布切れでしょう？」

「でも大きくて、刺繍がしてあります……母がしていたものです」

「それじゃ、いいわ」

お前は壺をあげかけてその手を止め、五人の老婆の顔をひとつひとつ見る。さいころは出さないままで、

「何を賭けるか、わたしには訊かないの？」

「とんでもない、イネス奥様！　そんなこと……」

「もういろいろといただいています」

「奥様がお賭けになるなんて！」

「だって、奥様……」

お前の手はしっかり壺を押さえている。スタートラインに並んだ馬たちは走りたくてうずうずしている。お前はむつかしい顔をする。その意図が老婆たちには分かっていないのだ。

「だめよ。それじゃあ、全然面白くないわ。わたしも負けたら、何か損するんでなきゃ。何を賭けるか、あなたち分かる？　もしも負けたら、この皮のコートをあげるわ。上等な皮よ。ミンクよ。とってもきれいでしょう。よく見なさい。さわってごらんなさい。こんなに柔らかいもの、さわったことある？　すばらしい品物よ。みんな羨ましがってたわ。でも、わたしにはもう要らないの。清貧の誓いを立てたんですもの。こんなもの持っていても仕方がないわ。そうそう、二等になった人にはアストラカンのコートをあげましょう。三等の人には、この宝石箱にしまってあるダイヤモンドのブローチがいいわね。四等にはパールのイヤリング、五等にはカボション・カットのサファイアよ。わたしの宝石はみんな、ここにあるわ。見たい？　彼からのプレゼントよ……でも、もう要らないわ。そうね、勝負が決まるまで誰にも見せないことにしましょう。決まったら、そのときはかならず、宝石箱を開けて見せてあげるわ。それまではおあずけ」

お前が賭ける品物をひとつひとつ挙げるにつれて、驚きのあまりどのテーブルもしーんとなったが、やがて喚声があがった。後ろに引かれる椅子。倒れる椅子。そこらじゅうにちらばるチップや玉。お前の豪勢な賭けに引きつけられて、皮のコートやパール、ダイヤモンドやサファイアなどといった言葉の豪華さに引きよせられて、お前のテーブルの周囲にむらがる老婆たち。古びて剝げ落ちた日干し煉瓦のような顔の壁。激しくまばたく小さな目と震える口。思いがけない出来事に驚いている貪欲な老婆たち。灰色か、せいぜい茶色の臭いぼろを着て、六人の賭け手のまわりに集まった人垣。にこにこ笑っている、愛想のよいお前。壺にかけられたお前の手に集中している視線。ゲームはまだ始まっていない。その目の前で繰りひろげられようとしている大勝負に夢中になり、老婆や孤児たちは息を殺している。お前が壺をあげる。

「四だわ。一、二、三、四、と……」

黄色い牝犬は、ほかの犬に追われながら逃げる。銀色に輝く月夜に土煙だけを残して駆け抜ける、復讐の念に燃えた騎手たちに追われて逃げる。毛の脱けた皮膚をひっ掻く茂みのなかに身を隠す。水たまりや湖を、何百年もの歳月や川を渡る。しかし、胃が痛くなるような飢えを満たすことはできない。口にする残飯や、かじる骨が十分ではないのだ。苦労して盗んだ餌をくわえて、しょっちゅうそんな目に遭っているが、どやされないうちに逃げだす。共犯者の星が指さす方角に向かって走る。山を駆けのぼり、谷に駆けおりる。当然果たされなければならないのに、その見込みのないあることを果たすために、走りに走る。獰猛《どうもう》な獣どもに八つ裂きにされるのを避けて、物蔭にひそむ。連中は、醜悪で、痩せこけて、貧欲だというので、黄色い牝犬を憎んでいるのだ。彼女は畑や砂漠、荒れた岩場や棘《とげ》を伸ばして刺そうとするサンザシの森を走りに走る。通りや公園を駆け抜ける。闇にまぎれてほんの少し人家に近づき、めぼしいものを求めてうろつきまわる。牝犬は痩せていて、虱だらけで、臆病だ。黄色い牝犬は獰猛ではない。決して攻撃はしない。その気がないことはないのだが、噛みつくことさえしない。しかし、四頭の黒い犬が遊びに夢中になっていると、機会を逃さず彼らの脚の下にもぐりこんで臓物をかっさらい、闇のなかの公園に身をひそめる。いつものように目を光らせながらあたりを警戒する。月に向かって吠え、忠告や謎をとく鍵を求める。月も知らないことを伝え、その助けを求める。引き裂かれた死体が庭師によって発見されなかったところを見ると、月は助けを与えたのだろう。黄色い牝犬は走る。走りに走る。弱っているくせに、ほかの犬が追いつけないほどの速さで走る。疲れきって休まなければならないはずなのに、いつも先頭を駆けていく。眠るときは何十年も眠る、誰にも見つからない森の奥で。目を覚ますとそこを出て、ごみ捨て場で餌をあさる。そして、若い男たちに蹴とばされる……あっち へ行けったら！　頼む、ゆっくりやらせてくれ。何も、そんなにじろじろ見るこたぁないだろ！　いやな犬だぜ！　ズボンを破くなよ。破いたらその顔を思いっきり蹴っとばして、ぐしゃぐしゃにしてやるぞ！……おい、見ろよ！　舌なめずりしてるみたいだぜ。おれもゲラゲラ、お前もゲラゲラ。おれのツツサキは下がっちゃうし、お前はパンティーを上にあげちゃう。これじゃあ、おれもお前も気分が出るわきゃねえよ。あいつだけじゃないか、よがってるのは？……黄色い牝犬はふたたび逃げだす。舌を垂らして、あえぎながら走り去る。土埃と、追いつけなくて怒り狂うほかの犬の吠え声が、あとに残される。彼女はいつも飢えているが、しかしいつも敏捷だ。ほかの犬よりも敏捷で油断がない。黄色い牝犬はすでにゴールに迫っている。老婆たちは笑い、大声でわめく。お互いに賭ける。歯をほじくる。ののしり合い、金切り声をあげる。みんな親切なイネス夫人が勝つことを願っているのだ……黄色い犬が勝ちますように。緑や、黒や、青や、白が勝ったりしませんように。黄色い犬はいつも強いんです。勝つに決まっています。どうぞ勝たせてやってください……六が出て、黄色い牝犬はついに水たまりを越えた。もう一度、さいころが振られる。四が出た。一、二、三、四。彼女はゴールに倒れこむ。

「やったわ！」

「黄色い犬の勝ちよ！」

「わたしが勝ったの」

「イネス奥様の勝ちです！」

「よかった！」

「イネス奥様、おめでとうございます！」

老婆たちがお前の勝ちをこまかく分析しているのをよそに、お前は立ちあがる。首筋にはさんでいた飾り櫛を抜いて髪にさす。後ろの髪を束ねて、ルーシーがお前の小箱の上にのせた、べっこうとヘアピンで押さえていく。一本、二本、三本、四本。四本のヘアピンのべっこうは本物だ。昔の上等の品物で、近ごろのべっこうとはちがう。老婆たちがお前のすることを黙って眺めている。お前はミンクのコートを脱ぎ、手車にのせるようにと言って、おれに渡す。おれは苦労して、それを手車にのせる。お前はリータの肩から糸のほつれたチェックのショールを剝ぎとり、自分の肩にはおる。みんなはびっくりしたような目でお前を見ているが、これでいいのだと思っている。沈黙のなかでアントニエータがエプロンをはずし、お前の手にのせる。お前は頭を下げて、その胸を飾っている聖遺物のように、アウリステーラからスカプラリオを掛けてもらう。

「ローサ・ペレスのスリッパは？」

「イネス奥様には合いませんわ、きっと」

「そうかしら。ちょっと貸してみて」

老婆を裸足にしておいて、お前は破れたスリッパを両方ともはいてみる。

「少し大きいみたい。でも、かまわないわ。寒さを寄せつけない、厚い靴下を何足も重ねてはくようにすれば、きっとぴったりよ」

「厚い靴下を持ってこられたんですか、イネス奥様？」

「いいえ。でも、あなたたちは持っているでしょう。あしたまたドッグ・レースをやりますから、その厚い靴下を賭けてくれればいいのよ。どうしても要りそうだわ」

「分かりました」

「それじゃ、これで」

イリスとおれは手車を牽いてお前のあとにしたがう。回廊を進むにつれて、台所の老婆たちの声が遠くなる。お前はショールの下の肩を丸くして、ゆっくりと歩く。べっこうのヘアピンが一本落ちる。お前はしゃがんで拾い、ほつれ毛の見られる、くずれたまげに留めなおす。自分の部屋のドアを開けてから、イリスを追い払うようにおれに命令する……イリス、もう行ってもいい……あとで話してやるつもりだが、しかしお前は、見たいとも、話を聞きたいとも思っていないのだ、さっさと消えてしまうところを見ると。お前は、力のなくなったおれに代わって、手車を牽いていく力でしかなくなった。イネス、おれはこのとおりだ。しかし、イリスの姿が消えて、お前がすばらしい小箱を開けると同時に、力を回復する。お前はサファイア、ダイヤのブローチ、パールなどを取りだす。それらをアントニエータのものだったエプロンのポケットに押しこみ、宝石箱の蓋を閉める。おれにアストラカンのコートを渡す。おれはそいつを手車の上のミンクのそばにのせ、廊下を渡ってお前の部屋までついていく。お前は最初の部屋のドアを開ける。二枚のコートを渡すように言い、衣裳だんすを開いて、あちこちのポケットに宝石を分けて突っこんでから、たくさんの古いもののあいだにアストラカンとミンクのコートを吊るす。

「《ムディート》、この衣裳だんすには、ナフタリンはたっぷり入っているのかしら？」

おれはうなずく。

お前は満足そうな表情を見せる。鍵を衣裳だんすにかける。部屋のドアも別の鍵で閉めてしまう。おれはお前を追って、廊下や静まり返った中庭や回廊を進んでいく。三八八番の札のついた台座や、八八三番の札のついた植木鉢の台の山のあいだをくぐり抜ける。お前についてルルドの洞窟の前に来る。お前が十字を切る。おれも十字を切る。ふたりはやっと門番部屋にたどり着く。リータが胸をかかえるようにしてすみで震えている。

「顔色が悪いわ！」

「寒いせいですわ」

悪いどころではない。まっ青だ。血の気がない。そのまま消えてしまいそうな感じだ。イネスはショールの具合をなおす。わが家の電話番号をまわし、リータのかすれ気味な声で尋ねる。

「ヘロニモ・アスコイティア様のお宅でしょうか？」

「……」

「ヘロニモ様とお話がしたいのですが……」

「……」

「お休みになっていらしても、ぜひお起こしするように、そしてわたくしの口からじきじきに、ことづてをお伝えするように、イネス奥様がおっしゃっておられます。すみません。ほかの方ではいけないそうです。いいえ、わたくしの考えでは……はい。急ぎの用事なのでいますぐに、という奥様のお言葉です」

お前はあくびをする。声を盗んだ女のほうには目もくれない。よく知っているように、ヘロニモは日曜日は遅くまで寝て、十二時のミサに出かける。それもその気になったときだけで、最近はほとんど出かけない。お前はじっと待つ。

「ヘロニモ様ですか？」

「……」

「ヘロニモ様、リータでございます。はい、おかげさまで。ヘロニモ様はいかがでいらっしゃいますか？　せっかくの日曜日に、朝早くからお電話をして、申し訳ございません。でも、イネス奥様のお言いつけで。こう申しちゃなんでございますが、近ごろ非常にきびしく、よそよそしくおなりです。その奥様が、たとえ寝ていらしても、いますぐ電話に出ていただくように、と申されまして。ぐっすり寝ていらしたんじゃございません？　ほんとに申し訳ありません……さぞかしお寂しいでしょう。当たり前ですわ、ヘロニモ様！　奥様ですもの。はい、お元気ですが、もしご面倒でなければ服を、そちらにあります服を、寝室の大きなクローゼットにある服を全部、送ってほしいとおっしゃってます。どうしてもお入り用だそうです。はい、イヴニングドレスも。それから瓶や化粧品、懐かしいのでドレッサーもお願いしたいそうです。こちらでも快適な生活をなさりたいし、お屋敷のほうに置いておいてもむだになるばかりだから、とおっしゃってます。何しろこちらは……はい、そのとおりでございます……それからまた、この修道院で用意したベッドがお気に召さなくて、夜も寝られない、馴染めない、とおっしゃって。いえ、この、寝られないというのは、ご自分でおっしゃってるわけではありません。わたくしがそうではないかと思っているだけで。きっと、お寂しいんでございますよ……まあ、ヘロニモ様、いやらしいことを……わたくしは独り身でございますよ……そういうわけで奥様は、マットレスや毛布、ベッドカバーや羽根ぶとん、枕やシーツといっしょにベッドも送ってほしいそうです。はい、奥様のシーツはみんなイニシャル入りのものを。何組あるかご存知だそうですから、そっくりお送りいただきたいそうです。普通のタオルやバスタオルも全部……それはいけません、ヘロニモ様。奥様がお怒りになります。どうしても、きょうでなければいけないそうです。日曜日で、トラックを見つけにくいのは――日曜日に働くのは、誰でもいやでございますから――分かっておいでですが、そこをなんとか都合していただいて、きょうお願いしたいと……ヘロニモ様とお話ししたくないと申し上げるように、奥様に言われました。少し声が嗄《しわが》れておいでなんです。お祈りの時刻には霧が出るものですから、ここの皆さん、ほとんど風邪気味で……ほんとに妙ですわ、こんな季節に。どういうわけでしょう。原子爆弾のせいで、気候が変わってしまったという人もいますけど、どうでしょうか。あんなものがあると、ろくなことは起こりませんわ。ともかく、イネス奥様のおっしゃるには、来週になってみてご気分がよろしければ、お電話をなさるそうです。いろいろと申し上げることがあるとか。でも、本当によくなるまでは、ゆっくり休みたいとおっしゃっています。いつもお疲れのご様子です。少々おからだが弱っていらっしゃるのか、それとも気分がからっとしないのか……申し訳ございませんが、そういうことは、わたくしの口からはとても。でも、言わせていただけば、例の福者のことで調子がおかしくなられたのではないかと思います。わたくしの考えですが、それと、非常に愛していらっしゃるこの修道院が取りこわされるというので、それで……」

召使いの年寄りじみた声が、お前の夫に別れの挨拶をする。お前は受話器をおく。リータにほほ笑みかけ、近づいて軽く髪を愛撫する。

「寒いの、リータ？」

「大したことはありません」

「でも、震えているわ」

「年のせいですわ、きっと」

「天気が悪いわ。あなたが主人に言ったとおり……」

「ほんとに妙な天気ですわ」

「でも、あしたになれば、寒さを気にしなくてすむわ。ほんとよ。ここの年寄りで寒がる者なんて、ひとりもいなくなるわ。わたしの服を全部、身のまわりのものを全部、ここへ運んできますからね。ドッグ・レースで賭けて、わたしから取りあげる機会をみんなに与えましょう。そっくり取りあげて、わたしを裸にしてもらっていいのよ。いろいろ物を持ってる暮らしには我慢ができなくなったの。何もかも捨ててしまいたいのよ。リータ、わたしはすばらしいコートを持ってるわ。あなたも一枚や二枚は取れるんじゃない？　黄色い犬だってそうは勝てないし、わたしのすばらしい品物はみんな、いずれあなたたちのものになるわ」

リータの顔に嬉しそうな笑みが浮ぶ。

「そろそろ部屋へ戻りましょう。熱い紅茶を淹れて、寝室へ運んでくれるように、シスター・ベニータに言ってくれない、悪いけど」

「濃いのが？」

「いいえ、薄いほうがいいわ」

「ブリヒダは夜は濃い紅茶が好きで、アマリアに入れさせていました。気の毒にアマリアは、病気でもなんでもないのに、救急車にのせられていったんですよ。アマリアは大天使のだと言ってましたけど、どこかへ消えてしまった聖像の指のことで、泣いてばかりいたものですから」

「気の毒に」

「本当に。わたしたちはいまでもその指を捜しております。アマリアへ送ってやれば、良くなるんじゃないかと思いまして」

「お休み、リータ」

「お休みなさい、奥様」

25

お前の目や額、耳や眼瞼《まぶた》、口などをくまどっていて、傷跡のように赤い、あの細い線。そしてまた、切開の跡のようにお前の爪を取りかこみ、自殺をはかったなごりのようにお前の手首と指のひとつひとつの付け根に巻きついているが、その手に見られる細い線。それらが徐々に薄れつつあることに、おれは気づいている。皺《しわ》……そうだ、皺だと言っても通るだろう。あと数カ月もすれば皺になってしまうことを、おれも疑わない。目の近い老婆たちのあいだでも噂になっている……イネス奥様も近ごろ皺がふえたわね。まだそんな年じゃないけど、清貧の誓いをお立てになったでしょう、それでマッサージや、クレンジングや、ポマードなどで若さを保つ化粧をしなくなったのよ。以前は毎週欠かさなかったようだけど、顔の筋肉を引きしめるパックもおやめになったわ……まったく老婆たちの言うとおりだ。お前は昔とはちがう。顎や乾いた上唇にうっすらと毛が生えている。鼻の穴からは豚毛のように太くて黒いやつが覗き始めている。しかし、それらもお前の目に見えない。いまのところ、お前の寝室には鏡がないからだ。お前は毎晩のように、化粧品、ナイトテーブル、香水瓶、銀の飾り櫛などのすべてを、また家具、ベッド、毛布、ドレスなどのすべてを、おもちゃのドッグ・レースに賭け、黄色い犬のおかげでいつも勝っている。実はそのために、お前が勝つために、お前の身のまわりの品はどんどん消えていく。おれたちは賭けに勝ったお前の贅沢な品物を手車にのせて、その部屋へ運ぶのだ。そして、使われないままに永久に生き永らえるように、使い古されることのないように、大事に保存するのだ。一方お前は、自分のと取り替えさせたスニルダ・トーロの簡易ベッドで、エマのナイトガウンを着て眠る。マリア・ベニテスのカップで紅茶を飲む。リータのショールを肩にはおる。ハンドバッグの代わりに、誰のものだったのかはっきりしない、汚い袋を下げて歩きまわる。ドーラやアウリステーラから巻きあげた靴下に、ルーシーのズロースをはく。ぼろぼろの服を着る。小便で汚れたマットで眠る。歯の欠けた櫛で髪をとかす。ローサ・ペレスの破れたスリッパ以外のものを足にはくことを、頑強にこばんでいる。

しかし、気づかれないように間近に寄ってつくづく眺めると、ほんとに細いあの傷跡は完全に消え去ってはいない。吸収の過程は緩慢なものだ。ただ数カ月は待たなければならないだろう。アスーラ博士が評判の名医であることを、おれは疑ったことはない。スイスの病院でのめざましい仕事ぶりは新聞だねにもなっている。そこに入院する患者の病名は実にさまざまだが、しかし大部分の者の狙いは若返ることである。自分のものより働きのよい新しい臓器を求めているのだ。ところがお前は、ラケル夫人にその口から語ったところによれば、完全な老化を目的としてアスーラ博士の病院に入った。良好な状態にある四肢や臓器にたいする需要から考えて、お前のケースはしごく簡単だった。何しろアスーラ博士は、臓器の交換や移植にかけては名医なのだ。ただ、彼の将来の患者たちに警告しておかねばならない。彼はかすめ取った器官を保存しておき、それを売却するのだ。おれの場合がそうだった。おかげでおれは、見ず知らずの肉片からなる、こんな生き物に変わり果てたのだ。

イネス、おれは毎日、イニシャル入りのシーツや漆《うるし》塗りの小さな椅子をお前の部屋へ運びながら、こまかくお前を観察している。手術の傷跡は消えつつあるようだ。いまではおれは確信している。お前がスイスにまで出かけたのは、ペータ・ポンセになるためだった。彼女はつねにお前になることを、そしてお前は彼女になることを望んでいたのだ。やがて、細く赤い筋のような傷跡が完全に癒着して、皺や疣《いぼ》、肉嚢や衰えたカサカサの皮膚などが生じたとき、ペータとお前は何十年、何百年も前から望んできたものを達成したことになる。お前の一部ではない生など、ポンセにとっては関心がない。そこで唯一の策として、彼女は、その不要の肉体をアスーラ博士に売ることを思いついた。お前がいずれ彼の網にかかることは明らかだった。外科医は老婆のからだを解体し、その器官を特別の容器に保存した。そしてそれらを、必要な酸素を供給し、ポンプで血液や血漿《けつしよう》、水などを送れるように彼自身が設計した部屋に貯蔵した。あとで裁断の個所が分からないように、非常に薄いメスで臓器を切りきざみ、すべてを白いタイルを張った地下の無菌室に、生きてもいないが死んでもいない待機の状態で、つまり必要とするときが来ればいつでも応じられる状態で保存した。あのスイスで、解体されたペータはお前をじっと待っていた。お前はそれとも知らず——いや、ひょっとするとお前は、若い福者にまつわる身内の語り伝えと若い魔女について世間に流布している話との総合をはかるために、自分は長い時間を旅してきたのだと、心得ていたのかもしれない——赴くべきところへ、アスーラ博士とエンペラトリスの病院へ赴いたのだ。彼らは、お前のために老婆の器官を保存しておき、お前を彼女に変えた。髪はごま塩、爪は割れ、魚の目や腱膜瘤《けんまくりゆう》に苦しみ、手は皺だらけで、しょっちゅう首を振っている、この不潔な乞食女に変えてしまった。それは徐々にではあるが、染めた髪にラクダのコート、鰐皮《わにがわ》のアクセサリーというういでたちでヨーロッパへ出かけた、不完全なイネスの残存物を吸収し消滅させつつある。

昔の約束は、しかし、ふたりは異なるふたつの肉体であることをやめて、一体となることだった。イネス、お前は無邪気だ。老年こそは無秩序のもっとも危険なあり方で、何百年にもわたって権威を誇った法律や契約さえ無視することを、お前は知らないらしい。とくにペータのように長く惨めな生を送ってきた場合がそうだが、年老いた女は強いということを知らないらしい。身を守ろうにも、いまとなっては、もう手遅れだ。しかし、いずれお前も消えるのだから、そうなる前に、はっきり知っておいたほうがいい。どんな約束も反古《ほご》にしてしまうペータは、お前の残されているものをすべて奪おうとしているのだ。お前は日ましにイネスであることをやめ、お前を抹殺しつつあるペータになっていく。繰り返して言おう。イネス、お前は無邪気で、センチメンタルだ。お前は気づかなかったが、ペータの陰謀は、お前とひとつになること以外にも目的を持っていた。貧しい者たちの秘めた力を、敬服と愛情の仮面のかげに潜んでいるが、たしかに存在する証人たちの憎悪を思い出すがいい。卑しい者や醜い者、弱い者や不幸な者たちの羨望を忘れてはならない。彼らがそのベッドやマットレスの下に隠している護符のことを、またお前の罪を償った者たちの復讐のことを忘れてはならない。ペータはお前をかばった。お前が彼女を辱しめ、利用するのを許した。そしていま、お前の姿を借りてこの修道院にもぐりこむという形で利用することによって、お前から代償を取り立てようとしている。イネス、これこそペータの狙いだったのだ。彼女の怒りと欲望の動機だったのだ。《ムディート》に、つまり別のもうひとりの老婆に化けて暮らしていた隠れ家から、おれを引きずりだすこと。おれの愛情を取り返すために、おれを自分のものにすること。こんどは彼女が主人の肉体を借りて、リンコナーダの夜を再現すること――ペータよ、お前はそのために、イネスの熱い欲望を維持してきたのだ。おれがドン・ヘロニモの性的な力を保持してきたのと同じように。お前がここへ現われたのは、その力を捜しだし、もう一度それと交わり、おれが長いあいだ拒否してきた快楽を得るためだ。

イネス、お前はもちろん、ペータの性欲が彼女のなかでもっとも強いものだということを知らなかった。あの移植によって欲望も何もない無力な老婆に変身するのだ、と信じきっていた。しかしお前はやがて、その肉体と結びついたばかりの器官が正常に機能し始めるや否や、お前が変身しおおせたものの激しい欲望を感じ始めるにちがいない。おれが永久に拒否する性的な満足への渇望が、またリンコナーダのお前のベッドでともに過した夜を忘れられない切なさが、いかに深いものであるかを悟るにちがいない。お前はこの修道院でもおれを追いまわすだろう。自分が何者であるか、クリソフォロ・アスーラ博士によって何者に変身させられたか、それに気づいたら、お前は休みなくおれを攻め立てるだろう。

そうにちがいないし、事実、いままでがそうだった。イネス、イネス＝ペータ、ペータ＝イネス、ペータ＝イネス、ペータ、ペータ＝ポンセ、おれは一度として美に触れることができなかった。おれの欲望の対象になることによって、それは薄汚い下宿のおかみや、よだれを垂らしたエンペラトリスや、この修道院の老婆たちや、おれが表へ出ると追いまわす乞食女に変わってしまう。おれの羨望が生みだし、おれの激しい欲望が消し去る、それらは美の衰え果てたイメージなのだろうが。どこかへ行ってくれ。おれをそっとしておいてくれ。残りわずかなおれと、やはり残りわずかな美とのあいだに割りこむのはやめてくれ。ぼろを着たお前が、皺で醜くなった手をしたお前が、廊下の突き当たりからこっちへやって来る。謎めいたまじめな表情は侮蔑を隠している。心細げな様子の下には、狙った獲物を手に入れたいという、明白な意図がひそんでいる。獲物は、このおれだ。しかし、おれをどうしようというのだ。掛け値なしの本当のことを言おう。あの晩、リンコナーダでお前とベッドにいたのは、おれではなかった。ペータ、あれはドン・ヘロニモだった。彼だったのだ。彼はいまもお前の熱いからだを求めている。イネスはラケル夫人に、お前が渇望している彼女の主人の満足することを知らない精力について語っていた。ところが、おれには全然何もない。ペータ、嘘ではない。おれのセックスを見てくれ。このとおりだ。イリスのベッドの上で老婆たちはおれのおむつを替えている。彼女たちを喜ばせるために、おれがオシッコをしたからだ。見ろ、力のない肉の切れっぱしを摑んで、いじくりまわしているだろう。こんなもの、汚くて、臭い小便がでるだけで、胸が悪くなる。ちぢこまっていて、これこのとおり、毛も生えていない。おれは赤ん坊なのだ。あれする力なんかないのだ。そっとしておいてくれ。おれは、なんの役にも立ちはしない。修道院から出ていってくれ。お前の欲望を満たす能力があるのは彼だ。彼を捜せばいい。修道院をおれに返してくれ。老婆たちがおれを縛り、ぐるぐる巻きにし、インブンチェに変身させるのを止めないでくれ。おれは《ムディート》だ。たまに、老婆のひとりになるが。おれはイリスのおもちゃなのだ。母親ごっこはしていても、おれには母親なんていたことはないのだから決しておれの母親ではないが、あの娘と毎晩いっしょに寝ていて、もしおれに少しでも力があれば、こちらを苦しめる気ですり寄ってくる若い肉体のために、おれは気が狂ってしまうのではないか。お前はそう思っているのだろう？　そういうとき、おれは言ってやるのだ。イリス、むだだよ。おれにはそんな力はありゃしない、だから苦しむこともないんだ、と。つまり、お前がおれを捜して修道院へ来たのは間違いだった。これまでおれを追いまわした大勢の老婆たちの数をひとりふやしただけのことだ。年老いたイネスは、醜いイネスは、たしかにおれの手の届くところに来た。しかしおれが望んでいるのは醜いイネス、イネス＝ペータではない。光輝く、永久に変わらぬ、ただのイネス。これこそおれの望んでいるイネスなのだ。お前自身がその部屋に積んだトランクの写真のなかに保存しているイネス——リンコナーダで馬に乗っているイネス。薄茶のマクラメのイヴニングを着たイネス。きついくらいで、細い首がすっきりして見える帽子をかぶったイネス。皮のコートをはおったイネス。ドン・ヘロニモと腕を組んでジョッキー・クラブの下見所《パドック》をぶらぶらしているイネス。美しかったことのないラケル夫人と相対《ヴィザヴィ》したイネス。そして……要するにおれが知っているのは、鍵のかかったトランクの底や、着古しながらこの修道院に大事にしまっている服のなかの、美しいイネスなのだ。美しいイネスのからだに触れたその服に、おれはいまでもよくさわってみる。しかし、その美しいイネスは、目撃者であるおれの血走った目を庭園の闇のなかで見ただけで、クリソフォロ・アスーラの手術を受けたあとは、この姿さえ見ていないといった感じなのだ……さあ、お駄賃よ。《ムディート》。みんなしまってちょうだい。この鰐皮のハンドバッグも、この陶器のランプも。イランのタブリズ産のこの絨緞も、ビロードの布に貼ったこの二枚の細密画も、それから、とっても暖かくて新品同様だけど、キルティングしたナイロンの、この朝用のガウンもよ。今晩のドッグ・レースで年寄りたちから取ったものは全部、わたしの部屋へしまっておきましょう……おれはだめなのだ、ペータ。おれにはかまわないでくれ。彼を捜しにいけ。彼を引きずりだせ。生き延びるためとは言いながら、おれたちの運命がこんな奇怪な形をとったのは、彼のせいなのだから……おれはお前の寝室の掃除をし、お前は床にひざまずいて祈る。その前に細い枝を革紐でくくっただけの十字架が置かれている。それは先日、お前が祖先の女性にあやかるために作ったものだ。祖先と言ってもイネスのそれではない。おれが部屋を掃いているあいだ祈っている、あの女の先祖である。おれは彼女を愛している。ペータこそ、おれが愛したこの世でただひとりの女だから。おれは、お駄賃にしか値しない男らしい。父が言っていたとおり、おれは顔を持たない、だめな人間だ。子どものころからそう教えこまれて来た。とにかくそういうわけで、おれにはお前しかいないのだが、しかしそれを認めることはできない。アスーラ博士の移植したものが増殖し、その繊維組織が完全にお前の肉の一部となり、腺が分泌を始める前に、つまりお前が依然としてイネスであるうちに――たとえ醜く不潔であっても――、おれはお前をものにするつもりだ。お前の美の記憶を自分のものにし、残されたそれを利用したあと、好きなようにするつもりだ。お前の皮を剝いで、それを、黄色い牝犬の血にまみれた本物の毛皮を、見世物にするつもりだ。そのときはお前も、そしてお前も、ふたりのうちのどちらも、存在しなくなる。ふたりは、いちばん深い廊下の奥に消えてしまうのだ。ペータ、ここから逃げだせ。別の男を捜しにいけ。おれの力のないセックスをどうする気だ。静かにしておいてくれ。そっと消えさせてくれ。親切な老婆たちがおれをぐるぐる巻きにするのを、黙って見ていてくれ。自分の皮という袋のなかにもぐりこんだインブンチェに、おれはなりたいのだ。動く、欲求する、聞く、読む、書くといった能力や、それに値することが自分のなかにあればの話だが、思い出すという能力や、木と革紐の小さな十字架の前にひざまずいて祈るお前の声を聞くという能力などを捨てるのだ。知っているはずなのに、この女はいったい何者だろう、と疑問に思う自分を見ないですむようになるのだ……あの方は誰かしら？　気の毒に、イネス奥様よ。すっかり変わってしまったわ。あんなにいい方なのに、もう永くはないわ。聖女よ。あんなに信心深くて、あんなに心のやさしい方はいないわ。ほんとにいい方よ。ラケル奥様みたいに、爪を染めたり、男のまねしてタバコを吸ったりしないわ。貧乏で病気がちなわたしたちのことを、それはもう気にかけて。わたしたちを忘れないで、かばってくださるのは奥様だけよ。ラケル奥様なんか一年くらい前から、ブリヒダの供養のための施し物もお届けにならないわ。そうでしょ？　全然よ。悪い方じゃないわ。それはたしか。いろんなことでお忙しいのよ。子どもさんやお孫さんが大勢ですからね。それはともかくイネス奥様は、近ごろでは流行の服も着なくなったわ……教皇の祝福を受けているため贖宥《しょくゆう》で重い数珠を、お前は繰《く》りつづける。目は閉じたままだ。やがて、その目を開かず、お祈りもやめずにおれに合図をする。軽く首を動かして、そろそろこの部屋を出てお前をひとりにする時間だということを、おれに教える。

……その瞬間よ。原っぱの犬の吠える声や牝牛の鳴く声、闘牛の唸り声や馬のいななき、羊の鳴く声などが聞こえて、若い尼僧たちはすっかり怯えたわ。当時、ここは人家からひどく離れていましたからね……何事かしら？　動物たちは、何を怖がっているのかしら？　わたしたちの知らないことが、あの闇の向こうで起きているんだわ、きっと。何を教えようとしているのかしら？　誰に訊けばいいの？　何か恐ろしいことが起きてるのよ……その瞬間だったわ。そう、その瞬間、身の毛もよだつようなことが起こったのよ。空で稲妻がきらめいて、山々を照らしだした。地下で雷鳴が轟《とどろ》いて、地面は激しく揺れ、亀裂が走った。尼僧たちは恐怖のあまり悲鳴をあげて、右往左往するだけ。この修道院全体がぐらぐら揺れて、いまにも倒れるかと思われたわ……そして、その瞬間よ。彼女が腕を十字に広げて中庭のまん中にひざまずくのが、尼僧たちの目に映って……。

お前がここへ来てから、みんなは百万遍もこの話を聞かされた。お前は本筋にあでやかな縫取りをほどこす。細部や飾りを工夫して、孤児の娘たちの胸をわくわくさせる。彼女たちは決して聞き飽きることがない。まるで、魔女の話と若い聖女の語り伝えの最終的な合一を期待しているかのようだ。お前たちがやさしいイネス夫人の話を聞きたがるのは、理由がある。いななきや、鳴き声や、吠え声を巧みにまねてみせるから……ほんとにお上手ですわ、イネス奥様。もう一度、お願いします。こんどは、牝牛を……それじゃ、仔牛の……倒れかけながら、彼女に支えられて倒れない壁。壁を支えるために腕を十字に広げる彼女の姿が、孤児たちは気に入っている。しかし、彼女たちをいちばん喜ばせるのは、イネス夫人が地震のようにからだを揺すり始めるとき……地震ごっこしましょう。奥様、お願い。あれ、とっても面白いわ……門番部屋の中庭の椰子の木蔭にすわって、エリアナとフロシー、イリスとベロニカ、ミレーリャたちはお前を取りかこむ。お前が激しくからだを揺すると、彼女たちもまた、天変地異への恐怖に身を震わせる。苦しそうに笑いころげる。お前の手足にそのからだを、腕を、脚をからませて来る。そして最後には、エリアナの足がたまたまフロシーを踏んづけたりして……背中からどけてよ。重いじゃないの！　苦しくって我慢できないわ……痛い！　イリスの茶色のコートの安全ピンが刺さったのよ。わざとやったんだわ……さあさあ、みんな、静かにしてちょうだい。からだが燃えてるみたい。フー、暑い！もう地震ごっこはおしまいよ。こんどはみんなで、信心の薄い人たちが忘れかけてるあの方の魂のために、讃美歌をうたいましょう。真実を語ってくださるようお願いしましょう……お姿でも……おしるしでも……ともかく、闇のなかでそこらを掻きむしらずに、しっかり摑んでいられるたしかなものを……みんなは祈る……目を閉じて……両手を合わせて……哀れっぽい声で……お前のつづら折りの信仰の道へと引きずりこむお祈りを、みんなはまねる……サルベ＝レギナ……アーメン。最後に、主の祈りを唱えましょう……終わったわ、イネス奥様。こんどは、別の遊びをしましょうよ。そして、あとでまた、暗くなってからお祈りしましょう。明るいうちは、そんな気分になれないわ。さあ、遊びましょう。

「何をして遊ぶの？」

「インドすごろく」

「いやだ。チェッカーがいいわ」

「だめ。変装ごっこがいい」

「あたいは、レース」

「おやめなさい、みんな。きょうは、あなた方に別の遊びを教えてあげるわ」

お前は立ちあがる……門番部屋までついていらっしゃい。とっても危険な遊びだから、ほかの者に見られるといけないわ。イリス、わたしのそばにいるのよ。離れないようにしなさい……お前の老人の目はずるがしこい。

やにだらけの目をキョロつかせて様子を窺う。背中を曲げる。その手が鉤《かぎ》のような爪に変わる。孤児の娘たちはケラケラ笑いながら、お前のまねをする……おお、コワイ！　見られないようにしてよ。見られたら、叱られるわ……門番部屋には誰もいないはずよ。《ムディート》がそこらにいるだけじゃないかしら……孤児たちはお前のあとを追う。人目を避けるふりをよそおったお前をまねて、ジャスミンの茂みや岩の洞窟の奥に隠れたりしながら進む。やがて、回廊の柱の背後にからだを寄せて、全員無事、門番部屋にたどり着く。孤児たちは長椅子に腰かける……お前はリータの居間のドアを開け、敷居に立ってみんなに訊く。

「誰から始めるの？」

「あたいが一番」

「だめ！　あたいが言いだしたのよ。だからあたいよ」

「そうね。まずイリスから始めましょう」

「いいわ」

イリスが門番部屋の中央に立ち、ほかの者は見物するのに適当な位置につく。おれが生まれる間近なので、イリスはひどく肥っているが、イネスの説明を熱心に聞く。

「いいこと、遊びはこういうのよ。わたしが電話番号をまわして話を始める。そしたらあなたは、向こうの電話口にいるようなつもりで、返事をするの。とんちんかんなこと言っちゃだめよ。そして最後に、誰が、誰と、話をしているか当てるの」

いまでは口紅ひとつつけていないが、焼く前のパンの塊のような顔には、夢中になっている様子も、いやいややっているという表情も見られない。どちらでもいいといった顔だ。長椅子の娘たちのほうが熱中して、くちぐちに言う。

「こんなむずかしいゲーム、初めてだわ！」

「いまに分かるわ。とても面白いのよ」

「大人のゲームじゃない？」

「褒美を出すことにしましょう」

「なあに？　なあに？　ねえ、なあに？」

「あら、それはあとで教えるわ。とにかく、すばらしいご褒美よ」

「宝石かしら……」

「ドレスかしら……」

「お金かしら……」

「ドッグ・レースかしら……」

イリスは褒美に関心がない。みんなの励ましを期待しながら門番部屋の中央に立っている。勝つのはむずかしい。イリス、聖母も聖ベルナデットもいないこのルルドの洞窟の奥から、おれがお前を助けてやろう……お前が街をうろついたり、《ヒガンテ》に会いにいったり、空地や雑誌専門の店へ出かけたり、コカコーラを買いにいったり、大使や将軍、学者や新聞記者、ドン・ヘロニモやロムアルドを相手にいいことをしに出かけたりしたとき、ここにいて、しょっちゅうそうしていたように、お前の手引きをしてやろう。おれの言うとおりにやれば、きっと勝てる。勝てるのはお前だけだ。お前は存在していないのだから。ミレーリャやエリアナ、フロシーやベロニカは勝てるわけがない。現実に存在しているのだから。ところが、お前は一枚の包み紙にすぎない。だから怖がることはないのだ。イネスに向かってニッコリ笑い、いいわ、やってみる、と答えろ。褒美は実にすばらしい、そして実に恐ろしいものだ。お前という惨めな人間を通じてそれを受ける勇気があるのは、このおれくらいのものだろう。お前は、イネスが微笑しながらダイヤルをまわす様子を、じっと見つめている……電話のベルが鳴る。鳴りつづける。電話線の向こうでカチッという音がする。それを聞きつけたとたんにイリスは眉間《みけん》に皺を寄せて、門番部屋のなかをうろうろし始める。まるで話の内容がすべて分かって、気がかりなことができたと言わんばかりだ。イリスはじっと耳を澄ませ、徐々に理解する。

「もしもし……もしもし……ええ、ちょっとあの方とお話ししたいことが……今日は。お元気でいらっしゃいますか？……わたしたちは、まあまあといった……わたしが嘘をつくはずがないではありませんか！　もうこれ以上はやっていけません。いったい、どうすればよいのか……」

イリスはドアの前で立ち止まる。むっちりした両手を力なげに広げて、訊く。

「何かあったのですか？」

「あなた方に見捨てられて、この神聖な修道院も罪深い賭博場に変わってしまいました。イネス夫人が持ちこまれたゲーム盤を、ただ楽しむために使うだけではありません。初めはそのつもりだったのでしょうが、いまではなんと、持っているものを洗いざらい賭けて遊んでおります。コート、毛布、こわれた時計、カレンダー、ツグミの籠、空籠、破れた傘、着る物いっさい、ポット、それに靴下……みんな堕落してしまいました。ならず者みたいに……」

「まさか……」

「はっきりは分かりません。もっぱら、そういう噂が立っているのです。年寄りたちはなかなかずるくて、この目でたしかめることはできませんでした。なんでも隠してしまうのです。ときどき、この修道院で起きていることの半分も自分は知らないのではないか、そう考えて、ぞっとすることがあります……」

さあ、イリス、ほっぺたをふくらませ、不安そうなその眉を釣りあげ、背中に手をまわし、僧服のように長いコートを引きずって、門番部屋のなかを歩きまわるのだ。お前のもったいぶった態度や不安そうな表情も、だめだわ、こんな遊び、いますぐやめましょう、などと言ったとたんに、作り物に見えてしまう。ほかの娘たちは並んで長椅子に腰かけて、イリスの芝居ぶりを眺めている。お前は電話で話しつづける。壁に片肘を当てている。

片方の脚からもう一方の脚へ体重を移す。お前はイリスのほうには目をやらない。その言葉を呑みこむ電話に夢中になっているのだ。おれはその調子を見る。受話器を遊んでいた手に持ち替える。

「……いちばん困っているのは、イネス夫人について立っている噂です。壁ごしに小耳にはさんだことです。何しろ、わたしが部屋へ入っていくと、みんな口をつぐんでしまいますから。その噂によりますと、福者のご加護で、イネス夫人がいつも勝っているということです。近ごろこの修道院では、この福者の話で持ちきりなんですよ。度がすぎると思うくらい。これ以上は我慢ができそうもありません。まともに返事をして、本当のことを言ってくれるのでしたら、こんな無力感に襲われることもないと思うのですが。ともかくニヤニヤ笑って、かげでコソコソでしょう。そういう状態から引きずりだせないばかりか、でたらめな話でこちらが混乱させられてしまいます。まるで目に見えない波を相手にしているようですわ。何しろ見えないわけですから、押さえようにも押さえようがなくって。噂では、噂では……ただもう噂ばかりなんです。で、その噂によりますとね、イネス夫人は福者に無理やりご加護をお願いしているそうです。ご加護をいただくために、そこらでお祈りをしているとか。ここを《少年の町》にはさせない、お堂があって巡礼の集まるような聖地にしてみせる、と誓っているそうです。以前は無心な感じでしたが、近ごろはお祈りのその声を聞くと、背筋が寒くなってしまいます。みんなが紫色のアヤメを切っているのを見ると、そこらに隠して拝んでいるにちがいない、福者のお像を飾るためではないか、と思ったりするくらいです」

イリスが突然、門番部屋の中央で足を止める。黒いコートを床に引きずっている。彼は恐れと怒りで身を震わせている。濡子のような目をカッと見開き、何かを押し止めるかのように両手をあげて、叫ぶ。

「異端だ！　それは、異端だ！　神を汚すその話が、修道院の外へ洩れるようなことがあれば、それこそ……」

「……貧しい年寄りたちが賭けたものを、そっくり巻きあげて……みんな毛布や、ショールや、火桶もなくなって、震えながら回廊をうろうろしています。裸同然の格好ですから、風邪をひいている者も何人かおります。ご存知のとおり、この修道院は風がひどくて……」

「がらくたを集めて、どうする気です？」

「年寄りたちがぼろを賭けるのにたいして、夫人もご自分の持ち物を賭けていますが、それがまた、皮のコート、家具、宝石、ドレス、上等の靴といった、きれいなものばかりで、しかもいつも勝つので、賭けた値打ちのあるものは結局、しまいこんでしまう、福者のためだと言って、しまいこむことになるんだそうです。まるで、枢機卿たちが列福をお認めになるときを待っているような……」

「もう一年以上も前になるが、それは失敗しました。分かっていないのかな、夫人は？」

「さあ、どうでしょう。ともかく、ご自分の上等な家具やシーツはしまいこんで、藁《わら》ぶとんに寝ています。服装だって乞食女みたいですわ。いい品物は全然、手許に残していません。年寄りたちから品物を巻きあげますね。するとそのなかの上等なものを、それほどではない品物にたいして賭けて、勝つと、自分が賭けたものを、福者のためにと言ってしまいこむのだそうです……そうしておいて、たとえば巻きあげたばかりのスリッパ、自分のものよりもっとひどいスリッパや、ぼろ靴下や、破れたズロースをはくんだそうです。身に着けていたものは脱いで、包みにして、しまいこむ……福者のためだと言って……寝室をがらくたで飾って、服はぼろばかり着ています。わたしの見るところでは、それも一日ごとにひどくなっていきます。毎日、着替えていますから。見るたびに、ちがった、もっと汚くて惨めたらしい年寄りになっていく感じで、見分けるのに困るくらいです。いくつもの部屋が自分の品物や、がらくたを入れた包みであふれているとか……自分がはいているものよりもっとひどい靴を巻きあげますね。すると自分のを脱いで、巻きあげたのとはき替えるそうです。目を疑いたくなるような、ひどいスリッパをはいて……」

「信じられない！　まったく信じられない！　そんなにがらくたを集めて……」

イリスが身動きを始める。怒った七面鳥のように胸をふくらませる。あまりの不潔さに侮辱されたような気分になっているのだ。歩きまわっている門番部屋の薄汚れた床の上を引きずらないように、もったいぶった僧服の裾をたくしあげる。一方、ほかの娘たちはイリスのお芝居にさかんな拍手を送る……この方はとってもお偉いのよ。やりすぎると怒られるわ……お前は受話器をかける……イリスは急にしぼんで、大きすぎるぼろぼろのコートをひっかけた、ただの肥《ふと》った女の子に戻ってしまう。お前はイリスの顔を見つめながら、話をしていたふたりは誰だ、と尋ねる。しかし、お前は首を振る。一瞬ひらめいただけでその顔が消えてしまったので、分からない、と答える。ここに隠れているおれが教えてやれば、お前も話を続けられるだろう。そのまま、いつまでも会話を続けるんだ。彼女の話だと、褒美は老婆たちからの贈り物で、すでに清貧の誓いを立てた身だから、みんなと同じようにしなければならないのだそうだ。不潔にしているので、虱がわいているらしい。先日も台所の中庭で、エマが櫛で虱をとってやっていた……さあ、続けろ、イネスに答えろ、イリス。自分が何者であるか、お前はちゃんと知っている。話し相手が何者であるか、お前は知っている。

「どうしたの、イリス？」

おれの言うとおりにしろ。そうすれば褒美がもらえるぞ。おれは、そいつがどうしてもほしいんだ。答えろ。このペンキを塗りたくった岩のあいだの、ただの影におれをしてくれるな。おれは賞品がほしいんだ。ぜひ、おれのために取ってくれ。

「シスター・アソカルと、ベニテス神父が……」

ばか！　さては、あがったな……娘たちはイリスの間違いを面白がって、お腹をかかえて笑う……ほんとに間抜けね！　いつになったら、しっかりするのかしら……負けだわ。イリス・マテルーナの負けよ。イネス奥様、こんどはあたいにやらせてください。面白いわ。イリスが勝てなかったのは、間の抜けた返事をしたからよ。お前は言いなおす。

「シスター・ベニータと、アソカル神父が話をしていました」

「いまさらだめよ」

お前はみんなを静かにさせる。両手を上にあげる。ぼろを着て虱をわかしていても、お前の肌の汚れた手は、地主夫人の威厳をまだ保っている。肩にミンクをはおり、供物として金の白百合模様が入った小箱を捧げたレディー。神もこの豪勢な寄進には心を動かされないはずがない。

「さあ、イリス。褒美をもらう最後のチャンスよ。わたしがまわした電話番号を言ってみてちょうだい。何番だった？」

ためらわずに、八三‐七二‐九一と答えろ。おれ自身がどうしてもほしいあの褒美を手に入れさせるために、おれが、お前のその固い頭に番号をたたきこんでやる。あれが手に入れば、アスーラ博士がおれから盗んだ血が、ふたたび血管を流れることになるだろう。もはやおれは壁の上のしみではなくなるだろう。お前がおれを救うのだ。さもないと、おそらくお前の声を聞きながら、おれは内へ内へとめくれこんでゆき、ついには消えてしまうにちがいない。

「たしか、八三‐七二‐九一……」

「上できよ、イリス。分かったでしょう？　みんなが思っているほど、イリスは頭が悪くないのよ。これで褒美がもらえるわ」

「イネス奥様、何をイリスにやるんですか？」

「イリスはすんだわ。こんどはあたいがやって、いいものをもらうわ」

みんなは、お前がぼろ着のあいだからピカピカ光るもの、宝石やビーズ玉を取り出すのを待っている。だが、お前はそんなことはしない。リータの居間のドアをいっぱいに開ける。

「入るのよ」

イリスはお前の言葉にしたがう。

「六三－七六－八四、をまわしなさい」

イリスは番号をまわす。ベルが鳴る。お前は孤児たちに場所をあけてもらい、長椅子にすわる。電話の向こうで返事がある。いよいよ奇跡が始まる。彼の声が聞けるのだ。会話ができるのだ。

「もしもし……ヘロニモはいますか？」

お待ちを、すぐにお呼びします、という返事がかえって来る。

「彼が出るわ。彼の声があなたの褒美よ、イリス」

お前は孤児たちに見守られながら、男の声で長椅子から答える。

「もしもし、ヘロニモ、お元気？」

「イネスか」

「そうよ。ヘロニモ、お話ししたいことがあるの……」

「まあまあ、挨拶ぐらいさせてくれよ。帰国してから、お前の声を聞いていないんだ……」

「つまらない話はやめて。とても大切な話がいろいろあるのよ。この修道院へ来てから何週間にもなるけど、そのあいだ、このことばかり考えていたわ。大司教やアソカル神父にわたしの財産に手をつけさせるのは、わたし、やっぱりいやだわ。それで考えて、イリス・マテルーナを養子にすることに決めました。全財産をゆずるつもり。列福のこともこの娘に引き継いでもらいます。修道院を取りこわして売り払うようなことも、この娘にやめさせます……」

「誰も売り払うなんて言っていない。イネス、落ちつきなさい」

「この修道院は怖いわ、ヘロニモ。あの方がここのどこかに埋められているんですもの。とても落ち着いた気分にはなれないわ。わたしはあの方を蘇らせるつもり。地面の下や、日干し煉瓦の奥に、と考えただけでぞっとするわ。実はね、夜、壁から恐ろしい顔がぞろぞろ出てきて、部屋じゅうにあふれることがあるの。シスター・ベニータにお願いして、わたしの寝室にイリス・マテルーナのベッドを入れてもらいます、いっしょに寝られるように。あなたには分からないでしょうけど、ほんとにひとりぼっちで、わたし……毎晩、三回も四回もベルを鳴らして、起きて来てくれるのを待つのが、どんなに不便なものか……紅茶を淹れてもらおうと思って夜中に起こすと、それはもう、いやな顔をするのよ。そんなに厄介なことかしら。もちろん、台所でまず炭から火を起こさないといけないのは、知っています。でも、なんと言ったって、この修道院やここの年寄りは、みんなわたしのものなんですから……」

「お前は、そこの年寄りの頭まで変にしてしまったんだろう……」

　イリスは怒って叫ぶ。

「そのまでというのは、どういう意味？」

「わたしも頭を変にされているからな」

「嘘おっしゃい。そんなつもりで言ったわけではないでしょう。あの年寄りたちまで、わたしのように狂っていると信じているのよ」

「いいかい、イネス……お互い話すことがいろいろある……お前とわたしと、ふたりきりで……どうしたんだ……おい、イネス……」

　お前は立ちあがり、イリスに触れようとして、あるいは愛撫を加えようとして、両手を伸ばしながら進みでる。気持ちを察してもらえるものなら、どんなものでも与えるつもりなのだ。お前の声はおだやかだ。言葉はその抱擁のように相手をすっぽり包む。抑揚はその手のひらのようにやさしい……さわらないで、ヘロニモ！　絶対にさわっちゃいやよ。いいわね。

「イネス、わたしはいらいらしている」

「いらいらしてるって、なぜ？」

「そうだな。お前がわたしの愛情をこんな風にはねつけるからだ、とでも言うかな。実はお前が修道院にいるおかげで、《少年の町》の計画がだめになりそうなんだ。準備もほぼととのって、これから競売というときに、お前が帰国して……」

「そうらしいわね。修道院じゅうが荷物の山よ。ついている番号札が黄色くなり始めているわ」

「その一画の奥のほうの土地の売買契約がまとまるところだった。そのへんの土地は大変値がいいから、その金で建設費の半分をまかない、残りは大司教が出すという計画だったんだ。来月早々に、その奥の土地の関係者の最後の会合が開かれる。おそらく、その席で最後通牒《つうちょう》を突きつけて来るだろう。いますぐ手を打つか、それとも取引きをやめるか、とね。商売人をこんなに長く待たせるのは、実際まずいんだ。《少年の町》が建つか建たぬかのせとぎわだろうな。それも、お前がそこにいたんでは、どうすることもできん」

「分かってるわ」

「分かっていて、わざとそこにいるのか?」

「そうよ。ほかにも理由があるけど」

「ほかに?」

イリスの手から受話器が落ち、コードの先でぶらぶら揺れる。それにかまわず彼女はイネスの顔を見ながら、

「この神聖な土地が売られるのを、わたしが黙って見ていると思うの? ヘロニモ、あなた、どうかしてるわよ。あんな目に遭わせておいて、それでも足りずに、陰謀に加担して神聖な土地を取りあげようとするのを、わたしが指をくわえて見ていると思っているの? ここには福者が埋葬されているわ。それをあなたとアソカル神父は、いちばん高値をつけた入札者に売却しようとしているのよ」

イリスは形相を変えている。両手を激しく振る。目が茶色に、黄色に、緑色に光る。コートが茶色なので、とくに茶色に光るが、その光には怒りがこもっている。永遠にお前のものである小さな土地を守り抜くという決意

で、イリスは興奮して、さかんに手を振りまわす。イネスはあとずさりしながら、それでも強く要求する。

「イネス。お前は修道院を出なくてはいかんのだ！」

ふたつの声が拮抗《きっこう》し、からみ合う。イリスが吹きだす。イネスが訊く。

「なぜ笑う？」

「またあなたといっしょに暮らす気がある、そう思っているのじゃないかと……」

お前の手が力なく垂れる。ヘロニモの頑固なところが消えて、もっぱら哀願する。胸が切なくなるほどの愛情で声が和らぐ。首うなだれて、やさしい声で話しかける。

「イネス……お前さえよければ、わたしが自分で迎えにいってもいい」

「うまいこと言って、わたしを欺《だま》すつもりね」

お前は、夫の狙いが別のところにあることを確信している。ヘロニモが修道院に恐怖を、本人は嫌悪と言っているが、実は恐怖を抱いていることを知っている。彼がここへ来ることは決してないと、安心しきっている。彼はその敵をここへ送って幽閉し、彼らが身も心も腐って、咳をしながらブリスカ遊びにうつつを抜かす老婆になるのを、ただ待つだけだからだ。この修道院は、ヘロニモが抹殺したいと思った人びと、彼の私生活や策謀や弱点を知りすぎた連中、じゃまなので消してしまいたいと思っている者であふれている……噂が立っているわ……その噂によると、もう一世紀以上も前からアスコイティア一族は、抹殺したいと望む者をすべて、この修道院へ送りこんで来たそうよ。あの有名な福者も、反抗して手がつけられないので消さねばならなかった、ただの小娘でしかなかったのかも……ひとりの少女を消すという目的で築かれたのが、この日干し煉瓦の壁だったのかもしれないわ。いまとなっては分からないけど。本当のことを言えば、ヘロニモ、わたしもあなたの大勢の犠牲者のひとりだということに、やっと気づいたところなのよ。

「なんてことを言うんだ、イネス！」

話しながら、お前は涙に濡れた目がしらを押さえる。イリスはすでにリータの居間を出てしまっている。どんな風にでも型どることのできる締まりのない表情に、おれたちの恐怖や憎悪、羨望や驚き、愛などのすべてを刻みこんでだ。お前は、当面の問題に関しては三人が、お前とイリス・マテルーナとおれが一体であると確信している。おれたちの唯一の願望は、お前の目の前に立ちはだかっているあの男を消すことだ。心の平和が見出せるとすれば、それはただ、ヘロニモが存在しなくなったときだからである。三人はそのことを十二分に心得ている。それは、お前から離れないイリスの恍惚とした目のなかにも窺える。ふたりは涙をこぼす。同時に泣きくずれる。慰めを求めてみんなで抱きあい、キスし、やたらと誓い合う。信義だかなんだかの誓いを立てる。これからは万事がうまく行くだろう。いずれ、あとを振り返って、よかったと言うときが来るにちがいないのだ……泣くのはやめて、イリス……泣かないで、イネス奥様……泣かないで、ヘロニモ様……泣くことはない、イネス……もういい……孤児たちはイリスの芝居ぶりを褒め、批評する……役者の才能があるわ。イネス奥様もこんな作り話、よく思いついたわね……この遊び、面白いわ……こんどは、わたしの番よ……ちがうわ。わたしの番よ……イネス奥様、わたしよ……孤児たちみんなが、門番部屋の中央で抱きあって泣いている、イリスとお前のまわりに集まる。リータの居間で、垂れさがった受話器がコードの先で揺れている。声が聞こえる。

「もしもし……もしもし……ウンベルト・ペニャローサがいたら、ちょっと電話口まで出て……」

26

ウンベルト・ペニャローサは電話口に出なかった。あの名前を聞いたとたんに、通路をたどって修道院の奥へ逃げこんでしまった。ウンベルト・ペニャローサなる者は実在しない。虚構である。生きた人間ではなく、単なる作中人物なのだ。話をしたいと思ってもだめである。唖《おし》だということを知らされるだけだ。その脆弱な影は、おそらく、湿気のためにぶよぶよになった新聞雑誌の束が山になった、遠い部屋へ逃げこんだのだろう……《ムディート》、《ムディート》。どこへも行かないで。消えたりしないで。そのままだと飢え死にするわ。だめよ。どこにいるの、《ムディート》？ 《ムディート》、どこなの？ 捜し疲れちゃうわ。わたしたちは年寄りなのよ。からだが弱いのよ。風がきらいだってこと知ってるでしょう。飢え死にだけはしないで、《ムディート》。いいこと、どこに隠れているのか知らないけど、食べ物のお皿を、廊下や回廊のあっちこっちに置いとくわ。好きなときに食べて。犬がよくそうするわ……しかし、人間になろうという気を起こすまでは、影は食事をとらないものだ。あの名前を欠いた影は、部屋のなかのほかの影とまじり合うこと、新聞紙の大きさにまで縮少することを望んでいる。名前を持たず飢えも感じない影は、ほかの影と合体することや、ぶよぶよの新聞紙の穴のなかで押しひしめいているニュースの平面性を獲得することを妨げる恐怖を隠して、どんどん小さくなる。恐怖はその小さい影のなかに集中して、おれを満たす。おれ自身を耐えがたいものにする。動けない、飢えを感じない、声が出ない、耳が聞こえない、そして目もほとんど見えない存在……ほとんどが見えないが、しかしおれの目はまだ力を残している。力を残しているからこそ、おれというこの小さな包みは、それを圧縮する逃れようのない恐怖にこれ以上耐えられないのだ。その時が来たことにおれは気づく。おれは、生まれなければならない。

ある朝、おれはイリスのベッドで目を覚ました。彼女のからだの熱っぽさとシーツのぬくもりで息が詰まりそうだった……見て、見てちょうだい。きのうの晩、とうとう赤ちゃんが生まれたのよ。どう、もうお腹が出てないでしょ？　この子ぐずってるわ。お尻が濡れてるのよ。あたい、赤ちゃんを産むのが、こんなに簡単だとは思わなかったわ……簡単じゃないのよ、イリス。あんたの場合は、奇跡の子だから簡単だったの。だから気づかないのよ……どう、とっても元気そうじゃない？　大して体重も減ってないみたいだね……そうね。でも、もう生まれてもいい時期だったのよ。十月十日はとっくに過ぎてたんですものね。奇跡の子だかなんだかしらないけど、こっちのほうが心配になっちゃった。妊娠が十カ月よりうんと長引いた場合、どう考えればいいのか、そしてどう手を打てばいいのか……十月十日だなんて、何を言ってるのよ。いいこと、エマ、この妊娠は奇跡なの。だから、十月十日といったって、いつから数えればいいのか、数えようがないのよ。十月十日なんて意味ないわ。アマリアみたいじゃない。アマリアは十月十日ってのがよく分からなくて、そのときから例の指を捜し始めたのよ。十月十日なんて話をやめないと、あんたも気狂い病院に放りこまれちゃうから。とにかく、もう赤ちゃんは生まれたのよ！……あんたの赤ちゃん、ずいぶん痩せて弱々しそうね、イリス。この子の目の悲しそうなこと、どう！　でも、男の子だわね。間違いないわ、男の子よ、《ボーイ》よ。見て。ちっちゃいけど、ともかく後光らしいものがあるじゃない……イネスがおれのためにその世界にしまいこんでいたベビー用品からえらんで、老婆たちは絹やチュールのものをおれに着せる。上の引き出しのなかにあったやつだ。下の引き出しのなかのものは、おれにはまだ小さすぎるのだ。おれがだんだん小さくなってゆけば、イネスは、そこに入っているやつもおれにくれるだろう。残るおれのパーセンテージが下がるにつれて、おれは順番に、あのミニアチュアの小さな椅子にすわる。スイス風の山小屋のなかの、金色のボール紙でできたベッドで眠る。そこでイリスに育てられるのだ。

みんながおれを大事にしてくれる。以前は、イリスの人形にすぎなかったころは、こうはいかなかった。いまでは乳を吸わしてもらえる。この手で乳房をいじりたいと思うのだが、それはできない。手もぐるぐる巻きにされているからだ。イリスはおれを愛撫し、キスする。内陣の金箔と真紅のダマスク織の椅子に、おれを抱いてすわったイリスは、信者たちの礼拝を受ける。ねたみ深いのが多いので、ほかの老婆たちの耳に届かないような小さな声で唱えられる、彼女らの祈りや歌を聞く。信者たちは蠟燭をともし、おれたちの周囲に花を飾る。老婆たちにまじってイネスもひざまずいている。老婆たちは願いごとを唱える……リューマチが治りますように……来週はヒヨコ豆でなくて、インゲン豆が食べられますように……ラファエリートが牢屋から出られますように。詐欺を働いたということですが、何かの間違いです。わたしがこの手で育てました。ほんとにいい子でした。トウモロコシのような髪の色をしていて……ここにあります。これを見れば、信じていただけるでしょう……シスター・ベニータに見つからないように、聖母讃歌。子どもが聖者に育つように、使徒信条。彼がこの修道院を出ることのないように、主の祈り。老婆たちは、おれたちのまわりで祈り、縫い物をし、歌をうたう。おれたちはベッドとゆりかごを運びこんだ。すべてを礼拝堂に移した。いまでは年寄りの数が多すぎて、とても地下室には入りきれなくなったからだ。みんなはお祈りをするが、しかし、貼りつけたり塗りたくったりした石膏の聖像に囲まれながら、イリスとおれが支配するこの賭場でゲームもする。聖母讃歌や使徒信条を唱えるが、しかし壺でさいころも振る、テーブルがないので床にチップを並べて。それでもゲームがやりたければ、ここでやるより仕方がない。こんなに遅くまで台所でゲームをやるのは、だいいちシスター・ベニータが許さないだろう。電気を大変使うし、大司教はそんな金は送ってこないからだ。ところが、実に心のやさしいイネス夫人は、イリスに深く帰依していて、あの娘はイリス・マテルーナではない、まさに福者イネス・デ・アスコイティアだ、とまで言っているイネス夫人は、みんなにたくさんの金を与えてくれる。みんなはそれを持って、ショールで顔を隠して――と言っても、ドッグ・レースでイネス夫人に巻きあげられずに、ショールが手許にあってのことである――表に出てゆき、いちばん値のいい新しい花束や、たくさんの蠟燭を買ってくるのだ。生き延びていた、そしてみんなが幸福になれるように夫人が見つけてくれた、あの福者を礼拝するのに必要なものをすべて買ってくるのだ……福者の抱いているこの赤ん坊、ずいぶん痩せてるわね。子どもの天使は、よく絵で見るようにまるまるしていて、金髪だと思っていたのに、この子の髪は黒いわ……どうでもいいことよ。問題は、罪も穢《けが》れもなしにみごもった奇跡の子かどうかということだわ。これは間違いなく奇跡の子よ。でも、誰にも内緒にしておきましょう。ブリヒダもそれをすすめていたけど、彼女の言うとおりね。誰にも見せないで、わたしたちだけで面倒みましょう。何もかもわたしたちでやるのよ……わたしは腕、あんたは口、そしてこの人は足ね……この子、とっても可愛いわ、とイリスが言う……若い福者の子どもよ、可愛いはずだわ。ローマの連中は信じなかったけど、あなたたちはその目で、福者がまた奇跡を行われるのを見たのよ。あの方の子どもですもの、わたしたちを死から免れさせるという、奇跡の中の奇跡を行ってくださるはずよ。この子どものはからいで、わたしたちは死ないですむだけじゃないわ。その指図がありしだい、お仕えしたわたしたちは、みんなで天国へ旅立つのよ。羽飾りや、鞍覆《くら》いや、白い手綱などをつけた六頭の馬に引かせた白い馬車でね……羨ましがる年寄りや、異端みたいな、疑ぐり深いローマの坊さんなんか、放っておけばいいのよ。そのうちいつか、わたしたちが修道院のどこにもいないのに気がついて、びっくりするわ。福者が、男に変なことをさせずに産んだ子どもといっしょに、わたしたちを天国へ連れてってくださるのよ。それは、ローサ、わたしだって思うわよ。世間のみんなにわたしたちの姿を見てもらいたいって。イネス奥様もそうお思いでしょう？ ほかの年寄り、子どもに救われなかったひがみっぽい年寄り、アソカル神父や、シスター・ベニータや、近所の人たちがみんな、この修道院の門の前に立って、わたしたちを見送るのよ。ミサやフットボールの試合とおんなじように、ラジオで放送されるのよ。少しは大きくなっているから、子どもが白い馬車の白い手綱をとる。わたしたちは袋を肩にしょって、白い馬車に乗る――馬車は大きくなきゃだめね。わたしたちも初めのころのように七人じゃなくて、大勢だから――、そして雨のように花びらが降るなかを、上へ上へあがっていくのよ。ほかの年寄りと別れの挨拶をしながら……悪いわ。でも、連れていけないの。その気がないわけじゃないけど、この馬車では、わたしたちしか乗れないわ。

ともかく、お前がいちばん熱心な改宗者だ。計画はすでに練ってある。ヘロニモが死んだら、財産はお前の手に渡るだろう。お前はそれをすべて福者イネス・デ・アスコイティアに捧げ、お前自身の名前を永久に残すことにもなるが、修道院を修復するつもりなのだ……ここへ来て暮らせば、かならずあの方にお会いできると分かっていたのよ。腕に抱いておられるこの子どもを見れば、ローマの連中も納得するでしょう。赤らしいけど、バチカン駐在の大使も恐れ入るでしょう。実はわたし、もう一度ローマへ出かける気なの。福者と子どものためなら、どんな犠牲も払うつもりよ。成功して帰ってきたら、大司教も修道院を返さないわけにはいかないでしょうね。そうしたら、ここは聖地になるのよ。福者の生涯が金地に極彩色で壁に描かれることになるわ。大勢の司祭や参事会員やその他の人たちが、広く世間に知らせるために、奇跡について調べたり、その奇跡や福者について本を書くようになるわ。こちらも負けずに部屋をたくさん造って、そこに子どもや福者、それからあなたたちを……とんでもない、イネス奥様！　わたしたちはなんの欲もありません。ただ、子どもが大きくなるまで、ここが取りこわされなければ、少しも変わらなければ、それで十分なんです。奥様も、子どもがもう少し大きくなるまでは、ローマへお出かけにならないほうがいいと思います。ここに残って、子どもをちゃんとお育てになったらどうでしょう。みんなを天国へ連れていくという奇跡が行えるようになるまで、ぐるぐる巻きにして、しっかり縛って、身動きできないようにして……でもあれよ、ヘロニモが死なないうちは、財産はわたしのものにはならないわ。ヘロニモは消さなければ、絶対に、わたしをそっとしておかないでしょう。ラケルに電話をかけて、自分と話をするようにすすめさせるのはやめないでしょう。ただ話をするだけなら、いいのよ。でも、彼が近くにいるかぎり、わたしたちを生き返らせてしまう危険があって……ヘロニモ、あなたの意志でわたしたちのそれを曲げたりしないように、遠く離れていてちょうだい。遠くに……彼には信仰なんてないわ。内緒の話ですけどね。彼の信心は見せかけ、政治的なものなの。だから、子どもを腕に抱いたイリスを玉座にすわらせようと思ったら、どうしてもヘロニモを消さないといけないのよ。枢機卿たちは首を横に振るでしょうけど、そんなことかまわないわ。ヘロニモの財産が手に入って、それで、彼らが地下に埋めたがっている名前を永遠に残す。聖地が造られたら、あなたたちは、ここで、わたしといっしょに静かに暮らすのよ。いいえ、死にはしないわ。あなたたちが死ぬ前に、子どもがちゃんと奇跡を行って、天国へ、ここそっくり同じ場所へ連れてってくれるわ。でも、それまでは待たなきゃ。歌ったり祈ったりして待つのよ。そうそう、ドッグ・レースもしないといけないわ。このドッグ・レースで年寄りを裸にしているみたいだけど……みんな礼拝堂で寒さに震えている。靴さえはいていない……勝った品物はわきに積んでおいて、あとで、あの子のためにしまっておくの。自分のためじゃないわ。みんなあの子のためよ。差しあたりは、おむつ、脱脂綿、オーデコロン、上等のパウダー、蠟燭、それに花くらいのものだけど、いずれ必要なものがいろいろと出てくるわ。何かそういうものが必要になったら、年寄りたちから取りあげたものを使えばいいのよ。わたしは、いつも黄色い犬だわ。やめるわけにはいかないの。山や道や畑を走らせたり、小川や湖を渡らせたりする義務があるのよ。わたしの手のなかで生き返るのよ。ほんとに、わたしには年寄りから巻きあげようなんてつもりはないの。あんながらくたが要るわけはありません。現に着ている汚れも破れも少しはましな服を、垢だらけで虫喰いもひどいものと替えたいっていうのなら、話は別だけど。わたしは勝ちたくはないの。犬のほうがトラックを走りまわって、わたしを無理やり勝たせるのよ……一、二、三、四。濠《ほり》だわ。もどらなきゃ、二、三……あなたよ、リータ……あんたね、ローサ……こんどは、わたし、わたし……黄色い犬の大きな影が壁に映って、揺れているわ。蠟燭が短くなっていくけど、かまわず走っていくわ。わたしがぼろを集めているのも子どものため。いつか要るときが来ると思ってしてることよ。わたしは黄色い犬に無理やり勝たされているの。魔女たちが泣く泣くよこすがらくたの山が、どんどん高くなってしまう。魔女たちのみっともない護符なんて、わたしはほしくない。ほしがっているのは犬よ。いまでは玉座のイリスと子どもが支配しているけど、もう教会のものではなくなった礼拝堂の壁を走っている犬よ。年寄りたちは泣きながら、ゲームをやらなければいけないの。年寄りたちもわたしと同じで、犬の言いなり。みんな欲が深いわ。わたしたちの手は着物を剝ぎとる。こわれた時計や、七年前の最後の日付しかないカレンダーや、スリッパや、はんぱな靴下や、木苺色の水泳帽などを巻きあげる……勝ちよ！　わたしの勝ちよ！……黄色い犬がまた勝ったわ。負けを知らないのよ、これは。わたしは喚声をあげて、取らないでくれと哀願する品物を取りあげる。この年寄りたちをいじめる気は少しもないのに。裸になんかしたくない。でも、犬がそうしろと言う。わたしはしたがう。犬がこんなに走り、唸り声をあげ、月に向かって吠え、水たまりを渡っていくのに……一、二、三、四、五、六。また、六だわ……なんてツイてるんでしょう、イネス奥様……ふたたび始める……五よ。一、二、三、四、五……影が壁に大きく映っているわ。犬の影がどんなに大きくて、生き生きしているか、年寄りたちは分からない。わたしのゲーム盤しか目に入っていないからだわ。雨傘の骨や色の褪せたマフラーを取りあげられはしないか、それが不安なんだわ……さあ、走って！　走るのよ！……イリス、それを替えるのは、誰かにまかせなさい。こっちへ来て、わたしとゲームをするのよ……何を賭ける？……そうね、あなたの茶色のコートがいいわ。わたしは、ローサ・ペレスのものだった、このスリッパを賭けましょう。あなたが先に振って……四よ。一、二、三、四……こんどは白い犬……一、二……ツイてないわ……青い犬がゲーム盤の上を駆ける。赤い犬も駆ける。でも、黄色い犬が脚を血だらけにして駆け、先頭を切ってゴールに飛びこむ。わたしはイリスの肩から茶色のコートを剝ぎとる。イリスはそうはさせまいとする……寒いわ。これじゃあ……福者に寒い目をさせるのは悪いけど、わたしはそれにかまわず、無理やり取りあげにかかる。犬がそうしろと言うから……寒いぐらい、何よ。イリス、あなた赤ん坊を産んでしまったんで、もう前みたいにぶくぶく肥っていないのね。いいわ。あなたは福者ですものね。

特別よ。あしたもう一度、勝負をしましょう。このコートを取り返せば、寒がらなくてすむじゃない。でも、あれよ。あなたは可愛い赤ん坊といっしょに寝るんでしょ。寒い思いをすることなんかないはずよ。母親と同じベッドに寝かされた赤ちゃんのからだは、とっても暖かいらしいから。からだを暖めるものがないのはわたしよ。骨がだんだん、だんだん冷たくなっていくのに暖めようがないのよ。

おれが恐れているのも、まさにそれだ。お前の骨と肉が冷えきってしまうことだ。これは、アスーラ博士がスイスで移植したものがその骨や肉に取って替わりつつあるという、確実な徴候である。すでにかなり進行したその過程は、いずれお前を抹消してしまうだろう。イネス・サンティリャーナ・デ・アスコイティアがお前の手のひらに秘め隠したぬくもりは、残らず追いだされて、ペータ・ポンセの皺だらけの拳がにぎった、カサカサした乾きによって置き換えられるだろう。あの徴候はこのことを意味しているのだ。お前に残された日々はわずかだ。イネス、おれたちに時間はない。廃墟を蔽いつくす雑草ではないが、寒気が執拗に背筋を這いのぼっていくのを感じる。これはまさしく、終わりの近づいた証拠だ。お前が消えてしまったら、おれはペータとともに修道院に閉じこめられることになり、出口のないこの壁にまわりをふさがれることになるだろう。老婆はこの壁におれを追いつめて、こう言うにちがいない……ねえ、とうとう来たわ。このとおりよ。醜いでしょう。あんたに似合いのカップルだわ。もう一度リンコナーダの夜を繰り返すために、あんたの借りになっている愛情を取り立てるために、戻ってきたのよ。あんたが閉じこめられているこの壁の奥へ入りこみたいと思えばこそ、生きているのでも死んでいるのでもないこまぎれの姿で、アスーラ博士のガラス瓶のなかに入ることにしたのよ。わたしの臓物には、あのニッケルの機械で酸素や血漿や血液が、絶えず送りこまれていたわ。正常に働きつづけさせるためよ。そのうちかならず、あの女があたしを捜しに……実際そのとおりだった、イネス。お前はペータを捜しにいった……疲れてしまいました、アスーラ博士。わたしを年寄りにしてやってください。古い臓器や皮膚を与えてください。女面鳥体の怪物、ハルピュイアのように醜い顔にしてください。きれいになんて考えないで、引っつめの髪ですませられるように……いまのお前はそうだ。薄い白髪にしてください。着ているものはぼろぼろ、髪はざんばらだ。それでお前は、ひどく風をいやがる。お前は、ここの年寄りと同じように嘘が上手になった。だが、おれはちゃんと見抜いている。お前がラケル夫人に話したことはまっ赤な嘘だ。ドン・ヘロニモの男としての能力が消えたのは、おれたちが過ごしたリンコナーダのあの夜からではないか。彼がおれの羨望を利用することができないように、おれがこの修道院にわが目を幽閉したときからではないか。おれは彼の力をここに持っている。それはおれのものだ。おれの所有物だからこそ、こうして自分の原稿といっしょに、ベッドの下の箱のなかにしまっているのだ。しかし、お前はラケル夫人の頼みを聞いて、つぎの火曜日にドン・ヘロニモに会う約束をした……きょうも火曜日、あすも火曜日……魔女たちは一週間ずっと、香を焚《た》いて火曜日と唱えた。そのために、ようやく魔女への変身をとげつつあるお前も、彼が初めてこの修道院の門をくぐるその日を、火曜日と決めたのだ。彼にたいして何を企んでいるのか、おれにはよく分からない。当日までにはお前の変身は終わり、その骨の乾きと冷たさをあわせて、お前は、完璧な醜さでヘロニモを斥《しりぞ》ける老婆の力を得てしまっているはずなのに。

子どもはドン・ヘロニモが修道院に足を入れることを妨害するだろう。おれも彼をここへ入れることはできない。彼のパール・グレーやダヴ・グレーの手袋がおれの肘に触れるのを許すことはできない。おそらく彼はその過去から、競馬に出かけるさいのグレーのジャケットを着るか、あるいは、四十年前にメルクリオ紙にのったもるして、現われるかもしれない……ともかく、あんたはこの見捨てられたような修道院に、完璧な人間としての傲慢さを持ちこむわけにはいかないのだ。あんたは、何ひとつ欠けるところのない人間。ところが、このおれは二十パーセント以外はすべて剔出され、それさえ徐々に減少しつつある。だからこそおれは、胸の奥から羨望の声がこみあげるのを感じるのだろう……ウンベルト、彼はそこだ。ひざまずいて、なんでもいいから頼め。きっと、聞きとどけてくれるぞ。どうせお前の頼みごとなんて大したものじゃない。それを聞くぐらい、彼にとっては造作もないことだ。さあ、頼んでみろ。家を買えるように取りはからってもらえ。現に住んでいる家の家賃を下げてもらってくれ。仕事を世話してもらえ。せめて紹介状でも書いてもらうんだ。彼にすがれ。彼を尊敬しろ。彼をうらやめ。彼はすべてを所有し、すべてである。ところが、お前はすかんぴんの屑で……おれは、飢えた獣のように彼におどりかかって、彼のものを喰いあらすかもしれない。満腹するまで彼を貪ることだってやりかねない。嘘じゃない、本当だ。ドン・ヘロニモが修道院に現われたら、みんなを死に追いやるような恐ろしいことだってやりかねない。扉を開けて彼をなかへ入れ、イネスのいまの姿を見せねばならぬとしたら、おれは自分を抑えることができないだろう。彼にこの目を見られぬためにも、おれはどこかへ身を隠さねばならないだろう。ひとりの老婆に拾われたという村で、赤ん坊のときからおれの命を救ってくれたのがこの目である。現在、この修道院でもそうだ。あまりにもやさしく、あまりにも気高い目をした赤ん坊なので、いずれおれは聖者になるだろう、と老婆たちは噂をしている。ドン・ヘロニモ、あんたはこの目をほしがっている。否定したってだめだ。ほしければこの目はくれてやる。しかし、修道院へ来るのだけはやめてくれ。どうしても来るといえば、おれはふたたび表へ飛び出して会い、あんたを消してしまわねばならないだろう……協力してくれる者がいれば、門番部屋にも入れないために力を貸してくれる者がいれば、申し分ないのだ……水曜日、木曜日。なんの変哲もない日々がつづく。ふさがれていない窓の数はわずかだが、そこへふいに夜のとばりがおりる。ひとりがぱっと手を伸ばしてひっくり返し、どれもこれも同じ裏しか見えなくしてしまった、トランプのカードのように。ほかの老婆たちは、礼拝堂の闇のなかで蠟燭を灯し、内陣の金箔の玉座のおれの足もとに集まって、ドッグ・レースに興じている。イネスとイリスのふたりは敵意をむきだしにして、それぞれ盤の両側の床にひざまずいている。老婆たちも勝負に夢中である。自分のことのように興奮して身じろぎもしない。イリスは裸も同然の姿をしている。イネス夫人に何もかも取りあげられてしまったのだ。寒さに震えている。目が血走っている。コートもドレスも、靴もスリップもなくなって、からだを暖めてくれるのは怒りだけである。彼女の服のすべては、心根もゲームの腕もともに非常によいイネス夫人の横に山になっている。イリスは震えながら壺のさいころを振る。以前はステンドグラスのはまっていたところから隙間風が吹きこみ、歯がガチガチ鳴る。こわばった物凄い形相で、盤の上にさいころを投げる。ブラジャーを失うはめになる。自分からさっとはずす。イネスは、すでにある山の上にそれをのせる。彼女の犬の大きな影が勝ったのだ。ブラジャーをもらう権利がある。イリスの乳房がブラブラ揺れることになっても仕方がない。老婆たちが大きな声を出す……イリス、もうやめなさい！　ゲームに取り憑かれちゃって、ほんとにばかだよ。カエルの子はカエルって言うけど、銃殺になった父親だって、モンテ遊びに入れあげて、それでひとを殺すようなはめに……そんな話、聞いたことないわ……嘘かほんとか知らないけど、もっぱらの噂よ……噂は当てにならないわ……イリス、あんたゲームにイカれてるのね。いい加減によしなさい。近ごろ体重まで減ってるじゃない。きのうなんか、食事のエジプト豆を賭けて、イネス奥様に取られちゃったし、きょうは、着てるものと雑誌全部、それに使いかけの口紅を取られた上に、レンズ豆やパンまでやられちゃったんでしょう。こんなことやってちゃだめよ。赤ちゃんの面倒をみたら？　玉座の赤いダマスク織の上で、ほら、洟《はな》をたらしてるわ。ドッグ・レースはほかの者にやらせたら？　毎晩のように裸にされちゃうけど、この黄色い犬のいけにえになるのは、ほかの者にまかせるのよ。あんたは、もう十分。自分のその格好をよく見なさい……盤の横にしゃがんで、裸で震えているあんたを見ると気の毒になって、このショールをって思うけど、貸すわけにはいかないのよ。わたしだって気をつけなきゃいけないからだだからね。咽喉《のど》がやっと治りかけているところで……わたしもリューマチが……わたしは首がまわらなくて……それに、あんたは意地になってやってるのよ。ドッグ・レースを始めたときから、イネス奥様を仇みたいな目で見てるわ。聖者におすがりしたらどう？　このお像の前にひざまずいて祈りなさい。黒い馬車で運ばれていったブリヒダとは全然似てないでしょう。でも聖ブリヒダ〔聖ブリジット。四五三～五二三。アイルランドの守護聖人〕っていう名前なのよ。彼女もいずれ、白い馬車に乗せかえてやらなきゃいけないけど、その話はともかく、あんたここで祈りなさい……しかし、イリスは祈ろうとはしない。イネスも祈らない。それまではイリスは福者だった。しかしいまでは敵でしかない。イネスは丸裸にするつもりなのだ。いったい、イリスは何を賭けるつもりだろう？　残っているのは、その汚れたパンティーだけなのに。どうせ黄色い犬の勝ちなのに。

「さあ、こんどは何を賭けるの、イリス？」

　年寄りたちは、やめろ、やめろ、と叫ぶ……少しは考えたらどうなの、イリス？……こんなに痩せちゃって。風邪まで引いてるじゃない……暗がりのなかで、みんなは心配そうに顔を見合わせる……やめときなさい、イリス。きっと、悪魔か何かが手を貸してるのよ。もっとしっかりしないと……悪魔の話なんかしないで。怖いわ……ゲーム盤のそばに一本の蠟燭が立っていて、横に膝をついているイリスの乳房がまる見えだ。おれはそれを吸うだけで、ダミアナのように、また世間の母親と赤ん坊の場合のように、いじくりまわすことはできない。むきだしの胸。寒さで堅くなっている乳首。イリス、この口に乳首をふくませろ。ざらざらした舌でこすって暖めてやるぞ……肩をチェックのショールで蔽い、ざんばらの髪で反対側に膝をついているイネスは、修道院の持ち主は、イリスの顔を見つめながらけしかける。

「どうしたの？　何を賭けるの？」

「この赤ちゃんにするわ」

　一瞬だが驚愕のあまりあたりがシーンとなり、やがて、ごうごうたる批難の声があがる……とんでもないわ、イリス！　子どもを賭けるなんて、さいていよ。自分のお腹を痛めた子じゃないの。おまけに天使よ。ゆりかごに入れて暖かくしてやらないで、ダマスク織の椅子に放ったらかしにしてるもんだから、ほら、泣いてるじゃないの。こんなに洟をたらして。どう、あんたを見てるこの悲しそうな目。子どもの天使は悟りがいいのよ。この子も分かっているんだわ、母親がこの盤の上にいるイネス奥様の黄色い犬を相手に、自分を賭けようとしてるってことが。イネス奥様はほんとにいい方よ。心もやさしいわ。でも、ここへ来られてから、すっかり賭けごとに凝って、とても同じひととは思えなくなってしまったわ。

イネス、お前は値踏みをするような目でおれを見つめる。おれにどれだけの値打ちがあるのかを計算し、イリスを相手に何を賭けるか、あれこれ考えて、それから決めようとしているのだろう。イネス、頼むから、何かすばらしいものを賭けてくれ。豪勢なものがいい。たとえばキャラメル色のミンクのコートとか、真珠のイヤリングとか、あるいは、ペータ・ポンセが完全にお前をわがものにしてしまう前に、お前の肌に触れる権利だとか……ともかく、このおれの値打ちが大したものだということを保証するような何かを、賭けてくれ。

「いいわ」

「で、奥様は何を？」

お前はまわりを見る。ぼろの山が目に入り、それに軽く触れる。だめだ、そいつはやめてくれ！　お前は微笑し、歯の欠けているのを隠すとき年寄りがよくやるように、手を口に持っていく。そしてふいに、ありきたりな動作の枠を越えて、そのまま手を口のなかに突っこむ。入れ歯をはずし、それをゲーム盤のわきに置く。年寄りたちと同じように歯のない、きんちゃく口……ちっとも知りませんでしたわ、イネス奥様！　みんな、お年の割りにはきれいな歯をしていらっしゃると、そう思っていたんですよ。よくその話をして、感心しておりました。小さいときから、栄養のあるものばかり食べていらっしゃるからだと。貧乏人の子どもに生まれて、ろくなものを食べていないわたしたちは、十五にもなると、そろそろ歯が悪くなります。このイリスなんかもそうですわ。

「わたしは、この歯を賭けます」

闇のなかに浮んだ顔が落ち着きを取り戻す。手をぼろの下に隠す。さまざまなことを見てきたはずだが、じくじくした目が、これから見られるものへの期待で光る。押し黙った老婆たちの輪が、それぞれゲーム盤の一方についいて、金箔の玉座の下にひざまずいたふたりを締めつける。黄色い犬がイネス、白い犬がイリスだ。さいころが壺のなかで鳴る。

「数の大きいほうが先よ」

イネスが二、イリスが四を出す。イリスからだ。白い犬がまた四だ。一、二、三、四。白い犬はプラスチック製で、同じ安っぽい材料でできた小さな台の上にのっている。それをイリスの手が進める。ゲーム盤はありふれたボール紙製で、家や斜面や小川がまずい筆で描かれている。イネスが五を出す。いらいらしながらそのときを待っていた黄色い犬が、パッと飛びだす。吠えながら畑を突っきる。一で、埃っぽい道を駆け抜ける。二で、月桂樹の生垣をくぐる。三で、月を映した水たまりのなかで足を止め、水をちょっぴり飲む。四で、なだらかな山腹を駆けあがって、五で、一軒の農場の中庭に達し、なおも走りつづける。白いプラスチックの犬は後ろに取り残され、黄色い犬の姿はほとんど見えない。それは、かつてないスピードで走る。おれがほしいからだ。おれが自分のものになるからだ。めざましい勝ちっぷりでおれを手に入れたくて、それで黄色い犬は頑張っているのだ……一、二、三、四、五、六……イネス奥様は、ほんとにツイてるわ！……彼女はまた振る……四だわ。一、二、三、四……おれはイネスのものになりそうだ。黄色い犬のやつ、その腕がペータ・ポンセの腕に変わってしまわないうちに、イネスの腕におれを抱かせてしまうにちがいない。仮にペータ・ポンセのものに変わったら、その腕はおれを捉えて放さないだろう。おれのセックスはその腐ったセックスにのっとられるだろう。貪欲なうじ虫であふれたそのセックスのなかで、おれのセックスも腐っていくだろう。黄色い犬はおれをあの老婆の腕から救おうとしているわけだ。走れ、黄色い犬よ。月に吠えながら、稲妻を追いながら、走れ、走れ。プラスチックの犬の影はどこにもない。老婆たちが金切り声をあげる。身もだえする。ロザリオの祈りをくちずさむ。どちらに勝ってほしいのか、本人たちが分からなくなる。気の毒なイリスが寒さに震えていることを知りながら、みんながイネス夫人に賭ける。ついにおれはお前のものになるのだ。かつて存在しなかったほど完璧だが、しかし十人の危険な騎手から身を隠すために、沼の岸の燈心草の茂みをくぐる黄色い犬には従順な、あのイネスのなごりでしかないのかもしれないけれど。黄色い犬の揺れる影である老婆たちの顔がかげり、その瞬間だけ別の顔が浮びあがる……一、二、三……たった三だわ、でも、ゴールは目の前ですもの、どうってことありませんわ、イネス奥様……さあ、イリス、急がなきゃ。あまり狙わないほうがいいわよ。さあ、振って……なんだ、たった二よ……こんどはイネス奥様ですよ。簡単に勝てそうですわね……一、二、三、四、五、六。あら、もどらなきゃ……でも六ですから、もう一度振れます……三だわ。一、二、三……ちょうどだ。お前の勝ちだ。黄色い犬がゴールインしたのを見て、イリスは悲鳴をあげ、顔を蔽う。一方、老婆たちはイネス夫人におめでとうを言う。イリスは用のない抜け殻に化してしまう。もはや福者でもなんでもない。イネスが立ちあがり、自分の入れ歯を蹴とばす。蹴とばされて入れ歯は礼拝堂のすみっこへ消える。イネスはその腕で――昔のふくよかさをおれは記憶している――いそいそとおれを抱きあげる。彼女こそ真の福者なのだ。彼女こそ奇跡の女性なのだ。彼女はおれを抱いて、いかめしく玉座に腰かける。老婆たちがふかぶかと頭を下げる。蠟燭の数をふやす。花びらが雨のように降る。香煙が立ちのぼる。イネス夫人が奇跡を行った。彼女こそまことの聖女だ。この修道院の主だ。あすからこの礼拝堂で、《ボーイ》を抱いた彼女の礼拝が始まるだろう。奇跡を信じない異端者で、そろいもそろって赤で、昔の善良な人間のように信仰を持たないからだが、ローマの連中が信じようとしない存在、福者イネス・デ・アスコイティアが男性の力を借りずにみごもったのが《ボーイ》なのだ。礼拝堂の扉を開くように、修道院の老婆たちのすべてにこのことを伝えるように、福者は命じる。奇跡のことをただ想像していただけの者を含めて、すべての老婆に伝えるように命じる、あらゆる中庭から老婆たちが駆けつける。裸足で、ショールをはおって、燭台を持って、フランネルの寝巻き姿で駆けつける。イネス奥様が奇跡を行われた、あのお年で、男を近づけもしないのに子どもをお産みになった、とくちぐちに言う。これを見逃してはというので、大勢の老婆たちがあわてて駆けつける。回廊や中庭や通路から集まって、イネス夫人に向かって礼拝し、奇跡のお祝いを述べる。彼女こそ福者イネス・デ・アスコイティアである。みんなを救い、天国へ連れていってくれるにちがいない。

それも一台ではなく、何台もの白い馬車をつらねてだ。イネス夫人は億万長者だから、一台にひとりずつ乗って、身のまわりのもの全部を持って天国へ行くことを許してくださるかも、と言う者さえいる。みんな大はしゃぎだ。もはや死を恐れることもない。考えるだけでぞっとしたものだが、いまでは、暗い通路やがらんどうの部屋を怖がらなくてもよくなった。イリスはきっと、あっちのほうへ姿を消したのだ。イリスの運命を気にする者などいない。めのくらむような華やかな未来が開けたのだ。イリスはそれには無縁だ。シスター・ベニータやアソカル神父が、また大司教がなんと言おうと、この礼拝堂で儀式をとり行って、絵で見るように子どもを抱いて玉座にすわった福者イネス・デ・アスコイティアに、それを主宰してもらうのだ。駆けつける老婆たちのショールが、回廊を舞う風にあおられる。まったく何も知らなかった者も、やっと、ほかの老婆の震える口から知りたいと思っていたことを聞かされ、駆け寄ってひざまずく。みんなと同じようにぼろをまとい、歯が抜けおち、白い髪を振りみだしているが、ともかく蘇った福者の奇跡を前にした驚きでその顔が輝いている。みんなが歌い、みんながぬかずく。額が床に触れているのは、あれはシスター・フリアだ。みんな声をそろえてロザリオの祈りを唱える。エリアナは忘我の状態に陥っている。主の祈りにアベ・マリアが応じる。やがてイネス……もういいでしょう。わたし疲れたわ。行って休みたいわ。時間もだいぶ遅いはずよ。わたしが横になっているあいだに、あなたたち、乳母がお金持ちの家の子どもにするとおりのことを、この子にもしてやってちょうだい。ほら、ちゃんとからだを洗って、パウダーをはたいて、香水を振ってからベッドへ運んで、そこで初めて母親が子どもをあやすでしょう。あれがすまないうちは、だめよ。

「子どもも眠そう」

「きっと下が濡れてるわ」

「替えてやらなきゃ」

「替えてから奥様のところへお連れするのね」

「そうよ。あとで連れてきてちょうだい、ベッドまで」

「それじゃ、お休みに？」

「ええ、疲れたわ」

「では、すみしだい……」

「起きて待ってるつもりだけど……」

「大して時間はかかりません」

「お尻を洗うだけですから」

「ウンチをしてるかしら？」

「嗅いでみるわ……臭い！　やってるわよ……」

「しょうがない子だね」

「もっと丁寧に扱ってちょうだい、ローサ……」

「分かりました。では、お休みなさい、奥様」

「お休み」

老婆たちはおれのからだを洗う。四十人がこの儀式に立ち会っている。恥毛が剃り落とされる。睾丸のあたりまで見逃さない。役に立たないことを知っているので、老婆たちはいやな顔をしないでおれのセックスに手を触れる……白いマットレスの、白いシーツの上に子どもをのせましょう……裸のまま奥様のベッドへ運んだほうがいいわ。奥様は喜ばれるはずよ。子どもはこのほうが温かいから……そうね。でもそれだったら、痩せた脚も、顎も、みんな剃らなきゃ。イネス奥様は肌がお弱いの。気をつけなくちゃね。

お前の部屋、いや、おれたちの部屋は暗い。ベッドのおれの横でシーツにもぐって、お前は深い、規則正しい寝息を立てている。浅い眠りへの恐怖を乗りこえるために、毎晩のように飲まずにはいられないベロナールのせいだ。お前は知らないだろうが、この修道院の日干し煉瓦の壁の奥の静かな闇のなかで、そしてこの暖かいベッドの上で、おれたちは、この壁がそもそもの初めからやろうと企んできた、この暗い部屋のなかで、束の間の魔法に取りかかるのだ。イネス。リンコナーダの回廊を散策していたころのその姿。すんなりした頸。ハスキーすぎる感じもあるが、いつも暖かい声。長い脚。小さな顔。安楽椅子《リ・ド・ルポー》によりかかって読んでいる手から落ちる本……お前の顔は回廊にしのび寄る夕闇のなかに消えて、もはやそれを取り戻すべはない。蜜のような肌。茶や緑や黄に色変わる瞳。話しかけると少しかしげる頸。笑いの域にまで達しそうで達しない微笑。その美しさの化身として、お前はこのベッドの上におれといっしょにいる。あれほどの美しさはないが、しかしまだお前はお前である。依然としてイネスのものであるお前の肉の内側からおれを求めてやってくる、あのペータではない。ペータが現われるその前に、おれはお前の肉に触れなければならない。いまもおれはお前の体臭を感じる。後ろに退《すさ》ってみても、いずれは本来のそれを消してしまう、頽齢《たいれい》と淫欲の悪臭が鼻をつくが。おれはお前のざらざらした手に触れ、その肌ざわりに驚いて自分の手を引っこめる。しかし、おれは辛抱づよく待つ。ともかく、お前はまだイネスなのだ。おれは、お前のシーツの下にもぐり込み、お前の暖かい暈《かさ》のなかに包まれたいと思う。それは、お前の夫にはないがおれは持っている力を、この身内に蘇らせるにちがいないからだ。おれの欲望がお前の現在という嫌悪すべき障壁を越えることを許してくれ。裸のおれが横に寝て、お前の醜悪さ、貧欲さ、老齢、狂気、愚かさなどをつぎつぎに剝ぎとっていくのを許してくれ。それらの仮面を、お前は一度として脱いだことはないが。お前の悪臭にもう少し耐えさせてくれ。お前の恐るべき体臭の突き当たりで、この不潔な残骸めいたからだの下に隠れている、不変のイネスを発見するのだ。おれの裸の肉体を愛撫するお前のぬくもりのなかに、かつてのその姿を呼び起こさせてくれ、おれの力がお前を確認できるように。お前は眠っている。寝息が聞こえる。いびきがまじるのが残念だ。おれたちは同じ枕に頭をのせている。もう少しお前を若返らせ、アスーラの細工を台なしにしてしまうことさえできれば、おれもお前の内へ入りこむこともできるだろう。それは間違いない。お前のイリスの肌の柔らかさ、盛りあがった胸、すべすべした脚などがあれば、おれが想像の中で欲望するのと同じ激しさで、この肉体はお前を求めることだろう。嘘ではない、ドン・ヘロニモ。仮にイネスにああしたものがそなわっていれば、あんたも、おれの能力のほうがあんたのそれにまさっていることを、思い知らされるはずなのだ。しかし、これではだめだ。おれは二度とこの頭を下げる気はない。おれは幽閉の状態から逃れたいのだ。しなびた垢だらけの肌や、乱れた白髪や、洗濯していない寝巻きの下で臭うこの肉体を仮装したものではない、まさに美としての美に触れたいのだ。しかし、お前はやはりお前だ。それで十分なはずだ。ただ、おれは自分からお前に触れたくはない。まずお前から触れてほしいのだ。お前からおれを求めてほしいのだ。

おれはお前の眠っている手を取り、それでこのからだを撫でる。お前にはおれが分かるはずだ。イネス、いまだけでもいい、あるがままのこのおれ、ウンベルト、《ムディート》、老婆、赤ん坊、白痴、壁の動くしみ、なんでもいいから、ともかくおれを受け入れてくれ。お前に触れられて、おれは目を覚ます。外では闇が果てしなく野を蔽っている。ツグミが跳ねまわりながら、籠の奥でこちらを見ている。ざらざらだがまだ疣《いぼ》だらけというわけではないお前の指が、おれのペニスにからみつく。下腹部を愛撫する。お前は眠ったままおれのほうを向く。イネス、まだだ。お前は裸のおれにからだを寄せるが、お前の歯のない口がおれの口を求めてくれば、そしてそれを避けるようなことさえしなければ、すぐにも、おれのからだはその気になるはずだ。お前の眠っているからだが、ぴったりおれに寄り添う。眠ったまま仰向けになり、おれをその上に引きずりあげる。このとき初めて、おれはお前に触れる。おれの手の下のお前の乳房はたるんでいる。おれは思わず叫ぶ。

「イネス！」

お前は目を覚ます。

「ああ、ヘロニモ……」

お前は、ウンベルトとは言わなかった。あの夜のリンコナーダでペータ・ポンセが叫んだ、あの同じ憎むべき名前を口にし、すべてを引っ掻きまわし、時間と映像と平面とを混乱させてしまった。おかげで、おれもまた混乱してしまう。こうなったら、おれもお前がイネスだとは認めない。いったい、お前は誰だ？　お前はもはやイネスではない。おれはお前に触れた。おれの魔法の杖はお前を歯の抜けた怪物、ハルピュイアに変えた。その肉の奥から老婆が姿を現わして、お前を捉えた。木の幹に縛りつけられた魔女が、金色に輝く水平線から舞い戻ってきて、若い娘に乗り移った。アスーラ博士とエンペラトリスの移植手術は功を奏して、いまやお前は老婆だ。ペータだ。恐怖におののくおれのからだの下で、そのペータが蘇える。お前は身を起こし、金切り声をあげながら、おれを押しのけようとする。いいか、ペータ、おれはお前なんか愛していないぞ。胸が悪くなる、見ているだけで。背筋が寒くなる。お前は完全にイネスと入れ替わってしまった。イネスを抹殺してしまった。いくら金切り声をあげたからと言って、おれはお前の腐肉に触れる気はない。おれは闇のなかに逃れる。ますます嗄《しやが》れ声になっていく恐ろしいお前の叫びが反響する、廊下の暗黒のなかに消える。あれはもはやお前の声ではない。ペータの声だ、老婆の声だ。歯のない口が救いを求める。お前は死を恐れているのだ。イネスはもはやいない。アスーラ博士の手を借りてまんまとイネスになりおおせ、ついにここへ忍びこんだペータがいるだけだ。悲鳴をあげるペータがいるだけだ……助けて、助けてください！　シスター・ベニータ、助けて！　明かりも自分ではつけられないわ。暗闇が怖いくせに……ブザーだわ！　ブザーが鳴ってるわ！……その音は修道院じゅうに響きわたる……イネス奥様のブザーよ。助けを呼んでるわ。泣いてるわ。いったい、何があったのかしら？……みんなは、お前がイネスではなくペータだということも知らずに、助けを求めて泣いている奥様を救うために駆けつける……シスター・ベニータ、お願いします。明かりをつけてください……お前は泣きながら目を覚ました。裸に近い格好でベッドの端にすわり、大きな声で、ついさっきまでここに男がいて、シーツの下の自分を撫でまわしていた、と訴える……きっと暴行されたのよ。だめだわ、起きていられない。ベロナールを飲んでぐっすり眠っていたでしょう。それで自分を守ることができなかったのよ……そのとおりだ。彼女は起きていることができない。とても無理だ……悪い夢でも見たのではありませんか?……シスターベニータがほのめかす……昔からよくある悪夢では?……とんでもない、シスター! 痛いくらい強く押しつけられたんですよ。ちゃんと胸のここに指の跡がついています。痛くてそれで目を……結構です、イネス夫人。わざわざ見せてくださらなくても……さあ、皆さんは行って!……こういうことは年寄りたちの耳に入れないほうがよろしいんです、イネス夫人。何しろお喋りですから……さあさあ、自分の部屋へ戻って休みなさい。イネス夫人が恐ろしい夢をごらんになっただけですよ……お願いします、シスター・ベニータ、年寄りを帰してください……でも、イネス夫人、こんな真夜中に男が、変質者があなたのベッドにもぐりこむなんて、とても信じられませんわ。この修道院には男はいないんですから。さあ、落ち着いて、もう大きな声は出さないでください。お水でもお飲みになったら。さあ、どうぞ……いいえ、結構です。何か飲んで、それが悪かったということもありますから……それはそうですけど、イネス夫人、ご自分でお気づきにならないんですか? 悪い夢を見るのは、眠るためにお飲みになっているお薬のせいですよ。

「でも、夢かしら?」

「夢でないとすると?」

「シスター。あなた、まさか……」

「悪夢だと申しあげているんです」

「いいえ。あなたの言いたいのは、そういうことじゃないわ」

「とおっしゃいますと?」

「わたしが狂っているということでしょう」

「とんでもない、イネス夫人!……」

「やっぱりね。あなたもほかの連中と同じなのね。みんなは、ここで暮らしているというだけで、わたしは気が変になったと信じています。でも今晩かぎりで、わたしはこの修道院を出ます。もうこれ以上ここにはおれません。こういう神聖な場所でこんな騒ぎが起こるなんて、ほんとにひどい話だわ。みんなあなたの責任ですよ、シスター・ベニータ。そうでないとは言わせません。あなたの看視が不十分だから起きたことです。あなたにお話ししたいことがいろいろありますが、それは、外に出てからのことにします。忘れずにね。それにしても、わたしのような女のベッドに、知らない男がしのびこむなんて！　これまで犯した罪を恥じて、自分のできる範囲で年寄りたちを慰めたり助けたりしながら、お祈り三昧の心静かな晩年を送りたいと思っている、お婆さんでしょう。それがこんな目に遭うなんて！　いまになって、少しずつ思い出してきましたわ、あの裸の男がベッドのなかでしたことを。ほんとに、素裸でした。暗闇でしたけど、男がわたしの部屋から出ていくのを、ちゃんと見ました。男の太腿をわたしのここに感じ、それから男の……考えただけで背筋がぞっとします。とっくに逃れたと思っていた奴隷のような状態に、またまた追い落とされて……あの男はわたしを犯そうとしたんですよ。もっとも、わたしは毎晩、ヘロニモから同じような目に遭わされてきました。やさしさや情熱や愛なんてものはそこにはなくて、毎度毎度、ほとんど強姦同様の扱いを受けてきたんですよ、シスター・ベニータ。初夜からそうでした。暴行も同然、お互い通じあうものなんてありません。ただ、見知らぬ男がわたしのシーツの下にもぐりこんできて、わたしが感じたいと願っているものとは全然ちがったものを、無理やり感じさせようと……」

「イネス夫人」

「なんでしょう？」

「あとで後悔なさるようなことは、お口になさらないほうがよろしいと思いますよ。個人的なことは……」

「わたしには個人的な生活なんてありません。わたしの私生活は、別の人間のものでした」

「ドン・ヘロニモにお電話をして、ここへ来ていただくのが、いちばんのように思います」

「そうね……いいえ、それはやめてください。彼はいま、リンコナーダでしょうけど」

「では、どうすれば」

「さあ……ともかくここを出て……」

「こんな時間に、どちらへ？」

「ラケルに電話をかけてくだされば……」

「分かりました。向こうへ行って」

「お願い、わたしをひとりにしないでくださいな」

「なんでしたら、誰か年寄りを呼びましょうか？」

「年寄りはごめんです」

「それでしたら《ムディート》を……」

「そうね。《ムディート》なら。あなたは先へ行っててください。わたしはスーツケースにそこらのものを詰めて、《ムディート》といっしょに門番部屋へ行って、そこでラケルを待ちます……」

シスター・ベニータ、あなたはそこを出て、通路を駆けてゆく……大変だわ！　考えられないことだけど、イネスは狂ったのよ。ひどいことになったわ。そうでなくてもいろいろあるのに、この上、責任をかぶせられたんでは……もちろん、あなたはラケル夫人に電話をかける……気の毒に。イネスは前々から、そういう妄想に取り憑かれていました。そうです、頭が狂っているんです。ドン・ヘロニモがそばに寄ったら、窓から身を投げて死んでやる、なんて口走っていましたからね。わたしから医者に電話をして、すぐそちらへ行かせます。こうなったら、シスター・ベニータ、彼女はサナトリウムへ入れないと……噂では、スイスで入っていたそうです……ええ、スイスでね……でも、シスター、ただの神経ぐらいではなかったようだわ。今晩の、あなたのお話からすると、どうやら精神病院のようなところへ入っていたようね。もちろん、ヘロニモは誰にもそんな話はしません。知ってのとおり、気位の高い人ですから。それにしてもイネスのような女が、いくら気が変になったからと言って、そんな不潔なことを考えるなんて、とても信じられないわ……ええ、シスター、少し遅くなるかもしれません。きっと、救急車のほうが早く着くと思います……実際に、白衣を着た救急車の医者が先に到着した。イネスは化粧道具《ネセセール》だけを持って、泣きながら門番部屋で待っていたが、医者たちの姿を見ると、悲鳴をあげて逃げまわった。医者と助手とおれとで取り抑えて、錠剤を飲ませようとすると、口から吐きだしてしまった。注射を打とうとしたが、針が折れそうで、これもだめだった。おれも医者や看護夫に手を貸して狭窄衣を着せにかかったが、ペータ・ポンセは足をばたつかせ、つばを吐きかけ、誰かれかまわず嚙みついた。自分は狂っていない、この修道院の老婆こそ狂っている、わたしのベッドへもぐりこんでくるなんて、犬畜生みたいな男ね、と叫んだ。狭窄衣に押しこめられてからもまだ、嘘だと思うなら礼拝堂へ行ってみるがいい、とわめいた。医者は、気の毒にこの女、完全に狂っている、と言った。看護夫たちは、可哀そうに、と呟き、おれも哀れになって首を振った。シスター・ベニータは目にいっぱい涙をたたえて祈っていた。おれたちは総がかりで狭窄衣のチャックを締めたが、彼女は、足のばたばたも嚙みつくこともやめなかった……哀れな女主人。哀れなペータ・ポンセ。ふたりをイネスの肉体のなかに閉じこめることによって、お前は、精神病院の鉄格子の背後の、長年にわたる迫害にけりをつけることになるだろう。おれから遠ざかり、おれに与えてほしいと願っていたものにも近づけなくなる。乱暴だが全身白ずくめの看護夫たちの看視の下におかれ、手なずけられるのだ。病院へ到着するころには、おそらく、お前はイネスの肉体の一部になりきっている。そしてそこへ入ってから、おそらく、ふたりのうちのどちらかが優位を占めることになる。ある期間はペータが、またある期間はイネスが、という具合に。つまり、同じ肉体のなかに閉じこめられて、ふたりは、まさに完璧な愛を生きるというわけだ。アスーラの奇跡は、そこで成就されたことになる。廃人として扱われたペータ、狂人として幽閉されたペータ。それもこれも、裸の男がお前のベッドにもぐりこんできたという、あの幻覚に憑かれたお前がする恐ろしい物語を、鵜呑《うの》みにしてくれる者がいないからだろう。あの裸の男、それはおれだった。能力を持ちながらお前に与えようとしなかった、このおれだった。

ペータ、おれはその能力を与えることを拒絶した。お前に、そしてイネスに——まるで汚いものか何かのように、おれから唇をそむけたイネスに——復讐したのだ。ペータ、お前は、これ以上おれのセックスを追い求めることができないように、イネスの肉体を仮装した姿で閉じこめられるだろう。同じ肉体にこもったふたりとして、お前たちは連れていかれるだろう。おれはもはや、ペータを恐れることも、イネスを求めることもなくなる。ふたりともに精神病院に押しこめられてしまうのだから。おれは落ち着いて、ベッドの下におれの力をしまうことができる。老婆たちがいろんなものを隠しておく、あの場所にだ。

やっと注射を打つことができた。彼女は徐々に静かになっていった。担架にのせられた……シスター、ひとりで行くのはいや。お願いだから、いっしょに来てください……眠ってしまう前に、お前はそう言って頼んだ……とっても怖いんですよ……シスター、あなたは慈悲心に駆られて白い救急車に乗りこみ、ともどもに精神病院へと運ばれていく。お前が目覚めるとしたら、その場所は白い部屋のなかだろう。窓がひとつしかないが、それも実は窓ではなくて一枚の大きな写真にすぎない。だが、お前は本物の窓だと思いこんでしまう。連中は狂人にも大変思いやりがあって、外部が存在すると信じさせるために、写真などを貼ってくださるのだ。お前はふたたびそこを出ることはない。おれが、あるいはほかの男が、お前のベッドにもぐりこんだと信じる者はいない。ペータ、お前のような年寄りのベッドに、のこのこ入りこむ者がいるわけがない。およそくだらない男、屑みたいなおれだってごめんだ。屑、がらくたと言えば、アソカル神父は、この修道院にはがらくたしかない、とよくのたもうているが、それはともかく、おれが強姦をしようというような危険な道をえらんだのも、すべてお前から逃れるためだった。イネスはこのさい関係ない。美しいものに触れるためにおれが創造したもの、それがイネスだが、しかし若いイネスのあの美しさのなかには、昔から、何百年もの昔から、かがり火のように生き生きと、そして水のように変わりやすいものとして、お前が住みついていたのだ。おれが美を手中にしたと信じる瞬間が来るのを待ち、あの地主が魔女の娘を隠して代わりにお前を立て、罰を受けさせたように、その美をおれから遠ざけるつもりでいたのだ。昔からお前が狙っていたのは、あれを逆転させることだった。が、ともかくおれはお前に勝った。お前は魔女だそうだが――これはどうも怪しい。お前はひとりの惨めな老婆にすぎないのではないか――、そのお前をまんまと欺《だま》し、消すことに成功した。イネスはおれの仕掛けた餌でしかなかったのだ。閉じこめられて苦しむのは、お前である。なぜなら、欲望の対象であるおれはその手の届かぬところにいることを、お前は悟らざるをえないからだ。ところでそのお前だが、そこを逃げだしておれに会おうという衝動を感じさせないために、またインチキなあの写真を爪ではがす気を起こさせないために、非常に高いところに設けられた窓から目を離さない。どうやらあしたにでも、この修道院のまだふさいでない窓を全部、ふさいだほうがよさそうだ。差しあたり、どの窓も開けられる心配はない。念を入れてふさいだので、そこに窓があったとは気がつかないくらいだ。夜になると、おれは足場にあがって、白い壁に傷を、蜘蛛が卵をかえす泡でいっぱいの穴を、重なった古いペンキの剝げ落ちた跡などを一生懸命にこしらえて、自然に傷んだように見せかけた。おれは窓を消しつづけてきた。いまは、あの男を消さなければならない。あんたは、それがペータ・ポンセであるとも知らず、哀れな病気の妻のからだのことを気遣っているだろう。そのあんたを、おれは消さなくてはならない。イネスの肉体があんたの奴隷であるように、おれの想像力はあんたの奴隷なのだ。あんたは、存在するためにはおれの想像力を必要とする。イネスとおれは、あんたの召使いである。イネスとおれは、それぞれ右左の相称的な位置から、実物よりも大きなあんたを支えるために造られた、紋章の動物なのだ。いまにおれは彼女を消してしまう。お前はぐらつき始めるにちがいない。そうしたらこんどは、おれは自分を消して、お前がくずれ落ち、破片となって飛び散るのを待つのだ。破片は《ムディート》の手車にのせられ、《ムディート》は自分の中庭までそれを運んで、雨と時間、風と雑草があんたを風化させ、抹殺するのにまかせるのだ。ここに白いままの原稿用紙が山とあって、おれがあんたの末期を書くのを待っている。おれはいま、この安全な修道院にいる。だから、あんたにとってもっとも屈辱的な結末を考える時間は、たっぷりあるわけだ。口うるさいシスター・ベニータも今晩はいない。おれたちのやっていることの痕跡を残さないように礼拝堂の掃除をすませ、眠るために老婆たちが去ったいまは、何が起こってもおかしくはない。明朝、老婆たちは何もかも忘れて床を離れ、あらためてその世界を築き始めるのだろう。ふさいだ窓の奥で彼女たちを踊らせてみてもいいのだ。妖怪インブンチェである修道院。妖怪インブンチェであるおれたちみんな。おれたちはもう、何も恐れるものはない。おれもペータ・ポンセを恐れることはない。なぜなら、シスター・ベニータが白い救急車で連れ去ってしまったからだ。狭窄衣を着せられて、泣きわめいていたが、その声もだんだん小さくなっていった。おそらく、地球の中心の穴のなかに埋められるのだろう……白い救急車で運ばれていったんですよ、ラケル奥様。なんてむごい！　イネス奥様のようにいい方がこんな目に遭うなんて、お気の毒で……一行がここを出てからもう半時間になるが、ラケル夫人もお前に会いに病院へ行く。ラケル夫人が行ってしまったら、老婆も孤児たちも、すべてを忘れて眠ってしまうことは分かりきっている。おれは、修道院に残された唯一の穴である玄関の扉を開ける。そして大門をくぐり、表へ出てからそれを閉める。

27

ついさっきメルセ教会の塔で夜の十二時が告げられた。夏の通りでは、街角の闇の向こうに消える前にほんの一瞬白っぽく見える汗みずくのシャツや裸の肩を、暑さが追いかけまわしている。下町の喫茶店の明かりはまだ消えていない。椅子はほとんど空いているのだから、消したっておかしくはないはずだが……ただ、すなおな髪の毛をした眠そうな女を横にすわらせて退屈している、顎ひげの男がひとりと、青い服にきれいに刈りこんだ口ひげというういでたちの、男の三人づれがいるだけだ……それにしても、ひどい安給料だよ。ここんところずっと同じだ……きっと、瓶のブドウ酒も、ここんところずっと同じなんだろう。とても大物にはなれない人間。無気力で、退屈で、入れ替わっても変わりばえしなくて、およそきわ立ったところのない人間、赤ブドウ酒や、皿に蠅のたかっているサンドイッチの食べかすや、皺くちゃの紙ナプキンなどで汚れた、テーブルのあいだを縫ってアスーラ博士のあとを追いながら、エンペラトリスは考える。蛍光灯がまたたき、いまにも消えてしまいそうだ……ひどい店ね、クリス……そんなこと、どうでもいい。時間がないんだ。このテーブルにすわって、あの汚い上着を着た給仕を呼ぼう。

「エスプレッソをふたつ」

毒々しい色の小さな椅子に腰かけて、音楽の刺戟にも、訴えにも、嘆きにも無感動な客を相手に、ローリング・ストーンズが泣きわめいている。コーヒーが来た。こういうときだからこそ冷静に考えなければいけない。いまここで、この喧騒をきわめた低俗な店で、ふたりの未来を決めるのだ。

「ともかく逃げよう、エンペラトリス」

「どこへ？」

「ヨーロッパさ」

「ヘロニモが復讐する気になっても、向こうにいれば見つからないと思ってるの？　いいこと、ヨーロッパもあなたの若いころのように遠くはないのよ」

「分かっている。空の旅も分割払い《フライ・ナウ・ペイ・レイター》で、の時代だから……」

「そのとおりよ。それから、ひとつ訊きたいことがあるの。なぜ、ヘロニモがそんなに怖いの？　わたしたち、彼の奴隷？　《ボーイ》が逃げだしたからって、どうしてわたしたちが罰を受けなきゃならないの？　果たして責任があるのかしら？　好きなときに、彼のもとから去ってもいいんじゃない？　ベルタを相手に十五年もお喋りしてきたのよ。退屈して当たり前だわ」

「エンペラトリス……」

「なあに？」

「ちょうどいい機会だ。わたしたちも逃げよう。スイスに全財産がある。毎年ふえて、いまでは相当な額だ」

アスーラ博士は、黄色い屋敷の正面にある、公園のハアザミの茂みに隠れて、年に一度の会見が終わるのを待っていたのだった。博士は、ふたりが書斎で談笑するのを見た。胴のふくれたグラスでコニャックを飲み、タバコをふかし、大きな金額のサラリーを調整するために契約書にいっしょに目を通し、リンコナーダの牧歌的な生活を撮ったスライドを写すために、明かりを消すのを見た。

辞去するさい、エンペラトリスはその従兄に言った……結構だわ、今晩はメルセデス・ベンツでクリリョンまで送ってもらわなくても。暖かそうだし、ずいぶん長いこと、街をぶらついたことがないから……そのへんを少しぶらぶらして、以前よく行っていた場所に顔を出してみるわ。

「お休みなさい、ヘロニモ」

「お休み、エンペラトリス」

彼女が道を渡って公園のほうへ行くと、クリスがハアザミの茂みから現われた。そして、あっさり言った……《ボーイ》がいなくなった……まさか！　それ、いつのこと？……考えられないわ。もっと詳しく話して……それであなた、どうするつもり？　いったい、どうすればいいの？　何か手がかりを残していかなかったの？……いや、全然なしだ。リンコナーダでは、もう責任のなすり合いが始まっている。バシリオの奴、危うくメルチョールを殺すところだった。メルチョールが、最後にこう言ったんだ。このホモ野郎、お前の責任だ、お前が手伝ったにちがいない、お前が肩にのせてやらなかったら、そんなに遠くまで行けるはずがないだろう、このホモ野郎、とね。しかし、バシリオのせいじゃない。誰の責任なのか、こいつが分からないのだ。リンコナーダは上を下への大騒ぎ、一級の畸形たちはスーツケースの支度をして、エンペラトリスが一年の給料を持って帰ってくるのを待っている。二級や三級の畸形たちは、もっと高い地位にのしあがろうと画策している。身分の低い畸形の住んでいる田舎にも噂は広まって、連中は藪《やぶ》のなかの捜索を始めたらしい。ベルタは、金なんかどうでもいい、ここを出ていく、とはっきり言った。ベルタは気が早いから、おそらくいまごろは、この町のどこかに……リンコナーダの周辺ですでに犯罪が起こったという噂がある。下級の畸形たちの耳にボーイの失踪が伝わるや否や、凶器を使った追い剝ぎや、農場の焼き討ちが生じている。掛け小屋の近くに正常な人間が出没したという噂があって、畸形たちはよそへ移り始めた。《ボーイ》が逃げだしたと知ったとたんに、正常な人間たちが進出してきて、まだストーブに火は燃えているし、裏庭に鶏が遊んでいる農場に押し入り始めた。楽園もいよいよおしまいだというので、住民たちは何もかもほっぽりだしていったのだ。手痛い復讐を受けたくなければ、一刻も早く逃げださなければということなのだろう……みんな逃亡さ、エンペラトリス。あそこも終わりだ……。

「わたしの帽子、どうなったかしら?」

「そんなもの、ヨーロッパでいくらでも買える!」

「向こうでも昔ほどいいものはできないって話よ」

「それで、エンペラトリス、お前は……」

「……考えてるところよ……」

「いまは考えているときじゃない。行動するときだ……」

エンペラトリスは目を伏せた。

「おい、どうなんだ?」

彼女は答えない。

「向こうでの、自由な生活を想像してみることだ。お前が考えているほど、わたしは医学界から遠ざかっているわけじゃない。学問の進歩にたいするわたしの功績を、みんな忘れてはいないんだ……金持ちの畸形の子どもたち相手に、スイスに療養所を、上品なサナトリウムを建てて、興味のある症例のみ移植を行う。十五年も苦労して貯めたあの金があれば……」

「利子もついてるし……」

「昔のように学界をリードする気はない。しかし、一流の連中を集めるだけの知識はまだ持っているから……」

「わたしもゆっくり休めるわけね」

「いや、そうはいかん! わたしにはお前が必要だ。お前がわたしの創造的な生活の一部だということは、自分でもよく知っているだろう? お前がいなければ、それはなかった。それに、昔もいまもそうだし、これからも変わらないと思うが、お前は、じっとしておれない行動的な人間だ。ぜひ、わたしの考えている施設の経営者になってもらいたい。わたしには財政や人事の能力はまったくない、だから……お前だけが頼りなんで……」

「ほんと、クリス？」

「誓ってもいい」

「すべてが順調にいって、とくに大きな問題でもなければ、たっぷり休暇も楽しめるわけね」

「マルベーリャに別荘を買ってもいい。ヴォーグによく出ているじゃないか……」

「そうね、それがいいわね！　オードリー・ヘプバーンとか、マリサ・ベレンソンとか、ペネロピー・トリーとか、有名人たち《ビューティフル・ピープル》がみんな行くところらしいわ……だけど、マルベーリャが人気があるってこと、あなたどうして知ってるの？　お前の知識はみんなヴォーグから得たものだって、笑ってたじゃない？」

「ときどきトイレで読んでいるのさ……いいかね、パリに立ち寄って、それからマルベーリャへ行くんだ。すばらしい場所だって話じゃないか。クラウディオ・ブラーボにお前の写真を撮らせて……」

「レオノール・フィニのほうがいいわ……わたしの好きなタイプよ……」

「いいだろう、レオノール・フィニで。しかし、最後はスペインへ帰るんだ……サンティリャナ・デル・マルやサンティアゴ・デ・コンポステーラ、そしてあの緑ゆたかなバスク地方の村々……うちの先祖はバスクの出身なんだ……一度に全部を見てまわるのは、おそらく初めてじゃないかな」

話しかけるクリスの声。岩場のようにごつごつして乾いた彼のスペイン語の男性的魅力。

「その気になればいいのね。あなたもさっき、そう言ったわ。わたしたちはヘロニモの奴隷じゃないのよね」

一瞬、小人の女は沈黙し、目をつぶった。

「ねえ、クリス、ひとつだけ教えてほしいことがあるの」

「なんだね？」

エンペラトリスは目をつぶったまま――付け睫毛《まつげ》の下に涙がにじんでいる――砂糖入れをよけながらテーブルの上に手を伸ばす。クリスはその手を取り、強くにぎり締める。言いたいことはお互い分かっている。しかし、クリスのほうからひとこと詫びる必要がある。

「エンペラトリス、お前は疑ってるのかね？　わたしは、なるほど弱い男だ。怠けてばかりいて、ばかなこともいろいろやった。しかし、愛しているのはお前ひとりだ。それは、これからも変わらん。あした、一番の飛行機で発とう！」

彼女は顔を輝かせて目を開け、クリスの片方だけの目を見つめるが、同時に、まわりのほかの椅子がほとんどふさがり、椅子と椅子とのあいだにも大勢の人間が立っていて、ふたりをじろじろ見ていることに気づく……ふたりは手を放し、引っこめる。しかし、その場の事情がほとんど分からないのだから、大して面白いと思っているわけではないが、おれたちは釘付けになったように動かない。彼女とクリスを同質的な人間の好奇心で取りかこみ、驚愕の眼で打ちのめし、ひっとらえる。おれたちの困惑でふたりを椅子に縛りつける。おれたちはエンペラトリスやクリスとは別種の人間なのだ。横に立っている弥次馬と同じ人間なのだ。からだのどこにも畸形は見られないのだから。おれたちの視線はふたりに足かせをはめ、動けないようにしてしまっている……銀行の事務員……私立探偵……下っぱの役人……過激派でもホモでも、適当な口実で牢屋にぶちこんだほうがいい、おかしな長髪の若者たち……娼婦らしい女たち……汽車の時間待ちのセールスマン……盲《めくら》の男、女の乞食、非番の警官……おれたちの好奇心はふたりを金縛りにする。エンペラトリスがかぼそい声で、

「出ましょう」

「うん、出よう」

「クリス、あなた払って……」

「おい、給仕！」

給仕がそばへ来る。

「いくらだね？」

「主人が、お代はいただかなくてもいいと……」

エンペラトリスは、エンバ・ミュテイション・ミンクをはおりながら立ちあがる……ヨーロッパに帰ったら、チンチラのコートだわ。バルセロナの店、エバスでは、ドン・カルロスが菫色《すみれいろ》のチンチラを売っているって話よ。絶対に、一枚買うわ。背がこんなだから、そう高くはつかないんじゃないかしら。

「どういうわけかね？」

「はい、実はお客様たちが大変人目を引きまして、仲睦《なかむつ》まじくしていらっしゃるという噂が広まったものですから、それを見た通行人まで店へ入ってきまして……ごらんのとおり、テーブルは満員です。満員のおかげで、この時間、近所のほかの店ではカンコ鳥が鳴いているというのに、大変な売り上げです。そういうわけで、これは店のサービスということに……」

エンペラトリスは書類入れを取りあげ、夫のあとについて弥次馬を掻きわけて進んだが、連中は拍手をしてふたりを見送った……ねえ、クリス、どこへも行くのはやめましょう。リンコナーダへまた身を隠しましょう。急いで帰るのよ。あと一年はヘロニモも口出しはしないし、《ボーイ》だって一年も外にいられるわけはないわ……すみません、通してください。外へ出させて……入口をふさがないでください……サーカスではありませんよ……サイン？　サインってどういうことです？……さあ行こう、エンペラトリス。二ブロックほど向こうに車を停めてあるんだ……カップルが通りの向こうへ消えるまで、弥次馬たちは喫茶店の入口に鈴なりになっていた。目のギラギラ光る、能弁な手をした汚らしい乞食がふたりを追って、しきりに何かを訴えようとした……耳も口もだめなのね……エンペラトリスが言った……お金をやったら、クリス。ひどいなりね、胸が悪くなるわ。どう、この男の貧相なこと！　からだも弱そうね。何か言いたいらしいわよ……おれは喋るが、ふたりには聞こえない。

おれは手を使う。ヘロニモを片づける必要のあることを伝えようとこころみる……おれたちは、どうしても彼をやっつけなければならない。おれがここにいるのも、そのためだ。あんたたちに会って相談するために、おれは修道院を出てきたんだ……この男、何が言いたいのかしら？　あっちへ行って、わたしたちにつきまとわないでちょうだい……必死だぞ、こいつ……そうだ、おれは必死だ。ヘロニモが行動を起こすまでの、おれたちの持ち時間はわずかなのだ……この乞食、腹がへってるんじゃないのか。それにしても汚い格好だな！　幽霊みたいに顔が青くて、脚が震えている……おれに手を貸そうとするように、ふたりは街灯の下に立ち止まる。畸形たちはおれに同情を差しのべる。おれの唇の動きをじっと見つめる。シラブルを、単語を、それから意味を読み取り始める。仰天しながら聞く。おれはもう身振りをあまり使う必要はない。おれたちは話をする。いくらでも話すことがある。おれとあんたたちは、話すことが山ほどあるはずだ。最後までおれの指示にしたがってほしい。彼を完全に抹殺することを、ここで、おれに約束してほしい。

「ベルタ……」

ベルタは返事をしない。

「そんな格好で、どこへ行くの？」

ベルタは這うのをやめない。

「あんた、頭がどうかしちゃったんじゃないの？」

彼女は裸で《ボーイ》の中庭へ向かっていた。どんよりとした目玉。ぼんやりした視線。答えようとしない彼女に、エンペラトリスはなおも注意する……恥ずかしくないの、ベルタ！　こんな天気だから、うるさいことは言いたくないわ。でも、しっかりしてちょうだい。あんたもわたしも、裸を見せびらかして歩きまわる年じゃないわ……ベルタ……ベルタ……信じられない。まるでウンベルト・ペニャローサのいたころのように、裸で這って歩いている。エンペラトリスのスタイルをまねしていたベルタがである。ボタンさえ押せば楽々と、多少は体裁もよくあちこち移動できる、電動式の車椅子を注文して作らせたベルタがである。エンペラトリスは、少なくともこの……十年いや、十二年ほど、裸のベルタを見かけたことはない……ひどい格好だ！　やはり胸にカップを入れていたのだ。見ればクリスも信じるだろう。いまのベルタの胸は、彼が知ったベルタの、あのすばらしい胸ではない……嘘も隠しもないところをその目で見ればいいのだ。ベルタは彼女を、エンペラトリスを、親友を、長年たったひとりの友人だった彼女を苦しめるつもりで、こんなまねをしているのにちがいなかった……ベルタ、返事をして！　気でも狂ったの、そんな格好で這いまわって？　すっかり腰が太くなってるのよ。そのからだを引きずる力は、あなたの腕にはもうないわ。腹を立てるかもしれないけど、言わないわけにはいかない。ね、こうなったらお願い、そんなことするのはやめてちょうだい……ベルタは別に怒りもしなかった。その大きな手で芝生をつかみ、砂利をつかむのをやめなかった……ベルタ、言うとおりにして……庭園から回廊へ通じる石段を、ベルタはその尾を引きずって登っていった。そして、《ボーイ》の中庭をリンコナーダの屋敷の他の場所とへだてる門番部屋へたどり着くと、昔のように額で三度、ドアをたたいた。医師とその妻は、こいつ気が狂ったな、と言うように顔を見合わせた。

　ドアが開いた。まだ闘技士のように丈夫な、巨体を誇る裸のバシリオがドアを開けて、彼らを玄関のなかへ入れた。そのバシリオに目もくれずに、エンペラトリスは《ボーイ》の第一の中庭のドアの把《と》っ手をにぎった。しかし、それは開かなかった。鍵がかかっていた。

「鍵を持ってるのは？」

「おれです、エンペラトリス様」

「開けてちょうだい」

「入れることはできません」

「入れることはできないって、それ、どういうこと？　この屋敷のどこへでも、わたしは入れるはずよ」

「どうぞ、ベルタ様」

バシリオが大きな鍵でドアを開け、ベルタは中庭のほうへ這っていった。エンペラトリスの叫ぶ声など耳に入らないかのようだった……ベルタ、ベルタ！　どうなってるのか、わたしに教えてちょうだい……大男はふたたびドアに鍵をかけ、大きな鍵束の輪を腕に通した。揺れている鍵が、まるで奴隷女のブレスレットの飾りのようだった。

「バシリオ」

「なんでしょう？」

「教えてくれない。これどういうことなの？」

「おれには分かりません」

「とんまね、相変わらず！」

「何も変わったことはないですよ。おれは、ただ当番で……」

カエルのような背の高さからエンペラトリスは叫んだ。

「鍵をよこしなさい！」

バシリオはそれを渡そうとしなかった。

「何も変わってないって、それ、いったいどういう意味なの、バシリオ？」

ドアが内側から開いて、一糸も身にまとわぬ《ボーイ》が現われた。頼りない脚のあいだにぶら下がった、異常に大きなペニスの堂々たる風格。短小な腕。落ちた胸。顔を前へ突きださせている背中の瘤《こぶ》の重み。鼻と顎のあいだに架けられた口の尖頂アーチ。額の不自然さ。胎児のそれのように、形になりきっていない耳と唇。トカゲの眼瞼によってむきだしにされた、青い目のアーク灯……エンペラトリスは初めて、電気を帯びた《ボーイ》の視線によって焼かれ、その意志が灰となっていくのを感じた。《ボーイ》から夫妻に挨拶をした。

「やあ、エンペラトリス。別に変わったことは起きてないよ、ここでは」

「よく分かりませんわ」

「ふたりとも裸になって、なかへ入ったら。しばらく、ふたりと話がしたいんだ」

「裸になるには早すぎるし……それに……それに、はっきり言って、その気にはなれません」

しかし、その青い目からはるかに後退したマムシのような眼瞼に恐れをなして、結局、ふたりは服を脱いだ。エンペラトリスは気をそらせるために、急いでいたので下着をえらばなかったことや、さらに車に長く乗っていたのであまり清潔なからだとは言えないことなどを考えながら、着ているものを脱いだ。人前で裸になるのが、なんともいやだった。以前はこうではなかった。みだらな好奇心が強いとはいえ、《ボーイ》もこんなにじろじろ見ることはしなかった。以前は彼女は四六時中、裸だったのだが……まあ、クリスのあの格好！　お腹がすっかり出ちゃって！　あまり大きくないけど、へその下にちゃんと角が……よかったわ、もう何年も前のことだけど、玄関から鏡のぶしつけな視線を追い払うように言いつけておいて……いまの彼女は、ちんちくりんで、頭がばかでかくて、ころころ肥って、肉のたるんだ自分の裸を見ることには耐えられそうもなかった。彼女は、少なくとも、自分を見ることはしなかった。《ボーイ》はしばらくふたりの周囲を歩きまわっていたが、やがて叫んだ。

「まるっきりお化けだ！　見ていて面白いどころか、胸がむかむかする。笑うどころか、ほんとに泣きたくなっちゃう。ともかく、エンペラトリス、裸で歩きまわることに早く慣れたほうがいい。ここでは何も変わったことはなかったんだから……ふたりともいっしょに来てくれないか」

エンペラトリスが口のなかで何か言った。

「聞こえないよ、エンペラトリス。もっとはっきり言ってくれ。いいかい、ある問題についてあんたとぼくが話をする、これが最後の機会なんだ。それがすんだら、この十二年間の、あんたのハレンチな行為に幕をおろして

「……」

「わたしのハレンチな行為ですって?」

「そうだよ、あんたとご主人のね。あんたたちは、頭のいいおやじのアイデアをぶちこわしにして、ぼくを虐待しつづけて来たんだ……そうなんだ、エンペラトリス。何も驚くことはないさ。いまのぼくは、父がいるってことがどういうことか、その父が何者なのか、何を企んだか、ちゃんと知っているんだ。父が死んだら、どれだけの、どういう財産がぼくのものになるか、ようく知っているんだ。そうだよ。ぼくはいまでは、所有するってことがどういうことか、また死とは何かを、ちゃんと心得ているんだ……びっくりすることはないよ。落ち着くんだ。五日も外をうろついていれば、いろいろ覚えるのは当たり前じゃないか。さっき言ったように、もう幕をおろして、何も起こらなかったことにしてしまおう。あんたたちのことを父に訴えるのはやめておく。そうしたっていいんだが、ぼくの計画にさしさわりがあるから、訴えないことにするよ」

なぜリンコナーダへ帰ってきた? スイスで暮らすほうが楽だし、快適だろうに。彼女もスペイン語で書かれた夫のパスポートで旅行してまわれるだろう。ひとりの乞食の音にならない言葉が、この地獄へ帰るようにふたりを仕向けたのだ。

「エンペラトリス、ぼくはあんたの説明を待っているんだよ」

喫茶店でわたしたちを眺めていた、あのたくさんの顔……。

「喫茶店であんたたちを眺めていた、あのたくさんの顔、のせいかい?」

「どうしてそれを?」

「いまでは、ぼくはなんでも知ってるんだ。外に仲間がいて、計画がうまくいくようにぼくを助けてくれている。計画を立てるってことがどういうことか、それもぼくは知ってるしね。その仲間だけど、それは、外にいた五日のあいだ、ぼくと苦労をともにした連中だよ。ぼくがまともな人間に変身したいと思ったとき、ぼくと一体になってくれた連中だよ。彼らは父に、ぼくがここから逃げだしたことを報告した。だから、父はここへ来る。エンペラトリス、父はそう約束したんだ。ぼくを冥府のなかに閉じこめておくという義務を、あんたがちゃんと果たしてきたかどうか、それが知りたいんだそうだよ」

「それは、きょうですか？」

「さあ。きっと二、三日中じゃないかな。あんたがよく知っているとおり、父も年でだいぶぼけちゃってるから……」

「ほんとに、ヘロニモも年を取ったわ！」

「そうだよ。そして、それをあんたは利用したのさ。ひとつだけ言っておこう。父はここへ来るけど、あんたのインチキで父の最初の計画がおじゃんにされたことは、ちっとも知らないんだ。とにかく、リンコナーダに自分が行かなきゃいけないと思いこんで……ぼくは、そしてあんたは——あんたがぼくを助けてくれることは間違いないから——その滞在をできるだけ長引かせるようにするんだ。そして……」

「ヘロニモは、ここで何をするつもりかしら？」

「いずれ分かるよ。アスーラやほかの畸形といっしょに表に放りだされるのは、あんたもいやだろう。世間の奴らに追われて、笑いものにされるからね。きのうの晩、喫茶店でやられたじゃないか。ぼくもバーや表通りで、娼家で同じような目に遭ったよ。この娼家では、普通の女にはさわらしてももらえなかったな。連中の言いぐさでは、不具なんてものは悪魔の申し子で、悪運をもたらすんだそうだ。ぼくは女たちに表に放りだされた……あんたたちも放りだされるのがいやなら、この楽園をぶちこわされるのがいやなら、ぼくのゲームに加わったほうがいい。ぼくの言うとおりにしたほうがいい。ほかの者にはもう伝えてあるんだ。ぼくは外の世界を抹殺するつもりさ。もしぼくにしたがわなければ、ベルタに何もかも話してしまうよ。あんたが気取りやで、いつも話してる上流子弟の行く学校なんか出ていないし、社交界の名士のことはよく知ってるけど、向こうは誰もあんたのことを知らないってね」

「ベルタに知られるくらいなら、死んだほうがましだわ」

「分かった。いろんなこと知ってるけど、喋らないと約束するよ。ただし、あんたはぼくの囚人みたいなもんだ。ぼくのゲームに加わらなきゃいけない。ぼくたちは外の世界を抹殺しなければならないんだ。そして、アスーラ、あんたはぼくを再手術してくれ。こんどは、外にいた五日間の経験が集まっている脳の一部を剔出し、そのあと、ふたたび頭蓋骨を閉じて、昔と同じように無知で純粋なぼくに戻すんだよ」

「そいつはなかなか……」

「でも、可能でしょう」

「たしかに、可能は可能だ」

「ぼくにとって大事なのは、中庭の内部だけだ。あとはあんたたちのものだから、好きにすればいい。ぼくは関心ない。みんなやってもいいんだ、エンペラトリス。リンコナーダをあんたにプレゼントしよう。残りは、あんたとアスーラ、それに一級の畸形たちにあげよう。ぼくがいわば抽象的な存在に戻ることを認めてくれさえすれば、父の死後、ぼくの財産をどうするかは、あんたたちの勝手さ。外に五日間いて、ぼくは生きることへの興味を失った。ある詩人が言っているよ。『生きる？　生きるだと？　なんだ、それは？　そんなことは代わりに召使いにやらせておけ』って。あんたたちはぼくの召使いだ。あんたたちは、ぼくが生きることを拒絶したものを生きるんだ。現実を知ったいまでは、ぼくは人為的な世界にしか興味がない」

「それで、彼は？」

「誰のこと？　父、それとも別の人間のこと？」

しばらくためらってからエンペラトリスは答えた。

「ヘロニモですよ」

「かりにだよ、ぼくがこの自分にそっくりな子どもを持ったら、父がぼくにしたのと同じことをすると思うな。ぼくはある朝、ひどく明るいグレーの服を着て、片一方に手袋をにぎって通りを歩いていく父の姿を見た。だからだよ、アスーラ、ぼくがきみのメスを……あの五日間を剔出さえしてくれたら、遺産としてもらうものは全部、あんたとエンペラトリスに提供しよう。その五日間はほかの男に移植して、ぼくの悪夢のなかで生きさせればいい。ぼくは自分の中庭に、あんたたちが最初の秩序を維持させていく中庭に、閉じこもってしまうんだ」

「ヘロニモは？」

「そのうちに、いや、間もなくここへ現われるさ。すでに仲間に頼んで、もっとも父の気をそそるようなことが耳に入るように、父がそれに引っかかるように、仕組んであるから……」

「というと？」

「ぼくに子どもが生まれるってことだよ。こんな風に、畸形の連鎖という地獄をくぐることで、ぼくの家系はますます純化されていくわけだ。アスーラ、手術はできるだけ早いほうがいい。ぼくの冥府さえ維持してくれれば、すべてはあんたたちのものだよ。さあ、どうする？　出ていくかい、それとも残るかい？」

　ふたりは黙って顔を見合わせた。

「出ていきたければ、それでもいいんだよ」

　エンペラトリスは、むっちりした手を左右の膝の上にのせて、目をつぶっていた。彼女と夫は首を横に振った。それを見て《ボーイ》は、

「いいだろう。早速、準備にかからなくちゃ。ぼくのために創られた真実が、これからは真実なんだ。死とは何かを忘れるわけだから、ぼくは臨終の苦悶も知らずに死ぬるだろう。エンペラトリス、大勢の百貫デブを飼って肥らせてくれ。どれもこれも同じように、たっぷり肉をつけてくれ。それから、アスーラ、あんたはバニラを使った料理をいろいろ検討して、早速きょうから、ぼくの食事をそれに戻してくれないか。ほかのものはもう食べ

ないつもりさ。肥った女がいくら出てきても、よくすりつぶした食べ物が続くのと同じで、栄養たっぷり、モリモリ元気が出るだけだよ。ほかにはなんにも要らない」

「《ボーイ》!」

「なんだね、エンペラトリス?」

「彼は?」

「彼って?」

侏儒の女は目をつぶって、アーッと叫んだ。鋭く、長い悲鳴。しかし、彼女はすぐに落ち着いた。

「何が?」

「分かったかね、エンペラトリス?」

「触れることのできない人間に触れたいと思う、あの苦しみさ」

「あなたに話したのね、彼?」

「そうだよ」

「やっぱり。ところで、ヘロニモはいつ来るの?」

「分からんね。しかし、父がここへ来るころには、ぼくは父が夢に見ていた十七歳の《ボーイ》になっているさ。ただひとつ、ちがう点がある。父がこの世から消えて、ぼくがアスーラの手術を受け、あの五日間を剔出してもらうまでは、すべては虚構で、ぼくは芝居をする。あんたたちもね。あとで、アスーラが手術をすませ、父がいなくなったときに、ぼくはいっさいをあんたたちにゆずる。外側からぼくの真実を支えてもらうためにね」

アスーラ博士が立ちあがった。

「犯罪に手を貸すのはごめんだ」

「クリス、誰が犯罪なんて言葉を使った? ばかなこと言わないでよ」

28

「この飾り付けは彼かね?」

「ええ……」

「かなり趣味がよくなっていたんだな。ウンベルトは頭のいい男だった。まったく快適な住居だ、ここは。一生ここに住みたくなるかも……」

「これが寝室です」

「ここへスーツケースを運ばせてくれ」

「わたしの部屋を使うと思っていたのに……」

「ウン、あちこち見てまわったんだが、結局、ウンベルトの部屋に落ち着く気になった。お前……そうだ、お前だ。名前は?」

「バシリオ、です」

「わたしはほかに用事があるから、荷物を運び終わったら、わたしの服を衣裳部屋に片づけてくれ」

テラスへ出ると、広いみごとな芝生やプールや色あざやかなビーチパラソル、公園の楡《にれ》の木や木蓮《もくれん》、チリ杉やユーカリの森、そしてその向こうの山並が目に映った。

「こんなに美しい場所だったことを、すっかり忘れていたよ」

「ほんとにすばらしい眺めですわ。クリスもいつも言っていますけど……」

「ここは？　ああ、書斎だな。わたしの好きなクロード・ロランだ。ずいぶん長いあいだ、見なかったなあ！　久しぶりに友だちに会って、話をする機会もなくてよく我慢できたものだと思う、あれと同じ気持ちだよ。これは、そこらのクロードの作品とはちがうんだ。逸品でね、こういう立派なものは、ちょっともう手に入らんだろう……これこれ、この胡桃《くるみ》の机。彼が書き物に使ってたやつだ……」

「ろくに書かなかったわ」

「そう。残念だな、才能のある男だったが」

「実を言うと、ヘロニモ、一字も書かなかったのよ。書きたいことは頭のなかに入っていたらしくて、よく――夕方、愉快な連中がここに集まったときに――そのプランを話してくれたけど」

「結局、いい作品を書こうと思って……ウンベルトの困ったところは、ひとつは、わたしの伝記が文学的な素材だと信じていることだった」

「そうなのよ。いつもそこから話を始めたわ。でも、すぐにすべてがデフォルメされちゃうの。彼には簡潔平明に書くという素質がなかったわ。普通のこともひとひねりせずにはいられないのよ。復讐と破壊の衝動みたいなものを感じていたのね。最初のプランをやたらに複雑にし、ゆがめるものだから、しまいには、彼自身が迷路に踏みこんでしまったような感じだったわ。彼が築いていく、闇と恐怖に塗りこめられたその迷路のほうが、彼自身よりも、またほかの作中人物よりも強固でしっかりしていたんじゃないかしら。作中人物はいつも不明瞭で、不安定で、決して一個の人間としての形をとらなかったわ。いつも変装か、役者か、くずれたメーキャップとかいった……そうなのよ、現実よりも彼自身の妄想や憎悪のほうが大切で、現実は、彼にとっては否定すべきものだったと……」

「面白いね、エンペラトリス。きみは大した文芸批評家だ」

「長いあいだ彼といっしょでしたからね」

「そうだな。しかし、わたしが思うに、彼の根本的な問題は、わたしに精神的な高さとある強固さを持たせる必要があるにもかかわらず、気の毒なことに、わたしにはそれが欠けていたことだった。だから、あんな風にわたしの伝記を偽造しなければならなかったし、そのなかに自分を見失う結果にも……ああ、アスーラ、入りたまえ。こっちへ来たまえ。会えて嬉しいよ。ま、すわって。おい、バシリオ、先生にウイスキーを頼む。この部屋は快適だね」

「わたしの部屋もすばらしいわよ」

「だろうな。しかし、エンペラトリス、きみのいい趣味ってのはピンと来ないな。きみはいつも貧しかった。たしか、きみのお母さんは電話会社の事務員で……」

エンペラトリスは赤くなった。なんとでも言うがいい、母はれっきとしたレディーだったのだから。

「……しかし、きみの趣味にはまだ基本になる何かがあった。ところが、ウンベルトのは単なる空想なんだな。ま、彼の話はよそう。きみとアスーラがいて、ここをちゃんと維持していってくれるんだから……」

エンペラトリスは、万事が彼の希望どおりにいっていること、期待を裏切ることは絶対にないことを断言した
……まかされた計画ですけどね、結果は、はっきり言って上々ですよ。旅で疲れたでしょう。少し休みますか？それとも、これからすぐ息子さんに会いますか？

「いや……やはり少し疲れているようだ。それに、だいぶお腹も空いている……」

「それじゃ、お昼のあとにでも会いますか？」

ヘロニモはしばらくためらってから、それもどうするかな、きょうはやめておくか、と答えた。実際、疲れが

ひどくて、きょうはむしろ、いろんな思い出のある公園を散歩したり、外の連中に会ったり、あるいはゆっくり午睡を楽しみたい気分だった……あとの時間はテラスで過ごしたいから、あそこを片付けさせておいてほしいな。息子に会うのは、あすのことに、そう、あすの朝早くということに……。

しかし翌日、彼は馬に鞍をつけるように命令した。ひとりで出かけて、自分の地所のなかの並木道や、まわりに灯心草の生い茂った湖のあたりに馬を走らせた。ケルテウエ鳥の鳴き声に耳をそばだて、現在は三級、四級、五級の畸形たちの住みついている小作人の小屋を尋ねてまわった……よくやってる。礼を言うよ、エンペラトリス。屋敷の建物のまわりに畸形たちを住まわせて、外部と切り離すというのは、なかなかの名案だ……その夜の食事のさいに、ヘロニモは、よく日焼けした顔におだやかな微笑を浮かべて言った。

「エンペラトリス……」

「なんですか？」

「実は、ちょっとしてもらいたいことがある……子どもみたいで申し訳ないが……」

「どんなことでしょう？」

「思い出したんだよ。昔このリンコナーダで、ペータ・ポンセが銅鍋でこしらえていたアーモンド入りのプディング、ブラマンジュをね。搾りたての牛乳を使ったやつで、あの年寄りは休みなく鍋を掻きまわしていた。お昼すぎいっぱいそうやっていると、牛乳がねっとりしてきて、くすぶったサンザシの匂いが少々するプディングができあがった……というわけで、急に思い出して、食べてみたくなったんだが……」

「あら、そんなこと！　とっても簡単ですよ、ヘロニモ。あしたにでも作らせましょう。あさっての朝食には間に合うと思うわ……」

ヘロニモは《ボーイ》の中庭への訪問を一日延ばしにした。プールでパチャパチャやっている不具。グリーンでパットの練習をしている不具。ガンサー・サックスの結婚相手を知るために新着のパリ・マッチをめくりながら、海外放送でペチュラ・クラークの歌を聴き、肌を小麦色に焼くアンブル・ソレールを全身に塗っている不具。彼らのあいだで暮らしているせいか、ヘロニモも少しくつろいだ感じで、ベルタはかなり露骨な秋波を送らずにはいられなかった。大きなアジサイの並木道のひとつの角。回廊の片すみ。すべてがヘロニモの心に妻の思い出を呼びさました。エンペラトリスはそのイネスや、宝石や、服装などについてうるさく訊いた。

「彼女のものはすべて、ちゃんとしまってある」

「どこにですか？」

「ラ・チンバのエンカルナシオン修道院だよ」

「あ、アスコイティア家の、あの礼拝堂ですね」

「そうそう、いくつもの部屋がいっぱいだよ。おそらく虫に喰われているんだろう」

「残念だわ、あそこも終わりなの！」

「終わり？」

ヘロニモの大きなからだがエンペラトリスの前で立ち止まった。まだまだ豊かな白髪の美丈夫、ヘロニモを眺めながら、彼女は不安を覚えた。彼の前にいると、彼を見ていると、喫茶店でふいに、意地の悪い客たちがこちらの心をずたずたにするのを感じるのと同じ気分に襲われた……下から彼を見あげながら、侏儒の女は目まいを覚えた。

「何も終わりにはならんよ」

「でも、あなただって、いつまでも生きてるというわけには……」

「そうかな？」

「つまり、わたしの考えでは……」

「この何週間かリンコナーダで愉快に暮らしたが、その間に考えたんだ、ここが終わりになるようなことがあってはならないとね。《ボーイ》を結婚させようじゃないか！　そうすれば、ここはそのまま残る。ペータ・ポンセのこしらえたあのブラマンジュを食べたせいかどうか、わたしも突然、猛烈に孫がほしくなったんだ」

「でも、そうなったら、わたしたちは？」

「もう何年になるか忘れたが、きみたちにはいい給料を払ってきたはずだよ。だから、なんとかやっていけるんじゃないのかな」

「お金でどうにもならないことだってあるわよ」

「くだらないきまり文句だ」

「そうかしら……」

「何か言いたいんだね？」

「わたしたちもあなたの犠牲者だっていうこと」

いつかは言ってやりたいと思っていたことだった。

「わたしの犠牲者だというのかね、エンペラトリス？」

「そうよ、犠牲者よ。わたしたちに……わたしたちの畸形に盛り立てられて、それであなたの子どもも、王様でいばっていられるのよ。わたしたちはただの道具、極彩色の垂れ幕、書き割り、ボール紙のお面、仮面なのよ。舞台で生まれたときから王様を演じている中心人物の周囲から、そういうものが取り去られたら……そうね、たちまち奈落へもんどりよ。あなたの計画も、実現はそうたやすくはないわ……」

「要するに、わが身が可愛いんだろう」

「それはそうよ。わたしが一年に一度、外出することを思い出してちょうだい。その一年一度の外出のたびごとに、いつまでも極彩色のボール紙の舞台装置の一部でいたいという、わたしの気持ちはますます強くなるの。あなた、花嫁を捜すために《ボーイ》を連れだして、わたしたちは解散させるつもりなんでしょう？」

「いやいや、まだそこまでは考えていない。まず、彼に会いたいんだな。むしょうに彼に会いたい。あす、だ。あす会おう」

ヘロニモが寝るためにウンベルトの塔に引きこもるや否や、エンペラトリスとアスーラ博士は一級の畸形と話しあってから、《ボーイ》を起こしにいった。そして、彼は父親の計画をことこまかに話した。彼を醜い従妹か誰かと結婚させる、子どもや孫を産ませる、市中に住まわせる、政界か実業界に入れる、ユニオン・クラブの会員にする──要するに、リンコナーダを始末するのがヘロニモの狙いなのだ。

《ボーイ》は長いこと笑っていた──リンコナーダがおしまいになることはない。彼がそれを保証する。もしも彼らが、一級の畸形たちが助けてくれれば、彼が責任を持ってこの隠れ家を維持していく。ヘロニモが彼らの手中に落ちさえすれば、リンコナーダを解消し得るものは何もない。エンペラトリスの言ったボール紙の世界は現実となるだろう。彼女もふたたび外出する必要はなくなるにちがいない。思い出すことのない、いや、むしろ思い出したくないと思っている世界に舞い戻らなければならない、という不安を前にして、みんなは、《ボーイ》への全面的な服従を誓った。現在あるがままの世界を守っていくためには、力を合わせること、些細な食い違いなどは忘れることが必要だった。ここの存在を危うくするようなことは許してはいけない。ヘロニモにはなんの権利もないはずだ。彼らはヘロニモの道具になることを望んではいない。またヘロニモが、何かを思い出したから、ブラマンジュを食べたから、不安を覚えたから、あるいは郷愁を感じたから、といった理由にもならない理由で、取りこわしてしまいたいと思っている世界に属することも望まない……彼はほかの遊びに飽いただけのことなのだ。彼はまるで、気まぐれでわがまま放題な幼年期をまだ過ぎていない、卑しい神のようなものだ。古いおもちゃはいつも新しいもので取り替えられなければならないが、これも飽きると、古くなったと言って捨ててしまう……あるいは、世界を創造するさいに、創造そのもののなかで生まれる可能性のある、危険から自分を守ることを忘れるという愚を犯してしまった、動脈硬化の神のようなものだ……いくらなんでもひどすぎる。彼らだって、山のような衣裳やゲーム盤、チップや古い仮面などのように、ある日その身に火を放たれるのを黙って見ているつもりはない。ヘロニモが彼らを強制して、現実と呼ばれているところへ、ふたたび出ていかせようとするのを許すわけにはいかない。毎年のことだが、ここへ帰り着いて二日ほどベッドで休養を取ったあと、エンペラトリスはぞっとするような話をいろいろするではないか。すでに記憶すらない外へ、彼らを出ていかせようとするのを黙視するわけにはいかない。みんなは、ここから消えることを望んではいないのだ。リンコナーダが消滅することを望んではいないのだ。《ボーイ》がこうしろと言えば、喜んでそれにしたがおう。命令してほしい、どんなことでも。あの極悪非道な父親から彼らを守ってくれるという約束さえしてくれれば、《ボーイ》の手足となって働こう。あの父親は、ただ創造したというだけの理由で世界の主だと信じている。その息子が守ってくれなければ、彼らを滅亡させることは間違いない。

かなりの年配であるにもかかわらず、裸のヘロニモは見事なからだの均整を保っていた。まるで、彼の上を過ぎてゆく歳月も、そこにからんできわ立たせるべき傷を見出せないかのようだった。彼が《ボーイ》の第一の中庭に入ってくるのを見たとき、侏儒の女は嘘でない苦痛の叫び声をあげて、彼の姿が目に入らないように、またおのれの姿を見られないように、その場から逃げだした。すすり泣くばかりで、何もそこまで大げさにやることはない、これはボーイの前で怖がってみせるお芝居で、その《ボーイ》はまだ現われていない、というヘロニモの言葉を聞こうともしなかった。侏儒の女は裸のまま、金切り声をあげて回廊を逃げていった。ほかの者にも逃げるように、用心するように言った。恐ろしい生き物がどこからともなく現われた、と警告した。ベルタは、身を隠す穴のない、長方形に刈りこまれた植込みの背後で、死にかけたトカゲのようにからだを丸くして泣いていたが、しかしうっとりとしたその目を、親しげに声をかけながら中庭を渡っていく化け物から離すことができなかった。メルチョールは木の枝で彼を追い払おうとした。バシリオは小石をなげた。メリーサはせむしの若者の像の台石の後ろにひそんで、《ボーイ》に向かって、逃げるように、どこでもいいから安全な場所に隠れるように、訳は分からぬが恐ろしいことが起こっているから、と叫んだ。《ボーイ》は、回廊の突き当たりのヘロニモの姿を認めると、十歩ほどへだたった場所まで彼のほうへ進んだ。そして、この化け物を喰い入るような目で見つめながら、しばらく冷静に観察した……まさか！　考えられない……《ボーイ》は顔を蔽った。くるりと後ろを向き、困惑と苦痛の叫びをあげながら屋敷の奥まで逃げこんだ……奴を連れだせ！　ここに置くな！　エンペラトリス、あの化け物は、いったいなんだ？　奴のせいだ。こんな気持ちになったことは、いままで一度もない。この感情は計画にはなかったぞ。恐怖がどういうものかよく知らないが、ともかく怖くて泣きたい気持ちだ。メルチョール、バシリオ、説明してくれ……反感です……嫌悪ですよ……不安ですよ。わたしたちも感じています。危険だと思われるほど異様な生き物を前にした、恐怖です……恐怖って？……落ち着いてください。そのうちに慣れます。みんな慣れなきゃいけないんです。それに見たところ、危害を加えそうにはありません……いや、あれは悪い奴だ。その存在が信じられなくて恐怖を抱くほど異常な、悪い奴だよ……まあまあ、落ちついて……。

その日、《ボーイ》は二度と父親に近づこうとはしなかった。

夜になって若者が眠ってしまうと、ヘロニモはエンペラトリスの食堂で――シャコの味は、彼の子どものころよりはるかに良かった――彼女とそのほかの者の真に迫った芝居ぶりを褒めた。バシリオの投げる小石をまともに喰らうのではないかと、一時は心配した、と言った。それにたいしてエンペラトリスは、バシリオの石は狙ったところにしか飛ばない、と保証した。またベルタは、フィルムに撮ってもいいくらいのお芝居で、演技がみなすばらしかった、と言った。

「みんながみんな芝居じゃなかったのよ」

「つまり、わたしは、それほどひどかったというわけかね？」

客たちはリラの花の色の蠟燭の明かりのなかで笑った。テーブルの飾りもリラの花だった。黒いドレスのエンペラトリスがショールのように肩にはおった、ビルマ産の軽やかなチュールも、リラの花の色だった。

「何を言うの！　ただね……」

「ただ、なんだね？」

「屋敷に、ここの中庭にいるときは、あなたが作った世界の規則はずうっと生きつづけて来たわけだから、わたしたちは芝居をする必要はないのよ。少なくとも、わたしは……」

みんながうなずいた。

「……それに、あなたの畸形を前にして恐怖をよそおう理由も、わたしたちにはないの。だって、あそこへ入れば、実際に、あなたは畸形的な存在に変わってしまうんですものね」

ヘロニモはブドウ酒のグラスを手に取った。

「いや、すばらしい。初めは少し具合が悪いが、要するに、慣れの問題だろう。彼にも慣れてもらえるかもしれない。とにかく、彼を知って、彼と話をしてみたくて仕方がないんだ」

「先のことよ。あなたが彼の言葉を覚えたときに、ぼつぼつね」

「分かった」

「あの過敏さをなんとかしないといけないわ。あなたが彼の前に姿を見せるのは、よほど慎重にやることね。異常なものが存在しなかった世界でしょう。あなたの存在は異常であるわけよ。それに、こういうことは少しずつ時間をかけてでないと……」

「どうすればいいと思う？」

「……辛抱して待つことね」

毎日、そこにいる時間を少しずつ引き延ばしながら、ヘロニモは門番部屋で裸になったあと、《ボーイ》の中庭へ入っていった。毎日、ある時間が来ると、ベルタも裸になり、その年老いて力のない肉を石段に横たえた。

角柱によりかかった。異常に大きな頭をした一匹の猫をしたがえて、四角く刈りこまれた茂みを縫う小道を這って歩いた。午後になると決まって、ひとりの百貫デブが奥へ入って、若者に快楽の薬を飲ませた。毎朝、アスーラ博士は《ボーイ》を診察した。儀式、すべてが儀式であった。エンペラトリスは一日に三度、バニラで味付けした食べ物を《ボーイ》に与えた……毎日、メルチョールは……毎日、バシリオは……決まった時間に、定められた量……それがいまでは、目立たぬように、新しい要素が入りこみつつあることを《ボーイ》に気づかせないために、一日に数分ずつ時間がずらされていた。裸のヘロニモは、彼をみかけると恐怖に怯えて逃げだすあの連中を無視して、回廊を歩きまわった。バシリオの投げる小石がときたま当たったり、メルチョールの平手打ちを喰らって顔にあざができたり、彼の出現でヒステリックになったベルタの爪で太腿をひっ掻かれたりすることにも、彼は慣れてしまった。《ボーイ》は彼を観察した。遠くからではあったが、ともかく観察した。これだけでも前進である。父と子の関係の確立へのこの進歩に満足して、エンペラトリスの居間に夜集まった一同は、そう言いあった。

「わたしに好奇心を感じているんだ」

「すばらしいわ。いよいよこれからね」

「こんどは、わたしに近づくように、わたしの畸形に引きつけられるように、彼を仕向けなきゃいかん」

その夜練った計画に基づいて、翌日、上院議員は日向のベンチの上で眠っているふりをよそおった。そして、《ボーイ》がひとつの窓から彼の様子を窺うのに気づいた。ブラザー・マテオの説得がきいて、若者は嫌悪を抑えて父に近づき、観察することに同意した。ブラザー・マテオは堂々と横になったヘロニモの前に、押さえつけるように《ボーイ》を立たせた。《ボーイ》は目をつぶった。見るふりだけをした。彼の父のイメージはすでに眼瞼の裏に痛いほど焼きついていたのだ。

「どうです？　思ったほど恐ろしくはないでしょう」

「いや、恐ろしい……遠くから見たときより恐ろしい」

「よく考えれば、むしろおかしいと思うはずですよ……ごらんなさい、たとえば彼のプロポーションの滑稽な単調さを。まっすぐな背中を。すべすべして、どこも同じで、興味を引くような組織もなく、驚くような色もしていない肌を……滑稽でないとは言わせませんよ。まるで空気でふくらませた風船です……」

父親の目が覚めてしまったほどの大きな声で、《ボーイ》は笑った。身をよじり、横腹を押さえて、涙がでるほど笑いながら、ねじれた指で父親を差して言った……本当だ、マテオ、恐ろしくもなんともない。この杖でなぐられても、ほら、じっと我慢している……おい、立って歩け……見ろ、言うことを聞いたぞ。マテオ、あのぎくしゃくした歩き方を見ろ。歩幅が変わらない。頭をぐっとあげている。実に滑稽だ！　笑うというのは、これなんだな。笑うということがどういうものか、いままで知らなかった。気に入ったよ。彼をここから出すな。どこへもやっちゃいかん。この化け物をここに残しておいて、笑いものにするんだ。ひとつ、跳ねさせてみよう……おい、跳ねてみろ！　もう一度だ！　もう一度！　こんどは片足だ！……こんどは走らせてみろ。小道を走って、ハアハア言いながら戻ってきた。こいつは面白いや。百貫デブをひとり連れてこい。いっしょにベッドに寝かせて、どうするか、やれるかどうか、やり方を知ってるかどうか、見てやろうじゃないか。エンペラトリス、見ろ！　マテオ、ベルタ、メリーサ、あれを見ろ！　この化け物、デブと抱きあってころげまわるだけで、なんにもできないらしいぞ。あの、ぼろ手袋みたいに縮かんだ、皺だらけのやつを見てみろ。ぼくのはものすごく大きくて、ちょっと刺戟されただけでコチンコチンになるのに。

「少しいやになった」

ヘロニモは、エンペラトリスしか作れない、本物のダイキリ・フラッペをひと口飲んだ。プレッツェルを食べた。味のいい、アメリカのものである。彼女は舶来のものしか出さないのだ。

「でも、どうして？」

「第一にだ、わたしもこの年だから、ちょこちょこ走らされるのは辛い。正直に言って、連中がわたしを取り巻いて、あんな風にゲラゲラ笑うのを見たときは、その……うまくやろうと思っても《トゥ・メイク・ア・グッド・ジョブ・オブ・イット》、十分に精神が集中できないんだな、あれじゃあ……」

エンペラトリスは息が苦しくなるほど笑って、ヘロニモの言ったことは翻訳できない。みんなには従兄のウィットは分かるまい、ただ、彼が自分の誕生日のお祝いに出られなくなるのは残念だ、きっとパーティーの花形《ザ・ライフ・オブ・パーティー》になるはずなのに、と言った。

「いや、招待があれば出るよ」

「ウンベルトは、わたしたちのパーティーには一度も出なかったわ」

「それは彼の場合で……」

「仮装舞踏会なのよ。毎年やるの。あなたの気に入るかどうか。大勢の者に出てもらうために、一級の畸形だけでなく、二級や三級の連中も招待しますからね……そんなに雑多な人間が集まって、果たしてあなたの気に入るか……」

「いい仮装の衣裳で隠せないものはない」

「それじゃ、当てにしていいのね?」

「喜んで出るよ」

みんなは、エンペラトリスの開く舞踏会はまことにすばらしいと言った。いつもテーマがあって、たとえば昨年のテーマは《スイスの山小屋》であった。彼らはそろってチロル風の服、ダーンドルと、ババリア風の革の半ズボン、レダーハウゼンとを着、エンペラトリスの住居を、寝室と広間はにせものの雪で、窓はエーデルワイスの花で飾った。

「非常に面白かったですよ」

「革のズボンをはいて羽根付きの帽子をかぶったバシリオを、あなたに見せたかったわ」

「メリーサがヨーデルで賞を取りました」

《アルハンブラ》がテーマだったこともある、とヘロニモは聞かされた。《病院》というテーマも忘れられない。今年は、エンペラトリスはテーマを《奇跡の宮廷》にすると決めていた。彼女の住居と庭を廃墟の寺院のように飾りつけ、みんなは、髪がくしゃくしゃの淫猥な老婆や、飢えた乞食や、不具や、聖具係や、泥棒や、修道士や、尼僧の仮装をすることになる……ぼろ着の豪勢さや、惨めさの巧みな表現をきそい合うのが狙いだった。しみや漆喰の剝げた跡を壁にかかせるのも、みんなが狭い廊下や見せかけだけの中庭、くずれた壁や使われなくなった礼拝堂などのあいだを歩きまわって、はめをはずして浮かれ騒ぐためである……みんなが、病いに犯され、貧しさに押しひしがれた正常な人間たちの仮面を着けることになるのに、はめをはずすのをためらう理由があるだろうか?……誰が誰だか分かるわけはないのだ。


その夜、ヘロニモがウンベルトの塔で眠るために引き退《すさ》ったあと、一級の畸形たちは《ボーイ》と打ち合わせに出かけた。彼は疲れきっている様子だった。何事かを隠しているようにも見えた。エンペラトリスは強引にそれを白状させた。このさい、なんでも打ち明けあわなければ、計画が失敗に終わることは目に見えている。《ボーイ》は呟いた。

「アスーラ博士……」

「なんだね?」

「相談したいことがあるんだ。博士は、ぼくがすべてを知った、あの恐ろしい五日間を剔出すると約束をした。そうだね?」

「たしかに、した」

「実は、ぼくの父も同じように剔出してほしいんだ。ぼくから父を切除することはできる、アスーラ博士?」

医師はしばらく考えてから、

「その問題の映像は、おそらく、きみの脳に深く喰いこみすぎていると思う……腫瘍のように根を張って、あちこち転移もしている……想像だが。もしやるとすれば、きみの脳のかなりの部分を、同時に切除しなけりゃいかんだろうな。とすると、もちろん、きみには影のような意識しか残らなくなる。きみは薄暗い闇のなかで、死とほとんど変わらない状態のなかで生きることになる。死には至らなくて、生きてはいるが、しかし……」

《ボーイ》は顔を蔽った。呻き声が聞こえた。畸形たちは顔を見あわせた。同情の気持ちをどう伝えたらよいのか、それが分からなかった。誰も身動きしなかった。タバコをつけたり、口をきいたりする者はいなかった。やがて、《ボーイ》は顔を蔽ったまま、はっきりと言った。

「ぼくは、彼のような姿になりたいんだ。アスーラ、ぼくを救ってくれ……好きなだけぼくの脳を切除してくれ。植物人間になってもいいから、ともかく彼を剔出してくれ」

翌日ヘロニモは、《ボーイ》が明らかに彼と話したがっていること、しかしそのためには、ある時間にだけ中庭に行くというのではなく、なかへ移ってそこで暮らすことが必要であると教えられた。《ボーイ》はしきりに彼の様子を尋ねる。夜中に、あの化け物を連れてこいなどと、大声で叫びながら目を覚ますことがときたまある。ヘロニモは喜んで承諾した。限られたことしか話せないだろうが、ともかく数日のうちに息子とその機会が持てるだろうという見通しで、彼は大いに満足した。その限られたことのなかには、当然のことながら、子どもを作らせるということがあった。もちろん、《ボーイ》のいる場所へ入っていくには裸でなければならなかった。バシリオの見ている前でヘロニモは服を脱いだ。ドアを開けてもらって、なかへ入った。大男は二重の掛け金と鎖と錠前でドアを閉めきった。その晩の会議はウンベルトのテラスで開かれ、畸形たちは《ボーイ》のまわりに集まった。どうやら急いで事を運ぶ必要があった。

「書類の準備はできているかい、エンペラトリス？」

「みんなそろっていますよ」

「こちらへ渡してくれ……それからインクも頼む。サインするんだろう。一枚、二枚。そして、これはコピー。委任状と、そのコピーが六通か……これだけサインするのは、うんざりだな……こっちのこれは、あまり重要じゃない。あ、ぼくの遺言状だ……わたしの全財産の用益権は、エンペラトリスが主宰する組合もしくは協会に与えられる。エンペラトリスはその責任において、異なる種類の畸形を含めてリンコナーダの全域を維持し、拡張し……」


翌日のことだった。たまたまディアナ神の池のそばで出会ったとき、父親のほうから声をかけられたが、若者はそれに耐えた。そして非常に元気である、話を聞いてもよいが、しかし動物のように、こんな風に四つん這いになって、その姿勢で話をしてくれ、ほかの姿勢では困る、と答えた。ヘロニモはまず、自分が父親である、と言ったが、いったい父親とはなんだ、という答えが返ってきて、きみの母は、と言いかけると、母親とはなんだ、と切り返された。そこで仕方なく、初めからすべてを説明しなければならなかった。その姿勢で、回廊を渡っていく《ボーイ》のあとを犬のように追いながら、懸命に説明した。ところが、《ボーイ》は何も理解できないばかりでなく、彼のことばを笑った。そして最後に、くるりと後ろを向いて上から彼を眺め、やがて大あくびをしながら去っていった。

《ボーイ》がその場にいなくなったとたんに、ヘロニモは立ちあがった。そして、ふたりの関係の進歩——まだぎごちないものではあったが、進歩であることは間違いなかった——を伝えるために、エンペラトリスの姿を求めて中庭をあちこち走りまわった。近づこうとすると、侏儒の女は叫んだ。

「あっちへ行って！　胸が悪くなるわ。さわらないで！　近寄らないで！　じゃまにしかならない、そんな変なものを身に着けてたんで、《ボーイ》がどうかしちゃったんじゃないでしょうね？」

エンペラトリスは話を聞こうともしなかった。ヘロニモは、侏儒の女のやりすぎのような気がした。しかし、この従妹《いとこ》があるとき言ったことを思い出した。つまり、中庭にいるとき、彼らは演技しているのではなくて、遠い昔、彼とウンベルトによって決められたルールにしたがって、反応しているのだった。彼は、その晩そこを出る決心をした……不愉快な思いをし、さんざん辱しめられながら、こんなところで何をしてる？　考えてみろ、公園の前の黄色いペンキ塗りの屋敷の書斎には、グレーのビロードを張った肘掛け椅子が、ちゃんと待っているではないか……《ボーイ》を病院かどこかへやることだ。早速、捜してみよう。そして、あの不愉快な顔……つまり仮面を着けた連中は、みんな追っぱらうことだ……彼は飽いてしまっていた。突然、ここのすべてにうんざりしてしまったのだ。年のことをからかわれる。無理やり四つん這いで歩かされる。ガラスを磨かせられる。通路や空部屋、果てしなく続く回廊や中庭の掃除をいいつけられる。ドアを締めきり、壁を白く塗り、古新聞を焼き、好色なヴェヌス神の欠けた尻を磨くように命令される。片足でターンをさせられる。びっこで、尻尾がなくて、かさぶただらけ、耳が欠けていて、脚がろくに動かず、ばかでかい頭にギラギラ光る目、口許から垂れるよだれで濡れたぶっそうな牙――そんな犬の群れに追われて逃げまわらねばならない。あの畸形たちのみんなに、へいこらしなければならない……よくよく考えてみれば、あの連中を恐れる理由なんか少しもない。その気になれば、いつでも追いだせるのだ……毎日のように、猿芝居はここまで、連中には暇を出す、とエンペラトリスに言おうと思いながら、話をする機会がつかめない。ぐったり疲れてベッドに倒れこむ。不具たちに取りかこまれる夢を見る。そして目が覚めると、やはり彼らがそこにいる。覚めているときの畸形と夢のなかの畸形との見分けがつかない。異常に大きな鼻に重苦しい顎、口いっぱいの歯という無惨な顔。それがみんな、わたしを化け物あつかいして笑いくずれる。夜となく昼となく、迷宮のような廊下でわたしに向かって化け物だと叫ぶ。顔を知らない畸形たちがつぎつぎに現われる。いまではすべての畸形が初めて見るものばかりだ。どれでもいい、顔見知りの畸形に会いたいと思うほどだが、しかし……この蜘蛛の巣だらけの通路にしても、わたしの夢でしかないのだろう。夢であれば、わたしの友人である畸形、覚めているとき見る不具たちが、わたしを救いだすために夢のなかへ入ってこられないのは、これは当然だろう。この虐待からわたしを救ってくれる者はいないのか。わたしはみんなの笑いものにされているのだ。いまではもう出口のありかさえ記憶にない。この通路にも、この中庭にも、見覚えがない。それはみんな、たったいま、ここに造られたものではないのか。出口を見つけることができれば、バシリオを口説いて、外へ出してもらえるのだが、そのバシリオがどこにもいない。バシリオによく以た連中がうろうろしているけれども、どれもバシリオではない。従兄弟、兄弟、伯父かもしれなくて、彼にそっくりだが、彼ではない……バシリオ、開けてくれ！　外へ出してくれれば、ほしいものはなんでもやろう……頼んでも、口汚いののしりが返ってくるだけなのだ。バシリオでない証拠に、こちらの胸板めがけて石を投げてくる。せむし、白子、ブルドッグのような大頭、よたよたとしか歩けないのろまな大女。わたしを追っかけまわすこれもみんな、わたし自身が召し抱えた恐ろしい化け物にちがいない。その名前も分かっていて、話しかければ返事もしたはずなのに、それがいまでは唖《おし》と聾《つんぼ》を決めこんでいる。つまり、連中の望みはただひとつ、わたしをへとへとになるまで追いまわして、ベッドにぶったおれさせ、もうたくさんだ、ゲームはおしまいだ、みんなを警察に引き渡そうと、エンペラトリスにまじめに話をする機会を奪うことなのだ。彼らは、しかし、夜になってもわたしを追いまわし、昼間を迎える気力を失わせ、わたしの内部にあるものすべてを掃きだしてしまおうとする。慈悲を、あるいはせいぜい休息を求める、わたしの願いだけは残されるが、しかしそれが与えられることはない。連中は喚声や金切り声をあげ、わたしに鞭を振るい、わたしの周囲を跳びはねながら笑いころげるだけだ。わたしは顔に手をやり、目や鼻にさわって、いつもの化け物めいたものにはちがいないが、自分のものであることをたしかめる。そうなのだ。わたしは昔から畸形で、重要な公職に就いて美女にも愛された人間であったことはないのだ……その種の人間の容貌は、いまや、かけらほども残っていない。わたしは汗をびっしょりかき、あえぎながら立ち止まる、男仕立ての婦人服《タユール》、鰐皮のアクセサリー、先端肥大症の運動選手の赤いタオル地のガウン、ブルドッグの大頭の上にのった夏向きの白や黄のマーガレットの髪飾り、やはりごく夏向きのアイロンいらずの白い僧服、等々のエレガントなりをした大勢の畸形たちが、前に立ちはだかる。パール・グレーのスーツ、胸にグレーのネクタイ、片手にグレーの手袋といったいでたちのあれを初めとして、みんなが溌剌《はつらつ》としていて、何かが……なんであるかは分からないし……そのことを考える気も起こらないのだが……ともかく何かが起こりしだい、いや、たとえその何かが起こらなくても、ただちに、まったく正常な生活に戻ろうと待ちかまえている。わたしだけが別種の存在だ。この実にお上品《コミル・フォア》な集まりのなかで裸なのは自分ひとりだと気づいて、わたしは顔を赤らめた。いかにも優雅な服装をしたわたしの息子が進みでて、

「この騒ぎは、どういうことです？　気でも狂ったのですか？　何かあったのですか？」

「きみたちこそ、何かあったのかね？　どうもこの様子は変だ。エンペラトリス、鍵をよこしなさい」しかし、ゲラゲラ笑っているだけで、こちらの言葉は耳に入らない。彼らの哄笑はわたしの頭のなかに充満し、閉じこめられて、それをふっとばすときを待つ。哄笑のなかのひとつ、鋭くはっきりとした彼のそれが、これでもなお、異常なのはお前たちであって、わたしではないと言う勇気があるのかどうか、とわたしに迫る。その勇気がある、と答えると、《ボーイ》はバシリオを呼ぶ……こっちへ来てくれ、バシリオ。ほんとかどうか、ためしてみよう。あそこへ連れていくんだ……バシリオとほかの屈強な畸形の男たちがわたしを引きずっていく。足をばたつかせ、放せ、と大声でわめくが、結局、狩するディアナ神の池まで運ばれて、無理やり高い縁に立たされる。ツイードの上着、男仕立ての婦人服《タユール》、帽子、鰐皮のバッグや靴などを身につけた畸形たちみんなが、背中に瘤《こぶ》があり、先端肥大症的な顎をし、額に半月形の筋のはしるディアナ神の支配する池の縁から、成り行きを見ている。バシリオがわたしの片腕を押さえ、《ボーイ》が残りの腕をしっかりとつかむ。沈黙のなかで彼の声が命令する。

「さあ、自分の姿を見るんだ！」

わたしは視線を落とす。見えると分かっているものが目に入る。古典的な容姿、銀髪、彫りの深い顔、青い目、

割れた顎……ところが、何者かが陰険な石を水鏡に投じ、わたしの映像をこなごなに砕く、わたしの顔をめちゃめちゃにする。耐えがたい苦痛。わたしは悲鳴をあげる。呻く。深手を負い、顔を打ち砕かれて、からだをふたつに折る。わたしを押さえている手を力いっぱい振りほどき、逃げだす。逃げながら、あの仮面を爪で引き剝がそうとする。仮面だと分かっているのに引き剝がせない。今夜はエンペラトリスの舞踏会で、わたしは畸形の扮装をしているためだ。わたしは顔を搔きむしる。血が流れる。血は、それが仮面でないことを説明している。しかし、わたしはさらに搔きむしる。いかに苦痛であっても、たとえそれを失っても、わたしは顔を引き剝がさなければならないのだ。そうだ、わたしは池に映った影のなかに、ねじれた畸形的な自分を見てしまった。彼らこそ、ほかの連中こそ、均整のとれた、すらりとした、正常な人間なのだ。わたしは、豪華な衣裳をまとった高貴な方々のつどう、この宮廷の道化にすぎない。わたしひとりが裸だ。自分の服を見つけて、醜怪なからだを隠さなければいけない。隠してしまえば、連中もわたしを嘲笑することはあるまい。わたしも服を持っていたはずだ。ふいに人影のなくなった廊下をあちこちして、ドアを捜す。門番部屋を見つけたいのだが、どこにもドアがない。エンペラトリスの舞踏会にそなえて、みんなふさいだのだ。蜘蛛の巣が張られ、壁が剝がされている。回廊が先にあるように見せかけられていて、そこを渡って逃げようとすると頭をぶつけてしまう。わたしの畸形的な映像を閉じこめておくために、どこもかしこもふさいでしまったのだ。しかし、それはひとつの映像でしかない。わたしには別の映像がある。みんなが姿を消したのがもっけの幸い、誰にも見咎められずにディアナ神の池まで駆けつけて、その別の映像を取り返すことができるはずだ。いや、水の上のどこにもそれはない。浮いているのは、ただ、あの目鼻の寄せ集め、あの分解した面、あの誇張された特徴、あの切除と縫合の傷痕、胴体とぴったり合わないあの肩、消えた頸部、長さのまちまちな腕である。それはわたしの不鮮明な映像で、別の形でふたたび結合するために夕べの光が消えるのを待っている。しかし、光はすこしも薄れない。今夜は満月なのだ。仮面舞踏会に出るとエンペラトリスに約束した以上、わたしは逃げるわけにはいかない。それに出るためにこの顔をかぶり、引き剝がすことができなくて血を流しているのだ。砕けた仮面ではどこを隠すというわけにもいかない。わたしに力を貸し、わたしを案内してくれる者を捜すことだ。闇のなかでわたしを捕えかねない、異状に大きな頭をした猫に追われて走る。彼らの目のほかはまっ暗闇だ。いや、あの見せかけの廊下の奥に、あそこに明かりがまたたいている。人声がしている。きっと、わたしの友だちだ。あれは音楽じゃないのか。わたしは走る。わたしだ、わたしだ。待ってくれ。もうへとへとだ。だが、あの明かりと音楽のあるところまでは、絶対にたどり着いてみせるぞ……つまずく。倒れる。煉瓦の床にぶつけた拍子に顔がバラバラになる。床に膝をつき、顔のなかの残されたものをにぎって、なんとかくっつけようとする。顔に似たものをこしらえようとする。まるで粘土だ。柔らかい。ひょっとすると、昔の顔を再現できるかもしれない。いやいや、どんな顔だったのか、それさえもう記憶にない。顔を作ろうとしても、切れっぱしが手にくっつくだけだ。わたしは明かりに向かって這う。犬のように頭でドアを押し開ける。エンペラトリスの舞踏会だ。わたしにむさくるしい畸形の扮装をさせるために、連中は嘘をついた。明るい光線のなかで見慣れた者や見慣れない者が踊っているが、彼らが身に着けているのは、ケーキのような堂々としたかつら、金色のターバン、真珠の胸飾り、オパール色に光る仮面、錦織のドミノ服、メヌエットを踊っている先の尖った繻子の靴、ひるがえるフープスカート、手に持った三角帽子、きらびやかな制服、妖怪めいた顔を隠している非常に美しい厚紙製の仮面、コケティッシュな付けぼくろだ。華奢な指をからませ合ってカップルが踊っている。冷たいガラスのカップで酒を飲んでいる。わたしはそこへ、姿を見られないように四つん這いになって入っていく。わたしが扮装して来たのは別の舞踏会のためだった。ふさがれたドアと果てしなく続く廊下、慈悲深い日干し煉瓦の壁の後ろに身を隠した白痴しか見当たらない舞踏会である。すべてが明るくて、洗練されていて、軽やかな、こんな舞踏会ではない。わたしは欺かれたのだ。侯爵や枢機卿、王子や戟槍兵《げきそうへい》の笑いものにならぬうちに、ここから逃げださねばならない。畸形の扮装などして来たというので、連中はわたしを棒で打ちすえかねない。わたしだけがこの格好で、彼らは、連中はちがう。池の水が、きっと、この顔を変える手助けをしてくれるにちがいない。水に浮いているわたしの仮面。月の光がそれを寸分の狂いもなく水面に写しだしている。なんとか取れないものだろうか。水面から引き剝がせないものだろうか。水面からであれば、肉と肉が離れるのもそれほど苦痛ではないのではないか……池の縁にひざまずく……恐ろしい仮面を引き剝がすために腕を伸ばす……。

それから時間がかなりたって、涼を取るために庭園に出たカップルは、ディアナ神の池に浮いている彼を発見した……助けるんだ！　ほかの連中も呼んで、助けるんだ。まだ息があるかもしれない！……彼らは扇子やバッグをその場に投げだし、鉤やロープで救助に当たった。背中のねじれた、ぞっとする化け物めいた生き物が池から引き揚げられた。《ボーイ》は背筋を精いっぱい伸ばし、青い目のアーク灯を上からそちらへ向けて、確認した。

「ぼくの父だ」

エンペラトリスが同意した。

「間違いないわ。ヘロニモよ」

その年から言って、仮装舞踏会であんなに酒を飲むのはどうかと思われたが、それはともかく、上院議員の身に起こった不慮の事故の重大さにあわてながらも、あの完璧な人間たちは力を合わせて、遺体を豪華な柩に納めて首府へ送るのに必要な処置をとった。彼らはまた、当局の者や弁護士が首府へ帰っていくのを見届けるや否や万端の準備をととのえて、屋敷を出てうろついていたあの五日間と父親のイメージを、《ボーイ》の記憶から根こそぎにするのに必要な手術をアスーラ博士にやらせた。

上院議員の訃報《ふほう》は首府の人びとを深く悲しませた。全国民がこの傑出した公人の功績を思い起こして、盛大な葬儀によってそれに報《むく》いた。彼の遺骸は国旗で蔽われた砲車で墓地へ移された。ヘロニモ・デ・アスコイティアの果たした役割は歴史的というよりは政治的なものであるから、それほどのことをする必要はなく、彼の名は特殊な書物のなかで生き永らえるにすぎない、という意見を吐く者がかなりいた。与えられるべき栄誉について異論があったにもかかわらず――いや、むしろそれがために――すべての人間が葬儀に参列した。一族の霊廟で、彼の遺骸はその誕生と死の日付を刻んだ納骨室に――先祖のアスコイティア家の面々に劣らぬ大理石の納骨室に――安置された。弔辞を読む者たちは彼の功績をかぞえあげた。現代世界の変化にかかわりなく、国が大いに恩義を感じている一族の終焉を意味するわけだが、彼の模範的な生涯の遺した教訓について述べた。重い鉄鎖が霊廟の柵を閉めきった。あと数時間もすれば、献花もしおれ始めるにちがいない。黒い喪服の紳士たちは霊廟に背を向けて、高貴な一門の血筋の絶えたことを嘆きながら、糸杉の茂みのあいだをゆっくりと去っていった。

29

その晩、万事が片づいてから修道院へ戻ったおれは、早速、小屋のなかの老婆をひとりひとり起こしてまわり、シスター・ベニータがイネスを連れ去ったことを教えた。老婆たちはくちぐちに、それは、ここの寒さのせいだろうと言った。あの方がこんなところに住めるわけがない。この寒さでは骨まで凍ってしまう。この修道院には部屋を暖めてくれる者はいない。回廊のどこかにしっかりした小屋でも造らせればよかったのだ。《ムディート》がこんなでなくて元気だったら、イネス奥様に手を貸して、みんなが住んでいるのと同じ小屋を造れたはずだ。そうすれば、長引きそうなこの冬も、寒い思いをしないですんだだろう。それにしても、この修道院を出ていくような様子は少しも見せなかった。おそらく、セントラル・ヒーティングなどのある、便利な暮らしに慣れているからだろう。イネス奥様は、あれでなかなかわがままな方だ。考えてみれば、当たり前かもしれない。あのとおりの金持ちなのだ。

「何か持ちだした？」

いやいや、何も。化粧道具《ネセセール》だけだ。あとはすべて残していった。みんながどうしても必要な、こまごました品物はそっくり残していった。いまからそれを取り戻せばいい。賑やかな老婆の群れは、小屋から出て、品物を取り返しに通路づたいに礼拝堂へ向かう者を加えてふくれあがった。ひとりかふたりの老婆は蠟燭を立てた燭台まで用意している。老姿たちは扉を開き、さらに蠟燭をともす。いまいましいドッグ・レースの賭けで失った、汚らしいがらくたの山に突進する。大きな声を出すこともしないし、品物を奪いあうこともない。いちいち確認して、それを分けあう……黒っぽい木綿の、この花模様のあるエプロン、あんたのによく似てるけど、これわたしのよ。あっちの、別の山にあるのがあんたのエプロン……入れ替わっても分からない、よく似た老婆たちの柔らかい形が、それぞれの持ち物にちゃんと跡を残しているのだ。破れた靴、古い靴下、ショール……リータ、ここにあんたのショールがあるわ。チェックの柄よ。このあいだ、どうしても要るって言ってたやつよ……毛布、ベッドカバー、ウールのスカート。そこに痕跡を残さなかった別の手にしばらく留まっていた品物が、それぞれの持ち主のもとへ帰っていく……これは、アウリステーラのスカプラリオね……あきらめきれないって言ってたクレメンシアの、ラファエリートの髪の毛だわ……ルーシーの数珠よ。法王様の祝福を受けた品だって言うけど、信じられないわね……この靴下、誰のかしら？　グレーのウールよ……腱膜瘤《けんまくりゅう》のためだけど、穴が開いていればわたしのだわ……可哀そうに、イリスの服がそろってるわ。茶色のコートもよ。

いまではイリスは一日じゅうそれを着ている。ボタンがいくつか取れていて、安全ピンで胸のあたりを留めている。カラーとポケットにビーバーの皮のトリミングのなごりがまだある。ブリヒダがイリスに与えたそのコートはとても上等で、とても暖かく、若い娘は風邪気味なので、それを脱ごうとしない……ごらんよ、洟《はな》をたらして。まあまあ、袖口で、しもやけで割れた手で拭いてるよ……みんな見てやれ。しかし、もうイリスに目をくれる者はいない。ほかの孤児にしてもそうだ。彼女たちはシスターがいないのをこれ幸い、イネス奥様に教えられたとおり、午後になると決まって電話ごっこをやっている。

おれだけは、イリスから目を放さない。戸口に立って、あるいはアラビア素馨《そけい》の茂みの後ろにしゃがんで、彼女を待ち受ける。彼女は好んで回廊の、競売人たちが柱に寄せかけた美しいステンドグラスの下にすわりこんだ。

そこで、琥珀色に染まる受身な物質、ガラスを透過した太陽の光を浴びながら、ぼんやりと何時間も過ごす。太陽がさらに少し昇って、青い空の一片がその顔をよぎり、星がその口や肩に落ちるころ、消える。藍青色《らんせいしょく》の光のなかを睡蓮とともにただようイリス。敬虔なマントによってかげらされたイリス。聖衣の薔薇色の輝きによって裸にされたイリス。おれは飽きもせず何時間も、ゆるやかに変化するイリスの姿を眺める。日が暮れて、風がまがいものでない小枝の茂みを揺すり、茂みは光を掻きみだす。ステンドグラスの下のさまざまな道具は光のなかに溶けてゆく。イリスもたゆたう虹色の湖のなかに溶けてゆくが、ひとつの手の影が彼女の顔をすくいあげて、新しい明確なプロフィールを描く。いまではイリスはゴムバンドで髪を後ろにまとめていて、おかげで目鼻立ちがはっきりし、ある高貴さを感じさせる骨相があらわになっている。その由来はすでに明らかになり始めた。そこにいるのが、まぎれもなくお前であるからだ。精神病院へ連れ去られる前に、彼女がお前に洗礼を授けたからだ。イネス。チュニックの下からピンクの肌が透けて見えるイネス。無垢なるイネス。ヘロニモ以前のイネス。ペータ以前のイネス。イネス以前のイネス。福者や魔女以前のイネス。おれ以前のイネス。お前はチュニックの色を吸収して、窓ガラスの茜色の下に佇立《ちょうりつ》している。行くあてもなければ、することもない。自分が何者かということさえ知らないのだ。生まれたばかりの裸の姿で両手を合わせ、中庭に広がる影をじっと見つめている。影はこちらへ押し寄せて、おれをすっぽり包む。すっぽり包まれながら、おれは前へ進みでる。二十パーセントを切っているからだで、敢然と進みでる。ステンドグラスの下でお前を裸にしているあの光のなごりに、頭をそびやかして近づく。いっそこの二十パーセントも捨てて休息したいのだが、おれにはそれができない。イネス、これもみんな、お前が存在しているからだ。イネス、この厚い壁の奥にお前が虜になっているためだ。イネス、お前がおれを冥府から地獄へ、欲望を強制された生という地獄へ下降させつつあるからなのだ。お前は、おれがこれまで呼吸し、現に呼吸しているという事実を忘れることは許さない。しかし、おれは一度として存分に呼吸したことはないのだ。おれはこれまで欲望し、現に欲望しているが、しかし一度としてそれを満たしえたことはないのだ。イネス、お前は、光によってむき出しにされた胸にうずくまって咽喉を鳴らしている猫を愛撫し、光はこの奥まった中庭の静寂としめし合わせて、おれをせき立てる。イネス、お前は待っているのだ。おれもそのつもりになって、お前から少し離れたこの影のなかで待っている。暗闇がふたたび衣裳を着せる前に、お前の腕が猫を放すのを待っている。おれは、裸のイネスに近づく。そして耳許にささやく。

「イネス」

驚いたそぶりも見せずに、お前は、

「なあに?」

ペータをなかに立てずに、またヘロニモにそそのかされたり止められたりせずに、おれは欲望を満たすつもりだ。いまではヘロニモもペータも存在せず、彼らのさまざまな要求はどこかへ消え、おれはこの自由な女にたいして、まさしく地獄にたいして自由なのだから。イネス、どこへも行かないでくれ。すでに光は消えて、お前はふたたび服を着けてしまったが、おれはお前をしっかりと抱きしめている。お前は震えている。しかし、寒さのせいではない。お前が感じているものが、寒さでもなければ、おれ自身が感じているものとも似ていない別ののであることを、その目が語っている。それは、恐怖なのだ。イネス、おれを恐れることはない。色の賑やかな日除けの影ではないが、このステンドグラスの下でお前の手を自由にさせてくれ。おれににぎられて緊張しながらも、お前の手はおれの意にしたがう。恐怖に満ちたお前の目。澄みきった空を背にしている乱れたお前の髪。その太腿がおれを避ける。その口も、いつものように、馴れ初めのころからのように、あの初めて見た悪夢のころからのように、おれの口を避ける。不潔だというわけだ。実は不潔でもなんでもない口を避けるお前に、おれは復讐を決意して、無理やりおれのペニスにその指を触れさせる。お前はにぎる。力を秘めた肉の一片をつかむように、強くにぎり締め、爪を立て、力いっぱい根元から引きちぎる。神経、動脈、静脈、睾丸、繊維組織……おれのからだから血が吹きだし、お前を汚す。お前は血だらけの手を眺める。お前の太腿を伝って流れた血で足もとに池ができるのを眺める。そのなかに突っ立って、お前は悲鳴をあげる。半狂乱の顔は血の気がなく、形相が変わっている。目は閉じている。からだを汚す血を見たくないのだ。わけが分からず、お前はめそめそ泣いている。いまならおれが近づいても、お前はおれを拒まないだろう。おれの危険な道具を取りあげてしまったのだから。おかげでこの太腿には、治る見込みのない傷口が開いてしまった。だが、おれは声をあげない。おれは影によって消されてしまっている。大声を上げるのはお前だ。お前は名前を呼ぶ。みんなを呼び集める。この血の池のなかに棒立ちになって、助けを呼び求める。光を失ったガラス窓がお前をかげらせている。老婆たちが駆けつけて……どうしたの？　この娘、いったいどうしたのかしら？　キーキーわめいて、わたしたちの顔も分からないらしいわ。あらあら、そんな血の海のなかにすわりこんじゃって！……彼女は呟くような声で、

「あれ嘘なの」

「嘘って、何が？」

「赤ちゃんが生まれるって……」

赤ちゃん？　何を言ってるの。あの《ムディート》が、長いあいだ待ってた子どもじゃないの。ずいぶん昔のことで、この修道院じゃあ、それがいつのことだったか、覚えている者もいないくらいよ。それで、入れ替わり立ちかわり、大勢の年寄りがあの子を育ててきたのよ。ほんとにおとなしくて、わたしたちがいいと言うことしかしないわ。あの子は天使よ。シスター・ベニータがいたころはいつも、夜だけ子どもだったけど、いまはいないでしょう。わたしたちも礼拝堂に引っ越したでしょう。だから四六時中、子どもでいられるのよ。だからわたしたちは、袋や包みの支度をして、ちょうど戦争や地震のあとみたいに、みんな集まって礼拝堂で暮らしてるのよ。白い鞍覆いを着けた馬が牽く白い馬車に乗せて、修道院の年寄りみんなを天国へ連れていってくれるのを、あの子が連れていってくれるのを待ってるのよ。きっと、自分と同じほかの天使たちを呼んで、花輪を持ってこさせるわ。きっと、ラッパを吹かせたり竪琴を弾かせたりするわ……イリスは首を振る……嘘よ。嘘、嘘だわ

……お前はおれの神聖さを執拗に否定する。望んでいた力をおれが獲得したことに恐れを感じているのだ。

「……お腹がふくらんで、そして、このへんが、三日前から痛くて……リータおばさん、あれまで毎月生理があったっていうのは、あれは、ほんとじゃないの……ばかだと思われたくなかったから、それであんなこと言ったの。だって、ほかの子はみんな字が読めて……あたいも、あのことくらいは……」

あんたなんかどうでもいいのよ、イリス。子どもはもういるし、みんないますぐにでも発つ気でいるわ。初めて生理があったかどうか、そんなこと、いまさらどうでもいいわ……老婆たちにそう言われて、イリスは頭に血がのぼり、その覚えがないくせに夜歩きのことを喋る。まるで巨人が実在のものであるかのように、《ヒガンテ》のことをまくし立てる。泣きじゃくりながらリータのスカートの裾をつかむ。まるで殺されるみたいに、ギャアギャアわめき立てる。誰にもあることとで、イヴ塩かアスピリンでも少々飲めば、それですむのに……分かったわよ。みっともないから泣くのはおよし。ばかなことばかり喋って。さわらせただけだって言うけど、いったい相手は誰なの?……イリスは、《ヒガンテ》だと言うが、たまたま頭に浮んだから口にしただけだ。ペッティングはしてもあれはしなかった、あれは悪いことだがペッティングは悪いことではないなんて、でたらめなことを言うくらいの娘だから。そのくせ怖くなって、茶色のコートの下でからだを小さくしている……嘘を言ってるのよ、この子を悪者にする気で……いいかげんに黙らないと、承知しないよ。《ヒガンテ》と逢引できるように、この子が外へ出してくれたって言うけど、それから、帰ってきてしたことをみんなこの子に話したって言うけど、それじゃ、ここで話してごらん。その男、あんたのどこにさわったのよ?……で、あんたは?……あいつは豚よ！　変態よ！　オマンコしようとしたのよ！　あたい怖くなって、それで……。

「それでこの子は、あんたの汚らしい話を聞いたってわけ?」

「ばかばかしい！　耳が聞こえないんだよ」

「その子、聾《つんぼ》じゃないわ！」

「またそんな嘘を！」

「恥かしくないのかい、イリス？」

「みんなイリスの空想よ」

「ちがうわ！……あいつが無理にさわらせたのよ……」

「まあ、いやらしい！」

「こんな小娘に、よくまあ……」

「でも、本当よ……いろいろあたいに訊いたわ。それから、それからって……」

「だって口がきけないのよ」

「なんにも訊けないわ」

「唖《おし》じゃないわよ。嘘つきよ」

「この子にそんな口はきかせないわ！」

「棒でなぐり殺してやるから、いつまでもそんな口をきいてると……」

「細いけど、ここに棒があるわ」

「わたしもこの靴で……」

「でも、本当なんだから！」

「どうしてよ、この子は天使なのよ」

「この娘の本心は、わたしたちから子どもを取りあげることなんだわ」

「そうよ。よそへ連れていく気なのよ」

「イリス、あんたとこの子は関係ないの」

「子どもはわたしたちのものよ」

「どこかへ隠しちゃいましょう」

「そうだわ。隠すのがいちばんよ」

「子どもはずいぶん昔、この修道院で生まれたのよ」

「母親を覚えている者がいないくらいよ」

「それに、父親なんていないのよ」

「そうよ。男なんて獣ですもんね」

「母親が誰だったか、それも言えないわ」

「当たり前じゃない。啞なんだもの」

イリスがからだを起こす。手も、茶色のコートも、脚も、みんな血がべったり付いている。色を失ったガラスの日除けを通して、まがいものでない星が光っているのが見える。イリスはいきり立って、

「あれは、啞じゃないわ！」

ドーラがその顔を一発張る。

「赤ちゃんでもないわよ！」

ルーシーが細い棒でイリスの脚をなぐる。

「天使だなんて、おかしくって！」

リータが髪を引っぱる。

「ばいた！」

「そうよ。この娘はばいたよ！」

「うわごと言ってたとき、罪を白状したわ」

「わたしたちにも言わないで、夜、外へ出て、男と会ってたのね」

「……悪いとも思ってないのね、あんたは……」

「まだ若いのに。このばいた！」

「お仕置をしなきゃ」

「そうだわ。お仕置よ」

「それがいいわ。街の女みたいなことをしたんだから」

お前は礼拝堂へ連れていかれる。ローサ・ペレスとクレメンシアがいち早く、お前がおれの太腿に残した傷を治療してくれた。その穴をガーゼで蔽い、さらに繃帯をした。きついくらいしっかりと繃帯を巻いた。こうしておけば夜、子どもが下を濡らすことがないからだ。とくに、シーツを濡らされないためだ。近ごろのこの天気では、シーツを乾かすのがひと苦労である。それに、赤ん坊のおしっこの臭いのしみついたシーツほどいやなものはない。お前が入ってきて、おれのゆりかごまで進む。そこで立ち止まって、考えごとでもしているように――お前にも考える力があるとでもいうように――じっとおれを眺めるのに気づいて、おれは怯えた顔を小さな手で蔽い、泣きじゃくりながら言う。

「ワルイ！」

「聞いた？」

「子どもにも分かるんだわ！」

「ワルイオンナ」

子どもが初めて喋った言葉。何も教えてはいけないのに、喋ることを覚えつつあるのだ。すべて、このろくでなしの阿呆、イリス・マテルーナのせいである。ばいたに間違いない。その証拠に、一度もこの修道院を出たことがなく、純潔そのものの天使である子どもまでが、イリスが不潔な娼婦だということを見抜いた。この敬虔な場所で、貧しさや老齢にそなわった神聖さに取りかこまれながら生きる理由は、そんな女にはないのだ。

「コレ、ツレテイケ！」

みんなは仰天しておれを見る。子どもが奇跡を行い始めた。その力を現わそうとしている。みんながしたがうことを知っていて、命令している。このろくでなしを、自分が住んでいるところから引きずりだすことを望んでいる。この場所を清められるまでは、いかなる奇跡も行われず、みんなを天国へ連れていくことはしないと、精いっぱいほのめかしているのだ。この娼婦をここから連れださなくてはいけない、なんとしても……そうねえ……そうだ、この娘に街の女のなりをさせるのよ……お前の髪はほどかれ、腰のあたりまで垂れる。コートを脱がされたあと、胸のぴっちりしたセーターを着せられる……ねえ、マリア、あんたは小柄でしょう。あんたのグリーンのスカート貸してちょうだい。あれなら短くて、腰にぴったりよ。おっぱいだけじゃなく、お尻も目立つようにしなくちゃね……眉毛は煤《すす》で、おとなしい眼瞼は溶いた小量の炭で描かれる。口は大きく、まっ赤に……これでよく目立つわ。イリス、きっとうまくいくわよ、商売……いけない。たとえ寒くても、コートはいけない。コートを着ると、からだの線が見えなくなる。男は、お前のような娼婦のからだを眺めるのが好きなのだ。リータとドーラはショールをはおり、子どもの言いつけどおりにお前を表に連れだす。こうしてイリスは、ぼろを下げたふたつのからだに左右を守られながら、《ヒガンテ》のように色を塗りたくった、きざな大人形となって修道院を出ていく……さあさあ、何をぼんやり、そんなところに突っ立ってるの！　仕事をして稼がなきゃ……老婆たちは彼女の背中を押す。彼女は、ここから永久に出ていけという、有無を言わさぬおれの命令にしたがう。三人は人気のない路地へ入っていく。シャッターがすべておりている窓にかこまれた、樹木ひとつない小さな広場を渡る。誰にも顔を見られないように、街灯のない狭い通りをえらんで歩く。まるで、そこらの通りを歩いている貧しい年寄りみんなと少しも変わらない、このふたりの老婆の顔を見分けられる者がいるみたいだ。三人は空地を越えて本通りへ出て、ライトの寂しい入口の下で、映画のポスターを眺めるふりをする。映画館から人びとが出たり入ったりする。三人には目もくれずに、通りを大勢の人間が往来する。イリスは頭がぼうっとしていて、そこがあこがれの映画館であることに気づかない。俳優、ダンス・ミュージック、キスされるとき目をつぶるスター……とんでもない。お前はただのがらくたの包みだ。お前がひとりだと男たちに信じさせるために、少し離れている老婆たちのあとについて、宙を行くように歩くだけだ。黒っぽいスーツの紳士が通りかかって口笛を吹く。老婆たちが気づいて、お前の腕をつかみ、角を曲ったその奥の、明かりの暗い街のほうへ押しやる……見て。あの男が追ってくるわ……三人はとある玄関に身を隠す。紳士はいったん通りすぎてから、ふたたび口笛を吹く。しばらく別の角に立っているが、やがて本通りへ引き返す。前を通りかかるのを見すまして、老婆たちはささやく……さあ、いまだよ……イリスはあゆみ出て商売にかかる。これでイリスは、間違いなく、この先ずっと街の女を続けるだろう。婆さんたちよ、あれがこの先ずっと街の女を続けることは、もうたしかだ。頭の空っぽなボール紙の人形に、別にどんな運命が考えられる？　イリスを連れている、タバコをすすめている、イリスといっしょに消えていくあの男のような飢えた狼に、八つ裂きにされること以外に……さよなら、イリス……さよなら。タバコを吸うんじゃないよ、イリス。まだ小さいんだからね……と言ったって街の女だもの、タバコくらい吸ったほうが……これでいいのよ。これが運命なのよ。楽しい暮らしができるかもしれないしね。街の女の暮らしは、遅くまで寝ていられるし、あれで結構いいものだって言う者もいるわ。わたしなんかばかだから、十三の年にてて親に死なれて、お金持ちの家に奉公して、朝早くたたき起こされて……あの娘は、ずいぶん月のものが遅かったわね……でも、とんでもない小娘だわ。ぶくぶく肥ったのをこれ幸い、わたしたちをだまくらかして、奇跡の子がお腹にいると信じこませたんだから……ねえ、リータ、泣くことないわ。きっと、うまく行くわよ。あの男、人の良さそうな顔していたわ。タクシーに乗せて連れていったでしょう。だから悪い男じゃないわ。ほかの仕事を見つけてくれるってことも考えられるわよ。だって、いろんな男と変なことするのは、やっぱし、嬉しいことじゃないでしょう。わたしは、金をもらっても、あんなことはいやだわ。とにかくうまく行くわよ、イリスは肥ってるから。男は肥った女が好きなのよ……そのとおりだ。ひとの話では、たっぷりつかみどころのある女がおれたち男は好きらしいのだ……いったい、なんの話？　わたしたち年寄りには、男たちの話す言葉はよく分からないわ。ちんぷんかんぷんってときも、ちょくちょくあるわ。年を取るにつれて、男たちの話すことが、だんだん分からなくなるみたい。だからなのよ。だから、あの子に言葉ひとつ教えちゃいけないのよ。それどころか、知っている言葉を、いつか喋ったから知っていることが分かってる言葉を、忘れさせなきゃいけないのよ。ひとつでも、ふたつでも喋ったら、それが始まりで、わたしたちには分からない悪いことを、どんどん喋るようになるかもしれないんだから。

おれたちは礼拝堂で暮らしている。災害で荒らされた土地から逃れてきた避難民のように、老婆たちはぼろの山の上で、いくつかの枕とマットレスらしきものの上で眠る。寒さから身を守るためにからだを寄せあい、天国まで持っていきたいと考えているほど大事な身のまわりのものを入れた袋を、めいめい抱いて眠る。空缶を使った間に合わせの火樋をかこんで、イリスの失踪でここを出る日がますます早まるだろう、と話しあっているグループがいる。誰かが咳をする。別のグループは、おれを風呂に入れるために浴槽を準備している。ドラム缶で火を焚き、お湯を沸かしている。壁の幅木《はばき》もすでに引き剝がされて、火にくべられている。床板も、ドアの脇柱も、内陣の丸い木の手すりも、金箔の椅子も、同じ運命に遭っている。老婆たちの話は続けられていて、ここが取りこわされることはあるまい、などと言っている。自分たちがすでに破壊を始めているというのに。この礼拝堂の特徴をその手ですべて抹消しつつあるくせに。いまではここは、おれの世話をし、おれのからだを清め、おれに食事を与え、おれに《ボーイ》の服を着せるという原始的な儀式によるが、おれへの敬虔な礼拝のために使われているのだ。おれから鍵を渡されて、老婆たちはイネスの部屋とその世界を開き、すべてをここへ持ちこんだ。だから、《ボーイ》の品物はそっくり、おれを飾り立てるのに使われている。おれは、いつもそうしてもらいたいと思っていたとおりに、みんなからちやほやされているのだ。この季節、昼は短い。老婆たちはほとんど外光の下へ出ていかない。反抗的で嘘ばかりついてたイリス・マテルーナと同じように、悪い男にさらわれたくなければ、礼拝堂から出てはいけないと、孤児たちにも命令していた。その孤児たちも可愛がってくれるが、おれにはもう見分けがつかない。老婆たちとそっくりになってしまったのだ。かさかさの手、うるさい咳、ぼけた頭、猫のような忍び足……聞かれるといけないわ。見られるとなおいけないわ。悪い男たちが来るそうよ。あたい怖くって……ほとんど四六時中、夜である。おれもほとんど赤ん坊になりきっている。

日が暮れると、老婆たちは修道院から出ていく。それにしても、シスター・ベニータはどうしたのだろう？シスター・アンセルマ、カルメーラ、どうだ、大天使の指は見つかったか？　いや、ちがった。シスター・アンセルマではない、お前はカルメーラだ。カルメーラ、あなたも知らないのか？　いやいや、指を捜していたのはお前ではなかった。あれはアマリアだった。ところで、アマリアはどうなった？　彼女はここの古参のひとりだった。そのことを忘れてはいけない。彼女はその後、どうしている？　気の毒な話だが、どこに閉じこめられているのだ？いや待てよ、カルメーラでなくてエリアナだ。カルメーラの虫の喰ったショールをはおっていたので、ふたりを混同してしまった……シスター・ベニータが電話をかけて来ないわけが、お前なんかに分かるもんかね。あのイリスのばかより、もっと頭がいかれちゃってるのに。せめてお前が女のからだをしていたらね。そうすれば……そうだわね、リータ？……あの女の子たちにもおっぱいや、お尻があるじゃないかだって？　とんでもないわ。だめよ、あの子たちは。イリスのように街へ連れてって、お金を稼がせたり、腹のたしになるようなものを持ってこさせるのは、とても無理よ……それにしても、シスター・ベニータが一度も電話をしてこないのは変ね。みんなもそう思うでしょ？　だいいち、わたしたちを心から愛しているなんて言っといて、お別れの挨拶もしていかなかったわ。どう考えても変よ……ひどいもんね。昔から、つまらないことで電話をかけて来ていたアソカル神父も、うんともすんとも言ってこないわ。でもそんなこと、もうどうでもいいわ！　ほんとに、どうでもいいのよ。だって、子どもが天国へ連れてってくれるんですもの。あの人たちが来たときには、修道院はもぬけの殻で……いい気味ってわけね。わたしたちを見捨てたんだから当然よ。食べるものももうないわ。いくら年寄りで食が細いといったって、何か食べなきゃ……だからわたしも言ったのよ。フロシーに一人前の女のなりをさせて街へ出して、客を引かせたらって。でも、やっぱりだめね。まだ十一の小娘だって男のほうで気づいて、一文もよこさないわ……なんでもいいから食べるものがほしいわね。紅茶でも、マテ茶でも、コーヒーでも、ヴェルミチェッロ入りのスープでも、ともかく無いよりはましよ。こんな風に放ったらかしにするなんて、ひどい話ねえ。でも、気にすることないわ。この修道院がもぬけの殻だと知ったら、あのひとたち、それこそ腰を抜かすから。ざまあみろってとこね……ある晩、アウリステーラが物乞いに出て、マテ茶と砂糖をせしめて戻ってきた。それ以後、ほかの者も出かけるようになった。まず気の強い連中、リータとドーラの二人組や、もっともらしい鼻にかかった声のスニルダ・トーロなどが出かけ、ほかの老婆があとに続いた。疲れるし、迷うのが心配で、修道院からそう遠くまでは行かない。夜になると、まるでひたひたと潮が差すように、汚らしい人影と哀訴の声が近くの街をひたす。金をねだる声。どこまでも追っていきそうな小刻みな足どり。礼を言う臭い息。金をつかんでぼろスカートの下に隠す、節くれだった手。キラリと光っても、すぐに元の鈍さに戻ってしまう目。ひとりの老婆が若い男を壁ぎわまで追って、何かお恵みを、と涙声でしつこく訴える。若い男は足を速めるが、老婆に追いつかれ、逃げだすわけにもいかず、そそくさと金を与える。早く消えてもらいたくて、そっとしておいてもらいたくて、多めに与える。ある日の夕方、何人かの老婆が、野菜その他の食料品のいっぱい入った袋をかかえて戻ってきた。彼女たちの話によると、買物帰りのひとりの婦人のあとを追ったのだという。腹を空かせた愚痴っぽい老婆たちは猛烈に攻め立てた。人気のない通りにその泣き声があふれた。激しい咳と涙、あまりのしつこさに婦人はにわかに恐怖を感じて、その場に袋を放りだし、逃げるように走り去った……だって仕方がないわ。背に腹は代えられないって言うじゃない……老婆たちは数人ずつ組になって、食料品店へかよい始めた。何人かがくだらない嘘八百を並べて女主人やほかの客の気をそらしているあいだに、別の何人かが万引きを働いた。ときには役に立たないものが混じることもあったが、たいてい、たとえばパンとか紅茶、砂糖とかいったものを狙った。四十人の口を養うのは大変なことだった。年寄りであまり腹が減らないとは言っても、一杯の紅茶やひと切れのパンぐらいのものは食べたい。そのパンがたとえ古くても、子どものからだを洗うお湯を沸かしたあとの火であぶれば、結構いただけるのだ。老婆たちは、寒がらないように火のそばに子どもをおく。おかげでおれは、ときどき火であぶられているような心持ちになるが、何しろ声がないので、わめくわけにもいかない。この醜怪な老婆たちはおれを鉄の串に刺して、火の上であぶり焼きにするつもりなのだ。おれの柔らかい肉を食う気なのだ。いや、ちがった！　彼女たちはおれをベッドに寝かせる……見てやって、アウリステーラ。見てやって、テレーサ。どう、この大きな目。こちらを見てるわ。もう少し待て、そのうち奇跡を行うからって、そう言ってるのよ。辛抱して待つほかないわ。いずれ馬車がここへ来るわ。もう頼んであるはずよ。ただ待ってればいいの。じっと待ってればいいのよ……みんな餓死しかかっているのに、待てもないものだわ……おれのおむつを替え、からだを洗うという儀式。有りもしない祭壇の前で、忘れられた雑多な神々のなきがらの前で、おれにおむつをし、パンツをはかせ、ぐるぐる巻きにするという儀式。神体の石膏は湿気でぼろぼろだ。腕がおちる。竜の尾が落ちる。床に落ちてこなごなになる。表からつぎつぎに帰ってくる者を迎えに走る老婆たちが、そのかけらを踏んづける……ねえ、見せて、きょうはどんなもの？……帰ってきた者が話す。肉屋へ行って、店の主人がひとりのお客のために屑肉らしいのを切っているすきに、盗んできたらしい……これ見て。小羊の骨つきのあばら肉が一匹分よ。パーティーをしましょう。パーティーを……老婆たちは床板をさらに剝がす。ドアをぶちこわす。火をおこし、まっ赤な熾《おき》ができるのを待って、その上にあばら肉をのせて焼く。そのすばらしい匂いがおれの鼻を打つ。その晩、焚き火のまわりにすわりこんで小羊の骨をしゃぶりながら、老婆たちはおれを袋のなかに押しこんだ。頑固な七面鳥のように、頭だけが外に残った。老婆たちはおれを入れたまま、袋の口をしっかり縫った……子どもが動くといけないわ。もうひと縫いして。そう、そこよ。袋を縫うための針があるでしょ、それを使うのよ。もうひとつ袋をかぶせたほうがよさそうね。スニルダ、あんた食べてないんでしょう。力があるんだから、それをこのもう一枚の袋に入れて、縫ってちょうだい……わたしにも何針か縫わせて。絶対にほどけない縫い方を知ってるのよ……老婆たちはおれを子ども用のゆりかごに入れる。あばら肉の略奪を祝うパーティーは続く。歯茎で骨をしゃぶる音が耳につく。薄暗い光のなかで動く影、闇のなかに刻まれた顔が見える。そしておれは、いつもの、すりつぶした食べ物を呑みこむ。もう何週間もこれ以外のものは与えられていない。胸が悪くなり、食べる気がしない。老婆たちは不平そうに言う……この子、食欲がないのね。どうかしたのかしら？　寒がるといけないわ。もう一枚、別の袋に入れて、やっぱり縫ってやったほうがいいわよ。ねえ、カルメーラ、あんたたくさん袋を持ってるんでしょ？……カルメーラが縫う。ざらざらして、いやな臭いもするジュートで首のところがすれて、とうとう血が流れる。頭の出ている穴を、もう少し広げるように頼みたいのだが、どうしようもない。なにしろ口がきけないのだ。噂では、おれは唖としてこの修道院で生まれたらしい。いまでは合図をする手さえない。老婆たちにこちらの意志を伝えたくても、だめだ。おれの目はもはや、助けてくれと頼むだけの力さえ失い、老婆たちも食事をさせるとき、おれの目を見ようとはしない。ぼろ布でおれの顔を洗ってくれるときや、すでに顎のへんがすれて来ているが、前のやつの上にさらにもう一枚の袋を縫いつけるときも、そこを覗こうとはしない。老婆たちがおれを見ないその理由、それは、おれがどうでもいい存在で、いや存在すらしていなくて、彼女たちが子どもや《ボーイ》や奇跡といったイメージをつぎつぎに投影していく、受動的な物質にすぎないということだ……食事の時間よ。マリア、まだできていないって、それどういうこと？……ちょっと待って。すぐに作るわ。お腹を空かして泣くと、可哀そうだもんねえ……いや、おれは泣かない。口もきかない。ネムイも、オシッコも、おれは言わない。

最近では老婆たちは毎晩のように出かけてゆき、おれは礼拝堂にひとり残される。いや、どうやら暗いすみっこのほうに、からだが弱かったり病気だったりして出られない老婆が、何人か残っているようだ。不潔なぼろのなかでもぞもぞしたり、咳をしたり、痰《たん》を吐いたりしているのが聞こえる。はっきりは分からないが、瀕死の重病人なのに、新しい仕事に夢中になっている仲間から忘れられた年寄りではないだろうか。その仲間だが、彼女たちは近ごろ、獲物を持ってひどく遅く帰ってくる。この近所で追い剝ぎが出るという噂がすでに立っている。悪質な老婆たちは角で通行人を待ち伏せして、めそめそ泣いたり咳をしたりしながら、執拗にあとをつけるのだそうだ。哀れっぽい声を出し、しつこく金をねだりながら、暗い裏通りのようなところへ追いこむ。とたんに五、六人の老婆が闇からおどり出て、ロープや棒きれを振りまわしながら犠牲者に襲いかかり、金や包みや服などを奪い、それこそ裸にしてしまう。噂では、みみずばれの裸で倒れているのを発見された者が何人もいるという。戸口がとくに危険なようだ。暗闇のなかで木の幹のように見えたものが、実は歯の一本もない、ぶるぶる震える乞食女で、貧乏や病気のことをくどくど訴えながら空地へ連れこみ、残忍な仲間がどっと飛びかかってくる、というようなことらしい……この近所では夜はひとり歩きはしないほうがいい。昔とは、あの古き良き時代とはすっかり変わってしまった。だめになった。あの年寄りたちのせいだ……しかし、その話は本当かね？……でたらめじゃないのかな……信じてる者なんていないぞ……いやいや、本当なんだ……しかし、やはり信じられんなあ。年寄りの乞食がどっからか出てきて、この静かな町をすっかり占領してしまったという話だが、信じられない。しかし、本気でよその町へ移ることを考えている者もいるらしい。古雑誌を扱っているあの店の若い男などは、ひとりでいるところへ六人の老婆が物乞いにやって来て、金庫をかっぱらわれたという噂だ。ここから離れたところに下宿を捜したほうがいい。ことに夜歩きはいけない。黒い闇がふいに人の形をとって襲いかかり、ポケットのなかのわずかな金までさらっていく。老婆たちはゆっくりと、ひとのあとについて歩く。まるで影みたいだが、それが急に主人にさからって、形をくずし、襲いかかる、というのが事実のようだ。この町で噂になっているこの老婆は、実はわれわれの恐怖の生んだ影でしかないのかもしれない。しかし、その数がこうも多いと……つまり、はっきり多いかどうかは知らないが、以前よりはふえているような感じが……老婆はショールを頭からかぶって出かける。スリッパを引きずって、ひとりで壁に沿って歩く。しかし、曲った腰でびっこを引きひき、ひとりで歩いていても、街角の奥には、てんでに得物を持った一団がひかえていることは分かっている。そこでこちらは、街灯の立っている反対側の歩道へ移る。ところが、ちょっと先の家の戸口に老婆がふたり隠れているのが目に入る。仕方なく通りのまん中へ出ると、こっちへ近づいてくる一団の黒い影とぶつかる。後ろへ引き返そうとする。だが、おれがみんなふさいで、誰にも気取られないためにペンキの刷毛で昔からそうだったようにごまかしておいた、窓ひとつない壁がそこに立っている。まわりは顔だけである。ぼろを下げた老婆だけである。襲ってくることもあるし、襲ってこないこともある。その日の風の吹きまわしだ。鼠のように散っていく年寄りが怖いわけは、本来ないはずなのに……老婆たちは獲物をかかえて、やがてこの礼拝堂へ戻ってくる。分配が始まり、ほしいものがえらばれる……肥った奥さんが着てたこのコート、わたしがもらっておくわ。メルセデス・バローソのプレゼントにうってつけよ。それから、この時計の金の鎖はブリヒダにプレゼントするわ。きっと喜ぶわよ。

「わたし、イリスに会ったわ」

「どこ？　どこで？」

「すぐこの近くよ」

「どんな様子だった？」

「帽子をかぶってたわ」

「このごろ帽子ははやらないのよ」

「でも、あの娘は帽子をかぶって、こちらを見てたわ」

「わたしの若いころは、帽子は……」

「イリスはここへ来るつもりじゃないでしょうね？」

「わたしの感じでは、そのつもりよ」

「なぜ？」

「よくは分からないけど、金まわりがよくなったんで、それで……」

「子どもを取り返しにってわけ？」

「子どもをさらいに来たって言うの？」

「奇跡はまだなのに？」

「そんなことはさせないわ、絶対に……」

「子どもを隠さなきゃ」

「そのとおりよ。どこかへ隠さなきゃいけないわ」

「隠すのはいいけど、あの子に気づかれないようにね。気づいたら、きっと怖がるわよ」

各自がふだんの仕事にかかるふりをする。いや、実際にふだんの仕事を始める。マリア・ベニテスは団子入りのスープを作る……いつだったかお店で色粉を盗んできたって、誰か言ってたわね。これに入れたいから色粉をちょうだい。色粉が入らなきゃ本物じゃないわ。それに、これを作るには七面鳥でスープを取るのがいちばんなのよ……老婆たちは斧で床をたたきこわし、木っぱをくべて火勢を強くする。蠟燭の明かりで料理をし、がらくたを袋のなかに片づける。四人が大きな袋を持っておれに近づき、あやしながら抱きあげ……おお、よしよし。怖がらなくてもいいんだよ。ちゃんと気をつけて、お白粉をぺたぺた塗ったあの悪い女に、あんたをさらわれるようなことはしませんからね。天使のあんたにいやらしいことはさせませんからね……四人の老婆たちはおれを袋に入れる。おれをかこんで膝をつき、袋を縫い始める。何も見えない。おれは盲だ。ほかの老婆たちがもう一枚の袋を持って近づき、やはりおれをそのなかに入れ、ほとんど聞き取れないが何やらお祈りを唱えながら、やはり袋の口を縫う……奇跡をお願いいたします！　いつでも結構でございます。でも、早ければ早いほど……エルネスティーナ・ロペスが、あのすみで死にかけております。具合が悪くて、死にたくないと言って、泣いております……老婆たちは縫う。おれの頭の上にさらに袋をかぶせる。別の老婆たちが近づき、もう一枚の暗黒の包みで、もう一枚の沈黙の表皮でおれを蔽う。まわりの声が弱められ、ほとんど聞き分けられない。聾で、盲で、唖で、性を失った小さな包み。布切れやロープで縛られ、何枚もの袋に縫いこまれて、いくえにも重なったジュートの糸の隙間からしか空気は吸えない。この内部は緩かい。ごそごそ動きまわる必要がない。おれはもう、何も必要としない。この包みが、おれそのものなのだ。ちっぽけだが、何かに、誰かに頼らねばならぬということはない。老婆たちがひざまずいて祈っているのが、おれに訴えているのが聞こえる。いまやその力を得たおれが奇跡を行おうとしていることを、ちゃんと心得ているのだ、彼女たちは。

30

「さあ、みんな、いよいよだ……」

リータの居室の階段に立って、アソカル神父はその娘たちを眺めわたした。三十七人の老婆。青白くて、痩せこけて、弱々しげで、汚らしくて、尾羽打ち枯らした、三十七個の生命の搾りかす。シスター・ベニータからデスクの上の引き出しにあると教えられたリストで、三十七人。勘定してみたが、実際に三十七人である。みんなどこか具合が悪い。新しい修道院へ移っても、そう長くは持たないだろう。

「……これから出発するが……」

彼女たちはとっくに知っていた。この修道院ではすべてが灰色になってしまうのでいままで見たことのない、黒の、品のいい僧服を着た四人の若い僧侶が、朝方ずっと、中庭や廊下、小屋や居室を駆けまわっていたのだ。彼らは、四匹のおとなしい黒犬が家畜の群れを相手にしているように、老婆たちを取りかこみ、門番部屋まで誘導して、袋や束ねた荷物、籠やスーツケース、小さな包みやロープか布切れで縛った箱などを運ぶ手伝いをした。アソカル神父は電話の下のリータの机にすわって、目の前に現われる順番にしたがって、老婆たちの名前を消していった。何人かが表を覗くと、そこに待っていた。大きいまっ白なものが、朝日に映えながら修道院の正面に停まって待っていた。もちろん馬車ではなかった。馬車はもうすたれたのだ。停まっているのは、すてきな、モダンなマイクロバスだった。窓のガラスは淡いグリーンで、ちゃんと暖房もあるように思われた。高い天国まで昇るには暖房装置が必要だろうから、これは大変ありがたいことにちがいなかった。

「この先に庭園がある。そのちょうど中央に、みんなを収容するためにとくに建てられた白い家があって、待っている。寝室、礼拝堂、浴室、すばらしい調理場、それに食堂。間もなくその目で見ることができる。迎えに来るのが少々遅れたのは、準備がすっかりととのって、どこにも手ぬかりがないようにしてから、と思ったまで、別に他意はない。修道院の門の前に見えるあのマイクロバスもみんなのものだ。天気がいいときには、あれで遠出をすることもできる。シスター・ベニータは、みんなを避暑に海へ連れていくことを考えているようだが……」

「お元気ですか、シスター・ベニータは？」

アソカル神父はかすかに表情をくもらせて首を横に振った。

「最初は、どうも元気がなかった。医者の話では神経が参っているということだったが、一週間ほど休んだらすっかり元気になって、みんなを待っている。シスター・ベニータとラケル・ルイス夫人のふたりが協力して、ブリヒダ・オヤルセの遺産の問題を片づけてくれたおかげだ……覚えているかな、ブリヒダを？」

「忘れるわけがありませんわ、気の毒なブリヒダのことを！」

「ブリヒダの苗字は、オヤルセだったの？」

「ちがうわ。たしか、レイエス・オヤルセよ」

老婆たちはブリヒダの苗字のことで議論を始めた。母方の苗字がオヤルセで、父方のそれがレイエスだと言う者がいるかと思えば、母方はレイエスで父方がオヤルセだと言う者がいて……ちがうわね。それは嘘よ、カルメーラ。オヤルセは亭主の名前だったのよ。彼女のじゃないわ。ラケル奥様がご存知よ。訊いてみるといいわ……

嘘だわ、アウリステーラ。あんたは、ブリヒダの友だちでもなんでもなかったわ。わたしよりよく知ってるわけがないじゃない……ルーシーったら、でたらめばかり言って。アソカル神父様の話だと、オヤルセは結婚する前の苗字でも結婚してからの苗字でもなくて、本当の名前は、ブリヒダ・アリアス・レイエス・デ・カストロだそうですけど……老婆たちはわめき立てる。さかんに咳こむ。ついさっきまでその荷物や、袋に入れている聖者像を手から放すことをいやがっていた者が、何もかも地面に放りだして、議論に加わっている。自分の言っていることだけが正しくて、ほかのみんなの話はでたらめ、ブリヒダの身許についての意見はきりもなく数をまし、こんがらがり、対立する――オヤルセ家で育てられたが、本当の苗字はレイエスだった。いや、育てられたのがレイエス家で、苗字はオヤルセだ。いや、ラケル夫人の屋敷へ奉公する前にいたのがオヤルセ家だった。しかしそれでは、苗字がオヤルセだということの説明にならない。オヤルスンか、それともオヤネデルというのが、本当の苗字だったのではないか。あまりの騒々しさに呆れて、アソカル神父は黙ってしまった。ブリヒダはその伝説のなかにしか存在しなかったのだ。取りこわしの人夫たちの手から修道院を救う方法がもはやなくなったころに、やっと、ラケル夫人から遺産が大司教に渡されるという話で、伝説はクライマックスに達した。疲れもあって気力を失ったシスター・ベニータは自分でも、この年では《少年の町》の監督のような新しい仕事はとてもやれない、こういう仕事の場合も近代的な技術は多くの準備と研究を要求する、ブリヒダの金で購入された新しい修道院で、ほかの老婆たちといっしょに晩年を過ごしたほうが無事だ、と観念した。それで引き受ける気になったのだが、しかし彼女は言った。

「疲れました、本当に」

「そんなことでは困るな、シスター」

「もう年ですわ」

「いや、いずれわれわれも年を取る」

「わたくしは取らないと思っていました」

「どういう意味かな、それは？」

「……つまり、年を取るにしても、もっとちがう形でと……」

「よく分からんな」

「お分かりいただけなくても結構ですわ、大司教様。なんの意味もないことを口ばしる、あの年寄りの特権だけでもお許しいただければ……それで、いつから新しい修道院に入ったらよろしいのでしょう？」

ブリヒダの姓についての議論から、ブリヒダの親友を自認する権利の主張へ、さらにそこから、誰がブリヒダの品物をくすねたかという問題へと、みんなの関心は移った。空色がかった繻子のベッドカバー。アマリアがどこかへ運ばれたあとで消えたポータブルのラジオ。聖胎告知の絵。小さな鋏。爪磨き《ポリソワール》。木苺色の水泳帽。要するにそれらは、ここにいるぼろを下げた人間の誰よりも、年のせいで弱ったどの声よりも実質的な、生きたブリヒダだった。アソカル神父は、ブリヒダの財産の由来や遺贈の件について説明するつもりだった。さらに修道院の歴史についても簡略に述べ、イネス・デ・アスコイティアに言及するつもりだった。一週間後には取りこわしが始まる予定だが、同時にその場所で具体的な形を取り始めるであろう、壮大な計画についても一言する考えだったが……むだなこと、およそむだなことだ。老婆たちの意識はどうしようもなく錯乱していて、秩序を導き入れようとする意図をすべて拒んでいた。神父は、けさ演説の資料を若干メモしておいたポケットの紙を丸めて、床にポイと放った。紙片はひとりの老婆の足もとへころがった。彼女は隣の老婆とやり合いながら紙片を拾いあげ、丁寧にその皺を伸ばして、読もうともせずに——字が読めるとしての話だが——ふたつに折って、ふところにしまった。いつか役に立つときがある、というわけだろう。アソカル神父はその様子をじっと観察していた。まったく信じられなかった！　気の毒なシスター・ベニータが耄碌《もうろく》した精神と肉体のこの地獄から逃げだしたがった訳が、やっと分かった。説明などやめたほうがいい。信じたいように信じさせておけばいいのだ。条理も不条理も、原因も結果も、この無秩序そのものである人間たちには意味がなかった。結論として、最善の処置は老婆たちを修道院から連れだして、一刻も早くマイクロバスに乗せることのようだった。神父はその腕とリストのまじった書類を振りまわして、老婆たちを静めた。

「シルバ神父」

「はい、なんでしょう?」

「きみとラランニャガ神父とで、一台めのマイクロバスに運びなさい、その……その重病人を。すぐに入院させなきゃいかんだろう。そうそう、向こうには医者が待っていて、きょうから早速、みんなの検診を始めることになっている。この病人をどうするか、その医者たちが指示してくれるだろう……で、名前は?」

「エルネスティーナ・ロペス」

「ちがうわ、ルーシー。故ロペス夫人、エルネスティーナ・リバスよ」

「なるほど、ここにある。故ロペス夫人、エルネスティーナ・リバスだ」

担架を運び入れるために玄関の扉が開かれた。病人がそれに寝かされ、すばらしい白い車に乗せられるのを、老婆たちは入口に鈴なりになって眺めた。気の毒に、エルネスティーナは重態で、ほとんど死人としか見えなかった。ところが、ララニャガ神父によって緑色がかった窓のそばにすわらされると、にわかに生気を取り戻して、天井の小窓から射しこむひと筋の光線を顔に受けながら、仲間に向かってにっこり笑い、手を振った。みんな急いで、とっても乗りごこちがいいわよ、とでも言うように。ふたたび扉が閉められた。そうだわ、わたしたちも急がなくちゃ……老婆たちはめいめいの包みと大きな荷物を取りあげた。アソカル神父はあわてて言った……荷物はできるだけ少なくして、向こうへ行けば、なんでももらえる、それも新しいのが……ほらね、わたしが言ったとおりよ。天国へ行ったら、みんな新しいものをもらえるのよ……分かったわ。でも、竜の尾のあるこの聖女様、わたしとってても気に入ってるのよ。置いていく気にはなれないわ。こまごましたものを入れたこのバッグもそうだし、この大天使の聖ガブリエル様もよ……アマリアのじゃない、それ？……そうよ。持っていって返すのよ。連れられていくところに、きっと、アマリアがいるわ。もう小指も見つかったんじゃない……できるだけ少なくして！　どうしても必要なものだけにしてくれ……老婆たちは午前中いっぱいかけて、所持品をえらび分けたり、小さな包みをさらに小さくしていた。カルメーラは本物のスーツケースを持っていて、それにいっさい合財を詰めこんでいる。バスケットや、雲斎織のバッグや、ただの袋。老婆たちはにこにこしながら、それらを肩にかつぐ。いよいよ出かけるのだから当然だ。若い僧侶たちも嬉しそうな顔をしている。神の慈悲によって作られた家へこの哀れな老婆たちを連れていったあと、ここですばらしい未来の計画が実現されることになっているからだ。体育館、タワー、劇場、自習室、図書館。これらは青少年の心を引きつけるにちがいない。彼らは街をうろつくのをやめるだろう。ともかく、ここを取りこわすことだ。取りこわしは大して手間はかからないだろう。日干し煉瓦と土の間仕切りでできているのだ。老婆たちが扉から出ていったその瞬間から未来が始まる。彼女たちは嬉しさのあまり涙ぐんでいるが、こちらだって同じ気持ちだ。アソカル神父がふたたび静粛をうながす。

「さて、始めるとしよう。シルバ神父……」

「はい」

「……そうだな、そこの玄関の扉のところに立って、わたしが名前を呼んだ者が出てきたら、開けてやってほしい。まず、孤児からだ。新しい修道院に着く前に、孤児院に寄って置いていくから、病人のマイクロバスに乗せなさい。運転手にはもう言ってある。孤児の数は五人だよ……エリアナ・リケルメ」

「はい」

「ベロニカ・ゴンサレス」

「はい」

「ミレーリャ・サンタンデル」

「はい」

「エウフロシーナ・マトゥス」

「はい」

「イリス・マテルーナ」

返事がない。

「イリス・マテルーナは？」

老婆たちは肩をすくめる。手をあげて、下唇を突きだす……わたしは知らないよ。どこへ消えたか、見当もつかないよ。誰かに責任をおっかぶせるつもりだったら、とんでもないわ。わたしじゃないんだから。何かあったって、わたしは全然、関係ないわ。それよりも、イリス・マテルーナがどんな子だったか、それを調べたほうがいいんじゃないの。誰かがアソカル神父に本当のことを教えなきゃ……そんなことを呟いている感じだったが、やがて、リータが進みでて、

「神父様……」

「なんだね？」

「イリスは一週間前に、ここを出ていきました」

「出ていった？　それはどういうことだね？」

「お話ししたとおりですわ。強情な子で、神父様がごらんになったら……」

「強情かどうかは、このさい問題じゃない」

「ええ。でも、ほんとに悪い子でした。神父様に見ていただきたいくらい……」

「ちがうわ、リータ。急に悪くなったのよ。前は、あんなじゃなくて……」

「なぜ悪くなったんだね、リータ？」

「分かりません、神父様。急に生意気になって……」

「どんな風にだね？　いつからだね？」

「わたしたちが放ったらかしにされてからです」

「そうなんですよ、神父様。夜になると街へ出ていくようになりました」

「そして消えたんです」

「冗談じゃない！　十五の娘が自分から姿を消すわけがない」

「間もなく十六になるはずでした」

「そんなことおっしゃっても、ほんとに消えてしまったんです」

神父様、どうしようもないんですよ。わたしたちが悪いわけじゃありません。頭を押さえる者がいなかっただけです。男に夢中になって、近所の女の話では、三階の窓を開けてそこに立って、下を通る男たちに声をかけてたそうですわ。そのうるさいこと、この近くの者で彼女を知らない者はいませんでした。最後まで知らなかったのは、間抜けなわたしくらいのもので。そのあとですわ、姿を消したのは。わたしたちに責任はありません。神父様たちに見捨てられて、わたしたちは空腹に苦しみました。イリスが修道院を出ていったのも、お腹がへったせいかもしれませんわ。大司教様に、それからアソカル神父様、あなたにもお電話しましたが、秘書の方のお返事はいつも同じで、もう二、三日待ての一点張りでした。わたしたちを気にかけてくださるひともいなくて、このままでは、修道院にいるわたしたちは飢え死だという噂が立ちだして、それで怖くなって、だと思いますけど、イリス・マテルーナは飛びだしたにちがいありません。シスター・ベニータに会ったらその場で、こんなことになったのもシスターの責任だって、そう言うつもりです。シスターをほんとに怨んでいるんですよ。向こうへ行っても、顔を合わせる気になるかどうか……。

「向こう、と言うと？」

「やはりあちらにいるというお話じゃありません？」

「たしかに、いる」

返事のしようがなくて、アソカル神父はそう答えたのだった。差し当たりイリス・マテルーナのことには触れないほうがいい。ともかく、すぐにこの修道院を出ることだ。イリスの問題は、あとで片をつければいい。本人がひょいと顔を出すかも分からない。彼女の、失踪と呼んだらいいのか、それとも脱走と呼んだらいいのか、とにかくその問題の処置は、折りを見て考えるしかない。いますぐ出発だ。この場所から離れるのが一分でも遅れれば遅れるだけ、老婆たちはここに根を張って、またまたこの修道院を自分たちのものにし、取りこわしのじゃまをするにちがいない。イリス・マテルーナの問題は、あとでいい。たしか、糸切り歯の折れた、あのいちばん肥った娘だ、と思い当たって、神父はにわかに不安になった。ともかく、いますぐここを出ることだ。イリスのことを考えるのはやめたほうがいい。これ以上の面倒はごめんだ。面倒を持ちこむなら持ちこむで、それは仕方がないが、この修道院に誰もいなくなってからにしてもらいたい。

「神父様、誰かベルを鳴らしてますわ」

イリス！　イリス・マテルーナだ。ちょうどいいときに帰ってきてくれた。これで万事解決といけば、とアソカル神父は祈った。

「開けてやりなさい、シルバ神父」

イリスではなかった。若い人夫だった。裸足で、ふくらはぎまでズボンをまくりあげ、先史時代の動物のように皮が堅くて、灰色がかって、ごつごつした大きなカボチャをかついでいた。人夫のほうから尋ねた。

「ラ・チンバのエンカルナシオン修道院はここかね？」

「そう、ここだ……」

それだけ聞くと、見事なカボチャをかついだ男は、彼を通すために老婆たちが開いた狭い道を猛烈な勢いで走り抜けた。そして、門番部屋の中庭をかこむ回廊まで来ると、そこで足を止めて訊いた。

「どこへ置く？」

ドーラが答えた。

「回廊の、そこがいいわ」

若い人夫はカボチャを石畳の上に置くと、大急ぎで引き返したが、目を丸くしている老婆たちの作る道の中途で、別のカボチャをかついだ別の人夫とぶつかった。この人夫もカボチャを前のやつのそばへ置くと、大急ぎで引き返し、やはり別のカボチャをかついだ別の人夫とぶつかり、この別の人夫もカボチャを置くと走って戻り、別の人夫とぶつかった。さらに別の人夫が別の人夫に、そしてまた別の人夫に、という具合に続いて、それがみんな駆け足、門番部屋の中庭の廊下を、不ぞろいでグロテスクな、銀色の皮をかぶった植物でいっぱいにした。過去にせよ未来にせよ、ともかく別の地質時代に属する生物のこの侵入を前にして、誰ひとり口をきこうとする者はなく、その数はとめどなく増していくばかり、回廊というこの場でみだらな繁殖を行っているのではないかとさえ思われた。というのも、汗みずくの人夫たちの肩にかつがれて、猛烈な勢いで運びこまれて来るからだった。人夫の数はふたり、いや、三人、いや、五人、いや、やはりふたりで、彼らは白い車のちょうど前に停めたカボチャ満載のトラックから、つぎつぎにカボチャをおろした……ねえ、ずいぶんたくさんのカボチャね。嬉しいわ！　インゲン豆とカボチャのソースが、これでできるわよ、もうじき夏だから。そうそう、冬はカボチャを使ったドーナツが、聖ヨハネの祭りの夜はカボチャ入りのパンができるわ。カボチャでこしらえたお菓子もいいわよ。シチューだって、カボチャがなきゃ味が悪いし……マリア・ベニテスがひとつひとつ吟味した上で、言った……こういう灰色の皮をしたものが、いちばん品質がいいのよ……そうこうするうちに、リストを手にしたアソカル神父も驚愕から立ちなおり、扉から顔をのぞかせて大きな声で尋ねた。

「どういうことだね、これは？」

神父のそばを通りかかった人夫が呟いた。

「カボチャ」

「それはわかっている。しかし……」

人夫たちの肩にカボチャをのせてやっていた運転手が、代わって答えた。

「トレウエンケの農場からですよ。ラケル・ルイス夫人からの届け物です。もう一年も前に、余分に取れたものをこの修道院へ送るように言われてたんですがね、監督のやつがすっかり忘れちゃって、それでいまごろ、五百個も積んで、このトラックをよこしたってわけですよ」

「五百だって！」

「そうです。輸出用の上物ばかりです」

「しかし、カボチャを五百も、どうするんだね？」

「わたしは知りませんよ、神父。そっちで考えてくれなきゃ」

ふたたび門番部屋へ入った神父は、せっかく作りあげた秩序がもろくもくずれているのを知った。孤児たちはマイクロバスから降りて、老婆たちといっしょになってカボチャのまわりで跳びはねていた。エリアナは上にのっかって踊っており、ほかの孤児たちはそれに馬乗りになっていた……ハイヨー、ハイヨー！　ハイヨー、ハイヨー、ハイヨー！　ホラ、モウスグ、モウスグ、モウスグヨ……ここにカボチャを置き去りにするわけにはいかないわ。アソカル神父様に言いましょう、あっちへこのカボチャを持っていきたい、わたしたちのものだからって。ラケル奥様はほんとにいい方ね。ブリヒダの葬式のときがそうだったけど、約束を絶対に破らないわ。だからこうして、五百もカボチャを送ってくださったのよ……みんな、見てよ、ミレーリャとベロニカを。そのカボチャはやめなさい。とっても重いわよ……汗みずくの、息を切らした男たちがさらにカボチャを運びこむ。回廊に沿って銀色の皮をかぶったものの数がどんどん増えていく。老婆たちはぐるりとカボチャに取りかこまれて、よたよたと、この化け物を掻き分けながら歩いている……やめなさいよ、ミレーリャ……ミレーリャとほかの孤児たちに放りだされてカボチャが割れる。美しいオレンジ色のビロードのわたがはみだし、そのなかに張りめぐらされたねばねばの筋のおかげで肉にくっついていた種子が、そこらじゅうにちらばった……しょうのないひとたちだね、カボチャを割ったりして！　このごろ、カボチャが一キロいくらするか、知らないんでしょう。そのカボチャは腐っちゃうわ。あ、種子を中庭に捨てちゃだめ！　種子を落としたら、カボチャがそこに生えるのよ。蔓や葉っぱで、来年はここは、それこそジャングルみたいになって、そこらのものはみんな枯れちゃうわ。どこへでも、部屋のなかへでも、どんどん入っていくんだから。でもまあ、花は黄色で、カボチャがたくさん植わっているのも、悪い眺めじゃないわ……そんなにきれいだったら、このカボチャの種子、向こうへ持っていったらどうなの？

　庭があるって言ってたじゃない。種子を播《ま》けば、たくさんカボチャが取れて、シチューや、たっぷり砂糖をまぶしたドーナツが作れるわ……そうね。ポケットに種子を入れなさい、アウリステーラ。向こうへ持ってって播きましょう……それにしても、大変なカボチャね！　まだまだ降ろしてるわ。カボチャ五百が、こんなにかさがあるとは知らなかったわ。回廊に入りきらないわよ。輸出用だから、とっても大きいのね。そうそう、きちんと数をかぞえてみたら……それがいいわ。アソカル神父が怒って、ラケル奥様と電話で話しているあいだに、かぞえてみましょうよ。アソカル神父は文句を言ってるのよ。もちろん、カボチャのことで……わたしたちがお腹を空かせようと空かせまいと、アソカル神父は気になさらないんだわ……ねえ、力を貸して。電話で喧嘩をしているあいだに、カボチャをふたつほど馬車へ積むのよ。ここに六人もいれば、積めるんじゃない？……運転手たちにも手伝ってもらって、苦労しながら白い車の一台ごとにカボチャひとつを積む。若い神父たちは声を張りあげて、乱れた隊伍をもとに戻し、犀《さい》の胎児にそっくりな、ごつごつしたヒョウタン科の植物の呪縛から、老婆たちを解き放そうと懸命になっている。アソカル神父が電話のある部屋から出てきて、ふたことみこと叫んで、それでやっと、老婆たちは門番部屋へ戻る。リストなどはもうどうでもいい、好きなバスに乗ってくれ、ともかく早く、列を組んでここから出るように、と神父が命令する。老婆たちは口をそろえて、同じバスで行きたい、と言う。もう一台のバスは、エルネスティーナ・ロペスと孤児の乗った車は、初めよそへ寄って、それから、ということになるが、彼女たちは一刻も早く行くところへ行きたいのだ。仕方なく四人の若い僧侶とアソカル神父は大声で命令して、大きな荷物といっしょに同じマイクロバスにすし詰めになっていた、老婆たちのなかから数名を降ろして、適当な数にあんばいする。神父が修道院の門に鍵をかける……これで安心というわけではないが、かまうことはない。ここへ入りこむ物好きはいないだろう、入ったところで、がらくたばかりで盗むものはない。競売もやめておこう。道具を運びだすのは、二日もあればいいだろう。すぐに取りこわしだ……アソカル神父は人夫たちにチップを与え、トラックはトレウエンケへ引き返していった。近所の小さな子どもたち、角の店の女主人とその亭主、窓で髪をすいていた女などがみんな、嬉しそうに席にすわった老婆たちを見送りに表へ出てくる……ねえ、窓をちょっと開けたほうがいいわよ。暖房は気管支によくないらしいもの。この年じゃ、気をつけなくっちゃね。慣れていないんだから、なおさらよ……老婆たちは、さかんに手を振ってくれるがいままで見たことのない相手に向かって、涙で濡れたハンカチを振って別れを告げる。そして気を取りなおすために、声を合わせて歌い始める。

そろってお参り
きそってお参り
お花を持って　マリア様に
お花を持って　聖母様に

お月様より美しい
心のやさしい聖母様
そろってお参り
きそってお参り

もはや誰もいない。おれは無傷のままの明晰さを回復した。おれの思考はふたたび秩序だったものになり、透明な意識の底へと下降して、その光によって究極的な不安を隠蔽された曖昧なものをあばき出す。結局、この包みがおれなのだ。おれは、老婆たちによって押しこまれた何枚もの袋の下にいる。したがっておれ自身は、包みをこしらえる必要がない。いや、何をする必要もないのだ。おれは感覚がない。何も聞こえず、何も見えない。おれが入っているこの穴しか存在しないからだ。粗い麻布、ぶさいくな結び目、太い糸の縫い目などで顔がこすれる。鼻の穴は綿毛でいっぱい、咽喉もそうだ。袋を縫うとき入れた力で、おれのからだは小さく縮んでいる。すれてヒリヒリする痛み、けばによる息苦しさ、締めつけられる圧迫感。これがおれの唯一の存在の形式なのだ。仮に別の存在の形式があれば、過去があり、未来があるということでなければならない。ところが、おれには過去の記憶がなく、未来についてはなんの見通しもない。すべてを忘れ、すべてに忘れられて、忘却という、この至福の静寂のなかに安息している。おれに唯一ふさわしい名前があるとすれば、孤独の友、がそれだろう。この壁の日干し煉瓦よりも有効におれを守ってくれる袋。それを掻きまわされないために、おれは警戒を怠らない。そうだ、おれも壁は記憶している。しかし、それ以外のものの記憶はない。未来が持続するのも、あの壁がくずれるそのときまでだろう。当然のことだが、間もなくすべてが終わる。ショベルカーの飢えた口が、この世界を形づくっている日干し煉瓦の長い平安を掻き乱すとき、濛々と土煙が立ち昇るにちがいない。そしてそのあと、壁や迷宮になり得ると信じていた土の倣慢さを、ハンマーとローラーがこなごなに砕いてしまうだろう。

すべての地面と同じように、石や木片、やがて朽ちるか枯れるかするにちがいない葉っぱや小枝、土くれや彩色された石膏のかけら――目玉、竜の顎――布切れやぼろぼろになっていく紙、そして袋などからなる平坦な地面という、自然の状態に戻してしまうだろう。袋のなかには何者かがいて、叫ぶかもしれない。やめてくれ、助けてくれ、おれは死にたくない、怖いのだ、おれはこのとおり弱っている、手足が萎えた廃人だ、ペニスもない、いや、何もかもない、ゼロなのだ、と。しかし、おれは叫んだりはしないだろう。ほかに存在の形式がないのだから。一度も外へ出たことがないが、このなかにいれば、おれは安全なのだ。おれの主人であるが故にすっぽりおれを包んでくれる、この穴の主人として。話によるとここには、消える通路、どこまでも続いているように見せかけられた廊下、何に使われるのか誰も記憶がない山のような道具、無用な中庭、壁にその風景をゆっくりと広げていく荒廃のしみ、虫に喰われた材木からこぼれる軽いベールのようなおが屑、そして誰も住まないので一度も掻き乱されたことのない、静寂で満ちみちた部屋などがあるという。もっとも別の話によると、この部屋にはかつて誰かが住んでいた、いや、いまなお住んでいるかもしれないという。おれは、しかし、この話を信じない。それよりも外で、すみっこで、何者かがもぞもぞ動いている。誰かがいるのだ。外があるのだ。おれのものだけでなく、別の咳が聞こえる。非常にかすかなので、あるいは咳ではないのかもしれないが。おれにはもうできない動きが感じられる。これも非常に軽やかだ。形をなし、踏む足がないのですうっと伸びてくる影の動きにそっくりだ。それは、猫でも犬でもない。大鼠でも牝鶏でもない。コウモリでも兎でもない。おれには聞こえないはずなのに、すぐ近くで息遣いが聞こえる。いかに影で組みあげられているとは言え、あんな弱々しい咳ができるものだ！　なんとしても見たい。ぜひ、ぜひ見てみたい。だが、この欲求といっしょに恐怖も生まれる。すぐ横で呼吸をし咳をしているその影の顔を見たいという欲求。視覚と外部とを回復したいという欲求。おれは歯を立てる。口をふさいでいる袋を嚙む。外部にいるその影の表情を見るためにかじる。かじり続ける、太い糸を、結び目を、当て布を。ロープに歯を立てる。おれは引き裂く。だが、それで終わりということはない。さらに別の袋がある。征服するのに百年、貫通するのに千年はかかりそうな層がある。これではジュートの味以外のものを知らずに、唾液で濡れたこの狭い口をかじること以外のことはせずに、おれは老いぼれてしまう。歯が欠けるのは分かっているが、噛みつづけるしか手がない。外には誰かが待っていて、おれの名前を教えてくれるはずだ。それが聞きたくて、おれはかじる、噛む、裂く。最後の袋の外皮をかじる、噛む、裂く。生まれるために、もしくは死ぬために。だが、おれは生まれることも死ぬこともできない。手が伸びて裂けた場所を押さえ、袋を縫うための太い針で、おれが外を見、息をしようとしていた穴を縫ってしまうのだ。空気、新鮮な空気、描かれたものだから開けてもらうわけにはいかない、窓から入るそれのような空気。しかし、おれの記憶はその穴を通して一瞬、あの窓の空気へと戻っていっただけで、おれは、あの空気とあの窓にたいする郷愁とともに、ここに閉じこめられる。おれは我慢できない。おれとおれの郷愁は、とてもここには入りきれないのだ。せいぜい、おれだけだ。見せかけの空気へのあの郷愁が、鼻や咽喉に入ったけばの痒《かゆ》さや、ぞっとするジュートの味を耐えがたいものにする。もう一度、穴を開けるのだ。おれの爪は出口を求めて、袋の地層を掻きまわす。爪が割れる。指から血が流れる。指先が裂け、節が赤く染まる。もう一枚、もう一枚、そしてもう一枚。やっと穴が開く。ところが外の手が、おれという包みを引っくり返し、ひとことも口をきかずに――その手が誰のものであるのか、それを教えたくないのだろう――ふたたび口を縫いふさぐ。おれを外へ出さないために、ひと針、ひと針、丁寧に縫っていく。おれは外に出て、その誰かの顔を見たいと思い、乱暴に足を突っぱる。かかとに精いっぱいの力をこめて、もうひとつ口をこしらえる。しかし、皺だらけの手はそれも縫ってしまう。ほかの手では考えられないくそ丁寧さで。こまかな縫い目、くどいほどのちどり掛けが、袋の布に開いた傷口を縫いふさぎ、かがってしまう。おかげでおれは出られない。窓の向こうの、にせものの空気さえ吸うことができない。こうなったら待つことだ。おれは、存在するという何百万、何千万の生命の砕石によって別の地層が形成され、おれの郷愁をふたたびその下に埋めるのを、何百年でも待つ。おれを外へ出さないために老婆が縫いつける継ぎのせいで、おれの空間はますますせばめられる。袋を縫っているのは、たしかに老婆だ。縫いながら袋を動かすその指の老いを、おれはまざまざと感じた。おれは裂き、歯を立てる。すると老婆は、おれの空間をせばめるために、ふたたび縫う。やにだらけの目に見逃された破れがないかどうか、その点をたしかめるために、老婆の手は何度も袋を引っくり返す。破れが見つかると、丁寧に継ぎをする。粗い麻布を縫うというよりは、まるで、極上の麻の平織り《バティスト》にイニシャルでも刺繡するように。もうどこにも穴はない。小さい完璧な包みができ上がった。老婆は針をしまう。礼拝堂のすみから別の袋を引きずってきて、砂糖の袋や、何足ものウールの靴下や、たくさんの紙や、マテ茶や、布切れや、ごみといっしょに、新しい包みをそこへ投げこむ。苦労して袋を肩にかつぐ。礼拝堂を出て、無限に続いている見せかけの廊下の荒野を、日ごろ見なれた中庭を通り抜ける。暗い、呪われた土の壁に沿ってゆっくりと進む。ほんとに小さく柔らかいその足音を聞きつけて、蜘蛛や、鼠や、コウモリや、およそ音を立てないテンジク鼠や、のろまでぶよぶよの紙魚《しみ》や、鍋に放りこまれなかった老いぼれの鳩などが逃げだす……ゆっくりと、何年も、何百年もかけてやっと、門番部屋の中庭にたどり着き、カボチャの蔓や葉っぱのからんだジャングルのなかへ踏みこんでいく。平らな広い葉っぱ、水分をたっぷり含んだ緑色の柔らかい茎、まっすぐ立った黄色い花。老婆が掻き分けて進んだ茂みはふたたび閉じて、その足跡を消そうとする。太陽や月の光が洩れる葉っぱや蔓の影に、老婆の足跡は残ったり、あるいは消えたりした。玄関の扉。老婆はいつもの鍵を取りだして開ける。表の門。これも開ける。袋をかついで夜の闇のなかへ出る。影の庇護を失うのをいやがるように壁に沿って、腰をかがめながらスリッパの足で歩いていく。いくつも通りの角を渡る。町から町へゆっくりと歩いていく。立ち止まって、哀れっぽい声で物乞いをする。お金をもらい、スカートのポケットに押しこむ。ふたたび歩きだし、明るい大通りをいくつも越える。公園のなかへ入っていく。葉の落ちたプラタナスの並木の下を歩いて、鉄の橋にたどり着く。年にもかかわらず、身のこなしが軽い。小さいときに、河原で育ったほかの子どもといっしょに、何度もやったことがあるのだ。少女のように鉄の桁《けた》にぶら下がり、袋もろとも河原に降りたつ。仲間が橋の下の焚き火のそばに集まっている。老婆は近づく。明るい輪のなかの地面に腰をおろす。今晩は人数が少ない。揺れる炎で顔がくずれる。やがて炎が動かなくなり、みんなは、白っぽくなり始めている燃えさしのほうへ、いっそうからだを寄せる。老婆が口をきる。

「あまり暖かくないね」

袋のなかへ手を突っこむ。紙や木片をつかみ出して火のなかへ投じる。袋にもたれかかる。かさぶただらけの弱々しそうな牝犬が寄ってきて、愛撫を求める。老婆のわきに寝そべる。喋ろうとする者はいない。頭の上のプラタナスの枯枝が、都会の夜空を明るませる青白い電光を背にして、まるでレントゲン写真のように見える。老婆は、長く使っているのでまっ黒になった、針金の把《と》っ手のついた空缶でマテ茶をすする。もう一度、袋のなかに手を入れてひと切れのパンを取りだし、すすめる。ひとりが手を出す。老婆はこぼす。

「今晩は暖かくないね」

「ほんとだ」

老婆はふたたび袋のなかを探り、さらにたくさんの紙や木片を取りだして、それらを火に投じる。ほんの一瞬、火勢が強まる。長くは続かない。ひどい晩になりそうだから、どこかよそで寝ぐらを捜す、とひとりが言う……そうね、ひどい晩になりそうだね……何人かが立ち去る。紙と木片だけでは、火は長持ちしない……それじゃ。どうだ、いっしょに来ないかね？　この橋の下じゃあ今晩はつらいぞ……いや、わたしは残るよ。疲れてるから……仲間は別れの挨拶もしないで去っていく。ひとり取り残されて、老婆は咳こむ。ショールで口許を隠す。風がだんだんひどくなる。老婆は残り火にさらに近づく。牝犬も立ち去ろうとする。老婆は呼び戻そうとして、

「プス、プス……」

しかし、牝犬は戻ってこない。老婆は立ちあがり、袋をつかむ。口を開いて激しく振り、なかのものを火の上にあける。木っぱ、ボール紙、靴下、ぼろ切れ、新聞、紙切れ。がらくた。なんでもいいのだ、火が少しでも強

くなって、寒さをしのげれば。燃えにくい布や紙などの、きなくさい臭いも気にならない。風が煙や臭いを吹き飛ばしてしまう。老婆は石の上にうずくまって眠ろうとする。もうひとつのぼろ包みのように見捨てられた人間のそばで、しばらく火が燃えているが、やがて火勢が衰え始める。残り火も弱まり、ひどく軽い灰に蔽われて消える。風が灰をさらっていく。あっという間に橋の下には何も無くなる。火が石の上に残したまっ黒な跡と、針金の把っ手のついた黒ずんだ空缶だけになる。風が空缶を引っくり返す。空缶は石の上をころがり、河のなかに落ちる。

チリのサンタ・アナおよびロス・ドミニコスにて、一九六二―六三年
マジョルカ島のポリェンサにて、一九六八年
サンタンデル県のフエンガにて、一九六九年
バルセロナ県のバルビドレラにて、一九六九年

解説

いわゆる「ブームの時代」から約半世紀が経過しつつある今、ラテンアメリカ文学研究は新たな局面に差し掛かっている。ガブリエル・ガルシア・マルケスの『百年の孤独』（一九六七）とともにラテンアメリカ小説が現代文学の最先端に躍り出て以来、これまで多種多様な作家がスペイン語圏を超えて世界中に名を轟かせたが、一過性のフィーバーでベストセラーとなった作家の多くは、忘却の淵へ追いやられるか、資料的・博物学的価値によって辛うじて生き永らえているだけの状態となり、現在まで評価を受け続けているのはわずか一握りの作家にとどまっている。二〇一〇年代に入ると、カルロス・フエンテスとガルシア・マルケスが相次いで他界し、「一握り」のうち、まだ執筆を続けているのはマリオ・バルガス・ジョサのみとなった。

ブーム世代のなかでホセ・ドノソと最も親しかったフエンテスは、生前に発表した最後の文学論『偉大なるラテンアメリカ小説』（二〇一一）において、イタリアの文芸批評家クラウディオ・マグリスを引用しつつ、「新たな目でラテンアメリカを読み直す」必要を提起し、その端緒たるにふさわしい作家としてドノソの名を挙げている。フエンテスは、ブームの成果を五点――（一）一握りの優れた小説作品、（二）ラテンアメリカ文学の国際化、（三）ジャンル間の壁の打破、（四）語りの主観化、（五）市場の開拓――にまとめた後、これに続く世代「ブーメラン」への橋渡しにドノソが果たした役割を重視している。他方、バルガス・ジョサは、ドノソをブーム世代で最も「文学的な作家」と称しているが、フエンテスにとって「文学的」であることの意味とは、「現実を生み出すフィクションとしての小説を信じ、現実の創造主としての文学を信じること」にほかならなかった。代表作『夜のみだらな鳥』（一九七〇）や『別荘』（一九七八）といった具体的な小説作品によってのみならず、晩年のドノソが積極的に取り組んだ創作教室を通して後進に受け継がれたこの姿勢こそ、「ブーム」と「ブーメラン」を繋ぐ「偉大なアーチ」だという。

二〇一〇年以降、セルヒオ・ラミレスやエクトル・アギラール・カミンに代表される「ブーメラン」世代の創作にも陰りが見えているのが実情だが、ここ数年は、それを補うようにして、ブームの中核にいた大作家にまつわる未公開資料が続々と刊行されている。それまで日の目を見ることのなかった書簡や日記、草稿や証言には、作家の私生活や創作に関する驚きの新情報を含むものもあり、こうした資料を丁寧に追っていけば、フエンテスの言う「ラテンアメリカの読み直し」をより豊かに実現することが可能となるだろう。文学テクストの自律性に固執する構造主義研究者には論外とされる手法だろうが、著名作家の知られざる内情を伝える文書はそれ自体興味深い文学作品であり、こうした資料の分析に基づく研究には、読書の楽しみを増すような成果が期待できる。

ホセ・ドノソの場合、養女ピラール・ドノソが二〇一〇年に名門アルファグアラ社から刊行した伝記『分厚いヴェールの向こう』には、養父の神経症的性格や同性愛的傾向を赤裸々に暴き出す驚愕の記述が含まれており、その後ピラールが謎の自殺を遂げたこともあって、反響は大きかった。『夜のみだらな鳥』に関しても、一九九七年のアギラール社版から巻末に収録されていたドノソの遺稿「妄想の鍵――『夜のみだらな鳥』の懐胎をめぐる記憶の断片」に記された回想とは食い違う記述を含んでいる。また、バルセロナのジャーナリスト、シャビ・アイエンが発表した八百ページを超えるルポルタージュ『ブーム、あの年月』（二〇一四）にも、ドノソの特異な性癖が仔細に記されており、バルガス・ジョサらの反論はあったものの、これもまたドノソ文学の再考を促す契機となった。こうした事情を踏まえ、様々な資料を照合しながら、まずは『夜のみだらな鳥』の執筆過程を辿ってみることにしよう。

「妄想の鍵」においてドノソは、『夜のみだらな鳥』の着想に重要な意味を持った記憶を三つの「核」にまとめている。その第一は、一九五九年頃に友人と中心街を歩いていて、一瞬だけちらりと見た不気味な小人の姿だった。高級車の後部座席で、フランネルのジャケットとシルクのシャツに身を包みながらも、「縫い合わされたような顔、左右対称でない目、ひしゃげた鼻、兎口」に「瘤《こぶ》だらけで歪んだ短い脚」と「指の短い節だらけの手」を持つその姿はあまりに衝撃的で、熱病で見た幻覚のように彼の脳裏に焼き付けられた。言うまでもなく、これが「最後のアスコイティア」ことボーイの前身だった。そして第二の核は、友人に連れられて訪れたサンティアゴの教会密集地区にある灰色の建物で目にした光景であり、こちらは後にエンカルナシオン修道院に姿を変える。かつては栄華を誇ったらしい屋敷も、今や廊下には物乞い同然の老家政婦がたむろし、中庭は壊れた聖人像の捨て場所となって、何の役にも立たないガラクタで溢れかえるその空間は、「狂気の世界」そのものだったという。三つ目の核となる「家族伝説」は、少年時代からドノソが親類縁者や知人から聞いた秘話の集積であり、これを通じて彼は、自分の一族も、インブンチェを筆頭とする多くの怪物と接触を持っていた事実を痛感する。これに様々な奇人伝が重なって出来上がったのがリンコナーダ屋敷にほかならない。一九五八年発表の処女長編『戴冠』によって、若手の有望株としてチリ国内で評価を得たドノソは、直後から彼の忌み嫌うブルジョア階級の「後進性」と「反動性」をテーマに、より本格的な長編に取り組むべく構想を練っていたが、その実現を最終的に可能にしたのは、この三つの核融合だった。『夜のみだらな鳥』に関する批評では、不気味な世界を生み出すドノソの並外れた想像力にとかく焦点が当てられがちだが、作者本人も認めているとおり、実は作品内に自伝的要素が多く盛り込まれていることを見逃してはなるまい。

他方、養女ピラール・ドノソの伝記には、ドノソ自身の日記と彼の妻マリア・デル・ピラールの日記をもとに、この「公式見解」の裏側に隠された真実が暴き出されている。ピラールによれば、小説の懐胎に暗い影を落としたのは、一九六〇年にドノソと結婚して以来、愛する夫のために精一杯献身的に尽くしながらも、子供を身ごもることができなかった妻の苦悩だったという。思い悩むあまり、ある晩酔いつぶれて裸で吐き始めた妻の姿にドノソは震え上がり、『夜のみだらな鳥』の冒頭部として書いた「最後のアスコイティア」（ボーイ誕生の場面）にその衝撃を反映させたことを日記に書き残している。すなわち、子供を産めない苦悩と畸形児ボーイへの恐怖は表裏一体だったわけだ。『百年の孤独』の出発点の一つが、従兄妹同士の結婚によって「豚の尻尾を持つ子供が生まれる恐怖」だったことはよく知られているが、ドノソの大作は、不妊に対する憂慮を下敷きにしていた。「魔術的リアリズム」を代表する二作が、いずれも生命誕生にまつわる不安と深く関わっている点は注目に値するだろう。とはいえ、ガルシア・マルケスと違って、ドノソのオブセッションの根底にあったのは、「醜悪なものへの恐怖、醜い世界への恐怖」であり、これが両者を隔てる決定的要因となった。『百年の孤独』では、豚の尻尾を持つ子供は結末近くにようやく登場するが、『夜のみだらな鳥』のボーイは、インブンチェやエンペラトリスと相まって、作品内に際限なく怪物を増殖させている。

六二年八月にサンティアゴ郊外のサンタ・アナで『夜のみだらな鳥』に着手して以来、ドノソは二年ほど懸命に執筆を続けたものの、いくら書いても登場人物が堂々巡りを繰り返すばかりで、六四年にカルロス・フエンテスを頼ってメキシコを訪れる頃には、完全にデッドロックの状態にはまりこんでいた。活気に満ちたメキシコの文壇に刺激を受けたドノソは、『夜のみだらな鳥』の一時中断を決意し、六五年にフエンテス邸で『境界なき土地』、さらにアメリカ合衆国アイオワへ移った後に『この日曜日』と、相次いで二作の中編に着手する。アイオワで過ごした二年間、『夜のみだらな鳥』には一度も手を付けなかったとドノソは「妄想の鍵」で回想している。ともに一九六六年に刊行された二作の中編はいずれも好評だったが、生活費の工面のため合衆国で教鞭を執り始めたドノソの生活は落ち着かず、アイオワ、ニューヨーク、リスボンを経て、マドリードで六七年に養女ピラールを迎えた後（ドノソは生涯彼女を実子として通した）、六八年にようやく一家揃ってマジョルカ島の小さな町ポレンサに居を定めるまで、『夜のみだらな鳥』の執筆を再開することはできなかった。

六八年を通じてドノソは精力的に執筆に取り組み、ピラール・ドノソによれば、ヘロニモ、イネス、ムディートの相関図を中心に、「リアリズム的物語が奔放なファンタジーに姿を変える」につれて、「《最後のアスコイティア》の狂気の世界」が出来上がっていく過程を楽しんでいたという。本来ならこのまま平和な町ポレンサで一気に小説を書き上げたいところだったが、養女を迎えた夫婦の生活は逼迫《ひっぱく》し、やむなくドノソは、コロラド大学からの依頼を受けて、またもや合衆国で教鞭を執ることになった。だが、一九六九年一月十日からフォート・コリンズで単身赴任を始めた彼を待っていたのは、孤独と苦痛の日々だった。「町が記憶よりはるかに醜い」ばかりか、「住民はおぞましく」、授業も知的刺激に乏しかったうえ、家族と離れた生活にも耐えられず、『夜のみだらな鳥』の執筆を続けられない絶望が追い打ちをかけた。悪いことは重なるもので、一月二十二日、猛烈な腹痛に襲われたドノソは、緊急入院して胃潰瘍の手術を受けることになり、大量の輸血を受けたほか（この時感染したC型肝炎が後に直接の死因となった）、痛みを和らげるためにモルヒネまで投与された。結果は妄想と悪夢にうなされる日々であり、自分の体を内側から食い尽くす猛獣や、健康な血を抜いて病原菌だらけの血を入れる看護婦など、次から次へと出てくる怪物を前に、窓から飛び降りようとしたことまであった。だが、この「地獄の二十日間」に体験した妄想こそ、『夜のみだらな鳥』の創作サイクルを閉じる最後の刺激であり、後にドノソが養女に向かって証言したとおり、「胃潰瘍の手術に伴う狂気がある意味では小説の体裁を整えるのに役立った」という。

二十五キロも痩せた惨めな姿でポレンサに戻ってきたドノソは、ようやく家族のもとで一息ついたものの、手術の後遺症、とりわけ妄想への恐怖を抜けきれず、ガルシア・マルケスやバルガス・ジョサといった同士の住むバルセロナに一時滞在した。ようやく気力が回復してきたところで、妻の友人ルイス・ギジェルモ・デ・ペリナットが、夏の三カ月間、カンタブリアの保養地コミージャスに所有していた別荘を執筆用に提供してくれることになり、これで「小説の尻尾を捕まえ」「自ら小説の一部となった」ドノソは、猛烈なペースで『夜のみだらな鳥』の仕上げにかかった。この段階での作業は、大変な苦労を伴ったものの非常に充実していたとドノソ本人は

「妄想の鍵」に記している。ほぼ完成した原稿を抱えて、妻の運転する車でバルセロナへ戻る途中、ギプスコアを過ぎたところで、偶然にも、執筆の最初に何の気もなく思いついた「アスコイティア」という名前――人名にも地名にもそれまで見たことがなかったという――の町を見つけた逸話は、父と養女が揃って鮮やかなタッチで再現している。最終的に、執筆に七年以上の歳月を要し、「最後のアスコイティア」、「不完全な大天使」、「誰のものでもない夢」と何度もタイトルを変えた大作は、一九六九年十二月、バルセロナで『夜のみだらな鳥』として書き終えられた。「妄想の鍵」から、この作品に関するドノソ自身の評価をここに引用しておこう。

『夜のみだらな鳥』の全員、そのすべては、人が別の人をめぐって繰り出す思索の産物にほかならない。〔……〕似非論理という偽りの前提の上に立つ世界には、自給自足という決定的利点がある。現実にオマージュを捧げる必要はなく、それ自体として生命を持つからだ。何かとの関連で《機能する》必要はなく、小説の提示する世界に定められた法則に従っていればそれでいい。『夜のみだらな鳥』を律する法則とは何か？疑念、不安だ。

このように、『夜のみだらな鳥』は様々な紆余曲折を経て書き上げられたが、そこから出版までの道程も平坦ではなかった。ドノソ自身はこの点にほとんど触れていないが、ピラール・ドノソは様々な逸話を伝記にしたためている。

執筆を終える直前に、ブームの仕掛人となった代理人カルメン・バルセルスと知り合っていたドノソは、ガルシア・マルケスやバルガス・ジョサの勧めもあって、彼女に『夜のみだらな鳥』の売り込みを一任する。幸い手稿を読んだ関係者の反応はすこぶる良く、いつもながらの敏腕を存分に発揮したバルセルスは、まずバルセロナのセイス・バラル社から口約束を取り付けた後、合衆国のクノップフ社やハーパーズ&ロー社、フランスのスイユ社、イタリアのボンピアニ社、イギリスのジョナサン・ケープ社などと交渉を始めた。とりわけこの小説に熱狂したのは、セイス・バラル社の名物編集者カルロス・バラルであり、「バルガス・ジョサの『緑の家』、コルタサルの『石蹴り遊び』以来、これほど強く感動し、これほど深く興味をひかれた本はない」との賛辞をドノソ本人に伝えたうえで、一九七〇年度のビブリオテカ・ブレベ賞に『夜のみだらな鳥』を推薦した。それまでバルガス・ジョサやフエンテス、カブレラ・インファンテなどを世に知らしめた栄誉に自分も預かることが確実となって、劣等感を抱えていたドノソの喜びはひとしおだったが、彼を待ち受けていたのは大きな落胆だった。実際に審査員は『夜のみだらな鳥』を受賞作に選んだものの、出版社の経営方針をめぐってカルロス・バラルと社主ビクトル・セイスが対立し、バラルが退社して独自の出版社（バラル社）を創設することになったため、賞そのものが消滅したのだ。憤慨したドノソは、バラルと激しい口論を戦わせ、これが後まで遺恨となった。思い余って「ライバルのセイス・バラル社に原稿を持って行け」と怒鳴ったバラルに対し、後日ドノソは、善意から、新出版社の船出にと、再度彼に原稿の提供を申し出たが、バラルは逆にこれを「侮辱」と受け止め、口汚い罵りの言葉で応じた。バラルはその後しばらく悲嘆に暮れ、ドノソは潰瘍の悪化で寝こむ事態になったという。

最終的に、『夜のみだらな鳥』はセイス・バラル社から刊行され、一九七〇年十二月にバルセロナで二百五十名の関係者を招いて盛大な発表会が催された。すでに、本の表紙を模したポスターとともにスペイン中の書店で売り出されていたほか、新聞や雑誌に書評やインタビューが掲載され、反響は瞬く間にスペイン語圏全体に広がった。ルイス・ブニュエルがこの作品を読んで感動し、映画化を目論んだのは有名な話だが、フエンテス、コルタサル、エミール・ロドリゲス・モネガルなど、著名な作家・批評家がこぞってこの小説を激賞し、これで堂々と「ブーム」の仲間入りを果たしたドノソは、ようやく大きな満足感に浸った。売り上げだけみれば、ガルシア・マルケスやバルガス・ジョサに遠く及ばなかったものの、いわゆる「文学通」に高く評価されたことでドノソの小説は「ロングセラー」となり、七二年のフランス語版を筆頭に、七三年に英語版、七五年にドイツ語版が刊行されるなど、彼の名声は翻訳を通して世界中に広がっていった。初版から五十年が経とうとしている現在でも、ブームの代表作、そして魔術的リアリズムの傑作として、『夜のみだらな鳥』の評価はまったく衰えを知らない。

鼓直氏による日本語版『夜のみだらな鳥』が、集英社《世界の文学》の一巻として刊行されたのは一九七六年のことであり、八四年には、同じく集英社の《ラテンアメリカの文学》第十一巻として再刊されている。この作品が日本で好評を得ているという事実が意外だったこともあってか、ドノソ自身が日本語版には特別な愛着を抱いていたようで、寝つきの悪かったピラールのお守り代わりにこの本を使っていたという逸話が『分厚いヴェールの向こう』に記されている。日本での根強い人気にもかかわらず、『夜のみだらな鳥』はこれまで長らく絶版となっており、古書店で高値がつくなど、コレクターのお宝商品のようになってしまった感すらあったが、今回水声社《フィクションのエル・ドラード》でようやく復刊することができた。鼓氏の翻訳は正確で、ドノソ文学の魅力を見事に伝えており、原文と照らし合わせながら誤植の訂正等最小限の修正は施したものの、できるかぎり八四年の版を尊重している。

私自身、二〇一三年に《フィクションのエル・ドラード》から『境界なき土地』の邦訳を刊行して以来、一四年に現代企画室から『別荘』、一五年に再び《フィクションのエル・ドラード》から『ロリア侯爵夫人の失踪』と、相次いでドノソ文学の名作を翻訳出版してきたが、その予想以上の反響には新鮮な驚きを感じていた。そして今、ドノソ自身が「自分のＤＮＡに書き込まれていた小説」とまで評したこの傑作の再刊に関わることができて嬉しく思う。貴重な訳文をこのコレクションに快く提供してくださったうえ、解説の執筆まで私に託してくださった鼓直氏に、この場を借りて深くお礼を申し上げる。

寺尾隆吉

二〇一七年十二月二十四日

ホセ・ドノソ
José Donoso

一九二四年、チリのサンティアゴのブルジョア家庭に生まれる。
一九四五年から四六年までパタゴニアを放浪した後、
一九四九年からプリンストン大学で英米文学を研究。
帰国後、教鞭を取る傍ら創作に従事し、
一九五八年、長編小説『戴冠』で成功を収める。
一九六四年にチリを出国した後、約十七年にわたって、
メキシコ、アメリカ合衆国、ポルトガル、
スペインの各地を転々としながら小説を書き続けた。
一九八一年にピノチェト軍事政権下のチリに帰国、
一九九〇年には国民文学賞を受けた。
一九九六年、サンティアゴにて没。
代表作には本作のほか、『別荘』(一九七八年)、
『絶望』(一九八六年)などがある。

鼓直《つづみ・ただし》

一九三〇年、岡山に生まれ、
二〇一九年、神戸で没す。
東京外国語大学卒業。
法政大学名誉教授。
専攻、ラテンアメリカ文学。
主な著書には、
『鼓直句集』
(水声社、二〇二二年)、
主な訳書には、
ガブリエル・ガルシア＝マルケス『百年の孤独』
(新潮社、一九七二年)、
ホルヘ・ルイス・ボルヘス『伝奇集』
(岩波文庫、一九九三年)、
アレホ・カルペンティエール『バロック協奏曲』
(水声社、二〇一七年)
など多数ある。

José DONOSO, El obsceno pájaro de la noche, 1970.
Traducida por Tsuzumi Tadashi.
Este libro se publica en el marco de la "Colección Eldorado", coordinada por Ryukichi Terao.

フィクションのエル・ドラード

夜のみだらな鳥

二〇一八年二月二〇日　第一版第一刷発行
二〇二五年六月二〇日　第一版第五刷発行

著者　ホセ・ドノソ
訳者　鼓直
発行者　鈴木宏
発行所　株式会社 水声社
東京都文京区小石川二―七―五　郵便番号一一二―〇〇〇二
郵便振替〇〇一八〇―四―六五四一〇〇
電話［編集］〇四五―七一七―五三五六　［営業］〇三―三八一八―六〇四〇
ファックス［編集］〇四五―七一七―五三五七　［営業］〇三―三八一八―二四三七
http://www.suiseisha.net
印刷・製本　モリモト印刷
装幀　宗利淳一デザイン

ISBN978-4-8010-0267-8
乱丁・落丁本はお取り替えいたします。

フィクションのエル・ドラード

案内係　フェリスベルト・エルナンデス　浜田和範訳　二八〇〇円
ライオンを殺せ　ホルヘ・イバルグエンゴイティア　寺尾隆吉訳　二五〇〇円
場所　マリオ・レブレーロ　寺尾隆吉訳　二三〇〇円
別れ　フアン・カルロス・オネッティ　寺尾隆吉訳　二〇〇〇円
犬を愛した男　レオナルド・パドゥーラ　寺尾隆吉訳　四〇〇〇円
帝国の動向　フェルナンド・デル・パソ　寺尾隆吉訳　五〇〇〇円
人工呼吸　リカルド・ピグリア　大西亮訳　二八〇〇円
燃やされた現ナマ　リカルド・ピグリア　大西亮訳　二八〇〇円
圧力とダイヤモンド　ビルヒリオ・ピニェーラ　山辺弦訳　二三〇〇円
レオノーラ　エレナ・ポニアトウスカ　富田広樹訳　三五〇〇円
ただ影だけ　セルヒオ・ラミレス　寺尾隆吉訳　二八〇〇円
孤児　フアン・ホセ・サエール　寺尾隆吉訳　二三〇〇円
傷痕　フアン・ホセ・サエール　大西亮訳　二八〇〇円
グロサ　フアン・ホセ・サエール　浜田和範訳　三〇〇〇円
マイタの物語　マリオ・バルガス・ジョサ　寺尾隆吉訳　二八〇〇円
コスタグアナ秘史　フアン・ガブリエル・バスケス　久野量一訳　二八〇〇円
廃墟の形　フアン・ガブリエル・バスケス　寺尾隆吉訳　三五〇〇円
証人　フアン・ビジョーロ　山辺弦訳　四〇〇〇円